Das Buch

Ein malerisches Bed and Breakfast am Meer zu betreiben, das war schon immer der sehnlichste Wunsch von Serena Baxter. Und als ihr Mann Dean seine Farm verkauft, um mit seiner Familie im idyllischen Angel Sands ein neues Leben zu beginnen, scheint der Traum Wirklichkeit zu werden. Doch das große Glück zerspringt, als Serena merkt, dass ihr Mann den Schritt insgeheim bereut. Anstatt sich mit Dean auszusprechen, ergreift Serena die Flucht: Überstürzt bricht sie auf – angeblich um sich selbst zu finden – und überlässt den Pensionsbetrieb ihrer Familie, allen voran der ältesten Tochter, Genevieve. Die ist jedoch alles andere als erfreut über die neue Aufgabe: Nach einer von Krankheit überschatteten Jugend will sie endlich ihren eigenen Lebenstraum in die Tat umsetzen. Als dann auch noch der längst vergessen geglaubte Christian im *Paradise House* aufkreuzt, droht Genevieve aus dem hart erarbeiteten Gleichgewicht zu geraten …

»Romantisches, einfallsreiches und fesselndes Lesevergnügen.«
Good Book Guide

Die Autorin

Erica James wurde 1960 geboren und lebt mit ihrer Familie in Cheshire. Mit ihren gefühlvollen Romanen, wie *Wo dein Zuhause ist*, *Ferienträume* oder *Verborgene Talente*, hat sie sich auch in Deutschland eine große Fangemeinde geschaffen.

Von Erica James sind in unserem Hause bisher erschienen:
Ferienträume
Der Freundschaftsbeweis
Nur ein Frühlingshauch
Verborgene Talente
Wie ein frischer Wind
Wo dein Zuhause ist
Zeit für ein neues Glück

Erica James

Frühstück inklusive

Roman

Aus dem Englischen von
Ursula Walther

Ullstein

Besuchen Sie uns im Internet:
www.ullstein-taschenbuch.de

Umwelthinweis:
Dieses Buch wurde auf chlor- und säurefreiem Papier gedruckt.

Deutsche Erstausgabe im Ullstein Taschenbuch
1. Auflage März 2006

Titel der englischen Originalausgabe: *Paradise House*
(The Orion Publishing Group Ltd, London)
Umschlaggestaltung: Büro Hamburg
Umschlagabbildung: © Geoff Renner / getty-images
Gesetzt aus der Sabon
Satz: Franzis print & media GmbH, München
Druck und Bindearbeiten: Ebner & Spiegel, Ulm
Printed in Germany
ISBN-13: 978-3-548-26389-2
ISBN-10: 3-548-26389-5

Für Edward und Samuel
in Liebe

TEIL I

1

Als Genevieve Baxter elf Jahre alt war, spielte die Familie ihrem Vater einen Streich: Sie organisierte zu seinem vierzigsten Geburtstag eine Überraschungsparty. Neunzehn Jahre später nahmen sich Genevieve und ihre Schwestern noch einmal vor, ihn zu überraschen.

Nachdem sie ihm beim Frühstück die Karten und Geschenke überreicht hatten, planten sie, ihm vorzugaukeln, sie alle hätten zu viel zu tun, um ihm den Tag zu widmen (oder etwas hinter seinem Rücken im Schilde zu führen); deshalb solle er einen langen Spaziergang unternehmen.

Um die Finte glaubwürdig zu machen, hatte Genevieve ihm erzählt, dass sie den Tag pflichtbewusst mit Bügeln und Buchhaltung verbringen würde, Polly hatte erklärt, sie müsse Unterricht in St. David's geben, und Nattie hatte einen ziemlichen Wirbel veranstaltet, weil sie angeblich in der Vinothek erscheinen musste, in der sie arbeitete. Letzteres war vielleicht die am wenigsten überzeugende Ausrede, denn Nattie arbeitete nie, wenn sie es vermeiden konnte. Sie behauptete, ein Job sei mit den Pflichten einer alleinerziehenden Mutter nicht vereinbar. In Wahrheit glaubte Nattie trotz ihrer achtundzwanzig Jahre immer noch, das Geld würde auf Bäumen wachsen. Der Rest der Familie lebte in der Hoffnung, dass Lily-Rose, eine süße

Vierjährige, ihrer Mutter eines Tages beibringen könnte, wie die Welt wirklich funktionierte. Niemandem sonst war das bisher gelungen.

Genevieve nahm Tee und Toast mit zu ihrem Lieblingsplatz im Garten und dachte über die einzige Person nach, die den Spaß verraten könnte: Granny Baxter, Daddy Deans Mutter. Der Name Daddy Dean war Grans Erfindung. Zum ersten Mal hatte sie ihn so genannt, als Genevieve geboren wurde, und der Name war ihm geblieben: Seine Töchter folgten dem Beispiel der Großmutter genau wie Lily-Rose. Gran war immer schon ein Unikum gewesen, aber in letzter Zeit schwankte sie zwischen unbekümmerter Verwirrtheit und wachem Verstand hin und her, was sie so unberechenbar machte wie das Wetter.

Der gestrige Tag war ein typisches Beispiel für die Launen des Wetters in Pembrokeshire, einer Region, die für ihr eigenes Klima bekannt war. Der Morgen war schön gewesen, doch am Nachmittag fegte der Wind vom Atlantik herein und rüttelte an den Fenstern des *Paradise House*. Strömender Regen hatte selbst die hartgesottensten Strandwanderer dazu getrieben, irgendwo Unterschlupf zu suchen: in den Teashops von Angel Sands und in dem einzigen Pub, der den irreführenden Namen *Salvation Arms* – »Heilsarmee« – trug. Heute war von Wind und Regen keine Spur mehr und die Sonne schien golden vom sanft geröteten Himmel – es war ein wunderschöner Maimorgen.

Um acht Uhr, in einer Stunde, musste Genevieve das Frühstück zubereiten und servieren. Drei Paare und ein einzelner Mann waren zurzeit im Haus – alle zum ersten Mal, was relativ ungewöhnlich war, denn die meisten ihrer Bed-and-Breakfast-Gäste kamen seit Jahren hierher.

Vor ihrem Umzug nach Angel Sands waren Genevieve und ihre Familie regelmäßig Besucher in diesem Teil von Pembrokeshire gewesen und hatten jeden Sommer in einem Cottage eine Meile außerhalb des Dorfes verbracht. Angel Sands war ihnen zur zweiten Heimat geworden, und Genevieve sehnte sich immer hierher zurück, wenn sie am Anfang des Herbsttrimesters wieder in der Schule saß. Vor gut zehn Jahren hatte ihr Vater dann beschlossen, ihr Zuhause, die *Brook House Farm* – eine Milchfarm mit 180 Hektar Land, die bereits seinem Vater und zuvor dessen Vater gehört hatte –, zu verkaufen. Genevieve wusste, dass er sich diesen kühnen Schritt nie verziehen hatte. »Es ist ein Neuanfang«, hatte er der Familie erklärt, als er schließlich ein Angebot akzeptierte, das zu gut war, als dass er es hätte ablehnen können. Der Käufer hatte ihn schon seit drei Jahren bekniet, die Farm an ihn zu verkaufen, und jetzt hatte er so viel Geld geboten, dass die Familie von da an finanziell abgesichert war.

Der Neuanfang war Mums Idee gewesen. Serena Baxter hatte die Rolle der Farmersfrau nie richtig akzeptiert. »Wer immer die Gestalt einer Kuh entworfen hat, verdient, selbst eine zu sein«, sagte sie immer. »Jeder, der auch nur einen Funken Verstand hat, sieht sofort, dass diese Hinterbeine absolut nicht zum Rest passen. Deshalb gehen die Kühe auch so steif.«

Genevieves Eltern hatten sich bei einem Scheunenfest der Kirche kennen gelernt. Es war Liebe auf den ersten Blick gewesen, als Serena über einen Heuballen stolperte und in die Arme des ängstlich wirkenden, fünf Jahre älteren Mannes fiel. Die temperamentvolle jüngste Tochter des Vikars war alles andere als eine gute Partie für den ruhigen Dean, den einzigen Sohn eines Farmers. Trotzdem heirateten sie noch im selben Jahr, ohne sich um die Bedenken anderer zu scheren.

Die Jahre vergingen. Genevieve wurde geboren, ihre beiden Schwestern folgten in kurzen Abständen. Ihr Vater übernahm die Leitung der *Brook House Farm*, als seine

Eltern beschlossen, dass es Zeit für sie wurde, etwas kürzer zu treten. Dean machte sich mit Elan daran, den Melkstand zu modernisieren und zusätzlich Land von den umliegenden Farmen aufzukaufen, um eigenes Futter für seine Rinder anbauen zu können – während Serena anfing, von einem anderen Leben zu träumen: von einem Leben, in dem das Melken um fünf Uhr morgens und stinkende Kittel, die jeden Tag gewaschen werden mussten, keinen Platz hatten. Sie stellte sich Idylle am Meer vor: ein malerisches Gästehaus mit hellen, luftigen Zimmern, dessen Wände in Pastelltönen gestrichen und mit Blümchenbordüren verziert waren. Sie würde Schalen mit duftenden Kräutern und getrockneten Blumen auf die antiken Möbel stellen, die sie und Daddy Dean so liebevoll restauriert hatten, und Säckchen mit beruhigendem Lavendel unter die Kopfkissen in die Gästebetten mit der schneeweißen Bettwäsche legen. Und da Daddy Dean vernarrt in Serena war, wurde ihr Traum auch der seine.

An dem Tag, an dem sie hörten, dass ein geeignetes Objekt mit zehn Gästezimmern in Angel Sands zum Verkauf stand, machten sie ein Angebot. Sie kannten das Haus und brauchten keinen Besichtigungstermin, um zu wissen, dass es genau das war, was sie sich wünschten. *Paradise House* mit den weiß getünchten Mauern und dem Ziegeldach war jedermann bekannt, der Angel Sands jemals einen Besuch abgestattet hatte – es war sogar auf Postkarten abgebildet. Das Gebäude stand ganz allein auf einem Hügel und bot einen herrlichen Ausblick auf die pittoreske Bucht und das Meer. Die früheren Besitzer hatten das Haus verkommen lassen: Das Dach war undicht, weil etliche Ziegel fehlten, die kaputten Fenster waren mit Brettern zugenagelt, die Regenrinnen durchgebrochen, und das Dach des Wintergartens, der noch aus Zeiten Edwards VII. stammte, leckte wie ein Sieb. Die Baxters bekamen *Para-*

dise House für einen Pappenstiel – es war *die* Gelegenheit, ihren Traum zu verwirklichen. Obwohl seither mehr als zehn Jahre vergangen waren, konnte sich Genevieve noch gut an die Aufregung am Tag des Umzugs erinnern, und sie war davon überzeugt, dass die Möbelpacker diesen Tag auch nie vergessen hatten. Die Zufahrt war zu steil und zu schmal für den großen Lastwagen, und die Männer mussten all die Möbel in der Augusthitze den Berg hinaufschleppen.

So wurde der Traum Wirklichkeit und sie hätten alle glücklich bis ans Ende ihrer Tage leben können.

Aber es sollte anders kommen.

Die *Brook House Farm* aufzugeben war für Daddy Dean das Schwerste, was er je in seinem Leben getan hatte, und ihn plagte das schlechte Gewissen, als hätte er seine Seele verkauft. Er sprach nie darüber – er war kein Mann der vielen Worte und gab selten preis, wie ihm zumute war. Aber nach Jahren kam Serena allmählich dem auf die Spur, was ihn beschäftigte. Und auch sie bekam Gewissensbisse, denn schließlich war sie diejenige gewesen, die eine Veränderung herbeigesehnt hatte. Aber statt sich mit ihrem Mann zusammenzusetzen und über die Sache zu reden – Dinge ausführlich zu besprechen war bei den Baxters nicht üblich, wie Genevieve nur zu gut wusste –, machte Serena aus dem Problem ein Drama, indem sie davor davonlief. Im wahrsten Sinne des Wortes.

»Wir beide brauchen Zeit für uns. Wir sollten uns für eine Weile trennen«, erklärte Serena Daddy Dean, als das Taxi, das sie zum Bahnhof bringen sollte, bereits vor der Haustür wartete. »Ich liebe dich noch immer, aber es ist mir unerträglich, mit anzusehen, was ich dir angetan habe. Verzeih mir, bitte, und lass mich gehen.«

Und genau das tat er, so unglaublich es auch war. Serena fuhr zu ihrer Schwester nach Lincoln.

»Ich muss tun, worum sie mich gebeten hat«, erklärte Daddy Dean Genevieve und ihren Schwestern. »Sie wird bald wieder nach Hause kommen – wenn sie dazu bereit ist. Ich weiß, dass sie zurückkommt.« Dieses großmütige Hinnehmen war typisch für ihren Vater. Mehr als einmal hatte Genevieve erlebt, dass ihm die Schwierigkeiten, die das Leben parat hatte, über den Kopf wuchsen, aber er verlor so gut wie nie die Beherrschung und handelte selten impulsiv. Er war ein Stoiker durch und durch. Sein Verhalten machte Genevieve oft wütend, aber sie war ihm zu ähnlich, um zu hoffen, dass er sich jemals ändern würde. Sie beide konnten mit Konflikten nicht gut umgehen.

Serena war mittlerweile schon sechs Monate weg und Daddy Dean wartete nach wie vor geduldig auf ihre Heimkehr. Anfangs hatte sie alle zwei Wochen mit ihm telefoniert und über dieses und jenes geplaudert, doch mittlerweile blieben die Anrufe aus und sie schrieb nur noch gelegentlich einen Brief. Ende März machten sich Genevieve und ihre Schwestern mit der kleinen Lily-Rose auf, um Serena heimlich zu besuchen und sie zur Rückkehr zu bewegen. Lily-Rose war ihre Trumpfkarte, zumindest dachten sie das. Aber die Unternehmung war nicht von Erfolg gekrönt – Serena hatte andere Pläne.

Alte Bekannte aus der Schulzeit, die in Neuseeland wohnten, hatten sie eingeladen. Sie besaßen ein Weingut in Hawkes Bay. Wie sich im Laufe des Gespräches herausstellte, waren diese »alten Bekannten« ein *alleinstehender Mann*. Serena schwor Stein und Bein, dass die Situation keineswegs so zwielichtig war, wie sie vielleicht erscheinen mochte, doch Genevieve und ihre Schwestern waren derart entsetzt, dass sie früher als ursprünglich geplant von Lincoln abfuhren. Nattie raste wie eine Verrückte und gelobte, nie wieder ein Wort mit ihrer Mutter zu sprechen. Dass sie ihren Vater vorübergehend allein ließ, um zu sich selbst zu finden, konnte man vielleicht noch verstehen, aber ans andere Ende der Welt zu fliegen und sich auf einen anderen Mann einzulassen – das war unverzeihlich! Bis dahin hatten die Mädchen wie ihr Vater Geduld bewiesen und geglaubt, ihre Mutter würde nur wieder eine ihrer Phasen durchmachen. Einmal hatte Serena darauf bestanden, dass sie sich alle die Haare nicht mehr wuschen, damit sich die Kopfhaut so entwickeln konnte, wie es von der Natur vorgesehen war; die Haare würden sich schon bald daran gewöhnen und einen gesunden Glanz annehmen. Diese Phase endete abrupt, als sich Polly Läuse von einem Mädchen eingefangen hatte, das im Schulbus neben ihr saß. Sofort wurden ihre Köpfe mit jedem nur erdenklichen chemischen Mittel behandelt.

Die Töchter erzählten ihrem Vater nie von der Unterredung mit der Mutter, und sie sagten auch nichts, als Serena Daddy Dean in einem Brief schrieb, dass sie einen Freund in Neuseeland besuchen wolle. Sie taten so, als hörten sie zum ersten Mal davon, und um ihren Vater abzulenken, schlug Genevieve vor, dass er sich daranmachen solle, *Paradise House* auf Vordermann zu bringen. Er hatte die Dinge ein wenig schleifen lassen – die Lavendelsäckchen hatten jedenfalls ihren Duft verloren – und einige der Kommentare im Gästebuch waren keineswegs freundlich.

Ein anderer Vater in einer anderen Familie hätte sich vielleicht auf die tatkräftige Hilfe seiner erwachsenen Kinder verlassen können – leider war das bei den Baxters anders. Polly, das Nesthäkchen und die Einzige, die noch zu Hause wohnte, war unbestritten die klügste und hübscheste Tochter, aber sie war verträumt und wenig pragmatisch. Sie kleidete sich im »Oldtimer«-Stil – wie Genevieve es nannte –, trug lange, geblümte Kleider aus den vierziger Jahren, die sie in Trödlerläden oder auf Flohmärkten erstand, und es kam durchaus vor, dass sie mit zwei verschiedenen Schuhen das Haus verließ. Sie war eine brillante Musikerin, spielte Flöte, Violine und Klavier und hätte in so manchem Orchester engagiert werden können, wenn sie sich nur ein wenig bemüht hätte, aber sie hatte sich entschieden, an mehreren Schulen Musikunterricht zu geben. Sie liebte ihr Fach, und sie liebte Kinder, wahrscheinlich weil sie auch noch mit sechsundzwanzig die Welt aus großen Unschuldsaugen betrachtete und die bezaubernde Eigenschaft besaß, nur das Beste von anderen Menschen zu denken. Die Jungs, die sie unterrichtete – große wie kleine –, vergötterten sie alle.

Aber ihr praktisches Geschick tendierte gegen null. Erst neulich hatte Genevieve sie gebeten, ein Auge auf den Speck zu haben, während sie selbst im Speisesaal eine Bestellung aufnahm. Als Genevieve wieder in die Küche kam, stiegen Rauchschwaden vom Grill auf. Polly schaute von dem Buch auf, das sie gerade las – *Charlotte's Web* –, und sah Genevieve mit einem fast neugierigen Blick an, als würde sie sich fragen, warum ihre Schwester die Hintertür aufriss und die rauchende Grillpfanne ins Freie schleuderte. Polly raubte einem den letzten Nerv, aber Genevieve wusste, dass es sinnlos war, böse mit ihr zu sein – Polly wollte niemandem schaden. Man musste einfach die Zähne zusammenbeißen und hinnehmen, dass sie in einer anderen Welt lebte.

Und was Nattie betraf ... nun, es war schwierig zu entscheiden, wo man da anfangen sollte. Sie war die mittlere Schwester und bewohnte in Tenby ein schäbiges Einzimmerapartment in einem Haus, in dem lauter Nichtsnutze und Faulenzer herumlungerten. Ihr windiger Freund tauchte hin und wieder auf, aber er war nicht der Vater von Lily-Rose. Das war auch gut so, denn als Vater war er ganz und gar ungeeignet – ein unzuverlässiger Typ, der den lieben langen Tag am Strand herumhing, über die Brecher im nahegelegenen Manorbier surfte und sich einbildete, er könne sein Leben in bauschigen Shorts und Flipflops bestreiten.

Nattie hatte nicht nur ein herausragendes Talent, sich grässliche Freunde auszusuchen, sie war auch ausgesprochen rebellisch und eigensinnig. Als Kind hatte sie ihre Eltern mit ständigen Wutanfällen schier in den Wahnsinn getrieben – niemand, auch heute noch nicht, konnte eine Tür so zuschlagen wie Nattie. Sie war eine liebende Mutter für Lily-Rose, aber vielleicht doch ein wenig unsteter, als sie sein sollte. Sie dachte sich überhaupt nichts dabei, Lily-Rose ins *Paradise House* zu bringen und fest darauf zu bauen, dass schon jemand auf sie aufpassen würde, während sie selbst irgendeinen ihrer Kreuzzüge plante. Für Nattie war das Leben ein langer Kampf gegen all jene, die andere misshandelten oder ausnützten. Dabei kam ihr nie in den Sinn, dass auch sie ihre Mitmenschen bis zu einem gewissen Grad ausnützte. Niemand im *Paradise House* wies sie wegen ihrer Rücksichtslosigkeit zurecht, denn zum Glück kümmerten sie sich alle gern um Lily-Rose – das kleine Mädchen mit den blauen Augen und den blonden Korkenzieherlocken war ein richtiger Sonnenschein.

Es lag also zum Teil an der Unfähigkeit ihrer Schwestern, dass sich Genevieve in den Osterfeiertagen entschlossen hatte, während der Abwesenheit ihrer Mutter ins *Paradise House* heimzukehren. Bisher hatte sie diesen Besuch aufgeschoben, weil sie nicht genau wie ihre Mutter vor ihren Problemen davonlaufen wollte. Aber sie würde ja nur eine Weile bleiben, bis sich ihr Leben wieder stabilisiert hatte und sie wusste, was sie als Nächstes tun wollte. Nicht nur *Paradise House* brauchte eine feste Hand, um wieder auf Kurs zu kommen, sie selbst brauchte dasselbe.

Ganz oben auf Genevieves Liste mit Dingen, die dringend im *Paradise House* erledigt werden mussten, stand die Suche nach einer Putzfrau. Die letzte hatte kurz vor Serenas Abreise gekündigt und niemand hatte seither daran gedacht, eine neue einzustellen. Aber einen adäquaten Ersatz zu finden war nicht ganz einfach. Die einzigen Bewerber, die sich auf ihre Anzeige meldeten, waren Stromer – männliche wie weibliche –, die hofften, mit diesem Job ihre Surfleidenschaft finanzieren zu können, und fragten, ob sie, Genevieve, eine Ahnung hatte, wie teuer ein anständiges Board und ein Neoprenanzug waren. Ja, das wusste sie zufällig ziemlich genau – Natties Freund langweilte sie alle mit diesem Thema immer und immer wieder zu Tode.

Genevieve gab eine zweite Anzeige auf. Die einzige Frau, die sich diesmal bei ihr meldete, war Donna Morgan, eine Cousine von Debs, die den örtlichen Friseursalon *Debonhair* führte. Donna war erst kürzlich von Caerphilly nach Angel Sands gezogen, um ihrem tyrannischen Ehemann ein für alle Mal zu entkommen. Sie war Mitte fünfzig und hatte etwas von Bonnie Tyler an sich: dichtes zurückgekämmtes, blond gefärbtes Haar, heisere Stimme, ausgewaschene Jeans, Highheels und immer etwas zu stark geschminkte Augen. Donna arbeitete an manchen Abenden an der Bar im *Salvation Arms* und hatte sich bereits in der Karaoke-Nacht mit ihrer Darbietung von »Lost in France« einen Namen gemacht. Sie hielt sich erst drei Wochen in Angel Sands auf und war bereits eine feste Größe im Ort.

Genevieve hatte ihr den Job angeboten, konnte jedoch nicht leugnen, dass sie sich ausgesprochen unwohl dabei fühlte. Hatte sie sich das nur eingebildet, oder hatte Donna Daddy Dean tatsächlich mit mehr als nur freundlichen Blicken gemustert, als er mit ihr über ihren künftigen Aufgabenbereich im Haus gesprochen hatte? Seit Serena weg war und die Leute begannen, über die Zustände bei den Baxters zu tuscheln, ließen sich erstaunlich viele Frauen im *Paradise House* sehen. Und sie alle wollten ihre Hilfe anbieten: Brauchte Dean Baxter jemanden, der ihm die Wäsche bügelte? Oder vielleicht sollte ihm jemand einmal etwas Anständiges kochen? Es würde überhaupt keine Umstände machen. Für Genevieve war es schwierig, ihren Vater als Objekt sexueller Begierde zu sehen, aber er hatte offensichtlich etwas an sich, was die Aufmerksamkeit der Verwitweten und Geschiedenen magisch anzog. Gran behauptete, es sei eine biologische Tatsache, dass eine alleinstehende Frau nicht mehr aufzuhalten sei, wenn sie einmal die Witterung eines hilflosen, verstörten Mannes aufgenommen hatte. »Der Himmel sei ihm gnädig, aber sie werden an seine Tür hämmern, bis Serena nach Hause kommt.«

Hilflos und verstört – diese beiden Adjektive beschrieben ihren Vater ziemlich genau. Wie so viele Männer, die ihre Partnerin verloren hatten, war auch er plötzlich nicht mehr fähig, die einfachsten Aufgaben zu erfüllen. Allein seine Socken und Unterhosen zu finden erforderte seine ganze Konzentration.

Aber die großzügigen Angebote der Frauen waren vergeblich und führten nur dazu, dass Daddy Dean in die entgegengesetzte Richtung davonrannte – gewöhnlich in seine Werkstatt im Garten. Wenn es richtig schlimm wurde, dann stieg er die Leiter hinauf aufs Dach und behauptete, ein zerbrochener Dachziegel müsse ersetzt oder eine Leitung repariert werden. Im Grunde war er ein schüchterner Mann, der es hasste, im Mittelpunkt der Aufmerksamkeit zu stehen. Zudem liebte er seine Frau heute noch so sehr wie an dem Tag vor dreißig Jahren, als sie gestolpert und ihm in die Arme gefallen war. Genevieve wusste, dass er einen Schutzwall um sich errichtet hatte, damit er weiter in der Hoffnung leben konnte, dass Serena eines Tages einfach zurückkommen und rufen würde: »Überraschung! Ich bin wieder da!« Wenn Genevieve ehrlich war, dann war das genau das, was sie von ihrer unerfreulich unbesonnenen Mutter erwartete. Es wäre typisch für Mum, so zu tun, als hätte ihr Verhalten keinerlei Konsequenzen.

Als Genevieve ihren Tee ausgetrunken und den Toast gegessen hatte, ging sie zurück zum Haus. Sie musste Frühstück für sieben Personen vorbereiten, eine Geburtstagstorte verzieren und eine Überraschungsparty arrangieren. Außerdem hatte Donna heute ihren ersten Arbeitstag im *Paradise House*, was bedeutete, dass sich Daddy Dean sicher verdrücken und vielleicht wirklich den langen Spaziergang machen würde, den Genevieve ihm vorgeschlagen hatte.

2

Genevieve schellte an Granny Baxters Tür. Wartete. Dann drückte sie noch ein paar Mal auf die Klingel. Nicht weil ihre Großmutter schwerhörig war, sondern weil der Fernseher immer so laut lief. Zehn Minuten vor drei war nicht unbedingt die günstigste Zeit für einen Besuch im *Angel Cottage*, denn da war Dick Van Dyke in *Diagnose Mord* gerade dabei, den Täter zu entlarven. Gran verfolgte aufmerksam das Tagesprogramm und auch spätabends saß sie noch vor dem Kasten. Mit zweiundachtzig war sie beinahe peinlich gut informiert, was die neuesten Trends betraf.

Als die Familie nach Angel Sands übersiedelte, hatte es nie zur Debatte gestanden, Gran in Cheshire zurückzulassen. Aber sie hatte alle verblüfft, indem sie darauf bestand, nicht bei der Familie im *Paradise House* zu wohnen. »Ich möchte mein eigenes kleines Häuschen haben wie hier«, hatte sie gesagt. Seit Jahren hatte sie (zusammen mit Grandad, bevor er starb) in einem Bungalow auf der Farm gelebt, der extra als Ruhesitz für die beiden gebaut worden war. Sie war für sich geblieben und erwartete von anderen, dass sie ihre Privatsphäre respektierten. Wie es der Zufall wollte, wurde etwa einen Monat nachdem die Familie ins *Paradise House* gezogen war, ein Cottage zum Kauf angeboten. Es lag an der Hauptstraße des Dorfes, nur etwa fünfzig Meter vom nächsten Laden entfernt und, wie Gran es ausdrückte, in Schussweite der restlichen Baxters oben auf dem Hügel. Das bedeutete einerseits, dass Gran nach wie vor ein unabhängiges Leben führen konnte; andererseits, dass sie rasch Hilfe bekam, wenn sie welche brauchte.

Genevieve hatte einen Schlüssel zum *Angel Cottage*, aber sie musste ihrer Großmutter versprechen, ihn nur im Notfall zu benützen. »Und was macht einen Notfall aus?«, wollte die alte Lady wissen.

»Da ich weiß, wie fernsehsüchtig du bist, würde ich sagen, ein Notfall ist, wenn du die Fernbedienung verlegt hast.«

Endlich ging die pastellblaue Tür auf. »Ich wusste schon die ganze Zeit, wer der Mörder war«, sagte Gran. »Das mit den Schulterpolstern war ein guter Trick. Man sah ihr an, dass sie die verschmähte Geliebte war, das war ihr von Anfang an ins Gesicht geschrieben. Man sollte meinen, sie machen so einen Krimi ein bisschen verzwickter, findest du nicht auch?«

Genevieve folgte ihr ins Wohnzimmer. Durch die niedrige Decke, die vielen Möbel und Dekorationsobjekte, die sich hier befanden, wirkte es noch kleiner, als es ohnehin war. Hunderte von gerahmten Fotografien standen auf jeder verfügbaren Fläche – verblasste von längst verstorbenen Verwandten, etliche von Daddy Dean als Kind und Jugendlicher, unzählige von Genevieve und ihren Schwestern und natürlich von Lily-Rose. Den Ehrenplatz auf dem Fernseher nahm ein Schwarz-Weiß-Foto von Gran und Grandad an ihrem Hochzeitstag ein, auf dem beide mit unbewegtem Gesicht in die Kamera starrten. Aber trotz all dem Krimskrams war das Zimmer makellos sauber. Gran, eine Frühaufsteherin, wischte für gewöhnlich Staub, polierte und fuhr mit ihrem uralten Staubsauger über die Teppiche, bevor die meisten Leute die Augen aufschlugen. Um neun Uhr döste sie dann in ihrem Sessel ein, wachte aber um elf Uhr pünktlich für die Quizshow im Fernsehen wieder auf.

Im letzten Jahr hatte Dad ihr verboten, selbst die Fenster zu putzen und die Malereien außen am Haus zu säubern. Als ihm eine Nachbarin erzählte, dass Gran trotzdem mit einer zusammengeknüllten Zeitung die Scheiben von außen poliert hatte, nahm er ihr die kleine Trittleiter weg, die sie unter der Treppe aufbewahrte. Außer sich vor Entrüstung, sagte sie: »Daddy Dean, ich wäre dir wirklich sehr verbunden, wenn du deine Nase nicht in meine Angelegenheiten stecken würdest!«

»Das werde ich, wenn ich darauf vertrauen kann, dass du dich an das hältst, was man dir sagt«, erwiderte er gelassen, aber auch entschieden. Er erhob selten die Stimme.

»Du warst schon immer ein verflixter Bengel, Dean Baxter!«

Von da an putzte Dad Grans Fenster. Natürlich strahlten sie nie mehr so schön wie zu den Zeiten, als Gran sie noch poliert hatte.

»Ich wollte mir gerade eine Kleinigkeit zu essen machen«, sagte Gran zu Genevieve. »Möchtest du auch etwas?«

»Nein, danke. Du hast doch die Party nicht vergessen, oder? Dort gibt es jede Menge zu essen.«

Ihre Großmutter schnalzte mit der Zunge. »Natürlich habe ich das nicht vergessen!« Sie hob ein Kissen vom Sofa und zeigte ihrer Enkelin ein hübsch verpacktes Geschenk. »Ich habe es hier versteckt, für den Fall, dass dein Vater vorbeischaut.« Sie legte das Kissen zurück und fügte hinzu: »Wenn wir heute Nachmittag etwas trinken, sollten wir eine gute Grundlage haben. Ich mach uns schnell ein Sandwich.«

»Wirklich, ich brauche nichts, danke.«

Die winzige Küche war genauso voll gestopft wie das Wohnzimmer. Es juckte Genevieve in den Fingern, hier Ordnung zu schaffen. Das Bügelbrett stand in der Mitte, während das Bügeleisen leise vor sich hin zischte und kleine Dampfwölkchen in die Luft spuckte. Weiß Gott, wie lange es schon so dastand.

»Soll ich das wegräumen, Gran?«

»Besser wäre, du würdest diesen Kleinkram für mich zu Ende bügeln.«

Genevieve wich erschrocken zurück, als Gran mit dem großen Brotmesser auf die Unterwäsche und die Küchentücher deutete. Granny Baxter war bekannt dafür, dass sie absolut alles bügelte. »Wenn sie eines Tages ihre Unterhosen nicht mehr bügelt, dann müssen wir uns ernsthaft Sorgen um sie machen«, sagte Nattie oft.

Während Gran an dem Vollkornbrot herumsägte, ließ Genevieve das Bügeleisen an Stellen gleiten, zu denen sich andere Bügeleisen nie vorwagten. Sie war sich bewusst, dass sie sowohl die Uhrzeit im Auge behalten musste als auch den Grund, weshalb sie hergekommen war – nämlich Gran abzuholen und mit ins *Paradise House* zu nehmen –, sonst würde die Party nie stattfinden. Ein Besuch bei Granny Baxter war fast so, als würde man in ein schwarzes Loch gesogen.

Als das Sandwich fertig war (Genevieve warf einen argwöhnischen Blick auf das Verfallsdatum der Krabbenpaste), setzte sich Gran an den winzigen Küchentisch. »Also, wie geht's dir, Genevieve?«

Genevieve hatte sich schon gefragt, wie lange es dauern würde, bis Gran die Gelegenheit nutzte. Genevieve wandte den Blick nicht von der Bügelwäsche. »Gut«, antwortete sie.

»Wie steht's mit dem Schlafen?«

»Besser.«

»Nimmst du noch die Pillen?«

»Nein.«

»Das ist gut. Hast du noch Alpträume?«

»Ein paar.«

»Isst du anständig?«

»Natürlich.«

»Hmm ...«

Sekunden verstrichen.

»Du solltest mehr darüber reden, Genevieve. Früchte weckt man ein, aber keine Gefühle.«

Offenbar hatte Gran einen ihrer wacheren Momente. »Aus dem Mund einer Baxter höre ich das ja zum allerersten Mal«, gab Genevieve zurück.

»Wir müssen aus unseren Fehlern lernen. Es wird Zeit, dass ihr, du und deine Eltern, euch das zu Herzen nehmt. Du bist doch nicht depressiv, oder?«

»Nein. Ich habe dir doch gesagt, dass es mir gut geht.«

Gran ging in ihr Schlafzimmer, um sich für die Party umzuziehen; ihr Sandwich hatte sie kaum angerührt. Genevieve wusste, dass ihre Großmutter das Sandwich und die Bügelwäsche nur als Vorwand benutzt hatte, um ein wenig mit ihr allein sein zu können. Genevieve hörte, wie ihre Großmutter nach oben stapfte, und machte sich daran, die Küche aufzuräumen – zumindest so weit sie konnte, ohne Grans Zorn auf sich zu ziehen und sich anhören zu müssen, dass sie sich um Dinge kümmerte, die sie nichts angingen. Sie legte den Brotlaib in die Brotbüchse, die Butter in den Kühlschrank, den Teller und den leeren Krabbenpaste-Tiegel ins Spülbecken – sie war immerhin klug genug, ihn nicht in den Abfalleimer zu werfen. Flaschen und Gläser aller Größen wurden in diesem Haushalt stets gespült, in der Speisekammer aufbewahrt und später mit selbst gemachter Marmelade, Pickles und Kompott gefüllt.

Grans Verhör war nicht so schlimm gewesen, wie es hätte sein können. Wenn man bedachte, dass sie in der Familie den Spitznamen Gestapo-Gran hatte, war Genevieve wirklich glimpflich davongekommen. Aber ihre Großmutter hatte durchaus Recht: Genevieve *sollte* mehr darüber sprechen. Doch jedes Mal wenn sie es versuchte, durchlebte sie die Ereignisse von neuem, war noch Tage danach durcheinander und konnte nachts nicht schlafen. Man hatte ihr klar gemacht, dass sie Geduld mit sich haben musste; dass sie in dieser Phase zwei Schritte vor und einen zurück machen würde.

Sie sagte sich, dass heute nicht der Tag für Rückwärtsschritte war – sie wollte sich auf der Geburtstagsparty ihres Vaters amüsieren –, und verdrängte die Erinnerungen. Nachdem sie das Bügeleisen zum Auskühlen auf das Fenstersims gestellt hatte, ging sie ins Wohnzimmer, um dort auf Gran zu warten.

Die Lokalzeitung lag auf dem Kaffeetisch. Genevieve nahm sie zur Hand und las langsam den Leitartikel. Erst als sie zwölf Jahre alt war, hatte man Legasthenie bei ihr festgestellt. Bis dahin hatte sie sich im Unterricht der Grundschule immer möglichst still verhalten, um nicht aufzufallen und nicht aufgefordert zu werden, etwas laut vorzulesen. Sie selbst hatte nämlich längst begriffen, dass sie nicht so schnell lesen konnte wie die anderen Kinder. Im Alter von zwölf war es nicht mehr so leicht, die peinliche Tatsache zu kaschieren, dass sie die Wörter und Sätze, die an der Tafel standen, nicht richtig abschreiben konnte. Ihre Verlegenheit wurde zur Scham, als ihr die Lehrer bescheinigten, dass sie »langsam lernte«. Schließlich schlug ein Englischlehrer, entnervt von den vielen Rechtschreibfehlern, ihren Eltern vor, Genevieve professionell auf Legasthenie testen zu lassen. Die Untersuchungen ergaben, dass Genevieve trotz ihrer angeborenen

Sprach- und Schreibschwäche einen überraschend hohen Intelligenzquotienten hatte. Das erklärte, wie es ihr gelungen war, ihre Unzulänglichkeiten so lange zu verbergen. Wenn sie nicht so ausgeklügelte Strategien entwickelt hätte, wäre die Störung schon viel früher erkannt worden.

Egal wie verständnisvoll die Lehrer und Eltern ab diesem Zeitpunkt mit ihr und ihrer Schwäche umgingen, Genevieves Sebstvertrauen war beschädigt: Man hatte ihr so viele Jahre das Etikett »faul und fett« aufgeklebt, dass es sich fest in ihr Unterbewusstsein geprägt hatte. Selbst heute noch, mit dreißig Jahren, verspürte sie ständig den Drang, allen zu beweisen, dass sie nicht dumm war.

Am meisten bereute sie, dass sie mit siebzehn – in der »Zeit, in der es ihr nicht gut ging« – die Schule abgebrochen und anschließend verschiedene Jobs angenommen hatte: als Platzanweiserin im Kino, als Verkäuferin und sogar als Tierpflegerin in einer Hundepension. Dann kam sie aus heiterem Himmel auf die Idee, Köchin zu werden, und fand einen Teilzeitjob in einem Restaurant. Aber dort war sie kaum mehr als eine Dienstmagd, musste Geschirr spülen, Gemüse putzen und in den Töpfen rühren. Nach kurzer Zeit bewies sie am örtlichen College, das sie zweimal in der Woche besuchte, dass sie sowohl kompetent war als auch eine rasche Auffassungsgabe besaß. Aber gerade als sich die Dinge für sie zum Besseren entwickelten, verkaufte ihr Vater die Farm in Cheshire, und die ganze Familie zog nach Pembrokeshire. In den darauf folgenden neun Monaten half Genevieve den Eltern, *Paradise House* zu führen, aber schon bald hatte sie das Bedürfnis, ihren Horizont zu erweitern. Sie bewarb sich für eine Stellung in einem Hotel in Cardiff, wo Nattie an der Universität Medienwissenschaften studierte. Dort teilten sich die beiden Schwestern eine winzige Zweizimmerwohnung.

Es war ein Desaster. Genevieve wankte nach einem Zwölfstundentag in der personell unterbesetzten Hotelküche nach Hause, während Nattie, die bis in die Puppen geschlafen hatte, in Partylaune war. Genevieve hatte nach der Arbeit selten die Energie, mehr zu unternehmen, als sich erschöpft aufs Sofa sinken zu lassen. Sie hielt es zehn Monate in der Höllenküche mit den wahnwitzigen Arbeitszeiten und einem unflätigen, ständig alkoholisierten Küchenchef aus. Dann fand sie einen neuen Job in einem schicken Restaurant mit überteuerter Nouvelle Cuisine, merkte jedoch rasch, dass sie vom Regen in die Traufe gekommen war. Ihr neuer Chef war ein arroganter gallischer Koch aus Marseille. Er war aufbrausend – was manche euphemistisch als Künstlertemperament bezeichneten – und hatte feuchte Hände, die sich oft verirrten. Genevieve reichte die Kündigung nach drei Monaten ein. Als die Besitzerin des Restaurants, die Frau des grabschenden Küchenchefs, fragte, warum sie gehen wollte, sagte Genevieve: »Weil Ihr schmieriger Mann seine Finger nicht bei sich behalten kann. Wenn ich noch genügend Energie hätte, würde ich ihn wegen sexueller Belästigung am Arbeitsplatz anzeigen. Oh, vielleicht sollten Sie mal in die Kühlkammer sehen. Ich habe ihn vor fünf Minuten dort eingesperrt.« Das war Natties zündende Idee gewesen.

Genevieve marschierte hoch erhobenen Hauptes und mit einem kompletten Richtungswechsel im Sinn aus dem Restaurant. Sie war erst zweiundzwanzig, fühlte sich jedoch eher wie zweiundneunzig. Auszubildende in der Küche wurden, das hatte sie inzwischen begriffen, sozusagen als Kanonenfutter missbraucht und von Egomanen in dieser von Männern dominierten Welt nach Strich und Faden ausgenutzt. Das war nichts für sie.

Es folgte eine ganze Reihe unterschiedlicher Jobs – wie damals, als sie die Schule verlassen hatte –, bis die kluge alte Gran ihr einen ganz neuen Karriereschritt vorschlug. »Warum versuchst du es nicht als Haushälterin in einer ›vornehmen‹ Familie. Ich wette, es gibt einige Leute, die bereit sind, viel Geld für jemanden zu bezahlen, der so gut kochen kann wie du und den Haushalt organisiert.«

So verrückt das alles auch klang, Genevieve versuchte es und machte die erstaunliche Erfahrung, dass es tatsächlich Bedarf an Haushälterinnen gab – aber nicht an den Furcht einflößenden mit weißer Schürze und dickem Schlüsselbund am Gürtel, wie sie in Romanen und Filmen vorkamen. Solange sie flexibel und sich für nichts zu schade war, standen ihr unzählige Möglichkeiten offen.

Als gebranntes Kind ging sie mit Bedacht vor und suchte sich ihre neuen Arbeitgeber sorgfältig aus: Es durften keine irren Egomanen oder potenziellen Grabscher sein. Die Arbeit war abwechslungsreich und wurde erstaunlich gut bezahlt. Zudem hatte sie freie Kost und Logis und gelegentlich sogar die Möglichkeit zu reisen, wenn die Familie sie mit in die Ferien nahm, weil sie ihre Dienste für unentbehrlich hielt. Der einzige Nachteil dieses Berufs war, dass sie wenig Freizeit hatte und es schwierig war, neue Leute kennen zu lernen. Und manchmal entwickelte sie eine sehr starke Zuneigung zu den Menschen, für die sie arbeitete – und umgekehrt –, so dass ihr die Trennung schwer fiel, wenn es Zeit wurde, eine andere Stellung anzunehmen.

Die nettesten ihrer Arbeitgeber waren George und Cecily Randolph gewesen, ein älteres Ehepaar, das sie eher wie eine Enkelin und nicht wie eine Angestellte behandelt hatte. Schon allein bei der Erinnerung an die Randolphs verspürte Genevieve einen schmerzhaften Stich, und sie war froh, dass Gran die Treppe herunterkam und sang: »Mine Eyes Have Seen the Glory.«

Die gute alte Gran. Man konnte sich immer darauf verlassen, dass sie trübsinnige Gedanken verscheuchte.

3

Zu Genevieves Erleichterung lief alles wie am Schnürchen und die Überraschungsparty war in vollem Gange. Sie sah sich im Garten um und stellte fest, dass sich die Gäste amüsierten und blendend unterhielten. Sogar ihr Vater machte den Eindruck, als hätte er Spaß. Es war gut, ihn wieder lächeln zu sehen.

Ihre Freunde waren hauptsächlich Zugezogene, wie die Einheimischen sie hartnäckig bezeichneten, aber wenn man es ganz genau nahm, dann gab es nur wenige im Dorf, die wirklich alteingesessen waren. Stan und Gwen Norman, die vor fünf Jahren den Mini-Markt im Dorf übernommen hatten, lachten und plauderten mit Huw und Jane Davies. Die Daviesens waren kurz nach den Baxters nach Angel Sands gezogen. Sie hatten in Cardiff alles aufgegeben und das ehemalige Hufschmied-Cottage samt Werkstatt gekauft und zu einer Töpferei und Kunstgalerie umgebaut. Jane war mittlerweile eine bekannte Künstlerin in der Gegend und Huw (ein ehemaliger Steuerprüfer) produzierte schrullige Krüge, Becher und Teekannen in Form von Drachen. Kitschigen Schnickschnack, wie er selbst bereitwillig zugab, aber damit verdiente er das tägliche Brot. Zusätzlich half er Freunden und Bekannten bei ihren Steuererklärungen.

Drüben vor dem Wintergarten saßen Ruth Llewellyn und Gran im Schatten. Ruth und ihr Mann führten *Angel Crafts*, einen Geschenkeladen im Zentrum des Dorfes – William hielt dort im Moment zusammen mit den beiden halbwüchsigen Töchtern die Stellung. Sie wohnten erst seit einem Jahr in Angel Sands und hatten den Laden – damals eine baufällige Bude, in der Angelzubehör angeboten wurde – gekauft.

In Angel Sands ein Geschäft zu führen, das hauptsächlich auf Touristen angewiesen war, war ein härteres Brot, als sich die meisten vorstellen konnten, und die Läden wechselten fast so häufig die Besitzer, wie die Flut kam und ging. Die Lloyd-Morris-Brüder hatten sich dagegen über Jahre hinweg behauptet. Roy und David waren schon seit Ewigkeiten Metzger in Angel Sands, und ihr Milchlamm oder die selbst gemachten Würste waren für jeden, der sie jemals gekostet hatte, unvergesslich. Es ging das Gerücht um, dass sie mit Hilfe ihrer Frauen Ann und Megan nun auch noch einen Versandhandel eröffnen wollten. Leider konnten nur Roy und Ann zu der Party kommen – David hatte den Kürzeren gezogen und musste im Laden bleiben.

Genevieve hatte überlegt, ob sie die Party auf den Abend verlegen sollte, aber dann wären Huw und Jane sowie Tubby Evans – mit echtem Namen Robert – nicht gekommen. Deshalb waren die Gäste, zu denen noch Adam Kellar gehörte, für den späten Nachmittag eingeladen. Alle Welt wusste, dass Adam über beide Ohren in Nattie verliebt war, doch das Objekt seiner Begierde ignorierte ihn. Sie stand barfuß und in einer Latzhose, die sie bis zu den Knien hochgekrempelt hatte – darunter trug sie nichts –, mit Tubby zusammen und hielt ihm einen Vortrag über die Gefahren von Pestiziden, wobei sie die Ernsthaftigkeit ihrer Aussagen mit heftigen Gesten unterstrich. Genevieve hatte den Verdacht, dass Tubby sie einfach reden ließ, weil er hoffte, dass irgendwann eine kleine rosa Brustwarze unter dem Latz hervorspitzen würde.

Tubby, der den Spitznamen wegen seiner kurzen Beine und der rundlichen Figur erhalten hatte, fuhr mit Gemüse und Obst in einem Lieferwagen durch die Gegend und war der Mann, der alles wusste. Ihm wurden alle Neuigkeiten zugetragen; Häuser wurden an einem einzigen Nachmittag durch seine Vermittlung ge- und verkauft. Und es war Tubby, der Genevieve, Nattie und Polly den Namen »wunderliche Schwestern« gegeben hatte. Er behauptete, sie wären die seltsamsten Mädchen, denen er je begegnet war. Aber wie ihr Vater dazu lediglich bemerkte: Tubby selbst hatte eben nie eine Familie gehabt und konnte daher nicht wissen, was für eine haarsträubende Achterbahnfahrt es war, drei Töchter großzuziehen.

Etwas Weißes blitzte auf und erregte Genevieves Aufmerksamkeit. Es war Polly, die ein knöchellanges weißes Baumwollkleid, das praktisch durchsichtig war, trug und aussah wie ein Mädchen aus der Timotei-Werbung. Sie schwebte geistesabwesend im grellen Sonnenlicht durch den Obstgarten und pflückte Glockenblumen. Lily-Rose war ihr dicht auf den Fersen – für ein so kleines Kind, das die großen, bunten Cloggs seiner Mutter anhatte, war das in dem hohen Gras eine echte Kraftanstrengung. Die Kleine zog einen Karton mit ihren Lieblingspuppen und Teddybären hinter sich her.

Als Genevieve sah, dass Adam ganz allein dastand, ging sie mit einem Tablett voller Kanapees zu ihm. »Wie geht's?«, fragte sie. Sie mochte Adam und er tat ihr Leid. Seit seiner Ankunft in Angel Sands war er hoffnungslos in Nattie verknallt. Aber Nattie wollte einfach nichts mit ihm zu tun haben. Genevieves Ansicht nach war Nattie in diesem Punkt ein echter Dummkopf – Adam war warmherzig, unendlich großzügig und nachsichtig, insbesondere mit Nattie.

»Was, um Himmels willen, sollte ich mit ihm anfangen?«, sagte Nattie. »Lieber Gott, er trägt ein goldenes Armband! Und, was noch schlimmer ist, er hält das Messer wie einen Bleistift!«

Schon als Kinder waren die Baxter-Mädchen von ihrer Mutter wiederholt vor diesem schändlichen Verbrechen gewarnt worden. »Die Tischmanieren sagen eine Menge über den Charakter einer Person aus«, hatte Serena ihnen immer wieder eingebläut. Dass Nattie sich einbildete, ihre Manieren wären besser als die aller anderen, war natürlich lachhaft.

Adam nahm sich einen der kleinen Yorkshire-Puddings mit einer dünnen Scheibe Rindfleisch und Meerrettichsauce, dabei rutschte ihm das anstößige Schmuckstück über den gebräunten Arm. »Blendend«, beantwortete er Genevieves Frage. »Es könnte nicht besser gehen.« Adam war immer optimistisch. »Ich habe einen weiteren Campingplatz gekauft. In Nolton Heaven. Erst gestern hab ich den Vertrag unterschrieben.«

»Davon hab ich schon gehört.« Tubby hatte Genevieve von Adams neuestem Geschäft erzählt.

»Er war spottbillig. Allerdings muss ich wohl oder übel noch einen Haufen Geld hineinstecken, aber wenn ich ihn erst hergerichtet habe, dann ist er so schön wie meine anderen Plätze.«

Adam verdiente sein Geld, indem er heruntergekommene Campingplätze kaufte und zu regelrechten Freizeitparks umgestaltete. Er besaß fünf solcher Grundstücke in Pembrokeshire, drei in Devon, fünf in Cornwall und zwei in der Nähe von Blackpool. Mittlerweile war er fünfunddreißig und seit seinem sechsundzwanzigsten Lebensjahr Millionär. Damals hatte er all seine Habe verhökert und einen größeren Kredit aufgenommen, um seinen ersten Campingplatz in Tenby zu erwerben. Wie er Genevieve erklärte, hatte er davon profitiert, dass sich die Bedürfnisse der Touristen und Urlauber in letzter Zeit stark verändert hatten. Er hatte rechtzeitig erkannt, dass Ferien im Wohnwagen einen neuen Stellenwert bekamen. Heutzutage mokierte sich niemand mehr über »Permanent-Camper«: Wohnwagen, die ständig an ein und demselben Platz standen, wurden als »Holiday Homes für gehobene Ansprüche« angesehen, und Fußballspieler, Buchmacher im Ruhestand und wohlhabende Autohändler zählten ebenso zu den Besitzern von mobilen Ferienbehausungen wie die normalen Urlauber, die eine Unterkunft möglichst nahe am Meer haben wollten. Laut Adam wetteiferten einige dieser Leute sogar darum, wer das größte Schlafdeck, die hellste Innenbeleuchtung oder das beste Schlauchboot hatte. »Man muss nur die Schwächen der Menschen schamlos ausnützen, dann hat man Erfolg«, sagte Adam. Er hielt sich an diese Devise, indem er seine Campingplätze mit Clubhäusern, Swimmingpools, Spielplätzen, Fitnessstudios und Wellnesseinrichtungen ausstattete und dafür sorgte, dass sich die Leute auch abends amüsieren konnten.

Genevieve bewunderte seinen Unternehmergeist und seinen Fleiß. Mit sechzehn hatte er die Schule in Wolverhampton verlassen und seither unermüdlich gearbeitet, obwohl er sich, wie er selbst meinte, inzwischen das Recht verdient hätte, sich seine Zeit selbst einzuteilen. »Was hat es für einen Sinn, mich abzustrampeln, wenn ich mich genauso gut zurücklehnen und mein Leben ein wenig genießen könnte?« Und er hatte eine Menge zu genießen: ein schönes Haus in Angel Sands, das er vor anderthalb Jahren gebaut hatte, etliche imposante Autos und eine Ferienwohnung auf Barbados. Ihm fehlte nur noch die richtige Frau, mit der er all dies teilen konnte. Und die einzige, die er wollte, war Nattie – doch die verschmähte ihn.

»Er repräsentiert alles, was falsch ist in dieser Welt«, beschwerte sich Nattie. »Langsam, aber sicher zerstört er die Schönheit der Natur mit seinen scheußlichen Ferienparks. Wenn er je einen hier in der Nähe bauen will, dann brenne ich eigenhändig alles nieder.«

Dazu wäre sie tatsächlich imstande.

»Deine Schwester sieht nicht gut aus«, stellte Adam fest. Sein Blick war auf Nattie geheftet, die immer noch bei Tubby stand und unaufhörlich redete.

Genevieve bot Adam noch ein Kanapee an. »Sie ist es nicht wert, Adam. Du bist ohne sie besser dran.«

Er lächelte und für den Bruchteil einer Sekunde sah er fast gut aus. Genevieve fand, dass er ein solides, verlässliches Gesicht hatte – ein Gesicht, das einem nicht auf Anhieb auffiel, an das man sich jedoch langsam gewöhnte und das man lieb gewinnen konnte. »Ich bin kein Bild von einem Mann«, hatte er einmal gescherzt, »aber du hättest mich mal vor der Operation sehen sollen!« Und er machte auch Witze darüber, dass es für Tom Cruise okay sei, zu klein geraten zu sein, aber für einen hässlichen Gnom wie ihn sei das kein Zuckerschlecken.

Ohne Nattie aus den Augen zu lassen, sagte er: »Sie ist einzigartig, Gen, und ich bin ein geduldiger Mann.«

Genevieve wusste, dass das keine Arroganz war, sondern der unerschütterliche Glaube, dass man sich etwas nur ganz, ganz fest wünschen musste, um es letzten Endes auch zu bekommen. Er aß seinen Mini-Yorkshire-Pudding. »Diese Dinger sind gar nicht schlecht. Hast du schon mal daran gedacht, ein eigenes Catering-Unternehmen zu gründen? Damit könntest du gut verdienen – kleine Geschäftsessen, Hochzeitsfeiern, Jubiläen, solche Sachen.

Heute kann doch kaum noch jemand so kochen wie die Frauen früher. Sie schauen sich zwar all die Kochsendungen im Fernsehen an, aber dabei bleibt's dann auch. Sie sehen jemand anderem beim Kochen zu und behaupten dann, sie hätten gar nicht die Zeit, sich selbst an den Herd zu stellen.«

Genevieve lachte. »Du kannst es nicht ertragen, wenn jemand auf der faulen Haut liegt, oder, Adam?«

»Das stimmt nicht. Ich will, dass die Leute auf der faulen Haut liegen. Damit verdiene ich meinen Lebensunterhalt. Und du solltest das auch versuchen.«

»Was? Däumchen drehen? Das glaube ich eher nicht.«

»Nein. Ein Catering-Unternehmen gründen und die Faulheit der anderen ausnützen. Das heißt, falls du vorhast, in Angel Sands zu bleiben.«

»Und gleichzeitig soll ich *Paradise House* für Dad führen?«

»Du schaffst das, Gen. Das weiß ich. Es ist nur eine Frage der Organisation und organisieren kannst du. Du musst dich lediglich entscheiden, was du willst, dann machst du dich daran, deine Pläne in die Tat umzusetzen.«

»Ist das die Einstellung, die dich davon abhält, Nattie aufzugeben?«

Er ignorierte ihre Frage. »Falls das Startkapital ein Problem ist, könnte ich dir unter die Arme greifen. Nur für den Anfang, bis alles richtig läuft. Du brauchst einen kleinen Van; bestimmt findest du einen gebrauchten, der nicht allzu viel kostet. Ich kenne da einen Burschen, der …«

»Adam Kellar, du bist wirklich der liebste Mann auf der Welt. Aber ich brauche kein Geld. Vorerst zumindest nicht.«

Die Titelmusik von *The Great Escape* ertönte und Adam holte sein Handy aus der Tasche. Genevieve ließ ihn in Ruhe telefonieren und schlenderte zu Polly, die auf der alten Schaukel im Obstgarten saß. Den Glockenblumenstrauß hatte sie neben sich gelegt. Sie summte leise vor sich hin und schaute aufs Meer – ihr langes, babyweiches blondes Haar wehte sanft im Wind.

»Alles in Ordnung, Poll?«

Ihre Schwester drehte sich um. Ihr schönes Gesicht wirkte traurig. »Ich habe gerade an Mum gedacht. Sie sollte hier sein.«

Genevieve setzte sich ins Gras neben der Schaukel und betrachtete das türkisfarbene, in der Sonne glitzernde Wasser. Eine einsame Möwe zog ihre Kreise und ihre Schreie gellten durch die Luft.

Sie sollte hier sein.

Es war eine schlichte, aber treffende Feststellung. Die Abwesenheit ihrer Mutter war das Einzige, was die Party trübte. Serena hatte Daddy Deans Geburtstag nicht vergessen – sie hatte eine Karte und ein kleines Geschenk aus dem fernen Neuseeland geschickt –, aber sie wurde schmerzlich vermisst.

Sie sangen alle »Happy Birthday« und Daddy Dean hob Lily-Rose hoch, damit sie ihm dabei helfen konnte, die neunundfünfzig Kerzen auf der Torte auszublasen. Tubby zog Daddy Dean damit auf, dass er ganze zweieinhalb Jahre älter war als er ... und genau in diesem Augenblick erschien ein Überraschungsgast.

»Ich hoffe, es ist nicht zu spät, um alles Gute zum Geburtstag zu wünschen«, hauchte eine Frau, die in ihren ausgewaschenen, mit funkelnden Strasssteinen bestickten Jeans mehr als eine Erscheinung war.

4

In den knallengen Jeans, der mit Glitzer verzierten Fransenjacke und den weißen Cowboystiefeln sah Donna Morgan aus, als wäre sie auf der falschen Party gelandet.

»Ich möchte nicht stören, aber ich wollte Ihnen doch eine Kleinigkeit schenken«, flötete sie mit ihrem starken Caerphilly-Akzent und ihrer rauchigen Stimme, wobei sie Daddy Dean anhimmelte.

Man muss die Dreistigkeit dieser Frau bewundern, dachte Genevieve. Sie hatte heute Morgen, als sie Donna half, die Gästezimmer sauber zu machen, nur beiläufig erwähnt, dass ihr Vater heute Geburtstag hatte, und jetzt tauchte sie hier auf, herausgeputzt wie ein Cowgirl, das bereit war, einen Mann mit dem Lasso einzufangen, wenn es sein musste. Genevieve beobachtete die Reaktion ihres Vaters, als Donna auf ihn zuging. Er hielt Lily-Rose wie einen lebenden Schild vor sich und wich einen Schritt zurück.

Und trat Gran auf den Fuß. Gran schrie auf und Madeira schwappte aus ihrem Glas auf ihr Kleid. Adam kam ihr sofort mit einer Papierserviette zu Hilfe, aber Gran machte sich mehr Sorgen um ihr leeres Glas. »Ich habe noch nicht einmal einen Schluck getrunken!«, maulte sie. Nachdem das Glas wieder gefüllt war und sich Donna entschuldigt hatte, kehrte wieder Ruhe ein. Donna sah sich nach dem Empfänger ihres Geschenks um, aber der war spurlos verschwunden. Er hatte die Flucht ergriffen.

Genevieve musste sich das Lachen verbeißen. »Ich suche ihn«, versprach sie und stellte sich vor, dass sich ihr Vater im Klo eingesperrt hatte und sich weigerte herauszukommen. Zum Glück hatte er Lily-Rose bei sich und konnte sich deshalb nicht aufs Dach flüchten.

Nattie holte sie im Wintergarten ein. »Diese Person hat wirklich Nerven! Was bildet die sich eigentlich ein, sich so an Dad ranzumachen? Jetzt sag bloß nicht, du hast sie eingeladen, Gen.«

»Natürlich nicht.«

»Woher weiß sie dann, dass er heute Geburtstag hat?«

»Es ist mir heute Morgen rausgerutscht.«

»Jedenfalls muss sie so schnell wie möglich wieder von hier verschwinden.«

»Vielleicht möchtest *du* ja im Haus mit anpacken«, versetzte Genevieve ärgerlich, »dann brauchen wir keine Putzhilfe.«

Nattie winkte ab. »Sei nicht albern, du weißt, dass ich das nicht kann. Nicht mit Lily-Rose. Aber hast du gesehen, wie eng ihre Jeans sind?« Sie schnalzte missbilligend mit der Zunge. »Frauen, die in die Jahre gekommen sind, sollten es eigentlich besser wissen.«

»Und das kommt ausgerechnet aus dem Munde des Mädchens, das Tubby den ganzen Nachmittag ihre Brüste gezeigt hat?«

»Ja, aber dafür hatte ich gute Gründe. Ich versuche, ihn zu bekehren. Noch ein bisschen Überredungskunst, und ich habe ihn so weit, dass er nur biologisch angebaute Produkte in seinem Lieferwagen herumfährt.«

»Und ich hätte schwören können, dass du das nur tust, um den armen Adam zu reizen.«

Ihre Schwester spielte die Ahnungslose. »Oh, ist er auch hier?«

»Du bist ehrlich furchtbar. Irgendwann wirst du es bereuen, dass du ihn so schlecht behandelt hast. Er ist ein netter Kerl.«

Nattie bedachte sie mit einem vernichtenden Blick. »Warum gehst *du* dann nicht mit Mr Wonderful aus?«

»Weil er mich erstens nie gefragt hat und weil er zweitens verrückt nach *dir* ist.«

Sie fanden ihren Vater oben in seinem und Mums Schlafzimmer. Er saß in dem Schaukelstuhl, den er für Serena gekauft und restauriert hatte, als Polly geboren wurde. Lily-Rose hüpfte auf dem Bett herum und strahlte, weil sie niemand davon abhielt. Daddy Dean starrte unglücklich auf die Karte, die er in der Hand hielt: Es war Serenas Geburtstagskarte aus Neuseeland.

Genevieve und Nattie kauerten sich rechts und links neben den Schaukelstuhl. Beide schwiegen. Was hätten sie auch sagen sollen? Jedes Mal wenn eine Frau auch nur einen Funken Interesse an Daddy Dean zeigte, musste er an Serena denken und daran, wie sehr er sich danach sehnte, sie wieder zu Hause zu haben.

»Es tut mir Leid«, entschuldigte er sich mit belegter Stimme. »Es ist dumm von mir, ich weiß.«

»Es ist überhaupt nicht dumm«, widersprach Genevieve und streichelte seine Hand.

»Absolut nicht«, pflichtete Nattie ihr bei und nahm seine andere Hand. »Ich würde mich nicht anders verhalten, wenn diese unmögliche Frau plötzlich auf meiner Party auftauchen würde. Willst du, dass ich sie wegschicke?«

Daddy Dean schüttelte kläglich den Kopf. Er wollte etwas sagen, als Lily-Rose atemlos von dem ausgelassenen Hüpfen innehielt und rief: »Sei nicht traurig an deinem

Geburtstag, Daddy Dean! Komm und hüpf mit mir auf dem Bett. Schau!« Sie demonstrierte ihm, wie viel Spaß es machte.

Daddy Deans Miene hellte sich augenblicklich auf. Er erhob sich und ging zu seiner Enkeltochter, fing sie auf und schwang sie vom Bett, als draußen ein Auto mit röhrendem Auspuff vorfuhr. Nattie ging zum Fenster.

»Verdammt noch mal! Das ist Rupe mit seinem Bruder Jules. Ich hab ihnen gesagt, dass sie erst später herkommen sollen.«

Genevieve stellte sich zu ihrer Schwester ans Fenster. Sie glaubte kaum, jemals darüber hinwegzukommen, dass sich Nattie mit einem Typen namens Rupert Axworthy-Smythe abgab. Schlimmer noch als sein Name war, dass er ein Nichtsnutz und kaum alt genug war, sich regelmäßig zu rasieren – an seinem Kinn hing eine fusselige Quaste, die an Donnas Jeansjacke besser ausgesehen hätte. Er kannte kein anderes Gesprächsthema als das Surfen und erzählte immer ausführlich, wo und wann er wie eine Welle genommen hatte. Verantwortung trug er praktisch nur für seinen VW-Bus, der doppelt so alt war wie er selbst. Wenn er nicht mit seinem Bruder und seinen Freunden – ebenfalls überprivilegierte Flüchtlinge aus Gloucestershire – am Strand herumlungerte, malte er nackte Frauen auf seinen kostbaren Bus. Genevieve war schleierhaft, was Nattie an ihm fand.

Aber Nattie hatte in der Auswahl ihrer Freunde noch nie Geschmack bewiesen. Lily-Rose' Vater war ein weiteres Beispiel für ihre mangelnde Menschenkenntnis. In dem Moment, als er von Natties Schwangerschaft erfahren hatte, war er schneller verschwunden als eine Zehnpfundnote zur Happyhour in der Vinothek, in der er arbeitete. Es hatte nie zur Debatte gestanden, ob Nattie ihr Baby nicht bekommen oder zur Adoption freigeben sollte. Keine dieser Optionen ließ sich mit ihrer Lebenseinstellung vereinbaren.

Als sie wieder in den Garten gingen, hatte sich ihr Vater erholt und versprochen, nicht mehr wegzulaufen. Rupert und Jules hielten bereits gefüllte Gläser in den Händen und beäugten begehrlich die Geburtstagstorte. Die anderen Gäste hielten Abstand von den beiden und beobachteten sie argwöhnisch – insbesondere Adam, der so aussah, als wäre er kurz davor, Rupert an seinem Ziegenbart zu packen und ins Meer zu schleudern.

Genevieve merkte schnell, warum. Rupert war sturzbetrunken.

Als er Nattie entdeckte, grinste er schief. »Hi, Nat.« Er torkelte auf sie zu, blieb vor ihr stehen und musterte sie von oben bis unten. »Ah, hier ist also meine Latzhose gelandet. Ich hab mich schon gefragt, wo sie steckt.« Er beugte sich vor zu einem Kuss, aber Nattie schubste ihn weg.

»Rupe, bist du wieder betrunken?« Sie klang eher gelangweilt als böse, als ob sie ihm diese Frage schon ein paarmal zu oft gestellt hätte.

»Und wennschon! Was geht dich das an? Du wolltest ja nicht, dass ich auf die Party von deinem Dad komme.«

Sie verschränkte die Arme vor der Brust. »Du bist erbärmlich, Rupe. Ich weiß wirklich nicht, warum ich mich überhaupt mit dir abgebe.«

»Und ich weiß nicht, warum ich mich mit *dir* abgebe.« Er stieß drohend mit dem Finger gegen ihre Schulter.

Genevieve spürte, dass sich die anderen Männer, ihr Vater eingeschlossen, zur vollen Größe aufrichteten. Daddy Dean sagte: »Wie wär's mit etwas zu essen, Rupert?« Er hatte jahrelange Erfahrung mit Natties untauglichen Freunden.

Rupert gab seine drohende Haltung sofort auf und zeigte sein jungenhaftes Grinsen, mit dem er, wie Genevieve vermutete, für gewöhnlich alles erreichte, was er wollte. »Ja, ein Stück Torte wäre gut. Prost!.«

Aber Nattie wollte nichts davon hören. »Nein, Dad!«, fauchte sie. »Er ist betrunken, und ich will ihn nicht hier haben!« Sie schaute Rupert direkt in die Augen. »Bitte geh, Rupe. Wir sehen uns morgen, wenn du wieder nüchtern bist.« Sie wandte sich an seinen Bruder, der zumindest so viel Anstand hatte, peinlich berührt zu sein. »Bring ihn lieber nach Hause, Jules.« Damit ließ Nattie die beiden einfach stehen – ihre resoluten Worte machten deutlich, dass sie die Angelegenheit für erledigt hielt.

Aber dem war nicht so. Rupert schwankte, dann lief er ihr nach. »Hey! Niemand spricht so mit mir. Ich bin kein Kind.«

»Dann solltest du dich auch nicht wie eines benehmen.« Das kam von Donna und diesmal flötete sie nicht. Stattdessen schlug sie einen energischen Ton an, der keinerlei Widerspruch zuließ. Alle starrten sie an, auch Rupert.

Er taxierte sie und höhnte: »Du bist die Schlampe aus dem Pub, stimmt's? Die Frau, die sich einbildet, singen zu können.«

»Das reicht, junger Mann! Jetzt sind Sie zu weit gegangen.« Genevieve hatte ihren Vater noch nie so energisch erlebt. »Ich schlage vor, Sie entschuldigen sich bei Mrs Morgan und gehen. In diesem Zustand sind Sie hier nicht willkommen.«

»Ist schon gut, Mr Baxter«, sagte Donna. »Mit dem werde ich allein fertig. Ich bin an Jungs gewöhnt, die noch grün hinter den Ohren sind und nicht wissen, wie viel sie vertragen.«

Rupert lachte. »Ich entschuldige mich bei niemandem, am wenigsten bei einer alten Nutte. – Was meinst du, Jules, sollen wir sie bitten, uns ein Lied zu singen, damit wir was zu lachen haben?«

Rupert war derart von sich eingenommen, dass er den Schlag nicht kommen sah: Die Faust landete direkt auf seiner Nase und zermalmte den Knochen. Das Blut sprudelte ihm aus den Nasenlöchern. Alle schnappten gleichzeitig nach Luft. Rupert taumelte rückwärts und presste eine Hand aufs Gesicht. Erst dann realisierte er, wer ihn geschlagen hatte und dass diejenige wieder auf ihn losging. Er holte gegen Nattie aus. Und das war sein größter Fehler des Tages.

Adam packte seinen Arm, schwang ihn zu sich herum und versetzte ihm einen Kopfstoß. Ruperts Beine gaben nach, und er wäre gefallen, hätte Adam nicht die Hände um seine Kehle gelegt.

»So, und jetzt entschuldigst du dich artig bei all den Gästen, und wenn du damit fertig bist, siehst du zu, dass du aus meinem Blickfeld verschwindest, bevor ich richtig die Beherrschung verliere.«

Die Entschuldigung wurde nie ausgesprochen. Aber Jules tat das einzig Anständige und zerrte seinen Bruder aus dem Garten. »Ich mochte diesen Jungen noch nie«, sagte Gran zu Nattie, die ihre Hand in einen Eiskübel hielt. »Seine Augen stehen zu dicht beieinander. Verschlagen wie eine Kakerlake.«

»Seine Augen stehen nicht mehr so dicht beieinander, wenn seine Nase erst richtig angeschwollen ist!«, rief Stan Norman lachend. »Wann und wo hast du boxen gelernt, Nattie?«

»Ich habe letztes Jahr einen Kickboxkurs mitgemacht«, erwiderte sie, zog ihre Hand aus dem Kübel und begutachtete sie. »Ich bin sehr dafür, dass Frauen sich selbst verteidigen können. Meiner Meinung nach sollte man das schon in der Schule lernen – wäre weitaus sinnvoller, als sich bei einem Hockeyspiel zu Tode zu frieren.« Sie saßen auf der Terrasse und hatten Teller mit Torte auf den Schößen. Auch wenn sich Nattie jetzt über die Geschehnisse lustig machte, Genevieve wusste, dass ihre Schwester stinkwütend darüber war, dass Adam Zeuge von Ruperts grässlichem Benehmen geworden war. Genevieve hoffte nur, dass er klug genug war, kein Kapital daraus schlagen zu wollen.

»Wie geht's deinem Kopf, Adam?«, fragte sie ihn leise, damit ihre Schwester nichts mitbekam. Es war ein Wunder, dass Nattie ihn nicht scharf zurechtgewiesen hatte, weil er ihr zu Hilfe gekommen war, als sie geglaubt hatte, die Situation unter Kontrolle zu haben.

»Dem geht's gut«, murmelte er und berührte die gerötete Stelle auf seiner Stirn. »Es braucht schon mehr als einen solchen Rüpel, um echten Schaden anzurichten. Mal ehrlich, Gen, was findet Nattie an ihm? Was hat er, was ich nicht habe?«

»Keine Ahnung, Adam. Und ich bin nicht sicher, ob sie es selbst weiß.«

Auf der anderen Seite der Terrasse ertönte ein heiseres Lachen – Donna war in ein Gespräch mit Tubby vertieft. Komisch, wie sich die Dinge in der letzten Stunde verändert haben, dachte Genevieve. In der einen Minute war Donna Morgan noch der Feind gewesen, der ihren Vater in die Flucht geschlagen hatte, und in der nächsten verteidigte er ihre Ehre. Dabei hatte sie bestimmt nicht den Eindruck erweckt, dass sie seinen Beistand brauchte. Wie Nattie schien sie durchaus fähig zu sein, selbst auf sich aufzupassen.

Genevieve hätte gern geglaubt, dass es ein Fortschritt war, wenn sich ihr Vater wie ein Gentleman verhielt, aber irgendetwas sagte ihr, dass das unter Umständen alles nur noch schlimmer machen könnte. Was, wenn Donna diese Geste als Freibrief ansah, ihm weitere Avancen zu machen?

5

Wäre es wirklich so schlimm, wenn Donna ein Auge auf Daddy geworfen hätte?«, wollte Polly wissen.

Die drei Schwestern saßen in Pollys Zimmer im obersten Stock. Sie schliefen immer in den Dachkammern, wenn sie hier waren. Nattie und Lily-Rose übernachteten heute auch im *Paradise House*. Genevieve und ihre Schwestern saßen im Schneidersitz auf Pollys breitem Bett. Ein Tablett mit Resten von der Party stand in der Mitte, eine leere Weinflasche auf dem Nachttisch. Pollys Frage versetzte Genevieve in Erstaunen. Natürlich wäre es schlimm. Er war ihr Vater.

Nattie sagte: »Poll, ich warne dich, verschone uns bloß mit deinem Schmus, dass in jedem Menschen ein guter Kern steckt! Donna Morgan ist eine schreckliche Person.«

»Woher willst du das wissen?«

»Es ist offensichtlich.«

Polly legte den Kopf zur Seite und runzelte die Stirn. »Und warum hast du sie dann verteidigt, als Rupert so unverschämt zu ihr war?«

»Das hatte überhaupt nichts zu bedeuten. Ich habe mich über ihn geärgert und hatte einfach Lust, ihm eine zu kleben.«

Polly gab sich damit zufrieden, aber Genevieve meinte: »Du bist eine solche Lügnerin, Natti! Du hast Rupert eins auf die Nase gegeben, weil er sich ungeheuer schäbig benommen hat und weil du Donna für den Bruchteil einer Sekunde als Opfer und nicht als Bedrohung angesehen hast.«

Nattie grunzte verächtlich und stopfte sich ein Stück Pizza in den Mund.

»So war's«, fuhr Genevieve fort, »und was mich am meisten ärgert, ist, dass wir uns um keinen Deut besser verhalten haben als Rupert. Wir haben einen kurzen Blick auf Donnas Aufzug geworfen und waren sofort gegen sie eingenommen.«

»Und das aus gutem Grund! Die Frau ist eindeutig darauf aus, sich den Ehemann Nummer zwei zu angeln, und sieht in Dad leichte Beute. Sie würde ihn zum Frühstück verspeisen.«

»Das kannst du nicht wissen«, beharrte Genevieve. »Ihr einziges Vergehen ist bisher, dass sie sich affig anzieht und zu viel Make-up benutzt, soweit ich es beurteilen kann. Und wir brauchen uns darüber nicht die Mäuler zu zerreißen. Wir sind selbst keine Musterbeispiele an Eleganz.«

Sie sahen sich an – Polly in einem alten Paisley-Pyjama ihres Vaters, Nattie in Unterhemd und Boxershorts, die einem längst verflossenen Freund gehört hatten, und Genevieve in Unterhose und einem T-Shirt, das bei jeder Wäsche weiter und labbriger zu werden schien.

Lange herrschte Schweigen, bis Nattie sagte: »Aber ihr beide überseht, dass Dad auf gar keinen Fall interessiert ist an ihr – oder an irgendeiner anderen Frau. Er will Mum zurückhaben.«

»Weshalb machen wir uns dann Sorgen?«, fragte Genevieve. »Donna wird das sehr bald begreifen und ihn in Ruhe lassen.«

Nicht einmal Nattie konnte dieser Logik etwas entgegensetzen.

»Was hast du jetzt mit Rupert vor, Nattie?«, wollte Genevieve wissen. »Du wirst ihn doch nicht weiterhin sehen, oder?«

»Ach, mach dir da mal keine Sorgen. Ich weiß schon, was ich tun werde. Axworthy-Smythe steht ein für alle Mal auf der Abschussliste.« Sie lachte. »Er hat mich sowieso gelangweilt. Ich schätze, es wird Zeit für ein bisschen Abwechslung.«

»Du könntest es ja auch mal mit Enthaltsamkeit versuchen.«

Nattie sah Polly an und lachte wieder. »Ihr beide habt vielleicht ein Keuschheitsgelübde abgelegt, ich aber nicht. Mir ist schleierhaft, wie ihr das macht.«

Polly wurde rot. Sie war hübsch und bekam genügend Angebote, aber sie war ausgesprochen wählerisch. »Ich habe dir schon einmal gesagt«, murmelte sie, »dass ich mehr an geistiger Freundschaft interessiert bin als an bedeutungslosem Sex.«

»Und ich habe dir schon einmal gesagt, dass du nichts kritisieren sollst, was du selbst noch nicht ausprobiert hast.«

»Wir könnten dir dasselbe empfehlen«, schaltete sich Genevieve ein. »Wieso versuchst du es nicht einmal mit einer ganz anderen Art von Beziehung, mit einer, die zu echter Liebe führen könnte? Oder hast du vielleicht Angst davor?«

Nattie ächzte. »Oh, bitte!«

»Dann glaubst du also nicht an die wahre Liebe?«

»Das ist ein reiner Mythos, Poll. Du weißt das und ich weiß es auch. Und im tiefsten Inneren ist das allen Menschen auf der Welt bewusst, aber die meisten sind zu sehr damit beschäftigt, sich in einen Rausch hineinzusteigern.«

Polly stand auf und ging zum Fenster. Sie stieß einen abgrundtiefen Seufzer aus. Selbst in Daddy Deans altem, abgetragenem Pyjama sah sie immer noch aus wie eine Prinzessin, die jeder Prinz aus dem Schlossturm retten wollte. Sie wandte sich ihren Schwestern zu. »Hast du noch *nie* geliebt, Nats?«

Nattie runzelte die Stirn. »Doch, natürlich. Ich liebe dich und Gen, Mum, Dad, Gran und Lily-Rose. Am meisten liebe ich Lily-Rose.«

»Das meine ich nicht. Ich rede von Verliebtsein. So wie Dad noch immer in Mum verliebt ist.« Polly setzte sich wieder aufs Bett. »Wenn ich mich verliebe, möchte ich, dass es die echte, wahre Liebe ist. Und damit meine ich, dass ich ihm, selbst wenn die Beziehung zu Ende ist, nur das Beste wünsche. Ich fände es furchtbar, wenn ich alles, was gut in der Beziehung war, in einem schlechten Licht sehen müsste.«

Nattie musterte sie skeptisch. »Du lebst in einer Traumwelt, Mädchen.«

Später, als Genevieve in ihrem eigenen Bett lag und hörte, wie die Wellen gegen die Felsen in der Bucht schlugen, dachte sie über das nach, was Polly gesagt und Nattie verhöhnt hatte.

Genevieve konnte nicht behaupten, dass sie viel Erfahrung in der Liebe hatte, aber in ihren wenigen Beziehungen hatte sie gelernt, dass Liebe, *wahre* Liebe, unendlich viel besser war als das oberflächliche Geplänkel, mit dem man sich meistens zufrieden geben musste.

Sie war gerade eingenickt, als jemand leise an ihre Tür klopfte.

»Ich bin's, Gen. Darf ich reinkommen?« Polly machte die Tür lautlos hinter sich zu und schlüpfte zu Genevieve ins Bett.

»Was ist, Poll? Kannst du nicht schlafen?«

»Ich habe nachgedacht. Über Dad.«

»Und?«

»Wir müssen eine Freundin für ihn finden.«

»Wie bitte?«

»Nur eine vorübergehende. Ich glaube nicht, dass er Mum absichtlich vernachlässigt hat, aber vielleicht hat er ihre Bedürfnisse nicht erkannt. Du weißt schon, ihre emotionalen Bedürfnisse.«

»Sprichst du von einer Romanze?«

»Ja. Er muss lernen, Mum wieder das Gefühl zu geben, etwas Besonderes zu sein. Und das könnte er mit einer anderen Frau üben. Vielleicht sogar mit mehreren.«

Genevieve legte den Arm um ihre Schwester und unterdrückte ein Gähnen. Sie war müde, und nur um Polly einen Gefallen zu tun, fragte sie: »Und wo sollen wir eine passende Frau finden, von der er all das lernen kann? Ich nehme an, Donna genügt diesen Ansprüchen nicht.«

»Wir geben eine Anzeige auf. Ich habe mir die ›Gesucht und gefunden‹-Seite in der Lokalzeitung angesehen.«

Genevieve drückte ihre Schwester an sich. Immer wenn man sich Sorgen machte, dass sie zu rational wurde, setzte sie alles wieder ins richtige Licht. »Ich glaube, du meinst die ›Kontaktanzeigen‹-Seite.«

»Gibt es da einen Unterschied?«

Und da war sie wieder, die verträumte Romantikerin und das Musikgenie.

6

Eine Woche war seit Daddy Deans Geburtstag vergangen. Nachdem Genevieve die Wäsche – Laken, Kissen- und Bettbezüge, Handtücher und Badematten – aufgehängt und die Schüssel mit dem Brotteig zum Aufgehen an einen warmen Platz gestellt hatte, beschloss sie, einen Spaziergang zu machen. Dad war bei Gran, um einen tropfenden Wasserhahn im *Angel Cottage* zu reparieren, und Polly spielte Klavier im Salon der Gäste, während sie auf den Klavierstimmer wartete.

Da sie ihre Schwester nicht unterbrechen wollte, schrieb sie ihr eine kurze Nachricht, wann sie in etwa zurück sein würde. Wenn sie irgendjemand anderem einen kurzen Brief hätte schreiben müssen, hätte sie sich größere Mühe gegeben, aber dieser war für ein Familienmitglied bestimmt und sie schrieb ihn in wenigen Sekunden. Ihre Schwestern konnten ihre unorthodoxe Rechtschreibung entziffern. Sie lehnte das Stück Papier an die Vase mit den Wiesenblumen, die auf dem Tisch stand, und lauschte der explosiven Melodie, die Polly dem Klavier entlockte. Wenn man Polly ansah, würde man ihr niemals zutrauen, dass sie so voller Elan und Temperament spielen konnte. Stille Wasser sind tief, dachte Genevieve, als sie die Tür hinter sich zuzog und in den hellen Sonnenschein trat.

Statt den Weg an der Vorderseite des Hauses hinunter zum Dorf zu nehmen, wie sie es oft tat, ging sie durch den Garten und kletterte über die niedrige Mauer, um auf den Küstenpfad, der nach Osten führte, zu kommen. Der Pfad war anfangs steil und schmal, gesäumt von goldgelben Stechginsterbüschen, aber nach einer Weile wurde er breiter und flacher. Genevieve blieb stehen, um zu Atem zu kommen, und warf einen Blick zurück auf Angel Sands, dessen Häuser von hier aus aussahen, als würden sie jeden Augenblick den Hang hinunterpurzeln und ins Wasser fallen.

Es war eine etwas eigene kleine Gemeinde, fest zusammengeschweißt und tief verwurzelt in Traditionen. Früher wurde hier Kalkstein gebrochen, aber heute war der Tourismus die Haupteinnahmequelle. Als die Baxters herkamen, wurde Pembrokeshire das Cornwall der armen Leute genannt. Ohne jeden Grund, wie Genevieve fand, wurde es nach wie vor im Vergleich zu Devon und Cornwall vernachlässigt, aber wer dieses Juwel einmal für sich entdeckt hatte, kam immer wieder her. Die Besucher genossen den Frieden, die Ruhe und die Schönheit der Küste ebenso sehr wie die echte Herzlichkeit, mit der sie hier willkommen geheißen wurden. Der Süden von Pembrokeshire – bekannt auch als »Little England jenseits von Wales« – hatte den Ruf, ein Schmelztiegel zu sein, in dem sich Walisisches mit Englischem trefflich verband. In einigen Nachbardörfern und Städten wurde noch Walisisch gesprochen. Genevieve hörte diese Sprache gern, aber trotz Tubbys Bemühungen, sie ihr beizubringen – er war in Llanelli aufgewachsen und hatte den wunderbaren »Valley's Welsh«-Akzent –, hatte sie nie mehr als ein paar Worte gelernt. Für eine Legasthenikerin war schon *eine* Sprache mehr als genug.

Doch am meisten liebte Genevieve an ihren Aufenthalten in Angel Sands die rhythmische Ebbe und Flut der See und die belebenden Spaziergänge. Es gab unendlich viele

Geschichten, die sich um die zerklüftete Küste rankten, manche davon waren sogar wahr. Viele Legenden handelten von Schiffen, die auf Grund gelaufen waren, und von Einheimischen, die zum Strand rannten, um die angeschwemmten Frachtgüter einzusammeln. Man erzählte sich, dass eines der älteren Cottages in Angel Sands aus Holz erbaut worden war, das von einem dieser Schiffe stammte – es war in der Nachbarbucht mit dem passenden Namen *Hell's Gate* an einem Felsen zerschellt.

Angel Sands hatte seinen Namen wegen dieser trügerischen Klippen erhalten. Wenn vor Jahrhunderten ein Sturm aufkam und ein unglückseliges Schiff in Richtung *Hell's Gate* getrieben wurde, dann wussten die Seeleute, dass sie, wenn sie dem Unheil entgehen wollten, hart gegen den Wind segeln mussten, um die Landspitze zu umrunden und die sanftere Bucht von Angel Sands zu erreichen. Die abergläubischen Seemänner erfanden den Mythos, dass die Bucht von einem Engel bewacht wurde, der einem nur zu Hilfe kam, wenn man lange und laut genug betete. Ein paar Leute mit besonders viel Fantasie behaupteten sogar, man könne in einer wilden, stürmischen Nacht über das tosende Wasser hinweg noch die qualvollen Schreie der Unseligen vernehmen, deren Gebete nicht erhört worden waren.

Genevieve ging weiter und genoss die laue, salzige Brise auf ihrem Gesicht – es tat gut, an der frischen Luft zu sein. Der Morgen war hektisch gewesen. Die Gäste hatten ihr Frühstück zeitig eingenommen, weil sie den Tag und das schöne Wetter nutzen wollten. Sie waren begeisterte Wanderer und Genevieve hatte ihnen Lunchpakete hergerichtet – wie so oft. Sie war der Ansicht, dass man ein Bed and Breakfast nur erfolgreich führen konnte, wenn man flexibel war und den Gästen diese kleinen Extras zur Verfügung stellte.

Falls sie hier blieb – und vielleicht musste sie das, wenn ihre Mutter nicht zurückkam –, wollte sie einige Veränderungen im *Paradise House* vornehmen. Es wäre nicht schlecht, wenn sie für die Gäste, die keine Lust hatten, abends ins Dorf zu gehen und das wenig einfallsreiche Essen im *Salvation Arms* zu sich zu nehmen, eine warme Mahlzeit zubereiten würde. Erst gestern hatte sich Donna abfällig über die Küche im Pub geäußert und gesagt, dass Genevieve sie bei weitem übertreffen könne. Genevieve kochte gern und die morgendlichen Eier mit Speck befriedigten ihre kreativen Bedürfnisse keineswegs. Zudem hatte sie die Idee, mehr Tische und Stühle in den Garten zu stellen und Nachmittagstee mit Kuchen und Sandwichs anzubieten. Aber sie musste behutsam vorgehen, denn in Angel Sands gab es bereits zwei Teashops und sie wollte niemandem auf die Füße treten.

Donna hatte sich als Putzhilfe bewährt, und sie kamen besser miteinander zurecht, als Genevieve anfänglich gehofft hatte. Donna gehörte nicht zu den nachlässigen Reinemachfrauen, die ihre Arbeit nur schlampig erledigten, Haare in den Waschbecken liegen ließen und nur die Teppiche saugten, auf denen man den Schmutz sah. Aber trotz ihrer Tüchtigkeit bestand noch das Problem zwischen ihr und Dad. Sobald Donna ins Haus kam, machte er sich rar. Gran hatte ihn in den letzten Tagen viel öfter zu Gesicht bekommen als sonst – sehr zu ihrer Verärgerung, denn bei jedem Besuch fand er irgendetwas in ihrem kleinen Haus, was unverzüglich repariert werden musste.

»Was ist in ihn gefahren?«, hatte Gran Genevieve und ihre Schwestern gefragt. »Gerade wenn ich es mir vor dem Fernseher gemütlich mache, klopft er an die Tür und will an meinen Wasserrohren herumfummeln.«

»Ich wette, das ist das beste Angebot, das du seit Jahren bekommen hast, Gran«, erwiderte Nattie grinsend.

Sie hatten Gran nicht erzählt, was los war, nämlich dass Dad sich vor Donna versteckte. Sie wollten auf keinen Fall, dass sie sich einmischte und womöglich nur aus Boshaftigkeit Serena gegenüber das Feuerchen noch schürte. Nein, das stimmte nicht. Gran war nicht gehässig, aber vielleicht käme sie auf den Gedanken, ihrer verantwortungslosen Schwiegertochter (und als solche sah sie Serena gegenwärtig an) eine Lektion zu erteilen, die sie so schnell nicht wieder vergessen würde.

Um zwei Uhr morgens war Genevieve Pollys Vorschlag, ihrem Vater eine Frau zu suchen, bei der er seine Galanterie verfeinern konnte, gar nicht so dumm vorgekommen, aber bei helllichtem Tag erwies sich der Plan als schlecht durchdacht. »Eine typische Polly-Idee«, hatte Nattie gesagt, »auf dem Papier okay, aber in der Praxis undurchführbar. So was kommt raus, wenn sich jemand für superschlau hält. Wie sollen wir Dad dazu kriegen, bei einer solchen Sache mitzumachen? Und was ist mit der Kleinigkeit, dass er ein verheirateter Mann ist? Er würde als ein ziemlicher Schuft dastehen, wenn er sich als alleinstehend ausgeben würde.«

Um Donna Gerechtigkeit widerfahren zu lassen – sie hatte ihre Bemühungen um Daddy Dean nicht intensiviert. Vielleicht war sie doch klüger, als sie alle angenommen hatten, und wusste, wann sie auf verlorenem Posten stand. Allerdings war Nattie davon nicht überzeugt; sie meinte, Donna hätte nur ihre Taktik geändert.

»Vielleicht sollten wir besser für Donna einen Partner suchen«, schlug Polly vor.

»Menschenskind, warum ist *mir* das nicht eingefallen?«, sagte Genevieve mit gekünstelter Begeisterung. »Wir könnten eine Partnerschaftsagentur neben dem Bed and Breakfast führen.«

Aber egal wie negativ Nattie eingestellt war, Genevieve hatte nicht vor, Donna wieder wegzuschicken. Besonders nicht, wenn sie die Hausgäste tatsächlich abends verköstigen wollte. Und da war ja noch Adams Anregung, ein Catering-Unternehmen zu gründen.

Guter Gott, so viele Möglichkeiten!

So viele Entscheidungen!

Es war gut, dass es so viel gab, worüber sie sich Gedanken machen konnte. Dann hatte sie weniger Zeit zu grübeln: über den wahren Grund für ihren Rückzug in ihr Elternhaus, den Ort, an dem sie sich immer sicher und geborgen fühlte. Auf diesem Küstenpfad hatte sie noch nie Angst vor irgendwelchen Gefahren gehabt, auch wenn sie wie heute allein spazieren ging. Vielleicht würde ihr hier draußen nicht einmal der Tod so schlimm erscheinen. Ein kleiner Schubs über die Klippen und alles wäre vorbei.

Trotz des warmen Wetters lief ihr bei diesem Gedanken ein eisiger Schauer über den Rücken und sie beschleunigte ihre Schritte. Sie durfte der düsteren Stimmung nicht nachgeben. Niemand wusste besser als sie, wie leicht es war, in eine Abwärtsspirale zu geraten. Aber tiefe Angst war schwer abzuschütteln, und seit jener schrecklichen Nacht, in der zwei maskierte Männer in Georges und Cecilys Haus eingebrochen waren, wusste sie sehr genau, was Angst war.

Es war ein ganz normaler Abend gewesen. Genevieve hatte für George und Cecily das Abendessen zubereitet, und nachdem sie die Küche in Ordnung gebracht hatte, setzten sie sich alle ins Wohnzimmer, um fernzusehen. Genevieve tat das nicht oft, auch wenn das ältere Ehepaar sie häufig einlud, sich zu ihnen zu gesellen. »Es ist nicht schön, Sie ganz allein da oben in Ihrem Zimmer zu wissen«, hatten sie gleich zu Beginn gesagt, als sie bei ihnen als Haushälterin anfing. »Bitte, setzen Sie sich doch zu uns. Es sei denn natürlich, es ist Ihnen nicht recht.« Genevieve hatte das Angebot nur zu gern angenommen.

George und Cecily hatten die Welt bereist und waren interessante, unterhaltsame Gesprächspartner. Genevieve hatte sich auf Anhieb wohl bei ihnen gefühlt und die Arbeit in ihrem Haus nie als lästige Pflicht empfunden. Es war eine glückliche Zeit. Sie lebten in einem schönen Herrenhaus aus dem sechzehnten Jahrhundert in Surrey, das viel zu groß war für ein altes Ehepaar. Aber es war nun schon seit fast vierzig Jahren ihr Zuhause, und die beiden konnten sich nicht vorstellen, irgendwo anders zu wohnen. Sie hatten außer Genevieve noch andere Hilfen: einen Gärtner, der gleichzeitig auch kleinere Reparaturen und Arbeiten im Haus vornahm, und eine Putzfrau – beide kamen einmal in der Woche.

Die beiden maskierten Männer waren durch die Verandatür in die Bibliothek hereingekommen und ins Wohnzimmer geschlichen, während Genevieve in einer Werbepause für George und Cecily einen Tee aufbrühte. Erst als sie mit dem Tablett zurückkam, merkte sie, dass etwas nicht stimmte. In der kurzen Zeit, in der sie nicht im Raum gewesen war, hatten die Räuber die beiden alten Leute gefesselt. Jetzt bedrohte einer von ihnen George mit einer Art Jagdmesser und hielt ihm die gezackte Klinge an die Kehle.

Genevieve ließ das Tablett fallen und versuchte, zur Tür zu laufen, um sie von außen abzusperren und vom Telefon in der Halle aus die Polizei zu rufen. Aber die Männer waren schneller. Sie packten sie und zerrten sie an den Haaren zurück ins Wohnzimmer. Jetzt drückten sie ihr das Messer an den Hals. Sie stießen sie zu Boden und klebten ihr, wie vorher George und Cecily, den Mund mit Klebeband zu, fesselten ihr die Hände auf dem Rücken und banden ihre Knöchel zusammen. Während die Einbrecher das Haus durchwühlten, versuchte Genevieve ihre Arbeitgeber durch reine Willenskraft dazu zu bringen, mit den Verbrechern zu kooperieren – sie wusste instinktiv, dass sie nicht überleben würden, wenn sie sich zur Wehr setzten. Als die Männer von George die Kombination für den Safe im Schlafzimmer forderten und er sich strikt weigerte, ihn zu verraten, wurden sie wütend und packten Cecily …

Genevieve setzte sich ins Gras; sie zitterte und ihr Herz klopfte heftig. Es war zu viel für sie. Die Erinnerung an das Entsetzen in Cecilys Augen war für immer in ihr Gedächtnis gebrannt. Genau wie Georges Gesichtsausdruck, als er begriff, was er mit seiner Weigerung in Gang gesetzt hatte und was diese Kerle seiner geliebten Frau antaten. Nie zuvor war Genevieve so hilflos gewesen. Und so verängstigt.

Die Verbrecher wurden nie gefasst. Wenn die Polizei sie geschnappt hätte, wären sie wegen Mordes vor Gericht gekommen – beide, George und Cecily, starben nach diesem Einbruch. Drei Monate später hatte Genevieve immer noch Alpträume und konnte nachts nicht allein sein. Deshalb war sie ins *Paradise House* und zu ihrer Familie zurückgekehrt. Schon bei ihrer Ankunft wusste sie, dass sie sich hier sicher fühlen und langsam erholen konnte. Bisher hatte sie Recht behalten. Die bösen Träume wurden seltener und ihre Nerven waren nicht mehr so angespannt.

Nur Gran hatte eine ungefähre Vorstellung von dem, was Genevieve durchgemacht hatte. Dem Rest der Familie hatte sie eine geschönte Version der Geschichte erzählt, weil sie nicht wollte, dass sie sich zu sehr aufregten. Aber Gran, mit ihrer Nase für derlei Dinge, hatte die richtigen Fragen gestellt.

Auf eines konnte man sich im *Paradise House* immer verlassen: Nichts stand still. In dem Moment, in dem man sich umdrehte, passierte etwas. Als Genevieve nach ihrem Spaziergang nach Hause kam, erfuhr sie, dass Nattie und Lily-Rose eingezogen waren. All ihre Habseligkeiten standen im Flur und auf der Treppe herum. Außerdem hatten sie noch einen Esel mitgebracht, der auf dem Rasen vor dem Haus an einem Pflock angebunden war. Während der Esel brüllte und iahte und Lily-Rose außer Rand und Band war vor Freude, weil sie nach dem Mittagessen reiten durfte, rollte Tubbys Van über die Einfahrt. Genevieve erkannte an dem beiläufigen Blick, den Tubby für den Esel übrig hatte, dass er mit wichtigen Neuigkeiten gekommen war und nichts ihn davon abhalten konnte, sie loszuwerden.

»Hört zu – das erratet ihr nie!«, rief er, noch ehe er richtig ausgestiegen war. Sein Llanelli-Akzent wirkte so fröhlich wie sein strahlendes Gesicht. »Endlich hat Ralph Griffith die Genehmigung erhalten, seine halb verfallene Scheune umzubauen, und er hat sich einverstanden erklärt, sie zu verkaufen.«

Das war eine sensationelle Neuigkeit. Jeder spitzte die Ohren und redete darüber, wenn bekannt wurde, dass ein Grundstück oder ein Haus in der Gegend zum Kauf angeboten wurde.

»Wer, was, wann und wie? Und von wem hast du das gehört?«, forderte Nattie.

Tubby wischte sich die Hände an seiner Schürze ab. »Ich habe gerade im *Debonhair* davon gehört, also muss es wahr sein.«

Nattie und Genevieve nickten. Was man von Debs hörte, konnte man immer glauben.

»Aber euch Mädels wird bestimmt interessieren, an wen er verkauft – an einen jungen Mann, der noch zu haben ist.«

»Jemand, den wir kennen?«, wollte Genevieve wissen.

Nattie funkelte sie an. »Komm schon, Gen, wie viele junge, verfügbare Männer kennen wir hier?«

»Er ist nicht aus der Gegend«, berichtete Tubby. »Er lebt in Buckinghamshire und die Scheune soll sein Ferienhaus werden. Sein Name ist Jonjo Fitzwilliam, er ist erst dreiunddreißig, hat aber jede Menge Geld mit Gesundheits- und Fitnesscentern verdient. Er leitet eine Art Franchise-Unternehmen, soweit ich weiß. Stellt euch vor, Mädels: ein Junggeselle mit Kohle! Was für ein Glück ihr drei habt!« Er grinste. »Die Frage ist, ob er mutig genug ist, sich mit einer der wunderlichen Schwestern einzulassen. Hey, jetzt hab ich's! Wie wär's, wenn ihr um ihn kämpft und er bekommt die Gewinnerin? Eine Runde Schlammcatchen im *Arms*, das wär mal was.«

Nattie sah aus, als hätte sie gute Lust, ihm eins auf die Nase zu geben wie Rupert letzte Woche, aber Genevieve fragte: »Und wieso kommt er hierher? Wenn er so viel Geld hat, warum kauft er sich dann nicht ein Ferienhaus in einer feudaleren Gegend?«

»Vielleicht ist er ein Mann mit Scharfblick. Es heißt, er bringt seinen eigenen Architekten mit, der die Scheune zu etwas ganz Besonderem umbauen soll.«

Nattie schnalzte missbilligend mit der Zunge und stemmte die Hände in die Hüften. »Ein toller Architekt aus London, ja? Der verwandelt die Scheune sicher in einen Schandfleck. Ich hoffe nur, dass man nicht beide Augen zudrückt, falls die Scheune unter Denkmalschutz steht.«

Tubby lächelte. »Offenbar hat dieser junge Architekt einen Teil seiner Kindheit hier verlebt. Also, wenn wir ein wenig Glück haben, wird er seine Pläne an die Umgebung anpassen.« Wieder wischte er die Hände an der Schürze ab und beendete damit die Klatschrunde. »Also, Mädels, was kann ich euch aus dem Van holen?« Er kicherte und betrachtete den Esel. »Wie wär's mit ein paar Mohrrüben für euren pelzigen Freund?«

»Stammen die aus biologischem Anbau?«

Genevieve hörte gar nicht mehr hin. Sie ging zurück ins Haus und hinauf in ihr Zimmer. Erst als sie die Tür hinter sich zugemacht hatte und sich dagegen lehnte, ließ sie zu, dass ihr Verstand die Information verarbeitete, die ihr Herz bereits erfasst hatte, als Tubby von dem Mann gesprochen hatte, den dieser Jonjo Fitzwilliam mitbringen wollte ... *dieser junge Architekt hat einen Teil seiner Kindheit hier verlebt* ...

Das musste Christian sein.

7

Es gab Fragen, die beantwortet werden mussten.

Warum hatte ein Esel plötzlich seinen Platz im *Paradise House* bezogen? Weshalb hatten Nattie und Lily-Rose ihre Zelte in Tenby abgebrochen? Und, was noch wichtiger war, wie konnte Genevieve herausfinden, ob Jonjo Fitzwilliams Architekt wirklich der war, den sie im Sinn hatte?

Auch wenn diese letzte Frage ihre Gedanken am meisten beschäftigte, schien der Esel zum Brennpunkt der Gespräche bestimmt zu sein, während Genevieve für alle das Mittagessen zubereitete – Gran eingeschlossen. Sie war mit Daddy Dean heraufgekommen, nachdem er eine lose Teppichstange an ihrer Treppe repariert hatte – eine Teppichstange, die, wie Gran behauptete, vollkommen in Ordnung gewesen war, bevor er sie in seine Finger bekommen hatte.

»Für den Fall, dass ihr es wissen wollt«, sagte Nattie, als sie Lily-Rose in ihren Hochstuhl setzte, »sein Name ist Henry.«

»Ein hübscher Name«, sagte Gran. »Sehr solide und zuverlässig. Was macht er?«

»Das Übliche, denke ich, wenn er die Gelegenheit dazu hat: in der Sonne herumtollen, an saftigem Grünzeug und

Karotten knabbern. Deshalb habe ich ihn gerettet. Ich musste ihm einfach eine Chance für ein besseres Leben geben.«

»Ich denke, das hast du getan. Vegetarische Kost ist ja schön und gut, aber er hält es keine zwei Minuten mit einem Mädchen wie dir aus, wenn er nicht ab und zu ein richtiges Stück Fleisch zwischen die Zähne bekommt.«

Alle starrten Gran an, dann brachen sie in schallendes Gelächter aus.

Genevieve sagte: »Gran, Henry ist ein Esel.«

Gran bemerkte ihren Irrtum, blieb jedoch vollkommen ungerührt. »Ich finde trotzdem, dass Henry ein guter Name ist. Selbst für einen Esel. Sie sind immerhin solide und zuverlässige Tiere, oder etwa nicht? Bestimmt zuverlässiger als irgendeiner der jungen Männer, mit denen du in der Vergangenheit herumpussiert hast, Natalie.«

»Und wie bist du an ihn gekommen?«, wollte Genevieve wissen.

»Huw und Jane haben mir von ihm erzählt. Ein ziemlich fertiger alter Kerl hat ihn furchtbar schlecht behandelt und dieser Typ ist letztes Wochenende gestorben. Kein großer Verlust, würde ich sagen. Er hat den armen Henry in einem dreckigen Hinterhof gehalten und ihm nur einen Eimer mit schmutzigem Wasser und fauliges Heu vorgesetzt.«

Dad sah von seiner Zeitung auf und zog eine Augenbraue hoch. »Und wo soll er bleiben, Liebes?«

Nattie ließ ihren Charme spielen. »Na ja, ich hatte gehofft, du würdest ihn gern hier behalten. Er macht bestimmt nicht viel Arbeit.«

»Gibt es nicht irgendwo einen Gnadenhof für Esel?«

»Aber, Daddy, es wäre bestimmt schön, ihn im *Paradise House* zu haben. Überleg doch mal, du müsstest das Gras nicht mehr selbst mähen. Und du hättest jede Menge

Naturdünger für den Garten. Bitte, Daddy! Darf Henry bleiben?«

Ihr Vater faltete die Zeitung zusammen und legte sie weg. Dann nahm er sich ein wenig Hühnerfleisch und zwei Scheiben von Genevieves selbst gebackenem Brot. Und nachdem er sich ein dickes Sandwich, aus dem die Mayonnaise seitlich heraustropfte, gemacht hatte, sagte er: »Vermutlich ist das eine Gelegenheit, das Gleichgewicht in diesem Haus ein wenig zu beeinflussen. Wenn er bleibt, sind wir immerhin schon zwei Männer, die sich gegen fünf Frauen behaupten müssen.«

Nattie sprang auf und fiel ihm um den Hals.

Genevieve lächelte. Es hatte nie auch nur der geringste Zweifel bestanden, dass Henry ein neues Zuhause im *Paradise House* haben würde. Ihr Vater war nicht imstande, irgendjemanden wegzuschicken. »Und was ist mit dir und Lily-Rose?«, erkundigte sie sich und klang dabei wie die einzige Erwachsene am Tisch. »Was hat euch dazu veranlasst, wieder herzuziehen?«

»Man könnte es eine Pechsträhne nennen. In der Vinothek wollen sie mich nicht mehr haben und mein Mietvertrag ist ausgelaufen – deine kleine Nichte und deine mittellose Schwester sind also obdachlos.«

»Und was hast du jetzt vor?« Wieder die langweilige, verantwortungsbewusste Erwachsene.

»Was ich jetzt vorhabe?«, echote Nattie ohne jede Spur von Sarkasmus. »Hier bleiben natürlich. *Home sweet home*. Es geht nichts über das Elternhaus.« Sie machte eine Pause, als ahnte sie, dass Genevieves Frage mehr beinhaltete. Und sie irrte sich nicht. Genevieve kannte ihre Schwester durch und durch – Nattie würde keinen Finger rühren, um im *Paradise House* mitzuhelfen. Im Gegenteil – sie würde allen nur noch mehr Arbeit machen. »Wenn du dich hier wieder häuslich niederlassen kannst, Gen«, fügte Nattie hinzu, »dann darf ich das ja wohl auch.«

Genevieve hatte keine Angst davor, Nattie die Stirn zu bieten, aber sie wusste, wann es klüger war nachzugeben. Sie hatte keine Lust, sich mit ihrer Schwester wegen deren legendären Faulheit zu streiten.

Daddy Dean nahm seine Zeitung wieder zur Hand, und Polly, die bisher kein Wort von sich gegeben hatte, kaute langsam auf einem Bissen Käsebrot herum. Sie war in ihr Buch vertieft: *Little Woman*. Ab und zu nahm sich Polly ihre liebsten Kinderbücher noch einmal vor und las sie fast mit derselben Begeisterung wie beim ersten Mal. Nächste Woche war es wahrscheinlich *Der geheimnisvolle Garten* und danach *Pollyanna* – das Buch, dem sie ihren Namen verdankte.

Serena hatte die Namen für ihre Töchter ausgesucht und diese Aufgabe nicht auf die leichte Schulter genommen. Für Genevieve hatte sie sich wegen des gleichnamigen Films mit Kenneth More entschieden, der sie an ihren Vater erinnerte. Natalie hatte sie nach Natalie Wood benannt, die die glücklichste Frau der Welt sein musste, weil sie mit Robert Wagner verheiratet war. Polly hieß Polly, weil Gran gleich nach ihrer Geburt gesagt hatte, sie sähe aus wie ein Engel, der nichts Schlechtes in anderen Menschen sehen könne.

Während Polly seelenruhig eine Seite nach der anderen umblätterte, stifteten Gran und Nattie die kleine Lily-Rose an, Laute von Tieren zu imitieren, die auf einer Farm lebten. Ein Disput entstand, als Gran das Kind aufforderte, zu zischen wie eine Schlange. Natalie stellte in Frage, dass diese Spezies auf einer Farm zu finden war, und Gran konterte mit dem Argument: »Es ist allgemein bekannt, dass es Nattern in Pembrokeshire gibt. Jeder weiß das.«

»Okay«, gab Nattie nach. »Wenn ich es mir genauer überlege, dann gibt es in der Gegend tatsächlich viele Schlangen. Adam und Rupert zum Beispiel, um nur zwei zu nennen.«

Dad räusperte sich hörbar hinter seiner Zeitung, um seinen Unmut kundzutun. Er mochte Adam und duldete nicht, dass schlecht über ihn gesprochen wurde.

»Und ich wette«, fuhr Nattie fort, »dass dieser Jonjo Fitzwilliam ein ganz ähnliches Kaliber ist. Mehr Geld als Verstand und dazu ein grausiger Geschmack. Er wird Ralphs Scheune ganz bestimmt verschandeln und ein kitschiges Landhaus mit nachgemachten Kutscherlampen und einem rostigen alten Pflug im Vorgarten daraus machen. Oder, noch schlimmer, er verwandelt sie in einen Pseudoloft mit …«

Polly sah von ihrem Buch auf und fiel ihrer Schwester ins Wort: »Gen, hast du dir schon mal überlegt, wer dieser Architekt sein könnte?«

Die Blicke aller richteten sich auf Genevieve – nur Lily-Rose packte vorsichtig einen Schokoriegel aus.

»Mir ist natürlich durch den Kopf gegangen, dass es Christian sein könnte«, sagte Genevieve.

Die anderen schwiegen.

»Es ist nur eine vage Vermutung«, fügte sie verlegen hinzu. »Ich könnte mich natürlich auch täuschen. Das ist sogar wahrscheinlich. Es gibt bestimmt eine ganze Reihe von Architekten, die als Kind hier ihre Ferien verbracht haben.«

Daddy Dean musterte sie besorgt. »Und wenn er es doch ist?«

»Dann … dann freue ich mich, ihn wiederzusehen. Wir hätten uns sicher eine Menge zu erzählen.«

Nattie lehnte sich zurück und schnaubte. »Ja, das kann ich mir lebhaft vorstellen. ›Wie geht's dir, Genevieve?‹ –

›Oh, nicht schlecht. Und du, hast du in letzter Zeit noch mehr Herzen gebrochen?‹«

»Um Himmels willen, das gehört doch längst der Vergangenheit an! Ich habe diese Geschichte fast vergessen. Und ihr solltet dasselbe tun.«

Netter Versuch, dachte sie später, als sie Gran nach Hause brachte.

»Komm noch für eine Tasse Tee mit rein«, sagte Gran, während sie den Schlüssel ins Schloss steckte und kräftig gegen die Tür stieß, da bei dem warmen Wetter das Holz aufgequollen war.

Genevieve wich zurück; sie hatte Angst, die Schwelle zu übertreten. Gran hatte bestimmt nicht vor, ihr gute Ratschläge zu erteilen, sondern plante sozusagen eine weitere Operation am offenen Herzen – ohne Narkose.

»Ich muss wieder zurück«, murmelte Genevieve. »Du weißt doch, wie viel zu tun ist, wenn neue Gäste ankommen. Und außerdem wartet noch ein Berg Papierkram auf mich.«

Granny Baxter legte die Hand auf ihren Arm. »Nur schnell eine Tasse. Ich möchte dir etwas zeigen.«

Lügnerin! Sie lügt, dass sich die Balken biegen!

»Tut mir Leid, Gran, ein anderes Mal.«

Es war unhöflich und feige, aber sie drückte ihrer Großmutter einen Kuss auf die Wange und machte sich aus dem Staub. Statt jedoch den Hügel hinauf zum *Paradise House* zu gehen – die neuen Gäste würden frühestens in zwei Stunden eintreffen –, machte sie sich auf den Weg zu dem kleinen Strand, an dem Familien mit kleinen Kindern Sandburgen bauten, bevor die Flut hereinkam. Ein Hund tollte mit einem kaputten Ball im Maul vor Genevieves Füßen herum, aber sie beachtete ihn kaum und schlug den Trampelpfad ein, der hinauf zum Küstenweg und dann nach Westen zur nächsten Landzunge führte.

Ihr Ziel war der Tawelfan Beach. »Tawelfan« war das walisische Wort für »stiller Ort«. Hier war sie Christian zum ersten Mal begegnet, und dies war der Ort, an dem sich noch viele andere Dinge ereignet hatten.

Es heißt, dass man den ersten Kuss nie vergisst. Genevieve erinnerte sich zumindest noch sehr lebhaft an ihren – er war ganz anders als die Diskofummeleien, von denen Nattie erzählen konnte. Als der Weg zu der kleinen, sandigen Bucht hin abfiel, in der Christian sie zum ersten Mal geküsst hatte, sah sie die Szene bildlich vor sich. Sie war fünfzehn (lächerlich alt nach Natties Maßstäben) und Christian siebzehn. Sie saßen zwischen den Sanddünen, wärmten sich nach dem Schwimmen in der Sonne auf und aßen Hamburger, die sie im Kiosk am Parkplatz hinter dem Strand gekauft hatten. Auf ihrer Lippe war ein wenig Ketchup, das behauptete Christian später, und er beugte sich zu ihr und küsste den Klecks weg.

Er kam aus Ludlow in Shropshire und seine Familie verbrachte seit Jahren ihre Ferien in Pembrokeshire. Aber während die Baxters jeden Sommer im selben gemieteten Cottage in Angel Sands wohnten, besaß seine ein hübsches aus Stein gebautes Haus im Nachbardorf. Kennen gelernt hatte sie ihn mit zwölf. Bei ihrem ersten Zusammentreffen stand sie am Wasser und die Wellen umspülten ihre Füße. Es fühlte sich schön an, wenn sich die kleinen Steinchen und der Sand unter den Fußsohlen verschoben. Sie dachte gerade, wie lustig es wäre, wenn der Sand nachgeben und sie tief ins Innere der Erde fallen würde, als eine Stimme das Kreischen der anderen Kinder, die in den Pfützen zwischen den Felsen spielten, übertönte.

»Du hast doch keine Angst, ins Wasser zu gehen, oder?« Die Stimme klang eigenartig, fast abgehackt – fremd. Sie drehte sich um, um zu sehen, wer sie angesprochen hatte.

Ein großer, schlaksiger Junge in abgeschnittenen Jeans lächelte sie an. Oder verspottete er sie? Seine Frage deutete jedenfalls darauf hin.

»Ich habe vor gar nichts Angst«, gab sie zurück, wandte sich ab und rannte durchs seichte Wasser, wobei sie sich bemühte, nicht zu japsen, als das kalte Wasser spritzte. Sie ging immer weiter, bis das Wasser tief genug war, um sich ganz hineinzustürzen und zu schwimmen. So, das sollte ihm eine Lehre sein! Sie schaute zurück zum Ufer, weil sie sich vergewissern wollte, dass er ihr zusah, und war überrascht, als sie ihn nur ein paar Meter hinter sich entdeckte.

»Du bist eine gute Schwimmerin«, stellte er fest, nachdem er sie eingeholt hatte. Wieder war da dieser merkwürdige Tonfall. Wirklich eigenartig.

»Ich habe Auszeichnungen bekommen«, sagte sie. Und ärgerte sich sofort wegen dieser kindischen Prahlerei – so etwas würde ihre beste Freundin Rachel niemals sagen. »Ich schwimme auch in der Schulmannschaft«, sagte sie, ohne seinem Blick zu begegnen.

Er runzelte die Stirn. »Was hast du gesagt?«

»Dass ich in der Schulmannschaft schwimme.«

Er grinste breit. »Ich auch.«

Das war die erste Gemeinsamkeit, die sie gefunden hatten, und sie war beispielhaft für die weitere Entwicklung ihrer Freundschaft.

Aber der Kuss einige Jahre später veränderte alles.

8

Es nieselte leicht und das aufgewühlte Meer war grau wie der Himmel. Es war ein kühler und für Ende Mai ausgesprochen unfreundlicher Tag. Genevieve stand in der gemütlichen Küche im *Paradise House* und tat das, was sie am liebsten machte – sie verbrachte den Nachmittag mit Backen. Der tröstliche Geruch nach Sirup und Gewürznelken füllte die Küche – ein Fruchtkuchen war im Backofen und eine Treacle Tart, eine Art Sirupkuchen, kühlte bereits auf einem Kuchengitter aus. Jetzt probierte Genevieve ein neues Rezept für Meringen aus und schlug Eiweiß mit Puderzucker im brodelnden Wasserbad zu Schnee.

Als die Mischung die richtige Konsistenz hatte, schaltete sie den elektrischen Quirl aus und drehte sich um, um nach ihrer Nichte zu sehen, die zuvor am Tisch gesessen und mit übrig gebliebenem Teig gespielt hatte. Jetzt hockte Lily-Rose mit mehlbestäubtem Gesicht unter dem Tisch und »las« ihren Puppen und Teddys vor. Sie waren ordentlich aufgereiht – die Beine im Neunziggradwinkel – und wurden ermahnt, gut zuzuhören. Das war Lily-Rose' Lieblingsspiel. Sie konnte noch nicht lesen, aber sie hatte ein großartiges Gedächtnis und eine erschreckende Vorliebe dafür, Anweisungen zu erteilen. Sie hatte ein Buch mit Bibelgeschichten auf dem Schoß und deutete mit dem mehligen Finger auf die Worte, die natürlich nicht zu dem passten, was sie sagte.

»Der König hat seinen Männern befohlen, Daniel zu den Löwen in die Grube zu werfen.« Sie sah vom Buch auf und knurrte effektvoll, dann fragte sie ihre aufmerksamen Puppen und Teddys: »Und was glaubt ihr, was dann passiert ist? Ihr wisst es nicht? Dann erzähle ich es euch. Am Morgen lief der König zur Grube und rief nach Daniel, und Daniel rief zurück, dass Gott einen Engel geschickt hat, und der Engel hat die Löwen davon abgehalten, ihm etwas zu tun.« Sie machte das Buch vorsichtig zu. »Und dann lebten sie glücklich bis ans Ende ihrer Tage. Nur die bösen Männer nicht. Der König ließ sie in die Grube werfen und ihre Gebeine wurden zermalmt.« Lily-Rose merkte nicht, dass sie beobachtet wurde, und fragte ihre Lieblinge, ob sie noch eine Geschichte hören wollten.

Genevieve lächelte und überließ sie ihrem Spiel. Bis auf die Quengeleien, wenn sie müde war, oder die täglichen Auseinandersetzungen, weil sie etwas ganz Bestimmtes anziehen wollte, war ihre Nichte sehr umgänglich. Sie war ein selbstbewusstes kleines Mädchen, das sich wunderbar allein beschäftigen konnte und genügend Fantasie hatte, um sich eigene Spiele auszudenken. Sie hatte nie regelmäßig eine Spielgruppe oder den Kindergarten besucht. Für ihre Mutter wäre es eine zu große Verpflichtung gewesen, sie jeden Tag in eine solche Einrichtung bringen zu müssen. Aber auf Grans Drängen hin ging Lily-Rose oft mit ihr in Angel Sands in die Kirche und war begeistert von der Sonntagsschule. Die Frau des Vikars in St. Non's, wo Polly gelegentlich die Orgel spielte, unterrichtete eine Hand voll Kinder und hatte in Lily-Rose ein aktives Interesse an Jesus geweckt. Zu Weihnachten im vorletzten Jahr hatte Lily-Rose zum ersten Mal etwas vom Christkind gehört und noch Monate danach, immer wenn sie ein Baby gesehen hatte, gerufen: »Schau, da ist das Jesuskind!«

Nattie war keineswegs erfreut. »Die Leute werden denken, dass ich so eine Religionsfanatikerin bin«, klagte sie. Aber eigenartigerweise hatte sie Lily-Rose nie davon abgehalten, mit Gran in die Kirche zu gehen. »Ich möchte nicht eine von diesen tyrannischen Müttern sein, die ihrem Kind alles verbieten«, erklärte sie. »Lily-Rose wird früh genug von allein lernen, woran sie glauben kann und woran nicht.«

Genevieve nahm die Rührschüssel mit dem Eischnee aus dem Wasserbad, stellte sie auf ein Küchentuch und rührte die Mischung noch eine Weile. Wie es in dem Rezept – das sie wie alle anderen auch abgeschrieben hatte, um es sich einzuprägen – empfohlen wurde, schlug sie die Masse, bis sie ausgekühlt war. Dann nahm sie die Spritztüte zur Hand.

»Es ist so weit, Lily-Rose, wir können den Schnee aufs Blech spritzen. Willst du mir noch helfen?«

Lily-Rose kam eilends unter dem Tisch hervor. »Wo ist meine Schürze?«

»Hier. Aber wasch dir erst die Hände.«

Lily-Rose zog sich gerade einen Stuhl ans Spülbecken, als jemand an die Hintertür klopfte.

Es war Adam. Er schien kürzlich beim Friseur gewesen zu sein, trug einen schicken dunklen Anzug und dazu ein cremeweißes Hemd. Er hätte richtig gut ausgesehen, wenn die neue Krawatte nicht gewesen wäre. Irgendwann, dachte Genevieve, muss ihm mal jemand sagen, dass er lieber die Finger von »lustigen« Kleidungsstücken lassen sollte.

»Wenn du Dad oder Nattie suchst, dann hast du kein Glück. Sie sind nicht hier. Lily-Rose und ich sind allein.«

»Ist schon in Ordnung. Ich wollte ohnehin mit dir reden.«

»Ich habe gleich Zeit für dich, sobald ich das hier fertig habe. Setz dich und fühl dich wie zu Hause.« Sie betrachtete das viele Mehl, das ihre Nichte überall verstreut hatte, und fügte hinzu: »Pass aber auf, wo du dich hinsetzt. Ich möchte nicht, dass du dir deinen schicken Anzug ruinierst. Wo warst du in diesem piekfeinen Aufzug?«

Statt zu antworten, schloss er die Augen und holte tief Luft.

»Du machst doch nicht irgendwelche komischen Meditationsübungen, oder?«, fragte Genevieve.

Er schlug die Augen auf und lachte. »Nein. Für einen Moment war ich wieder ein kleiner Junge. Meine Mum war wie du eine tolle Köchin. Bei uns stand immer irgendetwas auf dem Herd. Irgendwas Leckeres, worauf ich mich freuen konnte.«

Adam gab freimütig zu, dass ein Teil seines Erfolges seiner Kindheit und Jugend geschuldet war. Sein Vater hatte die Familie verlassen, als er selbst noch ein Baby war, und er war sechzehn, als seine Mutter bei einem Autounfall ums Leben gekommen war. Er hatte früh gelernt, auf eigenen Füßen zu stehen, und gleich nach der Schule eine Mechanikerlehre angefangen. Seine Arbeitgeber merkten rasch, dass Adam der geborene Verkäufer war; sie zogen ihm den Blaumann aus und steckten ihn in einen Anzug. In kürzester Zeit hatte er mehr Erfolg zu verzeichnen als alle anderen Verkäufer. Erst verkaufte er Autos, dann Wohnmobile und schließlich versuchte er sein Glück mit Campingplätzen. Was kommt als Nächstes?, fragte sich Genevieve.

»Genvy, kannst du mir beim Händewaschen helfen?« Lily-Rose stand auf einem Stuhl vor dem Spülbecken und streckte die Hände zum Wasserhahn aus.

»Natürlich, Liebling.«

Lily lächelte Adam scheu an. »Du darfst auch mit Kuchen backen.«

»Ich denke, er trägt nicht die richtige Kleidung dafür«, sagte Genevieve.

»Wenn du ihm eine Schürze gibst, macht er sich nicht schmutzig.«

»Ist schon gut, Rosy-Posy, ich schaue euch lieber zu.«

Lily-Rose kicherte über den Kosenamen, den er immer benützte, wenn Nattie nicht in Hörweite war. Adam zog sich sein Jackett aus, hängte es über den saubersten Stuhl und setzte Wasser für Tee auf. Das mochte Genevieve an ihm – er war so umgänglich und legte keinen Wert auf Förmlichkeiten. Als er den Tee aufgebrüht und für Lily Saft aufgetrieben hatte, waren zwei Bleche mit kleinen Meringen sowie Lily-Rose' seltsame Teigkreationen bereit, in den Ofen geschoben zu werden. Genevieve nahm den Fruchtkuchen aus dem Rohr und stellte die Temperatur kleiner, dann schob sie die Bleche hinein.

»Also, was wolltest du mit mir besprechen?«

Ihre Frage blieb unbeantwortet, da im Garten plötzlich ein schauerliches Ächzen ertönte.

»Was, zum Teufel, ist das für ein Lärm?« Adam stellte sich zu ihnen ans Fenster über der Spüle, wo Genevieve ihrer Nichte erneut die Hände wusch.

Genevieve deutete zum Obstgarten und erzählte Adam von Henry. »Er ist jetzt schon zwei Wochen hier – wieder eine von Natties Rettungsaktionen. Seit kurzem brüllt er wie ein Besessener. Wenn es ihn überkommt, kann ihn nichts und niemand davon abhalten.«

»Er fühlt sich einsam«, stellte Adam fest.

»Woher willst du das wissen?«

Adam ging zurück zum Tisch und goss Tee für Genevieve und sich in Tassen. »Als ich klein war, hatte der

Spinner in unserem Dorf zwei Esel, und als einer der beiden starb, hat uns der andere die ganze Nacht wach gehalten. Er hat einen grauenhaften Radau gemacht. Aber sobald er wieder Gesellschaft bekam, erholte sich der liebeskranke Esel.«

Genevieve stöhnte. »Als ob ich nicht schon genug zu tun hätte! Jetzt muss ich auch noch eine Gespielin für Henry finden.« Seit sie wieder im *Paradise House* war, schien ihr mit jedem Tag mehr Verantwortung aufgebürdet zu werden.

Adam reichte ihr einen Becher. »Ich kann dir dabei behilflich sein, wenn du willst. Ich kenne einen Typen drüben in Sundersfoot ...«

Genevieve unterbrach ihn mit einem Lachen. »Wie viele Typen kennst du eigentlich, Adam? Wie es aussieht, hast du einen Bekannten für jede Gelegenheit.«

Er zuckte mit den Schultern. »Ich bin eben ein Geschäftemacher und vermittle gern. Und genau deshalb bin ich hier.«

»Ach ja? Und ich dachte, du würdest meine Gesellschaft unwiderstehlich finden oder mich hinter Natties Rücken treffen, um sie eifersüchtig zu machen.«

Eine leichte Röte überzog Adams Gesicht. Er verkraftete jede Neckerei über seine beruflichen Ambitionen, seinen Brummie-Akzent, der hin und wieder durchkam, oder sein goldenes Armband, aber Genevieve wusste, dass seine Gefühle für Nattie nichts waren, worüber man sich lustig machte. Er verbarg sein Unbehagen, indem er Lily-Rose von dem Stuhl hob, und sagte: »Ich möchte dir einen Vorschlag machen. Einen geschäftlichen Vorschlag«, fügte er hastig hinzu und nahm Lily-Rose auf den Schoß, als er sich setzte.

Genevieve nahm ihm gegenüber Platz. »Ich höre.«

»Ich habe gerade mit meinem Steuerberater zu Mittag gegessen; seine Tochter heiratet am nächsten Wochenende.

Die Sache ist die: Das Hotel, in dem sie den Empfang nach der Trauung abhalten wollten, hat ihnen abgesagt. Na ja, um ehrlich zu sein, die Gesundheitsbehörde hat den Betrieb geschlossen, weil Mäuse in ihrer Küche und eine tote Ratte in einem der Wassertanks gefunden wurden.«

Genevieve schreckte zurück. »Und jetzt willst du wissen, ob wir am Wochenende noch Zimmer frei haben.« Sie stand auf, um den Belegungsplan zu holen, der immer neben dem Telefon lag.

»Nein. Die Unterbringung der Gäste ist kein Problem; die meisten sind sowieso aus der Gegend. Das Büfett ist das Problem.«

Genevieve setzte sich wieder. »Ach, jetzt verstehe ich! Ich bin gerade zu einem deiner *Typen* geworden, hab ich Recht?«

»Genevieve, ich habe Gareth lediglich gesagt, dass ich mit dir sprechen werde. Nichts weiter.«

»Und für wie viele Leute müsste ich kochen? Für zwanzig? Fünfundzwanzig?«

Adam sah zu Lily-Rose herunter, deren große blaue Augen unverwandt auf seine Krawatte gerichtet waren. »Hm ... die Gästeliste ist ziemlich lang.«

»Wie lang?«

»Es kommen mehr als achtzig Leute zu der Hochzeit.«

»*Was?*«

»Du schaffst das, Gen. Ich weiß, dass du so was kannst – so wie in der Geschichte von der Speisung der Fünftausend.«

»Ja, ich müsste ein verdammtes Wunder vollbringen! Über achtzig hungrige Mäuler zu stopfen – da stehe ich Tage in der Küche. Und stell dir vor, wie viel Zeug da hin und her transportiert werden muss.«

»Damit kommst du auf den zweiten Punkt meines Vorschlags. Besteht vielleicht die Möglichkeit, den Empfang hier im *Paradise House* abzuhalten? Du musst zugeben, dass es bei gutem Wetter wunderschön hier ist. Eine tolle Aussicht und ein wunderbarer Hintergrund für all die Fotos.«

Seine Dreistigkeit rang ihr Bewunderung ab. »Und wenn das Wetter so ist wie heute?«

Sie sahen beide hinaus in den Garten; aus dem Nieselregen war ein Schauer geworden.

»Ich werde Gareth und Gwenda sagen, dass sie zur Sicherheit ein Zelt, Tische und Stühle organisieren sollen. Damit wäre dieses Problem aus der Welt geschafft, und du müsstest dir nicht den Kopf darüber zerbrechen, wie du das Essen hin und her transportieren sollst.«

»Du hast diese Sache ja schon ziemlich gründlich durchdacht, wie?«, bemerkte sie. Es amüsierte sie, dass er ihre Zustimmung als beschlossene Sache ansah.

»Nicht mehr als jedes andere Problem, mit dem ich konfrontiert werde.«

»Okay«, gab sie nach. »Ich mach es. Aber erst muss ich mit Dad sprechen. Das ist immerhin sein Haus.«

Wieder richtete Adam den Blick auf Lily-Rose' blonde Locken. »Sei nicht böse, aber das habe ich bereits getan. Er meinte, es wäre deine Entscheidung.«

Genevieve verdrehte die Augen. »Dann ist das also so eine Art Komplott?«

»Ganz und gar nicht. Ich habe uns nur Zeit gespart und vorhin kurz mit deinem Vater geredet.« Er lächelte. »Dein Dad hat sich mittlerweile an das Handy gewöhnt, oder? Er ist gleich beim ersten Klingeln drangegangen.«

Jahrelang hatte Daddy Dean behauptet, auch ohne Handy auszukommen, insbesondere da der Empfang hier nicht immer gut sei, aber Adam konnte ihn schließlich davon überzeugen, wie praktisch so ein Apparat war. Mittlerweile war Genevieve die Einzige in der Familie, die sich gegen die moderne Technik sträubte.

»Treib es nicht zu weit, Adam Kellar«, warnte sie, »sonst überlege ich es mir noch anders, was die Speisung der Fünftausend angeht.«

Lily-Rose rutschte von Adams Schoß. »Kann ich bitte noch was zu trinken haben?«

Adam fasste nach der Saftflasche, noch ehe Genevieve ihren Teebecher abstellen konnte.

»Wenn du nicht aufpasst, machst du dich bei der Kleinen unentbehrlich«, scherzte Genevieve. Sein Gesichtsausdruck verriet ihr, dass er sich wünschte, von Lily-Rose' Mutter könnte dasselbe behauptet werden. Sie überspielte ihre Taktlosigkeit mit der Frage: »Und wie viel bekomme ich dafür, dass ich einspringe?«

Adam holte eine Telefonnummer und einen Scheck aus seiner Jacketttasche. »Gareth hat gehofft, dass du ja sagen würdest, und dir als Vorschuss diesen Scheck ausgestellt. Wenn alles über die Bühne gegangen ist, kriegst du noch mal so viel.«

»Bei einem Steuerberater kann man sich ja darauf verlassen, dass solche Dinge geordnet ablaufen«, bemerkte Genevieve beiläufig. Aber als sie den Betrag sah, erschrak sie. »Liebe Güte, was erwartet er von mir? Dass ich Trüffel und Pâté de foie gras serviere?«

»Keine Ahnung, aber ich schlage vor, du rufst Gwenda möglichst bald an und lässt dir erklären, was ihr so vorschwebt.«

Genevieve musterte ihn skeptisch. »Du hast mich hoffentlich nicht zu sehr angepriesen und mich besser gemacht, als ich bin.«

»Ich habe nur die Wahrheit gesagt. Ich schätze, wenn du das auf den Tisch bringst, was es auf der Geburtstagsparty deines Vaters gegeben hat, dann ist es ein voller Erfolg. Und wenn sich das dann herumspricht, dann garantiere ich dir, dass du schnell noch mehr Aufträge bekommst.«

Genevieve steckte den Scheck in die Tasche. »Adam«, begann sie zögernd, »es sieht verdächtig danach aus, als hättest du das Ganze geschickt eingefädelt. Versuchst du, mein Leben zu organisieren?« Adam war der Einzige außerhalb der Familie, der den Grund für ihre Rückkehr kannte, aber sie wollte auf gar keinen Fall, dass er dachte, sie käme nicht allein zurecht.

Er legte die Hand auf seine Brust. »Hand aufs Herz, das ist keine Mauschelei – diese Verdienstmöglichkeit ist dir geradewegs in den Schoß gefallen. Ich an deiner Stelle würde die Gelegenheit beim Schopf packen.« Er sah Lily-Rose an. »Deine Tante ist ziemlich misstrauisch, was? Ich frage mich, warum das so ist, Rosy-Posy.«

Lily-Rose kicherte, stellte ihren Plastikbecher ab und marschierte aus der Küche. Als Genevieve den Fruchtkuchen aus der Form stürzte und auf das Gitter platzierte, dachte sie daran, wie sich ihr Vertrauen schon vor langer Zeit Stück für Stück in kalten Argwohn verwandelt hatte. Nunmehr stellte sie alles instinktiv in Frage und zweifelte sogar an den nettesten Menschen wie Adam.

Adam riss sie aus ihren Gedanken. »Gen, unten im Dorf wird geredet.«

»In Angel Sands wird immer geredet.« Sie war nicht ganz bei der Sache, weil sie damit beschäftigt war, die Backfolie vom Kuchen abzuziehen.

»Aber diesmal geht es um … also, du weißt ja, dass ich nie etwas auf den Klatsch gebe …«

Sie lachte. »Weil du oft selbst Gegenstand des Klatsches bist. Du bist viel zu interessant und erfolgreich, um unbeachtet zu bleiben. Und wer ist das neueste Opfer?«

Er zögerte. »Du, Gen. Und ich habe es von Debs persönlich gehört, als sie mir heute Morgen die Haare geschnitten hat.«

Jetzt hatte er Genevieves volle Aufmerksamkeit. »Aber

was, um alles in der Welt, könnten die Leute über eine langweilige Person wie mich reden?«

»Eine ganze Menge, ehrlich gesagt. Es geht um diesen Jonjo Fitzwilliam, der Ralphs Scheune gekauft hat. Genauer gesagt, um den Architekten, der den Umbau vornehmen soll. Stimmt es, dass er deine Jugendliebe war?«

Wumm. Da war es. Genau das, was sie im Grunde schon die ganze Zeit gewusst hatte. Sie ließ sich schwer auf den Stuhl fallen. »Und was sagen die guten Leute von Angel Sands sonst noch?«

»Dass er dir das Herz gebrochen hat. Dass du nie wirklich darüber hinweggekommen bist. Dass du dich, weil du diesen einen Mann so sehr geliebt hast, dafür entschieden hättest, als alte Jungfer zu sterben.«

Sie starrte ihn mit offenem Mund an. »Du machst Witze!«

Er schüttelte den Kopf.

»Aber das ist Quatsch. Du lieber Gott! Ich habe ... ich hatte viele Freunde. Und es ist absoluter Unsinn, dass ich mein Dasein als einsame alte Jungfer fristen möchte.«

»Von einsam war nicht die Rede. Und damit du dich ein bisschen besser fühlst: Es gibt jede Menge Männer im Dorf, die der Ansicht sind, sie könnten dich, was die sexuelle Erfüllung anbelangt, schon auf den richtigen Weg führen.«

»Du meinst, sie würden mich ganz und gar davon abbringen!« Der Schock wich dem Ärger. Wie konnten sie es wagen, so über sie zu sprechen? Welches Recht hatten sie, diese Dinge zu behaupten?

»Sag mir, wenn ich dir zu nahe trete, aber stimmt es, dass er dir das Herz gebrochen hat?«

Sie nickte. »So könnte man es nennen.«

»Macht es dir was aus, darüber zu sprechen?«

»Ich weiß nicht. Dieses Thema war eigentlich lange nicht mehr aktuell.«

»Aber möchtest du jetzt, da es wieder aufgekommen ist, darüber sprechen?«

»Damit ich deine Neugier befriedige?«

»Nein«, wehrte er entschieden ab. »Damit wir beide uns auf gleicher Ebene begegnen können. Du weißt alles über mich, aber was dich betrifft, bist du ungewöhnlich verschwiegen. Schon vor einiger Zeit bin ich dahintergekommen, dass du deinem Vater in diesem Punkt ziemlich ähnlich bist und lieber zuhörst als redest.«

Das stimmte natürlich. Sie *war* verschwiegen und zog es vor, ihre Angelegenheiten für sich zu behalten. Wie sollte sie Adam erklären, was vorgefallen war? Wo sollte sie anfangen?

Sie beschloss, ganz zum Anfang zurückzugehen – zu dem Tag, an dem sie Christian kennen gelernt hatte und ihm beweisen wollte, dass sie vor nichts Angst hatte. Am wenigsten vor einem spöttischen Jungen mit einer eigenartigen Stimme.

Teil II

9

Sie schwammen schweigend weiter und entfernten sich von den planschenden, kreischenden Kindern, die alle viel jünger waren als sie. Genevieves Vater hatte sie oft auf die Gefahren des Meeres hingewiesen und ihr erzählt, dass Kinder und sogar Erwachsene auf windigen Luftmatratzen von der Strömung hinausgetrieben worden waren und mit Rettungshelikoptern aus dem Wasser gezogen werden mussten.

»Wir sollten lieber nicht zu weit rausschwimmen«, sagte sie, fügte aber nicht hinzu, dass sie immer in Sichtweite ihrer Eltern, die mit ihren jüngeren Schwestern am Strand waren, bleiben musste.

Er nickte und deutete auf die nächstgelegenen Felsen, die die rechte Begrenzung der Bucht bildeten. Für ein paar Sekunden schwamm er voraus. Seine Arme durchschnitten gleichmäßig das Wasser, und sein Körper legte sich auf die Seite, wenn er Luft holte. Die meisten Jungs, die Genevieve kannte, kraulten hektisch und ungeschickt, ließen die Hände ins Wasser platschen und zappelten wild mit den Füßen – aber dieser machte alles richtig, sogar das Atmen. Sie folgte ihm und war schnell mit ihm auf gleicher Höhe. Keiner von ihnen war außer Atem, als sie auf die glatten, flachen Felsen kletterten, die ganz warm von der Sonne waren. Für einen Moment standen sie beide da, schirmten die Augen gegen das grelle Licht ab und sahen hinaus aufs Meer.

»Ich liebe es, hier zu sein«, sagte sie. »Es ist der schönste Platz auf der Welt.«

Als er nicht antwortete, wünschte sie, sie hätte geschwiegen. Wahrscheinlich fand er ihre Äußerung albern. Kindisch und schwärmerisch. Sie drückte das Wasser aus ihrem Pferdeschwanz und setzte sich.

Er ließ sich auch nieder und sah ihr ins Gesicht. »Es ist toll hier, nicht? Es ist mein Lieblingsplatz«, sagte er in seiner seltsamen abgehackten Aussprache.

Sie runzelte die Stirn – warum wiederholte er fast wörtlich, was sie gerade gesagt hatte? »Ja«, stimmte sie ihm zu. »Meine Familie und ich kommen jedes Jahr her. Und du?«

Es entstand eine Pause, die ihr Unbehagen bereitete.

»Wir verbringen die Ferien hier, seit ich acht war«, antwortete er schließlich. »Wie alt bist du?«

»Zwölf. Und du?«

Wieder eine Unterbrechung mit demselben unguten Gefühl.

»Vierzehn«, erwiderte er.

Und dann wurde ihr klar, was sie so nervös machte. Er starrte sie zu intensiv, fast durchdringend an. Sie rückte von ihm ab und drehte den Kopf, um zum Strand und zu ihren Eltern zu schauen. Dad ließ den Blick übers Wasser schweifen – er hielt nach ihr Ausschau –, während Mum Nattie bei der Aufführung des Handtuch-Tanzes half. Dabei wand und krümmte man sich hinter einem Handtuch, bis man – *ta-daa!* – im Badeanzug zum Vorschein kam.

Genevieve stand auf und winkte ihrem Vater. Als er sie entdeckte und zurückwinkte, setzte sie sich wieder, obwohl sie das eigentlich nicht so richtig wollte. Dieser eigenartige Junge mochte ein guter Schwimmer sein, aber es war weiß Gott nicht leicht, sich mit ihm zu unterhalten. Sie musste aufpassen. Dies war ihr erster Ferientag und sie wollte ihn nicht für den Rest ihres Aufenthalts in Angel Sands am Hals haben – nicht wenn er immer so komisch war. Sie ließ die Füße ins Wasser baumeln und spürte ein Kitzeln, als das am Felsen festgewachsene Seegras sie berührte. »Hast du Geschwister?«, wollte sie wissen.

Wieder ignorierte er ihre Frage. Das war's, dachte sie. Ich will nichts mehr mit ihm zu tun haben. Sie wandte ihm das Gesicht zu. »Weißt du nicht, dass es unhöflich ist, andere Menschen einfach nicht zu beachten?« Sie war schon drauf und dran, sich ins Wasser gleiten zu lassen und wegzuschwimmen, als er eine Hand auf ihren Arm legte.

»Du musst mich ansehen, wenn du mit mir sprichst, sonst kann ich deine Lippen nicht lesen. Ich bin nämlich taub.«

Noch nie im Leben war sich Genevieve so ungehobelt und gefühllos vorgekommen. Oder so ignorant. Wieso war sie nicht gleich darauf gekommen, dass er deshalb so komisch sprach? Und dass er sie nur so eingehend ansah, weil er versuchte, von ihren Lippen zu lesen? Entsetzt dachte sie an all die Dinge, die ihm verwehrt waren: Musik, Fernsehen, Gelächter, Vogelgezwitscher. Das musste schrecklich für ihn sein. Sie senkte den Kopf und murmelte eine Entschuldigung.

Er tippte ihr aufs Bein. »Was hast du gesagt?«

»Es tut mir Leid«, wiederholte sie, sah ihn dabei an und erhob lächerlicherweise ihre Stimme.

Sein Mund verzog sich zu einem Lächeln. »Wieso tut es dir Leid, dass ich taub bin?«

»So ist es nicht. Ich meine ... ja, es *tut* mir Leid, aber ich meinte ... es tut mir Leid, dass ich so scheußlich zu dir war.«

»Und wenn ich hören könnte, wärst du dann auch so reumütig?«

Er drehte ihr das Wort im Mund um, genau wie Nattie es manchmal tat. Sie ließ sich nicht beirren. »Wenn du nicht taub wärst, müsste ich mich nicht entschuldigen, weil ich dann nicht so garstig gewesen wäre.«

Er schwieg eine Weile, als wüsste er nicht, was genau sie gesagt hatte.

»Ich sagte ...«, begann sie.

Er hielt die Hand hoch, um sie zum Schweigen zu bringen: »Es ist okay. Ich hab verstanden. Du willst also sagen, dass es für dich besonders schlimm ist, unverschämt zu tauben Menschen zu sein. Oder behandelst du Blinde auch so?«

Schockiert, weil er ihr so etwas Schreckliches vorwarf, öffnete sie den Mund, um sich zu verteidigen, doch dann entdeckte sie, dass er lachte. Er hatte sich die ganze Zeit über sie lustig gemacht! Verärgert gab sie ihm einen Schubs. Er verlor das Gleichgewicht, und sie beobachtete mit großer Genugtuung, wie er ins Wasser fiel.

Als er wieder auftauchte, strich er das nasse Haar zurück und rieb sich das Gesicht. »Wofür war das denn?«

»Dafür, dass du so gemein warst und mich veräppelt hast!«, schrie sie.

»Du musst lauter sprechen!«, brüllte er grinsend. »Ich kann dich nicht hören!«

Sein Name war Christian May und sie verabredeten sich für den nächsten Tag zum Schwimmen – am selben Ort, zur selben Zeit. Aber das Wetter war nicht so schön, also gingen sie stattdessen auf dem Küstenweg spazieren. Ihre Eltern freuten sich, dass sie einen neuen Freund gefunden hatte. Sie hatten ihn am Tag zuvor kennen gelernt und fanden, dass er »ein wohlerzogener junger Mann war, dem man vertrauen konnte und der gut auf Genevieve aufpassen« würde.

Sie wanderten fast eine Stunde und blieben nur stehen, um auf Landkarte und Kompass zu schauen, die Christian mitgebracht hatte. Dies war etwas ganz Neues für Genevieve: Sie kannte niemanden, der so organisiert war wie er. Niemand in ihrer Familie wäre auf die Idee gekommen, bei einer Wanderung eine Landkarte mitzunehmen. Mum sagte immer, das Leben sollte spontan und ein Abenteuer sein. Damit entschuldigte sie ihre Versäumnisse, wenn sie beispielsweise vergessen hatte, sich einen Zahnarzttermin zu notieren, ihre Schlüssel verlegt hatte oder aus dem Haus ging, ohne den Herd ausgeschaltet zu haben. An einem Nachmittag hatte sie sogar vergessen, Polly vom Kindergarten abzuholen. »Ich habe mich schon gewundert, dass sie nicht da ist«, sagte Serena, als Pollys Kindergärtnerin bei ihr anrief.

Ein Blick in Christians ordentlich gepackten Rucksack – Karte, Kompass, Windjacke, Kamera, eine Dose Cola und Mars-Riegel – verriet Genevieve, dass er ebenso gewissenhaft wie gesprächig war. Jetzt, da sie sich daran gewöhnt hatte, ihn immer anzusehen, wenn sie etwas sagte, und ihm Zeit zu lassen, ihre Lippenbewegungen zu deuten, plauderten sie unaufhörlich miteinander. Und er erzählte ihr scheußliche Witze. »Wie hieß Hitler mit Vornamen? … Heil!«

Zu ihrer eigenen Überraschung vertraute sie ihm Dinge an, über die sie normalerweise nicht sprach. Sie erzählte ihm, dass man kürzlich Legasthenie bei ihr festgestellt hatte – eigentlich behielt sie das lieber für sich, weil sie

Angst hatte, dass die Leute sie automatisch als dumm einstuften.

»Heißt das, du hast Anfälle?«

In dem Glauben, er hätte sie falsch verstanden, sprach sie das Wort noch einmal ganz deutlich aus. »Legasthenie, nicht Epilepsie.« Am Zucken seiner Mundwinkel erkannte sie, dass er sie wieder einmal auf den Arm genommen hatte. »Du bist schlauer, als gut für dich ist«, murmelte sie.

»Wenigstens hast du kapiert, dass ich nicht bescheuert bin, nur weil ich schlecht höre.«

Und das war etwas, was sie verband. Auf unterschiedliche Art waren sie beide erpicht darauf, ihre Mitmenschen davon zu überzeugen, dass sie genauso fähig und begabt wie jeder andere waren.

»Ich hasse es, wenn die Leute mit mir reden, als wäre ich schwer von Begriff«, erklärte Christian. »So was passiert mir immer wieder. Sobald sie merken, dass ich Probleme mit meinem Gehör habe, behandeln sie mich wie ein kleines Kind. Dabei übersehen sie, dass alle anderen Sinne geschärft sind, wenn einem einer fehlt.«

»Benutzt du nie eine Hörhilfe?«

»Manchmal schon, aber ich mag das nicht. Das Wenige, was ich dann höre, geht in den Nebengeräuschen, die durch ein solches Gerät verstärkt werden, unter oder wird verzerrt.«

»Und was ist mit Zeichensprache? Kannst du all die komplizierten Handbewegungen?«

»Ein bisschen, aber Lippenlesen ist mir lieber.«

»Kannst du es mir beibringen?«

»Vielleicht, aber es ist nicht einfach. Man kann das eigentlich niemandem richtig beibringen; du musst viel, viel üben. Und wie bei vielen Dingen gibt es auch dabei Menschen, die es schneller lernen als andere.«

Genevieve merkte schon bald, *wie* schwierig es war, als er ihr erklärte, dass gewisse Buchstaben, wenn sie ausgesprochen wurden, ziemlich ähnlich aussahen. »P, b und m sind ziemlich knifflig«, sagte er. Er zeigte ihr, wie schwer es war, zum Beispiel zwischen Prise und Brise zu unterscheiden.

»Und wie erkennst du den Unterschied?«, fragte sie. Allmählich glaubte sie, eine Art Genie vor sich zu haben.

Er zuckte mit den Schultern. »Du musst einfach die Puzzleteilchen zusammensetzen und überlegen, was in den Zusammenhang passt. Ähnlich ist es, wenn man eine neue Sprache lernt. Und vergiss nicht, ich mache das schon seit Jahren.«

»Seit wie vielen Jahren?«

»Schon immer.«

»Bist du taub auf die Welt gekommen?«

»Zum Teil. Aber davon erzähle ich dir ein anderes Mal. Es ist eine stinklangweilige Geschichte.«

Aber an ihm oder an dem, was er sagte, war gar nichts langweilig, und schon nach drei Tagen waren sie unzertrennlich.

Und unerträglich, wenn man Nattie glauben konnte. »Du unternimmst überhaupt nichts mehr mit mir«, beklagte sich Nattie bitterlich eines Morgens beim Frühstück, als Genevieve ihre Mutter erinnerte, dass sie wieder den Tag mit Christian verbringen und ein Lunchpaket mitnehmen wollte. »Ständig bist du unterwegs mit diesem *Jungen*.« Nattie spuckte das Wort *Junge* mit größter Abscheu aus. Mit ihren zehn Jahren war sie der Meinung, dass man Jungs, diese minderwertigen Schwächlinge, meiden sollte wie Abspülen oder sonstige Arbeiten im Haus.

»Aber du hast doch Polly zum Spielen«, sagte Genevieve und schmierte Butter auf einen Toast, um sich selbst ein Sandwich zum Mitnehmen zu machen. Ihre Mutter war offenbar meilenweit entfernt mit ihren Gedanken und sah verträumt aus dem Fenster. »Du bist schließlich nicht allein.«

»Aber so gut wie. Mit Polly kann man gar nichts anfangen. Sie will immer nur lesen. Sieh sie dir doch mal an!«

Obschon Polly erst acht Jahre alt war, sah man sie nie ohne Buch. Auch jetzt beim Frühstück las sie; die Müslischale, die vor ihr stand, hatte sie nicht angerührt, und sie bekam nichts von dem Gespräch der Schwestern mit.

Genevieve plagte das schlechte Gewissen. Vielleicht war es selbstsüchtig, schon wieder mit Christian durch die Gegend zu streifen. »Ich denke, du könntest mitkommen«, bot sie Nattie an. »Christian hat sicher nichts dagegen.«

Aber Nattie schlug die Einladung rüde aus. »Lieber würde ich einen Teller Kohl mit Maden essen.«

»Wer möchte einen Teller Maden haben?« Daddy Dean sah von seiner Zeitung auf, die er jeden Tag schon im Morgengrauen holte. Zeitungen waren für ihn ein Urlaubsvergnügen. Zu Hause hielt ihn die Farmarbeit so sehr auf Trab, dass er selten Zeit für diesen Luxus hatte. Es war ein Wunder, dass er überhaupt Ferien machen konnte, aber dafür sorgte Mum. Jeden Sommer bestand sie darauf, dass Daddy Dean seinem Vater und den Aushilfen die Leitung der Farm überließ und mit der Familie in den Urlaub fuhr. Sie drohte damit, ihm Juckpulver in die Unterhose zu streuen, wenn er sich nicht an ihre Forderung hielt. Und sie alle wussten, dass sie verrückt genug war, so etwas zu tun.

»Niemand isst Maden, Dad«, versicherte Genevieve. »Nattie spinnt nur ein bisschen.«

Nattie streckte ihr die Zunge raus. Genevieve erwiderte die Freundlichkeit, stand auf, um sich Käse und Pickles für ihr Sandwich zu holen, und hatte plötzlich kein schlechtes Gewissen mehr, ihre Schwester allein zu lassen.

Als es Zeit wurde, wieder nach Cheshire zu fahren, schob Genevieve das Packen bis zur letzten Minute auf. Diesmal fiel es ihr schwerer denn je, zur *Brook House Farm* und in die Schule zurückzukehren. Wehmütig dachte sie an die ungezwungene Freiheit, die sie immer in Angel Sands genoss, aber in diesem Jahr gab sie mehr auf als nur die Ungezwungenheit: Christian würde ihr fehlen. Sie tauschten ihre Adressen aus mit der Absicht, in Kontakt zu bleiben, aber Genevieve wusste, dass daraus nichts werden würde. Sie beide würden nach Hause fahren, ihr gewohntes Leben wieder aufnehmen und die innige Ferienfreundschaft vergessen.

Sie sollte Recht behalten. Drei ganze Wochen wartete Genevieve jeden Tag ungeduldig auf den Postboten. Ihrer besten Freundin Rachel erzählte sie zwar gerne alles über den gutaussehenden Jungen, den sie in den Ferien kennen gelernt hatte – sie war sich bewusst, dass sie mit Christian angab –, und ließ, das musste sie sich beschämt eingestehen, den Umstand, dass er taub war, unerwähnt. Dennoch brachte sie es nicht über sich, ihm einen Brief zu schreiben. Nicht solange die Gefahr bestand, dass er ihr nicht antwortete. Das wäre eine unerträgliche Demütigung. Außerdem hatte sie eine furchtbare Handschrift und ihre Rechtschreibung war katastrophal.

Nein. Es war besser, sich Christian aus dem Kopf zu schlagen.

10

Im folgenden Sommer kam Genevieve mit ihrer Familie an einem kühlen, regnerischen Abend in Angel Sands an. Es hatte seit über einer Woche unaufhörlich geregnet und das Dach ihres gemieteten Cottage war undicht. Entweder hatten die vorherigen Bewohner des *Thrift Cottage* das Problem nicht beachtet, oder sie hatten den Raum, in den es hineinregnete, gar nicht benutzt. Die schräge Decke in Genevieves Zimmer mit den hübschen Gauben und Erkerfenstern, von denen man die Kornfelder überblicken konnte, hatte unheilvolle Beulen, und Wasser tropfte auf den bereits durchweichten Teppich. Daddy Dean lief immer zur Höchstform auf, wenn sein Heimwerkergeschick gefragt war, und er stürzte sich mit Begeisterung auf das Projekt. Als Erstes ordnete er an, dass Eimer und Töpfe geholt werden sollten. »So schnell ihr könnt!«, kommandierte er von seinem Posten an vorderster Front aus, wo er die Decke im Auge behalten konnte, die jeden Moment nachzugeben drohte. »Und ein paar Handtücher, damit wir den Teppich ein bisschen trockenreiben können, wären auch nicht verkehrt!«, rief er seinen Töchtern nach, als sie die Treppe hinunterpolterten, um die Küchenschränke zu plündern.

Zum Glück stürzte die Decke nicht ein, aber in dieser ersten Nacht lag Genevieve wach und lauschte den Wassertropfen, die in die Töpfe und Eimer fielen. Ihre Eltern hatten ihr vorgeschlagen, bei Nattie und Polly im Zimmer zu schlafen, aber sie meinte, die undichte Decke würde ihr nichts ausmachen. Sie wollte allein sein und war sogar dankbar für das stetige *plopp, plopp*, das sie wach hielt. So hatte sie eine ganze Nacht Zeit, sich auf das mögliche Wiedersehen mit Christian am nächsten Tag vorzubereiten.

Falls er dieses Jahr wieder Ferien in Tawelfan machte und *falls* sie ihn sah, dann wollte sie die Sache ganz anders angehen als im letzten Sommer. Sie war dreizehn und ganze zwölf Monate klüger als das dumme Mädchen, das darauf gewartet hatte, dass er ihr schrieb. Ihre Enttäuschung hatte nicht lange gewährt, aber es nagte immer noch an ihr, dass seine Worte so leer und bedeutungslos gewesen waren. Hatte er nicht versprochen, ihr die Fotos zu schicken, die er von ihr gemacht hatte?

Das Schlimmste war, sich Natties Hänseleien gefallen lassen zu müssen. »Hast du vielleicht was anderes erwartet?«, frohlockte Nattie. »Jungs lügen immer.« Auf der langen Fahrt, bei der sie zwischen Koffern und Kartons mit Lebensmitteln und Klopapierrollen eingezwängt waren, konnte es sich Nattie nicht verkneifen, immer wieder zu sticheln. »Ich wette, er hat längst ein anderes Mädchen gefunden und hängt jetzt mit der rum«, raunte sie Genevieve zu. »Er wird sich gar nicht mehr an dich erinnern.«

Möglicherweise hatte ihre Schwester Recht, aber Genevieve redete sich ein, dass das überhaupt nicht wichtig war. Sie selbst hatte in den letzten zehn Monaten kaum an ihn gedacht, oder nicht? Er war ihr erst wieder in den Sinn gekommen, weil die Möglichkeit bestand, ihm über den Weg zu laufen.

All das stimmte. Doch es entsprach genauso der Wahrheit, dass sie *hoffte*, ihm über den Weg zu laufen, weil sie ihm zeigen wollte, wie sehr sie sich verändert hatte. Sie hatte sich die Haare kürzer schneiden lassen, um erwachsener auszusehen, und trug nicht mehr den kindischen Pferdeschwanz. Es war Rachels Idee gewesen und sie waren gemeinsam zum Friseur gegangen. Und wie ihre Freundin durfte sie jetzt ein bisschen Make-up benutzen. Aber sie machte sich kaum die Mühe – sie half ihrem Vater lieber auf der Farm oder blätterte in den Kochbüchern ihrer Mutter, um sich die Bilder anzuschauen, bei denen einem das Wasser im Mund zusammenlief. Aber Rachel konnte stundenlang vor dem Spiegel sitzen und mit Lippenstiften, Lidschatten und Wimperntusche hantieren. Und Rachel hatte Hunderte kleiner Nagellackfläschchen, die sie alle fein säuberlich auf dem Fenstersims in ihrem Zimmer aufgereiht hatte. Die Farbpalette reichte von glitzerndem Babyrosa bis zu einem dunklen Violett, das fast schwarz wirkte und Rachels Finger aussehen ließ, als wären sie angefault. Gelegentlich lackierte auch Genevieve ihre Nägel, aber sosehr sie sich auch bemühte, sie wurden nie so lang wie die von Rachel.

»Du musst mehr Calcium essen«, empfahl ihre beste Freundin, »damit kräftigst du deine Nägel. Und schmier sie mit Vaseline ein, bevor du zu Bett gehst.« Rachel war auf den meisten Gebieten Expertin; sie las all die Zeitschriften und versteckte die einschlägigen vor ihrer Mutter.

Genevieve war mit Rachel Harmony befreundet, seit sie beide in die Highschool eingeschult worden waren. Genevieve hatte vorher die Grundschule in der Nachbarschaft besucht, Rachel hingegen war erst kürzlich zugezogen und kannte keine Menschenseele. Ihr Lehrer Mr McKenzie, ein grimmiger Schotte mit einem dunkelroten Muttermal am Hals, hatte Genevieve die Aufgabe übertragen, Rachel unter ihre Fittiche zu nehmen. Noch ehe die erste Woche zu Ende ging, waren sie beste Freundinnen – aber sie hatten die Rollen getauscht. Rachel wusste, welche Klamotten man anziehen musste, konnte die neuesten Pop-Songs mitsingen und war genau im Bilde, welche Bands in und welche out waren. Genevieve war nicht so gut informiert und mit nostalgischer Musik von Judy Garland und Broadway-Musicals aufgewachsen. Dank des sentimentalen Musikgeschmacks ihrer Mutter kannte sie den gesamten Text von »Some Enchanted Evening«, »Meet Me in St Louis« und »Zing! Went the Strings (of My Heart)«, hatte jedoch keinen blassen Schimmer, was die Hits von Duran Duran oder Spandau Ballet betraf. Rachel war verrückt nach Simon le Bon und Tony Hadley und hatte Poster von ihnen in ihrem Zimmer aufgehängt. Die einzigen Bilder, die Genevieve besaß, waren peinliche Kunstwerke, die sie in der Grundschule gemalt hatte. Ihre Mutter hatte darauf bestanden, sie zu rahmen und aufzuheben. Und obgleich ihr Zimmer relativ groß war, musste sie beschämt eingestehen, dass es im Vergleich zu dem von Rachel ziemlich altmodisch war.

Unter dem abgetretenen Teppich befanden sich Holzdielen, die schon knarrten, wenn man sie nur scharf anschaute, und die Ritzen zwischen den Brettern waren so breit, dass man einen Luftzug spürte. Möbliert war das Zimmer mit einem schäbigen alten Messingbett, einer Kommode, die ihre Mutter auf dem Flohmarkt erstanden und weiß angemalt hatte, und einem Mahagonischrank, der die Größe eines kleinen Hauses hatte und beim Versteckspielen des Öfteren als Schlupfwinkel herhalten hatte müssen. Die Blümchentapete löste sich schon an verschiedenen Stellen von der Wand – Gran hatte sie seinerzeit ausgesucht, als sie und Grandad noch die Farm geführt und in dem zweihundert Jahre alten Farmhaus gewohnt hatten.

Rachel hingegen wohnte in einem Neubau, und ihr Zimmer war zwar kleiner als das von Genevieve, dafür aber farblich wunderschön abgestimmt und mit honiggelben Fichtenmöbeln eingerichtet. Die Wände – man konnte zwischen den Postern nur wenig davon sehen – waren mit einer modernen gestreiften Tapete tapeziert. Die Tagesdecke auf dem Bett war aus demselben Stoff wie die Vorhänge, der Teppich war cremefarben – Gran und Mum würden nur spöttisch schnauben, weil die Farbe so unpraktisch war – und reichte von Wand zu Wand. In Einbauschränken hatte Rachels umfangreiche Garderobe Platz – die meisten Kleidungsstücke stammten von Miss Selfridge, Topshop oder aus Amerika – und vor dem Fenster stand ein richtiger Toilettentisch mit dreiteiligem Spiegel und einem gepolsterten Stuhl. Außerdem gab es noch Regale für Rachels Zeitschriften, einen CD-Player und die wachsende CD-Sammlung. Das Zimmer war immer tipptopp aufgeräumt, nie lag irgendetwas herum – im Gegensatz zu allen Zimmern in der *Brook House Farm*.

Rachel sagte, ihre Eltern seien langweilig und wie besessen davon, das Haus in Ordnung zu halten. Genevieve wusste, dass sie nicht übertrieb. Ihr war einmal auf der Veranda bei einem Barbecue, zu dem Mr und Mrs Harmony eingeladen hatten, ein Eis am Stiel heruntergefallen, und als Rachels Vater den himbeerfarbenen Fleck entdeckte, war die Hölle los. Er führte sich auf, als hätte Genevieve eine Atombombe fallen gelassen. Serena andererseits hatte eine ziemlich entspannte Einstellung und erwartete von ihren Töchtern, dass sie ihre Zimmer selbst aufräumten. »Wenn ihr wie die Ferkel leben wollt, dann liegt das ganz bei euch«, sagte sie. »Aber sorgt dafür, dass das Durcheinander drinnen bleibt und die Tür geschlossen ist.«

Worum Genevieve Rachel allerdings wirklich beneidete, war der Fernseher in ihrem Zimmer. Vor zwei Jahren hatte Serena erklärt, der Kasten, der in einer Ecke im Wohnzimmer stand, sei eines der größten Übel der modernen

Zeit, und ihn auf den Dachboden verbannt. Aber das Wunderbare an Mum war, dass sie nie Angst davor hatte, eine Kehrtwendung zu machen. Und so hatte sie Dad am Valentinstag letzten Jahres überredet, den Fernseher wieder herunterzubringen, damit sie sehen konnte, wie Torvill und Dean die Goldmedaille im Eistanzen bei den Olympischen Winterspielen in Sarajevo gewannen. Mit unbewegtem Gesicht erklärte sie, dass das ein einmaliges Ereignis in der Geschichte des Sports sei, das ihre Kinder nicht versäumen sollten.

Aber Genevieve wusste, dass es weder der Sport noch die Olympia-Geschichte war, die ihre Mutter interessierte: Sie war eine unverbesserliche Romantikerin und wollte mit eigenen Augen sehen, ob es zwischen den beiden Eistänzern knisterte oder nicht. »Selbstverständlich sind sie bis über beide Ohren verliebt ineinander«, schniefte sie, als das Paar vom Eis ging und die Zuschauer tobten vor Begeisterung, Blumen warfen und wie verrückt applaudierten. »Nur die Liebe kann etwas derart Magisches hervorbringen.« Sie streckte die Hand nach Daddy Dean aus und sah ihn mit einem schmachtenden Blick an. Er drückte in schweigendem Einvernehmen ihre Hand.

Am nächsten Tag bestand Serena darauf, dass sie den Fernsehapparat wieder auf den Dachboden brachten, und Genevieve sehnte sich schmerzlich danach, ausgiebig fernsehen zu können wie ihre Klassenkameradinnen. Sie konnte ihre Sehnsucht nicht einmal bei Gran und Grandad stillen, denn die hatten sich noch nicht entschlossen, ihren kaputten Schwarz-Weiß-Apparat mit dem Drahtkleiderbügel als Zimmerantenne durch einen neuen zu ersetzen. Damals war Gran noch nicht fernsehsüchtig gewesen. Wann immer Genevieve bei Rachel war, zog sie sich all die Sendungen rein, die ihre Mutter als Volksverdummung und Müll bezeichnete. Es hätte natürlich noch schlimmer sein können: Genevieve könnte mit Jungs an Straßenecken herumlungern, wie es Nattie unbedingt tun wollte. Genevieve fieberte dagegen mit schuldbewusster Gier den Folgen von Denver und Dallas und Emmerdale Farm entgegen.

Oft lag sie auf Rachels Bett und sah fern, während ihre Freundin, die nicht so versessen darauf war, weil sie ohnehin alles ansehen durfte, in ihren Zeitschriften blätterte.

Manchmal war Genevieve froh, dass sie Legasthenikerin war. Einige der Artikel in Rachels Magazinen waren unaussprechlich peinlich – seitenweise ging es um dieses gefühlsduselige Beziehungszeug. Und um Sex. Aber Rachel verschlang alles und genoss es, diese Artikel laut vorzulesen.

»Hör dir das an«, sagte sie dann und drehte sich zu Genevieve herum. »Da steht: ›Denk an den glücklichsten und befriedigendsten Augenblick deines Lebens, multipliziere ihn mit tausend, dann weißt du, wie gut sich ein Orgasmus anfühlt.‹«

Genevieve malte sich aus, wie sie in einen Marmelade-Doughnut biss, den Puderzucker schmeckte und den weichen Teig im Mund spürte, die Marmelade von den Mundwinkeln tropfte ... Dann versuchte sie, diese Erfahrung mit tausend zu multiplizieren, wie empfohlen, konnte sich jedoch nur vorstellen, dass ihr schlecht wurde. Wurde ihr dann beim Sex auch schlecht?

Am nächsten Morgen, dem ersten richtigen Ferientag, war strahlender Sonnenschein und das Wasser tropfte nicht mehr von der Decke. Noch bevor alle mit dem Frühstück fertig waren, hatte sich ihr Vater eine Leiter von den Nachbarn ausgeborgt, um den Schaden auf dem Dach zu begutachten.

»Nur eine Kleinigkeit«, verkündete er, als er wieder in die Küche kam, um seinen inzwischen kalt gewordenen

Tee auszutrinken. »Ich brauche nur zwei Dachziegel. Ich rufe nachher Mrs Jones an, um ihr zu sagen, dass ich das selbst repariere.« Mrs Jones war die Besitzerin des *Thrift Cottage*; sie lebte in Cardiff. »Ich hole meinen Werkzeugkasten aus dem Auto.« Daddy Dean fuhr ohne seinen roten Plastikwerkzeugkasten nirgendwohin.

»Du denkst mehr an diesen Werkzeugkasten als an mich«, beschwerte sich Mum oft. »Wenn das Haus in Flammen stünde und du zwischen mir und diesem verdammten Kasten wählen müsstest, würde ich nicht mit dem Leben davonkommen.«

»Unsinn, Liebling«, widersprach er gut gelaunt. »Du bist ja nur eine halbe Portion – ich würde dich über meine Schulter werfen und den Werkzeugkasten in der anderen Hand tragen.«

»Siehst du! Mich *wirfst* du über die Schulter und die Kiste trägst du liebevoll.«

Ihre Streitereien waren immer neckisch, nie feindselig.

»Ist es okay, wenn ich einen Spaziergang mache?«, fragte Genevieve.

Alle sahen sie an. Dies war ein größeres Ereignis in ihrer Familie und weckte die Aufmerksamkeit aller. Sogar Polly nahm sich die Zeit, von *Charlie und die Schokoladefabrik* aufzusehen.

»Was ist?«, fragte Genevieve. Hab ich was Falsches gesagt?«

Nattie feixte – sie hatte ihr spöttisches Grinsen mittlerweile zur hohen Kunst erhoben. Genevieve war überzeugt, dass ihre Schwester vor dem Spiegel übte und Stunden damit verbrachte, ihre Lippen zu verziehen und ein herablassendes Schnauben von sich zu geben.

»Ich denke, du könntest im Laden einiges für uns besorgen«, sagte ihr Vater. »Würstchen zum Frühstück morgen wären ganz gut.«

»Hm … ich hatte eigentlich nicht vor, in diese Richtung zu gehen.«

»Darauf möchte ich wetten.«

»Oh, sei nicht so gemein zu deiner Schwester, Nattie. Und du solltest dich auch zusammennehmen, Dean.« Ihre Mutter stellte die Pfanne weg, die sie gerade abgespült hatte, und drehte sich zu Genevieve um. »Wenn du gehen und dich mit diesem jungen Mann treffen möchtest, dann zieh los. Aber sei um ein Uhr zum Mittagessen wieder hier. Es gibt Makkaroni mit Käse.«

»Danke, Mum!« Sie ergriff die Flucht, bevor sie sich noch mehr höhnische Bemerkungen von ihrer Schwester anhören musste.

Der Tag war frisch und strahlend, der tiefblaue Himmel eine willkommene Abwechslung nach dem Regen. Ein warmer, salziger Wind fegte über die Getreidefelder, die sich wellten wie das Meer. Genevieve marschierte munter die Straße entlang ins Dorf. Auf beiden Seiten standen malerische Cottages Wache, herausgeputzt und weiß getüncht, die Türen und Fensterrahmen waren mit leuchtenden Farben gestrichen und die kleinen Vorgärten hübsch bepflanzt und gepflegt. Einige von ihnen hatten Blumenkästen vor den Fenstern, knallrote Geranien, gemischt mit weißen und blauen Lobelien oder orangefarbener Kapuzinerkresse. Sie kam zu einer Kreuzung – die eine Straße führte ins Dorfzentrum, die andere den Hügel hinauf und dann zum Tawelfan Beach hinunter. Genevieve schlug Letztere ein.

Zögerlich zog sie ihr Sweatshirt aus. Wie ihre Turnschuhe war es ganz neu, und sie hatte es sich ausgesucht, weil es ihre Brust am besten verbarg, die, wie sie mit Entsetzen festgestellt hatte, viel zu groß geworden war.

»Wow!«, hatte Rachel am Ende des Trimesters gestaunt, als sie sich für den Sportunterricht umzogen. »Seit wann ist dein Busen so groß? Ich wünschte, meiner würde auch so schnell wachsen.« Typisch Rachel, dass sie kein Blatt vor den Mund nahm. Aber ihre Freundin hatte Recht. Praktisch über Nacht waren ihre Brüste unheimlich groß geworden. Ewig waren es nur kleine Wölbungen gewesen, die man kaum sah, und dann – *wumm!* Zwei aufgeblasene Ballons!

»Oh, das ist ganz normal«, meinte ihre Mutter, als Genevieve all ihren Mut zusammennahm und mit ihr darüber sprach. »Und merkst du auch schon, dass deine Periode einsetzt?«

»Hm ... ich glaube nicht.«

»Nun, du spürst es ganz bestimmt, wenn es so weit ist. Aber wir sollten dir doch bald einen BH kaufen.«

Genevieve drapierte das Sweatshirt um ihre Schultern und verdeckte mit den Ärmeln den Stein des Anstoßes.

Eine halbe Stunde später stand sie auf dem Hügel, schaute hinunter zum Tawelfan Beach und sah, dass sich nur eine Hand voll Leute in der sandigen Bucht vergnügten. Man konnte nicht mit dem Auto direkt zum Strand fahren, deshalb war er nie überlaufen – der Hauptgrund dafür, dass Genevieve so gern hierher kam. Und auch Christians Eltern waren, wie er ihr erzählt hatte, von der Abgeschiedenheit so begeistert, dass sie das nicht einmal eine Meile entfernte *Pendine Cottage* als Ferienhaus gekauft hatten.

Der Weg zu der Bucht war steil, und Genevieve musste aufpassen, wohin sie ihre Füße setzte, denn die Felsen waren ausgetreten und ziemlich glatt.

Ihr Vater hatte ihnen den Namen »Pembrokeshire Pilger« gegeben, als sie zum ersten Mal von Angel Sands hierher gekommen waren, um einen Tag am Tawelfan Beach zu verbringen. Dad trug die Liegestühle und die Kühlbox, Mum ging mit der Reisedecke und dem Windschutz ein paar Schritte hinter ihm, dann folgten die Mädchen. Genevieve hatte ein Fischernetz und ein zusammengerolltes Handtuch unter dem Arm und trug in der anderen Hand einen Eimer und eine Schaufel. »Wir gehen in den Fußstapfen von zahllosen Pilgern«, hatte Dad damals gesagt. »Pilger auf dem Weg nach St. David's.«

Genevieve ging zu ihrem Lieblingsplatz in den Sanddünen, die den Strand von der Heide dahinter abgrenzten. Dort war es geschützt und auch wärmer. Sie nahm das Sweatshirt von den Schultern, faltete es zu einer Art Kissen zusammen und legte sich auf den Rücken. Dann schloss sie die Augen, weil die Sonne so grell war. Perfekt. Sie fühlte sich so wohl und behaglich wie in den Stunden, in denen sie in ihren Lieblingsmorgenrock gewickelt mit einer Tasse heißer Schokolade mit Schlagsahne vor dem Kamin saß.

Sie lauschte dem Meeresrauschen und dem klagenden Schrei eines Vogels – ein Brachhuhn? – und dachte an das Vogelkundebuch, das ihr Grandad zum dreizehnten Geburtstag geschenkt hatte. Es hatte ihm schon gehört, als er ein Junge gewesen war, und jetzt war es ihres. Rachel fand, dass es ein eigenartiges Geschenk war – ein zerfleddertes altes Buch, und das auch noch für eine Legasthenikerin! Aber Genevieve hütete es wie einen Schatz. Grandad hatte auf die erste Seite geschrieben: »Für meine hübsche Genevieve, möge dir dieses Buch ebenso viel Freude bereiten wie mir.«

Plötzlich spürte sie, wie ein Schatten auf sie fiel, und sie riss die Augen auf. Zuerst erkannte sie ihn nicht und konnte nur eine Silhouette vor der Sonne ausmachen. Aber seine Stimme verschaffte ihr Gewissheit.

»Hallo, Genevieve, ich hatte gehofft, dass ich dich hier finde.«

Oh, das war ja richtig lässig! Er hatte schamlos gelogen, als er sagte, er wolle in Kontakt bleiben, und jetzt erwartete er, dass sie glaubte, er hätte tatsächlich gehofft, sie hier zu treffen.

Sie setzte sich auf. »Wirklich? Wieso das denn?«

Er runzelte die Stirn, dann ließ er sich neben ihr nieder und streckte die langen Beine aus. »Weil ich mich darauf gefreut habe, dich wiederzusehen.«

Ihr fiel auf, dass seine Stimme tiefer war als im vorigen Sommer und nicht mehr so krächzend. Sein Gesicht war hagerer, was ihn erwachsener aussehen ließ, und unter dem welligen Haar – es war länger und dichter als letztes Jahr – entdeckte sie eine Hörhilfe hinter der linken Ohrmuschel. Sie hätte nicht sagen können, warum, aber dieser Anblick linderte ihre Feindseligkeit.

Da sie schwieg, sagte er: »Wie geht es dir, Genevieve?«

»Gut. Sehr gut.«

Er berührte leicht ihren Arm. »Ich kann nicht sehen, was du sagst.«

Die Röte stieg ihr ins Gesicht, als sie sich entschuldigte und ihm scheu in die Augen schaute. »Tut mir Leid, das hab ich ganz vergessen.«

»Genauso wie du vergessen hast, mir zu schreiben?«

Das konnte sie ihm auf keinen Fall durchgehen lassen. »*Du* bist derjenige, der nicht geschrieben hat.«

Er schüttelte den Kopf. »Ich konnte nicht. Ich habe deine Adresse verloren. Ich habe auf einen Brief von dir gewartet, weil ich dir die Fotos schicken wollte, die ich dir versprochen hab.«

Er log – Nattie hatte Recht, alle Jungs logen. »Das glaube ich dir nicht …« Doch als sie seinen ernsten Gesichtsausdruck sah, wurde sie unsicher. Tief im Innersten wollte sie ihm glauben. »Hast du wirklich meine Adresse verloren?«

»Ja. Ich hab sie aus Versehen weggeworfen. Und als ich nichts von dir hörte, dachte ich, dass du nicht mit mir in

Verbindung bleiben möchtest. Mir blieb nichts anderes übrig, als auf die Ferien zu warten. Warum hast du mir nicht geschrieben?«

Sie überlegte, ob sie schwindeln und sagen sollte: »Hey, was für ein Zufall! Ich habe deine Adresse auch verloren!« Aber sie war keine gute Lügnerin, deshalb suchte sie in einer Halbwahrheit Zuflucht. »Ich hatte beschlossen, erst auf einen Brief von dir zu warten, und als keiner kam ... na ja, ich dachte dasselbe wie du, nämlich dass du gar nicht schreiben wolltest und es nur aus Höflichkeit versprochen hast.« Sie erwähnte nicht, dass sie Angst gehabt hatte, er könne sie wegen ihrer schlechten Rechtschreibung verurteilen.

Ein Lächeln breitete sich auf seinem Gesicht aus. »Gut, dass wir das geklärt haben. Sind wir jetzt wieder Freunde?«

»Ich denke schon«, antwortete Genevieve schüchtern. Sie nahm Sand in die Hand, ließ ihn durch die Finger rieseln und überlegte, warum sie ein so komisches Gefühl im Bauch hatte.

11

Für Genevieve waren es die schönsten Ferien ihres Lebens. Jeden Morgen wenn sie die Vorhänge aufzog, begrüßte sie ein dunstig-trüber Himmel, aber schon bald verscheuchte ein warmer Wind die Wolken und die Sonne brach durch. Genevieve traf sich fast jeden Tag mit Christian: Erst gingen sie am Tawelfan Beach schwimmen (und vollführten den Handtuch-Tanz), dann spazierten sie über die Klippen, bis sie ein geeignetes Fleckchen für ein Picknick fanden.

Heute waren sie zu einer geschützten Felsbank hinuntergeklettert. Leuchtend pinkfarbene Grasnelken, die aus den Steinritzen wuchsen, bildeten dicke Kissen. Sie aßen Eier- und Kresse-Sandwichs, die Christians Mutter für sie gemacht hatte.

»Die Sandwichs von anderen schmecken immer viel besser als die eigenen«, sagte Genevieve und nahm sich noch eines.

»Ich weiß, was du meinst. Die Sandwichs von deiner Mutter sind ...«, er zögerte, als suchte er nach dem richtigen Wort. »Einzigartig«, sagte er lächelnd.

»Das sagst du jetzt nur aus Höflichkeit.«

Serenas Sandwichs waren eine Herausforderung und nichts für Feiglinge. Seit Band Aids »Do They Know It's Christmas?« war Mum überzeugt, dass in dieser Welt zu viel verschwendet wurde, und hatte beschlossen, Brote mit den Resten vom Abendessen des Vortages zu belegen. Gestern hatte Serena – ohne Genevieves Wissen – einen ganzen Stapel Sandwichs mit Spaghetti Bolognese als Belag gemacht.

»Nicht schlecht«, hatte Christian gesagt, nachdem er vorsichtig in eines der Brote gebissen hatte, dann wurde er mutiger. »Schmeckt besser, als man denkt.« Wieder war er die Höflichkeit in Person – genau das liebte Mum an ihm.

»Dieser Christian ist der höflichste junge Mann, dem ich jemals begegnet bin«, seufzte sie nach Christians erstem Besuch im *Thrift Cottage*. Dabei hatte er nur gesagt: »Danke, Mrs Baxter, aber ich kann leider nicht zum Tee bleiben, meine Eltern erwarten mich zu Hause.« Von diesem Moment an konnte Christian in Serenas Augen nichts mehr falsch machen. Und erst recht nicht, seit sie wusste, wie er sein Gehör verloren hatte.

Seine Mutter hatte sich während der Schwangerschaft mit Röteln angesteckt und Christian kam mit einem Teilgehörschaden in einem Ohr zur Welt. Das Leiden wurde, wie es die Ärzte den Eltern vorausgesagt hatten, mit den Jahren schlimmer. Als er vier Jahre alt war, wurde ein Gehirntumor bei ihm festgestellt. Es war ein bösartiger Tumor, der unverzüglich operativ entfernt werden musste, sonst wäre Christian gestorben. Allerdings bedeutete diese Operation, dass er das Gehör in seinem guten Ohr vollständig verlieren würde. Es sei ein Glück, sagten die Ärzte zu den Eltern, dass er schon sprechen gelernt hatte, dann könne er sich zumindest verständigen.

»Oh, der arme Junge!«, rief Serena aus, als Genevieve ihr die Geschichte erzählte. »Und was haben seine bedauernswerten Eltern alles durchgemacht! Ich an ihrer Stelle wäre außer mir vor Sorge gewesen.« Es war typisch für Mum, dass sie sich in andere hineinversetzte und jeden Augenblick des Dramas selbst durchmachte.

Als sie ihr Picknick beendet hatten, lehnten sie sich gegen den Felsen und schlossen die Augen. Wenn sie schwiegen wie jetzt, machte Genevieve oft den Fehler zu glauben, dass Christian genauso den Geräuschen lauschte wie sie: den Wellen, die gegen die Felsen schlugen, den Schreien der Möwen am Himmel und dem gelegentlichen Blöken eines Schafes. Anfang der Woche hatte sie, als sie zwischen den Sanddünen in der Sonne lagen, auf seinen Arm getippt und auf eine Feldlerche gedeutet. »Ihr Gezwitscher klingt wie das Klingeln eines Telefons, nicht?«, hatte sie gesagt.

»Wenn du es sagst, zweifle ich nicht daran«, hatte er erwidert.

Er schien ihr diese Taktlosigkeiten nie übel zu nehmen, aber ihr selbst machten sie sehr viel aus. Sie wollte ihn auf keinen Fall kränken; deshalb war sie manchmal übervorsichtig und verbot sich Fragen aus Angst, zu grob zu sein – obwohl sie nur zu gern mehr über die Welt erfahren wollte, in der er lebte. Ein Irrtum, dem sie erlag, war anzunehmen, er würde überhaupt nichts hören, seine Welt sei ganz still. Aber das stimmte nicht. Er erzählte ihr, dass es in seinem Kopf manchmal buchstäblich dröhnte, weil er die Geräusche und Laute so verzerrt wahrnahm.

Als sie jetzt so friedlich in der Sonne saßen, berührte sie leicht seinen Arm und sagte: »Als du mich letzte Woche am Tawelfan Beach gefunden hast, hattest du ein Hörgerät im Ohr. Warum hast du es seither nicht mehr benutzt?«

Er zuckte mit den Achseln – das tat er oft. Auch das war eine Veränderung, die sie an ihm bemerkte. Genau wie sie war er gewachsen und trug seine Haare anders. Er war immer noch dünn und füllte seine Kleider nicht richtig aus, doch seine Schultern waren so breit und kantig, dass Genevieve an einen Kleiderbügel denken musste. Er war auch ruhiger und erzählte nicht mehr so viele dumme Witze wie im letzten Sommer. Auf ihre Frage antwortete er: »Es ist neu. Allermodernste Technik, die mir helfen soll.«

»Und tut sie das?«

Wieder ein Schulterzucken. »Ein bisschen. Das hängt von der Situation ab. Aber ich verlasse mich immer noch instinktiv auf das Lippenlesen.«

Ehe sie fragen konnte, in welcher Situation ihm das Gerät nützte, fügte er hinzu: »Ich bin so daran gewöhnt, ohne Hörhilfe zu sein, dass es mir komisch vorkommt, eine zu tragen. Ich fühle mich dann so, als versuchte ich, jemand zu sein, der ich nicht bin.«

»Wie lange hast du das Ding schon?«

»Erst ein paar Wochen.«

»Dann solltest du vielleicht einfach noch ein bisschen durchhalten. Nur wenn du sie ständig benützt, gewöhnst du dich daran.«

»Du redest wie meine Eltern. Als Nächstes wirst du mir noch vorschreiben wollen, dass ich mir die Haare schneiden lassen soll.«

Sie betrachtete seine dichte Mähne. Er trug sein Haar nie ganz kurz wegen der Operationsnarbe, das wusste Genevieve. »Ich finde es schön so. Es gefällt mir.«

Sie spürte, dass dies eine für ihre Verhältnisse außergewöhnlich persönliche Bemerkung war, deshalb wandte sie sich ab und strich mit der Hand über das Kissen aus Grasnelken. Seine Mähne fühlt sich sicher ähnlich an, dachte sie. Mit einem Mal empfand sie Beklommeneit – fast so wie letzte Woche, als sie zum ersten Mal miteinander schwammen. Im Badeanzug waren ihre neuen Kurven deutlich zu sehen; also war sie schnell ins kalte Wasser gesprungen und hatte wider alle Vernunft gehofft, dass

Christian die Veränderung nicht aufgefallen war. Wenn sie eine gemischte Schule besucht hätte, dann wäre ihr das alles vielleicht nicht so peinlich und sie würde hoch erhobenen Hauptes und stolz ihre weiblichen Formen, um die Rachel sie so sehr beneidete, zur Schau stellen. Christian schaute nie direkt auf die Ursache ihres Unbehagens, zumindest hatte ihn Genevieve noch nicht dabei ertappt, aber woher sollte sie wissen, wo seine Blicke hinwanderten, wenn sie in eine andere Richtung sah? Nach und nach entspannte sie sich jedoch und das Bedürfnis, ihre Figur zu verstecken, wurde schwächer. Sie war glücklich, wenn sie nur mit ihrem Badeanzug bekleidet neben Christian im Sand lag, und zerbrach sich nicht mehr den Kopf darüber, was er wohl denken mochte.

»Jungs denken alle fünfundneunzig Sekunden an Sex«, hatte Rachel sie informiert. Und Genevieve hatte den Verdacht, dass ihre Freundin vielleicht sogar noch öfter daran dachte. Rachels enzyklopädisches Wissen auf diesem Gebiet schloss auch die Regeln des Flirtens mit ein. »Vergiss all das altmodische Zeug von Augenaufschlägen«, erklärte sie Genevieve. »Du brauchst nur eine Bemerkung über das Aussehen eines Kerls zu machen, und schon weiß er, dass du interessiert bist.«

Flirten war das Letzte, was Genevieve im Sinn hatte, als sie Christian ein Kompliment wegen seiner Haarpracht gemacht hatte, und sie hoffte, dass er ihre Worte nicht missdeutete.

»Übrigens«, sagte er unvermittelt. »Ich wollte dir schon längst sagen, dass mir deine neue Frisur gefällt. Sie steht dir. Was hat dich dazu gebracht, dir die Haare kurz schneiden zu lassen?«

Hilfe! Flirtete er mit ihr?

Heute waren sie weiter gegangen als sonst, daher brauchten sie für den Heimweg länger. Sie trennten sich immer am Tawelfan Beach – Christian ging landeinwärts zum *Pendine Cottage*, Genevieve folgte dem Küstenweg nach Angel Sands. Diesmal überraschte er sie, als sie ausmachten, wann und wo sie sich am nächsten Tag treffen wollten: Er hielt auf den letzten Metern ihre Hand. Und sie ließ es zu, weil sie viel zu unsicher war, um etwas anderes zu tun.

Auf dem Weg ins *Thrift Cottage* hatte sie ein breites Lächeln auf dem Gesicht, doch sobald sie das Haus betrat, wurde sie augenblicklich ernst. Grandad hatte zu Hause, auf der *Brook House Farm*, einen Herzanfall erlitten. Er lag auf der Intensivstation und sie mussten sofort heimfahren. Genevieves erster Gedanke galt nicht dem Großvater, den sie möglicherweise nicht mehr lebend sehen würde, sondern Christian und ihrer Verabredung für den morgigen Tag. Diese schändlich selbstsüchtige Reaktion verfolgte sie noch lange.

Genevieve hatte Granny Baxter immer für eine große, starke Frau gehalten. Doch als sie sie jetzt beim Marmeladekochen über den Herd gebeugt sah, musste sie ihre Meinung revidieren. Granny Baxter war geschrumpft.

Vier Wochen waren seit Grandads Beerdigung vergangen – der ersten, die Genevieve miterlebt hatte. Als die Eltern ihrer Mutter starben, waren die Mädchen noch zu klein gewesen, um an der Trauerfeier teilzunehmen. Aber diesmal waren sie alle da, saßen nebeneinander auf der ersten Bank in der Kirche, in der sie auch die Sonntagsschule besuchten. Die Eltern hatten Genevieve angewiesen, zwischen ihren Schwestern zu sitzen, Polly zu ihrer Linken, Nattie zu ihrer Rechten. Polly war mucksmäuschenstill während des Gottesdienstes und hielt den Kopf gesenkt, weil sie in der Bibel nach etwas Interessantem zu lesen suchte. Nattie zappelte herum, knabberte an ihrer Unterlippe und spielte mit einem Taschentuch, das sie zu einem schmuddeligen Ball zusammengeknüllt hatte. Bevor sie sich auf den Weg zur St.-Augustine's-Kirche – oder zu »St. Rattle Bag's«, wie Grandad sie immer genannt hatte – machten, hatte ihnen ihre Mutter je eines von Daddy Deans frisch gewaschenen Taschentüchern gegeben. »Nur für den Fall«, hatte sie gesagt.

Nach der Trauerfeier traten sie hinaus in die heiße Augustsonne – so heiß, dass das dunkle Oberteil, das Genevieve auf Geheiß der Mutter anziehen musste, an ihrer Haut klebte und kratzte – und standen am offenen Grab, in das der Sarg gesenkt wurde. Genevieve umklammerte ihr Taschentuch und versuchte, nicht an Grandads Leichnam zu denken, der nur wenige Meter entfernt in dem Sarg lag, und stellte im Geiste eine Liste zusammen, was »nur für den Fall« bedeuten könnte. Nur für den Fall, dass sie stolperte und sich die Knie aufschlug ... nur für den Fall, dass sie nach Hause trampen und das Taschentuch schwingen musste, um ein Auto aufzuhalten ... nur für den Fall, dass sie ein Glas umwarf und den Tisch abwischen musste.

Sie setzte die Liste fort, bis sie wieder auf der *Brook House Farm* waren und ihre Mutter fragte, ob alles in Ordnung mit ihr sei. »Mir geht's gut«, log sie, weil sie wusste, dass man diese Antwort von ihr erwartete wegen der vielen Gäste, die bewirtet werden mussten.

Vier Wochen später hatte Genevieve immer noch das Taschentuch ihres Vaters – es war ordentlich zusammengefaltet wie am Morgen des Begräbnisses und steckte in ihrer Jeanstasche. Sie saß am Küchentisch und dachte darüber nach, wie gebrechlich ihre Großmutter wirkte, während sie in einem Topf die Pflaumenmarmelade rührte. Genevieve tastete nach ihrem »Nur für den Fall«-Taschentuch – nur für den Fall, dass sie weinen musste.

Alle außer ihr hatten geweint, als Grandad starb. Sogar ihr Vater. Das zu sehen war ein Schock für sie gewesen, aber trotzdem wollten die Tränen bei ihr nicht fließen. Du bist nichts anderes als eine egoistische Zicke, schalt sie sich aus und bemühte sich, die Tränen heraufzubeschwören – ohne Erfolg, obwohl sie sich mit harschen Worten geißelte: *Wie konntest du nur an Christian denken, während dein Großvater qualvoll starb? Was für eine Enkelin bist du? Eine von der allerschlechtesten Sorte. Genau das bist du. Selbstsüchtig und dumm!*

Sie wusste nicht genau, ob Grandad vor seinem Tod Qualen erlitten hatte, aber sie musste es glauben, um das Vergehen, das sie begangen hatte, noch zu verschlimmern. Jetzt brauchte sie sich nur noch eine geeignete Bestrafung auszudenken.

Sie klaubte die Krümel und die Reste der Buttercreme von ihrem Teller und leckte ihre Finger ab. Dann warf sie einen Blick auf den Rest von Grans selbst gebackenem Viktoria-Biskuitkuchen, der auf dem Tisch stand, und war versucht, um noch ein Stück zu bitten. Sie konnte sich nicht erinnern, dass es je einen Tag gegeben hätte, an dem es nicht etwas »frisch aus dem Ofen« gab, wenn sie Gran besuchte – Ingwerplätzchen, Cremeschnitten (Gran machte den besten Blätterteig), köstliche Brandteig-Brötchen, Mürbeteiggebäck, das auf der Zunge zerging, Eiercreme-Törtchen und süße, nach Nelken duftende Gewürzkekse.

Eiercreme-Törtchen waren Grandads Leibspeise gewesen und es wurde in der Familie oft über seine Vorliebe fürs Süße und seinen Appetit gescherzt.

»Ich bin am Verhungern«, pflegte er zu sagen, wenn er einen Tag mit Daddy Dean draußen auf den Feldern verbracht hatte. »Ich könnte ein Pferd zwischen zwei Matratzen verschlingen und hätte immer noch Platz für ein bisschen Pudding.« Er war ein großer, kräftiger Mann, aber keineswegs dick. Genevieve kam er, als sie noch klein war, vor wie ein gutmütiger, warmherziger Riese. »Komm, meine Hübsche«, sagte er zu ihr, »setz dich auf meinen Schoß, dann lese ich dir eine Geschichte vor. Und wir gönnen uns ein Marmeladebrötchen, ja? Und vielleicht eine Tasse heiße Schokolade dazu.« In seinen Augen blitzte der Schalk, wenn er so etwas vorschlug, als wären sie beide unartige Kinder.

Genevieve hatte eigentlich damit gerechnet, dass ihre Großmutter nach seinem Tod überhaupt nicht mehr backen würde. Aber sie stand eher noch länger in der Küche und die Speisekammer füllte sich schnell. »Kochen und Backen hält sie auf Trab«, sagte Mum. »Dann grübelt sie nicht so viel und muss nicht dauernd an Grandad denken.«

»Verflixt und zugenäht!«

Der Fluch aus Granny Baxters Mund erschreckte Genevieve. »Was ist, Gran? Hast du dich verbrannt?« Genevieve eilte zu ihr.

»Es ist nichts«, beschwichtigte ihre Großmutter. »Nichts, was ein bisschen kaltes Wasser nicht wieder in Ordnung bringen könnte. Rühr die Marmelade, während ich die Hand unter den Wasserhahn halte.«

Genevieve tat, was Gran ihr sagte, und beobachtete mit einem Auge wachsam die blubbernden Pflaumen und mit dem anderen ihre Großmutter, die den Unterarm unter das fließende Wasser hielt. »Marmelade kann teuflische Verbrennungen verursachen«, sagte Gran. »Im Mittelalter hätten sie statt siedendes Öl kochende Marmelade auf die plündernden Horden schütten sollen.«

Genevieve sah vom Topf auf. »Ich glaube, sie ist jetzt fertig, Gran.« Sie hatte Granny Baxter schon so oft geholfen – das Obst geerntet, geputzt, geschält, entkernt und geschnitten, Zucker und Zitronensaft darunter gemischt, so dass sie genau bestimmen konnte, wann die Marmelade anfing, dick zu werden.

Sie füllten die Gläser, die vorher im Backrohr getrocknet und angewärmt worden waren, und Genevieves Aufgabe war, sie mit rund ausgeschnittenem Wachspapier, Zellophan und einem Gummiring zu verschließen, während Gran die selbstklebenden Etiketten beschriftete. Als das letzte Glas verschlossen und etikettiert war, brachten sie alle in die Speisekammer, und Genevieve sagte: »Es kommt mir so falsch vor, dass alles ohne Grandad einfach weitergeht. Er sollte hier sein.« Sie schluckte schwer – ihr war schleierhaft, was sie dazu veranlasst hatte, so etwas von sich zu geben. Da ihre Großmutter schwieg, sah sie sie unsicher an und entdeckte so etwas wie Verwirrung in ihrem Gesicht. »Tut mir Leid, Gran. Ich hätte das nicht sagen sollen.«

»Unsinn! Wenn du es so empfindest, dann sollst du es auch sagen.«

»Aber macht es nicht alles noch schwerer für dich, wenn die Leute über ihn sprechen?«

Gran stellte den großen Topf ab, den sie zum Spülbecken bringen wollte. »Genevieve, mir ist es viel lieber, dich über deinen Großvater sprechen als gar nichts von dir zu hören. Ich würde sogar so weit gehen zu behaupten, dass du in diesen letzten vier Wochen viel zu still warst.«

Genevieve hatte gewusst, dass es ein Fehler war, dieses Thema anzuschneiden. Sie spürte, wie ihre Augen brannten. Um sich irgendwie abzulenken, bot sie an: »Lass mich den Topf abspülen. Danach gehe ich wohl besser heim.«

»Nein«, widersprach Gran. »Ich habe eine viel bessere Idee. Du schneidest dir noch ein Stück Kuchen ab und machst uns eine schöne heiße Schokolade.«

Dieser Vorschlag erinnerte Genevieve zu sehr an ihren Großvater, und sie strengte sich mächtig an, die Tränen zurückzuhalten. Aber es gelang ihr nicht. Sie zog ihr »Nur für den Fall«-Taschentuch aus der Tasche und drückte es an die Augen. Sie schluchzte und schluchzte – eine Ewigkeit, wie es ihr schien – und schmiegte dabei den Kopf an die Schulter ihrer Großmutter. Sie weinte um die vielen Male, die sie auf Grandads Schoß gesessen und er ihr das Gefühl gegeben hatte, etwas ganz Besonderes zu sein. Aber hauptsächlich weinte sie, weil sie an sich selbst und nicht an ihn gedacht hatte, als sie von seinem Herzanfall erfahren hatte.

Falls sie gedacht hatte, die Tränenflut würde ihr Erleichterung bringen, dann hatte sie sich getäuscht. Die Welt war immer noch schwarz für sie. Entsetzlich schwarz und leer – und sie konnte ihre Scham nirgendwo verstecken.

12

Gran erklärte Genevieve, dass der schlimmste Schmerz mit der Zeit vergehen würde. Sie glaubte ihr nicht, aber nach und nach konnte Genevieve immer öfter an ihren Großvater denken, ohne sofort von Schuldgefühlen übermannt zu werden. An jenem Tag in Grans Küche war Genevieve versucht gewesen zu beichten, was ihr wirklich so schwer zu schaffen machte, aber sie ließ die Gelegenheit ungenützt. Ironischerweise hellte sich die Düsternis, die sich über sie gesenkt hatte, ein wenig auf, als der Herbst dem Winter wich und die Tage kälter und dunkler wurden; das Leben erschien ihr mit einem Mal nicht mehr so furchtbar.

Aber an Weihnachten vermisste die ganze Familie Grandad schmerzlich.

»Es ist wie Weihnachten ohne den Weihnachtsmann«, sagte Nattie in einem seltenen Moment der Einsicht, als sie am Morgen bei schneidendem Wind zum traditionellen Weihnachtsgottesdienst in der St. Rattle Bag's aufbrachen. Später überraschte Polly alle, als sie sich ans Klavier setzte und ein Lied sang, das sie insgeheim für Grandad geschrieben hatte. Sie hatte eine wunderschöne Stimme, und der Text war so treffend, dass nach dem Lied betroffenes Schweigen im Zimmer herrschte. Gran fing als Erste an zu weinen, dann folgten alle anderen ihrem

Beispiel. Auch Genevieve. Jetzt, da sie ihren Tränen vor allen freien Lauf lassen konnte, wusste sie, dass sie das Schlimmste überwunden hatte.

Zu Silvester fasste sie den Vorsatz, besser in der Schule zu werden. Im letzten Trimester waren ihre Leistungen stark abgefallen. Ihre Lehrer übten Nachsicht wegen des Todesfalles in ihrer Familie, aber ab jetzt wollte sie fleißiger lernen und sich im Unterricht besser konzentrieren. Aber man hatte ihr klar gemacht, dass mangelnde Konzentration nicht ihr Problem sei; dass vielmehr die Gefahr bestand, dass sie sich zu sehr konzentrierte. Das würde erklären, warum sie so oft Kopfschmerzen hatte. Sie erfuhr, dass die Denkprozesse bei Legasthenikern um ein Vielfaches schneller abliefen als bei »normalen« Menschen, weil sie wesentlich mehr Schwierigkeiten zu bekämpfen hatten: Ständig mussten sie versuchen, die Geheimcodes, die die Buchstaben für sie darstellten, zu knacken, während Leute ohne diese Leseschwäche auf einen Blick erkannten, was ein Wort zu bedeuten hatte. Kein Wunder, dass Genevieve immer so müde war!

Aber zum Glück hatte sie Rachel, die sie aufheitern konnte. Rachels neueste Marotte war, den perfekten langhaftenden Lippenstift zu finden. »Lipgloss mit Geschmack verwende ich gar nicht mehr«, verkündete sie eines Samstagmorgens im Kaufhaus Boots – sie waren mit dem Bus nach Macclesfield gefahren. »Ich habe sie alle ausprobiert und sie sind reine Geldverschwendung. Ein Gloss sieht in den ersten fünf Minuten toll aus, aber dann verwandelt es sich in etwas Gummiartiges oder verschwindet ganz. Also ehrlich – sie schicken dauernd Menschen auf den Mond, und man sollte meinen, dass sie wenigstens einen Lippenstift erfinden könnten, der wirklich, wie sie in der Werbung behaupten, auf den Lippen bleibt. Das ist doch nicht zu viel verlangt, oder?« Genevieve beneidete ihre Freundin, weil sie keine größeren Sorgen hatte.

In diesem Jahr lag Ostern sehr früh, und vor den Feiertagen kam ein Brief von Christian an.

Genevieve hatte schon einige zuvor bekommen. Der erste, mit Poststempel von Pembrokeshire, war am Tag vor Grandads Beerdigung eingetroffen, und Christian schrieb ihr, wie Leid es ihm getan hatte, vom Tod ihres Großvaters erfahren zu haben. Die Baxters hatten Angel Sands so überstürzt verlassen, dass Genevieve keine Gelegenheit gehabt hatte, Christian irgendetwas zu erklären. Aber die Neuigkeit hatte sich rasch im Dorf herumgesprochen – jeder kannte die Baxters, die jeden Sommer im *Thrift Cottage* wohnten. Gegen Mittag des folgenden Tages klopfte Christian, nachdem er das Warten am Tawelfan Beach satt bekommen hatte, an die Tür des *Thrift Cottage*. Eine Nachbarin erzählte ihm von der Abreise der Baxters und dem Grund dafür. Genevieve hatte diesen ersten Brief immer und immer wieder gelesen, bis sie Kopfschmerzen bekam, und war zu dem Schluss gekommen, dass er ehrlich das Bedürfnis hatte, sie wissen zu lassen, wie sehr er an sie dachte.

Dennoch hatte sie den Brief weggeworfen. Sie wollte nicht, dass er an sie dachte. Und ganz gewiss wollte *sie* nicht an *ihn* denken. Er erinnerte sie zu sehr an ihre Selbstsucht.

Eine Woche nach dem Begräbnis gab sie diese Haltung endlich auf und setzte sich in ihrem Zimmer mit Block und Stift im Schneidersitz auf den Boden. Nach einer Stunde war der Teppich übersät mit zusammengeknüllten Papierbögen. Je fester sie sich anstrengte, umso mehr entglitten ihr die Buchstaben und Wörter. Letzten Endes entschied sie, dass es ganz egal war, wie er über sie dachte, kritzelte ein paar Zeilen und steckte den Brief in einen Umschlag. Sie dankte ihm für sein Mitgefühl und wünschte ihm alles Gute für den bevorstehenden Beginn des neuen

Trimesters. Darüber, wie sehr sie sich gefreut hatte, ihn wiederzusehen, und dass sie auf eine Antwort wartete, verlor sie kein Wort. Und in Wahrheit rechnete sie auch nicht damit, dass er ihr zurückschreiben würde.

Ein Monat verging, dann kam wieder ein Brief von ihm. Diesmal schickte er sorgsam eingepackte Fotos mit – von ihr allein und von ihnen beiden. Genevieve fand, dass sie doof aussah – man sah nur Augen und ein blödes Grinsen –, und warf den Brief mitsamt den Fotos in den Papierkorb. Dann bekam sie eine Weihnachtskarte, auf der sich Christian erkundigte, ob sie seinen Brief mit den Bildern erhalten hatte. Sie schickte ihm ebenfalls eine Karte und schrieb seinen Namen ganz oben und ihren ganz unten hin. Am liebsten hätte sie abgestritten, die Fotos bekommen zu haben, aber sie wollte nicht lügen, also bedankte sie sich und schrieb noch, dass es eine Schande sei, wie schrecklich sie auf den Fotos aussah.

Fünf Monate später war ein dritter Brief angekommen. Genevieve saß unter ihrem Lieblingskirschbaum, eine sanfte Brise wehte die Blütenblätter von den Zweigen und man hörte leise den Motor des Traktors auf dem Feld brummen. Genevieve öffnete das Kuvert. Diesmal hatte sie den festen Entschluss gefasst, Christian einen richtigen Brief zurückzuschreiben. Erst jetzt begriff sie, was sie die ganze Zeit getan hatte: Sie hatte ihn benützt, um sich zu bestrafen. Sie hatte sich benommen wie eine Idiotin. Wie eine fehlgeleitete Idiotin, die absichtlich jemanden verletzte, der über sich hinausgewachsen war, um nett zu ihr zu sein.

Diese Erkenntnis war ihr nur langsam gedämmert, aber schließlich hatte sich die Wahrheit Bahn gebrochen, und jetzt wurde es Zeit, das Richtige zu tun. Der Sommer stand vor der Tür, und sie wollte nicht, dass so vieles unausgesprochen war, wenn sie nach Angel Sands kam. Christian verdiente eine aufrichtige Entschuldigung von ihr. Ihr Herz klopfte, als sie seinen Brief öffnete, weil sie lesen wollte, dass er sich freute, sie in Angel Sands wiederzusehen.

Aber die Vorfreude verpuffte. Sie las den Brief etliche Male durch und wünschte sich, sie hätte etwas falsch verstanden. Christian hoffte, dass es ihr und ihrer Familie gut ging, und würde sich freuen, wenn sie im nächsten Trimester während seiner Prüfungen hin und wieder einmal an ihn denken würde. Danach würde er im Rahmen eines Schüleraustauschprogramms die gesamten Sommerferien in Spanien verbringen. Er wusste noch nicht, wie er es schaffen sollte, in einer fremden Sprache Lippen zu lesen – in einer Sprache, die er nicht einmal sprechen konnte –, aber seine Eltern waren der Ansicht, dass der Aufenthalt in Spanien seinen Horizont erweitern würde. Er wollte Genevieve eine Karte aus Madrid schicken, wo seine Gastfamilie lebte – falls sie nichts dagegen hatte.

Nein! Das war nicht fair. Sie wollte nicht, dass er nach Spanien ging. Nicht jetzt, da sie sich gerade wieder daran gewöhnte, an ihn zu denken. Plötzlich fiel ihr wieder ein, wie er ihre Hand gehalten hatte, und sie wünschte, sie könnte die Zeit zurückdrehen. Sie würde alles dafür geben, wenn sie wieder am Tawelfan Beach sein könnte und ihr Großvater noch gesund und munter wäre und Gran um ihre Eiercreme-Törtchen bitten könnte.

Genevieve faltete den Brief zusammen, steckte ihn in den Umschlag zurück und ging ins Haus. Sie brauchte etwas zu essen. Etwas Süßes, Tröstliches.

13

Fast ein Jahr später schlug Rachel Genevieve vor, gemeinsam abzunehmen.

Seit sie den Schwimmsport aufgegeben hatte, dachte Genevieve schon daran, dass sie etwas tun müsste, aber irgendwie brachte sie die Energie nicht auf. Die genauen Worte ihrer Freundin waren: »Halt mich nicht für taktlos, Gen, ich sage das auch nur, weil ich das Beste für dich will: Ich hab gehört, dass einige der Mädchen in der Schule hinter deinem Rücken lästern.«

Sie waren in Genevieves Zimmer – Rachel lag auf dem Bauch auf dem Bett und streckte die Füße in die Luft, Genevieve saß am offenen Fenster. Als sie hörte, was Rachel zu sagen hatte, wurde ihr eisig kalt und das Blut wich aus ihrem Gesicht.

»Was sagen sie?«, fragte sie nach.

»Ach, du weißt schon, sie geben dir die üblichen einfallslosen Schimpfnamen wie ›Fettsack Baxter‹ und tuscheln: ›Schwabbel, wabbel, hier kommt Jelly-Gen.‹« Rachels Ton war sachlich und nüchtern.

Genevieves Herz hämmerte wie wild. Aus der Kälte wurde glühende Hitze, die sie ganz und gar zu verschlingen schien.

»Ich sag dir was«, fuhr Rachel fort. »Ich habe selbst

schon daran gedacht, eine Diät zu machen. Wir können gemeinsam abnehmen, wenn du willst.«

Das Angebot war absurd. Rachel war gertenschlank; niemals würde sie jemand »Fettsack Harmony« nennen. Sie hatte genau die graziöse Figur, von der Genevieve träumte. Beim Kleiderkaufen hatte sie nur ein einziges Problem, nämlich Jeans zu finden, die eng genug für ihren winzigen Po waren. Aber in diesem Augenblick liebte Genevieve ihre Freundin für ihre Umsicht. »Das würdest du für mich tun?«, fragte sie mit dünner, krächzender Stimme.

»Natürlich. Warum nicht?«

»Weil du gar keine Diät brauchst. Du bist ... perfekt, so wie du bist.« Eigentlich wollte sie »schön« sagen, fürchtete jedoch, dass das eigenartig klingen könnte.

Rachel drehte sich auf den Rücken und setzte sich auf; ihr Rücken war gerade wie der einer Ballerina. »Du musst blind sein, Gen. Sieh mich an!« Sie hob ihre Schuluniformbluse hoch und enthüllte einen beneidenswert flachen, festen Bauch. Sie zwickte in ihre Haut – so viel sie davon zu fassen bekam – und sagte: »Na bitte – das muss alles weg.«

Genevieve war nicht überzeugt, aber sie war sich bewusst, dass die Freundin sie nur unterstützen und ermutigen wollte. »Was für eine Diät wollen wir denn machen?« Sie wusste rein gar nichts über Abmagerungskuren, war jedoch zuversichtlich, dass Rachel bestens informiert war.

Rachel stand auf und stellte sich vor den langen Spiegel in der Schranktür. Sie strich über ihren Schulrock, der bestimmt fast zehn Zentimeter kürzer war, als er eigentlich sein durfte, und ihre schlanken Barbie-Beine zeigte. Genevieve fand, dass ihre eigenen Beine eher aussahen wie die einer pummeligen Babypuppe.

»Wir lassen einfach die Kohlehydrate weg«, sagte Rachel.

Das klang einfach. Keine Kartoffeln und Nudeln mehr. Oder Reis.

»Das bedeutet, es gibt weder Plätzchen noch Kuchen«, erklärte Rachel mit strenger Autorität und hob ihren Rock noch ein wenig höher.

Auf Kuchen und Plätzchen zu verzichten war weniger leicht. Besonders da Gran sie beide heute Nachmittag zum Tee eingeladen hatte.

Sie nahmen die Abkürzung zu Grans Bungalow und gingen auf dem Weg um die Weide herum, die *Solomon's Meadow* genannt wurde. Diese Wiese war besonders geschützt, deshalb wurden die neugeborenen Lämmchen immer hierher gebracht. Es war schon später Nachmittag und die Mücken tanzten in Schwärmen in der warmen Mailuft. Normalerweise hätte Genevieve den Spaziergang genossen. Sie wäre den Weg entlanggeschlendert, hätte nach Vogelnestern in den Sträuchern und Hecken Ausschau gehalten oder gehofft, die erste Blüte einer besonderen Wildblume zu entdecken. Aber nachdem ihr Rachel heute einen Vortrag gehalten hatte, dass Bewegung und Diät Hand in Hand gingen, legte sie ein forsches Tempo vor und nahm ihre Umgebung kaum wahr. Sie konnte an nichts anderes denken als an die Boshaftigkeiten ihrer Schulkameradinnen, die über sie tuschelten und feixten. Wäre Rachel nicht bei ihr, würde sie sicherlich hemmungslos heulen. Sie hatte wirklich Glück, eine so gute Freundin zu haben. Und so wie sie Rachel kannte, hatte sie ihr das Grausamste noch erspart.

Es war nicht das erste Mal, dass sich jemand über sie lustig machte. Als sie zwölf Jahre alt war, hänselten sie Katie Kirby und Lucinda Atkins, die klügsten und beliebtesten Mädchen in ihrer Klasse, ständig, weil sie fast in jeder Schularbeit als Schlechteste abschnitt. Aber als ihr Gekicher in offene Feindseligkeiten vor der gesamten Klasse umschlug, geriet Genevieves stoische Gleichgültigkeit, die sie normalerweise an den Tag legte, gehörig ins Wanken und sie brach auf dem Heimweg in Tränen aus.

Dann hatten die Tests Genevieves Legasthenie offenbart, und ihre Mutter war gleich am nächsten Morgen ins Büro der Direktorin marschiert und hatte darauf bestanden, dass sich die Mädchen bei ihrer Tochter entschuldigten und dass man sie über die Tatsachen aufklärte – ihnen das Abc der Legasthenie darlegte, wie sich Serena etwas unbeholfen ausdrückte.

»Legasthenie ist eine seltene und ganz besondere Gabe«, machte sie der Direktorin klar, »im Gegensatz zu Ignoranz. Sorgen Sie dafür, dass diese Mädchen das kapieren. Und ihre Eltern auch.«

Wenn Serena Baxter provoziert wurde, konnte sie beeindruckend forsch und entschlossen sein. Nichts ärgerte sie mehr als Schikane. Und sie beschützte Genevieve und ihre Schwestern wie eine Löwin ihre Jungen. Aber da sie ihren Kindern mehr Freiheiten gestattete als die meisten anderen Eltern, wusste sie oft nicht, ob sie ihren Schutz brauchten. Rachel hatte das klar erkannt.

»Deine Mum ist wunderbar. Sie lässt dir so viel Freiraum. Ich wünschte, meine wäre ein bisschen mehr wie sie.«

Als Genevieve jetzt vorauslief, überlegte sie, ob so viel Freiheit gut war. Einer anderen Mutter wäre aufgefallen, dass ihre Tochter immer mehr zunahm, und sie hätte etwas dagegen unternommen.

Aber das war nicht fair. Niemand außer ihr selbst hatte Schuld daran, dass sie so fett geworden war. Außerdem hatte ihre Mutter keine Ahnung, was sie alles heimlich in sich hineinstopfte. Sie konnte nicht sagen, wann und wo es angefangen hatte, aber sie vermutete, dass sie nach den letzten Sommerferien begonnen hatte, unaufhörlich zu essen.

Angel Sands war nicht dasselbe ohne Christian. Ihr fehlten das gemeinsame Schwimmen und die ausgedehnten Wanderungen. Aber am meisten vermisste sie das, was zwischen ihnen hätte passieren können. Vielleicht hätte er wieder ihre Hand gehalten oder sie sogar geküsst. Visionen von Christian, der sich in Madrid mit einem attraktiven spanischen Mädchen vergnügte, quälten sie. Nachts warf sie sich im Bett hin und her und sah das imaginäre Mädchen, dem sie den Namen Rosa gab, vor sich. Rosa hatte einen olivefarbenen Teint, dunkles Haar, dunkle Augen und war atemberaubend schön. Und natürlich war sie dünn wie Rachel und trug diese fantastischen Flamenco-Kleider. Sie brauchte nur mit dem Fuß aufzustampfen oder mit den Fingern zu schnippen und Christian war ihr für immer verfallen.

Was konnte ein schlichtes, unscheinbares Mädchen wie Genevieve Baxter gegen eine solche Schönheit ausrichten? Wie sollte sie mit ihr konkurrieren?

Sie erzählte keiner Menschenseele, was in ihr vorging, nicht einmal Rachel. Und wann immer Nattie sie aufzog, weil sie sich nach ihrem Freund sehnte, der sie sicher längst vergessen hatte, tat Genevieve so, als würde sie es nicht hören.

Drei Wochen nach den Ferien in Angel Sands kam eine Postkarte aus Madrid an. Sie war das einzige Lebenszeichen von Christian seit dem Frühjahr, als er ihr geschrieben hatte, dass er den Sommer in Spanien verbringen würde. Genevieve nahm die Karte mit in ihr Zimmer, um Natties neugierigen Blicken zu entgehen und die Zeilen in aller Ruhe lesen zu können. Erst packte sie ein Twix aus, das sie in einer Schuhschachtel in ihrem Schrank versteckt hatte, dann setzte sie sich auf das Fenstersims, und erst als sie die beiden Schokoriegel verputzt hatte, las sie die Karte langsam und gewissenhaft.

Hi Genevieve,
wie du dir vorstellen kannst, ist Madrid ganz anders als Angel Sands. Hier ist es viel heißer. Die Familie, bei der ich wohne, ist sehr nett, aber die Verständigung mit ihnen ist ein Alptraum! Ich muss mich auf mein Wörterbuch verlassen und viel gestikulieren.
Ich vermisse dich,
Christian

Sie kramte wieder in der Schuhschachtel und beförderte ein Päckchen Rolos zutage, dann kehrte sie zu ihrem Platz zurück und las die Karte noch einmal. Da stand nicht viel Aussagekräftiges, aber ein Satz, so klein er auch war, verursachte ihr ein Kribbeln im Bauch.

Ich vermisse dich.

Sie steckte sich ein Rolo in den Mund, lutschte daran und rollte es im Mund herum, bis die Schokolade geschmolzen war. Dann breitete sich der köstliche Karamellgeschmack in ihrem Mund aus. Aber viel zu schnell war er wieder verschwunden.

Ich vermisse dich.

Hatte er das geschrieben, weil sie ihm wirklich fehlte? Oder war das nur eine dieser bedeutungslosen Grußfloskeln wie »Bis bald« oder »Liebe Grüße«? Rachel unterschrieb ihre Briefe und Karten immer mit »Alles Liebe, Rachel«, dann machte sie einen Punkt und malte ein Herzchen drum herum. Das bedeutete rein gar nichts.

Als sie alle Rolos aufgefuttert hatte, war Genevieve überzeugt, dass *Ich vermisse dich* im Grunde nichts anderes war als das höfliche »Mit den besten Wünschen«. Trotzdem formulierte sie, um ebenso höflich zu sein, einen kurzen Antwortbrief, der Christian erwarten würde, wenn er nach Hause kam. Sie brauchte länger als eine Stunde, um die Zeilen zu schreiben – nicht weil sie die

Buchstaben und Wörter in die falsche Reihenfolge brachte, sondern weil sie unbedingt die richtigen Worte finden wollte.

Im Laufe der Monate wurde der Briefwechsel zwischen ihnen reger und im gleichen Maße nahm Genevieve an Gewicht zu. Sie passte nicht mehr in ihre Jeans, aber das spielte keine Rolle – Jogginganzüge waren sowieso viel bequemer. Sie traute sich nicht, sich auf die Waage zu stellen, aber sie schätzte, dass sie bestimmt zehn Kilo zugelegt hatte. Vielleicht sogar mehr.

Granny Baxter erwartete sie. Sie führte die Mädchen ins Haus, deutete auf die Spüle und forderte die beiden auf, sich die Hände zu waschen. Genevieve wusste, dass sich Rachel über eine solche Ermahnung ärgerte – immerhin waren sie beide schon fünfzehn –, aber Gran behandelte alle, als wären sie fünf Jahre alt, sogar Mum und Dad.

»Ich habe dein Lieblingsessen gemacht, Genevieve«, verkündete die alte Dame. »Eier, Würstchen, Bohnen und Pommes frites. Und zum Nachtisch gibt es Treacle Tart mit Vanillesauce. Oder Eiscreme, wenn euch das lieber ist.«

Rachel warf Genevieve einen entsetzten Blick zu und rollte mit den Augen. Sie standen mit dem Rücken zu Gran, als sie sich die Hände wuschen. »Das sind genügend Kalorien, um uns umzubringen. Sag ihr, dass du keinen Hunger hast«, zischte Rachel.

»Aber ich *habe* Hunger.« Und allein bei dem Gedanken an Grans köstliche selbst gemachte Pommes frites mit Salz lief ihr das Wasser im Mund zusammen.

»Wir sind auf Diät, Gen. Schon vergessen?«

»Was flüstert ihr beide da drüben?«

»Nichts, Gran.«

Genevieve konnte nicht tun, was Rachel von ihr verlangte. Sie konnte Grans Gefühle nicht verletzen und das, was sie so liebevoll zubereitet hatte, zurückweisen. Sie aß von allem und bediente sich sogar ein zweites Mal, um wieder gutzumachen, dass ihre Freundin etwas auf dem Teller zurückließ. Später am Abend, als alle schon im Bett lagen, dachte Genevieve an das, was Rachel auf dem Rückweg auf *Solomon's Meadow* gesagt hatte: Die berühmten Models übergaben sich nach dem Essen, um schlank zu bleiben. Genevieve schlich ins Badezimmer und steckte sich den Finger in den Hals. Es war das Ekelhafteste, was sie jemals gemacht hatte. Aber es war auch eigenartig tröstlich.

14

In ihren letzten Briefen hatten Genevieve und Christian vereinbart, sich am Tawelfan Beach zu treffen, selbst wenn das Wetter schlecht war.

Und es war schlecht. Als Genevieve auf Christian wartete – in ihrer Ungeduld war sie viel zu früh losgegangen –, prasselte der Regen auf die Kapuze ihres Anoraks und sie kam sich vor wie in einem Zelt. Sie drückte sich in den Hohlraum zwischen den Felsen und war froh, dass Ebbe herrschte und sie ein einigermaßen trockenes Plätzchen gefunden hatte. Der Strand war verlassen, und ein heftiger Wind fegte vom Meer herein, deshalb schmeckte der Regen salzig. Zweifel überkamen Genevieve. Womöglich kam Christian gar nicht. Er müsste verrückt sein, wenn er bei einem solchen Wetter überhaupt vor die Tür ging.

Alle hatten ein großes Tamtam um ihr Wiedersehen mit Christian gemacht. Nattie, die mittlerweile dreizehn war und gern dreiundzwanzig wäre, hatte Pferde und Jungs (in dieser Reihenfolge) für sich entdeckt und redete selten über etwas anderes. Sie war der Meinung, dass Christian definitiv scharf auf Genevieve war. »Warum sonst sollte er dir immer noch schreiben?«

»Vielleicht weil er mich als gute Freundin mag?«

»Weil er in dich verknallt ist.«

Genevieve hätte alles für Natties Selbstvertrauen und Sicherheit gegeben. Sich das einzugestehen sagte viel über ihre Gefühle für Christian aus, das wusste sie selbst sehr genau. Sie wünschte sich verzweifelt, dass er mehr als nur eine Freundin in ihr sah.

Sie hatte Christian jetzt zwei Jahre nicht gesehen, was, wie Gran meinte, eine lange Zeit war, in der man in der Fantasie einen Menschen zu etwas machen konnte, was er in Wirklichkeit gar nicht war. Aber Gran war schon alt und konnte nicht wissen, wie es war, jung zu sein, wach im Bett zu liegen und sich auszumalen, wie schön ein Wiedersehen sein würde.

Doch Gran hörte Genevieve wenigstens zu und machte sich nicht lustig über sie, als sie ihr erzählte, wie sich ihre Gefühle Christian gegenüber verändert hatten. Sie vertraute sich ihrer Großmutter an, während sie ihr half, die ersten Himbeeren von den Sträuchern zu pflücken, die Grandad vor vielen Jahren gepflanzt hatte. Und Gran ihrerseits erzählte ihr: »Du musst wissen, dein Großvater war nicht der erste Mann, in den ich verliebt war.«

Das war Genevieve gänzlich neu, und ihre Überraschung hätte nicht größer sein können, wenn ihre Großmutter ihr offenbart hätte, in ihrer Jugend eine Stripperin gewesen zu sein. »Wirklich?«

»O ja. Vor ihm gab es Hughes. Und John und natürlich Igor.«

»Gran, du warst doch sicherlich nicht mit jemandem zusammen, der Igor hieß, oder?«

»Doch. Und wir nannten das damals ›hofieren‹.«

Genevieve rechnete nach. »Du musst sehr jung gewesen sein, als du dich von diesen Männern hast *hofieren* lassen. Du warst zwanzig, als du Grandad geheiratet hast, oder?«

»Ein klein bisschen Erfahrung kann nie schaden, mein Kind. Vergiss das nicht. Es ist selten gut, zu viele Eier in einen Korb zu legen. Einige könnten zerbrechen, andere herausfallen.«

»Spielst du damit auf mich und Christian an?«

Gran tätschelte Genevieves Hand. »Ich will es mal so sagen: Christian ist im Moment schön und gut, aber die große weite Welt da draußen wartet nur darauf, von dir erkundet zu werden. Und außerdem gibt es viele verschiedene Arten der Liebe. Zum Beispiel die schmerzliche Liebe oder die Liebe, die Wunden heilen kann. Du musst beide kennen lernen, um die eine von der anderen unterscheiden zu können.«

Genevieve wusste, worauf Gran hinauswollte, aber ihre Großmutter irrte sich. Das, was Genevieve für Christian empfand, war wirklich Liebe. Okay, sie war erst fünfzehn – wurde im September sechzehn –, dennoch war sie ganz sicher, als sie im strömenden Regen auf ihn wartete und das Wasser von der Kapuze auf ihr Gesicht tropfte, dass diese Gefühle echt waren.

Ihre größte Angst war, dass er ein anderes Mädchen kennen gelernt haben könnte – aber hätte er ihr das nicht in einem seiner Briefe geschrieben? »Ach, übrigens, ich habe da ein echt tolles Mädchen getroffen. Du würdest sie mögen – sie ist witzig, intelligent und ganz schlank.«

Gute zwei Monate waren vergangen, seit sich Genevieve zum ersten Mal den Finger in den Hals gesteckt hatte, und obwohl sie es verabscheute, so etwas Widerliches zu tun, purzelten mit dieser Methode die Pfunde. Sie hatte schon etwas mehr als sechs Kilo abgenommen und beabsichtigte, noch weitere sechs Kilo zu verlieren. Allerdings trug sie nach wie vor weite Klamotten, weil sie keinen Verdacht erregen wollte. Sie hatte das Sportschwimmen schon vor Ewigkeiten aufgegeben und jetzt wagte sie sich nicht einmal mehr in die Nähe eines Schwimmbades – so dick, wie sie war, würde sie sich anderen Leuten auf gar keinen Fall im Badeanzug zeigen. Ihrer Mutter sagte sie, dass das Chlorwasser ihre Haare kaputtmachte, und Serena erwiderte, sie sei alt genug, ihre eigenen Entscheidungen zu treffen. Ein dreifaches Hoch auf eine so liberale, umgängliche Mutter!

Aber Mum würde in die Luft gehen, wenn sie die Wahrheit wüsste, und Genevieve musste aufpassen, dass es immer so aussah, als würde sie ganz normal essen. Andererseits war es nicht schwer, Mahlzeiten auszulassen. Oft kam sie um den Tee herum, wenn sie behauptete, sie müsse sich beeilen, weil sie mit Rachel verabredet sei, oder dass sie schon bei Rachel etwas gegessen habe – diese Ausreden genügten. Gelegentlich, wenn sie niedergeschlagen war oder einen schlechten Tag in der Schule gehabt hatte, ging sie in ihr Zimmer und tröstete sich mit Chips und Schokoriegeln. Und natürlich gab es bei Gran immer etwas zu essen. Doch solange sie ihre Geheimwaffe hatte, gelang ihr das, was sie früher für unmöglich gehalten hatte: Sie konnte essen und gleichzeitig schlanker und attraktiver werden. Zum ersten Mal hatte sie das Gefühl, Kontrolle über ihr Leben zu haben.

Rachel hatte gesagt, sie bräuchten einen Grund zum Abnehmen, etwas, was sie anspornte. Rachels Ziel war, ein klapperdürres Model zu werden, Genevieves Wünsche waren bescheidener: Sie wollte in Jeans Größe 38 passen. Aber sie hatte noch einen anderen Anreiz. Sie wollte für Christian gut aussehen. Im tiefsten Inneren war ihr bewusst, dass sie nicht die geringsten Chancen bei ihm hatte, wenn sie nicht rank und schlank war. Und dank der Ermutigungen und gelegentlichen Schikanen von Rachel trug Genevieve jetzt wieder Kleidergröße 40, war wieder etwas selbstbewusster – und voller Hoffnung.

Sie war tief in Gedanken versunken, und bei dem Lärm, den Regen und Wind verursachten, hörte sie nicht, dass sich Schritte näherten. Erst als er direkt neben ihr stand, schaute sie auf und sah Christian.

»Hi«, grüßte er.

Wie sie hatte er sich gegen das scheußliche Wetter gewappnet, und Genevieve konnte nur sein lächelndes Gesicht durch die Luke sehen, die seine Kapuze frei ließ. Aber das genügte, um zu erkennen, dass er in den letzten zwei Jahren noch hübscher geworden war. Sie hatte seine Begrüßung noch nicht erwidert, als er sagte: »Es ist schön, dich wiederzusehen, Genevieve.«

Dann geschah das Unglaubliche: Er schloss sie in die Arme. Und dabei blieb es nicht – er küsste sie auf die nassen Wangen. Wie erwachsen er wirkte! Oder war das ein Souvenir aus Spanien?

»Komm«, sagte er, »lass uns ein Stück gehen. Der Regen macht dir doch nichts aus, oder?«

Ihr schwirrte der Kopf und sie nickte benommen. Es war ihr gleichgültig, was sie taten. Er hätte sie bitten können, in einer Pappschachtel über den Atlantik zu rudern, und sie hätte es gemacht. Er half ihr, über die Felsen zu klettern, dann gingen sie über den Strand auf die andere Seite der Bucht zu dem steilen, bewaldeten Pfad, über den sie nach oben auf die Klippen gelangten. Als sie die grasbewachsene Landzunge erreichten, blieben sie stehen, um zu Atem zu kommen. Wie durch ein Wunder – als ob Genevieve weitere Beweise dafür brauchte, dass es einen Gott gab – hörte der Regen auf. Sie streiften die Kapuzen ab und nahmen sich beide Zeit, sich anzusehen, wie sie sich verändert hatten.

»Du hast dir die Haare wachsen lassen«, stellte Christian fest.

Sofort legte sie die Hand auf ihren Kopf – ihre Haare mussten furchtbar aussehen bei all dem Wind. Obwohl sie den wenig schmeichelhaften Anorak trug, zog sie den

Bauch ein. »Und du bist …« Was? Was war Christian anderes als perfekt? Er sah eindeutig noch besser aus als vor zwei Jahren. Zudem war er kräftiger geworden und wirkte älter als siebzehn. Er war jetzt ein Mann – ein Mann, nach dem man sich umsehen würde. Neben ihm kam sie sich mit ihrem mausbraunen Haar und den nichtssagenden Gesichtszügen ausgesprochen reizlos vor – sie war ein Mädchen, das man leicht übersah. Ihr fiel auf, dass er kein Hörgerät trug und dass seine Stimme kaum noch hohl und abgehackt klang wie früher. Niemand, der ihn so kennen lernte, würde auf die Idee kommen, dass er Hörprobleme hatte. Sein Blick haftete an ihren Lippen, während er darauf wartete, dass sie den Satz, den sie begonnen hatte, zu Ende führte. Sie hatte vergessen, wie sehr er sich konzentrieren musste. »Und du bist größer denn je«, brachte sie heraus.

Er lachte. »Man hat mich davor vorgewarnt. Dass ich wachse, wenn ich nur immer schön brav mein Gemüse esse.«

Sie gingen weiter. Der heftige Wind zerrte an ihren Kleidern, bis endlich die Sonne durchbrach. Sie zogen sich beide bis aufs T-Shirt aus und banden sich die Anoraks und Pullover um die Taille. Genevieve sah, wie muskulös Christian geworden war; seine Schultern waren nicht mehr kantig. Wo war der magere Junge, den sie vor drei Jahren am Strand getroffen hatte? *Ich wette, in Badehose sieht er umwerfend sexy aus*, würde ihr Rachel jetzt ins Ohr flüstern, wenn sie hier wäre. Dann fiel Genevieves Blick auf seine schmutzigen alten Wanderstiefel, und Rachels Gewisper wurde spöttisch: *Wie abtörnend!* Für Rachel mussten es Reeboks oder Nike-Turnschuhe sein.

Christian merkte, wohin sie schaute. »Ich weiß, was du jetzt denkst«, sagte er. »Dass ich meine Schuhe hätte putzen sollen, aber was für einen Sinn hätte das? Ich verbringe die meisten Wochenenden mit Wandern.«

»Allein?« Die Frage war ausgesprochen, bevor sie selbst richtig kapierte, warum sie sich dafür interessierte. Machte er seine Wanderungen mit einer hübschen Freundin?

»Normalerweise mit Dad, aber immer häufiger auch allein. Er ist in letzter Zeit ziemlich oft unterwegs. Ich hatte gehofft, dass wir beide Gelegenheit für richtig lange Spaziergänge haben, während wir hier sind.«

Ihr Herz quoll über. »Das wäre schön«, erwiderte sie.

Er betrachtete skeptisch ihre Turnschuhe. »Hast du anständige Stiefel?«

»Ich werde mir welche besorgen.« Zum Teufel mit Rachels Spott! Ihre Freundin würde sie sowieso nie in Wanderstiefeln sehen.

Jetzt, da Grandad fehlte, konnte Dad die Farm nicht mehr so lange verlassen, wie er gern wollte. Aber Mum fand, dass das kein Grund für sie und die Mädchen war, die Ferien nicht voll auszukosten – so war Mum eben.

»Wir machen nur ein Mal im Jahr Urlaub«, beschwerte sie sich. »Und ich sehe nicht ein, warum wir darauf verzichten sollten.«

Deshalb kam Dad nur für eine Woche nach Angel Sands, dann ließ er »seine Mädels« und Gran für weitere zwei Wochen allein. Es war komisch, Gran mit dabeizuhaben: Mit ihr fühlte sich Angel Sands mehr wie ein Zuhause als ein Urlaubsdomizil an – sozusagen ein Zuhause weit weg von zu Hause. Nachdem Dad diesmal zurück nach Cheshire gefahren war, fing Mum an, davon zu schwärmen, wie schön es wäre, für immer in Angel Sands zu leben.

»Das ist gar nicht mal so dumm«, meinte Christian, als Genevieve ihm von Serenas neuester fixer Idee erzählt hatte, nämlich die Farm zu verkaufen und ein Haus zu kaufen, in dem man eine Frühstückspension einrichten konnte. »Man kann in dieser Gegend zurzeit ziemlich billig Immobilien erwerben.«

Auf dem Weg zur St. Govan's Chapel aßen sie in einem Café in Stackpole Quay, einem hübschen kleinen Hafen, dem Genevieve bis heute keine große Beachtung geschenkt hatte, zu Mittag. Ganz gewiss hatte sie nie über seine Geschichte oder geografische Lage nachgedacht. Doch Christian erweckte die Vergangenheit zum Leben: Er erklärte ihr, dass der Kai im 18. Jahrhundert gebaut worden war, um Kohlelieferungen anzulanden, die dann nach Stackpole Court transportiert wurden. Anstatt die Schiffe leer ablegen zu lassen, wurden sie mit Sandstein beladen. Stackpole Court war eine riesige Villa, erbaut im Jahr 1735, die in den sechziger Jahren von ihrem damaligen Besitzer, dem fünften Earl of Cawdor, abgerissen wurde. Mit einem Schlag waren die Jahre, die Geschichte geschrieben hatten, dahin. Christian belehrte Genevieve nicht und er gab auch nicht mit seinem umfangreichen Wissen über die Gegend an – er erzählte einfach.

»Wenn ich einen nur halb so guten Geschichtslehrer gehabt hätte, dann hätte ich das Fach nicht abgewählt«, sagte sie und rührte mit dem Strohhalm in ihrer Cola. Dabei überlegte sie, ob sie es wagen konnte, auch die zweite Hälfte der Specksemmel zu essen. Ihr Magen gierte danach, aber das schlanke, attraktive Mädchen in ihrem Inneren machte ihr klar, dass das reines Gift wäre.

»Es ist nicht leicht, Geschichte gut zu unterrichten«, erwiderte Christian. »Ich hatte Glück mit einigen hervorragenden Lehrern. Sie konnten unser Interesse wecken. – Willst du das nicht mehr?«

Gerettet! »Ich bin pappsatt. Du kannst es haben.« Sie schob ihm den Teller hin, auch um es ihrer Ständigen Begleiterin, dem schlanken, attraktiven Mädchen, recht zu machen. »Wie kommt es, dass du so gut über die Immobilienpreise Bescheid weißt? Denkst du daran, Makler zu werden?«

»Nein. Aber ich interessiere mich für Häuser. Oder besser gesagt für Architektur. Ich fange im nächsten Jahr ein Architekturstudium an. Vielleicht mache ich auch erst ein Sabbatjahr.«

Genevieve war beeindruckt. Und es imponierte ihr noch mehr, dass er trotz all der widrigen Umstände eine normale Schule absolviert hatte. Einmal hatte er ihr erzählt, dass es seine Eltern strikt abgelehnt hatten, ihn auf eine Sonderschule für Gehörlose zu schicken; für sie gab es keine halben Sachen, und er würde in die Welt der Hörenden gehören, ob er wollte oder nicht.

»Du hast alles perfekt geplant«, sagte sie.

Christian lächelte. »Du hast einmal gesagt, ich sei der am besten organisierte Mensch, den du kennst. Weißt du noch, wie du dich über meinen ordentlich gepackten Rucksack lustig gemacht hast?«

»Ich habe mich nie über dich lustig gemacht.«

»O doch.«

»Nein.«

»*Doch*.«

Sie lachten und diskutierten immer noch, als sie das Café verließen und ihre Wanderung zu Govan's Chapel fortsetzten. Als sie die steilen Stufen hinaufstiegen und zurück auf den winzigen Hafen blickten, legte Christian den Arm um Genevieves Schulter. Genau wie vor zwei Jahren, als er ihre Hand hielt, schien diese Geste das Normalste der Welt zu sein.

Und genau das mochte – liebte – Genevieve an Christian. An ihm war nichts Gekünsteltes. Er gab nicht vor, etwas anderes zu sein, als er war.

Warum kann mein Leben nicht immer so vollkommen sein?, dachte sie in dieser Nacht, als sie im Bett lag. Ausnahmsweise wurde sie nicht vom schlechten Gewissen geplagt, weil sie zu viel gegessen hatte, und sie überlegte nicht einmal, ob sie sich noch ins Badezimmer schleichen sollte.

Als Gran Christian zum ersten Mal sah, dachte sie nicht mehr daran, dass er taub war – oder hörgeschädigt, wie er es jetzt nannte. Diesen Fehler konnte man leicht begehen. Christian war so gut im Lippenlesen, dass selbst Genevieve es manchmal vergaß. Und Nattie – typisch für sie – hegte sogar den Verdacht, dass er überhaupt nicht taub war, und versuchte etliche Male, ihn zu überlisten. Aber egal wie oft sie sich von hinten anschlich, um zu sehen, ob er zusammenzuckte, wenn sie in die Hände klatschte, er bemerkte es nie.

Zu ihrer Schande musste Genevieve gestehen, dass sie Rachel immer noch nicht von seiner Gehörlosigkeit erzählt hatte; sie fürchtete sich vor der Reaktion ihrer Freundin. Rachel hatte rigide Vorstellungen von dem, was akzeptabel war und was nicht. Für sie kam nur ein Typ wie Simon le Bon oder Tony Hadley in Frage.

»Es ist nicht verkehrt, wählerisch zu sein«, sagte sie immer, wenn in der Schule eine Diskofete stattfand. Jedes zweite Trimester durften sie mit den Schülern aus der Jungenschule eine Party veranstalten, und Rachel war eines der Mädchen, die am häufigsten zum Tanzen aufgefordert wurden. Mittlerweile beherrschte sie die Kunst, gelangweilt auszusehen – als wäre eine Schuldisko weit unter ihrer Würde – und trotzdem gerade so viel Interesse an den Tag zu legen, als sei sie eine der Hauptpersonen des Geschehens.

Sobald sich Gran ihres Fauxpas bewusst wurde, erhob sie die Stimme und brüllte regelrecht, wenn sie sich mit Christian unterhielt. »Genevieve hat erzählt, dass du Architekt werden willst!«, schrie sie quer durchs Wohnzimmer im *Pendine Cottage*, in das die ganze Familie Baxter (bist auf Daddy Dean) zum Tee eingeladen war. Genevieve wäre am liebsten im Boden versunken. Ausgerechnet heute musste Gran ihre Vorstellung als verwirrte alte Dame geben. Während Christian antwortete, versuchte Genevieve diskret, die Aufmerksamkeit ihrer Großmutter auf sich zu ziehen, und räusperte sich einige Male in der Hoffnung, dass Gran ihren Irrtum erkennen und leiser sprechen würde. Aber Gran schaute nicht in ihre Richtung; sie hörte Christian aufmerksam zu. Mrs May – Ella – reichte Genevieve einen Teller und eine Serviette und flüsterte: »Mach dir nichts draus, wir sind an so was gewöhnt. – Ein Schinken-Sandwich?«

Genevieve nahm das angebotene Sandwich; es war klein und ohne Kruste. Das sind kaum Kalorien, dachte sie glücklich. *Bild dir das nur nicht ein!* warnte ihre Ständige Begleiterin. Genevieve räusperte sich wieder – dies war weder die richtige Zeit noch der richtige Ort für so etwas.

Gran warf ihr einen strengen Blick zu. »Genevieve, was ist mit dir? Ich versuche hier, mich mit Christian zu unterhalten, und höre ständig dein Gekrächze. Bist du krank?«

Genevieve wusste nicht, was sie sagen sollte – im Gegensatz zu Nattie. »Sie ist nicht krank, Gran, aber wenn du nicht leiser sprichst, werden wir alle taub. Sprich einfach ganz normal mit ihm.«

Nach einem quälenden Moment, in dem allen der Atem stockte, lachten sie höflich und beschäftigten sich mit den Sandwichs und dem Tee. Genevieve merkte Christian an, dass er von Natties Taktlosigkeit nichts mitbekommen hatte. Er sah Genevieve mit einem fragenden Blick an.

Sie schüttelte den Kopf und hauchte: »Ich erzähle es dir später.«

Als sie ihren Tee getrunken hatten, schlug Philip May vor, dass sie alle in den Garten gehen und eine Partie Krocket spielen könnten.

»Ihr wisst nicht, was ihr euch damit antut«, sagte Genevieve zu Christian. »Wir Baxters sind Meister in diesem Spiel.«

»Ja, aber wir Mays betrügen, um zu gewinnen.«

»Und du glaubst, wir tun das nicht?«

Gran und Serena waren bekannt für ihre Mogeleien beim Krocket. Und was das betraf, so hatten sie auch bei anderen Spielen ihre eigenen Regeln: Scrabble, Monopoly, Rommé – egal wobei, sie schummelten immer. Es war fast ein Wettbewerb zwischen ihnen, wer womit durchkam.

Es dauerte nicht lange, bis das Spiel zu einem ausgelassenen Durcheinander wurde. Genevieve und Christian überließen es Nattie und Polly, die Erwachsenen zu beaufsichtigen, und suchten sich ein ruhiges Plätzchen. Anders als das *Thrift Cottage* hatte das Feriendomizil der Mays zwar keinen Ausblick aufs Meer, dafür aber einen riesigen wunderschönen Garten, geschützt von Buchen und Eichen, und von Christians Mutter, einer leidenschaftlichen Gärtnerin, liebevoll angelegt mit breiten Blumenbeeten und Ziersträuchern – alles robuste, sorgfältig ausgewählte Pflanzen, die den extremen klimatischen Bedingungen standhalten konnten.

Sie lagen auf einer Wolldecke im weichen Gras und schauten durch die fein verästelten Zweige der Bäume in den blauen Himmel. Genevieve konnte sich nicht erinnern, jemals so glücklich gewesen zu sein.

Aus der Ferne hörte sie das Gezänk von Gran und Serena und schloss die Augen. Christian hat Glück, dass er den Höllenlärm, den meine Familie verursacht, nicht hören kann, dachte sie.

Die Sonne, die ihr Gesicht wärmte, machte sie schläfrig. In dem Zustand zwischen Wachen und Schlafen stellte sie sich vor, mit Christian auf einem Zauberteppich davonzufliegen. Als sie hoch über den Hausdächern schwebte, kitzelte sie etwas an der Wange. Eine lästige Fliege. Sie wedelte sie weg, aber das Biest kam zurück. Ärgerlich öffnete Genevieve die Augen und sah, dass sich Christian, auf einen Ellbogen gestützt, über sie beugte und einen Grashalm in der Hand hielt.

»In flagranti erwischt«, sagte er mit einem Lächeln. Dann strich er ihr wieder ganz sanft über die Wange.

Sie wehrte sich nicht.

15

Genevieve bekam oft von ihrer Familie zu hören, dass sie sich die Dinge viel zu sehr zu Herzen nahm. Andere ließen Probleme und Sorgen einfach von sich abprallen, sie konnte das nicht. Nattie, die berüchtigte Psychologie-Expertin, sagte, Genevieve würde alles zu einem Riesenproblem aufbauschen und sich eines Tages noch zu Tode sorgen. Aber zwei Wochen in Christians Gesellschaft hatten sie – auch nach Natties Aussage – zum Positiven verändert. »Du bist nicht halb so grüblerisch und bedrückt, wenn du mit ihm zusammen bist.«

»Es muss Liebe sein«, erklärte Serena mit peinlichem Enthusiasmus. Sie saß am Steuer, als sie nach Tenby fuhren, um sich in den Geschäften umzusehen. »Deshalb isst du auch nichts.«

Genevieve ging sofort in Abwehrhaltung. Sie war auf dem Rücksitz zwischen Gran und Nattie eingepfercht – heute war Polly dran, vorne zu sitzen – und beugte sich ein Stück vor. »Was meinst du damit, dass ich nichts esse?« Zu spät erkannte sie, dass sie nicht so schnell hätte reagieren dürfen, zumindest nicht auf die Bemerkung übers Essen. Jeder andere hätte als Erstes abgestritten, verliebt zu sein.

»Schau nicht so ernst, Liebling. Ich war in deinem Alter genauso. Die Pfunde sind nur so gepurzelt. Man nennt das Liebeskrankheit. Man kann nicht essen und nicht schlafen, man kann sich nicht konzentrieren oder still sitzen, ohne an das Objekt seiner Begierde zu denken.« Serena seufzte. »Ich erinnere mich an den Tag, an dem ich euren Vater kennen lernte …«

Genevieve atmete erleichtert auf. Sie war noch einmal davongekommen. Für den Rest der Fahrt – alle Fenster waren heruntergekurbelt und der Wind zerzauste ihre Haare – erzählte Serena die Geschichte, die sie zwar alle schon in- und auswendig kannten, von der sie aber nie genug bekamen. Sie hörten gern, wie Serena zu spät zum Tanz in der Scheune kam, weil der Absatz ihrer Lieblingsschuhe abgebrochen war, gerade als sie das Haus verlassen wollte; wie sie dann – in Schuhen ihrer Mutter – die Scheune betrat, sofort auf den gutaussehenden Mann aufmerksam wurde, der nervös an seiner Krawatte herumfummelte, und ihn direkt ansteuerte.

Als sie in Tenby ankamen und nach einem Parkplatz suchten, hatte Serena den Höhepunkt der Geschichte erreicht – den Teil, in dem sie stolperte –, und alle, Gran eingeschlossen, riefen im Chor: »Und *Zing! Went the Strings of My Heart.*« Und Serena sagte: »Es war um mich geschehen – in diesem Augenblick wusste ich, dass Dean Baxter der Richtige ist.«

Es waren diese ausgelassenen Momente, in denen sich die Baxters am besten verstanden. Voller Wehmut musste Genevieve daran denken, dass diese Momente seit Grandads Tod seltener geworden waren.

Serena erlaubte ihren Töchtern, getrennte Wege in Tenby zu gehen. Polly war der Lesestoff ausgegangen, und Mum hatte ihr versprochen, mit ihr in den Buchladen zu gehen. Nattie wollte in die Spielhalle und hakte sich bei Gran unter – sie wusste, dass ihre Großmutter genauso süchtig nach Spielautomaten war wie sie und bestimmt die Tasche voller Pennys hatte. Und später würde sie ihr vielleicht noch ein Eis oder Zuckerwatte spendieren.

Genevieve schlenderte zufrieden durch die schmalen Gassen. Es war August und in der Stadt wimmelte es von Touristen. Genevieve war gern in Tenby. Sie genoss das Gedränge und die Hektik, die schönen Geschäfte, die Straßencafés mit den bunten Blumenkästen und -ampeln und die Strandanlagen mit dem goldenen Sand. Rachel würde bestimmt die Nase rümpfen – die Läden wären ihr nicht groß und schick genug. Rachel und ihre Eltern flogen in den Sommer- und Herbstferien immer nach Amerika und sie kam jedes Mal mit Bergen neuer Kleider zurück.

Es war komisch, aber es schien fast, als würde es zwei Genevieves geben: die stille, verschlossene, die auf der *Brook House Farm* lebte und dick mit Rachel Harmony befreundet war, und die andere im *Thrift Cottage*, die entspannte und unbeschwerte Freundin von Christian May. Wenn sie genauer darüber nachdachte, dann musste sie zugeben, dass ihre beiden Freunde miteinander unvereinbar waren. Während sich Rachel unaufhörlich nicht nur mit ihrer eigenen äußeren Erscheinung, sondern auch mit der aller anderen beschäftigte, kümmerte sich Christian keinen Deut darum, was andere Leute von ihm hielten. Er kleidete sich, wie er wollte, und machte, was er wollte. Ein bisschen wie Nattie. Er setzte weder für sich noch für seine Mitmenschen Grenzen. Doch Rachel war trotz ihrer rigiden Ansichten die allerbeste Freundin der Welt.

Genevieve fühlte sich wunderbar an diesem Tag. Sie blieb auf dem belebten Bürgersteig stehen, um sich die Auslage eines Kleidergeschäftes anzusehen. Ihr Blick wurde von einem Mädchen abgelenkt, das sie anstarrte. Dieses Mädchen lächelte, die langen Haare waren hinter die Ohren gesteckt und sie hatte ein herzförmiges Gesicht mit ausgeprägten Wangenknochen. Sie trug ein langweilig graues und viel zu großes T-Shirt, trotzdem sah man die wohlgeformte Figur.

Genevieve fiel all das im Bruchteil einer Sekunde auf, dann begriff sie, dass sie selbst dieses Mädchen war. Sie achtete nicht auf die vielen Menschen – einige mit Kinderwagen und Kleinkindern, mit Strandbällen und Fischernetzen –, die sich an ihr vorbeidrängten, und starrte wie hypnotisiert ihr Spiegelbild in der Schaufensterscheibe an. Sie wusste, dass sie nicht annähernd so schlank war wie Rachel, aber – und das raubte ihr schier den Atem – sie war auch nicht der grässliche Fettkloß, für den sie sich bisher gehalten hatte. Sie war nach dieser unglaublichen Entdeckung so glücklich und stolz, dass sie am liebsten dem nächstbesten Passanten um den Hals gefallen wäre. »Seht mich an!«, wollte sie schreien. »Ich bin nicht mehr fett!«

Um ihren Triumph zu feiern, stieß sie die Ladentür auf. Im Geiste zählte sie ihr Feriengeld zusammen – fünf Pfund hatte sie gespart, weitere fünf Pfund hatte sie von Mum und Dad bekommen und zwei Pfund fünfzig von Gran –, während sie sich die Sachen, die an den Kleiderstangen hingen, ansah. Ein Top vielleicht? Dies war kein Geschäft, in dem Rachel einkaufen würde: Es lief keine laute Musik, und nirgendwo standen griesgrämige, stark geschminkte Mädchen herum, die Genevieve mit einem Blick musterten, der sagte: »Der Laden für Übergrößen ist ein paar Häuser weiter.« Sie schob die Bügel auf der Stange hin und her, um sich die Tops genauer anzuschauen. Eine Frau, die etwa im selben Alter war wie ihre Mutter, kam zu ihr.

»Kann ich Ihnen helfen?«

»Hm … ich würde gern eines von diesen Oberteilen anprobieren bitte.« Sie deutete auf die Kleiderstange.

Die Frau zögerte und sah erst Genevieve, dann die T-Shirts an. »Ich bin nicht sicher, ob wir die noch in Ihrer Größe haben.«

Genevieve rutschte das Herz in die Kniekehle. Sie hätte wissen müssen, dass das Spiegelbild im Fenster eine grausame Sinnestäuschung gewesen war.

»Die Kleider auf dieser Stange sind alle viel zu groß für Sie«, fuhr die Frau fort. »Wie wäre es mit denen da drüben? Diese Tops haben wir in Ihrer Größe vorrätig. Vielleicht finden Sie etwas, was Ihnen gefällt.«

Genevieve drückte die Tüte mit dem Trägertop Größe 38 – *Größe 38!* – an ihre Brust und verließ ganz benommen vor Euphorie das Geschäft. Nichts auf der Welt hätte sie glücklicher machen könnten.

In diesem Punkt irrte sie sich.

Falls es Christian eigenartig fand, dass sie bis jetzt nie zum Schwimmen gehen wollte, dann hatte er es sich nicht anmerken lassen. Möglicherweise glaubte er, es wäre eine »Frauenangelegenheit«, aber dass so etwas zwei Wochen dauerte, hätte ihn stutzig machen müssen. Aber heute, vierundzwanzig Stunden nach dem Ausflug nach Tenby, schlug Genevieve mit ihrem neu gewonnenen Selbstvertrauen vor, schwimmen zu gehen.

Es gab keine großen Spiegel im *Thrift Cottage*, aber gestern Abend hatte sich Genevieve, nachdem sie sich bis auf die Unterwäsche ausgezogen hatte, auf den Badewannenrand gestellt und die Luft angehalten, um das Gleichgewicht nicht zu verlieren. Dann betrachtete sie ihren Körper in dem Spiegel über dem Waschbecken. Das hatte sie sich nicht mehr getraut, seit sie mit dem Abnehmen angefangen hatte, weil die Wahrheit unerträglich gewesen wäre. Aber jetzt war sie angenehm überrascht. Okay, sie hatte immer noch ein wenig zu viel auf den Rippen, aber alles in allem war ihre Figur besser, als sie es für möglich gehalten hätte. Vielleicht konnte sie doch das Risiko eingehen und mit Christian schwimmen.

Jemand donnerte gegen die Tür, und Nattie wollte wissen, ob sie die ganze Nacht im Bad zu verbringen gedachte. Genevieve erschrak so sehr, dass sie ins Schwanken geriet und nach hinten in die leere Badewanne fiel.

»Gen! Was, zum Teufel, treibst du da drin?«

»Nichts.«

Jetzt, da sie mit Christian am Tawelfan Beach stand und sich bis auf den Badeanzug auszog, flüsterte ihr die höhnische Stimme ihrer Ständigen Begleiterin zu: *Bist du sicher, dass du das machen willst? Und gerade jetzt, wo alles so gut läuft!*

Sie verbannte die Stimme und schälte sich unsicher aus ihren Jeans. Christian erwies sich wie immer als Gentleman und wandte sich von ihr ab, dann öffnete er den Reißverschluss seiner Hose. Während er mit dem Rücken zu ihr stand, streifte Genevieve schnell die restlichen Kleider ab. Instinktiv streckte sie die Hand nach ihrem Handtuch aus, aber sie nahm sich zusammen und stellte sich das Mädchen von der Schaufensterscheibe in dem neuen Trägertop vor, das sie nach dem Schwimmen anziehen wollte.

Allerdings war sie nicht auf den Anblick vorbereitet, den Christian in seiner Badehose bot. Sein Körper bestand nur aus Muskeln; die Beine waren fest und wohlgeformt – wahrscheinlich vom vielen Wandern. Er sah so gut aus, dass sich Genevieve wegdrehen und tief Luft holen musste. Als sie sich einigermaßen erholt hatte und erneut einen Blick auf ihn riskierte, sah sie, dass er sie anschaute. Sie zuckte leicht zusammen, als sein Blick über ihren Po zur Hinterseite ihrer Schenkel wanderte. Die Ständige Begleiterin wisperte: *Ich habe dich gewarnt!*

»Das sieht aus, als würde es wehtun«, sagte er. »Was hast du denn da angestellt?«

Sie verrenkte sich, um zu sehen, was er meinte – wabbeliges Fleisch? Dann entdeckte sie den hässlichen blauen Fleck in der Größe eines Schweinekoteletts. Ah – das Relikt ihrer waghalsigen Übung im Badezimmer. »Das ist so peinlich, dass ich es nicht erzählen kann«, erwiderte sie. »Fertig zum Schwimmen?«

Sie schlängelten sich durch die Sonnenbadenden, spielenden Kinder und Windbrecher und steckten die Zehen ins Wasser.

»Es ist eisig«, keuchte Genevieve.

Christian lächelte. »Das ist der Atlantik. Was hast du erwartet. Lauf, los!«

Plötzlich war sie wieder das zwölfjährige Mädchen, das von Christian am Strand angesprochen worden war und trotzig seine Herausforderung angenommen hatte.

Und bevor ihr ein Grund einfiel, es nicht zu tun, rannte sie los. Christian nahm die Verfolgung auf und tauchte in die Wellen, als das Wasser tief genug war. Er kam dicht neben ihr wieder zum Vorschein – seine Haare klebten am Kopf und am Nacken. Er stand auf – das Wasser reichte ihm bis zur Brust – und schüttelte den Kopf.

»Die Flut kommt herein«, sagte er, »also können wir um die Landzunge herumschwimmen. Hast du Lust dazu?«

Und ob sie Lust dazu hatte! Sie hatte schon so lange nicht mehr richtig geschwommen, dass sie ganz vergessen hatte, wie frei und kraftvoll sie sich dabei fühlte. Sie schwammen in die nächste Bucht und wieder zurück zum Tawelfan Beach, und als sie an Land gingen, hatten sie einen Bärenhunger.

»Wie wär's mit einem Hamburger?«, fragte Christian, während er seine Haare mit dem Handtuch trockenrubbelte und es sich dann um die Schultern legte. Die Ständige Begleiterin materialisierte sich blitzschnell. *Oh, das ist gut! Ein Burger. Hundert Prozent reines Gift. Aber es besteht immer noch die Möglichkeit, wieder den Kopf über die Toilettenschüssel zu hängen.*

Genevieve entschied sich für einen Kompromiss. »Vielleicht ein Sandwich.«

Aber als sie am Kiosk anstanden und Genevieve die brutzelnden, dicken, saftigen Burger sah, konnte sie der Versuchung nicht widerstehen. Sie sagte sich, dass sie gerade fast eine Meile weit geschwommen war und sich eine Belohnung verdient hatte. Sie konnte ja das Abendessen ausfallen lassen.

Sie nahmen ihre Burger und Coladosen mit zu den Dünen und fanden ein geschütztes Plätzchen. Und dort küsste Christian sie überraschend. Sie hatte sich diesen Moment schon oft ausgemalt und von dem perfekten Kuss geträumt, aber nichts hatte sie auf die Realität vorbereitet. Sein weicher Mund berührte ihren so leicht und flüchtig, dass alles in wenigen Sekunden vorbei war, dennoch drehte sich alles um sie und Wärme breitete sich in ihrem Inneren aus. Ihre Sinne waren plötzlich so geschärft, dass sie alles um sich herum wahrnahm. Musik dröhnte aus einem Kofferradio in ihrer Nähe – Elvis Presley sang einen der Lieblingssongs ihrer Mutter: »The Wonder of You«. Sie sah Christian in die Augen – sie waren hellbraun mit grünen und goldenen Einsprengseln – und dachte: Der Text könnte nicht passender sein: »*When no one else can understand me, when everything I do is wrong, you give me hope and consolation, you give me strength to carry on.*« (»Wenn mich niemand versteht, wenn ich alles falsch mache, dann gibst du mir Hoffnung und Trost; du gibst mir die Kraft, weiterzumachen.«)

»Woran denkst du?«, wollte Christian wissen.

Sie deutete auf das Radio. »Sie spielen ein Lied, und es ist …« Sie verstummte.

»Und es ist was?«

Sie verlor den Mut – sie konnte ihm nicht gestehen, dass der Text die Gefühle ausdrückte, die er in ihr weckte.

Später, als er sie wieder küsste, wusste sie, dass es nie einen anderen Mann für sie geben würde. Sie war so glücklich, dass sie hätte platzen können. Sie lächelte – das Lied ihrer Eltern war »Zing! Went the Strings of My Heart« und Christian und sie hatten »The Wonder of You«.

16

Genevieve wusste nicht, warum, aber Rachel war in einer eigenartigen Stimmung und sie konnte sie durch nichts aufheitern. Deshalb beschloss sie, sich still zu verhalten und das düstere Schweigen ihrer Freundin zu ignorieren. Vielleicht hatte sie ihre Tage. Genevieve war das egal – ein Brief von Christian steckte in der Tasche ihres Blazers.

Sie saßen im Schulbus und würden in zehn Minuten vor dem Schulgebäude ankommen. Es juckte Genevieve in den Fingern, den Brief hervorzuholen und noch einmal zu lesen: Christian hatte sie eingeladen, in den Herbstferien zu ihm nach Shropshire zu kommen. »Wenn das Wetter schön ist«, schrieb er, »können wir für ein paar Tage nach Angel Sands fahren, meint Dad.« Es waren nur noch drei Wochen bis zu den Ferien und Genevieve war schon jetzt furchtbar aufgeregt. Am liebsten hätte sie Rachel den Brief gezeigt und wäre im Bus auf und ab gelaufen, um allen die wundervolle Neuigkeit zu verkünden. Sie merkte selbst, wie sie strahlte, wenn sie an Christian dachte.

»Um Himmels willen, Gen, hör auf damit, okay?«

»Womit? Was hab ich getan?«

Rachel rutschte auf ihrem Sitz hin und her, schaute aus dem Fenster und zeigte Genevieve die kalte Schulter. »Das weißt du ganz genau«, murrte sie.

Genevieve runzelte die Stirn. »Habe ich dich mit irgendwas verärgert?«

Schweigen.

»Rachel?«

Die Schulter drehte sich um ein paar Grad. »Wenn du es unbedingt wissen willst – ja. Ja, das hast du allerdings. Dauernd heißt es Christian dies und Christian das. Seit den Sommerferien bist du eine echte Nervensäge. Ich dachte, ich bin deine beste Freundin.«

Genevieve war baff. »Aber du *bist* meine beste Freundin und wirst es immer bleiben.«

»Ja sicher. Deshalb läufst du auch davon und verbringst die ganzen Herbstferien in einem gottverlassenen Nest in Shropshire. Und was ist mit mir? Was soll ich machen, wenn du weg bist?«

»Aber ich dachte, du fliegst nach Florida wie jedes Jahr.«

Rachel drehte sich wieder weg. »Wir fahren nicht. Mum und Dad haben es sich anders überlegt.«

»Aber ihr fahrt doch immer.«

Rachel zuckte herum. »Denkst du, das weiß ich nicht, du dicker, fetter Trottel?«

Genevieve war entsetzt und sah starr geradeaus, konzentrierte sich auf die ordentlich geflochtenen Zöpfe des Mädchens, das vor ihr saß. Rachel und sie wechselten auf der restlichen Fahrt kein Wort mehr miteinander. In der Schule gingen sie sich aus dem Weg, und auf der Busfahrt nach Hause saßen sie zwar nebeneinander, schwiegen sich jedoch aus.

Genevieve stieg aus und ging mit ihren Schwestern nach Hause. Sie besuchten inzwischen alle dieselbe Schule, aber es gab ein ungeschriebenes Gesetz zwischen ihnen: Sie wollten im Bus nicht zusammensitzen. Genevieve und Nattie gingen immer nach oben – Nattie hatte ihren Platz in der letzten Reihe bei ihren lauten Freundinnen, Genevieve saß neben Rachel in der Mitte –, und Polly blieb unten, setzte sich ganz vorn hin und steckte die Nase meistens in ein Buch. Nattie und Genevieve mussten sie oft aus dem Bus zerren, sonst würde sie die Haltestelle verpassen. Wenn sie nichts zu lesen hatte, hielt sie die Augen geschlossen und summte vor sich hin. Unweigerlich lächelten alle, die um sie herumsaßen. Aber niemand schikanierte sie, weil es keiner mit Nattie zu tun bekommen wollte, die nicht eine Sekunde zögern würde, ehe sie jemanden, der ihre kleine Schwester ärgerte, ordentlich vermöbelte.

»Was ist los mit dir, Gen?«, wollte Nattie wissen, als sie stehen blieb, um ihren Rockbund wieder herunterzurollen, damit Mum nicht sah, wie kurz sie ihn in der Schule trug. »Du siehst aus wie drei Tage Regenwetter.«

»Danke.«

»Ich meine es ernst. Du siehst so elend aus wie ...«

»Genug der Komplimente. Mein Tag war grauenvoll, also bitte mach es nicht noch schlimmer.«

»Wie du willst. Ich dachte nur, dass du im siebten Himmel schwebst, weil du in den Ferien mit Christian zusammen sein kannst.«

»Hattest du Streit mit Rachel?« Das kam von Polly.

»Wie kommst du darauf?«, fragte Genevieve argwöhnisch.

»Mir ist aufgefallen, dass du beim Mittagessen nicht neben ihr gesessen hast. Sie war mit Katie Kirby und Lucinda Atkins zusammen.«

Nattie pfiff durch die Zähne. »Wenn das so ist, müsst ihr richtig Krach gehabt haben. Worum ging es denn?«

»Wir haben nicht gestritten.«

»Lügnerin! Warum würde sie sonst ins Lager der Oberzicken überlaufen? Hey, das ist ein interessanter Punkt: Ich dachte, dass sich die beiden boshaften Weiber nur mit echten Miststücken abgeben. Also, was ist zwischen euch beiden vorgefallen?«

Genevieve gab nach. Es hatte keinen Sinn, sich herausreden zu wollen, wenn Nattie sich einmal festgebissen hatte. Genevieve erzählte ihren Schwestern von Rachels Ausbruch am Morgen, obwohl sie den genauen Wortlaut ihrer Beschimpfungen nicht über die Lippen brachte. *Du … dicker … fetter … Trottel!*

»Sie ist eifersüchtig«, stellte Nattie fest. »Einfach nur höllisch eifersüchtig.«

Polly formulierte es etwas freundlicher. »Sie hat Angst, dich als Freundin zu verlieren.«

Das war keine so große Enthüllung, wie Genevieves Schwestern dachten, denn so viel hatte sie selbst auch schon begriffen. Die eigentliche Frage war: Warum? Soweit es Genevieve betraf, hatte sich nichts zwischen ihr und Rachel geändert.

Darauf wusste Gran die Antwort, als Genevieve bei ihr vorbeischaute, um sich von ihr bei den Hausaufgaben helfen zu lassen und ihr zu erzählen, was passiert war. »Das Mädchen ärgert sich darüber, dass du etwas ohne ihre Zustimmung getan hast.«

»Ach, das ist doch albern, Gran.«

»Ich sage nur eines, Genevieve: Rachel ist nicht halb so clever und selbstbewusst, wie sie sich gibt. Ich vermute, dass sie dich viel mehr als Freundin braucht als du sie. Und deswegen wird sie sich bald wieder mit dir versöhnen. – So, wie wär's jetzt mit einem Stück Kuchen?«

»Nein, danke.«

»Ein Stück Treacle Tart? Ich könnte sie für ein paar Minuten in den Ofen schieben und Vanillesauce dazu machen. Oder wäre dir Schlagsahne lieber?«

Genevieve war nach Rachels gehässigem Ausbruch so niedergeschlagen, dass sie liebend gern etliche Stücke von

Grans gehaltvoller Treacle Tart in sich hineingeschlungen hätte. Aber sie kämpfte eisern, widerstand der Verlockung und sah ihre Ständige Begleiterin vor sich, wie sie mit dem Fuß auf den Boden tippte und ihr mit dem Finger drohte. Aber Christians Brief, der jetzt unter ihrem Kopfkissen lag, damit sie ihn vor dem Lichtausmachen abends noch einmal lesen konnte, bewirkte mehr. In drei Wochen würde sie ihn wiedersehen, und sie hatte nicht die Absicht, fett wie ein Wal in Shropshire zu erscheinen.

Du ... dicker ... fetter ... Trottel!

Wie konnte Rachel so was sagen? Gerade sie musste doch wissen, wie schwer Genevieve daran gearbeitet hatte abzunehmen.

Als Genevieve nach den Sommerferien aus Angel Sands zurückgekehrt war, hatte sie sich sofort bei der Freundin gemeldet und sie besucht. Als Allererstes hatte sie ihre Jacke ausgezogen, um Rachel das Top zu zeigen, das sie in Tenby gekauft hatte. »Schau!«, rief sie lachend. »Das ist Größe 38. Kannst du dir das vorstellen?«

Rachel sah von ihrer Zeitschrift auf. »Wirklich?«

»Ja! Ist das nicht super? Ich habe bestimmt sechs Kilo abgenommen.«

»Hast du dich nicht gewogen, um es zu überprüfen?«

»Nein. Das bringe ich nicht fertig; es könnte ja sein, dass ich nicht so viele Pfunde verloren habe, wie ich denke.«

Rachel rutschte von ihrem Bett. »Komm, wir wiegen uns jetzt.« Sie zog die Waage unter ihrem Bett hervor. »Stell dich drauf. Der Zeiger des Verderbens lügt nie.«

So hatte Genevieve den schwarzen Zeiger, der über ihr Schicksal bestimmte, getauft. »Muss ich wirklich?«

»Sei kein Feigling, Gen.«

Genevieve zögerte immer noch.

»Also schön«, sagte Rachel. »Ich gehe zuerst. Ich wette, ich habe nicht so viel abgenommen wie du.«

Nein, dachte Genevieve, aber du hattest es auch nie nötig.

»Genau fünfundvierzig Kilo«, erklärte Rachel selbstzufrieden. »Jetzt bist du dran.«

»Kann ich meine Jeans ausziehen?«

»Ich hab meine angelassen.«

Genevieve stieg auf die Waage. »Lies du es ab.«

»Vierundfünfzig«, verkündete Rachel beinahe sofort.

»Aber ich war noch nicht bereit!«

»Was soll das heißen, du warst noch nicht bereit?«

»Ich habe mich noch bewegt und stand noch nicht richtig.«

»Dann stell dich endlich ordentlich hin.«

Das tat sie, und diesmal schaute sie selbst auf den Zeiger, sah, wie er zitterte und schließlich stehen blieb. »Einundfünfzig Kilo. Und das vollkommen angezogen.« Sie lächelte und hüpfte von der Waage. »Ich hatte Recht – ich habe mehr als sechs Kilo abgenommen. Ist das nicht großartig?«

»Allerdings. Gut gemacht. Jetzt brauchst du dich nicht mehr zu quälen, oder?«

»O nein, das ist erst der Anfang. Ich weiß jetzt, dass ich es kann, und möchte noch mal mindestens sechs Kilo loswerden.«

Rachel legte sich wieder aufs Bett. »Glaub mir, Gen, du brauchst nicht noch mehr abzunehmen. Wenn du noch dünner wirst, siehst du lächerlich aus.« Sie drehte eine Haarlocke zwischen ihren Fingern. »Wenn du meine ehrliche Meinung hören willst – ich denke, du solltest lieber wieder ein bisschen zulegen. Ich finde, dein Gesicht ist zu hager.«

Genevieve traute ihren Ohren nicht. Bestimmt machte Rachel Witze. Genevieve stellte sich vor den Spiegel. Doch noch ehe sie etwas sagen konnte, fragte Rachel: »Was ist das Geheimnis? Wie hast du abgenommen? Vor den Ferien hätte ich noch Stein und Bein geschworen, dass du niemals in ein solches Top passen würdest. Nie im Leben. Hast du angefangen zu rauchen wie diese Models, von denen ich dir erzählt hab?«

Genevieve erzählte ihrer besten Freundin alles über Christian. »Mum sagt immer, ich würde abnehmen, weil ich verliebt bin. Ich weiß, dass es albern klingt, aber sie könnte Recht haben.«

Rachel verdrehte die Augen.

Genevieve verabschiedete sich von ihrer Großmutter und ging im Dämmerlicht über *Solomon's Meadow* nach Hause. Die Amseln zwitscherten laut, um den Tag zu verabschieden, bevor sie sich zur Ruhe begaben. Genevieve dachte über Rachels Reaktion nach, als diese erfuhr, dass Christian jetzt offiziell Genevieves Freund war. Im Nachhinein erkannte sie, dass sich Rachel ausgesprochen kühl verhalten hatte.

»Aber du bist doch nicht wirklich mit ihm zusammen, oder?«, hatte sie gefragt. »Es ist nicht wie eine richtige Beziehung.«

»Doch, das ist es! Wir haben uns geküsst und so.«

Rachel lachte. »Das heißt gar nichts. Wahrscheinlich bist du für ihn nicht mehr als ein Ferienflirt. Und womöglich belügt er dich. Ich wette, er hat zu Hause noch eine Freundin, von der er dir nichts erzählt hat.«

»Es gibt keine andere Freundin. Ich weiß, dass er keine andere hat. So ein Junge ist er nicht. Er würde mich nicht anlügen.«

»Na ja, vielleicht hast du Recht. Aber du hast dich ihm doch nicht an den Hals geschmissen, oder?«

»Selbstverständlich nicht!«

»Gut. Denn sonst würdest du dir billig vorkommen, wenn er dich abserviert.«

Christian gab Genevieve niemals das Gefühl, billig zu sein. Im Gegenteil – er ließ sie spüren, dass sie etwas Besonderes für ihn war. Etwas Einzigartiges. Er hatte ihr sogar gesagt, dass er sie schön fand, als sie an einem heißen, sonnigen Tag am Strand lagen. Sie hatte die Augen aufgeschlagen und gesehen, wie er sie betrachtete.

»Was denkst du?«, fragte sie ihn.

»Ich denke, dass du wunderschön bist«, lautete seine schlichte Antwort. Tage und Wochen danach hatte sie sich verträumt seine Worte ins Gedächtnis gerufen.

Der Abschied am Ende der Ferien war schrecklich für sie gewesen. Er war ins *Thrift Cottage*, um ihnen nachzuwinken, und als niemand hingesehen hatte, hatten sie sich heimlich einen letzten Kuss gegeben und einander versprochen, sofort zu schreiben.

»Du wirst mir fehlen«, hatte sie gesagt. Er hatte sie noch im Arm gehalten, aber Genevieve war ein wenig zurückgewichen, damit er ihre Lippen lesen konnte.

»Ich werde dich auch vermissen. Wir wollen versuchen, uns bald zu treffen.«

»Das wäre schön.«

»Geh jetzt besser. Deine Mutter tut so, als würde sie nicht bemerken, was wir hier machen.«

Sie schrieben sich regelmäßig jede Woche. Zu ihrem sechzehnten Geburtstag schickte Christian ein sehr romantisches Geschenk: einen Strauß roter Rosen. Das wirkte sehr erwachsen. Und da sie den Mut aufgebracht hatte, ihm von dem Lied zu erzählen, das bei ihrem ersten Kuss im Radio gespielt wurde, hatte er eine Elvis-CD – mit »The Wonder of You« – dazugelegt. Sie hatte nicht das Herz, ihm zu sagen, dass sie sie nicht abspielen konnte, weil sie keinen CD-Player auf der *Brook House Farm* hatten. Mum mit ihrer kostbaren Sammlung von Broadway-Musicals weigerte sich zu glauben, dass Vinyl bald der Vergangenheit angehören würde. Rachel besaß einen CD-Player, aber Genevieve wollte sich die Musik nicht im Beisein der Freundin anhören.

Im Nachhinein betrachtet, hatte sie Rachel vielleicht tatsächlich vernachlässigt. Sie hätte nicht so viel über Christian reden oder so lächerlich glücklich sein dürfen, wenn ein Brief eintraf. Das war unsensibel. Als sie in den Hof kam, hörte sie, wie die Kühe im Stall mit den Hufen stampften. Natürlich hatte sie Rachel gelangweilt mit ihrem Christian hier und Christian da. Doch jetzt wusste sie, was zu tun war, und nachdem Nattie endlich ihr Telefonat beendet hatte, rief Genevieve bei Rachel an, um ihr zu sagen, wie Leid es ihr tat und dass sie wieder ihre Freundin sein wollte.

Am nächsten Morgen im Bus entschuldigte sie sich noch einmal, und jede Reserviertheit, die Rachel abends noch am Telefon gezeigt hatte, war verschwunden. Rachel nahm ihre Entschuldigung bereitwillig an und brachte sogar selbst eine über die Lippen.

»Ich hätte dich nicht so beschimpfen dürfen. Gen, ich möchte nicht, dass du denkst, ich wäre neidisch, weil du einen Freund hast«, fügte sie hinzu. »Das bin ich nicht. Du hast doch nicht mit ihm geschlafen, oder?«

»*Nein!*«

»Gut. Uund glaube ihm nicht, wenn er sagt, dass er dich liebt. Alle sagen das, nur um ein Mädchen ins Bett zu kriegen. Sie haben nur das eine im Sinn. Je länger du dich zurückhältst, umso besser.«

Genevieve, die ihre Freundin unbedingt gnädig stimmen wollte, nickte und wechselte das Thema. Sie fragte, wie Rachel mit dem Englischaufsatz zurechtgekommen war, den sie heute Vormittag abgeben mussten.

Doch merkwürdigerweise schien Rachel erpicht darauf zu sein, über Christian zu sprechen. »Eines kapiere ich einfach nicht – warum ruft er dich nie an? Wieso schreibt er nur Briefe?«

Genevieve hatte nie in Betracht gezogen, dass Christian ein Telefon benutzen könnte. Er hatte ihr jedoch im letzten Sommer erzählt, dass er bis vor einem Jahr ein spezielles Telefon gehabt hatte, das die Stimme des Gesprächspartners sehr verstärkte. Dann musste er jedoch feststellen, dass er auch den Rest seines Gehörsinnes allmählich verlor, so dass der Verstärker auch nichts mehr half – er nahm nur noch undeutliche Geräusche wahr. Seine Eltern wollten ihm ein Text-Telefon kaufen, aber was nützte das, wenn der andere Gesprächsteilnehmer nicht auch eines besaß? Und er wollte ganz bestimmt nicht über eine dritte Person mit ihr sprechen.

Genevieve hatte es bisher noch nicht fertig gebracht, Rachel von Christians Gehörlosigkeit zu erzählen – ihre Freundin konnte manchmal gemein und gefühllos sein, und Genevieve hätte es nicht ertragen, wenn sie herablassende Bemerkungen über Christian gemacht oder gar Witze über ihn gerissen hätte. Jetzt beschloss sie, die Frage ihrer Freundin zu beantworten – zum Teufel mit dem, was sie denken oder sagen mochte. »Ich dachte, der Grund, warum er nicht telefoniert, wäre offensichtlich.«

»Offensichtlich? Inwiefern?«

»Er ist taub. Erinnerst du dich nicht, dass ich dir das erzählt habe?« Sie schaute aus dem Fenster und hoffte, dass sie bei dieser Lüge nicht der Blitz traf.

»*Taub*! Du meinst stocktaub?«

»Ja.«

Rachel stieß Genevieve mit dem Ellbogen an, damit sie sie ansah. »Du hast nie ein Wort darüber verloren, dass er taub ist. An so etwas würde ich mich erinnern.«

Genevieve begegnete dem Blick ihrer Freundin und war bereit, Christian bis aufs Blut zu verteidigen, falls es nötig werden sollte. »Vielleicht habe ich vergessen, es zu erwähnen. Wie auch immer, es ist keine große Sache.«

»Aber *taub*, Gen! Das ist doch unheimlich. Wie verständigst du dich mit ihm? Durch Handzeichen?«

»Wir können uns so normal unterhalten wie du und ich in diesem Moment.«

»Wie?«

»Er liest die Worte von meinen Lippen ab.«

»Wie bitte?«

»Ich sagte, er liest ...«

Rachel brach in schallendes Gelächter aus. »Hab schon verstanden.«

»Das ist nicht lustig.« Aber Rachel lachte immer noch, als sie aus dem Bus stiegen, und für den Rest des Tages musste sich Genevieve unzählige Wie-bitte-ich-kann-dich-nicht-hören-Witze anhören. Am liebsten hätte sie ihrer Freundin eine Ohrfeige gegeben.

17

Ich fürchte, wir müssen alle Nachsicht mit Rachel üben«, sagte Mum durch eine Dampfwolke, als sie das Bügeleisen wegstellte. »Sie macht eine schlimme Zeit durch. Es ist nicht leicht für sie.«

Gran stand an der Spüle und sah von den jungen Kartoffeln auf, die sie schrubbte. »Wenn sich Genevieve für dieses Mädchen noch mehr verbiegt, mutiert sie zum Schlangenmenschen!«

»Ich bin ganz Grans Meinung: Rachel ist ein verfluchtes Miststück. Dass sich ihre Eltern trennen, gibt ihr noch lange nicht das Recht, so verdammt gemein und fies zu sein.«

»Natalie Baxter, wie oft habe ich dir schon gesagt, dass du nicht fluchen sollst?«

»Mum, ich bin fast fünfzehn. In mir tobt die hormonell bedingte Angst – Fluchen ist ein überlebenswichtiges Ventil für meine angestauten Emotionen.«

»Dann wäre ich dir dankbar, wenn du es woanders tun würdest. Jetzt stell deine hormonell bedingte Angst zurück und reich mir das Hemd deines Vaters, damit ich es bügeln kann.«

Genevieve hörte, wie ihre Familie über Rachel sprach, die oben war und das letzte heiße Wasser für ein Bad aufbrauchte. Wieder einmal.

Vor fünf Monaten hatte Rachels Mutter entdeckt, dass ihr Mann ein Doppelleben führte. Wie sich herausstellte, hatte er seit Jahren eine Affäre, und immer wenn er behauptet hatte, er müsse Aufträge für seine Baufirma an Land ziehen, fuhr er nach Kent zu der anderen Frau in seinem Leben. Er war sogar zusammen mit ihr im Urlaub gewesen. Und das hatte ihn verraten. Eine enge Freundin seiner Frau hatte ihn in einem Hotel in Paris gesehen. Mrs Harmony warf ihn aus dem Haus, schwor Rache – vor allem seinem Bankkonto – und verbot ihm, Rachel zu sehen, bis er sich, mit dem Recht auf seiner Seite, dagegen wehrte und den Umgang mit seiner Tochter gerichtlich durchsetzte. Für Rachel war es schrecklich, zwischen beiden Elternteilen zu stehen und zu wissen, dass beide von ihr erwarteten, Partei gegen den anderen zu ergreifen. Genevieve konnte sich nicht vorstellen, dass sie das könnte, falls sich ihre Eltern jemals trennen sollten.

»Mum benutzt mich, um Dad zu bestrafen«, sagte Rachel eines Morgens im Schulbus zu Genevieve, »und dafür hasse ich sie fast so sehr, wie ich Dad für das hasse, was er getan hat.«

Praktisch über Nacht hatte sich Rachels Verhalten in der Schule geändert. Sie wurde launisch, unverschämt und mürrisch – sie war sogar zu den Lehrern richtig frech. Sie missachtete alle Regeln, färbte sich ihr schönes blondes Haar schmuddelig schwarz, toupierte es turmhoch und festigte es mit Gel und Haarspray. Sie ließ sich noch mehr Löcher in die Ohren stechen und gab ihre Hausaufgaben grundsätzlich zu spät ab – wenn sie sich überhaupt dazu herabließ, sie zu machen. Zudem hatte sie angefangen zu rauchen und schwänzte des Öfteren die Schule. Ihre Eltern wurden zu einem Gespräch mit der Direktorin gebeten, da die Prüfungen in ein paar Wochen anstanden. »Wie öde!«, lautete Rachels einziger Kommentar. Nach der Unterredung der Eltern mit der Direktorin besserte sie sich ein klein wenig und bestand die Prüfungen – die letzte hatten sie beide vor zwei Wochen geschrieben. Und an diesem Wochenende war Rachel mit weiteren schockierenden Neuigkeiten zur *Brook House Farm* gekommen.

Genevieve und sie saßen auf dem Zaun hinter der Scheune, wo sie niemand sehen konnte. Rachel zündete sich die erste von vielen Zigaretten an, nachdem sie einen großen Schluck aus der Wodkaflasche genommen hatte, die sie in ihrer Tasche bei sich trug. Sie erklärte, dass sie ihren Vater nie wiedersehen wollte.

»Er ist ein gemeiner Lügner und Betrüger, und ich hoffe, er verrottet für das, was er getan hat, in der Hölle.«

»Was hat er jetzt wieder gemacht?«

»Ich möchte nicht darüber reden. Kann ich für eine Weile hier bei euch pennen?« Sie zog an ihrer Zigarette, dann schnippte sie die glühende Kippe durch die Luft. Sie landete ein paar Meter weiter im von der Sonne ausgedörrten Gras.

Genevieve sprang vom Zaun und trat sie aus. »Das darfst du nicht machen, Rachel, dadurch könnte ein Brand entstehen.«

Rachel zuckte mit den Achseln und hob die Wodkaflasche an den Mund. »Lass mich in Ruhe, Gen. Mum meckert schon genug an mir herum. Wenn sie Dad nicht am Telefon anschreit, macht sie mich nieder. Also, kann ich bleiben?« Sie hielt Genevieve die Flasche hin.

Genevieve nahm sie, trank aber nicht. Sie war nicht sicher, ob sie die Freundin, solange sie so war wie jetzt, rund um die Uhr um sich haben wollte. Sie verdrängte diesen egoistischen Gedanken und sagte: »Ich werde Mum fragen.«

Minuten verstrichen, es wurde allmählich dunkel. Rachel steckte sich wieder eine Zigarette an und sagte: »Anscheinend habe ich eine Schwester.«

»Eine was?«

Sie riss Genevieve die Flasche aus der Hand. »Du hast richtig gehört. Mein Vater hat noch ein Kind – mit dieser Frau.«

In dem Glauben, dass das Ereignis erst kürzlich stattgefunden hatte, fragte Genevieve: »Wann ist es auf die Welt gekommen?«

»Das ist ja der Hammer. Vor fünf Jahren.«

»*Vor fünf Jahren!* Machst du Witze?«

»Klar, ich laufe immer herum und mache Witze über so was.«

»Und er hat es die ganze Zeit geheim gehalten? Das ist ja unfassbar!«

»So kann man es auch nennen.«

Wieder schwiegen sie.

»Ihr Name ist Christine«, sagte Rachel verbittert, »und wenn man meinem Vater überhaupt noch ein Wort glauben kann, dann sieht sie mir sehr ähnlich. Sie rutschte vom Zaun und schwankte bedenklich. »Wie kann er das sagen? Wie kann er mich überhaupt mit ihr vergleichen? Er hat immer gesagt, dass ich etwas Besonderes bin. Dass ich ...« Ihr versagte die Stimme; sie sank über den Zaun und schluchzte ärgerlich.

Genevieve legte den Arm um die Freundin. Sie wusste genau, was Rachel sagen wollte – nämlich dass ihr Vater sie immer seine kleine Prinzessin genannt hatte.

Arme Rachel, jemand hatte ihr schon vor langer Zeit das Krönchen weggenommen und sie hatte es nicht einmal gewusst.

Aber es war nicht leicht, länger Mitgefühl mit Rachel zu haben. Sie war jetzt schon fünf Tage hier, lag sich mindestens einmal täglich mit Nattie in den Haaren und es kam fast zu Schlägereien, wenn beide morgens als Erste ins Bad wollten. Sie ließ unverschämte Kommentare über

Mums Kochkunst fallen, sie hatte Dads Angelrute zerbrochen, und – wie Genevieve empfand – die Kardinalsünde begangen, hinter Grans Rücken zu lachen, als diese sie wegen des Rauchens zurechtwies.

»Hast du schon mal daran gedacht, deiner verrückten Großmutter eine Flinte an den Kopf zu halten und sie von ihrem Elend zu erlösen?«, fragte Rachel. »Ich hoffe, ich sterbe, bevor ich so werde wie sie.«

»Wenn du weiterhin so viel rauchst, dann könnte dieser Wunsch in Erfüllung gehen«, gab Genevieve scharf zurück. Noch eine Bemerkung wie diese und Rachel musste sich warm anziehen.

Als Genevieve hörte, dass das Badewasser abgelassen wurde, ging sie hinauf. Es wurde Zeit für ein offenes Gespräch; jemand musste Rachel klar machen, dass sie die Gastfreundschaft überstrapazierte.

»Hi, Gen.« Rachel erschien auf dem Flur, als Genevieve oben ankam. Sie trug Genevieves nagelneuen Morgenrock und hatte sich ein Handtuch wie einen Turban um den Kopf gewickelt. »Ich hatte gerade eine tolle Idee. Ich könnte doch mit euch in die Ferien nach Angel Sands fahren. Dad will ich in diesem Sommer wirklich nicht sehen und Mum hat sich in einen Psycho verwandelt. Was sagst du dazu?«

Es gab eine Menge Gründe, Rachel nicht mit nach Angel Sands zu nehmen. Um nur zwei zu nennen: Sie trieb alle Baxters an den Rand des Wahnsinns und es war nicht genügend Platz im *Thrift Cottage*. Aber Genevieves Hauptsorge war, dass Rachel das zerstören könnte, was ihr immer so viel bedeutet hatte. Vielleicht war es selbstsüchtig, aber Angel Sands war so etwas wie ein kostbares altes Spielzeug, mit dem niemand außer Genevieve spielen durfte.

Und sie musste an Christian denken. Rachel würde alles verderben: Solange sie da war, konnten sich Genevieve und Christian nicht so oft sehen, wie sie es vorhatten. In seinem letzten Brief hatte Christian all die Dinge aufgezählt, die er mit ihr unternehmen wollte. Da er mittlerweile den Führerschein hatte, freuten sie sich auf Ausflüge in die weitere Umgebung.

Doch all das stand jetzt auf dem Spiel und Genevieve hatte Mühe, höflich zu Rachel zu sein, als sie ganz hinten im Familien-Volvo saßen – auf den Notsitzen. Genevieve beantwortete Rachels lästige Fragen über Angel Sands. Wie viele Pubs gab es dort? Wie waren die Einheimischen? Hätte sie – hahaha! – einen Reisepass mitnehmen sollen? Und stimmte das, was man über die Waliser und die Schafe sagte?

Schließlich stellte sich Genevieve schlafend und wünschte, ihre Eltern wären nicht so großherzig. Obwohl Genevieve deutlich gemacht hatte, dass sie von gemeinsamen Ferien nicht begeistert war, ging Rachel hinter ihrem Rücken zu ihren Eltern und fragte sie, ob sie mit ihnen in Urlaub fahren könnte. Und da Mum und Dad Mitleid mit ihr hatten, sagten sie, sie könne sich ihnen gern anschließen, warnten sie jedoch, dass es ziemlich eng werden würde.

Nach der längsten und heißesten Fahrt, die Genevieve je gemacht hatte, kamen sie an und packten ihre Sachen aus. Im Cottage gab es vier Schlafzimmer – eines war für Gran reserviert, eines für die Eltern, eines für Nattie und Polly, und im kleinsten, das Genevieve immer schon bewohnt hatte, schliefen sie und Rachel in den nächsten zwei Wochen.

»Als deine Mum und dein Dad sagten, das Haus wäre klein, hätte ich nicht gedacht, dass sie von einem Puppenhaus sprechen«, meinte Rachel mürrisch. Sie hatte ihren Koffer erst halb ausgepackt. »Diese Hütte ist winzig. Wo, um alles in der Welt, soll ich meine ganzen Kleider hintun?«

»Ich hab dir gesagt, dass du nicht so viel mitnehmen sollst. Hier, leg sie in den Schrank. Ich tue meine ins Regal.«

Genevieve bezweifelte, dass sie diese Ferien überleben würde. Oder dass ihre glücklichen Erinnerungen an diesen Ort intakt blieben.

Als sie durchs Dorf gefahren und an den Läden mit dem Strandschnickschnack – bunte Eimer und Schaufeln, aufblasbares Strandspielzeug, die vielfarbigen Zuckerstangen und die Gestelle mit Flipflops – vorbeigekommen waren, hatte sie versucht, das alles mit Rachels Augen zu sehen. Und was ihr vorher als malerisch und gemütlich vorgekommen war, erschien ihr jetzt rückständig und altmodisch. Wo waren die schicken Geschäfte, die für ihre Freundin so unendlich wichtig waren? Das einzig Gute war, dass das schöne Wetter die Urlauber ins Freie gelockt hatte und der Biergarten vor dem *Salvation Arms* so voll war wie der Strand. Ein menschenleeres, verregnetes Angel Sands hätte Rachels Hohn und Spott nicht standgehalten.

Ihr Vater wollte unbedingt den neuen Grill ausprobieren, den die Besitzer des Cottage angeschafft hatten. Also gingen Nattie und Polly ins Dorf, um Koteletts und Würstchen zu kaufen, als sie mit dem Auspacken fertig waren. »Und ihr zwei«, sagte Daddy Dean und sah Genevieve und Rachel an, »könnt ins *Pendine Cottage* gehen und nachfragen, ob Christian und seine Eltern mit uns essen wollen.«

Dies war der Moment der Wahrheit. Sobald sie in der Spätnachmittagssonne loszogen, nutzte Rachel die Gelegenheit, um eine Zigarette zu rauchen. Genevieve war sich im Klaren, dass sie nie wieder ein Wort mit ihrer Freundin wechseln würde, wenn diese eine herabsetzende Bemerkung über Christian machte. Sie würde sogar dafür sorgen, dass ihre Eltern Rachel unverzüglich nach Hause schickten.

Sie hatte Christian geschrieben, dass sie eine Freundin mitbrachte, und ihn gebeten, Rachels Unverschämtheiten möglichst zu ignorieren, wenn sie sich trafen. Genevieve hatte Christian in den gemeinsamen Herbstferien im letzten Jahr nicht von dem Streit mit ihrer Freundin erzählt, aber im Februar, als er sie wieder eingeladen hatte, nach Shropshire zu kommen, hatte sie mit ihm darüber gesprochen, dass Rachel neidisch war, weil sie selbst noch keinen Freund hatte. Christian hatte den Arm um ihre Schulter gelegt und gesagt: »Dann sollte sie sich schnell einen suchen und aufhören, sich über deinen den Kopf zu zerbrechen.«

Erst da machte sich Genevieve zum ersten Mal Gedanken darüber, warum Rachel keinen Freund hatte. In all den Zeitschriften, die sie so eifrig las, wurden Ratschläge erteilt, wie man eine glückliche Beziehung aufbaute, und Rachel hatte noch nicht einmal auch nur annähernd eine Gelegenheit dazu gehabt.

»Du hast mir nie gesagt, wie schön es hier ist«, sagte Rachel, als sie hinunter zum Tawelfan Beach schauten. Das Meer glitzerte in der Sonne, und der goldene Sand sah aus, als wäre er zu Ehren ihrer Ankunft gewaschen und getrocknet worden.

Genevieve suchte im Gesicht der Freundin nach Anzeichen von Sarkasmus – immerhin war sie an die glamourösen Strände von Florida gewöhnt. Zu ihrer Überraschung lächelte Rachel. Zum ersten Mal seit langem wirkte sie richtig glücklich. Vielleicht war es doch richtig gewesen, dass Mum und Dad sie mit hierher genommen hatten. Möglicherweise waren entspannte Ferien ohne jeden Luxus und weit weg von ihren Eltern, die sich erbittert bekriegten, genau das, was sie brauchte. Genevieve schämte sich, weil sie die ganze Zeit nur an sich gedacht hatte.

Wie sich herausstellte, konnten Christian und seine Eltern an diesem Abend nicht ins *Thrift Cottage* kommen, da sie mit Freunden in St. David's verabredet waren.

»Wenigstens lerne ich endlich Genevieves mysteriösen Freund kennen«, sagte Rachel, als Mr und Mrs May sie im Garten allein ließen. »Hast du was dagegen, wenn ich rauche?«

»Mir wäre es lieber, du würdest es nicht tun«, erwiderte Christian.

Genevieve war nicht sicher, wie ihre Freundin auf diese Direktheit reagieren würde, und beobachtete, wie Rachel das Zigarettenpäckchen wieder in die Tasche steckte. Sie war erleichtert, als sich Rachels Mund zu einem Lächeln verzog und sie sagte: »Ich mag Männer, die sagen, was sie wollen. Das zeigt, dass sie wissen, was sie im Leben erreichen möchten.«

Christian saß im Gras und sah zu Genevieve und Rachel auf, die es sich auf der Holzbank bequem gemacht hatten – er lächelte auch. Genevieves Herz machte plötzlich einen Sprung: Er hatte nie besser ausgesehen als jetzt. Er trug ein kariertes Hemd und Jeans, die bloßen Füße waren braun gebrannt. Seine dichten, welligen Haare waren noch feucht von der Dusche und aus der Stirn gekämmt – das verlieh ihm das Flair eines sexy Popstars. Allein sein Anblick weckte in ihr den Wunsch, ihm um den Hals zu fallen.

»Was soll das, dass ich Genevieves mysteriöser Freund bin?«, fragte er. »Ich glaube kaum, dass an mir irgendwas auch nur im Entferntesten mysteriös ist.«

Rachel wandte sich Genevieve zu und lachte. »Soll ich es ihm erzählen oder willst du?«

Genevieve runzelte die Stirn. »Wovon sprichst du eigentlich?« Sie sah Christian an, als wollte sie sagen: Bitte nimm sie einfach so, wie sie ist.

»Nun, das Mysterium ist für mich, warum Genevieve deine Behinderung wie ein riesengroßes Geheimnis gehütet hat.«

Genevieve erstarrte und spürte, wie ihr das Blut aus dem Gesicht wich.

Christians Miene veränderte sich auch. Sein Lächeln war wie ausgelöscht. »Und was für eine Behinderung sollte das sein?«

Rachels Blick huschte zwischen Genevieve und Christian hin und her. Dann schlug sie die Hand vor den Mund. »O Gott, Gen! Hab ich was Falsches gesagt?« Dann wandte sie sich an Christian. »Es tut mir so Leid. Ich meinte nur ... Gen hat mir erst kürzlich gesagt, dass du taub bist, und ich weiß nicht, warum sie es mir verschwiegen hat. Ein Geheimnis daraus gemacht hatte, will ich damit sagen. Es ist doch nichts Schlimmes, taub zu sein. Wer schert sich heutzutage noch um so was? Ich bestimmt nicht.«

Als weder Christian noch Genevieve etwas sagte, blies Rachel die Backen auf. »Ich mache einen Spaziergang. Ich brauch 'ne Kippe.«

Sie sahen ihr nach. Als sie außer Hörweite war, ergriff Genevieve das Wort. »Es tut mir Leid, dass sie das gesagt hat.«

Christian stand auf und setzte sich zu ihr auf die Bank. »Ist schon okay. Du hast mich ja vorgewarnt.«

»Aber sie hätte das nicht sagen dürfen. Du bist nicht behindert. Das war schrecklich.«

»Ungeschickt vielleicht, aber nicht schrecklich.« Er legte den Arm um sie. »Streng genommen bin ich ja behindert. Also belassen wir's dabei. Ich schätze, du hast keine Lust, ein bisschen näher mit deinen Lippen zu kommen, damit ich sie besser lesen kann?«

Sie sah ihn lächeln und rückte so nah zu ihm, dass ihr Gesicht nur noch wenige Zentimeter von seinem entfernt war. »Ist das nah genug?«

Er schüttelte den Kopf. »Noch näher bitte.«

Sie drückte ihren Mund auf seinen. Seine Lippen teilten sich und Genevieve schloss die Augen. Ihr Herz klopfte heftig, als sie seinen Kuss empfing und spürte, wie seine Zunge langsam über ihre strich. Ihre Haut prickelte unter seinen Händen, die er um ihren Hals gelegt hatte, und eine berauschende Wärme durchflutete sie. Aber da war noch etwas anderes, eine Hitze tief in ihrem Inneren, die den Wunsch weckte, dass er sie auszog und überall berührte. Da wusste sie mit absoluter Gewissheit, dass sie mit ihm aufs Ganze gehen würde, falls sich während der Ferien eine Gelegenheit ergeben sollte.

Sie küssten sich immer noch, als Rachel zurückkam. Keiner von beiden bemerkte sie, bis sie unmittelbar vor ihnen stand.

»Na, ihr zwei – nur gut, dass ich hier bin, sonst würdet ihr es wahrscheinlich an Ort und Stelle schamlos miteinander treiben.«

Auf dem Rückweg hakte sich Rachel bei Genevieve unter. Das hatte sie sich in letzter Zeit angewöhnt, und Genevieve wünschte, sie würde es sein lassen – die Leute warfen ihnen oft merkwürdige Blicke zu.

»Tut mir Leid, was ich vorhin gesagt habe«, sagte Rachel. »Verzeihst du mir meinen blöden Fehltritt?«

Genevieve schwebte nach den Küssen noch im siebten Himmel. »Natürlich. Obwohl das, was du gesagt hast, wirklich scheußlich war. Du darfst dieses Wort in seiner Anwesenheit nie wieder benutzen.«

»Welches Wort?«

»Behinderung.«

»Ach das. Es hat ihm nichts ausgemacht. Vor allem nicht mehr, als du ihm die Zunge in den Hals gesteckt hast.«

Genevieve hatte Mühe, ihre Verlegenheit zu verbergen. »Du hättest uns nicht beobachten dürfen.«

»Was hätte ich sonst tun sollen? Ihr wart genau in meinem Blickfeld. Aber eines sage ich dir – du hast keinen schlechten Geschmack. Er ist richtig süß und sieht älter aus als achtzehn. Eher wie zweiundzwanzig. Und diese Taubheit ist doch nicht wirklich ein Problem, oder? Ich liebe es, wenn seine Blicke über meinen Mund huschen, wenn ich etwas sage. Sehr sexy. Er könnte sogar mir gefallen.«

Genevieves Herz quoll über, jeder Ärger über die Grobheiten der Freundin war vergessen. »Du findest ihn ehrlich nett?«

»Mann, Gen, wach auf! Er ist ein Hammer. Und ein echter Herzensbrecher …«

»O nein«, sagte Genevieve, »du schätzt ihn falsch ein. So ist Christian nicht.«

»Gen, du bist so süß naiv. Hast du noch nicht begriffen, dass *alle* Männer so sind?«

Genevieve dachte an Rachels Vater und widersprach nicht. Stattdessen freute sie sich, dass ihre Freundin etwas anerkannte, was ihr so viel bedeutete. Außerdem war sie erleichtert, dass Christian sie nicht gefragt hatte, weshalb sie Rachel so lange nichts von seiner Gehörlosigkeit erzählt hatte.

Einige Tage nachdem Daddy Dean auf die Farm zurückgekehrt war, hörte Genevieve zufällig mit an, wie ihre Großmutter sagte: »Serena, ich würde diesem kleinen Biest nicht über den Weg trauen.«

Genevieve überlegte, über wen die beiden sprachen – über Nattie vielleicht? –, und blieb neben der Küchentür stehen.

»Ach, sie ist harmlos und in letzter Zeit einfach ziemlich durcheinander. Das geht vorbei.«

Das schloss Nattie aus: Die war schon ihr ganzes Leben ziemlich durcheinander.

»Schön, aber sag später nicht, ich hätte dich nicht gewarnt. Ich rate dir, unternimm etwas.«

»Aber sie sind noch so jung, sie müssen noch viele Erfahrungen machen und Lektionen lernen – einige davon sind härter als andere.«

»Mir ist egal, wie jung die beiden sind – solche Dinge bleiben einem ein Leben lang, und wenn Genevieve verletzt wird, dann werde ich mir nie verzeihen, dass ich nichts gesagt habe.«

Genevieves Herz hämmerte. Verletzt? Wer sollte sie absichtlich verletzen? Qualvolle Sekunden verstrichen, während sie darauf wartete, dass ihre Mutter etwas sagte. Sie wollte sich zwingen, die Treppe wieder hinaufzugehen. Noch vor wenigen Minuten hatte sie im Bett gelegen, konnte jedoch nicht einschlafen. Dreh dich einfach um und geh, sagte sie sich. Aber sie tat es nicht und bereute, dass sie der Durst dazu verleitet hatte, sich ein Glas Wasser zu holen. Trotzdem rückte sie noch ein bisschen näher zur Tür und achtete darauf, dass sie nicht zu laut atmete oder auf eine knarrende Bodendiele trat, die sie verraten könnte. Das Blut pulsierte in ihrem Kopf, als Gran sagte: »Du machst einen großen Fehler, Serena. Merk dir meine Worte: Wir nähren eine Schlange an unserem Busen.«

»Oh, jetzt bist du aber melodramatisch.«

»Das bin ich nicht. Dieses Mädchen würde, ohne mit der Wimper zu zucken, ihrer Freundin den Freund ausspannen – einfach nur so. Sie ist hinterhältig und gerissen, und je eher diese Ferien vorbei sind, desto besser.«

Genevieve fühlte sich elend, als sie langsam die Treppe hinaufschlich und in ihr Zimmer ging. Sie starrte auf das Bett, in dem ihre Freundin tief und fest schlief. Plötzlich fielen ihr Rachels Worte wieder ein: *Gen, du bist so süß naiv. Hast du noch nicht begriffen, dass* alle *Männer so sind?*

Ja, dachte sie, aber nur weil es Mädchen wie dich gibt, Rachel Harmony.

Statt ihre Freundin zur Rede zu stellen oder sich ihrer Großmutter anzuvertrauen, entschied sich Genevieve für die feige Methode und beobachtete Rachel während der restlichen Ferientage mit einer Ausdauer, die an Paranoia grenzte.

Und sie beobachtete auch Christian.

Es stimmte, dass Rachel Christian sehr viel Aufmerksamkeit schenkte, ihm endlos Fragen stellte und ihn ständig berührte, um sicherzugehen, dass er sah, was sie sagte. Er, für seinen Teil, war höflich und beantwortete ihre Fragen geduldig.

Liebe Güte! Genevieve hatte noch nie erlebt, dass Rachel so viel Interesse an einem anderen Menschen zeigte. Doch Christian verhielt sich ihr gegenüber genauso wie gegenüber Nattie oder Polly. Mit anderen Worten: Er war nur freundlich. Sobald sich Zweifel einschlichen, rief sich Genevieve ins Gedächtnis, dass sie es war, deren Hand er hielt, die er küsste und um die er den Arm legte. Und nur ihr allein flüsterte er einen intimen Scherz zu oder machte irgendeine Bemerkung, die niemand außer ihr verstehen konnte.

Sie konnte es kaum fassen, dass Christian immer noch ihr Freund war, als die Ferien zu Ende gingen und ihr Gepäck im Auto verstaut war.

War es falsch, sich als Siegerin zu fühlen?

18

In diesem Jahr war der September ein Monat der großen Veränderungen. Genevieve und Rachel waren in der Oberstufe, Christian bereitete sich auf sein Studium vor, das Ende des Monats begann, und seine Eltern verkauften das *Pendine Cottage*, um ein Haus in der Dordogne zu erwerben und herzurichten. Das brachte Serena erneut auf die Idee, etwas Ähnliches zu tun und ein Haus in Pembrokeshire zu suchen, um dort ein Bed and Breakfast zu eröffnen. Sie redete kaum noch von etwas anderem, und schon bald ließ sich Daddy Dean von Serenas Begeisterung anstecken und überlegte ernsthaft, ob er das Angebot einer großen Baufirma annehmen sollte, die die *Brook House Farm* und das Land kaufen wollte.

Obschon die Oberstufe schwerer und arbeitsintensiver war, als Genevieve es erwartet hatte, war ihr Selbstvertrauen ungebrochen. Endlich schien alles gut für sie zu laufen. Sie hatte nie über die Unterhaltung zwischen ihrer Mutter und Gran gesprochen, die sie belauscht hatte, und ganz bestimmt würde sie dieses Thema nicht bei Rachel anschneiden. Aus diesem Grund wusste sie auch nicht, ob Grans Sorge berechtigt war. Mit einer Entschlossenheit, die sie selbst in Erstaunen versetzte, ließ sie diese Episode hinter sich und kam zu dem Schluss, dass

Rachel wahrscheinlich lediglich ihre Flirttechnik ausprobieren wollte. Und – *hurra!* – Christian war nicht darauf angesprungen.

Am Wochenende bevor Christian seine neue Bleibe in Exeter beziehen sollte, hatte Genevieve ihren siebzehnten Geburtstag, und ihre Eltern schlugen vor, eine kleine Party zu geben und Christian dazu einzuladen. Jeder wusste, dass es für Serena so etwas wie eine »kleine« Party nicht gab. Sie liebte es, Feste zu organisieren, und als Genevieve und ihre Schwestern noch klein waren, hatte sie es ein- oder zweimal zu weit getrieben. Eine Halloweenparty, auf die sie besonders stolz war, war derart gruselig – die Lichter gingen plötzlich aus und selbst gebastelte Skelette sprangen aus den Schränken –, dass sich die Kinder vor Angst in die Hosen machten und bettelten, nach Hause gebracht zu werden.

Christian kam am Nachmittag an. Um ein bisschen Zeit allein mit ihm verbringen zu können, führte Genevieve ihn auf der Farm herum. Sie zeigte ihm den Melkstand, erklärte, wie die Melkmaschine funktionierte und dass ihr Vater den Betrieb auf Computer umstellen musste, um ökonomischer wirtschaften zu können.

»Das heißt, wenn wir überhaupt hier bleiben«, fügte sie hinzu, als sie mit ihm über den Hof zur alten Scheune ging.

»Du glaubst, dass ihr von hier weggeht?«, fragte Christian und nahm ihre Hand.

»Mum ist von der Idee besessen, nach Pembrokeshire zu ziehen.«

Er lächelte. »Das ist näher an Exeter.«

»Das stimmt.«

Christian sah zurück zum Haus, wo Nattie am Fenster stand, eine Grimasse schnitt und so tat, als müsste sie sich übergeben. »Gibt es irgendwo einen Ort, wo wir allein sein können?«

Die Sonne hatte den ganzen Tag geschienen und es war warm und stickig in der Scheune; die Luft roch süß nach Heu. Sie kletterten über die Leiter auf den Heuboden, wo Genevieve und ihre Schwestern als Kinder oft gespielt hatten, und setzten sich auf den staubigen Boden. »Das hier könnte man zu einem fantastischen Haus umbauen«, sagte Christian, zog sein Sweatshirt aus und sah sich um. »So etwas würde ich gern machen, wenn ich Architekt bin. Alte Gebäude zu Wohnhäusern umzubauen wäre eine tolle Arbeit.«

Ausnahmsweise war Genevieve nicht an dem interessiert, was Christian zu sagen hatte. Seit dem Augenblick seiner Ankunft wollte sie ihn küssen und mit einem Mal fühlte sie sich benommen und atemlos. Sie schob Christian zurück, bis er auf dem Rücken lag, und küsste ihn zärtlich auf den Mund. Sie wollte ihm zeigen, wie viel er ihr bedeutete. Er erwiderte ihren Kuss – sein Mund war wunderbar weich und zart. Genevieve fühlte sich seltsam schwach und doch wunderbar stark, als sie die Hand unter sein T-Shirt schob, weil sie seinen muskulösen, glatten Bauch spüren wollte. Auch seine Hände machten sich an ihrer Kleidung zu schaffen, und als sie sich aufsetzte, um ihr Top auszuziehen, sah er sie mit glänzenden Augen an und atmete schwer. Genevieve war sich noch nie einer Sache so sicher gewesen, doch als sie ihren BH öffnen wollte, wurde Christian nervös.

»Gen, nicht. Bitte nicht.«

»Es ist okay. Ich will es.«

Er legte die Hand auf ihre. »Ich will es auch. Aber … aber nicht hier. Nicht jetzt.«

Ihr Herz schlug heftig. »Liebst du mich nicht?«

»Das ist es nicht. Es …« Er brach ab.

»Du willst mich nicht? Ist es das?« Sie spürte, wie ihr alles entglitt – alles, was sie von ihm und der Intensität seiner Gefühle zu wissen geglaubt hatte. Er lächelte und umarmte sie zärtlich. »Oh, natürlich will ich dich, und wie! Aber ich möchte kein Risiko eingehen. Du weißt schon – ohne Schutz. Ich habe keine Kondome bei mir.«

Kondome! Natürlich. Wie dumm von ihr. Erleichterung durchflutete sie. Sie legte den Kopf nach hinten, so dass er ihr Gesicht sehen konnte. »Ein anderes Mal vielleicht?«

Er strich ihr über die Wange. »Darauf kannst du wetten.«

Rachel kam als Letzte zu der Party und war ziemlich overdressed in einem hautengen weißen Kleid, das ihre perfekte Figur zur Schau stellte und, wenn sich Genevieve nicht täuschte, auch zeigte, dass sie keine Unterwäsche trug. Auf dem Kopf hatte sie eine pinkfarbene Baseballkappe, auf die mit funkelnden Strasssteinen die Worte »Spoiled Rotten« gestickt waren.

»Ein Geschenk von meinem Vater«, erklärte sie, als sie Genevieves Blick bemerkte. »Das Kleid auch. Das ist seine Art, um Verzeihung zu bitten, und ich habe mir vorgenommen, sein schlechtes Gewissen schamlos auszunützen.« Sie drückte Genevieve ein edel verpacktes Geschenk in die Hand. »Das ist für dich. Alles Gute zum Siebzehnten, Gen.«

»Danke, Rachel. Es sieht sogar eingepackt großartig aus.«

»Ach, nur eine Kleinigkeit – Wiedergutmachungsgeld, das ich meinem Vater abgeluchst habe. Die Quelle ist tief, und ich habe vor, sie voll auszuschöpfen.« Sie sah sich um. »Es sind eine Menge Leute hier. Wer sind die alle?«

»Die meisten sind Farmer-Freunde.«

»Ah, ja, du hast mir mal gesagt, dass Farmerblut dicker ist als alles andere und ihr alle zusammenhaltet wie Pech und Schwefel. – Wo ist Christian?«

»Er hilft Dad beim Grillen.«

Serena flitzte mit einer großen Salatschüssel vorbei und der Geruch von Knoblauch und Paprika wehte durch die Luft. Sie entdeckte Rachel. »Hallo, Liebes, ich hoffe, dir wird nicht zu kalt. Dieses Kleidchen ist ja hauchdünn!«

Rachel lachte. »Oh, ich denke, ich werde schon eine Möglichkeit finden, mich warm zu halten. Gen könnte mir zur Not etwas borgen, wenn ich es wirklich nicht mehr aushalte.«

»Vielleicht gibt sie dir auch eine Unterhose, wenn du nett bist. Jetzt entschuldigt mich bitte. Ich muss diesen Salat auf den Tisch stellen. Viel Spaß!«

Als es Zeit wurde, die Geburtstagstorte anzuschneiden – die Baxters liebten die Trommelwirbel-Zeremonie des Torteanschneidens –, machte sich Genevieve auf die Suche nach Christian.

»Hast du Christian gesehen?«, fragte sie Nattie. »Mum möchte Fotos von uns allen machen.«

Ihre Schwester, die schon ziemlich viel Cidre intus hatte, zuckte mit den Schultern. »Nein, aber ich sehe dich doppelt – hilft dir das vielleicht weiter?«

Da von Rachel auch keine Spur zu sehen war, beschlich Genevieve eine unheilvolle Vorahnung.

»Ich hab vor einer Weile gesehen, dass sich Rachel mit Christian unterhalten hat«, sagte Polly. »Soll ich dir suchen helfen?«

»Nein. Ist schon gut. Bitte Mum und Dad, noch ein paar Minuten mit der Torte zu warten. Ich bin gleich wieder da.«

Du spinnst, schalt sie sich, dennoch wuchs ihre Angst. Sie war fest entschlossen, die beiden zu finden, und machte sich auf das Schlimmste gefasst. Erst lief sie durchs ganze Haus.

Dort waren sie nicht.

Sie versuchte es in der Scheune, und wie sie befürchtet hatte, wurde sie dort fündig. Sie brauchte die Leiter zu dem Heuboden, wo Christian und sie vor wenigen Stunden gelegen hatten und sie zurückgewiesen worden war, nicht hinaufzuklettern, um zu wissen, was sie trieben. Es war nicht zu überhören. Rachel keuchte laut und Christian atmete heftig – die Bodenbretter knarrten rhythmisch.

Genevieve wollte weglaufen, aus der Scheune fliehen, aber sie war wie hypnotisiert von den Staubkörnchen, die durch die Ritzen in den Brettern über ihr rieselten, und ging langsam auf die Leiter zu. Sie musste sich mit eigenen Augen überzeugen. Musste sich vergewissern, dass sie sich das nicht nur einbildete. Ihre Hände zitterten; sie ergriff eine Sprosse nach der anderen. Noch bevor sie auf die dritte Sprosse trat, brach sich der angestaute Schmerz Bahn; sie stieß einen gequälten Schrei aus und fiel zu Boden.

Nur Rachel konnte sie gehört haben, aber vielleicht hatte Christian an Rachels Gesichtsausdruck gesehen, dass etwas nicht stimmte. Das rhythmische Knarren verstummte. Genevieve war sich im Klaren darüber, was als Nächstes geschehen musste – Rachel und Christian würden zu ihr herunterspähen. Sie sprang auf und ergriff die Flucht.

Sie stolperte ins Freie und lief tränenblind über den Hof zum Haus. Sie rannte und rannte, bis sie in ihrem Zimmer war, und warf sich aufs Bett. Wie konnte er nur! Wie konnte er sie so schamlos betrügen, und dann auch noch ausgerechnet mit Rachel?

Sie drückte ihr Gesicht ins Kissen und schluchzte haltlos. Erst als sich Gran zu ihr aufs Bett setzte, merkte sie, dass sie nicht allein war. Sie öffnete die Augen, legte den Kopf auf den Schoß ihrer Großmutter und schluchzte noch mehr.

»O Gran«, heulte sie, »ich ... ich hab sie gesehen ... sie waren zusammen ... in der Scheune ... und sie haben ... er hat ... Ich hasse sie beide!«

»Ist schon gut, Schätzchen«, beschwichtigte ihre Großmutter. »Wein dich aus. Weine, so lange du willst.« Sie wiegte ihre Enkelin sanft. Dieser Moment erinnerte Genveive an den Tag in Grans Küche, als sie endlich um ihren Großvater weinen konnte und die Tränen flossen, als würden sie nie wieder versiegen. Der Schmerz, der sich schon tief in ihr Herz gegraben hatte, war unerträglich, und Genevieve wusste, dass er nie vergehen würde.

Teil III

19

Ich wette, dein Vater wollte diesen kleinen Mistkerl zu Brei schlagen! Ich hoffe, er hat es getan.«

Genevieve lächelte Adam an. »Du müsstest Dad eigentlich besser kennen. Aber Nattie hat keine Zeit verschwendet, ihm deutlich die Meinung zu sagen. Sie hat ihm eine Ohrfeige versetzt, die ihn glatt umgehauen hat.«

»Das ist ganz mein Mädchen!« Adam lachte herzhaft und ließ Lily-Rose auf seinem Schoß hüpfen. Sie war wieder in die Küche gekommen und bediente sich verstohlen aus dem Päckchen Rosinen, das auf dem Tisch lag. »Und was geschah dann?«

»Lieber Himmel! Hast du noch nicht genug gehört? Bestimmt langweile ich dich entsetzlich mit meinen Erinnerungen.«

»Entschuldige, bin ich zu neugierig?«

»Nein. Gar nicht. Die Kurzversion lautet: Mein gebrochenes Herz heilte und ich wurde erwachsen.«

»Und die ausführliche Variante?«

»Nun ja, ich wurde durch eigenes Verschulden krank, habe die Schule geschmissen und ließ mich eine Weile ziellos treiben, bis ich mich schließlich wieder gefangen habe.«

Adam sah sie nachdenklich an. »Wie krank, Gen?«

»Oh, du weißt schon – die ganze Palette: Depressionen,

Angstzustände, und ich hungerte mich fast zu Tode, in der Überzeugung, Christian hätte mich betrogen, weil ich ein dicker, fetter Trottel war, den niemand lieben konnte. Mein einziger Gedanke war, dass ich langsam verschwinden und all meine Probleme mit mir nehmen müsste. Es wurde zu meinem Lebensinhalt. Zuletzt lebte ich von ein paar Erbsen und Zahnpaste – ich verbot mir, etwas anderes zu mir zu nehmen.«

Adam streckte die Hand aus und legte sie auf ihre. Er schwieg und schüttelte nur den Kopf. Lily-Rose, die glaubte, dies wäre ein Spiel, legte die Hand auf Adams. Kichernd machte sie sich wieder über die Rosinen her und steckte sich eine nach der anderen in den Mund.

»Warum hast du bisher nie etwas davon erwähnt?«, wollte Adam wissen. »Oder besser gesagt, wieso haben deine Eltern und Schwestern nie darüber gesprochen?«

»Man nennt das Scham. Und außerdem ist es allgemein bekannt, dass die Baxters nicht über die wirklich wichtigen Dinge reden können. Und genau das ist der Grund, warum Mum zurzeit in Neuseeland herumgondelt und Dad den Kopf in den Sand steckt.«

»Aber das ist nichts, weswegen man sich schämen müsste.«

Genevieve schüttelte den Kopf. »Du musst das Ganze von Mums und Dads Standpunkt aus betrachten. Sie denken, sie sind schuld, dass ich durchs Raster gefallen bin. Ich war im Gegensatz zu Nattie mit ihrem zügellosen Temperament und Polly, deren musikalische Begabung gefördert werden musste, die unkomplizierte Tochter, um die man sich keine Sorgen zu machen brauchte. Okay, da war meine Legasthenie, aber alles in allem war ich diejenige, die ihnen keine schlaflosen Nächte bereitete.«

»Aber sie fühlen sich doch sicher nach all den Jahren nicht mehr schuldig, oder?«

»Ich glaube schon. Ich erinnere mich, dass das Erste, was Mum sagte, als ich ins Krankenhaus gebracht wurde, war: ›Was haben wir falsch gemacht?‹ Verstehst du, es gab nichts Greifbares, dem sie die Schuld geben konnten, also machten sie sich selbst die schlimmsten Vorwürfe. Sie meinten, sie hätten bessere Eltern sein müssen. Und als ich mich langsam erholte, kehrten wir alle meine Krankheit stillschweigend unter den Teppich, und schon bald nannten wir diese Episode nur noch ›die Zeit, in der es mir nicht gut ging‹. Ein Euphemismus für etwas, das wir hinter uns lassen wollten.«

Adam runzelte die Stirn. »Ich hätte nie gedacht, dass du so viel durchgemacht hast.«

»Ja, wir Baxters sind Experten, wenn es darum geht, unsere Spuren zu verwischen und absolutes Stillschweigen zu bewahren.«

»Und was wurde aus Rachel, nachdem du sie in Stücke gerissen hast?«

»Sie blieb an der Schule, aber ich habe nach diesem Abend nie wieder ein Wort mit ihr gesprochen.«

»Das hättest du schon viel früher tun sollen, finde ich. Deine Großmutter hat sie vollkommen richtig eingeschätzt.«

»Im Nachhinein ist man immer klüger, aber ich denke, Gran hatte auch Recht, als sie sagte, Rachel sei nicht so clever und selbstbewusst gewesen, wie sie sich gab. Das habe ich damals nur nicht erkannt.«

Adam schnaubte. »Such bloß nicht nach Entschuldigungen für sie, Gen! Sie wusste ganz genau, was sie tat. Sie hat dich absichtlich manipuliert und dir diesen gefährlichen Unsinn eingeredet, dass du zu dick bist, nur um ihr eigenes Ego aufzuwerten. Weißt du, was aus ihr geworden ist?«

»Das Letzte, was ich gehört habe, war, dass sie zu ihrem Vater gezogen ist. Aber auch das ist schon Jahre her.«

»Und Christian? Hat er sich jemals bei dir entschuldigt?«

»Ich habe ihm keine Gelegenheit dazu gegeben. Er hat mir geschrieben, aber ich hab all seine Briefe ungeöffnet zurückgeschickt. Nachdem seine Eltern das *Pendine Cottage* verkauft hatten, ließ er sich nie wieder in Angel Sands blicken.«

»Und jetzt taucht dieser miese Kerl wieder aus der Versenkung auf. Wie geht es dir dabei?«

Genevieve stand auf, um frischen Tee aufzubrühen. »Ich sehe in ihm keinen miesen Kerl. Vergiss nicht, dass wir damals fast noch Kinder waren. Eine Teenagerliebe hat selten Bestand. Mein Fehler war, dass ich das Ganze zu ernst genommen habe. Aber das ist das Vorrecht der Jugend. Und wie meine Mutter sagte: Man muss viele Erfahrungen machen und Lektionen lernen.«

»Eine hübsche Ansprache, Gen. Aber du hast meine Frage nicht beantwortet.«

Genevieve stand mit dem Rücken zu Adam und schaute aus dem Fenster – es regnete immer noch. Wie schon so oft versuchte sie zu ergründen, was sie wirklich empfand bei dem Gedanken, dass vielleicht schon bald ein letztes Kapitel diese Erinnerungen abschließen würde.

»Ich bin neugierig«, sagte sie schließlich und drehte sich zu Adam um. »Ich will wissen, ob ich ihn immer noch für so vollkommen halte wie früher.«

Adam überließ Lily-Rose ihren Rosinen und stellte sich neben Genevieve. »Ich dachte, er hätte dich schon an dem Abend in der Scheune vom Gegenteil überzeugt«, sagte er ernst.

Sie lächelte. »Willst du mich beschützen? Hast du Angst, dass mein Herz noch immer für ihn schlägt?«

»Tut es das?«

»Ich habe dir doch gesagt, dass ich neugierig bin. Mehr nicht.«

Henry stieß wieder einen ohrenbetäubenden Schrei aus. Adam sah in den Garten.

»Je früher ihr für diesen Esel einen Gefährten findet, umso besser. Aber jetzt mache ich mich besser auf den Weg. Du vergisst doch nicht, Gareth und Gwenda wegen des Hochzeitsbüfetts anzurufen?«

20

Man hätte Genevieve als Teenager durchaus für einen ziemlichen Jämmerling halten können – dessen war sie sich bewusst. Immerhin hatte sie zugelassen, dass Rachel über sie bestimmte und immer ihren Willen durchsetzte. Sie war wie eine Marionette, die Rachel nach Herzenslust manipulieren konnte. Und es gab keinen Zweifel: Sie allein war dafür verantwortlich, dass sie sich nie zur Wehr gesetzt hatte. Genevieve wusste besser als jeder andere, dass sie energischer hätte sein müssen.

Aber letzten Endes hatte ihre Freundschaft zu Rachel keine gute Basis. Ihre Beziehung war von zu vielen wechselseitigen Bedürftigkeiten geprägt. Wie sie schon zu Adam gesagt hatte, im Nachhinein war man immer klüger, aber in jungen Jahren war sie schlecht ausgerüstet, um mit den schwierigen Umständen, in denen sie sich befunden hatte, zurechtzukommen.

Sie brauchte keinen Psychiater, um zu wissen, dass ihr mangelndes Selbstwertgefühl – eine unmittelbare Konsequenz der Legasthenie – dazu geführt hatte, sich unterbewusst eine dominante Freundin auszusuchen, hinter der sie sich verstecken konnte. Und Rachel, mit ihrem verzweifelten Bedürfnis, sich überlegen zu fühlen, hatte Genevieve gewissenhaft klein gehalten, damit sie die Rolle der starken, hilfreichen Freundin spielen konnte. Wenn man es so betrachtete, konnte man keiner von beiden die Schuld geben.

Aber was Rachel mit Christian gemacht hatte, war eine ganz andere Geschichte. Genevieve würde diese Tat immer als böswillig und berechnend ansehen. Rachel hatte an diesem Abend haargenau gewusst, was sie machte, und mit voller Absicht das zerstört, was Genevieve am kostbarsten war.

Genevieve konnte nur vermuten, dass das ein Resultat der Trennung ihrer Eltern gewesen war. Genau wie Genevieve nach dem Tod ihres Großvaters konnte auch Rachel nicht aus ihrer Haut heraus, nachdem sie hatte erkennen müssen, dass sie nicht mehr Daddys kleine Prinzessin war.

Ursache und Wirkung.

Aber das war damals.

Heute musste sie das Hochzeitsbüfett beaufsichtigen und an so viel denken, dass sie keine Zeit an die Vergangenheit verschwenden wollte. An dem, was war, konnte sie nichts mehr ändern, und wenn sie ehrlich war, wollte sie das vielleicht auch gar nicht. Aus dieser Erfahrung hatte sie zwei unschätzbare Dinge gelernt: zum einen, die Verantwortung für sich selbst zu übernehmen, und zum anderen, niemandem mehr zu erlauben, sie zu manipulieren oder herumzukommandieren. Wahrscheinlich wäre die Lektion, offener mit ihren Gefühlen umzugehen, noch wichtiger gewesen. Das war etwas, womit weder sie noch ihre Familie gut zurechtkam.

Genevieve machte eine letzte Runde, um sich zu vergewissern, dass alles in Ordnung war. Sie ging in das Zelt, das im Garten aufgebaut worden war, um nachzusehen, ob der Florist die Blumen auf den Tischen so arrangiert hatte, wie es besprochen war. Ja, alles war an seinem Platz;

die Körbe mit den gelben Rosen und den cremeweißen Iris sahen wunderschön aus.

Als sie wieder nach draußen in die strahlende Junisonne kam – was für ein Kontrast zu dem Regen während der letzten Woche! –, überlegte sie, warum sich Adam solche Mühe gab, sie zu unterstützen. Er schien entschlossen, sie dazu zu bringen, ein eigenes Catering-Unternehmen zu gründen. Deshalb hatte er ihr den heutigen Hochzeitsempfang für fünfundachtzig Gäste, die in einer knappen Stunde eintreffen sollten, geschickt zugeschanzt. Seit letzter Woche, als er sie gebeten hatte, die Hochzeitsparty von Gareths und Gwendas Tochter zu retten, hatte er ihr fast täglich damit in den Ohren gelegen, dass sie sich sein Angebot, ihr finanziell unter die Arme zu greifen, durch den Kopf gehen lassen sollte. Um ihn zum Schweigen zu bringen, hatte sie ihm von George und Cecily Randolph und dem Geld erzählt, das George ihr testamentarisch hinterlassen hatte. Es war kein großer Betrag, aber es würde genügen, um selbstständig einen Catering-Service auf die Beine zu stellen, falls sie das wollte. Genevieve dachte an ihr letztes Gespräch mit dem sterbenden George im Krankenhaus.

»Sie waren so gut zu mir«, hatte er mit so leiser Stimme geflüstert, dass sie sich ganz nah zu ihm beugen musste, um ihn zu verstehen, »und ich bin sicher, Cecily hätte auch gewollt, dass Sie das Geld bekommen. Es ist nicht gerade viel, also bitte schlagen Sie es nicht aus.«

»Du siehst«, sagte sie zu Adam, »dass du kein Mitleid mit mir haben musst.«

»Das habe ich überhaupt nicht.«

»Gut. Aber bitte sprich mit niemandem über das Geld. Ich möchte nicht, dass die Leute davon erfahren. Sie würden nur Fragen stellen, die ich nicht beantworten will.«

»Ich bin die Verschwiegenheit in Person. Aber eines

möchte ich gern wissen: Wenn du die Mittel hast, warum fängst du dann nicht irgendetwas damit an?«

»Vielleicht tue ich das auch, wenn ich dazu bereit bin. Aber ich lasse mich von niemandem herumkommandieren, nicht einmal von dir, Adam.«

Er sah sie verletzt an. »Ich habe noch nie in meinem Leben jemanden herumkommandiert, Gen. Ich bin der Letzte, der andere manipuliert.«

»Du bist ein echter Freund.« Sie umarmte ihn.

Aus der Küche drang Gelächter. Nattie, die zusammen mit Donna beim Servieren helfen sollte, hatte beschlossen, sich für diese Rolle zu kostümieren, und trug das Outfit eines französischen Zimmermädchens. Gran hatte sich für eines ihrer prächtigsten Partykleider entschieden und sagte: »Ich finde, sie sieht großartig aus. Ich wünschte, ich hätte solche Beine.«

Aber Daddy Dean schüttelte missbilligend den Kopf. »Meinst du nicht, du solltest etwas weniger Unzüchtiges anziehen, Nattie? Du bist dir doch im Klaren, dass der Vikar auch eingeladen ist?«

Nattie grinste schelmisch und hob den Rock hoch, um die Strapse zu zeigen. »Hey, tolle Idee – wir könnten eine ›Nutten-und-Pfarrer‹-Party daraus machen.«

Genevieve fragte sich, wie Adam reagieren würde, wenn seine Angebetete so provokativ herumlief.

Daddy Dean hatte darauf bestanden, dass nicht Nattie – wie ursprünglich geplant – mit ihm am Zelteingang stehen und den Gästen Champagner anbieten sollte, sondern Donna. Er hielt es für klüger zu warten, bis die Gäste ein, zwei Gläser getrunken und milde gestimmt waren, ehe sie Nattie auf sie losließen.

Die Braut und der Bräutigam kamen mit den Eltern als Erste an. Alle vier sahen sich erleichtert im Zelt und in dem hübschen Garten mit dem funkelnden blauen Meer im Hintergrund um; sie waren sichtlich beeindruckt. Allerdings vermutete Genevieve, dass ihnen alles recht war, solange sie ihren Gästen nicht belegte Brote aus dem Supermarkt anbieten und den Empfang zu Hause abhalten mussten.

Polly trug auch etwas zu der Party bei und sorgte für die musikalische Untermalung. Gestern Abend hatten Adam und Dad das Klavier vom Gästesalon in den Wintergarten geschoben, so dass die Klänge durch den Garten fluteten. Als die ersten Gäste eintrafen, spielte Polly das erste Stück, »Love Changes Everything«. Es war ein Klischee wie »Lady in Red«, aber wie die meisten Klischees war es durchaus passend und sogar erwünscht. Gareth und Gwenda standen auf der anderen Seite des Rasens und zeigten mit dem Daumen nach oben, als Genevieve zu ihnen hinüberschaute.

So weit, so gut.

Genevieve ging wieder in die Küche. Von Gran und Lily-Rose war keine Spur zu sehen, aber Nattie hatte einen Fuß auf einen Stuhl gestellt und fummelte laut fluchend an einem Straps herum.

»Verdammtes Ding, warum hältst du nicht? Ah, jetzt hab ich's.« Sie stellte den Fuß, der in halsbrecherischen schwarzen Highheels steckte, auf den Boden und richtete sich auf. »Wie, zum Teufel, kommen die Frauen mit diesen Dingern zurecht?«

»Keine Ahnung. Bist du sicher, dass du mit diesen Schuhen laufen kannst? Sie sehen tödlich aus.«

»Das sind sie, aber sie werden Wunder bei Dads geliebtem Rasen wirken. Ich belüfte das Gras, während ich gehe. – Ist der Vikar schon da? Ich bin sehr gespannt auf sein Gesicht. Und auf Adams.«

Genevieve hatte so viel zu tun, dass sie besser nichts dazu sagte. »Wenn du dein Ann-Summers-Outfit für einen Moment vergessen würdest, könntest du mir helfen, diese Bleche in den Ofen zu schieben.«

Sie stellte die Küchenuhr ein und trug Nattie auf, die Kanapees aus dem Ofen zu holen, sobald diese fertig überbacken waren – bitte, lieber Gott, sorg dafür, dass sie diese kleine Aufgabe zuverlässig erledigt! Dann ging sie nach draußen, um sich zu vergewissern, dass jeder mit einem Getränk versorgt war. Donna und Dad hatten ihre Sache gut gemacht und die Gäste flanierten mit den Gläsern in der Hand umher. Einige von ihnen bewunderten den Garten. Das würde ihren Vater freuen – er hatte die ganze Woche geschuftet, um alles auf Vordermann zu bringen. Die lavendelblauen Spitzen der sorgfältig in Form geschnittenen Hebebüsche bildeten einen hübschen Kontrast zu den gelben Blüten des Greiskrauts. Im Schutz einer Escallonia-Hecke wuchsen Fuchsien, Malven, Heiligenkraut und Katzenminze. Pflanztöpfe mit Begonien und Geranien säumten die Veranda, und an der Südwand des Hauses badeten Dads geliebte Palmen in der Sonne.

Genevieve empfand Befriedigung und Stolz, weil sie die Sache durchgezogen hatte. Zwar hatte sie nie ernsthaft befürchtet, dass es ihr nicht gelingen würde, dennoch war sie dankbar, wie gut sie mit Hilfe ihrer Familie alles organisiert hatte.

Wie ein Echo ihrer Gedanken ertönte eine Stimme: »Du hast hervorragende Arbeit geleistet, Gen. Genau wie ich es vorausgesagt habe.«

Adam trug einen makellosen Sommeranzug und dazu eine scheußliche Krawatte mit aufgedruckten Flamingos.

»Danke«, sagte Genevieve. »Aber das habe ich nicht allein geschafft.«

Er schüttelte den Kopf. »Nimm mein Lob einfach an, ja?«

Sie lachte. »Okay, wenn du es sagst.« Ernster fügte sie hinzu: »Hast du Nattie schon gesehen?«

»Nein. Warum fragst du?«

»Oh, einfach so.« Sie wechselte das Thema. »Übrigens, ich habe mit dem Mann aus Saundersfoot gesprochen, den du erwähnt hast.«

»Und?«

Sie deutete auf die andere Seite des Obstgartens. »Sieh's dir an. Es funktioniert. Henry ist lammfromm und gibt keinen Ton mehr von sich. Er ist Morwenna nicht von der Seite gewichen, seit Nattie und Dad sie heute Morgen geholt haben.«

»Morwenna?«

»Den Namen hat Nattie ausgesucht. Es ist walisisch für Jungfrau. Sie ist süß mit ihrem hellen, sandfarbenen Gesicht und dem schokoladenbraunen Körper, findest du nicht?«

»Ich kann nicht behaupten, dass ich etwas für Esel übrig hätte, Gen, aber ... *Heiliger Strohsack!* Was, zum Teufel, denkt sie sich dabei?«

Adams Blick war vom Obstgarten zur Rasenfläche gewandert und jetzt auf das Objekt seiner Begierde fixiert. Nattie hatte ihren großen Auftritt mit einem Tablett voller Kanapees in den Händen.

Adam war nicht der Einzige, der sie anstarrte. »Warum?«, fragte er schlicht. »Wieso macht sie das?«

»Weil sie es liebt aufzufallen. Und deshalb bist du auch verrückt nach ihr, Adam. Erinnere dich nur an deine erste Begegnung mit ihr: Sie stand auf einem Tisch und gab ihre Madonna-Imitation ›Like a Virgin‹ zum Besten. Wenn du mich jetzt bitte entschuldigst – du bist hier Gast, ich aber nicht. Ich habe noch jede Menge zu tun.« Sie eilte davon und überließ es ihm, das Unmögliche zu verstehen: Was ging in Nattie Baxter vor?

Ehe sie in die Küche ging, schaute Genevieve im Wintergarten nach Polly. Jetzt spielte sie Elton Johns »Your

Song«. Aber sie hatte Gesellschaft. Lily-Rose saß unter dem Klavier auf dem Boden und rührte in einer Schüssel mit schmelzender Eiscreme.

»Ich dachte, Gran kümmert sich um Lily«, sagte Genevieve.

Pollys Finger glitten über die Tasten. »Ich glaube, sie hat da etwas falsch verstanden«, sagte sie und deutete mit dem Kopf zum Zelt.

Dort stand Gran mit einem Champagnerglas in der einen und einem Kanapee in der anderen Hand. Von Kopf bis Fuß war sie wie ein geschätzter Hochzeitsgast gekleidet und nicht wie ein Babysitter, für dessen Rolle sie sich selbst angeboten hatte.

»Ist schon gut«, sagte Polly. »Ich komme zurecht. Lily stört mich nicht.« Aber das war eine voreilige Aussage. Lily-Rose hatte plötzlich die Pedale entdeckt, die ihre Tante betätigte, und beugte sich vor, um sich das genauer anzusehen. Sie grinste und klopfte mit dem Löffel auf Pollys nackten Fuß; ein Klecks Eis landete auf Pollys großem Zeh. Professionell bis ins Kleinste spielte Polly weiter.

Genevieve bückte sich und streckte die Arme nach ihrer Nichte aus. »Also schön, kleine Missy, du kommst besser mit mir.«

Lily-Rose verzog das Gesicht und wich zurück. Mit einer flinken Handbewegung, auf die ein Magier stolz gewesen wäre, platzierte sie einen weiteren Tropfen Eis auf Pollys anderem Fuß. Bevor sie auf die Idee kam, die ganze Schüssel über Pollys Füße zu kippen, packte Genevieve die Kleine und zog sie unter dem Klavier hervor. Das kleine Mädchen fuchtelte mit dem Löffel herum, um Genevieve abzuwehren, die ihr tolles Spiel störte, und schlug ihr damit auf Stirn und Nase. Genevieve nahm ihr den Löffel aus der Hand und steckte ihn in die Tasche. »Du wirst deiner Mutter mit jedem Tag ähnlicher. Jetzt sei artig, sonst muss ich dich in einen Hummertopf stecken und ins Meer werfen.«

Diese Drohung hatte keinerlei Wirkung auf Lily-Rose. Sie wand sich aus dem Griff der Tante, deutete durch die offene Tür in den Garten und stieß einen Freudenschrei aus: *»Adam!«*

Adam hörte das Kreischen und drehte sich um. Lily-Rose flitzte auf ihn zu und rannte mit dem Kopf voran gegen seine Knie.

»Hallo, Rosy-Posy.« Er lachte. »Wie geht's meinem kleinen Liebling?«

»Wir haben einen neuen Esel. Ein Eselmädchen. Willst du mitkommen und sie dir ansehen? Sie heißt Morwenna.«

»Später vielleicht.«

»Ich weiß, dass es eine Zumutung ist, Adam«, sagte Genevieve, als sie auf ihn zukam, »aber könntest du ein Auge auf sie haben? Gran scheint lieber Champagner zu schlürfen, als uns zu helfen.«

»Kein Problem.« Er bückte sich und hob Lily-Rose auf seine Schultern. »Lass uns nachschauen, ob wir etwas zu essen finden, ja?«

»Aber was ist mit Morwenna?«

»Erst essen, dann Morwenna.«

Lily-Rose strahlte und hielt sich an Adams Ohren fest. »Ich bin riesengroß!«

»Danke, Adam«, sagte Genevieve. »Was würden wir ohne dich machen?« Sie berührte leicht seinen Arm und beugte sich vor, um ihn auf die Wange zu küssen. Doch zwei Männer, die um das Haus kamen, erregten ihre Aufmerksamkeit. Sie erstarrte.

Sie ahnte, wer der größere, dunklere der beiden war, aber der andere … der andere war ohne jeden Zweifel – Christian.

21

Genevieve hätte es nie für möglich gehalten, dass man im Bruchteil einer Sekunde so vieles gleichzeitig wahrnehmen konnte. Als ob sich ein Zauber über *Paradise House* legte, wurde alles um sie herum leise und verschwommen, ihr Blick fokussierte sich allein auf Christian.

Er hatte sich verändert – natürlich. So wie sich jeder in dreizehn Jahren veränderte. Er war kräftiger, breiter geworden, und sein Haar – so kurz geschnitten, wie sie es noch nie gesehen hatte – machte den Eindruck, als hätte er es endlich gebändigt. Seine Augen waren hinter einer Sonnenbrille versteckt, aber sie erkannte an seiner Haltung – Hände in den Taschen der lässig weiten Hose –, dass er den Garten überblickte und offenbar nach jemandem suchte.

Die Frage war, nach wem.

Er entdeckte sie. Sein Körper wurde starr und er nahm die Sonnenbrille ab. Er war augenscheinlich ebenso verdattert wie sie. Er wandte sich an seinen Begleiter, sagte etwas, dann kam er auf sie zu. Der Zauber schien stärker zu werden und der Augenblick wurde erschreckend surreal. Hinter ihr im Wintergarten spielte Polly »Fly Me to the Moon« – Genevieve hätte im Moment sehr viel Geld dafür gegeben, wirklich zum Mond zu fliegen. Alle anderen plauderten und lachten, als wäre nichts geschehen – sie konnten ja nicht ahnen, dass Genevieve gerade einen Zeitstillstand erlebte.

Dann wurde der Zauberbann gebrochen. Adam, der neben ihr stand, sagte: »Gen, was ist los? Du siehst aus, als hättest du einen Geist gesehen.«

Sie rückte näher zu ihm, als suchte sie seinen Schutz. »Das habe ich auch«, flüsterte sie. »Dort ist Christian.«

»*Was?* Wo?«

Eine Sekunde lang war sie versucht, anklagend die Hand auszustrecken und zu schreien: »Da! Das ist der Bastard, der mir das Herz gebrochen hat!« Doch stattdessen raunte sie: »Er kommt auf uns zu. Lass mich jetzt bitte nicht allein.«

»Ganz wie du willst.« Adam hob Lily-Rose von seinen Schultern, stellte sie auf den Boden und nahm sie an der Hand. »Wir holen uns gleich etwas zu essen, Süße.«

Eine Ewigkeit schien zu vergehen, bis Christian vor ihr stand.

»Genevieve.«

Das war's. Mehr sagte er nicht.

»Hallo, Christian.« Sie zwang sich, ihm direkt in die Augen zu sehen. »Ich habe mich schon gefragt, wann du dich hier wohl blicken lässt.«

Er stutzte. »Ach, ja? Das verstehe ich nicht.« Seine Stimme hatte immer noch diesen charakteristischen flachen, hohen Ton. Ihm fehlte die Sprachmelodie.

In all den Jahren hatte sie sich oft vorgestellt, Christian irgendwo über den Weg zu laufen. In ihren Fantasien hatte sie ihm gezeigt, dass sie keinen Groll gegen ihn hegte; dass sie ein souveräner Mensch war, der Besseres mit seinen Emotionen anzufangen wusste, als sie mit Verbitterung zu vergeuden. Sie hatte sich ausgemalt, dass sie von alten Zeiten reden und sich erzählen würden, was sie seither erlebt hatten, ja dass sie vielleicht sogar wieder Freunde würden. Aber jetzt, da sie der Vergangenheit von Angesicht zu Angesicht gegenüberstand, verspürte sie eine lastende Feindseligkeit in sich und hatte das starke Bedürfnis, ihn wissen zu lassen, wie schlimm er sie verletzt hatte.

Eine kindische Reaktion? Ja. Konnte sie stolz darauf sein? Das war ihr gleichgültig. Sie empfand sogar eine perverse, grausame Schadenfreude, weil er sich noch unbehaglicher zu fühlen schien als sie.

»Ich lebe hier, Christian«, beantwortete sie seine Frage. »Im Moment leben wir alle hier – Mum, Dad, Gran, Nattie, Polly und ich.«

»Wirklich? Wo?«

»Hier.« Sie sah sich im Garten um und hinauf zum Haus. »Das ist unser Zuhause.«

»*Paradise House*?« Er wurde noch verlegener.

»Wir führen hier ein Bed and Breakfast ... genau wie Mum es sich immer gewünscht hat. Erinnerst du dich an ihren Traum?«

»Das wusste ich nicht. Ehrlich nicht.«

»Woher solltest du es auch wissen?« Ihr Ton war scharf. »Warum bist du hier, Christian? Ich meine nicht, in dieser Gegend – jedermann weiß, dass Ralph seine Scheune verkauft hat und ein Architekt sie umbauen soll, und wir hatten schon den Verdacht, dass du dieser Architekt bist. Aber wieso bist du hierher zum *Paradise House* gekommen?«

Er wandte sich ab, schaute aufs Meer und trat von einem Fuß auf den anderen, dann sah er Genevieve wieder an. »Du wirst es nicht glauben, aber wir sind hergekommen in der Hoffnung, im *Paradise House* noch zwei Zimmer für uns zu bekommen. Wir haben gerade erfahren, dass das Hotel, in dem wir Zimmer reserviert hatten, geschlossen wurde. Man hat uns hierher geschickt und gesagt, das *Paradise House* sei zurzeit das beste Haus im Ort.« Er machte eine Pause. »Aber unter diesen Umständen ...« Wieder verstummte er und wurde noch nervöser. »Ehrlich, Genevieve, ich wusste nicht, dass du hier wohnst. Ich schwöre, ich hatte keine Ahnung. Es tut mir Leid. Ich sage Jonjo, dass wir es woanders versuchen müssen.«

Dann sah er Adam und Lily-Rose an, als wären ihm die beiden gerade erst aufgefallen. Sein Blick ruhte auf Lily-Rose; der Hauch eines Lächelns huschte über sein Gesicht und nahm ihm etwas von seiner Unsicherheit. Genevieve hatte fast Mitleid mit ihm, aber nur fast.

»Sie sieht aus wie Nattie«, sagte er.

Genevieve bemerkte seinen Irrtum und sagte: »Sie sieht Nattie ähnlich, weil sie ihre Tochter ist.«

Christian sah Genevieve wieder an. »Wie heißt sie?«

»Lily-Rose.«

Mehr an Adam als an Genevieve gewandt, sagte er: »Es tut mir aufrichtig Leid, dass ich einfach so hereingeplatzt bin. Offensichtlich wird hier eine Party gefeiert. Ich gehe besser.« Er sah noch einmal kurz Adam und Lily-Rose an, dann drehte er sich um und ging.

Genevieve beobachtete, wie er sich auf die Suche nach seinem Begleiter machte, der vermutlich ihr neuer Nachbar Jonjo Fitzwilliam war. Sie fühlte eine Hand auf ihrer Schulter.

»Ist alles in Ordnung, Gen?«

Sie nickte. »Alles bestens – danke, Adam.«

Dann kam Christian, der seinen Freund nicht finden konnte, noch einmal auf Genevieve zu.

»Entschuldige, aber ich sehe Jonjo nirgendwo. Das ist typisch für ihn. Er kann sich nicht länger konzentrieren als ein Goldfisch.«

»Sprechen Sie immer so gut von Ihren Freunden?«

Adams Kommentar blieb unbemerkt – Christian sah Genevieve an. Sie spürte, dass Adams Feindseligkeit Christian gegenüber noch deutlicher war als ihre, und sagte: »Ich helfe dir suchen.«

»Danke. Ich verspreche dir auch, dass wir sofort verschwinden.«

Sie brauchten nicht weit zu gehen. Jonjo war bei Polly im Wintergarten. Sie sahen aus wie ein Paar aus einem Jane-Austen-Roman: Er lehnte am Klavier, lauschte der Musik und betrachtete Polly; sie konzentrierte sich auf »Strangers in the Night«. Genevieve erkannte in Jonjos Gesicht sofort den hingerissenen Ausdruck, den sie schon so oft gesehen hatte: Männer erlagen reihenweise Pollys betörendem Charme. Selbst Christian blieb einen Moment stehen, um Polly zu betrachten. Sie war noch ein Kind gewesen, als er sie zum letzten Mal gesehen hatte.

Als könnte dieser Moment nicht unwirklicher werden, ertönte vor der Tür eine schrille Stimme: »Sollen nur Donna und ich diese Meute füttern? Eines sag ich euch, wenn mich nur noch ein Kerl bittet, mich zu bücken und seine Serviette aufzuheben, dann bohre ich ihm einen Cocktailspieß in den Hintern. – *Ach du Schande!* Was macht ihr hier?«

Nicht einmal Polly konnte bei so vielen Ablenkungen ihre Professionalität beibehalten. Sie sah Christian und hörte abrupt auf zu spielen.

In die darauf folgende Stille sagte Jonjo: »Christian, du hast mir nie von meinen Nachbarn in Angel Sands erzählt. Kein einziges Wort von musikalischen Engeln – oder gefallenen Engeln.« Er beäugte Natties Aufmachung.

Nattie war mit einer Platte voller benutzter Cocktailspieße bewaffnet, und Genevieve sagte hastig: »Christian, da ihr – du und dein Freund – schon mal hier seid, möchtet ihr vielleicht etwas trinken?«

»Hast du vollkommen den Verstand verloren, Gen?«, wollte Nattie wissen. »Wie kannst du auch nur dran *denken*, ihn zum Bleiben einzuladen?«

Sie waren in der Küche und richteten neue Platten her, um sie den Gästen anzubieten.

»Man nennt das: sich zivilisiert verhalten. Du solltest das auch einmal versuchen.«

»Ich würde mir lieber Bambusschösslinge durch die Zehen wachsen lassen, als höflich zu einem solchen miesen Schwein zu sein. Was er dir angetan hat, war jenseits aller …«

»Oh, halt bitte den Mund, ja? Reich mir lieber den Chili-Knoblauch-Dip für die Garnelen. Okay, das wär's. Gehen wir hinaus. Mach schon, die Leute warten.«

Jonjo hatte die Einladung zu einem Drink begeistert angenommen; er war blind für Christians Unbehagen. Während Genevieve mit dem Tablett herumging, beobachtete sie die beiden Männer, die auf den Steinstufen vor dem Wintergarten saßen. Sie hatte das Gefühl, dass keiner der beiden Interesse an einer Unterhaltung hatte. Jonjo, der – darauf wäre sie jede Wette eingegangen – nichts von der gemeinsamen Geschichte seines Freundes mit den Baxters wusste, konnte den Blick nicht von Polly wenden, die einen weiteren schmalzigen Liebessong spielte. Christian zupfte geistesabwesend das Moos von den Steinstufen und rührte sein Weinglas nicht an. Vielleicht war es falsch gewesen, die beiden zum Bleiben zu überreden. Christian war anzusehen, dass er lieber sonst wo wäre.

Geschah ihm recht.

Nachdem sie die Gäste bedient und nur noch wenige Leckereien auf dem Tablett hatte, ging sie zu Christian und seinem Freund. »Hat jemand Appetit auf Lachsröllchen mit Spargelspitzen oder Garnelen mit Chili und Knoblauch?«

Christian sprang auf. »Genevieve?«

»Ja?«

»Ich halte das für keine gute Idee.«

»Oh. Warum probierst du nicht erst, bevor du so was sagst?«

Er zog die Augenbrauen zusammen und sah auf das Tablett. »Nein, das meine ich nicht. Ich sollte nicht hier sein.«

Jonjo stand auf und wischte sich den Staub vom Hosenboden. Er hatte sein Jackett ausgezogen und an die Türklinke gehängt, und Genevieve sah, wie muskulös sein Körper war. Das schwarze T-Shirt schmiegte sich an seine breite Brust und die Schultern – eine perfekte Werbung für die Wellness- und Fitnessstudios, die er führte. Allerdings vermutete Genevieve, dass er ebenso eitel wie attraktiv war. Er passte als Freund gar nicht zu Christian. Zumindest nicht zu dem Christian, den sie einmal gekannt hatte.

»Aber wir können noch nicht gehen, Christian«, protestierte Jonjo. »Ich hatte noch keine Gelegenheit, mit der zukünftigen Mrs Fitzwilliam zu sprechen. – Darf ich?« Er nahm sich von den Lachsröllchen.

Christian verdrehte die Augen. »Schalt einfach mal dein Gehirn ein und halt den Mund.«

»Das werde ich an dem Tag tun, an dem du diesen Sarkasmus in etwas verwandelst, das man Humor nennt.«

»Beachte ihn gar nicht, Genevieve. Er hat nur an den Wochenenden Ausgang.«

Zum ersten Mal seit die beiden Männer aufgetaucht waren, lächelte Genevieve.

»Aber im Ernst«, fuhr Christian fort, »ich glaube, deine Familie will mich nicht wirklich hier haben. Nattie hat mir das unmissverständlich klar gemacht.«

»Meine Schwester spricht nicht für alle Baxters.«

Er sah sich um. »Ich sehe aber auch keinen anderen, der mit mir reden wollte. Dein Vater und deine Großmutter bombardieren mich mit Blicken, bei denen einem das Blut in den Adern gefriert.«

»Ich rede mit dir, oder nicht?«

»Nur aus Höflichkeit.«

»Stimmt.«

»Mm ... die schmecken köstlich. Gibt's davon noch mehr? Sagen Sie, Genevieve, wann hat Ihre bezaubernde Schwester frei? Wie soll ich ihr einen Antrag machen, wenn sie bis in alle Ewigkeiten ans Klavier gekettet ist?«

»Jonjo, ich hab dir schon einmal gesagt, dass du dich zurückhalten sollst. Dies ist eine Familie, mit der du dich bestimmt nicht anlegen willst.«

»Was, zum Teufel, hast du getan – womit hast du die Einheimischen gegen dich aufgebracht?«

Genevieve merkte, dass Christian nicht wusste, wie er diese Frage beantworten oder seinen Freund zum Schweigen bringen sollte, und beschwichtigte: »Es ist okay. Ihr könnt bleiben, wenn ihr wollt. Ich werde mit Dad sprechen, damit er sich mit seinen bösen Blicken ein wenig zurückhält.«

»Das ist nicht nötig. – Komm, Jonjo, wir gehen, bevor du dich zum kompletten Idioten machst.«

Jonjo nahm sein Jackett und bedachte Polly mit einem letzten strahlenden Lächeln. »Ich hasse es, eine gute Idee zu Grabe zu tragen, Christian. Wohin gehen wir eigentlich? Soweit ich weiß, haben wir immer noch kein Plätzchen, wo wir unsere müden Häupter zur Ruhe legen können.« Er richtete die ganze Wucht seines gewinnenden Lächelns auf Genevieve. »Ich nehme nicht an, dass Ihre Schwester Erbarmen mit mir hat und ein wenig Platz für einen Unwürdigen macht, oder?«

Genevieve verbiss sich das Lachen. »Sie könnten es im

Salvation Arms versuchen«, sagte sie. »Allerdings sollen die Zimmer dort ziemlich klein sein.«

Jonjo verzog das Gesicht. »Ist es so schrecklich, wie es klingt? Eine mit Flöhen verseuchte Herberge für die Landstreicher und Obdachlosen?«

»Es ist der Dorf-Pub, du Idiot!«, fauchte Christian. »Und wenn du dich mit deinen neuen Nachbarn gut stellen willst, dann solltest du vielleicht etwas mehr Respekt zeigen.« Er wandte sich an Genevieve. »Danke für die Empfehlung. Wir versuchen es dort.«

»Viel Glück. Und ...«

»Ja?«

»Falls ihr wirklich nichts findet, könnt ihr heute Nacht im Zelt schlafen, wenn die Gäste weg sind.«

Er lächelte gezwungen. »Man weiß nie – vielleicht müssen wir auf dieses Angebot zurückgreifen. Eine Nacht auf engem Raum mit Godzilla erscheint mir wenig verlockend.«

22

Am folgenden Morgen war Genevieve früh auf. Sie hatte zwar keinen Hochzeitsempfang vorzubereiten, musste jedoch für zehn Leute Frühstück machen. Außerdem war Sonntag, der Tag, an dem Gäste abreisten und neue eintrafen und die Zimmer innerhalb weniger Stunden geputzt und hergerichtet werden mussten. Und die letzten Aufräumarbeiten nach dem gestrigen Fest standen auch noch an: Die Verleihfirma musste das Zelt abbauen, die Tische und Stühle wurden zusammen mit den ausgeliehenen Gläsern, Besteck und Geschirr abgeholt. Sobald das erledigt war, würde Genevieve das Gefühl haben, dass das *Paradise House* wieder zur Normalität zurückgekehrt und alles unter Kontrolle war.

Damals, als ihr bewusst geworden war, dass sie Essen nicht als Waffe oder Bestrafung gegen sich einsetzen durfte, war eine tägliche Routine wichtig für sie geworden. Struktur und Ordnung ersetzten das Chaos und bald wurden sie ein wesentlicher Bestandteil ihres Lebens. Ihr Zimmer, in dem immer ein heilloses Durcheinander geherrscht hatte, wurde zum saubersten und ordentlichsten Raum im ganzen Haus. Sie hatte immer einen Notizblock auf ihrem Nachttisch, so dass sie abends, wenn ihr vor dem Einschlafen etwas einfiel oder sie von etwas gequält wurde, das Licht anmachen und ihre Ängste aufschreiben konnte, ehe sie sich in etwas hineinsteigerte. Der Psychotherapeut hatte ihr während ihres Krankenhausaufenthaltes und danach klar gemacht, dass ein Suchtkranker Gefahr lief, eine Abhängigkeit durch eine andere zu ersetzen. Deshalb überwachte sie ihre Gedanken und Handlungen, wobei sie besonders auf die Dinge achtete, die das Potenzial hatten, aus dem Ruder zu laufen und zu einem Zwang oder einer Besessenheit zu werden.

Noch heute hatte sie einen Notizblock neben dem Bett und notierte sich fast jede Nacht irgendetwas – nicht wie früher, um sich zu entlasten, sondern als Gedächtnisstütze. Sie schrieb all die Dinge auf, die sie am nächsten Tag erledigen musste. Ironischerweise schlug sie durch ihr Verhalten zwei Fliegen mit einer Klappe, denn das Bedürfnis, das Leben gewissenhaft zu ordnen, war sowohl Legasthenikern als auch Magersüchtigen zu Eigen. Kurz gesagt: Kontrolle war ihr Tick. Sobald sie die Übersicht verlor, keimte Panik in ihr auf.

Ein weiteres Paradox – eines, das ihre Familie wohl nie verstehen würde – war, dass sie sich täglich mit Essen beschäftigte, seitdem sie sich vollkommen von ihrer Krankheit erholt hatte. Sie hatte einmal in einem Artikel über Magersucht gelesen, dass Betroffene oft für andere kochten, weil ihnen das half, das natürliche Gefühl für Kontrolle nicht nur im eigenen, sondern auch im Leben anderer zurückzugewinnen.

»Du versuchst doch nicht, dich weiterhin zu bestrafen?«, hatte Gran gefragt und hinterher eingestanden, dass Daddy Dean sie gebeten hatte, mit Genevieve darüber zu sprechen. Armer Dad, er war in eine Welt geraten, die ihm fremd war und die er nicht mehr verstand. Er und Mum waren auch bei einem Therapeuten gewesen, der ihnen erklärt hatte, was in ihrer Tochter vorging und dass es mit bloßer Gewichtszunahme nicht getan war – Zunehmen war erst der Anfang des Heilungsprozesses.

Dad machte einmal den Fehler zu sagen, wie gut Genevieve aussah. »Du hast ein paar Pfund zugenommen, stimmt's? Gut gemacht.«

Diese wenigen Worte machten Wochen des Kämpfens zunichte. Panik und Selbstverachtung brachen sich erneut Bahn – Zunehmen war gleichbedeutend mit Hässlichkeit – und Genevieve musste fast wieder ganz von vorn anfangen. Von da an schlich Dad um sie herum und hatte entsetzliche Angst, wieder etwas Falsches zu sagen. Genevieve musste sich, wie man ihm und Mum erklärt hatte, sicher fühlen, um wieder normale Essgewohnheiten annehmen zu können – allein das war ihnen unbegreiflich.

»Wieso fühlt sie sich nicht sicher?«, hörte Genevieve ihn einmal sagen. »Wir sind ihre Familie. Wir lieben sie, um Gottes willen! Wie viel mehr Sicherheit könnten wir ihr geben? Sag mir, was ich machen soll, und ich tue es sofort. Was immer sie braucht, ich tue es.«

Aber er hatte das Ganze missverstanden. Nicht ihre Umgebung oder die Liebe ihrer Familie wurden in Frage gestellt, sie musste ihre Angst vor Nahrungsmitteln überwinden.

Genevieve wanderte mit ihrem üblichen Frühstückstee und einer Scheibe Toast mit Marmelade durch den Garten. Der Tag wurde so schön wie der gestrige. Sie setzte sich auf eine Holzbank mit Blick auf die Bucht und trank von ihrem Tee. Sie war mental wie physisch erschöpft, und das war kein Wunder, da sie lange keinen Schlaf gefunden hatte. Wirre Träume von Christian, der sich im *Paradise House* aufhielt, vermischten sich mit Alpträumen von dem Raubüberfall. In den schlimmsten Träumen schlug sie mit einem Schürhaken auf einen der Einbrecher ein, und als sie ihm die Maske vom Gesicht riss, sah sie Christian vor sich.

Am meisten hatte sie die Reaktion ihrer Familie auf Christian schockiert. Sie wollten sie beschützen, das wusste Genevieve. Trotzdem ärgerte sie sich, dass sie sie für zu zerbrechlich und verwundbar hielten, ein Wiedersehen mit Christian zu verkraften. Er schien wesentlich nervöser gewesen zu sein als sie. Als Adam Genevieve nach dem Fest beim Aufräumen geholfen hatte, hatte er geäußert, dass sich Christian vorgekommen sein musste, als wäre er in die Höhle des Löwen geraten.

»Man muss ihm wahrscheinlich zugute halten, dass es ihm ausgesprochen unangenehm war, hier zu sein«, hatte Adam gesagt. »Er hatte zumindest genügend Anstand, schnell wieder zu verschwinden.«

»Das ist wohl kaum überraschend, nachdem ihm alle die kalte Schulter gezeigt haben.«

»Ich habe doch kaum ein Wort zu ihm gesagt.«

»Eben!«

»Was, um Himmels willen«, hatte sich Nattie eingemischt, »hast du von uns erwartet? Dass wir Freudentänze aufführen?« Sie hatte ihr Zimmermädchen-Outfit gegen einen Pyjama mit Shorts ausgetauscht, sich in der Küche auf die Arbeitsfläche gesetzt und sich ein Glas Milch eingegossen. Zufrieden hatte sie Genevieve und Adam beim Einräumen der Spülmaschine zugesehen. Außer ihnen war niemand in der Küche gewesen. Lily-Rose lag schon seit Stunden im Bett, Polly stand unter der Dusche, und Daddy Dean war auf dem Weg zum *Angel Cottage*, um Gran nach Hause zu begleiten. Alle hatten etwas zu der Situation zu sagen, aber wie immer war Nattie die Großmäuligste gewesen. Genevieve vermutete, dass Nattie besonders wütend war, weil sie Christian vor Jahren sehr gemocht und sich mindestens ebenso betrogen gefühlt hatte wie ihre Schwester. Jeder, der einem Mitglied der Familie Baxter etwas Schlimmes antat, bekam es mit ihr zu tun.

Eigentlich hätte es Genevieve ein Trost sein müssen, dass sie so vehement verteidigt und beschützt wurde, aber so war es nicht. Ihre Angehörigen bauschten die Sache zu sehr auf, und Genevieve hoffte, dass sie sich bald eines Besseren besannen. Insbesondere, wenn Christian in den nächsten Monaten – oder wie lange es dauern mochte, Ralphs Scheune zu einem Ferienhaus umzubauen – öfter in Angel Sands auftauchen würde.

Und was für ein Typ dieser Jonjo war! All das absurde Gerede davon, dass Polly die zukünftige Mrs Fitzwilliam sei. Wie oft sagt er wohl etwas Ähnliches zu anderen Frauen?, fragte sich Genevieve, als sie von ihrem Toast abbiss und beobachtete, wie eine Gestalt, die von hier aus ganz winzig aussah, über die Klippen wanderte. Sie erinnerte sich an Christians Worte: »*Jonjo, ich hab dir schon einmal gesagt, dass du dich zurückhalten sollst. Dies ist eine Familie, mit der du dich bestimmt nicht anlegen willst.*« Die strenge Zurechtweisung deutete darauf hin, dass diese Anmachsprüche für Christian nichts Neues waren.

Es war komisch, Christian so zu erleben – so barsch und ungehalten. Erst als er sich verabschiedete, benahm er sich mehr wie er selbst – oder wie der umgängliche, humorvolle Junge, den sie vor dreizehn Jahren gekannt hatte …

Sie hörte leise Schritte im Gras und drehte sich um. »Was dagegen, wenn ich mich zu dir setze?«, fragte ihr Vater. Er hielt einen Teebecher in der Hand.

Sie rutschte ein Stück zur Seite, um ihm Platz zu machen. »Du bist früh aufgestanden.«

»Nicht ganz so früh wie du. Hast du etwas auf dem Herzen?«

»Mir gehen ein paar Dinge im Kopf herum.« Was er auf dem Herzen hatte, wusste sie ganz genau, aber er würde nie von selbst mit der Sprache herausrücken und direkt darauf zu sprechen kommen. »Der Hochzeitsempfang gestern ist gut gelaufen«, bemerkte sie vorsichtig. »Danke für deine Hilfe. Ohne euch alle hätte ich das nie geschafft.«

Daddy Dean schlürfte seinen Tee. »Jeder Feldherr braucht seine Fußsoldaten.«

»Ich würde mich wirklich nicht als Feldherrn bezeichnen.«

»Das könntest du aber. Adam sagt, du solltest öfter das Catering für größere Veranstaltungen übernehmen.«

»Adam sagt viel.«

»Und das meiste davon klingt ziemlich vernünftig.«

Genevieve beobachtete die Gestalt auf den Klippen, die immer näher kam, und dachte an die Frage, die ihr Adam beim Abschied gestern Abend gestellt hatte: »Hast du deine Neugier befriedigt? Ist er noch so perfekt, wie du damals dachtest?«

»Ich lasse es dich wissen, wenn ich wieder klar denken kann. Heute kann ich dir nur noch eine gute Nacht wünschen.«

Als könnte er ihre Gedanken erraten, sagte ihr Vater: »War es ein großer Schock, ihn wiederzusehen?« Ihr fiel auf, dass er es nicht über sich brachte, Christians Namen auszusprechen.

»Zuerst ja. Aber dann hatte ich fast Mitleid mit ihm. Er war so betroffen und verlegen, und alle gaben ihm das Gefühl, dass er hier nicht willkommen ist.«

»Deine Mutter hätte ihm gehörig die Leviten gelesen, wenn sie hier gewesen wäre. Ich war selbst versucht, ihm den Marsch zu blasen.«

Genevieve lächelte. »Lügner. Du bist der größte Pazifist der Welt, Dad.«

»Vielleicht ist das etwas, worauf ich nicht stolz sein sollte. Aber ich sage dir, worauf ich wirklich stolz bin, Gen – auf dich.«

Sie tat sein Kompliment mit einem Kopfschütteln ab. »Sei nicht albern, Dad.«

Er stellte den Becher auf die Armlehne der Bank. »Es stimmt aber. Ich bin stolzer auf dich, als ich mit Worten sagen kann. Du weißt ja, wie hilflos ich bin, wenn es ums Reden geht.«

»Aber Worte sind nicht immer nötig, Dad«, sagte sie. Ihr fielen all die Preisverleihungen in der Schule wieder ein: Jeder seiner Töchter hatte er eine einzelne rote Rose überreicht, ob sie nun auf die Bühne gerufen wurde, um sich einen Preis abzuholen, oder nicht. Pollys Name wurde immer mehrmals genannt; sie wurde mit Preisen und Urkunden überhäuft und bekam in drei aufeinander folgenden Jahren den Pokal für außergewöhnliche Leistungen auf allen Gebieten. Aber gleichgültig wie sehr Nattie und Genevieve ihrer Schwester hinterherhinkten, ihr Vater war immer bereit, ihnen seine besondere Belohnung zu überreichen und sie zu beglückwünschen. Das hatte Genevieve sehr viel bedeutet.

»Da bin ich anderer Ansicht«, sagte er. »Worte bleiben im Gedächtnis haften. Wozu sollte es sonst all die Gedichte geben?«

»Gibt es irgendwas Besonderes, was du mir sagen willst?« Genevieve fürchtete sich fast davor.

Er räusperte sich. »Ja. Deine Gran hat mir von dem Raubüberfall erzählt.«

Zum ersten Mal seit diese Unterhaltung begonnen hatte, drehte sie sich zu ihm und sah ihn an. »Aber *ich* habe dir doch davon erzählt.«

»Nein, Genevieve. Du hast mir nur das verraten, was du erzählen wolltest. Das ist nicht dasselbe. Warum hast du deiner Großmutter anvertraut, wie brutal die Einbrecher waren, mir aber nicht?«

Sie seufzte und war froh, dass sie Gran nicht alles offenbart hatte. »Weil ich dich nicht beunruhigen wollte. Du hattest schon genug Sorgen wegen Mum.«

»Das verstehe ich nicht. Ich bin dein Vater. Ein Vater ist dazu da, sich um seine Kinder zu kümmern, wenn sie in Not oder unglücklich sind.«

»Vielleicht hatte ich das Gefühl, dir im Laufe der Jahre schon genug Anlass zur Sorge gegeben zu haben.«

Sie sah ihm an, dass er ihr das nicht abnahm, aber er beließ es dabei. »Aber dir geht es doch gut, oder? Ich meine ...«

Genevieve setzte ein beschwichtigendes Lächeln auf. »Dad, mit mir ist alles in Ordnung. Ehrlich. Ich habe gelegentlich schlechte Träume, aber die werden mit der Zeit verschwinden.« Von den Horrorbildern, die sie noch Tage und Wochen nach dem Einbruch vor Augen gehabt hatte, von den Schlaftabletten, die sie geschluckt hatte, um die Alpträume abzuwehren, und davon, dass sie nicht allein sein konnte, sagte sie nichts. Das alles behielt sie für sich, fest entschlossen, diese Grauen hinter sich zu lassen. Und das Schlimmste hatte sie tatsächlich überwunden. Abgesehen von letzter Nacht schlief sie schon viel besser und die Angst vor dem Alleinsein war ganz verschwunden. Was für einen Sinn hätte es, Dad von alldem zu erzählen? Er würde sich nur schuldig fühlen, weil er nichts tun konnte, um ihr zu helfen.

Um das Gespräch auf ihn zu lenken, meinte sie: »Man hatte gestern den Eindruck, als kämst du mit Donna jetzt besser zurecht. Falls ich mich nicht täusche, habe ich sogar gesehen, wie du dich mit ihr unterhalten hast, und das nicht nur, als ihr beide die Gäste begrüßt und mit Champagner versorgt habt.«

Der Hauch eines Lächelns huschte über sein Gesicht. »Weil ich glaube, dass ich aus dem Schneider bin.«

»Wirklich?«

»Donna setzt jetzt auf ein anderes Pferd, könnte man sagen. Ich habe sie auf Tubby aufmerksam gemacht und ein paarmal erwähnt, dass er schon viel zu lange allein ist und dass er, auch wenn er es selbst nie zugeben würde, jemanden braucht, der sich um ihn kümmert.«

»Du bist ja ein hinterlistiger Kuppler, Dad! Deshalb ist Tubby also am Ende der Party hier aufgetaucht.«

»Ja. Ich habe ihn auf einen Drink eingeladen und die beiden zusammengebracht. Und Tubby hat, genau wie ich gehofft hatte, Donna angeboten, sie nach Hause zu bringen. Ich finde, sie wären ein großartiges Paar.«

»Ich bin beeindruckt.«

Das war sie tatsächlich. Auf seine stille Art hatte ihr Vater die Situation geschickter bereinigt, als es seine Töchter vermocht hätten. Donna und Tubby – diese Verbindung schien perfekt, und Genevieve fragte sich, warum sie und ihre Schwestern nicht darauf gekommen waren. Und hatte Polly nicht vorgeschlagen, dass sie einen Freund für Donna suchen sollten?

Genevieve schaute auf die Uhr. »Ich gehe besser ins Haus und mache Frühstück.«

Ihr Vater erhob sich ebenfalls. »Ich helfe dir.«

»Das brauchst du nicht. Ich komme schon klar.«

»Aber ich würde gern.«

»Mum hast du nie geholfen.«

Ihm fiel der Unterkiefer herunter. »Vielleicht hätte ich es tun sollen.«

Um etwas von dem Schaden, den sie angerichtet hatte, wieder gutzumachen, sagte Genevieve: »Oh, du weißt doch, wie Mum war – sie hatte die fixe Idee, dass in der Küche kein Platz für einen Mann ist.«

»*Ist*, Gen. Wie Mum *ist*. Bitte sprich nicht in der Vergangenheit von ihr.«

Genevieve hätte sich in den Hintern treten können. Zum zweiten Mal in nur zwei Sätzen hatte sie das Falsche gesagt. Was war los mit ihr?

Dad ging voran zum Haus und sie folgte ihm. Doch vorher sah sie, dass der Wanderer auf den Klippen stehen geblieben war und zum *Paradise House* herüberschaute. Trotz der Entfernung wusste sie, wer er war – Christian.

Gran kam nach dem Lunch, gerade als die Männer das abgebaute Zelt zu ihrem Van trugen. Sie stürzte sich regelrecht auf Genevieve und bot ihre Hilfe beim Aufhängen der Wäsche an.

»Ist schon gut, Gran. Warum setzt du dich nicht hin und genießt die Sonne? Irgendwo müssten ein paar Zeitungen liegen, wenn die Gäste sie nicht mitgenommen haben.« Sie versteckte sich hinter einem großen Bettbezug, weil sie Angst davor hatte, mit ihrer Großmutter allein zu sein, die heute ihre Unheil verheißende Gestapo-Gran-Miene aufgesetzt hatte. Genevieve hatte schon überlegt, wie lange es wohl dauern würde, bis sie sich blicken ließ. Andererseits würde Genevieve am liebsten gleich zum Angriff übergehen und ihre Großmutter fragen, warum sie ihr Versprechen gebrochen und mit Dad über sie getratscht hatte.

Gran beachtete den Vorschlag ihrer Enkelin gar nicht und bückte sich, um einen Kissenbezug aus dem Wäschekorb zu nehmen. Sie hängte ihn neben dem Bettbezug auf. »Ich habe ihn heute Morgen gesehen«, sagte sie.

»Wen hast du gesehen?«

Gran presste die Lippen zusammen und sah Genevieve einen langen, unbehaglichen Moment lang an. »Spiel nicht die Begriffsstutzige, Genevieve Baxter. Du weißt sehr gut, von wem ich spreche. – Jetzt hör auf, mit dieser Wäsche herumzuhantieren, und komm, ich muss mit dir reden.«

»Das würde ich gern, Gran, aber ich habe heute furchtbar viel zu tun«, gab sie zurück, schüttelte ein Handtuch aus und hängte es auf die Leine. Sie spürte, wie sich Grans Blick in ihren Rücken bohrte, als sie sich nach dem nächsten Wäschestück bückte, einem doppelt großen Leintuch, und die Ecken suchte. Aber Gran war ebenso geduldig wie entschlossen und schwieg, bis Genevieve wusste, dass es kein Entrinnen gab. »Okay«, sagte sie, nahm den leeren Korb und den Beutel mit den übrigen Wäscheklammern. »Ich gebe mich geschlagen. Worüber willst du mit mir sprechen?«

»Über dich.«

Das war keine Überraschung.

Statt ins Haus zu gehen, wo sich Nattie in der Küche ihr Henna anrührte, um sich den Haaransatz nachzufärben, oder in den Gästesalon, wo Polly Lily-Rose das Klavierspielen beibrachte, schlug Genevieve – auch um die Oberhand zu gewinnen – vor, dass sie sich auf die Terrasse setzten. Dort waren sie wenigstens vor Natties neugierigen Ohren und bissigen Bemerkungen sicher.

»In Abwesenheit deiner Mutter«, begann Gran, »ist es an mir, auf dich aufzupassen.«

»Gran, ich bin dreißig Jahre alt! Ich brauche niemanden, der auf mich aufpasst.«

»Das Alter spielt dabei keine Rolle. Glaubst du, ich habe jemals aufgehört, mir Sorgen um deinen Vater zu machen? Ich glaube einfach, ich würde es mir nie verzeihen, wenn ich tatenlos zusähe, wie du dich wieder krank machst.«

»O Gran …«

Ihre Großmutter gab ihr keine Gelegenheit, etwas darauf zu erwidern, und redete einfach weiter: »Nein, unterbrich mich nicht. Ich bin hergekommen, um dir etwas zu sagen, und gehe nicht wieder, ehe ich es losgeworden bin. Du bedeutest mir sehr viel, Gen, und ich würde alles tun, damit du glücklich wirst. Ich habe vor all den Jahren auch zu deinen Problemen beigetragen; deshalb ist es meine Pflicht, meine Verfehlungen in jeder nur erdenklichen Hinsicht wieder gutzumachen.« Sie machte eine Pause, um Luft zu holen.

Genevieve nutzte ihre Chance. »Gran, ich habe dir schon oft gesagt, dass du mit meinen damaligen Schwierigkeiten überhaupt nichts zu tun hattest. *Ich* habe sie verursacht. Es war meine Art, mit allem zurande zu kommen.

»Und wenn es wieder anfängt?«

»Glaubst du allen Ernstes, dass ich mich in einen verwirrten Teenager zurückverwandle, nur weil Christian hier in Angel Sands ist?«

»Es wäre doch möglich, nicht?«

Arme Gran. Sie war so umsichtig und besorgt. Aber sie irrte sich. Genevieve konnte ihre Befürchtungen verstehen, denn Gran hatte ihre älteste Enkelin seinerzeit bewusstlos im Badezimmer gefunden, den Notarzt angerufen und Ängste ausgestanden, dass Genevieve nicht überleben würde. Im Krankenhaus sagte man ihr und den Eltern dann, dass Genevieve monatelang ihren Körper bestraft hatte, indem sie ihm keine Nahrung hatte zukommen lassen, aber dass sie nicht in Lebensgefahr schwebte. Trotzdem fiel es ihrer Großmutter schwer zu glauben, dass sie durchkommen würde.

»Gran, ich bin gerührt, aber du brauchst dir wirklich keine Sorgen zu machen. Es geht mir gut.«

»Aber das Wiedersehen mit ihm könnte all die alten Erinnerungen aufrühren ... vielleicht kommen dir wieder Gedanken, die du längst hinter dir gelassen hast.«

Genevieve nahm die Hand ihrer Großmutter und drückte sie leicht. »Ich bin stärker, als du denkst, ehrlich. Ich weiß, dass du Christian als Auslöser meiner Krankheit ansiehst, das war er aber nicht und er ist es auch heute nicht. Ich bin nicht so labil, Gran. Wirklich. Ein Rückfall ist unwahrscheinlich – eher werde ich Poet Laureate. Oder Nattie gewinnt den Friedensnobelpreis.«

Gran zog ihre Hand zurück. »Gut. Dann bist du mir auch nicht böse, wenn ich dir sage, dass ich ein Treffen zwischen dir und Christian arrangiert habe.«

»*Was?*«

»Du hast mich schon verstanden. Er und ich, wir haben uns unterhalten.«

»Wann?«

»Genevieve, versuch doch, ein wenig mitzudenken. Ich habe dir erzählt, dass ich ihn heute Morgen gesehen habe. Im Zeitungsladen. Er sagte, er käme gerade von einem langen Spaziergang, weil er sich wieder mit der Gegend vertraut machen wolle.«

Also war er tatsächlich der Wanderer auf den Klippen gewesen. »Und was hat diesen Sinneswandel herbeigeführt, Gran? Gestern noch hast du ihn angesehen, als wolltest du ihn mit Blicken töten.«

»Er meinte, es gäbe einiges, was er dir sagen will, und ließ sogar das Wort ›Entschuldigung‹ fallen.«

»Und das hat er aus freien Stücken gesagt? Du hast ihn nicht gegen das Ladenfenster gedrängt und es aus ihm herausgepresst?«

Gran sah sie gekränkt an. »Es waren Zeugen anwesend, wenn du mir nicht glaubst. Tubby hat jedes Wort mit angehört.«

»Na, toll – das hat mir gerade noch gefehlt! Jetzt weiß im Umkreis von hundert Meilen jeder über meine Angelegenheiten Bescheid.« Sie hatte das Bild von ihrer Großmutter vor Augen, wie sie lautstark mit Christian sprach, weil sie sich vielleicht wie früher einbildete, dass er sie dann hören könnte. »Aber ich verstehe immer noch nicht, wieso du deine Meinung geändert hast. Jahrelang hast du es nicht einmal über dich gebracht, seinen Namen auszusprechen.«

»Man nennt das: einen Abschluss machen, Genevieve. Sie haben neulich in einer Talk-Show darüber geredet.«

Genevieve runzelte die Stirn. »Du meinst, die Sache ist noch nicht richtig abgeschlossen?«

Gran zuckte mit den Schultern. »Ein klärendes Gespräch kann jedenfalls nicht schaden. Ich hab ihm gesagt, er soll um vier Uhr herkommen.«

»Ausgeschlossen! Ich habe viel zu viel zu tun. Um diese Zeit kommen lauter neue Gäste an.«

»Das ist kein Problem. Dein Vater und Nattie können sich um sie kümmern.«

»Aber ich habe gesagt, dass ich den Tee für sie mache.«

»Und Tee machen ist so schwierig, dass das niemand anders übernehmen könnte? Gen, du suchst nach Ausflüchten – das passt gar nicht zu dir.«

Christian kam pünktlich – wie immer. In früheren Zeiten hatte er seine Schule dafür verantwortlich gemacht und gesagt, dass seine Lehrer Pünktlichkeitsfanatiker wären und ihren Schülern diese Tugend einbläuten. Doch heute sah Genevieve ihm an, dass ihn die Nervosität dazu getrieben hatte, um Punkt vier an der Tür des *Paradise House* zu klingeln.

Ein Spaziergang schien eine gute Idee zu sein.

Sie gingen schweigend den Weg zurück, den Christian gerade gekommen war, ins Dorf und dann bergauf in Richtung … wo sollten sie hingehen, wenn nicht zum Tawelfan Beach?

Als sie aus dem Wald kamen und auf Angel Sands heruntersahen, berührte Genevieve Christians Arm, um seine Aufmerksamkeit auf sich zu lenken. »Worüber wolltest du mit mir sprechen?«

»Macht es dir etwas aus, wenn wir uns hinsetzen? Dann können wir besser reden.«

»Hier oder am Tawelfan?«

»Hier, falls das für dich okay ist.«

Sie nickte.

Sie wichen vom Weg ab und fanden ein Fleckchen mit weichem, trockenem Gras, auf das sie sich setzen konnten. Für einen Moment ruhten ihre Blicke auf Angel Sands und *Paradise House*. Hier hat er heute Morgen gestanden, dachte Genevieve. Hat er mich beobachtet?

»Wann ist deine Familie hierher gezogen?«, wollte Christian wissen, dann nahm er die Sonnenbrille ab und steckte sie in die Hemdtasche.

Genevieve sah ein, dass ein gewisses Maß an Smalltalk angebracht war, und skizzierte kurz, wie sie nach Angel Sands gekommen waren. Zum ersten Mal entdeckte sie die Operationsnarbe an seinem Kopf.

»Und diese Hochzeitsfeier gestern – macht ihr so etwas regelmäßig?«

»Nein. Das war eine Ausnahme – Adams Idee. Manchmal kann er ein schrecklicher Tyrann sein. Aber er hat das Herz auf dem rechten Fleck. Er ist der Sohn, den mein Vater nie hatte, und er kommt mit mehr Dingen ungeschoren davon, als er sollte.«

»Von dem Wenigen, was ich gestern gesehen habe, scheint er gut zu euch zu passen.«

»Und du? Offensichtlich bist du Architekt geworden, wie du es immer wolltest. Wo wohnst du jetzt?«

»Ich bin oft umgezogen, aber zurzeit lebe ich in einem kleinen Ort, von dem du vermutlich noch nie etwas gehört hast. Stony Stratfort, das ist in …«

»Northamptonshire.«

Er verneigte sich. »Ich nehme alles zurück.«

»Ist schon gut. Vor langer Zeit hatte ich einen Freund, der wie besessen von der Formel 1 war. Er hat mich einmal nach Silverstone mitgenommen. – Und wohnst du in einem Wahnsinnshaus, das du selbst entworfen hast?«

»Nein. Bisher hatte ich noch keine Zeit für so was. Die Auftraggeber stehen meinen Träumen im Weg.«

»Auftraggeber wie Jonjo?«

»Er hält mich ganz schön auf Trab mit seinen Fitnesscentern, und jetzt die Scheune. Ja, er ist in letzter Zeit der Auftraggeber, der mich am meisten Zeit kostet, aber er ist auch ein guter Freund. Und wie wir alle wissen, nehmen sich Freunde die größten Freiheiten heraus. Sie nützen uns nach Strich und Faden aus.« Er senkte den Blick und beide mussten seinen Ausrutscher erst verdauen. »Nun ja, das ist auch eine Möglichkeit, auf das eigentliche Thema zu kommen«, sagte er.

Genevieve wünschte plötzlich, er würde nichts mehr sagen. Es war ziemlich angenehm gewesen, hier zu sitzen und sich zu erzählen, was sich in den letzten Jahren ereignet hatte. Wie zwei alte Freunde. Sie wäre zufrieden, wenn sie es dabei belassen könnten.

Aber Christians ernstes Gesicht verriet ihr, dass sie ertragen musste, was er zu sagen hatte.

23

Genevieve, ich weiß, dass es lange her ist, aber hast du jemals … hat dir Nattie von dem Brief erzählt, den sie mir geschrieben hat?«

»Nattie? Wann?«

Er schluckte und starrte auf das Gras zwischen seinen Beinen. »Als es dir nicht gut ging.« Sein Blick richtete sich wieder auf ihr Gesicht.

»Du wusstest von meiner Krankheit? Wie hast du davon erfahren?« Dann fiel langsam der Groschen: Nattie hatte ihm hinter ihrem Rücken geschrieben. Genevieve war verärgert. »Und was genau hat dir meine Schwester geschrieben?«

»Sie hat mir die Schuld daran gegeben, dass du so krank warst, dass du fast gestorben wärst.«

»Und du hast ihr geglaubt?«

»Was sollte ich schon glauben? Sie schrieb, dass du mit Blaulicht ins Krankenhaus gebracht wurdest, dass du etliche Wochen dort bleiben musstest und gehungert hast, bis du fast …«

Genevieve hob eine Hand, um ihn am Weiterreden zu hindern. »Okay, okay«, sagte sie, »ich habe verstanden. Und ehe du fragst – ja, ich lag mit einem Schlauch in der Kehle im Krankenhaus, und ja, ich war magersüchtig und musste lernen, wieder richtig zu essen und den Leuten zu vertrauen, die sagten, ein Mund voll Kartoffelbrei würde mich nicht umbringen.«

Sie beobachtete, wie er ihre Worte im Geiste zusammensetzte und zurückschreckte. »Ich hatte ja keine Ahnung«, sagte er. »Ich wusste nicht ... O Genevieve, es tut mir so Leid. Es tut mir entsetzlich Leid, dass ich dir das angetan habe.«

»Das hast du nicht«, erwiderte sie entschieden. »*Ich* hab mir das selbst angetan. Alles, was mir passiert ist, war ein Resultat meiner eigenen Entscheidungen und Handlungen. Es war, als hätte ich Drogen genommen: Was ich getan habe, hat mir das Gefühl gegeben, stark und unbesiegbar zu sein, obwohl ich in Wirklichkeit schwächer und schwächer wurde. Ich habe mir das alles selbst angetan, nicht du. Oder irgendjemand sonst.«

»Aber wenn ...«

»Nein. Kein Wenn und Aber. Gibst du deiner Mutter die Schuld daran, dass du taub bist? Nein, natürlich nicht. Und ich gebe niemandem die Schuld für meine Magersucht. Und nur der Vollständigkeit wegen – ich hatte auch bulemische Anfälle.« Sie wurde sich bewusst, dass sie die Stimme erhoben hatte und Christian regelrecht belehrte. »Sieh mal, das alles fing weit vor meinem siebzehnten Geburtstag an«, fuhr sie weniger hitzig fort, »nicht lange nach dem Tod meines Großvaters. Wie du siehst, hast du keinen Grund, dir Vorwürfe zu machen. Meine Probleme hatten nichts mit dir zu tun.«

Wieder konnte sie verfolgen, wie er im Kopf zusammensetzte, was sie gesagt hatte. Aber er schien ihr nicht zu glauben. »Es tut mir trotzdem Leid ... diese Sache mit ... in der Scheune deines Vaters.«

Genevieves Ton wurde sanfter. »Es ist schon gut, Christian, du kannst ihren Namen ruhig aussprechen. Rachel.«

Aber er bekam nicht mit, dass sie etwas sagte. »An diesem Tag … verdammt, ich weiß wirklich nicht, was ich da gemacht, was ich mir dabei gedacht habe.«

Genevieve zog eine Augenbraue hoch. »Beleidige mich nicht, Christian. Mir hast du zumindest den Eindruck vermittelt, genau zu wissen, was du getan hast.«

»Nein, so habe ich das nicht gemeint. Nicht *sie* hätte bei mir sein dürfen. Ich hätte mit dir zusammen sein sollen.«

Zum ersten Mal in diesem Gespräch geriet Genevieve ins Stocken und fand keine passende Antwort. Eine Woge sentimentaler Sehnsucht nach Christian überkam sie. Sie dachte daran, wie sie als naives Mädchen im Bett gelegen und davon geträumt hatte, dass mehr aus ihren Küssen und vorsichtigen Berührungen wurde. An manchen Tagen hatte ihr die Sehnsucht nach Christian regelrecht körperliche Schmerzen bereitet, ihre Haut hatte gekribbelt und vor Verlangen nach seinen Händen und Lippen gebrannt. Manchmal hatte sie an nichts anderes denken können.

Gewöhnlich gelang es Genevieve, sich während einer unerfreulichen Unterhaltung einfach abzuwenden und eine belanglose Antwort zu nuscheln, aber mit Christian war das nicht möglich. Vor ihm konnte sie sich nicht verstecken. Wenn sie mit ihm redete, musste sie ihm ins Gesicht sehen. Wie jetzt. »Bist du mit Rachel in Kontakt geblieben?«

»Nein!«, rief er vehement.

»Warum nicht?«

»Was meinst du, warum ich nichts mehr mit ihr zu tun haben wollte, hm?«

»Als wir das letzte Mal miteinander geredet haben, hat sie mir erzählt, du hättest sie eingeladen, bei dir in deiner Studentenbude zu wohnen.«

»Wieder eine ihrer Lügen.«

»Sie hat schon vorher gelogen?«

Christian zupfte ein paar Grashalme aus. »Damals habe ich nicht gemerkt, dass es eine Lüge war, aber auf deiner Party hat sie mir gesagt, dass du dich auch noch mit einem anderen Jungen triffst; dass du mich schon seit über einem Jahr an der Nase herumführst.«

Genevieve war entsetzt. Ihr gegenüber hatte Rachel behauptet, Christian hätte sie angebaggert und den Blick – oder die Finger – den ganzen Abend nicht von ihr lassen können. Instinktiv wusste Genevieve jetzt, wem sie glauben konnte, aber sie konnte Christian nicht einfach so ungeschoren davonkommen lassen. »Und deshalb wolltest du es mir heimzahlen und hast mit meiner besten Freundin geschlafen? War es das? Mich zu fragen, was an der Sache dran war, ist dir wahrscheinlich nicht eingefallen.«

»Ich war wütend und wollte dich verletzen.«

»Das ist dir gelungen, glaub mir.«

Sie verfielen in Schweigen. Der Schrei einer Möwe erfüllte die Luft, während sie beide aufs Meer hinaussahen. Im gleißenden Sonnenlicht war die Grenze zwischen Himmel und Meer verschwommen. So verschwommen wie die Wahrheit. Oder das, was sie beide für die Wahrheit gehalten hatten.

Genevieve berührte leicht Christians Arm. Er drehte ihr das Gesicht zu. »Wieso hast du ihr geglaubt, Christian? Warum hast du mir zugetraut, dass ich dir so etwas antue?«

Er spielte mit seiner Uhr, fuhr mit dem Finger unter dem Stahlband hin und her, als würde es seine Haut reizen. Schließlich sagte er: »Sagen wir, es war zu viel Alkohol … und kolossale Unsicherheit im Spiel.«

»Du? Unsicher? Niemals!«

Er legte den Kopf zur Seite und runzelte die Stirn. »Du hast immer gedacht, ich sei sehr selbstbewusst, stimmt's?

Aber denk mal nach. Ich war immer ein Außenseiter, der taube Streber, den man beim Spielen auf der Straße nicht brauchen konnte.« Er lächelte wehmütig. »Heutzutage würde man jemanden wie mich einen vergeistigten Freak nennen. Du warst damals mein bester Freund, der einzige Mensch, in dessen Gegenwart ich mich wirklich wohl fühlte. Du hast mich ohne Vorbehalte akzeptiert. Und du hast nie übertriebene Rücksicht auf mich genommen. Von dem Moment an, in dem du mich bei unserem allerersten Zusammentreffen ins Wasser geschubst hast, wusste ich, dass wir auf einer Wellenlänge sind.«

Genevieve stellte sich die Szene und das Grinsen auf seinem Gesicht vor, als er ihr zurief, dass sie lauter sprechen müsse. »So habe ich das nie gesehen. Verglichen mit mir, ist dir das Selbstbewusstsein nur so …« Sie zögerte, als ihr klar wurde, wie unpassend das war, was sie eigentlich sagen wollte.

»… aus den Ohren gekommen?«, beendete er den Satz für sie. »Bloß keine Hemmungen oder *political correctness* mir gegenüber, Genevieve. Alles, nur das nicht.«

Sie lächelte und entspannte sich ein bisschen. »Ich wollte damit nur sagen, dass ich mir immer gewünscht habe, deine Selbstsicherheit zu haben. Du hast dich von nichts unterkriegen lassen. Das klingt vielleicht übertrieben, aber ich hatte Ehrfurcht vor dir. Erinnerst du dich an den Tag, an dem wir in den Sanddünen waren und …« Wieder hielt sie inne, weil sie die Reminiszenzen fast zu weit getrieben hätte.

»Sprich weiter.«

»Nein. Ich hätte beinahe etwas Dummes gesagt, etwas, was ich bereuen würde.«

»Du denkst an den Tag am Strand, als wir uns zum ersten Mal geküsst haben, stimmt's?«

Sie nickte.

»Und später hast du mir von dem Lied aus dem Radio erzählt – ›The Wonder of You‹.«

Sie schreckte zurück. »Bitte bring mich nicht in Verlegenheit.«

»›*When no one else can understand me, when everything I do is wrong, you give me hope and consolation, you give me strength to carry on.*‹«

Genevieve sah ihn an. »Du erinnerst dich an den Text?«

»Natürlich. Er hat mir so viel bedeutet wie dir. Was glaubst du, warum ich dir die CD geschenkt habe?«

Dem schien Genevieve nichts hinzufügen zu können. »Es wird spät, ich sollte zurückgehen. Heute treffen neue Gäste ein.«

Sie stand schon fast, als er die Hand ausstreckte. »Bitte, können wir noch ein bisschen bleiben? Es kommt mir so vor, als ob wir uns noch viel zu sagen hätten.«

Aber Genevieve hatte genug. Mehr als genug. »Wir können uns auch ein anderes Mal unterhalten«, erwiderte sie leichthin.

Auf dem Rückweg sagte Christian: »Genevieve, du hast mich nicht gefragt, warum ich nicht versucht habe, nach Natties Brief wieder mit dir in Kontakt zu treten.«

»Ich kann mir gut vorstellen, dass das etwas mit der Art ihrer Botschaft zu tun hatte. Nattie kann, wie du dich sicher erinnerst, sehr bestimmend sein, wenn sie will.«

»Ich war nicht feige«, sagte er und streckte wieder eine Hand aus, um Genevieve festzuhalten.

Sie standen am Strand von Angel Sands, umgeben von Urlaubern, die die späte Nachmittagssonne genossen. Es herrschte Ebbe und etliche Autos mit Allradantrieb standen im seichten Wasser, Jetskis und Motorboote wurden mit Seilwinden auf Trailer gehoben. Einer der Männer brüllte eine Frau rüde an und forderte sie auf, ihm zu helfen, und Genevieve sah in seine Richtung. Das war das

Einzige, was sie und alle anderen im Dorf an Angel Sands nicht mochten: Die Leute mit den Motorbooten waren proletenhaft und laut. Sie protzten am Strand mit ihren schicken Autos und den stinkenden Booten, als wären sie die Besitzer, dabei hatten sie sich die Boote nur geliehen. Sie spürte, wie Christian die Hand von ihrem Arm nahm, und sah zu ihm zurück.

»Entschuldige«, sagte sie. »Ich habe nur gerade gedacht, wie schön der Strand ohne all dem Lärm wäre.«

»Ah, das ist das Positive an meiner Taubheit.«

Genevieve sah, dass er lächelte, und tat es ihm gleich. »Ich habe dich nie für feige gehalten, falls du dir deswegen Sorgen machst.«

Er schien Schwierigkeiten zu haben, sie zu verstehen, und es dauerte eine Weile, bis er antwortete. »Ich habe Nattie zurückgeschrieben«, sagte er schließlich, »und sie gebeten, dir etwas auszurichten, aber sie hat den Brief – genau wie du alle anderen – ungeöffnet zurückgeschickt. Sie hat mir unmissverständlich klar gemacht, dass ich nie wieder in Verbindung mit dir treten solle und dass dich jeder weitere Kontakt mit mir wieder krank machen würde. Ich habe mich verantwortlich gefühlt für das, was passiert ist, aber ich hatte keine Möglichkeit, dir zu helfen. Also hielt ich mich an Natties Anweisung. Ich habe mich nicht mehr gemeldet, gehofft, dass du dich erholst, und mir eingeredet, dass ich das Richtige tat. In meinem ganzen Leben habe ich mich nie so schuldig gefühlt.«

Genevieve wusste nicht, ob sie wütend wegen Natties Einmischung oder gerührt sein sollte, weil sie so fürsorglich gewesen war. »Tja, Ende gut, alles gut. Komm, ich muss jetzt wirklich nach Hause.«

Als sie vor dem *Salvation Arms* standen, sagte Christian: »Genevieve, kann ich dich wiedersehen, solange ich mit Jonjo hier bin?«

»Okay. Wenn du das willst.«

Sie sah seinem Gesicht an, dass er sich eine andere Reaktion erhofft hatte. Was erwartete er? Helle Begeisterung?

»Möchtest du morgen mitkommen und dir Jonjos Scheune ansehen? Wenn das Wetter schön ist und du Zeit hast, könnten wir zu Fuß gehen und ein Picknick mitnehmen. Ich wüsste gern, was du von meinen Ideen hältst.«

Genevieve zögerte und versuchte, sich ins Gedächtnis zu rufen, was sie morgen alles zu erledigen hatte. Sie war überzeugt, da war irgendetwas – dann fiel es ihr wieder ein. »Tut mir Leid, aber das müssen wir verschieben. Ich habe Lily-Rose versprochen, morgen etwas ganz Besonderes mit ihr zu unternehmen.«

»Oh.« Christian wirkte enttäuscht. Aber dann hellte sich seine Miene auf. »Warum bringst du sie nicht mit? Meinst du, ein solcher Ausflug würde ihr gefallen?«

Nachdem sie sich verabschiedet hatten, ging Genevieve allein weiter zum *Paradise House*. Als sie losgegangen war, hatte sie ihre Großmutter noch wegen ihrer Eigenmächtigkeit verflucht, jetzt war sie fest entschlossen, ein ernstes Wörtchen mit Nattie zu reden. Ihre Schwester hatte die Grenze definitiv überschritten, auch wenn das im Grunde nichts Neues war.

Doch als Genevieve um das Haus herumging, waren alle Gedanken an Grans und Natties Einmischung vergessen. Im Garten saß Jonjo mit Polly und hatte den Arm verstohlen hinter ihrem Rücken auf die Lehne der Holzbank gelegt. Eine gefährliche Mischung aus Bewunderung und Schalkhaftigkeit zeichnete sich auf seinem hübschen Gesicht ab. Genevieve konnte nicht leugnen, dass die beiden ein wunderschönes Paar abgaben. Die zarte, blonde Polly wirkte neben dem dunkelhaarigen, gutaussehenden Jonjo noch ätherischer als sonst. Um zu sagen, ob sie auch sonst zusammenpassten, war es noch zu früh. Allerdings hatte Genevieve nach der kurzen Begegnung mit Jonjo den Verdacht, dass die beiden Welten trennten.

»Polly, ich hatte dich eigentlich erst nach sechs Uhr zurückerwartet«, sagte Genevieve.

»Oh, hallo, Genevieve. Meine letzte Unterrichtsstunde in Milford Haven wurde abgesagt, deshalb bin ich früher nach Hause gegangen.«

»Zum Glück«, sagte Jonjo, »sonst wäre ich umsonst hergekommen.«

Eine leichte Röte hatte Pollys Gesicht überzogen, als sie Genevieve sah, aber Jonjo blieb gänzlich ungerührt – er ließ den Arm, wo er war, setzte sich nicht einmal aufrechter hin und vermittelte ganz den Eindruck, als sei er ein guter alter Freund der Familie.

»Wie war Ihr Spaziergang mit Christian?«, erkundigte er sich. »Ich hoffe, Sie haben ihn bis zum Hals in den Sand eingegraben. Seit gestern Nachmittag ist er einfach unausstehlich. Können Sie mir vielleicht verraten, was diese miese Laune verursacht hat?«

Genevieve hatte das Gefühl, dass Jonjo selten eine Antwort auf seine Fragen erwartete. Sie wollte ihm und Polly etwas zu trinken anbieten, aber er kam ihr mit einem eigenen Vorschlag zuvor.

»Ich wollte Ihre bezaubernde Schwester überreden, sich morgen mein neues Heim anzusehen. Meinen Sie, Sie könnten mir helfen, sie für mein Vorhaben zu gewinnen? Oh – ich weiß! Sie könnten doch auch mitkommen, oder?«

Genevieve erzählte von Christians Einladung, die auch für Lily-Rose galt.

Jonjo wandte sich an Polly, strahlte wie ein kleiner Junge, dem man erlaubt hatte, heute länger aufzubleiben, und rief: »Na bitte! Es ist also abgemacht. Jetzt müssen Sie ja sagen, Polly!«

»Ich dachte schon, du würdest den armen Mann gar nicht mehr von seinen Qualen erlösen«, sagte Genevieve, als sie sich von Jonjo verabschiedet hatten und nach Henry und Morwenna sahen.

»Ich habe ihn nicht hingehalten, falls du das meinst.«

»Das habe ich auch nicht behauptet. Aber dir ist doch klar, dass er hinter dir her sein wird, bis er bekommt, was er will?«

»Na ja, das hängt davon ab, was er will und ob ich es habe. Wie war dein Spaziergang mit Christian?«

»Hm ... interessant.«

Nattie hätte nicht lockergelassen und nachgehakt. »Interessant? Was soll das heißen?« Aber Polly wandte nie derartige Verhörtechniken an – nicht aus Gleichgültigkeit, sondern weil sie ihre Mitmenschen nie bedrängte und der Ansicht war, dass sie selbst entscheiden sollten, was sie preisgeben wollten.

Sie schlenderten durch den Obstgarten zurück zum Haus, und Polly setzte sich im Salon ans Klavier, um eine Stunde zu üben. Normalerweise hielten sich dort um diese Zeit immer einige Stammgäste auf – in der Hoffnung, dass Polly ihnen etwas vorspielte, aber heute war niemand da und Genevieve ließ ihre Schwester allein.

Mit »interessant« war die Stunde, die sie mit Christian verbracht hatte, perfekt beschrieben. Da es keine Berührungspunkte zwischen ihnen gegeben hatte – keine gemeinsamen Freunde, die irgendwelchen Klatsch hätten weitertragen können –, war Genevieve nie in den Sinn gekommen, dass Christian etwas von ihrer Krankheit gewusst haben könnte. Nicht einmal Rachel konnte ihm davon erzählt haben, da sie schon weggezogen war, als Genevieve ins Krankenhaus gebracht worden war.

Typisch für Nattie, dass sie die Sache in die Hand genommen hatte.

Aber Genevieve blieb keine Gelegenheit, sich zurechtzulegen, wie sie ihrer Schwester die Leviten lesen sollte, denn als sie die Tür zur Küche öffnete, erwartete sie ein heilloses Durcheinander. Nattie hatte sich bereit erklärt, den Nachmittagstee für die ankommenden Gäste zuzubereiten, und wie zum Beweis, dass sie Wort gehalten hatte, hatte sie all das schmutzige Geschirr in der Küche stehen lassen, als würde es allein den Weg in die Spülmaschine finden. Zwei dicke Schmeißfliegen labten sich an den Resten des Ingwerkuchens, den Genevieve am Morgen gebacken hatte. »Wenn etwas davon übrig bleibt, dann gib es in die Kuchendose«, hatte sie ihrer Schwester eingeschärft. »Lass es nicht herumstehen, sonst glauben die Fliegen, sie seien im siebten Himmel.«

Genevieve war so wütend auf Nattie, dass sie gute Lust gehabt hätte, den Kuchenteller mitsamt Kuchen an die Wand zu werfen. Und sie hätte es bestimmt getan, wenn sie sich damit nicht noch mehr Arbeit aufgehalst hätte.

24

Für Genevieve war ein Picknick gleichbedeutend mit Sandstränden und lebhaften Sommertagen. Als sie die Eier-Mayonnaise-Brötchen mit Salz und Pfeffer würzte (nicht mit schwarzem Pfeffer, der machte die Mayonnaise unappetitlich grau), dachte sie daran, dass Christian und ihre Essstörung für immer untrennbar miteinander verwoben waren: Sie wäre niemals imstande, an das eine zu denken, ohne sich auch an das andere zu erinnern. Aber sie hatte das, was sie gestern gesagt hatte, ernst gemeint: Nicht Christian, sondern ihre mangelnde Selbstachtung war die Ursache ihrer Probleme gewesen. Christian war eher zufällig in das Chaos ihrer pubertären Verirrungen verstrickt worden. Sich von all den Schwierigkeiten zu befreien, war ein langer, schmerzlicher Prozess, aber sobald sie ihre Unsicherheit abgeschüttelt und der Ständigen Begleiterin den Garaus gemacht hatte, genoss sie das Leben wie nie zuvor. Die Freiheit, die sie gewann, als sie lernte, loszulassen und nicht zu hart mit sich selbst ins Gericht zu gehen, war unglaublich.

Sie riss Stücke von der Frischhaltefolie ab, wickelte die Brötchen darin ein und legte sie in den Korb. Außerdem packte sie eine verschließbare Dose mit Kartoffelsalat, Kirschtomaten und die Lachs-Broccoli-Quiche, die sie gestern Abend noch gemacht hatte, einen mit Folie abgedeckten Teller mit Schoko-Brownies, ein paar Tetrapaks von Lily-Rose' Lieblingssaft, Chips, Teller, Gläser und Besteck ein. Christian hatte angeboten, sich um den Wein und andere Getränke für die Erwachsenen zu kümmern. Das war auch gut so, denn Genevieve konnte den Korb ohnehin kaum vom Tisch heben.

Sie hörte, dass Donna oben staubsaugte. Die Gäste hatten dankenswerterweise das Haus schon vor Stunden verlassen, so dass Donna und Genevieve die Zimmer und Bäder sauber machen konnten. Da das Picknick vorbereitet war und Christian mit Jonjo erst in zehn Minuten hier sein wollte, ging Genevieve hinauf, um nach Polly und Lily-Rose zu schauen. Als sie Lily das letzte Mal gesehen hatte, waren ihre blonden Locken zerzaust gewesen und wie Zuckerwatte von ihrem Kopf abgestanden. Sie hatte geheult und lautstark von ihrer Mutter gefordert, sie zu kämmen, bevor sie mit Daddy Dean und Tubby zu der Möbelauktion nach Pembroke fuhren.

Genevieve fand ihre jüngste Schwester und ihre Nichte – deren Haar mittlerweile gezähmt war – im oberen Flur. Lily-Rose trug ein orangefarbenes Röckchen, ein dunkelrotes T-Shirt, rote Sandalen und eine gelbe Sonnenbrille und stopfte ein Stofftier in ihren kleinen Rucksack, der schon so prall gefüllt war, als hätte sie Sachen für vierzehn Tage Ferien eingepackt.

»Ich war ja der Meinung, dass ein Teddy genügt«, erklärte Polly, während sie half, den Reißverschluss des Rucksacks zuzuziehen, »aber sie konnte sich nicht entscheiden, welchen sie mitnehmen soll, deshalb hat sie jetzt alle dabei.«

Lily-Rose schwang sich den Rucksack über die Schulter – er hatte die Form eines Schmetterlings, und es sah aus, als wären dem kleinen Mädchen Flügel gewachsen –, rückte ihre Sonnenbrille zurecht und streckte die Brust mit einem strahlenden Lächeln heraus. »Ich bin fertig«, verkündete sie.

Sie waren auf der Treppe, als die Türglocke läutete. Genevieves Herz machte einen kleinen Satz wie früher, wenn sie Christian erwartet hatte.

Jonjo verwarf den Plan, zu Fuß zu Ralphs Scheune zu gehen.

»Es macht mir nichts aus, Lily-Rose zu tragen, wenn sie müde wird«, sagte er, »aber ein Schwächling wie Christian könnte diesen Korb keine zwei Sekunden schleppen. Was haben Sie da drin, Genevieve? Einen Mikrowellenherd?«

Wieder schien er keine Antwort zu erwarten. Er öffnete den Kofferraum seines Landrover Discovery und verstaute den Picknickkorb. »Also dann«, wies er an, »Polly sitzt vorn neben mir und ihr anderen könnt es euch auf dem Rücksitz bequem machen.«

Genevieve sah eine neue Seite von Jonjo und wechselte einen Blick mit Christian. »Was soll dieser Befehlston?« Sie formte die Worte mit den Lippen.

»Solche Anwandlungen hat er hin und wieder. Tu einfach so, als wäre er gar nicht da.«

»Christian, ich habe dir schon einmal gesagt, dass nicht alle taub sind, also behalt deine Beleidigungen für dich. Gut, dann machen wir uns auf den Weg.«

Ohne auf seinen Freund zu achten, sagte Christian: »Er ist aufgeregt, weil er mit seinem neuen Haus angeben darf. So führt er sich immer auf, wenn er ein neues Projekt in Angriff nimmt. – Kann ich dir helfen?«

»Es geht schon«, sagte Genevieve, die sich mit Lily-Rose' Sicherheitsgurt abmühte. Die Kleine hatte sich geweigert, den Rucksack abzunehmen, und jetzt wurden die Flügel zusammengequetscht. »So, das war's.«

Ralphs Scheune war etwa eine halbe Meile vom Tawelfan Beach und einen Steinwurf weit vom *Pendine Cottage* weg. Als sie über den holprigen Feldweg fuhren, fragte Genevieve Christian, ob er irgendwann wieder hergekommen war, um sich das Haus anzusehen.

»Nein. Nie.«

»Und als du mit Jonjo die Scheune besichtigt hast?«

»Er war allein hier. Ich habe die Scheune vorgestern zum ersten Mal zu Gesicht bekommen.«

»Was wird dahinten auf den billigen Plätzen getuschelt?«

Als Christian nicht antwortete – wahrscheinlich hatte er gar nicht bemerkt, dass sein Freund etwas gesagt hatte –, sprang Genevieve ein: »Ich wollte gerade von Christian wissen, warum er die Scheune nicht besichtigt hat, als Sie sie gekauft haben.«

»Eine gute Frage, Genevieve. Es hat mich viel Mühe gekostet, ihn dazu zu bewegen, diesen Auftrag überhaupt anzunehmen. Sie hätten sein Gesicht sehen sollen, als ich ihm die Einzelheiten und den Standort des Objektes auf der Karte gezeigt habe. Er hat sogar versucht, mir den Kauf auszureden, und mir geraten, mich in Cornwall oder Devon nach etwas Geeignetem umzuschauen. Aber ich habe ihm klar gemacht, dass ich genau hier mein ländliches Schlupfloch haben möchte. Ich war einmal als Junge hier und wusste immer, dass ich zurückkommen würde.«

Christian hatte von diesem Gespräch nichts mitbekommen – er starrte aus dem Fenster. Genevieve grübelte, warum es ihm so widerstrebt hatte, diesen Ort seiner Vergangenheit zu besuchen.

Als sie zur Scheune kamen, schreckten sie mit dem Türenschlagen zwei Krähen auf, die auf dem Dach gesessen hatten. Der baufällige Schuppen sah nach nicht viel aus, aber Genevieve wusste, dass man ihn mit sorgfältiger Planung und viel Geld in ein wunderschönes Haus umbauen konnte. Insbesondere der Ausblick von der Rückseite des Gebäudes war atemberaubend. Und obwohl sie noch nie ein von Christian entworfenes Haus gesehen hatte, spürte sie instinktiv, dass er ein großartiger Architekt war. Nattie würde enttäuscht sein, dass er ihr keinen Grund für ihre »Rettet die Umwelt«-Aktionen gab.

Jonjo ging voran. Zum Glück hatte es schon lange nicht mehr geregnet, denn sonst wäre der Boden aufgeweicht und matschig gewesen. Wo man nicht die blanke Erde sah, wucherten Brennnesseln und Dornengestrüpp.

»Bitte«, sagte Jonjo, nachdem er eine große Milchkanne beiseite gestellt und die eine Hälfte des riesigen Doppeltores geöffnet hatte. »Was halten Sie davon?«

Die Frage war eindeutig an Polly gerichtet. Genevieve ging in die Mitte der düsteren Scheune. Sonnenstrahlen drangen durch die Löcher und Ritzen im Dach und der Geruch nach Feuchtigkeit, Staub und vermodertem Heu kitzelte Genevieve in der Nase. In einer Ecke lagen in Spinnweben gehüllte alte, rostige Geräte, Gummireifen und zerrissene Abdeckplanen. Es war alles andere als inspirierend.

Christian kam zu ihr. Ein Sonnenstrahl schien auf sein Gesicht und sie sah die grünen und goldenen Flecken in seinen Augen. Sie hatte ganz vergessen, dass seine Augen so viele Farben hatten. Da er schwieg, ergriff Genevieve das Wort. »Ich erinnere mich, dass du einmal gesagt hast, dies wäre genau die Arbeit, die du gern machen würdest – Scheunen zu Wohnhäusern umbauen.«

Er sah sie konzentriert an. »Daran erinnere ich mich auch. Das habe ich am Nachmittag deines Geburtstags gesagt.«

Plötzlich hatte sie wieder die Szene in der Scheune ihres Vaters vor Augen und sie wandte sich verlegen ab. Zum Glück machte Jonjo den Vorschlag, die Umgebung zu erkunden.

Der Blick von der Rückseite der Scheune war so bombastisch, wie Genevieve es sich vorgestellt hatte. Nur ein schmaler, leicht abschüssiger Streifen Heide und die Sanddünen hinter dem Naturstrand trennten das Grundstück vom Meer. Es war wunderschön. Genevieve wandte sich zu Christian und sah ihm an, dass er dasselbe dachte.

»Ich werde die Wohnbereiche im oberen Stockwerk unterbringen«, sagte er und warf einen Blick zurück auf die Scheune. »Von allen Schlafzimmern wird eine Tür direkt in den Garten führen. Das große Schlafzimmer bekommt die aufgehende Sonne ab und vom Wohnzimmer aus kann man den Sonnenuntergang sehen.«

»Das klingt gut.«

»Danke. Die meisten Räume sollen offen sein. Ich möchte das natürliche Licht so gut wie möglich ausnützen und die Landschaft mit einbeziehen. Ich mag keine Häuser, die die Menschen von der Umgebung ausschließen. Das ist das Problem bei vielen Gebäuden: Die Mauern und Türen begrenzen den verfügbaren Raum.«

»Würdest du dir wünschen, das Haus für dich selbst zu entwerfen?«, fragte Genevieve, als sie zum Auto zurückgingen, um den Picknickkorb und die Getränke zu holen. Jonjo und Polly gingen voraus, Lily-Rose, die seit dem Aufbruch von zu Hause ungewöhnlich still war, hielt Genevieves Hand und warf Christian hin und wieder verstohlene Blicke aus den Augenwinkeln zu.

Er blieb stehen und drehte sich um. »Ja, das ist so ziemlich das, was ich für mich auch gern hätte.«

»Und wird das deine Entscheidungen bei der Arbeit beeinflussen?«

»Könnte sein. Aber es ist mein Job, objektiv zu bleiben und den Geschmack des Klienten mehr als meinen eigenen zu berücksichtigen.«

»Und hat dieser spezielle Klient einen guten Geschmack?«

Er lachte, und erst jetzt fiel Genevieve auf, wie ernst er die ganze Zeit gewesen war. »Ob du's glaubst oder nicht, Jonjo hat einen guten Geschmack. Sieh dir an, wie angetan er von Polly ist.«

Die schnoddrige Bemerkung veranlasste Genevieve zu der Frage: »Du hast ihm doch hoffentlich gesagt, dass er es mit Nattie und mir zu tun bekommt, wenn er etwas ... etwas Dummes macht, oder?«

Die Heiterkeit wich aus Christians Gesicht, aber er sagte nichts dazu.

Sie gingen weiter und beobachteten Polly, die sich in Jonjos übermächtiger Gesellschaft ziemlich wohl zu fühlen schien. Genevieve berührte leicht Christians Arm, damit er sie ansah. »Ich habe das Gefühl, dass Jonjo nichts von unserer gemeinsamen Vergangenheit weiß. Hab ich Recht?«

»Ja.«

»Warum hast du ihm nichts erzählt?«

Er steckte die Hände in die Hosentaschen und runzelte die Stirn. »Weil es ihn nichts angeht.«

Das war keine befriedigende Erklärung, aber Genevieve verfolgte das Thema nicht weiter – nicht solange Lily-Rose sie an der Hand zog, weil sie die anderen einholen wollte.

Sie picknickten in den Dünen, an einem ruhigen, geschützten Platz. Eine leichte Brise wehte über das Dünengras. Lily-Rose hatte ihre Scheu vor Christian und Jonjo verloren, saß im Schneidersitz zwischen den beiden und legte sich heimlich mehr Chips auf ihren Teller, wenn sie glaubte, dass niemand hinsah. Selbst Christian machte jetzt einen entspannteren Eindruck und erzählte Polly, wie er und Jonjo sich kennen gelernt hatten.

»Es war Liebe auf den ersten Blick«, scherzte er, »wir sahen uns quer durch ein überfülltes Fitnessstudio an …«

»Hey!«, fiel ihm Jonjo ins Wort. »Es war nicht irgendein Fitnessstudio, das solltet ihr wissen. Es war das erste, das ich eingerichtet habe. Mein ganzer Stolz. Und dieser arrogante Bastard erklärte mir, dass es grauenvoll wäre und dass er jemanden kennen würde, der etwas richtig Gutes daraus machen könnte.«

»Pass auf, was du sagst«, warnte Christian mit einem Blick auf Lily-Rose. »Das Erste, was ihr über diesen Burschen wissen solltet, ist, dass er jeden, der ihm widerspricht oder auf einem Gebiet mehr als er weiß, automatisch als selbstgerechten Besserwisser einstuft.«

Jonjo grinste. »Kann ich was dafür, dass ich eine so gute Menschenkenntnis habe?«

»Hast du mich deshalb beauftragt, dein zweites Fitnesscenter zu entwerfen?«

»Das war ein Moment der Schwäche.«

»Und wie war es mit den nächsten sechs Studios?«

Genevieve lächelte Polly zu und nahm, als Lily-Rose abgelenkt war, die Hälfte der Chips von ihrem Teller. Dann sah sie Christian an. »Hast du dich darauf spezialisiert, kommerziell genutzte Objekte zu entwerfen?«

»Ursprünglich war das nicht mein Plan, aber auf diesem Gebiet gibt es viele Aufträge und die Arbeit ist abwechslungsreich.«

»Was so viel heißt wie: Die Arbeit ist lukrativ, weil man hart arbeitende Typen wie mich nach Strich und Faden ausnehmen kann«, warf Jonjo ein.

»Hast du ein eigenes Architekturbüro?«, wollte Polly wissen.

»Nein, leider nicht. Ich denke immer wieder darüber nach, aber irgendwie ist der richtige Zeitpunkt noch nicht gekommen, den Sprung ins kalte Wasser zu wagen. Ich arbeite für ein mittelgroßes Büro und habe die Aussicht, eines Tages Partner zu werden.«

Jonjo schnalzte missbilligend mit der Zunge. »Ich sage ihm immer wieder, dass er sich selbstständig machen soll, wie ich es auch getan habe, aber er ist vorsichtiger, als gut für ihn ist. Polly, wie wär's mit noch einem Glas Schampus, bevor wir einen kleinen Spaziergang machen?«

»Ich will auch mitgehen«, meldete sich Lily-Rose zu Wort. Sie schob ihren Teller weg und sprang auf.

»Nicht so hastig, Schätzchen«, beschwichtigte Genevieve. »Erst solltest du noch etwas essen. Du hast bis jetzt nur ein paar Chips gefuttert.«

Lily-Rose schüttelte den Kopf und stemmte die Hände in die Hüften – eine typische Nattie-Pose.

»Ist schon gut, Gen«, sagte Polly. »Ich bin sicher, Jonjo hat gegen ein bisschen mehr Gesellschaft nichts einzuwenden.«

Geschickter Schachzug, dachte Genevieve, als sie beobachtete, wie ihre Schwester – die heute ein besonders hübsches Kleid vom Flohmarkt trug – ihre kleine Anstandsdame an die Hand nahm. Falls Jonjo enttäuscht war, dass ihm ein romantischer Spaziergang am Strand verwehrt blieb, ließ er sich nichts anmerken. Er ergriff Lily-Rose' andere Hand und sagte: »Christian, benimm dich, solange wir weg sind.«

»Du musst sehr stolz auf sie sein«, sagte Christian, als er und Genevieve allein waren.

In dem Glauben, dass er von Polly und ihrem Manöver, Jonjo unschädlich zu machen, sprach, erwiderte Genevieve: »Das bin ich. Polly mag die stillste und am wenigsten weltgewandte Baxter sein, aber sie ist eindeutig die klügste.«

Er zog die Stirn kraus. »Ich rede nicht von Polly, ich meine deine Tochter. Sie ist wirklich süß. Wie alt ist sie?«

Genevieve sah ihn erstaunt an. »O nein! Nein, du irrst dich, ich bin nicht die Mutter von Lily-Rose. Sie ist Natties Kind.«

»Nattie? Aber du … auf der Party … du und Adam und Lily-Rose …«

Genevieve versuchte, sich den Moment im Garten von *Paradise House* ins Gedächtnis zu rufen, als sie von Lily-Rose gesprochen hatte. Offenbar hatte er ihre Lippen nicht gesehen. Natürlich, das war's! Er hatte Lily angesehen und nicht mitbekommen, dass sie das kleine Mädchen als Natties Tochter vorgestellt hatte. Bevor sie alles aufklären konnte, fuhr Christian fort: »Aber Adam und du … ihr seid verheiratet, richtig?«

Sie lachte. »Absolut nicht.« Sie erzählte ihm, dass Adam hoffnungslos in ihre Schwester verliebt war. »Er ist verrückt und das sage ich ihm auch immer wieder.«

»Aber ihr beide …«, er machte eine Pause, als müsste er nach den richtigen Worten suchen. »Ihr habt wie ein Paar ausgesehen. Ich war überzeugt, dass ihr verheiratet seid.«

»So blödsinnig das auch klingen mag, aber wir sind nur gute Freunde. Nattie macht ihm das Leben schwer, und ich biete ihm die Schulter, an der er sich ausweinen kann.«

»Und du bist nicht … irgendwie interessiert an ihm?«

»Was soll das werden? Willst du mich verkuppeln?«

Jetzt lachte er und schien endlich ein wenig lockerer zu werden. »Ich würde nicht einmal im Traum daran denken. Wie wär's mit noch einem Schluck von Jonjos Champagner, solange er es nicht sieht?«

Sie hielt ihm ihr Glas hin. »Ist es nicht sehr dekadent, Champagner am Strand zu trinken? Ein ziemlicher Kontrast zu den Coladosen, die wir früher immer geleert haben.«

»Jonjos Schwäche für große Gesten ist legendär. Ich hatte eine Flasche Wein besorgt, aber der war ihm nicht gut genug. Er sagte: ›Mit diesem Fusel stoße ich doch nicht auf mein neues Zuhause an.‹«

»Also dann: auf Jonjos große Gesten und darauf, dass noch viele weitere folgen mögen.«

Christian stieß mit seinem Glas an ihres. »Und … auf alte Freunde.«

Seine Worte hingen in der Luft, als beide aufs Meer schauten und tranken.

Christian sagte: »Ich fahre morgen mit Jonjo wieder ab.«

»Oh!«

»Aber wir kommen wieder.«

»Das klingt beängstigend nach einer Drohung.«

Er legte den Kopf zur Seite und sah sie verdutzt an. »Das sollte aber keine sein.«

Da war ihr klar, dass er den Scherz nicht verstanden hatte. »Weißt du schon, wann ihr wieder herkommt?«

»Noch nicht. Aber es wird bald sein.« Wieder schwieg er, und nach einer Weile fügte er hinzu: »Genevieve, du trägst mir das, was war, doch nicht mehr nach, oder? Ich hasse den Gedanken, dass ich wegen des Fehlers, den ich damals begangen habe, bis in alle Ewigkeiten verdammt sein könnte.«

Genevieve war nicht imstande, darauf zu antworten, und wandte sich ab.

25

Manche Gäste waren anstrengender und unangenehmer als andere und Genevieve führte gerade ein solches Paar in ihr Zimmer. Schon bei der Begrüßung hatten sie sich über beinahe alles beschwert: Die Straße nach Angel Sands war zu schmal und kurvig, das Wetter zu heiß, der Strand zu schmal und zu steinig, und für zukünftige, ortsunkundige Gäste sollten auf alle Fälle mehr Hinweisschilder nach Angel Sands aufgestellt werden. Gott sei Dank blieben die Nörgler nur zwei Nächte – wenn sich Genevieve diese Klagen länger anhören müsste, würde ihr wahrscheinlich der Geduldsfaden reißen. Aus Erfahrung wusste sie, dass solche Leute regelrecht Jagd auf alles machten, was in ihren Zimmern nicht hundertprozentig perfekt war: die Fenster, die bei Wind klapperten; die nicht ordentlich funktionierende Toilettenspülung; das Gurgeln in den Wasserrohren; die knarrenden Bodendielen und natürlich die klumpige Matratze, die ihnen den Schlaf raubte.

Genevieve wappnete sich innerlich gegen die erste Woge der Kritik, als sie mit dem Paar die Treppe hinaufging. Sie hatte der Frau angeboten, ihr Gepäck zu übernehmen, der Mann sollte seines selber tragen; er sah kräftig genug aus, um mit dem kleinen Koffer und dem Kleidersack fertig zu werden. Genevieve schloss die Zimmertür auf und trat beiseite, um den Gästen den Vortritt zu lassen. Alle Zimmer im *Paradise House* waren geräumig und hell; Serena hatte ihnen Namen gegeben und sich dabei von Judy Garlands Liedern inspirieren lassen. Selbstverständlich gab es eine »Over The Rainbow«-Suite. Die meisten Neuankömmlinge, die die »April Showers«-Suite betraten, machten eine bewundernde Bemerkung über die Größe – schließlich war es das eindrucksvollste Gästezimmer im Haus mit dem großen Himmelbett und einer Einrichtung, die in *Elle Decoration* abgebildet sein könnte. Und als Nächstes bewunderten sie unweigerlich die schöne Aussicht auf den Garten und das Meer.

Aber nicht Herr und Frau Miesepeter. Sie sahen sich nur flüchtig im Zimmer um, öffneten die Tür zum angrenzenden Bad und erkundigten sich, wo die Bademäntel aufbewahrt wurden.

Bademäntel! Bildeten sie sich ein, sie wären im Ritz?

»Tut mir Leid, aber wir stellen unseren Gästen keine Bademäntel zur Verfügung.« Genevieve beobachtete, wie die beiden im Geiste einen Minuspunkt notierten, und fügte hinzu: »Wenn ich Sie auf das Schild an der Tür aufmerksam machen darf – da steht, wie Sie sich verhalten müssen, falls ein Feuer ausbricht. Rauchen ist in den Zimmern übrigens nicht erlaubt. Vielleicht hätten Sie gern einen Tee, wenn Sie mit dem Auspacken fertig sind. Oder lieber einen Kaffee? Brötchen oder Gebäck dazu?«

»Wir nehmen Tee und Brötchen«, sagte der Miesepeter, ohne vorher seine Frau mit der versteinerten Miene zu fragen.

»Ausgezeichnet. Dann sehe ich Sie später im Salon. Oder soll ich Ihnen den Tee lieber im Garten servieren? Dort stehen Tische im Schatten«, fügte sie hinzu, weil ihr die Klagen über die Hitze wieder einfielen.

In der Küche richtete Genevieve ein Tablett her und vergewisserte sich, ob das Geschirr auch wirklich blitzblank und nicht angeschlagen war. Leute wie diese Miesepeters schüchterten sie nicht ein – sie sah sie als Herausforderung an, als Menschen, denen man mit Nachsicht begegnen musste. Dennoch würde sie dafür sorgen, dass Nattie nicht in ihre Nähe kam, sonst hätten sie nämlich wirklich etwas, worüber sie sich beschweren konnten. Selbst nach all den Jahren im *Paradise House* neigte Nattie immer noch dazu, die Gäste als unwillkommene Eindringlinge in ihrem Zuhause anzusehen.

Als Genevieve Schritte auf der Treppe, dann Stimmen in der Halle hörte, goss sie kochendes Wasser in die Teekanne – in eine, die nicht tropfte – und stellte sie auch auf das Tablett. Dann prüfte sie noch einmal, ob sie auch nichts vergessen hatte.

Sie fand die Miesepeters im Schatten, wie sie es empfohlen hatte. Sie stellte das Tablett auf den Holztisch und überließ die Gäste sich selbst. Tubby würde nachher vorbeikommen und Genevieve wollte vorher noch ihre Einkaufsliste durchgehen. Manchmal schrieb sie etwas auf, was sie später kaum mehr entziffern konnte. Grpefroot, Epel, Salta, Avodaco – das waren ihre üblichen Schreibfehler. Aber wenn sie in Eile war, notierte sie Wörter, die sie im Nachhinein beim besten Willen nicht mehr identifizieren konnte. Oft kam sie erst Tage später, wenn sie die Dinge brauchte, drauf, was es gewesen war. Loyalität war in einer so kleinen Gemeinde lebenswichtig, und deshalb kaufte Genevieve, wie ihre Mutter es auch getan hatte, das Gemüse und Obst bei Tubby. Die alltäglichen Lebensmittel wie Brot, Tee und Eier stammten aus dem Mini-Markt im Dorf, Speck, Würstchen und Black Pudding bestellten sie regelmäßig bei den Lloyd-Morris-Brüdern. Alle vierzehn Tage fuhr ihr Vater, ausgestattet mit einer Computerliste, zum Supermarkt in Pembroke, um die Vorräte an Müsli, Fruchtsäften, Toilettenpapier, Reinigungs- und Waschmitteln aufzufüllen.

Nachdem sie die Liste für Tubby durchgesehen hatte, überlegte sie, wie sie Christians Brief beantworten sollte.

Seit dem Picknick war mehr als eine Woche vergangen. Heute Morgen hatte ihr Daddy Dean, nachdem er den Postboten abgefangen hatte, kommentarlos einen in Northampton abgestempelten Brief überreicht und sie dann allein gelassen. Wie in früheren Jahren war Genevieve mit dem Brief in den Garten gegangen, um ihn dort zu lesen. Aber anders als in ihren Kindertagen hatte Christian am Computer getippt und eine große, klare Schrift gewählt, als wollte er Rücksicht auf ihre Legasthenie nehmen. Er wusste nicht, dass sie heute eine speziell getönte Brille trug, die ihr das Lesen erleichterte. Nattie nannte sie die rosarote Brille. Genevieve setzte sie selten im Beisein Fremder auf, weil sie sich einbildete, sie würde damit aussehen wie ein rotäugiges Kaninchen.

Im Wesentlichen ging es in dem Brief darum, dass Christian das Zusammensein mit ihr nach dem ersten Schock sehr genossen hatte, und er fragte, ob sie Zeit für eine richtige Wanderung erübrigen könne, wenn er das nächste Mal nach Angel Sands käme.

Im Gegensatz zu Christian, der nur diesen einen Brief schrieb, meldete sich Jonjo häufiger. Da Polly oft nicht zu Hause war, wenn er anrief, plauderte Genevieve mit ihm.

»Übrigens«, sagte er bei einem dieser Gespräche, »Christian hat mir alles erzählt und sich als Schurke entlarvt. Er ist keineswegs der Heilige, für den ich ihn immer gehalten habe. Aber es ist noch nicht zu spät, um Rache an ihm zu üben, und ich erkläre mich bereit, Ihnen dabei behilflich zu sein. Was meinen Sie? Eine Hasskampagne? Schriftliche Schmähungen und unaussprechliche Dinge, die wir ihm in den Briefkasten stecken? Ich persönlich wäre dafür, ihn in aller Öffentlichkeit zu beschimpfen und Schande über ihn zu bringen.«

»Wir könnten uns aber auch wie richtige Langweiler verhalten und keine schlafenden Hunde wecken.«

»Spielverderberin.«

Am Wochenende traf das größte und prächtigste Blumenbouquet ein, das jemals im *Paradise House* abgegeben wurde. Es war für Polly bestimmt, und auf der beiliegenden Karte stand:

Es war einmal ein Mädchen namens Polly,
So süß und fein wie ein Erdbeerlolly.
Du kannst mich einen Dichter nennen –
Aber lieber kost' ich die Lippen meiner Polly.

»Der Typ ist ein Spinner«, erklärte Nattie, nachdem sie den Limerick laut vorgelesen hatte, um herauszufinden, wer die Blumen geschickt hatte. Polly saß am Klavier und war in ein Mozart-Stück vertieft. »Und ein Stümper noch dazu. Diese beiden letzten Zeilen sind grauenvoll.«

Und der Rest nicht?, dachte Genevieve belustigt.

Polly hielt inne und betrachtete die Blumen abschätzend. Dann richtete sie den Blick wieder auf die Noten und begann zu spielen. Aber Genevieve war das Lächeln, das ihr Gesicht erhellte, nicht entgangen.

Seither hatte Jonjo unzählige Male angerufen und noch einen Blumenstrauß geschickt. Der Mann war hartnäckig, das musste man ihm lassen, und nicht halb so gefährlich, wie Genevieve ihn anfangs eingestuft hatte. Und noch wichtiger war, dass Polly ihn offenbar zu nehmen wusste.

Als sie hörte, wie Tubbys Lieferwagen vorfuhr, erhob sich Genevieve und ging hinaus.

Dank der Bemühungen ihres Vaters lag Romantik in

der Luft. Tubby strahlte und konnte sein Glück nicht für sich behalten. Allerdings bereitete er Genevieve keine Überraschung, denn Donna hatte ihr in den Kaffeepausen ausführlich von ihrer jungen Liebe zu Tubby erzählt. Es war komisch, aber seit Donna und Tubby so sehr miteinander beschäftigt waren, konnte man sich überhaupt nicht mehr vorstellen, dass Daddy Dean jemals in Gefahr gewesen war.

»Donna hat gestern Abend für mich gekocht«, berichtete Tubby, noch ehe Genevieve die Gelegenheit hatte, seine Tomaten zu inspizieren. »Und sie hat nicht nur irgendeine Kleinigkeit zubereitet, sondern sich richtig Mühe gegeben. Krabbencocktail, Schmorbraten mit Pilzen und Kartoffelbrei und Brotpudding zum Nachtisch. Ein Festmahl für einen König!«

»Schön«, sagte Genevieve mit einem Lächeln. »Wer hätte das gedacht? Der alte Tubby Evans ist verliebt.«

Er wurde rot, nahm eine Papiertüte und schüttelte sie auf. »Ich sag dir was – daran kann man sich gewöhnen.«

Genevieve suchte sich ein paar Tomaten aus – reife, aber noch feste – und reichte sie an Tubby weiter. »Wie kommt's dann, dass du so lange allein gewesen bist, Tubby?«

In Angel Sands war immer schon über Tubby getuschelt worden. Einige behaupteten, dass er den Tod seiner ersten Frau – der einzigen wahren Liebe seines Lebens – nie überwunden hatte. Andere meinten, dass er nach der Scheidung seiner zweiten Ehe vor zehn Jahren den Frauen ganz abgeschworen hätte. Und was sagen die Klatschbasen jetzt?, fragte sich Genevieve.

»Ich will es mal so ausdrücken: Ich habe auf meine Gelegenheit und auf die Richtige gewartet. Auf eine Frau mit ein bisschen Feuer.«

»Ich finde das großartig. Du verdienst es, das Leben mal wieder richtig zu genießen.«

Eine Stunde nachdem die Miesepeters entschieden hatten, sich dem Risiko der Spätnachmittagssonne auszusetzen und einen Spaziergang zu machen, kam Daddy Dean in die Küche, wo Genevieve die Ruhe nutzte, um ihre Buchhaltung zu machen. Zum Glück fiel ihr diese Aufgabe nicht schwer. Aus unerfindlichen Gründen konnte sie mit Zahlen gut umgehen – Arithmetik hatte etwas mit Ordnung und Logik zu tun. So hatte sie diese Aufgabe gern in der Abwesenheit ihrer Mutter übernommen, da sie wusste, dass Daddy Dean jede Arbeit hasste, bei der keine Wasserwaage oder Bohrmaschine zum Einsatz kam.

»So ganz allein, Genevieve?«, fragte er, obwohl er selbst sah, dass sonst niemand da war.

»Sieht so aus. Nattie und Lily-Rose sind bei Gran und Polly kommt erst nach sieben heim.«

»Oh.«

Genevieve entging nicht, dass ihr Vater etwas auf dem Herzen hatte. Sie beobachtete, wie er Wasser aufsetzte und ahnte, dass er froh war, sie allein angetroffen zu haben, weil er mit ihr reden wollte.

»Kaffee?«, fragte er.

»Einen Tee bitte. Und es ist noch Fruchtbrot und Tubbys gute Butter in der Speisekammer, falls du Appetit auf so was hast.«

Sie sah ihm zu, wie er Becher und Teller zurechtlegte und das Fruchtbrot aufschnitt. Sie überlegte, was ihn beschäftigte, und hoffte nur, dass er sich keine Sorgen um sie machte. Endlich setzte er sich zu ihr an den Tisch. »Hast du eine Minute Zeit für mich, Liebes?«

Genevieve nahm die Brille ab. »Natürlich. Was ist los? Nattie hat doch nicht noch einen Esel gerettet, oder?« Sie schlug einen unbekümmerten Ton an, obschon sie ihrem Vater ansah, dass sie auf ein ernstes Gespräch zusteuerten.

»Nein, es hat nichts mit Nattie zu tun, sondern mit deiner Mutter.« Er zog einen Brief aus der Tasche und legte ihn auf den Tisch. »Der ist heute angekommen.«

»Aber du hast gar nichts gesagt.«

»Du warst mit anderen Dingen beschäftigt.«

Sofort meldete sich Genevieves schlechtes Gewissen. Wenn sie nicht in den Garten gegangen wäre, um Christians Brief zu lesen, hätte ihr Vater vielleicht ... Sie verdrängte den Gedanken.

Sie hatten seit Daddy Deans Geburtstag nichts mehr von Serena gehört, und Genevieve erschien es, als würde sich die Lücke, die ihre Mutter im *Paradise House* hinterlassen hatte, mit jedem Tag ein wenig mehr schließen. Die Vorstellung, sie alle könnten sich so sehr an Serenas Abwesenheit gewöhnen, dass sie irgendwann ihr Leben führten, als hätte sie niemals existiert, war grässlich. Genevieve hatte mit niemandem darüber gesprochen, aber allmählich wurde sie richtig wütend auf ihre Mutter. Wie konnte sie ihnen und insbesondere Dad so etwas antun? Genevieve spürte, wie der Ärger in ihr hochkochte, während sie auf den Brief schaute. Oder war das, was sie empfand, Angst? Hatte Mum eine endgültige Entscheidung gefällt? Hatte sie angekündigt, dass sie nie mehr zurückkommen würde?

»Was schreibt Mum?«, fragte sie.

»Du kannst den Brief lesen, wenn du willst.«

Genevieve setzte die Brille wieder auf.

Mein liebster Dean,

es ist unverzeihlich, dass ich so lange nichts von mir habe hören lassen, ich weiß, aber ... du liebe Güte, wo ist nur die Zeit geblieben? Hier ist Winter, wie du weißt, und Pete und ich haben das Weingut für einige Tage sich selbst überlassen, um nach Wellington zu fahren und ein paar seiner alten Freunde – ehemalige Nachbarn von ihm – zu besuchen. Es hat Spaß gemacht, in der großen Stadt zu sein. Wellington ist sehr kultiviert und weltoffen – es gibt viele Kunstgalerien, Cafés und schicke Bars. Lach nicht, aber ich habe eine Vorliebe für Wodka-Martini entwickelt! Pete hat mich in eine Bar geführt, in der sie ausgezeichnete Martinis mixen oder, besser gesagt, schütteln. Du musst das auch einmal probieren, aber ich kann mir kaum vorstellen, dass sie im Arms wissen, wie man Cocktails mixt.

Ich vermisse dich und die Mädchen und denke oft an euch. Richte deiner Mutter liebe Grüße aus (auch wenn ich bezweifle, dass sie sie annimmt) und umarme und küsse die kleine Lily-Rose für mich, falls sie nicht schon vergessen hat, wer ich bin.

All meine Liebe
Serena

PS. Ich vermute, ihr habt euch schon daran gewöhnt, dass ich nicht bei euch bin. Manchmal habe ich das Gefühl, als hätte jemand anders, nicht ich, im Paradise House *gelebt.*

Um Zeit zu haben, über all das gründlich nachzudenken, tat Genevieve so, als würde sie den Brief ein zweites Mal durchlesen. Oberflächlich besehen schien es, als würde Serena sie mit der Nase darauf stoßen wollen, wie sehr sie sich amüsierte und wie aufregend ihr neues Leben war, in dem sie durch die Bars zog und Cocktails schlürfte. Aber vielleicht verbarg sich hinter ihren Worten eine bedeutendere Botschaft.

War es möglich, dass Serena Daddy Dean eifersüchtig machen wollte? Bisher hatte sie weder den Namen noch das Geschlecht ihres Gastgebers in Neuseeland in den

Briefen an Dad erwähnt, sondern immer nur von »wir« gesprochen, aber jetzt hatte sie ohne weitere Erklärungen eine Bombe platzen lassen, die Daddy Dean erschüttern musste. Falls Genevieve Recht hatte – und sie hatte es im Gefühl, dass sie mit ihrer Vermutung richtig lag –, dann würde ihre Mutter niemals so unverhohlen mit einem Liebhaber protzen; so grausam war sie nicht. Das bedeutete, Serena wollte ihren Mann provozieren und dazu bringen, etwas zu unternehmen. Die Frage war nur: Was erwartete sie von ihm? Genevieve hatte den Verdacht, dass sie selbst eine Rolle in diesem Ränkespiel übernehmen musste. Sollte ihre Ahnung zutreffen, kam ihr die Aufgabe zu, ihrem Vater die Botschaft zu übermitteln, dass er Serena für immer verlieren würde, wenn er nicht zur Tat schritt. Aber wie sollte sie das bewerkstelligen, ohne ihn noch mehr zu verletzen?

Sie nahm die Brille ab, faltete den Brief zusammen und schob ihn über den Tisch. Dann begegnete sie dem Blick ihres Vaters, der so forschend und ratlos war, wie sie vermutet hatte.

»Wer ist dieser Pete?«, fragte er. »Woher kommt er so plötzlich?«

»Er ist der alte Schulfreund, von dem du denken solltest, er wäre eine Frau«, antwortete Genevieve wahrheitsgemäß.

Seine Augen wurden groß. »Du hast es gewusst? Du wusstest das die ganze Zeit?« Er war fassungslos.

»Es tut mir Leid«, murmelte sie. »Aber wir dachten, die Wahrheit würde dich zu sehr schmerzen.«

»*Wir*? Deine Schwestern wussten es auch?«

Sie nickte. »Wir haben es dir nicht gesagt, weil wir nie geglaubt haben, dass da irgendetwas dran ist.«

Er stützte die Ellbogen auf den Tisch und fuhr sich mit den Händen durch die Haare. »Ich habe sie verloren«, stöhnte er. »Schon vor Monaten, und ich habe es nicht begriffen. Was war ich doch für ein Idiot!«

Genevieve war nicht umsonst die Enkelin ihrer Großmutter. »Dad«, sagte sie in autoritärem Tonfall, »sieh mich an. Und hör mir gut zu. Du hast Mum nicht verloren, aber es kommt noch so weit, wenn du nichts unternimmst, um sie zurückzuerobern. Du kannst nicht so tun, als wäre gar nichts geschehen, oder dir vormachen, dass sie nach Hause kommen wird, wenn sie dazu bereit ist. Wer auch immer dieser alte Freund sein mag, du musst Mum beweisen, dass er im Vergleich zu dir ein Niemand ist. Du weißt so gut wie ich, dass es für Mum nur einen Mann gibt, und der heißt ganz bestimmt nicht Pete. Es ist höchste Zeit, dass du etwas unternimmst. Richtig?«

Er blinzelte die Tränen aus den Augen und brachte ein Nicken zustande. »Richtig«, wiederholte er mit weniger Überzeugung, als sich Genevieve gewünscht hätte.

Als Genevieve abends im Bett lag, kamen ihr Zweifel an ihrer Theorie. Was, wenn sie sich irrte und dieser Pete Serena mehr bedeutete, als sie dachte? Was sollte dann werden?

26

Genevieve war nicht sicher, ob sie das Richtige tat, aber sie hatte beschlossen, mit Gran zu sprechen. Außer Serena war Gran der einzige Mensch, der Daddy Dean dazu bringen konnte, etwas zu tun, was er selbst nicht wollte.

Nach dem Mittagessen widmete sich Daddy Dean der Erneuerung eines defekten Duschkopfs – Gott sei Dank gab es so viele Reparaturarbeiten, mit denen er sich ablenken konnte – und Genevieve machte sich auf den Weg zu ihrer Großmutter. Ein kalter Wind hatte die gestrige Hitze über Nacht vertrieben und die Luft roch frisch und würzig. Wie vorauszusehen war, hatten sich die Miesepeters beim Frühstück darüber beschwert, dass die Fenster nachts geklappert hatten. Am Strand sah man nur ein paar unerschrockene Seelen. Eine kurze Schlechtwetterperiode – am besten mit Regen – war für Huw und Jane in der alten Schmiede und für Ruth und William im *Angel Crafts* ein Segen: Ihr Geschäft boomte, wenn die Touristen nicht an den Strand konnten. Der Teashop, an dem Genevieve vorbeikam, war bis auf den letzten Platz voll. Im Friseursalon *Debonhair* entdeckte sie Debs, die ihr, mit Schere und Kamm in den Händen, durch das Fenster zulächelte. Genevieve winkte kurz und setzte ihren Weg eilends fort. Sie war immer noch verärgert, weil Debs hemmungslos über sie geklatscht hatte.

Zwei Häuser weiter befand sich das *Angel Crafts*. Genevieve grüßte auch Ruth mit einem Winken und machte am Postamt Halt, um einen cremefarbenen Umschlag in den Briefkasten zu stecken. Dabei spähte sie blödsinnigerweise über die Schulter, um zu sehen, ob sie jemand beobachtete. Fast rechnete sie damit, dass Debs in der Tür stehen, sich den Hals verrenken und Notizen über ihre Schritte machen würde. Zwei Uhr fünfunddreißig: Genevieve Baxter gibt einen Brief auf, Empfänger unbekannt. Möglicher Adressat: ihre Jugendliebe Christian May.

Hätte Genevieve an irgendjemand anderen geschrieben, wäre sie nicht so paranoid, aber so hatte sie das Gefühl, ganz Angel Sands würde zwei und zwei zusammenzählen. Doch die Leute hatten auch so genug Gesprächsstoff: zunächst Grans Verkündung, als sie im Zeitungsladen auf Christian getroffen war; dann wurde Genevieve an zwei aufeinander folgenden Tagen mit Christian zusammen gesehen – erst beim Spazierengehen, dann beim Picknick. In Angel Sands blieb nichts ungesehen. Klatsch und Tratsch war hier Teil des täglichen Lebens, auch wenn alle vorgaben, lediglich Interesse an den Nachbarn zu zeigen. Und um ehrlich zu sein, Genevieve und ihre Schwestern waren auch nicht besser; sie liebten nichts mehr als pikante Informationen über die anderen Dorfbewohner. Natürlich nur, solange es nicht um Familienmitglieder ging.

Gran öffnete Genevieve die Tür und kehrte ihr sofort den Rücken.

»Setz Wasser auf, Liebes, ich sehe mir gerade *Mord ist ihr Hobby* an.« Das ist nichts Neues, dachte Genevieve lächelnd. Aber neu war der Zustand von Grans Küche. Genevieve war einige Wochen nicht im *Angel Cottage* gewesen, und sie fragte sich, was hier vor sich ging. Machte ihre Großmutter einen Frühjahrsputz? Soweit Genevieve sehen konnte, hatte Gran alle Schränke und Schubladen ausgeräumt und das Geschirr, ihre Vorräte, Töpfe und Besteck auf dem Tisch und der Arbeitsfläche aufgetürmt. Genevieve öffnete den Schrank, in dem normalerweise die Teebüchse stand, dann einen anderen – tatsächlich waren alle Fächer leer.

Sie fand den Wasserkessel und füllte ihn, dann suchte sie in dem Durcheinander die Teebeutel. Sobald sie fündig geworden war, ging sie zu ihrer Großmutter ins Wohnzimmer. »Was ist in deiner Küche los, Gran?«

»Schsch!«

Genevieve warf einen Blick auf den Fernseher und sah, dass Jessica Fletcher dem verdutzten Polizisten gerade erklärte, wie das Verbrechen begangen worden war. Dann kam der Abspann, und Gran sagte: »Ich habe diese Folge schon einmal gesehen und hatte gehofft, dass diesmal ein anderer der Täter sein würde.«

Genevieve war an die unbegreifliche Logik ihrer Großmutter gewöhnt. »Machst du einen großen Frühjahrsputz, Gran?«

Ihre Großmutter sah sie an, als hätte sie eine Verrückte vor sich. »Wieso sollte ich so was mitten im Juni tun?« Sie erhob sich aus ihrem Sessel. »Ich dachte, du machst uns einen Tee.«

»Das mache ich ja. Ich habe den Kessel aufgesetzt.«

»Gut. Ich bin am Verdursten. Jetzt komm mit, ich brauche deine Hilfe.«

Genevieve folgte ihr in dem Glauben, dass sie Gran beim Aufräumen behilflich sein sollte, in die Küche. Das Wasser kochte, und der Kessel machte den üblichen Lärm, der diesmal jedoch durch die leeren Schränke verstärkt wurde.

Plötzlich packte Gran den Arm ihrer Enkelin. »Da! Hast du das gehört?«

»Was?«

»Da ist es wieder!«

Genevieve hörte nur, dass sich der Wasserkessel ausschaltete. Sie brühte den Tee auf und behielt ihre Großmutter im Auge. Vielleicht war sie in ihren eigenen vier Wänden »wunderlicher« als sonst? Oder fiel ihr exzentrisches Verhalten im Beisein der restlichen Familie nur nicht so sehr auf?

»Bist du sicher, dass du es nicht hörst, Gen?« Die alte Dame kniete jetzt auf dem Boden und spähte in den Schrank unter der Spüle.

Genevieve kauerte sich neben sie. »Nach was klingt es denn?«

Gran richtete sich auf. »Manchmal bist du wirklich ein Dummchen. Seit wann klingen Mäuse nach etwas anderem als nach Mäusen?«

Aha.

»Hast du Fallen im Haus?«, wollte Genevieve wissen. »Ich kann sie aufstellen, wenn du willst.«

Gran schüttelte vehement den Kopf. »Ich bin gegen Mausefallen. Das ist hinterlistig.«

Aus dem Mund einer Farmersfrau grenzte diese Bemerkung ans Lächerliche.

»Und wie willst du sie dann loswerden? Ihnen die Pfötchen schütteln und sie bitten, sich irgendwo anders heimisch zu machen?«

Ein bitterböser Blick riet Genevieve, den Mund zu halten und den Tee einzugießen. Sie fragte sich, wann das Problem mit den Mäusen angefangen hatte. Dad war vorgestern hier gewesen und hatte nichts davon erwähnt.

»Wie lange hörst du sie schon, Gran?« Genevieve untersuchte die Zuckerdose auf Mäusekot.

»Seit letzter Nacht. Ich konnte nicht schlafen und kam herunter, um mir Milch warm zu machen, und da hörte ich die kleinen Biester. Aber sie sind gerissene Kreaturen; sie warten, bis ich nicht hinschaue, dann fangen sie an zu quietschen und herumzulaufen.«

Genevieve wollte ihrer Großmutter gerade den vollen Becher reichen, als die herumwirbelte und ihn ihr fast aus der Hand schlug. »Hörst du, es kommt von dort!« Wieder auf Knien und Händen, versuchte Gran, hinter den Herd zu schauen. Dann stieß sie einen Fluch aus. »Ich bin einfach nicht schnell genug.«

»Bist du sicher, dass du Mäuse hast, Gran? Ich habe nichts gehört.«

Als Gran aufstand, knackten ihre Gelenke. »Ich hoffe, du willst damit nicht andeuten, dass ich allmählich verrückt und wunderlich werde, meine Liebe.«

Genevieve lachte. »Du bist schon dein ganzes Leben verrückt und wunderlich. Jetzt trink deinen Tee – ich brauche deinen Rat und möchte mit dir reden.«

Sie gingen ins Wohnzimmer. Genevieve schaltete den Fernseher aus, um die ganze Aufmerksamkeit ihrer Großmutter zu haben, und erzählte ihr von Serenas Brief.

Gran war wütend. »Dieses kleine Biest! Der werd ich Cocktails geben! Was glaubt sie eigentlich, wer sie ist?«

»Was Mum glaubt, wer sie ist oder was sie trinkt, ist nicht ausschlaggebend«, erwiderte Genevieve entschieden. »Wir sollten uns darauf konzentrieren, dass sie offenbar versucht, Dad zum Handeln zu bewegen. Ich bin überzeugt, sie wollte ihn mit diesem Brief aufrütteln, damit er Flagge bekennt.«

Gran kniff die Augen zusammen und schürzte die Lippen. »Ich weiß, wen ich rütteln und schütteln möchte.«

»Hör auf damit, Gran. Du weißt, dass ich es nicht dulde, wenn du schlecht über Mum sprichst.«

Ihre Großmutter lehnte sich zurück und schniefte. »Dir mag es vielleicht nicht aufgefallen sein, Gen, aber wir befinden uns in meinem Haus und hier gelten meine Regeln. Und ich sage genau das, was ich will.«

»Aber nur, wenn es relevant ist«, gab Genevieve verärgert zurück. »Sag mir lieber, wie wir Dad am besten auf den richtigen Kurs bringen. Wir müssen ihm irgendwie begreiflich machen, dass er derjenige ist, der eine Wende herbeiführen muss. Er sagt ständig, es wäre an Serena, eine Entscheidung zu fällen, er könne sie nicht dazu *zwingen*, nach Hause zu kommen. Aber ich glaube nicht, dass Mum das will. Wenn ich sie richtig einschätze, dann wünscht sie sich eine Art Judy-Garland-Drama. Einen Ehemann, der sie packt und mitnimmt. Einen Mann, für den es sich lohnt, nach Hause zu kommen.«

Gran rührte in ihrem Tee. Sie saß kerzengerade da, als hätte sie einen Stock verschluckt – das war ihre Art, ihre Missbilligung zum Ausdruck zu bringen. »Wenn sie auf ein Drama aus ist, dann hätte ich das richtige Rezept. Ich bin schon lange der Meinung, dass sich die beiden wie idiotische Kinder aufführen. Man sollte ihnen den Hintern versohlen – das ist genau das, was sie brauchen, damit sie zur Vernunft kommen. Und es wäre ein Drama, das sie nicht so schnell vergessen würden.«

Genevieve gab auf. Gran war nicht in der Stimmung, konstruktive Ratschläge zu geben. Enttäuscht ging sie nach Hause und senkte den Blick zu Boden, als sie am *Debonhair* vorbeiging – nur für den Fall, dass Debs vorhatte, sich auf sie zu stürzen.

Jemand rief ihren Namen und sie schaute auf. Adam stand mit vollen Einkaufstüten vor Roys und Davids Fleischerladen auf der anderen Straßenseite und wartete, bis ein Auto vorbeigefahren war und er die Straße überqueren konnte. »Gen, ich bin's! Ich rufe und rufe, aber du scheinst in eine andere Welt versunken zu sein.«

Sie lächelte. »Das war ich. In die eigenartige Welt meiner Gedanken.«

»Oh, wie gruselig! Wie wär's, wenn du dich von diesem Horrortrip bei einem Abendessen mit mir erholst? Du bist hiermit eingeladen.« Er zeigte ihr die Einkaufstüten. »Lammbraten steht auf der Karte.«

Nattie reagierte höhnisch, als Genevieve erzählte, mit wem sie an diesem Abend essen würde. »Ach du Schande!«, kreischte sie. »Du lässt ihn für dich kochen? Ich würde lieber die Kloschüssel auslecken.«

»Danke für diese Mitteilung, Nats. Wir wollen hoffen, dass Dad und Polly nicht dasselbe denken, wenn sie sich nachher an den Tisch setzen und das essen müssen, was du ihnen zubereitet hast.«

»Du erwartest von *mir*, dass ich in der Küche schufte? Ich glaube kaum, dass ich mich dazu bereit erkläre.«

»Also wirklich, Nattie! Mir ist es ein Rätsel, wie deine kleine Tochter bis heute überlebt hat. Im Kühlschrank steht eine fertige Lasagne. Du wirst es ja wohl fertig bringen, sie in den Backofen zu schieben, oder? Und einen Salat anzumachen wird dich auch nicht überfordern. Ich nehme jetzt ein Bad.«

»Er benutzt dich!«, rief Nattie ihr nach. »Er versucht, über dich an mich heranzukommen. Das sieht doch jeder Trottel.«

Genevieve platzte der Kragen. Sie wirbelte herum und ging auf ihre Schwester zu, die Henry und Morwenna mit Karotten fütterte. »Wage es nicht, so über Adam zu sprechen! Er ist der Letzte, der irgendjemanden benutzt. Und weißt du was? Wenn ich es nicht besser wüsste, würde ich sagen, du bist eifersüchtig. Du willst Adam nicht für dich selbst, aber du kannst es auch nicht ertragen, dass er mit mir befreundet ist.«

Damit marschierte sie wutentbrannt und zähneknirschend davon. Manchmal ging Nattie einfach zu weit, und wenn sie sich nicht vorsah, würde sie eines Tages die ganze

Wucht von Genevieves Zorn zu spüren bekommen. Es war Jahre her, seit Nattie und sie einen handfesten Krach hatten, aber so wie sich die Dinge entwickelten, war Genevieve kurz davor, die Beherrschung zu verlieren.

Adam telefonierte, als Genevieve an seiner Haustür klingelte. Er führte sie herein, deutete in der Küche auf eine geöffnete Weinflasche und ging ins Wohnzimmer, um das Telefonat zu beenden.

Im Gegensatz zu *Paradise House*, das den verstaubten und verblassten Charme der edwardianischen Zeit ausstrahlte, war im Cliff View alles funkelnagelneu und hochmodern. Adam hatte die Dienste eines Innenarchitekten aus Cardiff in Anspruch genommen und musste sich deswegen den Spott der Stammgäste im Arms gefallen lassen. Er hatte ein Vermögen für die Einrichtung seines neuen Hauses ausgegeben, und jetzt war er mit schwarzen Ledersofas, dezenten beigen Teppichen, Glas- und Marmoreinheiten, ferngesteuerter Beleuchtung, etlichen großen Plasmabildschirmen und allen elektronischen Gerätschaften ausgestattet, die sich ein Mann nur wünschen konnte. Die Küche war in Hochglanzschwarz und Chrom gehalten. In dem riesigen eingebauten Kühlschrank könnte man Verstecken spielen. Wenn der köstliche Duft nach gebratenem Lamm nicht gewesen wäre, hätte man den Raum für eine Filmkulisse halten können, so blitzsauber und aufgeräumt war alles. Soweit Genevieve wusste, bewirtete Adam selten Gäste und aß lieber auswärts. Jedenfalls kam sie zum ersten Mal in den Genuss seiner Kochkünste.

Terrassentüren führten auf eine von robusten chinesischen Gräsern und großen Palmen in Pflanztrögen gesäumte Veranda. Der Wind hatte nachgelassen, und Genevieve ging hinaus, um die Aussicht zu genießen. Sie fragte sich, ob sich Adam jeden Morgen zwicken musste, um zu begreifen, dass er nicht träumte: Er hatte es wirklich weit gebracht, seit er als Automechanikerlehrling in Wolverhampton seine berufliche Laufbahn begonnen hatte.

Adam war leger gekleidet – er trug ein gestreiftes Rugbyshirt, das er in die Jeans mit Gürtel gesteckt hatte. Während Genevieve zusah, wie er den Lammbraten tranchierte, juckte es sie in den Fingern, ihm das Hemd aus der Hose zu ziehen. Es bestand kein Zweifel, dass Adam in Bezug auf seine äußerliche Erscheinung Beratung dringend benötigte.

»Das beweist, dass man alles Geld der Welt und trotzdem schlechten Geschmack haben kann«, hatte sich Nattie über ihn lustig gemacht. Das Ärgerliche war, dass sie Recht damit hatte.

»Ich weiß, was du denkst«, sagte Adam, als er das Fleisch auf die Teller verteilte.

»Tatsächlich?«

»Ja. Dass ich den Braten misshandle. Du bist eine Expertin auf diesem Gebiet und kannst es sicher kaum mit ansehen, was für ein Massaker ich hier anrichte.«

Sie widersprach ihm nicht, und nachdem sie die Teller in das kleinere der Wohnzimmer getragen hatten, in dem sich Adam meistens aufhielt, legte er eine DVD ein, damit sie sich einen Film auf dem großen Bildschirm ansehen konnten.

»Macht es dir wirklich nichts aus, hier und nicht im Esszimmer zu essen?«, fragte er.

»Ganz und gar nicht. Ich finde es sehr gemütlich.«

Der Film war die hoch gelobte Fortsetzung von *Matrix*, der, wie Adam Genevieve versicherte, ein echter Klassiker war. Hätte Genevieve *Matrix* gesehen, wäre sie vielleicht imstande gewesen, die verworrene Handlung dieser zweiten Folge zu verstehen. Aber so war der Film für sie nichts anderes als eine Aneinanderreihung von ungeheuerlichen Specialeffects und unverständlichen Dialogen.

»Liegt es an mir, oder nuscheln die wirklich so, dass man nichts versteht?«, fragte sie.

Adam lächelte und nahm die Fernbedienung in die Hand. »Der Film gefällt dir nicht, stimmt's?«

»Offenbar bin ich zu dumm für so was.«

Er lachte und schaltete den DVD-Player aus. »Entschuldige. Du hättest sofort etwas sagen müssen.« Er füllte ihre Gläser auf. »Jetzt erzähl, was es bei dir Neues gibt. Mir kommt es vor, als hätten wir uns eine Ewigkeit nicht mehr gesehen.«

»Das stimmt. Zuletzt bei dem Hochzeitsempfang.«

»Gareth hat dich doch ordnungsgemäß bezahlt, oder?«

»O ja, er hat das Geld überwiesen.«

»Gut. Und was kommt als Nächstes? Hast du schon einen neuen Auftrag?«

»Falls du mich nur eingeladen hast, um mich wieder zu irgendetwas zu drängen, dann kannst du dir das gleich aus dem Kopf schlagen.«

Adam sah sie nachdenklich an. »Ehrlich gesagt, ich hatte wirklich ein Motiv für die Einladung.«

»Aha, jetzt kommen wir der Sache schon näher.«

»Es ist mir ein bisschen unangenehm, aber ich möchte mit dir reden.«

»Ich erinnere mich nicht, dass jemals eine Unterhaltung zwischen uns unangenehm gewesen wäre.«

»Dieses Mal ist es etwas anderes.« Er trank einen Schluck Wein. »Es geht um deine Schwester.«

»Oh, in diesem Fall ist ›unangenehm‹ wohl eine Untertreibung. Ich hoffe, du erwartest nicht von mir, dass ich mich freundlich über sie äußere. Im Moment bin ich nämlich nicht gut auf sie zu sprechen.«

»Keine Sorge, ich erwarte gar nichts von dir, außer dass du mir zuhörst. Die Sache ist die: Ich habe einen wichtigen Entschluss gefasst. So wie bisher kann ich nicht weitermachen. Ich muss mir Nattie aus dem Kopf schlagen, sonst treibt sie mich noch in den Wahnsinn. Verstehst du, was ich meine?«

Genevieve stellte ihren leeren Teller auf den Glastisch. »Das fragst du *mich*? Das Mädchen, das sich wegen eines Jungen fast zu Tode gehungert hat? Das Mädchen, das noch Jahre später all ihre Freunde an dem einen misst und sie alle für unzureichend befindet?«

Es war schwer zu sagen, wer überraschter über Genevieves Antwort war, und für einen Moment wussten beide nicht, was sie sagen sollten. Adam wandte den Blick ab, und Genevieve nahm sich die Zeit, das zu überdenken, was sie immer als Tatsache angesehen hatte: Sie hatte es in der Vergangenheit immer vermieden, sich voll und ganz auf einen Partner einzulassen, weil es ihr schwer gefallen war, ihnen Vertrauen entgegenzubringen. Doch jetzt erkannte sie, dass das nicht der einzige Grund war – kein erfreulicher Gedanke.

»Entschuldige«, murmelte Adam, »das war ungeschickt von mir. Es war eine dumme Frage.«

»Vergiss es«, wehrte sie unbekümmert ab und rief sich ins Gedächtnis, dass sie hier über Adams Probleme redeten, nicht über ihre. »Was hat dich zu dieser Entscheidung motiviert?«

Er seufzte. »Endlose Monate der Frustration. Und damit meine ich nicht die sexuelle Frustration«, fügte er mit einem Lächeln hinzu. »Ich bin an einem Punkt der Entscheidung angelangt, könnte man sagen. Ich möchte mein Leben ordnen und es mit einer Frau teilen. Ich finde, das ist kein übertriebener Wunsch, aber irgendwie scheint mir das Glück auf diesem Gebiet nicht hold zu sein.«

»Adam du bist erst dreiunddreißig, du hast noch jede Menge Zeit, die richtige Frau kennen zu lernen.«

Wieder lächelte er. »Du kennst mich. Ich hab's immer eilig. Ich hasse es, untätig zu sein. Am liebsten würde ich immer alles gestern erledigt haben.«

»Jetzt, da du beschlossen hast, dich von Nattie zu lösen, ergibt sich wahrscheinlich alles andere von ganz allein. Ich bin überzeugt, dass dir schon bald eine Frau über den Weg läuft, die zu dir passt.«

Adam nahm die Weinflasche und goss die Gläser noch einmal voll. »Jetzt versuchst du nur, nett zu mir zu sein. Vielleicht ist es dir noch nicht aufgefallen, aber ich bin potthässlich. Frauen haben höchstens Interesse an mir, weil ich ein paar Kröten auf der hohen Kante habe.« Er ließ den Wein im Glas kreisen. »Vielleicht habe ich mich deshalb an Nattie geklammert. Ich weiß, dass Geld für sie nicht die geringste Rolle spielt. Wahrscheinlich hätte ich bei ihr sogar mehr Chancen, wenn ich bettelarm wäre. Dann würde sie mich wenigstens als hilfsbedürftig ansehen.« Er seufzte und streckte die Beine aus. »Ich muss den Tatsachen ins Auge sehen – ich wirke nicht auf Frauen.«

Genevieve beugte sich vor. Es war an der Zeit, ein paar offene Worte zu verlieren. »Erstens«, sagte sie, »bist du nicht potthässlich, und zweitens brauchst du dir um deine Wirkung auf Frauen keine Sorgen zu machen, obwohl du ein wenig …« Sie brach ab. Konnte sie ihm das wirklich sagen? Konnte sie ihm vorschlagen, dass er seine Garderobe ein wenig aufbessern sollte?

»Nur zu!«, forderte er sie auf. »Sprich frei von der Leber weg.«

Sie räusperte sich. »Adam, ich möchte dich nicht verletzen, aber ich denke, es wäre ganz gut … wenn du ein wenig mehr auf deine Kleidung achten würdest. Sie ist ein bisschen ...« Sein verblüffter Gesichtsausdruck ließ sie verstummen. Sie wünschte, sie hätte nie davon angefangen.

»Ein bisschen was?«, hakte er nach.

Genevieve machte sich mit einem großen Schluck Wein Mut. »Verwirrend«, sagte sie. »Deine Garderobe sendet die falschen Signale aus.«

Er starrte sie fassungslos an. »Was ist so falsch an meinen Kleidern?« Er sah an sich herunter. »Diese Jeans zum Beispiel waren nicht billig – sie sind von Armani.«

»Ich habe keinen Augenblick angenommen, dass du Sachen vom Wühltisch kaufst. Aber hast du schon einmal daran gedacht, dass du ein wenig übertreibst?«

Er schob seinen Teller beiseite und dachte über das nach, was er gerade gehört hatte. Genevieve hoffte, dass sie nicht zu weit gegangen war.

»Okay«, begann er bedächtig, »wenn das deine ehrliche Meinung ist, warum gehen wir dann nicht hinauf. Dann kannst du mir erklären, was genau ich falsch mache.«

Sie lachte. »Falls das eine Anmache sein soll, dann müsstest du noch dran arbeiten.«

Er lachte auch und zog sie auf die Füße. »Ich spreche von meinem Kleiderschrank, nicht von meinen atemberaubenden Fähigkeiten im Bett. Obwohl ... wer weiß, vielleicht ist das mein eigentliches Problem.«

Adams Schlafzimmer befand sich direkt über dem großen Wohnzimmer, mit Ausblick auf das Meer. Adam zog die Vorhänge zu und schloss so das helle Mondlicht aus, dann knipste er das Licht an und riss alle Türen seines riesigen Kleiderschranks auf.

Genevieve pfiff durch die Zähne. »Sieh dir diese vielen Anzüge an! Und diese Hemden! Ich habe noch nie solche Hemdenstapel gesehen.«

Adam grinste stolz. »Und zu jedem gibt es eine andere Krawatte.« Er zog eine Schublade auf und zeigte ihr die Unmengen von ordentlich aufgereihten Krawatten.

In diesem Augenblick wurde Genevieve klar, dass sie hart sein musste, um ihm zu helfen. Sie nahm eine besonders scheußliche Krawatte in die Hand – Goofy, der den Rauch von einem Revolverlauf blies – und sagte: »Adam, ich glaube, es gibt keine sanfte Art, dir beizubringen, dass diese albernen Krawatten absolute Abtörner sind.«

»Aber ich dachte, sie weisen auf die warmherzige, humorvolle Seite eines Mannes hin. Ist Humor nicht der Schlüssel zum Herzen einer Frau?«

»Das kann schon sein – wenn du es richtig anfängst.«

»Die Frauen behaupten doch immer, dass sie sich einen humorvollen Mann wünschen. ›Mit Sinn für Humor‹ – so steht es immer in den Bekanntschaftsanzeigen. Nicht dass ich sie lese – jedenfalls nicht regelmäßig.«

Genevieve lächelte über seine Verlegenheit. »Wir alle lesen sie, Adam, deshalb muss man sich nicht schämen. Aber zurück zu diesen Krawatten.« Sie nahm eine andere aus der Schublade – auf dieser war eine Maus, die an einem Käse knabberte. »Damit schreist du geradezu heraus, dass du noch nicht erwachsen und ungefähr so sexy und kultiviert wie Donald Duck bist. Jeder, der dich kennt, weiß zwar, dass das nicht stimmt, aber jede Frau, die du gerade erst kennen gelernt hast, würde die Beine in die Hand nehmen und weglaufen, wenn sie diese Krawatte sieht.«

Adam nahm sie ihr aus der Hand und warf sie aufs Bett. »Sonst noch was? Hast du mehr Tricks auf Lager, die ich beherrschen sollte?«

»Ja. Dein Auftreten sollte zeigen, dass du ein warmherziger, humorvoller Mensch bist, nicht deine Klamotten.« Ihr Blick fiel auf die goldene Armkette, die auf seinem Nachttisch lag. »Und du solltest deine Klunker weglassen – weniger ist mehr.«

»Und langweilig, meinst du das?«

»Nein, Understatement beweist Klasse. Vertrau mir.«

Er lächelte. »Das tue ich. Vollkommen.« Zu ihrem Erstaunen kam er zu ihr und nahm sie in die Arme. »Weißt du was? Du bist eine wunderbare Freundin.«

Als er sie losließ, sagte sie: »Apropos Freunde – hat dich bisher noch nie jemand auf diese Dinge hingewiesen?«

»Natürlich nicht. Echte Kerle reden nicht über Klamotten. Wir unterhalten uns über Autos, Sport und technische Spielereien. Oh, und über Geld.«

»Dann dürfte das also das Problem sein.« Da er ihre bittere Medizin so mühelos schluckte, gab sie ihm noch einen letzten Rat. »Noch was – es wird dir mehr wehtun als mir, aber bitte heb trotzdem die Arme ein bisschen an.«

Verwundert tat er, was sie von ihm verlangte, und sie zog ihm das Rugbyshirt aus dem Hosenbund. »So, das ist schon viel besser. Meinst du nicht auch?« Sie drehte ihn um, so dass er sich in dem großen Spiegel betrachten konnte.

Adam runzelte zweifelnd die Stirn. »Es sieht schlampig aus, wenn das Hemd aus der Hose hängt.«

»Es sieht *besser* aus«, widersprach sie. »Du musst dich nur daran gewöhnen.«

»Ich komme mir vor, als hätte man mich mehrmals durch den Fleischwolf gedreht«, beichtete er ihr später, als sie wieder unten in der Küche waren und er an seiner sündhaft teuren Espressomaschine herumspielte. »Ich hatte keine Ahnung, dass du so streng und unnachgiebig sein kannst.«

»Ein Irrtum, den andere Leute auch immer wieder begehen.«

»Denkst du da an jemand Bestimmten?«

»Nein. Aber seit Christian wieder aufgetaucht ist, habe ich das Gefühl, unter ständiger Beobachtung zu stehen – falls ich eine ungute Reaktion zeige, wollen es alle mitbekommen.«

Er reichte ihr eine Tasse mit schaumigem Cappuccino. »Ich hab gehört, dass du mit ihm bei Ralphs Scheune warst.«

»Ja, aber hast du auch gehört, dass Jonjo, Polly und Lily-Rose dabei waren?«

»Nein. Dieses unbedeutende Detail wurde weggelassen.«

Sie verdrehte die Augen. »Na toll! Wieso sollte man eine gute Story mit Tatsachen verderben?«

»Wie war es für dich, Christian wieder zu begegnen?«

Genevieve tauchte den Finger in den cremigen Schaum auf ihrem Kaffee und leckte ihn ab. »Im Großen und Ganzen sehr nett. Wir haben sogar vereinbart, uns wieder zu treffen, wenn er das nächste Mal herkommt.«

»Und machst du das, um allen, einschließlich dir selbst, zu beweisen, dass er dir nichts mehr bedeutet?«

»Bestimmt nicht. Ich bin auf seinen Vorschlag eingegangen, weil es schön ist, mit ihm zusammen zu sein – wie früher auch.« Um das Thema zu wechseln, hob sie ihre Tasse an die Lippen und trank einen Schluck. »Mm ... der Kaffee schmeckt köstlich.«

Adam kam zu ihr und fuhr sanft mit dem Daumen über ihre Oberlippe. »Ohne Schnurrbart gefällst du mir besser.«

Sie senkte den Blick. Er wich keinen Schritt zurück, und plötzlich fiel es ihr schwer, ihn wieder anzusehen. Irgendetwas Eigenartiges war zwischen ihnen geschehen, und Genevieve war nicht sicher, ob sie es verstand. Sie wusste nur eines ganz genau: Sie hatte das überwältigende Bedürfnis,

Adams Berührung noch einmal zu fühlen. Allein dieser Gedanke schien die Schleusen zu öffnen und ein Schauer der Lust durchlief sie. Sie fürchtete, dass sie die auf der Untertasse zitternde Tasse verraten könnte, und stellte sie ungeschickt auf die Arbeitsfläche. Sie versuchte, sich zu beruhigen – *vergiss nicht, das ist Adam, dein alter Kumpel* –, und zwang sich, zu ihm aufzusehen. Er musterte sie auf eine Art, die sie von ihm überhaupt nicht kannte. Seine blauen Augen wirkten dunkel und blickten tief in ihre. Sie räusperte sich. »Es ist schon spät. Ich sollte …«

Weiter kam sie nicht. Als wäre die Luft zwischen ihnen implodiert und würde sie einsaugen, lagen sie sich plötzlich in den Armen. Sein Mund war wundervoll warm und weich, und als Adam sie gegen die Arbeitsfläche drängte und sich an sie drückte, wuchs ihr Verlangen noch mehr. Alter Kumpel hin oder her – das spielte jetzt keine Rolle. Sie wollte ihn und er wollte sie.

27

Das Frühstück am nächsten Morgen war eine Katastrophe. Der Toast verbrannte, Eier fielen auf den Boden, Bestellungen wurden verwechselt und Wutausbrüche waren unvermeidbar. Und an allem war Genevieve schuld. Sie konnte nicht einmal Nattie Vorwürfe machen, denn die bediente die Gäste – im Gegensatz zu ihr, die einen Schnitzer nach dem anderen machte – wie ein Profi.

»Was, zum Teufel, ist los mit dir?«, wollte Nattie wissen, als sie mit einem vollen Tablett in die Küche stürmte. »Tisch vier hat pochierte Eier bestellt, keine Rühreier.«

Daddy Dean folgte Nattie auf dem Fuße. Er hielt einen Teller in der Hand und sagte freundlicher: »Du hast die Bohnen vergessen.«

Als der letzte Gast den Speisesaal verlassen hatte, erkundigte er sich bei Genevieve, ob mit ihr alles in Ordnung sei.

»Alles bestens«, log sie.

»So ein Quatsch!«, protestierte Nattie. »Ich habe dich noch nie so durcheinander erlebt.« Sie riss sich die Schürze herunter und warf sie auf den Tisch. »Na dann, ich habe meine Pflicht für heute getan. Glaubst du, Polly macht es etwas aus, wenn sie etwas länger auf Lily-Rose aufpasst? Ich muss nämlich …«

»Oh, warum fragst du überhaupt?« Genevieve drehte sich zu ihr um. »Mach, was du immer tust – überlass es uns, für deine Tochter zu sorgen!«

»Oha – da ist heute ja wirklich jemand mit dem linken Bein zuerst aufgestanden.«

»Spar dir deinen Sarkasmus für jemand anderen auf. Ich hab genug davon. Du bist selbstsüchtig und egoistisch. Es war ein Fehler, dass du wieder hier eingezogen bist, das wusste ich gleich. Du machst allen nur noch mehr Arbeit, insbesondere mir.«

Natties Augen blitzten, als sie den Mund öffnete, um etwas darauf zu erwidern, aber ihr Vater schritt ein. »Seid still, alle beide!«

Das Telefon verhinderte einen größeren Streit. Dankbar für diese Unterbrechung, drängte sich Genevieve an ihrer Schwester vorbei und hob den Hörer ab.

Es war Adam.

Genevieve wurde siedend heiß vor Scham.

Genevieve wünschte sich nur noch einen Spaziergang. Je länger, umso besser. Dichter Nebel war während der Nacht übers Meer herangerollt und noch hatte er sich nicht verzogen. Das trübe Wetter hatte eine beruhigende Wirkung auf Genevieve, und allmählich verlangsamte sie ihre Schritte und merkte, dass Wassertröpfchen im Gras glitzerten und der steinige Pfad ziemlich glatt und rutschig war.

Niemand sonst war auf den Klippen. Als Genevieve zu dem Platz kam, an dem sie und Christian vor gar nicht langer Zeit gesessen hatten, blieb sie stehen, um Atem zu schöpfen – sie war zu schnell bergauf gegangen und hatte jetzt Seitenstechen.

Was hatte sie gestern getan? Welcher Teufel hatte sie geritten? Und jetzt wollte Adam sie sehen und mit ihr darüber sprechen. Wie konnte sie ihm ins Gesicht sehen, wenn sie nicht einmal mehr in den Spiegel schauen konnte? Sie hatte ihm versprochen zurückzurufen, sobald sie eine freie Minute hatte. Sie brauchte also nur vorzugeben, dass sie bis auf Weiteres viel beschäftigt war.

Armer Adam.

Sie schlang die Arme um sich und dachte daran, wie sie gestern die Treppe hinauf in sein Schlafzimmer gehastet waren und sich die letzten Kleidungsstücke vom Leib gerissen hatten, ehe sie aufs Bett fielen – auf die Krawatten und Hemden, die sie kurz vorher aus seinem Kleiderschrank verbannt hatte. In der Hitze der Leidenschaft zog Adam die Schublade seines Nachttischs auf und sagte: »Es ist besser, wir gehen auf Nummer sicher.« Erst in dem Augenblick, in dem er das kleine Päckchen aufriss, kam Genevieve zu Sinnen, und ihr wurde bewusst, was sie tat. Sie zog sich von Adam zurück und setzte sich auf.

»Gen?«

Sie brachte kein Wort heraus. Sie senkte den Kopf und nahm eines seiner grauenvollen, aber teuren Hawaii-Hemden in die Hand. Adam setzte sich auch auf und legte den Arm um sie.

»Gen?«, sagte er noch einmal. »Was ist?«

Sie schwieg immer noch.

Da wurde Adam offenbar klar, was das Problem war. Er stand auf und verschwand im Bad, um ihr Zeit zu geben, sich wieder anzuziehen. Das war gar nicht so leicht, da ihre Klamotten im ganzen Haus verstreut waren. Sie streifte über, was sie fand – ihre Unterhose war nirgendwo zu sehen –, und schlich sich davon, bevor Adam ihr nachkommen konnte.

Sie hatte sich schrecklich verhalten, das wusste sie. Abscheulich. Und das einem lieben alten Freund gegenüber. Ein besserer Mensch wäre geblieben, um sich zu entschuldigen, aber sie hatte bewiesen, dass sie ebenso grausam und herzlos war wie Nattie. Vielleicht hatte sie ihre Schwester deshalb vorhin in der Küche so angefahren: Sie hatte sich selbst in ihr gesehen und es war kein erfreulicher Anblick gewesen.

Die Feuchtigkeit durchdrang ihre Kleider. Zitternd vor Kälte, setzte sie ihren Weg fort. Sie stellte sich vor, wie sie bis in alle Ewigkeiten weiterwanderte, um Adam nie wieder in die Augen sehen zu müssen.

Solange sie sich erinnern konnte, hatte sie Konfrontationen gehasst. Ihr war klar, dass es reine Feigheit war, aber sie sah es als die bessere Lösung an, Konflikten aus dem Weg zu gehen, obschon sie die Erfahrung gemacht hatte, dass manche Situationen noch schlimmer wurden, wenn sie nicht den Mut aufbrachte, den Mund aufzumachen. Beziehungen zu beenden war für sie immer besonders heikel gewesen. Bei ihrem letzten Freund Mike hatte sie gehofft, er würde selbst dahinterkommen, dass sich ihre sechs Monate währende Beziehung totgelaufen hatte. Aber unglücklicherweise schien er mit dem Status quo glücklich zu sein; die gelegentlichen Streitereien, ob sie zu Hause bleiben oder ausgehen sollten – er wollte immer vor dem Fernseher sitzen und Fußball anschauen –, und die Tatsache, dass sie kaum etwas gemeinsam hatten, machten ihm augenscheinlich nichts aus. Statt ihn vor den Kopf zu stoßen und ihm zu sagen, dass sie genug hatte und ihn langweilig fand, hatte sie auf die altbewährte Methode zurückgegriffen und angedeutet, dass sie ihre Beziehung durch eine Heirat festigen sollten. Und es hatte funktioniert. Innerhalb weniger Tage war er weg. Allein bei dem Gedanken an eine feste Bindung geriet er in Panik. Aber am wichtigsten war, dass sie seinen Stolz und seine Würde nicht verletzt hatte. Absichtlich würde sie das niemals tun, weil sie wusste, wie demütigend das sein konnte.

Das brachte sie wieder zu Adam. Er musste sich scheußlich fühlen, nachdem er von zwei Baxter-Mädchen zurückgewiesen worden war. Aber anders als Nattie würde sie alles wieder gutmachen. Sobald sie sich einigermaßen gefasst hatte, würde sie sich bei ihm entschuldigen. Konnte ihre Freundschaft jemals wieder so sein wie vorher? Einen verrückten Moment lang fragte sie sich, ob es besser gewesen wäre, das, was sie angefangen hatten, zu Ende zu führen – dann hätte sie wenigstens Adams Gefühle nicht verletzt.

Und was war mit ihr? Zählten ihre Gefühle nicht so viel wie seine? Noch ehe sie eine Antwort darauf finden konnte, stellte sich eine neue Frage: Was wäre geschehen, wenn Christian gestern Abend in diesem Bett gelegen hätte?

Dieser Gedanke schockierte sie so sehr, dass sie ihn nicht weiterverfolgte. Sie ging rasch weiter. Trotzdem überlegte sie, wie es wohl wäre, als erwachsene Frau mit Christian zu schlafen. Das zu erleben, worum Rachel sie betrogen hatte.

Nein! Diesen Kurs wollte sie auf keinen Fall einschlagen.

Der Nebel löste sich endlich auf und die Sonne erschien als weiß leuchtende Scheibe am bewölkten Himmel. Das Kreischen der Möwen unterstrich die unheimliche Stimmung. Jetzt hatte sie einen fast klaren Blick auf die Landzunge und den Tawelfan Beach dahinter und sah, dass eine Gestalt in einer weiten Wachsjacke auf sie zukam. Das musste ein Einheimischer sein – nur ein Dummkopf würde bei diesem Wetter auf den Klippen spazieren gehen, wenn er den Weg nicht kannte wie seine eigene Westentasche. Als die Gestalt näher kam und sie genauer hinsah, merkte sie, dass sie sich geirrt hatte. Es war Christian.

Was machte er hier? Er winkte. Am liebsten wäre sie ihm entgegengerannt wie die Heldinnen in den kitschigen

Filmen, die ihre Mutter so sehr liebte, aber sie hielt sich zurück.

Als er nahe genug war, um ihre Lippen lesen zu können, sagte sie: »Dich hätte ich hier draußen wirklich nicht erwartet.«

»Und ich dachte, ich wäre der einzige Spinner, der bei diesem Wetter einen Spaziergang macht.«

»Der Nebel ist hartnäckig. Der Wind ist zu schwach, um ihn zu vertreiben. Hast du meinen Brief bekommen?« Sie war froh, dass er die Nervosität und Verlegenheit in ihrer Stimme nicht hören konnte.

Er schüttelte den Kopf. »Welchen Brief?«

Jetzt fiel es ihr wieder ein. »Ach, klar – ich habe ihn ja erst gestern eingeworfen. Wann bist du angekommen?«

»Um acht Uhr heute Morgen. Ich habe heute einen freien Tag und dachte, ich könnte einen Kurzbesuch hier machen, deshalb bin ich schon in aller Herrgottsfrühe aufgestanden. Ich brauche noch ein paar Fotos von der Scheune.«

»Aber ich dachte, du hättest jede Menge Aufnahmen gemacht, als du das letzte Mal hier warst.«

»Das stimmt, aber blöderweise hab ich die Filmrolle verloren.« Er zog eine kleine Kamera aus der Jackentasche. »Diesmal benutze ich eine Digitalkamera. Da kann so was nicht mehr passieren.«

»Und was führt dich auf die Klippen?«

Er steckte die Kamera wieder ein. »Ich konnte nicht widerstehen. Und ich dachte, dass ich unter Umständen mutig genug sein würde, dich zu einem Tee einzuladen, wenn ich bis nach Angel Sands weitergehe und an deine Tür klopfe.«

»Glaubst du, du wärst mutig genug gewesen?«

»Je nachdem, wer mir die Tür geöffnet hätte. Wenn es Nattie gewesen wäre, hätte ich wahrscheinlich die Flucht ergriffen.«

»Nach unseren heftigen Wortwechseln in den letzten vierundzwanzig Stunden hätte sie dich wahrscheinlich zur Schnecke gemacht.«

»Oh, ihr habt gestritten? Ihr habt euch doch immer gut verstanden.«

»Nicht der Rede wert. Ich habe nur die Beherrschung verloren.«

»Möchtest du mir bei einem Tee davon erzählen?«

Sie war versucht, seine Einladung anzunehmen, aber der Gedanke, zusammen mit ihm nach Angel Sands zurückzugehen, wo sie unter allgemeiner Beobachtung standen, veranlasste sie zu dem Vorschlag: »Ich hätte mehr Lust, zum Tawelfan Beach zu gehen und einen Hotdog am Kiosk zu essen.«

Nach dem deprimierenden Morgen war es eine Wohltat, mit Christian am Strand zu sitzen und seine beruhigende Gesellschaft zu genießen. Ein leichter Wind war aufgekommen, der Dunst hatte sich verflüchtigt und die Wolken waren aufgebrochen, so dass blaue Flecken am Himmel zu sehen waren. Sie hatten ihre Jacken ausgezogen und sie auf den Boden gelegt, um darauf zu sitzen, während sie die riesigen Hotdogs mit Zwiebeln, Senf und Ketchup verzehrten.

»Wir müssen ziemlich lange schwimmen, wenn wir das hier wieder loswerden wollen«, sagte Genevieve.

»Schwimmen im eiskalten Wasser ist schön und gut, wenn man zu jung ist, um es besser zu wissen, aber heute bringst du mich nicht mehr dazu.« Er nahm einen der Plastikbecher mit Tee, den sie ebenfalls am Kiosk gekauft hatten, hob den Deckel ab und reichte ihn Genevieve. »Es ist schön hier«, sagte er. »Ich freue mich, dich wiederzusehen.«

»Mir geht es genauso.«

Es war unnötig, darauf hinzuweisen, dass es so war wie in alten Zeiten. Sie tranken ihren Tee, beobachteten die Familie, die Probleme hatte, einen Windschutz aufzustellen: Der Vater gab seiner Frau Anweisungen, während sich die drei Kinder über die Leckereien in der großen Kühltasche hermachten.

Genevieve drehte sich zu Christian. »Ich bin überrascht, dass Jonjo nicht mit dir hergekommen ist«, sagte sie.

»Er weiß gar nicht, dass ich hier bin. Ich wollte mir die Scheune allein ansehen, um ein Gefühl dafür zu bekommen. Belästigt er Polly immer noch?«

»Fast täglich.«

»Stört es sie?«

»Nein. Sie ist der toleranteste Mensch auf der ganzen Welt. Sie ist der Ausgleich für Nattie und mich.«

Er lächelte. »Du hast vorhin von einer Auseinandersetzung zwischen dir und Nattie gesprochen. Worum ging es?«

»Wenn es dir nichts ausmacht, würde ich lieber nicht darüber reden.«

»Natürlich.«

Die drei Kinder am Strand stritten um die Sandwichs. Christian folgte Genevieves Blick. »Darf ich dich, nachdem ich fälschlicherweise angenommen hatte, Adam wäre dein Mann und Lily-Rose euer gemeinsames Kind, fragen, ob du verheiratet bist oder warst?«

Sie sah ihn an. »So weit ist es nie gekommen. Es gab zwar ein, zwei Männer, mit denen ich es mir hätte vorstellen können, aber dann habe ich doch immer wieder das Handtuch geworfen.« Sie erzählte ihm von ihrer »sanften« Methode, Schluss zu machen.

»Sehr rücksichtsvoll von dir.«

»Das hoffe ich.«

»Aber es besteht natürlich die Gefahr, dass dich eines Tages mal jemand beim Wort nimmt.«

Sie nahm eine Hand voll Sand und ließ ihn durch die Finger rieseln. »Das wäre schlimm, aber nicht das Ende der Welt. Dann müsste ich auf Plan B zurückgreifen.«

»Und der wäre?«

»Ich würde ihn zwingen, eine Woche im Schoß meiner Familie zu verbringen. Dann würde er blitzschnell den Rückzug antreten.«

Christian lachte. »Ich habe neulich deine Mutter nicht gesehen. Wie geht es ihr?«

»Für eine Frau, die eine Midlife-Crisis durchmacht, blendend.« Genevieve erzählte ihm von Serenas Bedürfnis, sich eine Auszeit zu nehmen, und ihrem letzten Brief aus Neuseeland.

»Und wie wird dein Vater damit fertig?«

»Er macht Höhen und Tiefen durch. Meistens ist er wie gelähmt vor Angst. Einerseits macht er sich vor, dass sie zurückkommt, wenn sie bereit dazu ist, andererseits fürchtet er, sie an diesen alten Freund Pete zu verlieren.«

»Und was sagen deine Schwestern dazu?«

»Sie wissen nichts von dem Brief. Dad hat noch nicht mit ihnen darüber gesprochen. Polly hat alle Hände voll zu tun, ein Musikfestival in St. David's vorzubereiten, und Nattie – na ja, sie würde wohl in die Luft gehen, wenn sie davon wüsste. Ich weiß nicht, warum, aber sie ist richtig wütend auf Mum.«

Sekunden verstrichen, ehe Christian etwas darauf erwiderte. Wie vor Jahren staunte Genevieve darüber, dass er so gut Lippen lesen konnte – er verstand selten etwas falsch.

»Und was wird deine Mutter tun, wenn dein Vater nichts unternimmt?«, fragte er schließlich.

»Das würde ich auch gern wissen. Aber genug jetzt von meiner Familie, erzähl mir von deiner. Wie geht es deinen

Eltern? Haben sie jemals dieses Haus in Frankreich gekauft?«

»Ja, aber Mum hat es vor drei Jahren nach Dads Tod verkauft. Seither geht es mit ihrer Gesundheit bergab.«

Genevieve wusste, wie nah er seinen Eltern immer gestanden hatte. »Es tut mir Leid, dass dein Vater gestorben ist. Wie oft siehst du deine Mutter?«

»Nicht so oft, wie ich sollte. Ich wollte sie überreden, in ein kleineres Haus oder in eine Wohnung zu ziehen, damit sie weniger Arbeit hat, vor allem mit dem Garten, aber davon will sie nichts hören. Vielleicht erinnerst du dich, wie sehr sie es liebt, tagaus, tagein im Garten zu schuften.«

Sie nickte. »Ja. Richtest du ihr liebe Grüße von mir aus, wenn du sie das nächste Mal siehst?«

»Mach ich.« Er sah auf seine Uhr. »Ich sollte mich auf den Weg machen.«

»Schon?«

»Ja.«

Sie begleitete ihn zu Ralphs Scheune, wo er seinen Wagen, einen Volvo-Kombi, geparkt hatte. Er warf seine Jacke ins Auto, zog seine Wanderstiefel aus und ein Paar staubige Straßenschuhe an.

»Steig ein, ich bring dich nach Hause«, bot er ihr an.

Plötzlich sah sie vor sich, wie Debs und die anderen Klatschbasen aus dem Fenster des Frisiersalons spähten, während sie mit Christian vorbeifuhr. »Das ist nicht nötig«, wehrte sie ab.

»Das weiß ich, aber ich würde es gern.«

Sie blieb standhaft. »Es wird mir gut tun, das Stück zu Fuß zu gehen.«

Er legte den Kopf zur Seite und musterte sie. »Wovor hast du Angst, Genevieve?«

Sein Scharfsinn beunruhigte sie und sie lachte ein wenig zu schrill. »Du vergisst, dass ich eine Baxter bin und vor gar nichts Angst habe.«

»Dann steig ein und kümmere dich nicht darum, was andere Leute denken könnten.«

Sie straffte die Schultern. »Ich weiß gar nicht, wovon du redest.«

Er hielt ihr die Tür auf. »O doch, das weißt du. Jetzt steig ein.«

Sie sagte nichts mehr, bis sie nach Angel Sands kamen, wo sich Murphys Gesetz Geltung verschaffte. Ein Verkehrsstau hatte sich hinter einem Auto mit Wohnanhänger gebildet. Der Wohnwagen hatte einen platten Reifen und blockierte einen Teil der Straße. Die anderen Verkehrsteilnehmer waren ausgestiegen, um beim Reifenwechseln zu helfen. Genevieve hätte sich kein größeres Publikum wünschen können. Debs, Stan und Gwen, Ruth und die Lloyd-Morris-Brüder – alle standen vor ihren Läden und beobachteten das Spektakel.

Genevieve sank in ihren Sitz zurück und warf Christian einen Seitenblick zu. Er grinste. Sie schlug ihm auf den Arm. »Woher wusstest du das?«

»Dass du nicht mit mir gesehen werden willst? Das war nur so eine Ahnung. Das und dein kurzes Zögern, bevor du meine Einladung zum Tee in Angel Sands ausgeschlagen hast.«

»Du hältst mich sicher für albern.«

»Ganz und gar nicht. Es tut mir nur Leid, dass du so denkst. Dass du meinst, es wäre wichtig, was andere Leute sagen.«

»Du hast Recht. Ich sollte mich nicht darum kümmern, aber manche alten Gewohnheiten sind schwerer abzuschütteln als andere.«

Er legte den Ellbogen ins offene Fenster, drehte sich ein Stück weiter zu ihr und sah sie durchdringend an. Sein

Blick war so intensiv, dass sie unwillkürlich zurückwich. Und zu ihrem Entsetzen fiel ihr die Frage, die sich vorhin gestellt hatte, wieder ein: Was wäre gewesen, wenn sie gestern mit Christian und nicht mit Adam im Bett gelandet wäre? Ihr Mund wurde trocken, und sie versuchte, sich abzuwenden, konnte es jedoch nicht. Sie wartete darauf, dass er etwas sagte – irgendetwas –, aber er schwieg und sah sie einfach nur an. Dann hörte sie eine Hupe hinter ihnen. »Es sieht so aus, als könnten wir uns jetzt vorbeizwängen«, bemerkte sie.

Er nickte, legte den Gang ein und fuhr über den Bürgersteig an dem Wohnwagen vorbei. Und in diesem Moment entdeckten Debs und alle anderen Genevieve. Sie lächelten alle und winkten. Debs war sogar so dreist, sich herunterzubeugen und durchs Wagenfenster zu glotzen.

»Ignorier deine Freunde nicht, Genevieve«, riet ihr Christian. »Winke zurück, oder ich bleib stehen und küsse dich, nur um ihnen Grund zum Klatschen zu geben.«

»Das würdest du nicht wagen!«

»Willst du es drauf ankommen lassen?«

Während der kurzen Fahrt zum *Paradise House* schwiegen sie. Christian schaltete den Motor aus und drehte sich zu ihr. Für einen Augenblick glaubte sie, er würde seine Drohung wahr machen und sie küssen. Als er sich zu ihr beugte, die Hand hob und ihr die Haare aus dem Gesicht strich, sagte sie: »Hältst du das für eine gute Idee?«

Seine Hand verharrte eine Weile, dann ließ er sie sinken. »Du hast Recht«, sagte er. »Es wäre ein Fehler – nicht nur wegen unserer Vergangenheit.«

»Was für einen Grund könnte es sonst noch geben?«

»Einen sehr guten. Ihr Name ist Caroline.«

28

Er hat eine Freundin?«, wiederholte Nattie. »Wer, zum Teufel, ist verrückt genug, sich mit diesem Betrüger und verlogenen Subjekt zusammenzutun?«

Wie immer war Nattie unnachgiebig. Wenn sie sich einmal eine Meinung gebildet und den Charakter eines Menschen als fragwürdig eingestuft hatte, konnte sie nichts mehr davon abbringen. Genevieve hatte sogar den Verdacht, dass Nattie Christian auch dann noch verurteilen würde, wenn er Frieden auf der ganzen Welt gestiftet und obendrein ein Heilmittel gegen Krebs erfunden hätte.

Genevieve zerrte an dem Knäuel aus Handtüchern, das in der Waschmaschine steckte, und wünschte, das Haus wäre leer gewesen, als Christian sie abgesetzt hatte. Äußerlich war sie die Freundlichkeit in Person gewesen und hatte sich nichts anmerken lassen, als es beim Abschied beinahe zu einem Kuss gekommen wäre. Aber in ihrem Inneren herrschte ein heilloser Tumult. Wieso, um alles in der Welt, hatte er überhaupt angedeutet, dass er sie küssen wollte, wenn er mit einer anderen Frau liiert war? Unweigerlich musste sie an die Katze denken, die das Mausen nicht lässt.

Nattie war mit Lily-Rose in der Küche, als Genevieve hereinkam. Und ungeschickterweise war Genevieve sofort mit den Neuigkeiten herausgeplatzt, die sie gerade von Christian gehört hatte. Vermutlich wollte sie einfach mit jemandem reden – auch wenn dieser Jemand ihre äußerst feindselig gestimmte Schwester war.

»Und wenn er eine Freundin hat«, fuhr Nattie jetzt im Hauswirtschaftsraum fort, »warum ist er dann hier und scharwenzelt um dich herum?«

Genevieve ließ das schwere Bündel Handtücher in den Korb fallen, der vor der Waschmaschine stand, und stand auf, um ihn nach draußen zu tragen. Aber Nattie versperrte ihr den Weg. Sie stand in der Tür, lehnte mit der Schulter an einer Seite des Türrahmens und hatte die Knöchel auf der anderen Seite gekreuzt. Hinter ihr saß Lily-Rose am Küchentisch und rührte mit einem Pinsel in einem Marmeladeglas mit farbigem Wasser.

»Du musst immer übertreiben, Nattie«, sagte Genevieve leise, weil sie nicht wollte, dass ihre Nichte etwas von der Unterhaltung mitbekam. »Wir haben uns lediglich erzählt, was wir in der Zwischenzeit erlebt haben. Nichts weiter.«

»Er hat dich schon einmal verletzt, Gen, und ich fände es schrecklich, wenn das noch einmal passieren würde.«

»Du stellst ihn dar wie einen notorischen Herzensbrecher.«

»Was soll ich dazu sagen? Seine Taten sprechen für sich. Aber ich merke, dass du meine Frage nicht beantwortet hast. Warum sollte er dick Freund mit dir sein, wenn er liiert ist?«

Genevieve stützte den Wäschekorb auf der Hüfte ab. »Mach dich nicht lächerlich. Die Zeiten, in denen man nur mit Gleichgeschlechtlichen eine Freundschaft haben konnte, sind längst vorbei. Sieh dir Adam und mich an. Ehrlich, manchmal denke ich, du lebst in einer anderen Welt als wir anderen. So, und jetzt habe ich zu tun – ich muss zum Beispiel diese Handtücher auf die Leine hängen. Es sei denn, du möchtest das übernehmen.« Insgeheim hoffte sie, dass ihr Hinweis auf Adam nicht die Argumentation ihrer Schwester stützte.

Sie war schon an der Hintertür, als Nattie ihr nachrief: »Ach, übrigens – Adam hat angerufen und wollte dich sprechen. Zwei Mal! Ich habe ihm klar gemacht, dass er sich zurückhalten soll und dass du Belästigungen am Telefon ganz und gar nicht brauchen kannst.«

Draußen im Garten überlegte Genevieve, was eigentlich vor sich ging. In weniger als vierundzwanzig Stunden war sie beinahe mit einem Mann im Bett gelandet, für den sie nie amouröse Gefühle gehegt hatte, und wäre fast von einem anderen, den sie ursprünglich nie wiedersehen wollte, geküsst worden.

Das vordringlichste Problem war Adam: Sie musste sich mit ihm aussprechen. Sich vor ihm zu verstecken war definitiv keine Lösung. In einem so kleinen Ort wie Angel Sands würde sie ihm ohnehin über kurz oder lang wieder über den Weg laufen. Ihr blieb gar nichts anderes übrig, als mit ihm zu sprechen und sich dafür zu entschuldigen, dass sie gestern Abend einen schwachen Moment gehabt hatte. Könnte ihn das noch mehr kränken? *Tut mir Leid, Adam, aber ich habe mir nur die Kleider vom Leib gerissen, weil ich in diesem Augenblick nicht ganz zurechnungsfähig war. Ich brauche wohl nicht zu erwähnen, dass ich normalerweise, wenn ich all meine Sinne beisammen habe, nicht im Traum daran denken würde, so etwas zu tun.*

O ja, wenn er das hörte, dann würde er sich ganz bestimmt besser fühlen.

Um elf Uhr am folgenden Morgen räumte Genevieve zusammen mit Donna den Speisesaal nach dem Frühstück auf. Einer der Gäste hatte eine Schale mit Müsli auf den

Boden fallen lassen. Während Genevieve den aufgeweichten Brei beseitigte, hörte sie sich Donnas neueste Neuigkeiten über ihre Romanze mit Tubby an.

»Ich bin nach Angel Sands gekommen, um ein neues Leben anzufangen«, erklärte Donna, als sie die Tiegel mit der selbst gemachten Marmelade einsammelte und auf ein Tablett stellte, »aber ich hätte im Leben nicht damit gerechnet, dass ich mich verlieben würde. Nicht mehr in meinem Alter. Da erwartet man das einfach nicht, oder?«

»Sie sind doch noch keine alte Frau, Donna.«

Donna gab ihr heiseres Lachen von sich, das Dad vor wenigen Wochen in die Flucht geschlagen hatte. »Ich bin ganz bestimmt nicht mehr taufrisch. Auch wenn ich denke, dass ich mit zweiundfünfzig noch besser aussehe als viele andere.« Sie wackelte aufreizend mit ihren Hüften.

Genevieve richtete sich auf. »Also ist es Liebe zwischen Ihnen und Tubby, oder?«

»Entweder das oder wir beide lassen uns von purer Lust treiben.« Wieder lachte sie.

Die Bedenken, die Genevieve hatte, als sie Donna einstellte, waren längst verflogen; an deren Stelle war echte Zuneigung getreten. Donnas Leben war beileibe nicht immer glücklich gewesen. »Ich kann Ihnen sagen, das Zusammensein mit einem bösartigen Trinker ist kein Zuckerschlecken«, hatte sie Genevieve einmal gestanden. Trotzdem war sie immer heiter und gut gelaunt.

Als sie später die Putzutensilien für die Reinigung der Gästezimmer herrichteten, hatte Donna eine Überraschung für Genevieve parat.

»Ich weiß, dass es mich eigentlich nichts angeht«, begann Donna, »aber meinen Sie, es würde Ihrem Dad helfen, wenn Tubby und ich mal mit ihm reden?«

»Worüber?«

Donna legte sich den Staubsaugerschlauch über die Schulter wie den Riemen einer Handtasche. »Über Ihre Mutter natürlich.«

Genevieve war im ersten Moment sprachlos. Sie hatte nie mit Donna über dieses Thema gesprochen. »Oh, ich weiß nicht, ob das eine gute Idee ist«, sagte sie schließlich. »Dad ist sehr introvertiert, er mag es nicht …«

»Er ist auch sehr einsam und unglücklich«, fiel ihr Donna ins Wort. »Das ist offensichtlich. Und das sind zwei Dinge, die man meiner Meinung nach nie in einem Mann gären lassen sollte. So etwas kann einen schlechten Einfluss auf Männer haben: Sie werden Alkoholiker wie mein Ex oder schleppen plötzlich lauter Frauen ab.«

Genevieve lächelte unsicher. »Das ist eine ziemliche Verallgemeinerung. Dad ist in dieser Hinsicht wohl kaum gefährdet.«

»Na ja, es war, wie gesagt, nur so ein Gedanke. Ich weiß ja, wie gut Ihr Vater und Tubby miteinander auskommen, und ich dachte eben, es könnte helfen.«

»Ist Tubby darauf gekommen?«

»Lieber Himmel, nein! Er ist genauso dämlich wie alle Kerle, wenn es um Gefühle geht. Aber wir wollen sie ja gar nicht anders haben, stimmt's, Schätzchen?«

Sie waren noch dabei, die Betten zu machen und Bäder zu putzen, als es an der Tür klingelte. Genevieve ging hinunter, um aufzumachen. Wieder stand der Blumenhändler Rhys Williams auf der Schwelle, der schon zweimal Blumen für Polly abgegeben hatte. Er begrüßte Genevieve freundlich und überreichte ihr einen Strauß aus wunderschönen blassrosa Rosen.

»Sieht so aus, als müsste ich jetzt täglich herkommen. Wer immer die Verehrer auch sein mögen, weisen Sie sie bitte nicht ab. Wenn das so weitergeht, kann ich früher als geplant in den Ruhestand gehen.«

Genevieve nahm die Blumen mit in den Salon und stellte sie auf das Klavier. Sie waren vermutlich für Polly, dennoch warf Genevieve einen Blick auf die beiliegende Karte.

Liebe Genevieve, was ich gestern beinahe getan hätte, tut mir Leid. Bitte verzeih einem alten Freund ... wenn du kannst.

Liebe Güte! Jetzt *musste* sie sich bei Adam entschuldigen. Wenn er so lieb und umsichtig sein konnte, sie um Verzeihung zu bitten, dann war es nur recht und billig, dass sie all ihren Mut zusammennahm und mit ihm redete.

Sobald sie an diesem Abend sah, dass Licht in Adams Haus auf der anderen Seite der Bucht brannte, erklärte Genevieve ihrem Vater, dass sie noch einmal wegmüsse. »Es dauert bestimmt nicht lang«, sagte sie, dann ließ sie ihn in Ruhe fernsehen. Die Gäste waren alle außer Haus, Lily-Rose lag schon im Bett, Nattie nahm ein Bad und Polly besuchte das Konzert eines ihrer Schüler in Milford Haven.

Genevieve nahm das selbst gemachte Geschenk aus dem Kühlschrank – einen Zitronen-Baiser-Kuchen, Adams Lieblingskuchen, wie sie wusste. Er wirkte so verlegen wie sie, als er ihr die Tür öffnete. Sie drückte ihm den in Folie verpackten Kuchen in die Hände.

»Eine Wiedergutmachungsgabe – Zitronen-Baiser mit einer doppelten Portion Zerknirschung.«

Adam machte die Tür hinter ihr zu. »Komm mit in die Küche, ich mache uns einen Kaffee.«

»Nicht wenn uns das wieder in Versuchung führt«, sagte sie mit einem unsicheren Lachen.

»Dann lieber einen Tee? Wäre das weniger verführerisch?«

»Ehrlich gesagt, ein großes Glas Wein wäre mir lieber.«

Es war warm genug, um sich auf die Terrasse zu setzen. Der Himmel wurde immer dunkler, die Insekten schwirrten durch die Luft und die Wellen rollten in die Bucht.

»Ich bin froh, dass du dich überwunden hast herzukommen. Es wäre schrecklich für mich, wenn etwas zwischen uns stünde.«

»Ich weiß, mir geht es genauso.«

Er schüttelte den Kopf. »Bestimmt nicht. Ich wette, du fühlst dich missbraucht und glaubst, ich hätte dich neulich abends nur ausnützen wollen.« Er starrte in die Dunkelheit. »Wahrscheinlich hasst du mich dafür.«

»Nein, Adam!«, rief sie entsetzt. »Das stimmt alles nicht. Ich dachte nicht ein einziges Mal, dass du mich ausnützt. Genau genommen glaube ich, dass ich diejenige war, die das alles in Gang gesetzt hat.«

Er wandte ihr das Gesicht zu. »Du brauchst mich nicht zu schonen, Gen. Aber eines musst du mir glauben: Ich habe mir nicht vorgestellt, dass Nattie mit mir auf dem Bett liegt.«

Diese Möglichkeit war Genevieve nie in den Sinn gekommen. Sie war so in ihre eigenen Schuldgefühle und Verlegenheit verstrickt gewesen, dass sie sich nicht ein einziges Mal überlegt hatte, was in Adam vorgegangen sein mochte.

Als sie nicht antwortete, fuhr er fort: »Sieh mal, Gen, ich bin ganz ehrlich zu dir. Mir ist das schon öfter passiert – mit anderen Frauen. Ich habe mit ihnen geschlafen und dabei die ganze Zeit an Nattie gedacht. Darauf bin ich wahrlich nicht stolz. Aber ich kann dir versichern, dass es mit dir nicht so war. Ich schwöre es.« Er trank einen großen Schluck Wein. »Es ... es ist schwer zu erklären – es hat sich so richtig angefühlt mit dir. Plötzlich wurde mir bewusst, wie schön es sein muss, mit jemandem Sex zu haben, den man wirklich gern hat. Du weißt schon ... echte Gefühle zu erleben. Bisher war das nie so.« Unvermittelt schlug er mit der Faust auf die Armlehne seines Stuhls. »Verdammter Mist! Was, zum Teufel, rede ich da?«

Genevieve streckte die Hand aus und berührte seinen Arm. »O Adam. Es tut mir Leid, dass es so gekommen ist.«

»Und weißt du was? Ich wünschte, ich könnte sagen, dass ich nicht weiß, was in mich gefahren ist, aber das kann ich nicht. Ich wusste genau, was ich tat.«

»Dasselbe gilt für mich. Aber um unserer Freundschaft willen müssen wir das Ganze vergessen.«

Er sah auf. »Ich kann das, wenn du es kannst.«

»Gut«, erklärte sie resolut. »Also keine Verlegenheit mehr?«

»Und du versteckst dich nicht mehr vor mir?«

»Abgemacht.« Erleichtert, weil sich das Problem so einfach aus der Welt schaffen ließ, sagte sie: »Übrigens, du siehst gut aus heute Abend. Warst du shoppen?«

»Ich habe mir deinen Rat zu Herzen genommen und bin heute Nachmittag losgezogen, um mir neue Hemden und Hosen zu kaufen. Du findest doch nicht, dass dieses blaue Hemd langweilig aussieht, oder?«

»Nein. Es ist sehr schick – lässig, aber stylisch. Die Farbe passt perfekt zu deinen Augen.«

Er trank sein Glas aus und sah Genevieve niedergeschlagen an. »Und wofür das alles? Oder besser: für wen?«

»Hey, das klingt gar nicht nach dem Adam, den ich kenne und liebe.«

»Na ja, die letzten beiden Tage waren in vielerlei Hinsicht eigenartig. Jedenfalls tue ich mir jetzt nicht mehr selber Leid.« Ein warmes Lächeln breitete sich auf seinem Gesicht aus. »Ich schätze, ich werde nie wieder die Gelegenheit dazu haben, also sage ich es dir jetzt, Gen: Du hast eine tolle Figur. *Sehr* sexy. Ich hatte keine Ahnung, dass deine Beine so schön sind. Ich kann mich nicht erinnern, jemals mehr als deine Knöchel gesehen zu haben. Vielleicht hat mich gerade das so sehr gereizt.«

Genevieve verschlug es den Atem, und die Röte stieg ihr ins Gesicht, während sie mit verschränkten Armen dasaß.

»Sieh mich nicht so böse an, Gen. Es ist wahr. Du hast eine fantastische Figur. Ich denke, du weißt gar nicht, wie attraktiv du bist.«

»Das reicht. Hör sofort auf damit.«

»Nein. Du hast mir den Kopf wegen meiner geschmacklosen Hemden und Krawatten zurechtgerückt, jetzt bekommst du eine Kostprobe von deiner eigenen Medizin. Polly mag die klügste und hübscheste der Baxter-Schwestern sein und Nattie die temperamentvollste, aber du bist die beste. Und weißt du warum? Weil du nicht nur warmherzig und großzügig bist, sondern dich um andere Menschen sorgst. Und zudem bist du verdammt sexy. Ich kann sehr gut verstehen, warum dein alter Freund den Blick nicht von dir lassen konnte, als er hier war, und warum er so schnell wiedergekommen ist.«

Genevieve beugte sich blitzschnell vor. »Er hat nichts dergleichen getan.«

»Bist du dir da ganz sicher? Wie kommt's dann, dass ich euch gestern auf den Klippen gesehen habe, nachdem ich dich telefonisch nicht erreicht hatte?«

»Adam Kellar, hast du nichts Besseres zu tun, als deinen Nachbarn hinterherzuspionieren? Warum warst du nicht bei der Arbeit und hast auf ehrliche Weise dein tägliches Brot verdient?«

Er grinste. »Ich habe gearbeitet. Hier, zu Hause.«

»Hmm … offenbar nicht konzentriert genug, sonst hättest du nicht die Zeit gehabt, mich zu beobachten. Und was war mit dem Nebel? Du kannst uns gar nicht gesehen haben.«

»Ferngläser sind eine großartige Erfindung. Du solltest dir selbst eins zulegen.« Er schenkte ihr Wein nach. »Wie läuft es bei euch beiden? Ist der alte Zauber noch da?«

»Ich glaube, du bist mir lieber, wenn du unglücklich und reumütig bist«, murrte sie. »Wenigstens bist du dann nicht so neugierig.«

»Sei nicht so eingeschnappt und beantworte lieber meine Frage. Übrigens, du hast deinen Slip bei mir vergessen. Er ist gewaschen und liegt zum Abholen bereit – es sei denn, du willst ihn mir als Souvenir überlassen.«

Wieder lief sie knallrot an. »Dir ist schon klar, dass du unausstehlich bist, oder?«

»Noch ein paar Gläser von diesem Merlot, und ich könnte dir zeigen, wie unausstehlich ich sein kann. Aber jetzt erzähl – hat er versucht, dir näher zu kommen? Nur um der alten Zeiten willen?«

Genevieve dachte an die Szene in Christians Auto. War das eine Annäherung um der alten Zeiten willen gewesen? Ein kurzer Moment, in dem er sich überlegt hatte, wie es wohl wäre, die Uhr zurückzudrehen und eine Zeit wieder aufleben zu lassen, in der ihr Zusammensein so unschuldig vertraut und unkompliziert war?

Genevieve beschloss, aufrichtig zu Adam zu sein. »Ich glaube, er hat kurz daran gedacht, mich zu küssen, nur um zu sehen, wie es wohl wäre, aber zum Glück hat er sich eines Besseren besonnen.« Sie erzählte, dass Christian eine Freundin hatte.

»Und wie hast du dich gefühlt, als er dir das gebeichtet hat? Warst du enttäuscht? Erleichtert? Verletzt? Oder vielleicht richtig sauer?«

»Ein bisschen von allem«, gestand sie und trank von ihrem Wein. »Worauf willst du hinaus?«

»Nun ja, wenn es dir gleichgültig gewesen wäre, dann wäre das ein Beweis, dass du immun gegen seinen Charme bist. Aber so riskierst du …«

»Ja, ich weiß, ich riskiere, von neuem verletzt zu werden. Nattie hat mich bereits auf ihre unnachahmliche Art auf diese Gefahr hingewiesen. Aber ihr scheint zu vergessen, dass ich mittlerweile ein großes Mädchen bin und dass er für mich tabu ist, da er eine Freundin hat.«

»Und wenn diese Freundin von der Bildfläche verschwindet? Kommt er dann für dich in Frage?«

»Wie ich schon sagte: Ich bin inzwischen erwachsen. Ich werde schon mit einem alten Schwarm fertig, der in Reminiszenzen schwelgen will. Ich, für meinen Teil, bin nicht im Mindesten daran interessiert.« Es wurde Zeit, das Thema zu wechseln. »Also, bevor ich mich wieder aus dem Staub mache und vergesse, weshalb ich überhaupt hergekommen bin, möchte ich mich bei dir für die wunderschönen Blumen bedanken. Es wäre nicht nötig gewesen – wenn jemand um Verzeihung bitten muss, dann bin ich es. Ich hätte mich nicht wie ein Dieb davonschleichen dürfen, aber ich wusste nicht, was ich sagen sollte.«

Er sah sie verständnislos an. »Tut mir Leid, das kapiere ich nicht. Von welchen Blumen sprichst du?«

»Von den Rosen. Sie sind heute Morgen geliefert worden.«

Ein Lächeln huschte über sein Gesicht. »Und was stand auf der Karte?«

Verärgert über sein albernes Spielchen, sagte sie: »›Liebe Genevieve, was ich gestern beinahe getan hätte, tut mir Leid. Bitte verzeih einem alten Freund … wenn du kannst.‹«

Adam sah sie unverwandt an. »Wie ich schon sagte: Der Bursche konnte den Blick nicht von dir lassen.«

29

Selbst in ihren besten Zeiten war Gran Baxter nicht unbedingt der zuverlässigste Mensch. Ihr Gedächtnis sei voll funktionsfähig, behauptete sie; andere würden ihr nur immer absichtlich Streiche spielen und zum Beispiel ihre Brille verstecken. Wortwechsel wie: »Aber Gran, du hast sie auf der Nase« – »Raus damit, wer hat sie dort hingetan? Warst du das?«, kamen häufig vor. Und oft wunderte sie sich, wenn Genevieve oder ein anderes Familienmitglied mit dem Auto bei ihr hielt, um sie zum Einkaufen nach Pembroke oder Haverfordwest mitzunehmen. »Aber, Gran, das war doch deine Idee!« – »So ein Unsinn! Aber da du schon mal da bist, kannst du mich auch mitnehmen. Ich könnte einen Tapetenwechsel gebrauchen.«

Im Laufe der Jahre hatten Genevieve und ihre Schwestern oft miterlebt, wie ihre Großmutter eine vollkommen logische Situation komplett auf den Kopf gestellt hatte. Und heute schien sie wild entschlossen zu sein, *Angel Cottage* auf den Kopf zu stellen und ordentlich durchzuschütteln. Mittlerweile war sie überzeugt, dass sich die Mäuseplage von der Küche auf den Schrank unter der Treppe ausgeweitet hatte, und erteilte Genevieve und ihrem Vater Befehle.

»Passt auf, wo ihr die Füße hinsetzt, ihr könntet auf

eine treten!« Und: »Macht nicht zu viel Lärm, wir müssen sie überrumpeln!«

Die Sache mit den Mäusen wurde bei Gran fast eine Obsession. Jede Unterhaltung mit ihr war durchsetzt von neuen Klagen. Die Mäuse hielten sie nachts mit ihrem Gequieke im Kamin wach oder sie zerrten mit lang anhaltender Stille an ihren Nerven. Wie auch immer, die Anwesenheit der Mäuse trieb Gran in den Wahnsinn. Allerdings war es problematisch, das Wort »Anwesenheit« zu benutzen, denn bisher hatte sie noch niemand wirklich gesehen. Und kein Mensch außer Gran hatte das Rascheln oder Piepsen gehört.

Und jetzt stand der kleine Flur voller Dinge, die wie Museumsstücke aussahen und im Schrank unter der Treppe verstaut gewesen waren – zwei uralte Staubsauger, Schachteln mit angeschlagenem Geschirr und Marmeladegläsern, Bündel verblasster Zeitungen, alte Schuhe ohne Schnürsenkel und eine einzelne mit Fell gefütterte Stiefelette.

»Wieso hebst du das auf, Gran?«, wollte Genevieve wissen und hielt den Stiefel hoch.

Die alte Dame nahm ihn ihr ab und drehte ihn in den Händen, als müsste sie überlegen, woher sie ihn kannte. »Ich will verdammt sein«, sagte sie schließlich. »Ich habe mich schon gefragt, wo er abgeblieben ist. Gut, dass du ihn gefunden hast. Hier, hilf mir mal.« Sie lehnte sich an Genevieve, streifte ihren Schuh ab und steckte den Fuß in den Stiefel. Als sie den Reißverschluss zuziehen wollte, stieß sie einen ohrenbetäubenden Schrei aus. »Da ist etwas drin!«

Sie stützte sich mit ihrem ganzen Gewicht auf Genevieve und versuchte, den Stiefel abzuschütteln. Daddy Dean, der noch im Schrank nach verlorenen Familienschätzen kramte, kam zum Vorschein, um zu sehen, was die Aufregung verursacht hatte, und stieß sich prompt den Kopf an.

»Verdammt!«, überbrüllte er Grans Kreischen und rieb sich den Kopf. »Was, zum Teufel, ist hier los?«

Aber Gran war nicht imstande, Fragen zu beantworten.

»Sie denkt, es ist etwas in dem Stiefel!«, schrie Genevieve. »Zieh ihn ihr aus, bevor sie einen Herzanfall bekommt!«

Es dauerte einige Minuten, bis sich Gran so weit beruhigt hatte, dass sie den Tee trinken konnte, den Genevieve aufgebrüht hatte. Sie saßen im Wohnzimmer auf dem Sofa – Gran zwischen Genevieve und ihrem Vater.

»Es war eine Maus, ich sag's euch«, murmelte Gran vor sich hin. »Ich habe genau gespürt, wie sie unter meinem großen Zeh gezappelt hat.« Sie zitterte und verschüttete etwas von dem Tee auf ihre Hand.

Daddy Dean nahm ihr den Becher ab und stellte ihn auf den Tisch. »Mum, das war keine Maus«, erklärte er entschieden. »Es war ein kleines Wollknäuel. Siehst du?« Zum dritten Mal zeigte er ihr das platt getretene Knäuel.

Das überzeugte Gran nicht. Sie sah ihren Sohn aus verweinten Augen an. »Ich weiß, was ich gespürt habe. Es war eine *Maus*.«

Er legte den Arm um sie. »Es hat sich nur wie eine Maus angefühlt, weil du in dem Moment an Mäuse gedacht hast.«

Ihre Miene wurde streng. »Sprich nicht mit mir wie mit einem Kind. Ich bin kein Einfaltspinsel. Und bilde dir bloß nicht ein, du kannst mich so herablassend behandeln oder herumkommandieren.«

»Ich würde im Traum nicht daran denken«, beschwichtigte er. »Jetzt trink deinen Tee.«

Sie nahm ihm den Becher aus der Hand und sah Daddy Dean so bockig an, dass Genevieve unwillkürlich an Nattie denken musste. Sie verkniff sich ein Lächeln, aber im tiefsten Inneren machte sie sich ernsthaft Sorgen. Diese Sache mit den Mäusen machte Gran schwer zu schaffen, und Genevieve überlegte, ob sie ihrem Vater vorschlagen sollte, Gran zum Arzt zu bringen. Sie wollte nicht die Worte Altersdemenz oder Alzheimer ins Spiel bringen, aber wenn ihre Großmutter anfing, sich Dinge einzubilden, dann war es wahrscheinlich ihre Pflicht, der Sache auf den Grund zu gehen. Im Augenblick würde Genevieve alles darum geben, eine Mäusefamilie über den Wohnzimmerteppich traben zu sehen.

Sie fragte sich gerade, wer von ihnen mutig genug sein würde, einen Arztbesuch vorzuschlagen, als ihre Großmutter sagte: »Und da wir gerade vom Herumkommandieren reden – ich hoffe, du tust genau das, was deine älteste Tochter für das Richtige hält.«

Genevieve hatte keine Ahnung, worauf Gran hinauswollte, und sah ihren Vater unsicher an.

»Und was soll das sein?«, fragte er.

»Dass du etwas wegen Serena unternimmst natürlich.«

Es hätte ihr eine Erleichterung sein müssen, dass sich Gran so schnell erholt hatte und wieder sie selbst war, dennoch zuckte sie um Daddy Deans willen zusammen. Dies war eine Aufforderung, mit der sich ihr Vater früher oder später auseinander setzen musste, doch er nahm den Arm von den Schultern seiner Mutter und zog sich auch innerlich von ihr zurück.

»Und wenn du das noch länger aufschiebst, Daddy Dean, dann steuerst du einer Katastrophe entgegen, und keine Frau, die auch nur einen Funken Verstand hat, wird noch Interesse für dich aufbringen. Sieh mich nicht so an. Ich sage nur die Wahrheit. Übrigens – du siehst allmählich aus wie dieser Schneeaffe.«

»Was für ein Schneeaffe?«, fragte Daddy Dean gepresst.

»Na, du weißt schon. Dieser haarige Affe, der im Gebirge auftaucht und die Leute erschreckt.« Gran kniff die Augen zusammen, um sich besser konzentrieren zu können. »Nein, sag nichts – ich denke nach. Lieber Himmel, wie heißt er doch gleich? Mein Gedächtnis verwandelt sich allmählich in ein Sieb. Es war irgendetwas mit Yen... Yeti! An den erinnerst du mich.«

Genevieve kicherte verhalten, aber ihr Vater war sichtlich beleidigt.

»Doch, das stimmt!«, bekräftigte Gran. »Wann hast du dir zum letzten Mal die Haare schneiden lassen? Sieh dich nur an – sie stehen in alle Richtungen ab. Du musst einen Termin bei Debs vereinbaren und darauf achten, dass du ein bisschen ordentlicher aussiehst, mein Junge. Was würde Serena denken, wenn du so nach Australien fliegst, um sie nach Hause zu holen?«

»Serena ist in Neuseeland, Mum. Und mir ist schleierhaft, wieso ich auch nur einen Fuß in ein Flugzeug setzen sollte.« Er stand auf und sah sich im Spiegel über dem Kamin an. »Ich sehe überhaupt nicht aus wie ein Yeti.«

Gran grunzte leise. »Vielleicht begehst du den größten Fehler deines Lebens, wenn du nicht hinfliegst. Es wird Zeit, dass du deine Frau zurückholst – sie gehört hierher. Du bist nicht der Einzige, der sie vermisst.«

Genevieve nahm das Stichwort auf und sagte: »Gran hat Recht, Dad. Du kannst nicht so weitermachen. Ich denke auch, du solltest nach Neuseeland fahren und dich mit Mum aussprechen. Wenn du nichts unternimmst, denkt sie womöglich noch, du willst sie gar nicht zurückhaben.«

Er fuhr sich verzweifelt mit den Fingern durchs Haar. »Aber wie kann ich mit diesem ›alten Freund‹ konkurrieren, der ihr offenbar ein so neues und aufregendes Leben bietet? Was kann ich schon dagegenhalten?«

»Da!«, schrie Gran. »Jetzt siehst du wirklich aus wie ein Yeti!«

Ihr Vater weigerte sich für den Rest des Tages, auch nur ein weiteres Wort über dieses Thema zu verlieren, und Genevieve war ziemlich entmutigt, als sie abends allein in dem kleinen Büro saß. Ohne auf den Stapel von Papieren zu achten, die abgelegt werden mussten, schaltete sie den Computer ein, um nachzusehen, ob sie E-Mails erhalten hatte.

Vor drei Wochen hatte sie Christian geschrieben, um ihm für die Rosen zu danken, und hatte fast damit gerechnet, eine Antwort mit der Frage zu erhalten: »Was für Rosen? *Ich* habe keine geschickt.« Doch eine Woche später bekam sie einen Brief. Christian fragte nach, ob sie einen Computer und Zugang zum Internet habe. »E-Mails sind so bequem«, schrieb er und gab ihr seine E-Mail-Adresse. Sie antwortete: »Ich wette, du dachtest, wir Baxters wären zu rückständig für High-Tech-Equipment, stimmt's?« Sie erklärte, dass sie schon seit Jahren ihre Briefe lieber am PC schrieb. »Das Rechtschreibprogramm ist ein wahres Gottesgeschenk für mich.« Für Christian hingegen waren E-Mails ein nützliches Kommunikationsmittel, fast ein Ersatz fürs Telefon.

Seither hatte er nur wenige kurze Mitteilungen, hauptsächlich Neuigkeiten über Ralphs Scheune, geschrieben. Dann herrschte Schweigen. Vielleicht befand er es wegen Caroline für unpassend, die Korrespondenz auszuweiten. Das hatte eine eigenartige Wirkung auf Genevieve: Sie fühlte sich schuldig, als wäre sie zur »anderen Frau« in seinem Leben geworden.

Natürlich entsprach das in keiner Weise der Wahrheit, egal was Adam glauben mochte. Und selbst wenn Christian versucht war, die Uhr zurückzudrehen – sie war es nicht. Zwar hatte sie ihm den Fehltritt von vor dreizehn Jahren vergeben, aber es lag ihr fern, sich wieder auf ihn einzulassen. Nicht weil sie ihn nicht anziehend fand – das tat sie –, sondern weil ausnahmsweise ihr Verstand das Herz regierte. Und ihr Verstand war in einem entscheidenden Punkt glasklar: Sie würde nie wieder, *niemals,* irgendjemandem, sie selbst eingeschlossen, erlauben, sie zu verletzen.

Das auf dem Bildschirm aufblitzende weiße Kuvert zeigte an, dass eine E-Mail auf sie wartete: Sie war von Christian. Sie klickte auf ÖFFNEN und erfuhr, warum sie so lange nichts von ihm gehört hatte. Seine Mutter lag im Krankenhaus. Krebs. Ihr wurde ein Lymphknoten aus der Achselhöhle entfernt, aber nach allem, was Christian schrieb, war die Krankheit zu spät erkannt worden. Der Krebs hatte sich bereits ausgebreitet.

Genevieve schrieb ihm sofort zurück und machte ihm Mut, sofern das in einer solchen Situation überhaupt möglich war.

Nach vielen ruhigen Nächten ohne Alpträume ging sie an diesem Abend ins Bett, nur um von den Gedanken an die Ereignisse des Tages wachgehalten zu werden: Grans hysterische Anwandlungen, ihr Vater, der nicht zur Vernunft kommen wollte, und jetzt Christians Mutter, die vermutlich bald sterben würde. Sie lauschte dem Wind, der vom Meer kam, und starrte an die Zimmerdecke. Es quälte sie, so hilflos zu sein. Dass sie nichts tun konnte, um ihrer Großmutter den Mäuse-Wahn auszureden, und nicht imstande war, ihrem Vater Feuer unter dem Hintern zu machen, damit er etwas wegen Mum unternahm. Aber sie entschied, sich diese letzte Sorge aus dem Kopf zu schlagen. Ihr Vater hatte das Donna-Problem ohne jegliche Hilfe gelöst und vielleicht gelang ihm das auch in diesem Fall. Wahrscheinlich musste sie nur Geduld haben. In letzter Zeit schien sie damit nicht gerade gesegnet zu sein.

30

Mitte Juli herrschte eine Hitzewelle; um das zu erkennen, brauchte niemand einen Wetterbericht. In der letzten Woche hatte die Schönwetterperiode begonnen und in Angel Sands wimmelte es vor Urlaubern und Ausflüglern. Die üblichen Klagen wurden laut – es war zu heiß und die Gärten könnten Regen gut gebrauchen –, aber im Großen und Ganzen rieben sich alle, die von den sonnengebräunten Touristen lebten, die Hände und beteten auf Knien, dass das Wetter bis zum Ende der Saison halten würde.

Im Garten des *Paradise House* stand Genevieve eine Weile in der prallen Sonne und schaute hinunter zum Strand. Er war proppenvoll. Die Flut war hereingekommen und ließ nur einen schmalen Streifen Sand und Kieselsteine frei und jeder Quadratzentimeter war besetzt. Genevieve hatte selten so viel Betrieb am Strand gesehen. »Wozu sollte man ins Ausland fahren, wenn das Wetter bei uns so schön ist?«, sagten all ihre Gäste.

Inzwischen bot sie abends im *Paradise House* eine warme Mahlzeit an, und nach zwei Wochen konnte sie sagen, dass der Versuch ein voller Erfolg war.

Wie vorauszusehen war, murrte Nattie, weil sie alle mehr Arbeit deswegen hatten. »Ich verbringe nicht all meine Abende damit, Essen zu servieren und hinterher aufzuräumen«, erklärte sie, »Nicht wenn mich Lily-Rose den ganzen Tag auf Trab hält.«

Das war zu viel für Genevieve. »Und du meinst, ich wäre nicht den ganzen Tag auf den Beinen, oder wie?«

»Doch, aber du willst es ja so. Du hast entschieden, dir zusätzlich Arbeit zu machen. Und ich sehe nicht ein, warum ich darunter leiden sollte.«

»Weil dies ein Familienbetrieb ist und wir alle mit anpacken.«

»Mir ist aufgefallen, dass du Polly nicht so einspannst wie mich.«

»Aus gutem Grund. Sie liegt nicht auf der faulen Haut wie du. An den meisten Tagen gibt sie Unterricht und in den Schulferien hilft sie hier mit. Ehrlich, Nattie, es ist an der Zeit, dass du erwachsen wirst.«

»Und so langweilig werde wie du? Auf gar keinen Fall!«

Wie immer wusste Adam Rat. Er empfahl Genevieve als Aushilfe die Nichte eines Freundes von einem Freund, die den Sommer in Angel Sands verbrachte und zusätzliches Taschengeld gut gebrauchen konnte. Ihr Name war Kelly Winward. Die siebzehnjährige Studentin aus Bolton erwies sich als ausgesprochen hilfreich und war tüchtiger, als Nattie es jemals sein konnte.

Jetzt, da sich Genevieves Verhältnis zu Adam normalisiert hatte, lag er ihr wieder damit in den Ohren, dass sie ihr Können nutzbringender zum Einsatz bringen sollte. »Ich hasse es, wenn Talente vergeudet werden«, sagte er, als sie ihn fragte, weshalb er sich so viele Gedanken um sie machte.

»Aber wenn ich mir zu viel anderes aufbürde, kann ich *Paradise House* nicht mehr führen. Und jetzt, da ich abends koche, habe ich noch weniger Zeit als früher.«

»Und das willst du für den Rest deines Lebens machen?«, wollte er wissen.

Christian hatte ihr in einer seiner E-Mails fast dieselbe Frage gestellt. Ihre Antwort war vage. Manchmal dachte sie, ihr wäre es am liebsten, wenn sie für immer in Angel Sands bleiben und das machen könnte, was sie im Moment tat. Aber jemand hatte einmal zu ihr gesagt – wahrscheinlich Gran in einem ihrer lichten Momente –, dass jeder Mensch einen eigenen Traum haben sollte, und *Paradise House* war der Traum ihrer Eltern oder zumindest der ihrer Mutter. Vorerst war sie zufrieden damit, den Traum eines anderen zu verwalten, aber bald würde sie ihren eigenen verfolgen müssen. Sie hatte eine Idee, wollte jedoch noch nicht darüber sprechen. Vorerst war es nur ein schemenhafter Plan, doch mit der Zeit würde er konkretere Formen annehmen.

Bis dahin hatte sie alle Hände voll zu tun. Dank Adam hatte sie Catering-Aufträge für zwei Partys – die eine fand im August, die andere im September statt, und Donna und Kelly wollten beim Servieren helfen. Erst im Herbst, wenn Kelly zurück in Bolton war, musste sie sich wieder Gedanken machen.

Die Neuigkeiten über Christians Mutter waren Besorgnis erregend. Er schickte nur sporadisch E-Mails: manchmal nur ein paar Zeilen, dann wieder seitenlange Briefe. Genevieve spürte, dass er jemanden zum Reden brauchte. Sie hoffte, Caroline – die er nie wieder erwähnt hatte – war eine gute Zuhörerin. In der letzten E-Mail stand: »Mum macht alle Therapien mit, aber sie ist nicht mit dem Herzen dabei. Im Grunde hat sie den Kampf bereits aufgegeben und das macht mich so wütend. Ich bin nicht böse auf sie, sondern darauf, dass ich so machtlos bin, ihr den Schmerz nicht nehmen und das Unausweichliche nicht aufhalten kann.«

Genevieve wünschte, sie könnte besser mit Worten umgehen und ihm wirksamer Beistand leisten. So konnte sie ihm nur versichern, dass er seiner Mutter sehr half, wenn er so oft wie möglich bei ihr war.

Sie ging zum Haus und dachte daran, wie sehr sich Adam geirrt hatte. Abgesehen von dem Augenblick, in dem Christian sie beinahe geküsst hätte, hatte Christian ihr keinen Anlass gegeben anzunehmen, dass er mehr als Freundschaft wollte. Das war eine Erleichterung – eine Sorge weniger.

Das Haus war leer, also schaltete Genevieve den Anrufbeantworter ein und ging ins Dorf, um Gran zu besuchen und nachzufragen, ob sie ihr etwas vom Einkaufen mitbringen sollte. Die Luft roch nach Sonnenöl und im Garten des *Salvation Arms* saßen Leute mit krebsroten Oberkörpern und tranken Bier oder Limonade. In den Läden herrschte Hochbetrieb und auf der anderen Straßenseite schien Stan vor dem Mini-Markt mit einem Killerwal zu kämpfen. In Wirklichkeit stockte er die Auslage mit aufblasbarem Strandspielzeug auf. Genevieve winkte ihm und setzte ihren Weg fort.

Nach dem Zwischenfall mit der Maus im Stiefel hatte ihr Vater darauf bestanden, die Dienste eines Kammerjägers in Anspruch zu nehmen. Gran hatte sich widerwillig gefügt, aber selbst als ihr Haus zur mäusefreien Zone erklärt wurde, war sie noch nicht überzeugt. »Moderne Mäuse sind gerissener als die von früher«, sagte sie.

Am nächsten Tag behauptete sie, nachts von einem Quieken wach geworden zu sein, aber eigenartig war, dass sie sich davon nicht mehr irritieren ließ. Man könnte meinen, sie hätte die Feinde zu Verbündeten gemacht. Zu Helden sogar. Sie hatten den Kammerjäger überlistet und sich damit ihren Respekt verdient.

Zu Genevieves Erstaunen hatte ihr Vater davon gesprochen, Gran von einem Arzt untersuchen zu lassen. Natürlich ging sie an die Decke und erklärte jedem, der ihr zuhörte, dass mit ihr alles in Ordnung sei. Das erzählte sie Stan und Gwen im Mini-Markt, Ruth und William in der Kirche und natürlich Tubby, denn jeder wusste, dass Tubby der Richtige war, wenn man eine Nachricht unters Volk bringen wollte.

»Es ist so peinlich!«, beschwerte sich Nattie. »Sie tut so, als ob wir vorhätten, sie ins Heim abzuschieben.«

»Aber kein Mensch glaubt ihr das«, erwiderte Polly. »Alle wissen, dass das das Letzte wäre, was wir tun würden.«

»Sei dir da mal nicht so sicher«, brummte ihr Vater hinter seiner Zeitung. »Im Moment hätte ich gute Lust, sie persönlich dort abzuliefern.« Er war immer noch beleidigt wegen des Vergleichs mit einem Yeti.

Genevieve klopfte an die Haustür.

Sie klopfte ein zweites und ein drittes Mal. Gran reagierte nicht. Genevieve ging zum Fenster hinüber und spähte ins Wohnzimmer. Der Fernseher war aus und von Gran war keine Spur zu sehen. Vielleicht war sie in der Küche.

Es hilft nichts, dachte Genevieve. Sie griff zu einer nie dagewesenen Maßnahme und benutzte den Schlüssel, den ihr die Großmutter anvertraut hatte.

»Gran?«, rief sie ängstlich und machte die Haustür hinter sich zu. »Ich bin's – Genevieve.«

Das Haus war erfrischend kühl im Gegensatz zur Hitze draußen. Und es war unnatürlich still. Genevieve schaute ins Wohnzimmer, dann in die Küche. Nichts. Sie suchte weiter und rief die ganze Zeit nach ihrer Großmutter, aus Angst, sie könnte einen Herzanfall erleiden, wenn sie sich anschlich.

Als sie oben in dem kleinen Flur stand, glaubte sie, ein Geräusch zu hören. »Gran?« Sie spitzte die Ohren.

Ja. Da war was. Es kam aus dem Bad. Ein leises Ächzen. Sie stieß die Tür auf.

Ihr erster Gedanke war, dass sie genau das unterbewusst immer gefürchtet hatte ... ihre Großmutter tot vorzufinden.

31

Der Arzt fand allein hinaus. Sie alle standen um das Bett herum wie Schauspieler in einem zweitklassigen Fernsehfilm.

»Falls ihr es darauf angelegt habt, mich zu ärgern«, maulte Gran, »dann ist euch das gelungen. Ihr seht aus wie ein Haufen geldgieriger Erbschleicher, die einmal zu oft ans Krankenbett gerufen wurden. Jede Minute fangt ihr an zu streiten, wer das meiste von meinem riesigen Vermögen erbt.«

»Gott, ich bin ja so froh, dass du dich über uns aufregst«, sagte Nattie. »Du hast uns einen furchtbaren Schrecken eingejagt. Falls du vorhast, noch einmal einen solchen Schwindelanfall zu bekommen, dann sag mir vorher Bescheid, damit ich Vorkehrungen treffen kann und nicht zu Hause bin.«

»Das reicht, Nattie«, raunte ihr Vater. Kreidebleich hatte er sich auf den Stuhl fallen lassen, der dem Bett am nächsten stand. Der Schreck steckte ihm sichtlich noch immer in den Gliedern. Er rieb sich das Gesicht und fragte: »Mum, bist du sicher, dass es dir wieder besser geht? Du machst uns doch nichts vor, oder? Ich weiß, wozu du fähig bist.«

Die alte Dame zog die Augenbrauen zusammen. »Bitte,

ich wünschte, ihr alle würdet aufhören, so ein Theater zu machen. Ich bin fit wie ein Turnschuh.«

»Nein, das bist du nicht. Und der Arzt hat dir für die nächsten zwei Tage strikte Bettruhe verordnet.«

Gran hob den Kopf vom Kissen. »Doktor Shepherd hat mir lediglich geraten, die Dinge etwas langsamer anzugehen – das habe ich deutlich gehört. Er hat kein Wort davon gesagt, dass ich mich im Bett wund liegen soll. Besteht wohl die Möglichkeit, dass ich eine Tasse Tee bekomme, oder ist mir auch dieses grundlegende Menschenrecht versagt?«

Genevieve und Polly boten sich an, den Tee zu kochen. Während sie das Tablett herrichteten, sagte Genevieve: »Sie ist besonders herrisch, wenn sie die Wahrheit vertuschen will.«

»Du hast Recht. In Wirklichkeit ist sie bestimmt genauso geschockt wie wir. Aber wie fühlst *du* dich? Es muss schrecklich gewesen sein, sie so vorzufinden.«

»Mir geht's gut«, sagte Genevieve, und ihr war bewusst, dass sie so geschickt log wie ihre Großmutter.

Als sie Gran – mit einem Lappen in der Hand und der umgefallenen Flasche Reinigungsmittel neben sich – wie ein Häuflein Elend auf dem Boden im Badezimmer liegen sehen hatte, registrierte ihr Gehirn, dass Gran sich bewegte und demzufolge noch am Leben war. Aber ihr Herz war nicht so schnell und hämmerte wie wild vor Panik. Sie drehte ihre Großmutter behutsam um, sah die Platzwunde am Kopf – offenbar hatte sie sich am Waschbecken gestoßen – und wollte schon hinunterlaufen, um den Notarzt und einen Krankenwagen zu rufen, als Gran die Augen aufschlug.

»Gran! Kannst du mich hören? Bist du okay? Ist es dein Herz?«

Ihre Großmutter zuckte zusammen und hob die Hand

zum Kopf. »Warum schreist du so, Genevieve?« Dann sah sie sich um. »Was machen wir hier? Warum sitzen wir auf dem Boden im Bad?«

Ihr gefasster Tonfall sagte Genevieve, dass ein Krankenwagen nicht nötig war, aber der Arzt musste auf jeden Fall herkommen. Nachdem sie ihrer Großmutter beim Aufstehen geholfen und sie aufs Bett gesetzt hatte – hinlegen kam für die alte Dame nicht in Frage: »Sei nicht albern, Genevieve, du machst ein solches Drama aus dem kleinen Missgeschick!« –, rief sie den Arzt im Ort und anschließend ihren Vater auf seinem Handy an, weil ihr rechtzeitig eingefallen war, dass sie zu Hause den Anrufbeantworter eingeschaltet hatte. Und Gran murrte die ganze Zeit, weil ihre Enkelin einen solchen Aufstand machte.

»Ich habe mir nur den Kopf angeschlagen. Man könnte meinen, ich hätte mir die Hauptschlagader verletzt, so wie du dich aufführst.«

»Und vielleicht ist das dein nächstes Kabinettstückchen«, erwiderte Genevieve. »Das würde mich wirklich zu Tode erschrecken.«

»Oh, falls du dir um den Tod Gedanken machst, dann lass es lieber sein. Weder du noch ich können ihn abwenden.«

»Ach, sei still, Gran. Du solltest wenigstens so viel Anstand haben, dich so zu benehmen, als wärst du nur knapp davongekommen.«

Dad traf nach nur wenigen Minuten ein, gefolgt von Polly und Nattie mit Lily-Rose. Schließlich stieß Dr. Shepherd zu ihnen. Nachdem er eine Weile allein mit Gran gewesen war, erklärte er, dass die Patientin zwar sehr mitgenommen, aber bei guter Gesundheit sei.

»Nach allem, was sie sagt, scheint sie einen Ohnmachtsanfall gehabt zu haben«, berichtete der Arzt. »Ihr

Blutdruck ist ein wenig zu hoch, aber ich sehe keinen Grund, sie ins Krankenhaus zu verfrachten und dort anstrengenden Untersuchungen auszusetzen, die uns wahrscheinlich auch nicht mehr sagen würden, als wir ohnehin schon wissen. Ich schlage vor, wir unternehmen vorerst nichts und sehen, wie es ihr in den nächsten Tagen geht. Zögern Sie nicht, mich in der Praxis anzurufen, falls es Anlass zur Sorge gibt.«

Genevieve hätte dem Arzt gern widersprochen und darauf bestanden, dass die anstrengenden Untersuchungen, die er so leichtfertig ausschlug, durchgeführt wurden. Aber als sie jetzt das kochende Wasser in Grans alte braune Teekanne schüttete, sah sie ein, dass Dr. Shepherds Empfehlung vernünftig war. Grans Blutdruck würde noch mehr in die Höhe schnellen, wenn sie gezwungen wäre, in einem Krankenhausbett zu liegen und sich stechen und betasten zu lassen. Es war besser, wenn sie zu Hause blieb und sie alle ein Auge auf sie hatten.

Polly ging voran in Grans Schlafzimmer, Genevieve trug das Tablett und überlegte, wie sie sich in den nächsten Tagen um ihre Großmutter kümmern konnten. Das Einfachste wäre, wenn sie zu ihnen ins *Paradise House* käme, aber im Moment war dort kein Platz. Die Rainbow-Suite wurde am Wochenende frei, doch bis dahin müsste Genevieve zu Polly ins Zimmer ziehen, damit Gran ein eigenes Zimmer hatte – eine andere Möglichkeit gab es nicht.

Als sie das Tablett auf dem Nachttisch abstellte, sagte ihr Vater: »Eure Großmutter wird, auch wenn sie sich dagegen wehrt, in den nächsten Tagen einen Hausgast haben. Mich.« Ohne dem bitterbösen Blick seiner Mutter Beachtung zu schenken, fügte er hinzu: »Das erscheint mir die einfachste Lösung zu sein, solange du im *Paradise House* allein zurechtkommst, Genevieve.«

Genevieve atmete erleichtert auf und beteuerte: »Das ist überhaupt kein Problem.«

Wie üblich hatte sie erwartet, sie sei diejenige, die alles regeln musste. Jetzt kam ihr der Gedanke, dass sie sich verhielt, als würde sie niemandem sonst etwas zutrauen. Wann hatte das angefangen? Seit wann versuchte sie, ihre Mitmenschen zu kontrollieren? Tat sie das, weil sie sich einbildete, ihr eigenes Leben fest im Griff zu haben und deswegen auch andere an die Kandare nehmen zu können? Vielleicht hatte Nattie Recht, als sie sagte, sie würde ihr zusätzliche Arbeit aufhalsen, nur um etwas Anspruchsvolleres kochen zu können als Frühstückseier mit Speck. War sie womöglich im tiefsten Inneren genauso herrschsüchtig und egoistisch wie Nattie?

Beim Frühstück am nächsten Morgen musste Genevieve ihr Urteil über Nattie ein wenig revidieren. Da ihr Vater nicht im Haus war, bemühte sie sich wirklich, hilfreich zu sein. Sie beide schienen stillschweigend einen Waffenstillstand geschlossen zu haben. Und Genevieve war bereit, sich auf die Zunge zu beißen, falls ihre Schwester irgendetwas falsch machte. Sie war wirklich froh, dass Nattie ausnahmsweise mal nicht aufbrauste, wenn man sie bat, etwas zu tun, und die Gäste sogar mit einem freundlichen Lächeln begrüßte, bevor sie ihre Bestellung aufnahm. Erst jetzt, als sie an der offenen Hintertür stand, um der brütenden Hitze in der Küche zu entkommen, gab sie den ersten negativen Kommentar des Tages ab.

»Es ist mir ein Rätsel, wie diese Leute bei einem solchen Wetter fettige, gebratene Speisen verschlingen können. Man sollte meinen, bei der Hitze wären ein eisgekühlter Orangensaft und eine halbe Grapefruit genug.« Dann drehte sie sich zu Lily-Rose um, die am Tisch saß und hauchdünne Apfelscheiben futterte. »Pumpkin-Pie, wie wär's, wenn wir an den Strand gehen und ein wenig im Wasser planschen, wenn Tante Genvy mich hier nicht mehr braucht?«

Lily-Rose durchbohrte eine Apfelscheibe mit dem Finger und sah Genevieve an. »Kommst du auch mit?«

»Das würde ich gern«, erwiderte Genevieve, während sie heißes Öl über die Eier in der Pfanne löffelte, »aber da Daddy Dean auf Gran aufpasst, muss ich in den Supermarkt und den Großeinkauf erledigen.«

»Mummy könnte dir helfen.«

Genevieve lachte. »Beherzige immer eine Regel, Lily-Rose: Man darf nie übermütig werden und zu viel verlangen. Besonders nicht von einer Schwester.«

Das kleine Mädchen zog nachdenklich die Stirn kraus und bohrte in einem anderen Apfelstück. »Mummy?«

»Ja?«

»Wann bekomme ich eine Schwester?«

Genevieve hätte gedacht, dass Nattie darauf etwas sagen würde wie: »Wenn die Hölle einfriert«, aber sie erlebte eine Überraschung: »Wenn ich bei den schlafenden Elfen weit hinten im Garten jemanden finde, der so wunderbar ist wie du.«

Lächelnd schob Genevieve das Ei auf den Teller mit dem gebratenen Speck, den Würstchen und Tomaten und reichte ihn ihrer Schwester, damit sie ihn in den Speisesaal brachte.

Als Nattie weg war, sagte Lily-Rose: »Wie oft schaut Mummy denn weit hinten im Garten nach?«

Bevor Genevieve eine passende Antwort einfiel, klingelte das Telefon. Sie schaltete das Radio aus und nahm den Hörer ab.

»Genevieve, sind Sie das?«

Sie hatte schon eine Weile nicht mehr mit ihm gesprochen, erkannte jedoch Jonjos Stimme sofort. »Hallo, Jonjo. Falls Sie Polly sprechen wollen, sie ist leider nicht da. Sie hat vor etwa einer Stunde das Haus verlassen.«

»Ich weiß, ich habe sie gerade auf dem Handy angerufen. Sie meinte, ich soll mit Ihnen sprechen. Die Sache ist die – Sie sind meine letzte Hoffnung. Ich weiß, dass es ziemlich kurzfristig ist, aber hätten Sie am kommenden Wochenende zwei Zimmer frei? Christian und ich haben vor, nach Angel Sands zu kommen, weil wir uns mit den Leuten von der Baufirma treffen müssen, und wir haben nur am Wochenende Zeit – vorausgesetzt natürlich, dass es Christians Mutter nicht schlechter geht. Wir haben es schon im Dorf-Pub versucht, aber die sind ausgebucht, genau wie alle anderen Gästehäuser. Also, haben Sie noch was frei?«

Genevieve sah im Belegungsplan nach, um sicherzugehen, dass niemand eine Reservierung vorgenommen hatte, ohne ihr Bescheid zu sagen. »Wenn es Ihnen nichts ausmacht, sich ein Zimmer zu teilen – wir hatten gerade eine Absage, aber …«

»Ausgezeichnet! Aber hoffentlich ist es kein französisches Doppelbett. Der Gedanke, mit Mr May in einem Ehebett zu liegen, gefällt mir nämlich gar nicht.«

»Nein, die Betten stehen nicht zusammen. Sie können beruhigt sein, die Leute werden nicht über Sie und Christian tuscheln.«

»Prima. Wir haben uns vorgenommen, zur Mittagszeit in Angel Sands zu sein – das hängt natürlich ganz vom Verkehr ab. Ist das okay?«

»Ja. Irgendjemand ist sicher hier, um Sie willkommen zu heißen. Vermutlich sowieso ich selbst.«

»Oh, und ehe ich es vergesse, Christian lässt Sie grüßen.«

»Wie geht es ihm, Jonjo? Er stand seinen Eltern immer sehr nahe.«

»Er kommt ganz gut klar, aber ich glaube, die Abwechslung am Wochenende wird ihm gut tun. Die Trennung von seiner Freundin hat seine Lage nicht besser gemacht.«

Das war etwas ganz Neues für Genevieve. »Wann ist das passiert? Er hat in seinen E-Mails nichts davon erwähnt.«

Plötzlich herrschte Stille in der Leitung, und Genevieve glaubte schon, sie wären unterbrochen worden. »Sind Sie noch dran, Jonjo?«

»Äh ... ja. Hören Sie – vergessen Sie, dass ich etwas gesagt habe. Wenn Christian Ihnen nichts davon erzählt hat, dann steht es mir sicher nicht zu, etwas auszuplaudern. Ich muss jetzt auflegen – der andere Apparat klingelt. Wir sehen uns am Samstag. Vielen Dank, Genevieve, und grüßen Sie alle von mir, ja?«

Als Genevieve auflegte, hatte sie Adams Worte im Ohr: *Und wenn diese Freundin von der Bildfläche verschwindet? Kommt er dann für dich in Frage?*

Vielleicht, wisperte ihr verräterisches Herz.

Aber ihr Kopf machte da nicht mit. Nein!, sagte sie sich entschieden. Nicht noch einmal. Das würde sie nicht zulassen. Sie würde sich ganz bestimmt nicht wieder in Christian verlieben.

Am Nachmittag packte sie eine Quiche und einen fertigen Salat, den sie im Supermarkt gekauft hatte, ein und ging damit zu ihrer Großmutter, weil sie nicht wollte, dass sich ihr Vater auch noch ums Kochen kümmern musste. »Benimmt sie sich?«, fragte Genevieve, als Daddy Dean ihr die Tür aufmachte.

»Wie ein ungezogenes Kind. Ich bin bald am Ende meiner Geduld. Ich habe ihr mit einem weiteren Besuch von

Dr. Shepherd gedroht, wenn sie nicht tut, was man ihr sagt, und im Bett bleibt.«

»Du Ärmster. Ich beneide dich kein bisschen. Sie übertreibt doch nicht mit der Baxter-Glocke?« Die Baxter-Glocke war ein kleines Messingglöckchen, das aus dem Badezimmerschrank geholt wurde, wann immer jemand krank im Bett lag.

»Ich wundere mich, dass sie noch nicht kaputt ist, aber im Grunde habe ich nichts anderes von ihr erwartet. Gibt's daheim was Neues? Irgendwas, was ich wissen sollte?«

Sie erzählte ihm vom Wunsch der kleinen Lily-Rose nach einer Schwester, weil sie wusste, dass ihn das amüsieren würde, und von dem Telefonat mit Jonjo, der für sich und Christian ein Zimmer reserviert hatte.

»Und wie geht es dir dabei, wenn … wenn Christian mit dir unter einem Dach schlafen wird?«

Sie war gerührt, dass ihr Vater immer noch Schwierigkeiten hatte, Christians Namen auszusprechen. »Wir haben uns ausgesprochen. Das Leben ist zu kurz, um so lange Groll zu hegen, Dad.«

»Ich weiß, Gen, aber wenn er sich auch nur einen Schnitzer leistet, bekommt er es mit mir zu tun.«

Sie lächelte und ahmte ihre Großmutter nach: »Liebe Güte, Daddy Dean, du bist in letzter Zeit so brutal, dass ich dich kaum wiedererkenne.«

»Gut! Ich habe nämlich nachgedacht und bin zu einem Entschluss gekommen. Sobald ich der Meinung bin, dass deine Großmutter wieder allein zurande kommt, fliege ich nach Neuseeland, um mit deiner Mutter zu sprechen.«

»Wirklich?«

»Ja, ich hole das nach, was ich schon vor Wochen hätte tun müssen. Ich versuche, sie nach Hause zu holen.«

Genevieve umarmte ihn fest. »Und was hat diesen Sinneswandel bewirkt?«

»Grans Schwächeanfall hat mir die Augen geöffnet. Mir wurde klar, dass wir nicht wissen können, was im nächsten Moment passiert, und dass wir nicht darauf bauen dürfen, dass sich alle Probleme von selbst lösen. Außerdem hat deine Großmutter einen Kuhhandel mit mir abgeschlossen – sie hat versprochen, sich ordentlich zu benehmen, wenn ich meine Feigheit über Bord werfe und Serena gegenübertrete.«

»Ach Dad, du solltest nicht zu hart mit dir ins Gericht gehen. Wir sind alle manchmal feige.«

»Ich habe den Kopf in den Sand gesteckt und alles noch schlimmer gemacht, indem ich den Dingen freien Lauf ließ – nur weil ich deine Mutter nicht endgültig verlieren wollte. Aber dieses Risiko muss ich eingehen. Das habe ich eingesehen. Manche Leute glauben, man hätte immer nur *eine* Chance, etwas richtig zu machen. Ich bin anderer Meinung. Ich denke, mit etwas Glück haben wir zwei. Und wenn wir diese Chancen nicht nützen, dann sind wir für die Folgen ganz allein verantwortlich.«

Für ihren Vater war das eine ziemlich radikale Aussage. Genevieve hätte im Traum nicht daran gedacht, jemals so offene Worte aus seinem Mund zu hören. Mit ihrer Vorahnung, dass er seine Schwierigkeiten selbst regelte, hatte sie also doch richtig gelegen.

Wie zur musikalischen Untermalung seiner Worte ertönte ein Geräusch, gefolgt vom Klingeln der Baxter-Glocke.

»Lass mich zu ihr gehen«, sagte Genevieve. »Du hast dir eine Verschnaufpause verdient.«

Genevieve hatte allerdings noch ein weiteres Motiv: Sie wollte ihrer Großmutter danken, weil sie Dad wachgerüttelt hatte. Als sie jedoch auf der Schwelle zu Grans Schlafzimmer stand, sah sie, dass die alte Dame tief und fest schlief – offenbar war ihr die Glocke aus der Hand gefallen und auf dem Boden gelandet. Genevieve schlich ins Zimmer und war gerade dabei, die Glocke auf den Nachttisch zu stellen, als sich ihre Großmutter bewegte.

»Entschuldige, Gran, ich wollte dich nicht stören.«

Gran drehte den Kopf und sah Genevieve mit verschlafenen Augen an. »Es ist ein bisschen zu spät für Reue, Serena. Aber besser spät als nie. Ich hoffe, du bittest Daddy Dean und die Mädchen um Verzeihung. Du hast ihnen unendlich viel Herzensleid bereitet.«

»Gran, ich bin's – Genevieve.«

»Genevieve? Oh, ich habe keine Ahnung, wo sie ist. Sie hat in letzter Zeit immer so viel zu tun. Aber jetzt bist du ja wieder da, dann muss sie nicht mehr so hart arbeiten.« Die alte Dame gähnte, schloss die Augen und legte den Kopf wieder aufs Kissen. »Würde es dir etwas ausmachen, die Tür hinter dir zuzumachen, Serena? Ich denke, ich mach noch ein Nickerchen. Ich weiß auch nicht, warum ich so müde bin.«

Genevieve wusste, dass ältere Leute des Öfteren die Familienmitglieder verwechselten oder sich sogar einbildeten, mit Verwandten zu sprechen, die längst verstorben waren, aber dass Gran sie für Serena hielt, bereitete ihr große Sorgen. Als sie sich zu ihrem Vater in die Küche setzte und seinen zuversichtlichen Blick sah, brachte sie es jedoch nicht über sich, ihm von Grans Irrtum zu erzählen. Am Ende würde er sein Vorhaben, zu Serena zu fliegen, aufgeben.

Später, als sie in der brennenden Sonne nach Hause ging, tröstete sie sich mit dem Gedanken, dass Gran lediglich verschlafen und müde gewesen war. Ihre Verwirrung war verständlich, insbesondere da Genevieve ihrer Mutter sehr ähnlich sah.

32

Am nächsten Morgen wollte Genevieve ihre Arbeit möglichst rasch erledigen, doch sie wurde ständig aufgehalten. Das Telefon klingelte nahezu unaufhörlich und Donna war in ihrer besten Plauderlaune. Egal worum es in der Unterhaltung ging – um das Wetter oder um die immer niedriger werdenden Kapitalzinsen oder das Durcheinander in einem der Badezimmer –, es gelang ihr immer wieder, Tubby ins Spiel zu bringen. An jedem anderen Morgen hätte sich Genevieve über Donnas Geschichten amüsiert, aber heute war sie müde und wollte unbedingt hinunter ins *Angel Cottage*, um nach ihrer Großmutter zu sehen.

Nachts hatte Genevieve lange wach gelegen und sich Gedanken um Grans Gesundheitszustand gemacht. Sie lauschte dem Rauschen des Meeres, und als ihr bewusst wurde, dass sie keinen Schlaf mehr finden würde, schlich sie in die Küche, um sich etwas zu trinken zu holen. Dann setzte sie sich in den Wintergarten, sah zu, wie das Mondlicht auf den Wellen tanzte, und wünschte, sie würde sich nicht so sehr um Gran ängstigen. Jahrelang hatte sie Scherze darüber gemacht, dass die alte Dame etwas tüdelig war, aber der Gedanke, dass ihre geliebte Großmutter tatsächlich nicht mehr ganz richtig im Kopf sein könnte, war unerträglich.

Irgendwann ging sie wieder ins Bett und schlief noch eine Stunde, ehe es Zeit zum Aufstehen war.

»Was halten Sie davon, Genevieve? Meinen Sie, die Idee würde im Dorf gut ankommen? Tubby denkt, dass es zu einem alljährlichen Event werden könnte, wenn wir die Sache ganz groß aufziehen. Zu einer Tradition.«

Genevieve hatte Donna überhaupt nicht zugehört und sah von dem Kissen auf, das sie aufgeschüttelt hatte. »Entschuldigung. Donna, was haben Sie gesagt?«

»Ist alles in Ordnung mit Ihnen? Sie machen einen so geistesabwesenden Eindruck. Sind Sie immer noch besorgt um Ihre Großmutter?«

»Ein wenig«, antwortete sie nichtssagend. »Was möchte Tubby zu einem alljährlichen Event machen?«

»Wir hatten die Idee, einen Talentwettbewerb im Arms zu veranstalten und die Einnahmen für wohltätige Zwecke zu spenden: Die Leute kostümieren sich und singen Lieder, die wir alle kennen und lieben; wir verlangen Eintrittsgeld und eine Gebühr von jedem, der am Wettbewerb teilnehmen will. Und wir verteilen Preise an die besten Sänger. Das Geld, das übrig bleibt, spenden wir. Was meinen Sie? Werden die Leute bei so was mitmachen?«

»O ja, eine Menge Leute in Angel Sands wären bestimmt begeistert. Sie sehen ja, wie beliebt die Karaoke-Abende sind.«

»Und was ist mit Ihnen? Machen Sie auch mit?«

»Ich? Guter Gott, nein! Ich könnte keinen Ton treffen, selbst wenn mein Leben davon abhinge.«

Donna lachte. »Das ist ja gerade der Sinn. Die Leute bezahlen dafür, dass sie hören, wie Sie es versuchen.«

»Auf keinen Fall! Ganz bestimmt nicht.«

»Ist das Ihr letztes Wort?«

»Ja. Aber ansonsten helfe ich, wo ich kann. Hinter der Bühne bin ich wesentlich nützlicher.«

Im Gegensatz zu Donna – die macht sich zweifelsohne großartig auf der Bühne, dachte Genevieve, als sie eine Stunde später ins Dorf ging. Sie hatte Genevieve gefragt: »Was denken Sie – soll ich es als Bonnie Tyler oder als Tina Turner versuchen? Und ich könnte auch Shirley Bassey imitieren, die die Korken knallen lässt.«

Genevieve konnte sich nichts Schlimmeres vorstellen, als sich vor Publikum auf eine Bühne zu stellen und etwas zum Besten geben zu müssen – gleichgültig wie freundlich oder milde gestimmt vom Alkohol die Zuschauer auch sein mochten.

Sie senkte wieder den Blick zu Boden, als sie am *Debonhair* vorbeikam, aber ein Klopfen an die Scheibe zwang sie aufzuschauen. Debs schwang Schere und Kamm und bearbeitete einen verschüchterten Mann, der in dem Stuhl gleich am Fenster saß. Es dauerte eine Weile, bis Genevieve ihren Vater erkannte. Sie ging in den Laden. Auf dem gefliesten Boden um seinen Stuhl herum lagen ganze Büschel von grauen Haaren.

Er sagte: »Ich habe Debs nur gebeten, meine Haare ein klein wenig zu stutzen, und sieh dir an, was sie gemacht hat!«

»Jetzt hören Sie aber auf!« Debs lachte. »Ich mache eine Runderneuerung – genau das, was Sie brauchen.« Sie drehte den Stuhl so, dass er in den Spiegel schauen konnte, und schnitt das Haar in seinem Nacken, der schneeweiß im Vergleich zu Gesicht und Hals war.

»Bitte schneiden Sie da hinten nicht zu viel weg«, sagte Daddy Dean und hob den Kopf, aber Debs schob ihn wieder nach unten. Er brummte: »Ich dachte, ich komme her und bin sofort wieder draußen, Gen. Deiner Großmutter hab ich gesagt, dass ich nur ein paar ...«

»Sie kommen hier erst raus, wenn ich fertig mit Ihnen bin«, unterbrach ihn Debs streng. »Vergessen Sie nicht:

Ich halte eine ziemlich scharfe Schere in der Hand.« Zu Genevieve gewandt sagte sie: »Hat dir Donna von dem Talentwettbewerb erzählt, den sie und Tubby veranstalten wollen? Ich habe angeboten, den Teilnehmern die Haare zu machen, und wenn sie Perücken brauchen, kann ich sie besorgen. Das ist kein Problem. Ich versuche auch, deinen Vater zu einem Auftritt zu überreden, aber er weigert sich strikt. Was ist mit dir, Gen? Willst du dich nicht auch mal ein bisschen gehen lassen und uns dein wahres Gesicht zeigen?«

»Oh, ich denke, ihr kennt alle mein wahres Gesicht«, entgegnete Genevieve.

Debs zwinkerte. »Ein bisschen Spaß hat noch niemandem geschadet.« Ihr Ton war zuckersüß. »Übrigens, wie geht es dem jungen Mann? Ich habe gehört, er kommt an diesem Wochenende wieder nach Angel Sands und übernachtet im *Paradise House*. Das ist für euch beide ja auch viel bequemer.«

Daddy Deans Kopf zuckte in die Höhe. »Bitte!«, flehte er. »Ich bin nur zum Haareschneiden hergekommen und jetzt sitze ich schon fast eine Stunde hier.«

Als sich Genevieve endlich aus dem Staub machen konnte – es war wirklich unerhört, wie viel Debs über andere Leute wusste –, verabschiedete sie sich von ihrem Vater mit dem Versprechen, einen Suchtrupp loszuschicken, falls er bei Einbruch der Dunkelheit noch nicht zurück war.

Eine große Möwe saß auf Grans Gartentor und hielt Wache. Sie beäugte den Neuankömmling argwöhnisch und unternahm keinen Versuch wegzufliegen, bis Genevieve in die Hände klatschte. Dann kreischte der Vogel, breitete die Flügel aus und flog davon.

Genevieve öffnete die Haustür mit ihrem Schlüssel. Der Fernseher verriet ihr, dass Gran sich nicht dort aufhielt, wo sie sein sollte.

»Ich dachte, du musst Bettruhe einhalten«, schalt sie ihre Großmutter, war jedoch froh, dass die alte Dame wieder etwas Farbe im Gesicht hatte. »Ich habe gerade mit Dad gesprochen, und er sagte, du hättest versprochen, brav zu sein, während er sich die Haare schneiden lässt.«

»Dein Vater, Quatsch! Dieser Mann nimmt sich zu viel heraus, und wenn er nicht aufpasst – oh, sei bitte still, ich will unbedingt die Quizshow ansehen und die Sendung fängt gerade an. Komm und setz dich zu mir, Genevieve. Später brühe ich uns eine schöne Tasse Tee auf.«

Genevieve, nicht *Serena*! Also war das gestern nur eine einmalige Verwechslung gewesen. All die Ängste der Nacht verflüchtigten sich, und Genevieve nahm neben ihrer Großmutter auf dem Sofa Platz, legte den Arm um die alte Dame und drückte ihr einen Kuss auf die Wange.

»Wofür war das?«

»Dafür, dass du wieder die Alte bist.«

»Wer sonst sollte ich sein?«

»Schsch! Wir verpassen die Sendung. – O Gott, wer, bitte schön, soll solche Fragen beantworten können: ›Welchen dieser Vögel gibt es: Klunkerkranich, Opalsumpfhuhn, Brillantschnepfe oder Strasswachtel?‹?«

»›Klunkerkranich‹ kommt mir irgendwie bekannt vor … Dein Vater könnte sich auch mal wieder die Ohren putzen. Ich habe ihm immer und immer wieder gesagt, dass ich ihn hier nicht brauche und dass er Wichtigeres zu erledigen hat – zum Beispiel Serena nach Hause zu holen –, aber er hört offenbar schwer. – Da! Ich wusste, dass es den gibt. Ich hab immer Recht.«

Noch nie hatte Genevieve ihrer Großmutter lieber zugestimmt als in diesem Moment.

33

Die zusätzliche Belastung, die Gäste abends zu verköstigen und morgens früh aufstehen zu müssen, forderte ihren Tribut von Genevieve. Es war ein weit verbreiteter Irrtum, dass es ein Kinderspiel sei, ein Bed and Breakfast zu führen. Die Arbeitszeiten waren lang – praktisch war man rund um die Uhr im Einsatz und man musste sich mächtig ins Zeug legen. Um weiterempfohlen zu werden und die Gäste zum Wiederkommen zu motivieren, konnte man sich keine Nachlässigkeiten erlauben. Und während der Hauptsaison hatte man absolut keine Gelegenheit, sich tagsüber mal für eine Stunde aufs Ohr zu legen. Dabei hätte Genevieve gerade jetzt ein Nickerchen dringend gebraucht. Aber wenn sie die Wahl hätte, würde sie lieber von morgens bis abends in Angel Sands arbeiten, als irgendwo anders ein etwas leichteres Leben zu haben. Sie nützte die momentane Ruhe aus, setzte sich auf die Stufen vor dem Gästesalon und beobachtete Nattie, die mit Lily-Rose im Gras saß und ihr etwas vorlas. Polly spielte Klavier. Es war ein wunderschönes harmonisches Stück, das ihre Schwester schon einmal gespielt hatte. Genevieve hatte keine Ahnung, von wem es war, aber es passte ebenso perfekt zum strahlenden Wetter – eine sanfte Brise kräuselte das Wasser und kühlte die Luft etwas ab – wie zu Genevieves Stimmung. Trotz ihrer Müdigkeit war sie beruhigt: Gran war wieder sie selbst und kommandierte sie alle mit frischem Elan herum, und Dad, mit seinem neuen Haarschnitt, traf Vorkehrungen, Mum in Neuseeland aufzusuchen.

Zudem freute sich Genevieve darauf, Christian und Jonjo wiederzusehen. Sie würden zwar erst in ein, zwei Stunden ankommen, aber sie hatte schon jetzt alles vorbereitet. Und für den Fall, dass die beiden unterwegs noch nichts gegessen hatten, war genügend im Kühlschrank.

Sie streckte die Beine aus, zog den langen Baumwollrock über die Knie hoch und dachte an Adams Kompliment über ihre schönen Beine. Der dumme Kerl! Okay, sie hatte nicht die hässlichsten Beine der Welt, konnte ihre aber auch nicht mit denen von Kylie oder Nicole Kidman messen. Als Kind wollte sie unbedingt eine Ballerina werden, und ihre Mutter hatte darauf bestanden, dass sie und ihre Schwestern Miss Marian Whites' Tanzschule besuchten, aber nur Polly hatte den Kurs zu Ende gemacht. Nattie erklärte gleich nach ihrer ersten und einzigen Stunde, sie würde sich lieber erschießen, als herumzuhüpfen wie eine zimperliche Zicke, und Genevieve war mit elf Jahren zu groß fürs Ballett. Dass sie die anderen Mädchen mindestens um einen Kopf überragte, gab ihr das Gefühl, tollpatschig und plump zu sein. Sie entschied sich stattdessen, mit dem Schwimmen anzufangen. Doch selbst heute noch, wenn sie die Ouvertüre zum *Schwanensee* hörte, schloss sie die Augen und sah sich als nymphengleiche Ballerina in einem hellblauen Chiffonkleidchen so leichtfüßig wie Polly über die Bühne schweben.

Jahrelang hatte sie Polly um ihre langen, anmutigen Beine und ihre zarten Gesichtszüge und Nattie um ihre drahtige, jungenhafte Figur beneidet. Mittlerweile hatte sie sich endlich mit ihrem Aussehen abgefunden. Sie kam nach ihrer Mutter und war das, was Serena kurvenreich nannte – wie die Frauen im goldenen Zeitalter von Hollywood. »Was wäre aus Rita Hayworth, Jane Russell, Marilyn Monroe oder Betty Grable geworden, wenn sie nicht diese wohlgeformten Hüften und die üppigen Dekolletés gehabt hätten?«, sagte sie oft zu Genevieve.

Adam hatte sie als attraktiv und sexy bezeichnet. Es gefiel ihr, für sexy gehalten zu werden, auch wenn es derzeit niemanden gab, der ihre erotische Seite zu würdigen wusste. Jeder, der diese eigenartige Unterhaltung auf Adams Terrasse mit angehört hätte, wäre zu dem Schluss gekommen, dass die Gefahr bestand, Adam könnte seine Zuneigung von einer Schwester auf die andere verlagern. Aber Genevieve wusste, dass Adam viel zu sensibel war, um diesen Fehler zu begehen. Und dennoch war ihr klar, dass ihr Verhältnis zu Adam ab jetzt anders sein würde, weil er nicht mehr versuchte, Nattie für sich zu gewinnen. Sie musste sich erst daran gewöhnen, dass er ihr nicht mehr sein Herz ausschüttete. Und sie fragte sich, ob er es wirklich fertig brachte, Nattie ganz und gar aufzugeben. Andererseits war er der entschlossenste Mann, den sie kannte, und vielleicht blieb er ja tatsächlich dabei.

Polly spielte jetzt etwas anderes – ein kraftvolles, temperamentvolles Stück. Genevieve schloss die Augen und überlegte, ob sie für morgen ein Picknick planen sollte wie beim letzten Mal, als Jonjo und Christian hier waren. Das hing davon ab, wie viel die beiden Männer zu tun hatten und ob sie nach ihrer Besprechung mit dem Bauunternehmer noch Zeit haben würden.

Es dauerte nicht lange, und die Klänge des Klaviers sowie Natties Stimme wurden zu gedämpften Lauten wie das Lachen der Kinder, die am Strand spielten. Genevieve döste ein. Sie träumte, dass sie sich auf dem Rücken im Meer treiben ließ, die plätschernden Wellen liebkosten sie sanft, und das Schönste war, dass ihre Mutter bei ihr war.

Es war ein wunderbarer Traum, den ein Motorengeräusch verscheuchte. Widerstrebend schlug Genevieve die Augen auf. Da sie annahm, dass einer der Gäste, die alle einen eigenen Hausschlüssel hatten, zurückkam, blieb sie sitzen. Dann hörte sie Schritte und eine vertraute Stimme.

»Hallo! Jemand zu Hause?«

Jonjo und Christian? Jetzt schon? Sie sah auf die Uhr. Es war kurz vor zwölf. Sie stand auf und strich ihren Rock glatt, da kamen sie auch schon ums Haus herum.

»Ihr seid früh dran. War nicht so viel Verkehr, wie ihr befürchtet habt?«

»Wir haben uns entschlossen, früher als ursprünglich geplant loszufahren«, erklärte Jonjo, »für den Fall, dass es zu einem Stau kommt oder der Asphalt in der Mittagshitze aufweicht.« Er spitzte die Ohren und lächelte. »Bringt mein Sonnenschein etwa ein Ständchen zu unserer Ankunft?« Ohne Genevieve die Gelegenheit zu geben, etwas darauf zu erwidern, überquerte er die Terrasse und ging in den Salon. Die Musik verstummte abrupt.

»Wenn ich jetzt anfange, mich für ihn zu entschuldigen«, sagte Christian mit einem matten Achselzucken, »dann werde ich das ganze Wochenende damit beschäftigt sein. Kannst du einfach hinnehmen, dass er ein Spinner ist, und ihn geduldig ertragen?«

»Hör auf, Christian, er passt sehr gut zu uns Baxters. Außerdem seid ihr beide offizielle Gäste, also muss ich euch ohnehin so nehmen, wie ihr seid.« Sie sah, wie erschöpft er wirkte, und fragte: »Wie geht es dir?«

»Ich bin fix und fertig. Gibt es hier im Garten ein ruhiges Plätzchen, wo ich für die nächsten vierundzwanzig Stunden einfach nur ungestört schlafen kann?«

»Du hast Glück. Dad hat eine Hängematte im Obstgarten aufgehängt.«

»Führ mich hin!«

Während Polly Christian und Jonjo das Zimmer zeigte, bereitete Genevieve ein Mittagessen zu – Minibaguettes mit Makrelenpastete und frischen Krabben. Während sie die Baguettes mit Butter bestrich, dachte sie an Christians äußerliche Erscheinung. Er hatte nicht übertrieben, als er sagte, er sei fix und fertig. Die Erschöpfung hatte feine Fältchen in die Haut um seine Augen gegraben, und man sah ihm an, dass er eine schwere Bürde zu tragen hatte. Sie bezweifelte, dass er, seit seine Mutter ins Krankenhaus gekommen war, genügend Schlaf bekommen und anständig gegessen hatte. Nicht nur *einmal* musste sie wiederholen, was sie gesagt hatte, und seine Stimme klang auch anders als sonst – einige Laute schienen ihm fast in der Kehle stecken zu bleiben. Ihr fiel wieder ein, dass er auch früher, wenn er müde war, Schwierigkeiten gehabt hatte, die Worte klar auszusprechen und einer Unterhaltung zu folgen. Die Krankheit seiner Mutter belastete ihn offensichtlich sehr.

»Ich dachte, wir könnten im Garten essen«, sagte Genevieve, als Polly in die Küche kam. Sie wirkte ein wenig erhitzt. »Wie finden sich unsere Gäste zurecht?«

»Jonjo schwärmt von der Aussicht.«

»Kein Wunder. Ich glaube, ich habe alles fertig. Hilfst du mir, die Sachen rauszubringen? Wo sind eigentlich Nattie und Lily-Rose abgeblieben?«

»Sie machen einen Besuch bei Gran.«

»Und Dad?«

»Er hilft Tubby, seinen Gartenzaun zu streichen.«

Genevieve rümpfte die Nase. »Was für eine grauenvolle Arbeit bei der Hitze! Okay, du nimmst die Teller und das Besteck und ich das Tablett.«

Sie nahmen den Lunch im privaten Teil des Gartens im Schatten ein. Jonjo führte hauptsächlich das Wort. Er erzählte überschwänglich von Christians Plänen für sein neues Haus und behauptete, dass es das schönste in der Gegend werden würde. Gelegentlich verdrehte Christian die Augen und lächelte Genevieve zu, aber er trug nur wenig zur Unterhaltung bei. Als sie mit dem Essen fertig waren, bot er sich an, Genevieve beim Abräumen zu helfen.

»Das ist nicht nötig – es ist ja nicht viel«, wehrte sie ab.

»Aber wenn ich mich nicht bewege, schlafe ich ein. Außerdem habe ich Anweisung vom Boss, mich rar zu machen, wenn Polly in der Nähe ist.« Er deutete mit dem Kopf in Jonjos Richtung.

Sie ließen die beiden allein und gingen ins Haus. Nachdem sie schweigend das Geschirr in die Spülmaschine geräumt hatten, erkundigte sich Genevieve nach seiner Mutter. Im Garten hatte sie schon einmal die Sprache darauf gebracht, aber er hatte es vermieden, ins Detail zu gehen.

»Während der letzten Tage ging es ihr ganz gut«, sagte er, »deshalb habe ich mich bereit erklärt, mit Jonjo herzukommen. Aber ihr Zustand wird nicht lange so bleiben, sagen die Ärzte. Sie geben ihr nur noch Wochen, nicht einmal mehr Monate. Ich komme einfach nicht damit klar, dass das alles so plötzlich passiert ist. In einer Minute sagt der Arzt, dass sie anämisch ist, und in der nächsten liegt sie im Krankenhaus und man schneidet ihr Lymphknoten heraus.«

»O Christian, es tut mir so Leid. Ich weiß nicht, wie ich an deiner Stelle mit so was fertig werden würde.« Sie erzählte ihm von Gran und wie sehr sie sich nach ihrem Sturz im Bad um sie gesorgt hatte. »Ich weiß, dass das im Vergleich zu dem, was du durchmachst, eine Bagatelle ist.«

Er widersprach ihr: »Du stehst deiner Großmutter vermutlich so nahe wie deinen Eltern. Sie war immer für dich da. Weißt du, ich habe dich immer um deine Familie beneidet.«

»Und ich habe dich immer um euer ruhiges, zufriedenes Leben zu dritt beneidet.«

Er sah aus dem Fenster und murmelte: »Und dann war es nur noch einer.«

Um sechs Uhr kehrten Christian und Jonjo von Ralphs Scheune zurück. Die Besprechung mit dem Bauunternehmer, einem Mann aus Haverfordwest, war erfolgreich verlaufen. Christian hatte ihm den Auftrag gegeben, weil er schon mehrere Scheunen zu Wohnhäusern umgebaut hatte. Genevieve musste für sechs Personen kochen und hatte keine Zeit, sich zu unterhalten oder das Modell zu bewundern, das Christian von dem Gebäude gebastelt hatte. Er schlug vor, mit Jonjo ins Arms zu gehen, damit Genevieve nicht noch mehr Arbeit hatte.

»Es macht mir nichts aus, für euch mitzukochen.«

»Aber es ist mir irgendwie unangenehm, dass du uns von vorne bis hinten bedienst.«

»Das ist mein Job. Dafür bezahlt ihr mich.«

Letzten Endes schlossen sie einen Kompromiss: Jonjo lud Polly ein, mit ihm auszugehen, und Christian sagte, er würde essen, was immer Genevieve ihm vorsetzte – unter der Bedingung, dass er mit ihr zusammen in der Küche essen durfte.

»Das ist keine gute Idee«, meinte sie. »Nattie wird auch da sein. Ich mach dir einen Vorschlag: Wir beide essen nach den Gästen im Garten. Einverstanden?«

Lächelnd erwiderte er: »Ich erinnere mich nicht, dass es jemals so schwierig war, mit dir zu verhandeln.«

Sie kochte ihm Seebarsch mit Polenta und Salat. Um Mitternacht saßen sie immer noch im Garten. Die Nachtluft war würzig und lau: Eine schwache Brise streichelte ihre bloßen Arme; die Flut kroch langsam auf den vom Mond beleuchteten Strand und umspülte die Kieselsteine im Sand. Christian konnte das beruhigende Geräusch nicht hören, aber Genevieve sah ihm im flackernden Kerzenschein an, dass er entspannter war als bei seiner Ankunft. Die Fältchen auf der Stirn und in den Augenwinkeln waren weg und seine Stimme klang nicht mehr so abgehackt. Sie überlegte, ob dies der richtige Zeitpunkt war, ihn nach Caroline zu fragen. Wahrscheinlich nicht. Immerhin ging sie diese Sache gar nichts an.

»Es ist so schön«, sagte er schlicht und betrachtete die silbern funkelnden Lichter, die der Mond auf das ruhige Meer malte. Er wandte sich Genevieve zu. Seine Augen waren dunkel und durchdringend.

»Das ist einer der Gründe, warum ich zurückgekommen bin«, stimmte sie ihm zu.

»Und was sind die anderen?«

»Das willst du nicht wirklich wissen.«

»Ein Freund?«

Sie lachte. »Du bist wie besessen. Ständig versuchst du, mehr über meine romantische Vergangenheit zu erfahren.«

»›Besessen‹ ist ein wenig übertrieben. Ich würde es eher ›interessiert‹ nennen.«

»Also gut, es hatte nichts mit einer gescheiterten Beziehung zu tun.« Sie hätte ihm von dem Raubüberfall und George und Cecily erzählen können, entschied sich aber dagegen. Sie wollte an nichts denken, was ihr den Abend verderben könnte.

Als Christian und Jonjo am nächsten Morgen zum Frühstück herunterkamen – Jonjo prahlte damit, dass er schon joggen war –, hatten die meisten Gäste bereits das Haus verlassen; nur einige wenige saßen noch im Garten und lasen Zeitung, ehe sie entschieden, was sie heute unternehmen wollten.

»Wo ist Polly?«, wollte Jonjo wissen, als Genevieve sie fragte, was sie zum Frühstück haben wollten.

»In der Kirche mit Gran und Lily-Rose. Sie spielt die Orgel, wenn der Organist krank oder in Urlaub ist.«

Er konnte seine Enttäuschung nicht verbergen. »Wann kommt sie zurück?«

Genevieve sah auf ihre Uhr. »In etwa einer Stunde.«

Seine Gesicht hellte sich auf. »Also bleibt mir Zeit, ein pochiertes Ei auf Vollkorntoast und ein Glas Orangensaft zu mir zu nehmen, bevor ich sie im Gotteshaus überrasche? Ist die Kirche weit weg?«

»Zehn Minuten zu Fuß.« Sie beschrieb ihm den Weg zu St. Non's, dann wandte sie sich an Christian: »Auch für dich ein Fitnessfrühstück?«

»Auf gar keinen Fall. Ich möchte die ganze Palette. Was immer du hast bitte. Ich habe wie ein Stein geschlafen und jetzt könnte ich ein Pferd verschlingen.«

»Wenn das so ist, bekommst du das Paradise-Spezial. Tee oder Kaffee?«

»Tee bitte. Und wenn es keine Umstände macht, bring zuerst Jonjos Frühstück. Ich möchte nicht, dass er länger als nötig hier herumlungert und abfällige Bemerkungen über meinen Fettkonsum macht.«

Jonjo machte sich davon, sobald er mit seinem Frühstück fertig war, und Genevieve setzte sich zu Christian, während er sich über Eier mit Speck, »Black Pudding« – eine

Art Blutwurst –, geröstetes Brot, Tomaten, Pilze und Waffeln hermachte.

»Es ist ziemlich ungehobelt, dass ich dir etwas voresse«, sagte Christian. »Warum nimmst du dir nicht auch etwas und leistest mir Gesellschaft? Ich bin zwar am Verhungern, aber das hier ist so viel, dass ich es bestimmt nicht allein schaffe.«

»Wenn du dich dann besser fühlst, klaue ich dir eine Waffel.«

»Das ist alles? Wie wär's mit einem Würstchen? Oder etwas von dem gebratenen Speck?«

»Nein, das brauchst du, um wieder zu Kräften zu kommen.«

»Tatsächlich?«

»Ja. Du bist dünner geworden, stimmt's? Denk dran, ich weiß alles über Gewichtsverlust. Ich erkenne einen abgemagerten Körper auf Anhieb.«

»Ich habe nicht absichtlich abgenommen, mir fehlt lediglich die Zeit fürs Essen. Ich arbeite den ganzen Tag, und die Abende verbringe ich bei Mum.«

»Du darfst es nicht so weit treiben, dass du auch noch krank wirst. Das würde deine Mutter bestimmt nicht wollen. Hast du mit ihr Kontakt gehabt, seit du hier bist?«

»Ja, per SMS.«

Genevieve war beeindruckt. »Sie kommt mit der neuesten Technik gut zurecht, wie mir scheint. Ich kann mir beim besten Willen nicht vorstellen, dass meine Eltern jemals eine SMS schreiben. Wenn ich genauer darüber nachdenke, dann weiß ich selbst nicht genau, wie das geht. Ich besitze nicht einmal ein Handy. Wahrscheinlich würde ich es verlieren oder vergessen, wie das verdammte Ding funktioniert.«

Er lächelte. »Mum ist immer in der vordersten Reihe, wenn etwas Neues auf den Markt kommt. Aber Textnachrichten schicken wir uns schon seit einigen Jahren.

Wir haben vereinbart, dass mir das Krankenhaus eine SMS schickt, wenn ... wenn ein Notfall eintritt.«

»Wie geht's ihr?«

»Sie schreibt, dass alles okay ist. Aber wir wissen beide, dass das nicht stimmt. Sie teilt mir nur das mit, was ich ihrer Meinung nach hören will.«

»Mag sein. Du darfst aber nicht vergessen, dass Kranke Regeln brauchen, an die sie sich halten können.«

Er rührte in seinem Tee. »Du hast Recht. Ich bin nur ein lausiger Schauspieler – ich kann mich nicht verstellen.«

»Du solltest dir etwas von uns Baxters abschauen. Wir sind Meister im Verdrängen.«

»Hast du das gemacht, als du ...« Er hielt inne und rührte verlegen weiter in seinem Tee.

»Es ist schon gut, Christian, du kannst ohne jede Scheu über meine Magersucht und Bulemie sprechen.« Doch dann wechselte sie selbst das Thema. »Ich nehme an, es bleibt bei dem Picknick, oder?«

»Auf alle Fälle.«

Die Teilnehmerliste für das Picknick wurde immer länger.

Als Polly mit Lily-Rose und Jonjo aus der Kirche kam, berichtete sie, dass sie Gran eingeladen hatte, sich ihnen anzuschließen, besser gesagt, Jonjo hatte sie dazu aufgefordert.

»Bist du sicher, dass ihr das nicht zu viel wird?«, fragte Genevieve.

»In der Kirche hat sie den Eindruck gemacht, als wäre sie wieder fit und munter«, sagte Polly. »Ich glaube kaum, dass sie sich bei einem Picknick zu sehr anstrengt. Außerdem kann Jonjo sie jederzeit nach Hause bringen, wenn sie müde wird – schließlich war es seine Idee. Sie scheint sehr angetan von ihm zu sein.«

»Warum auch nicht?«, schaltete sich Jonjo ein und schlang den Arm um Pollys Taille. »Alles in allem habe ich offenbar Eindruck auf die alten Ladys in der Kirche gemacht. Allerdings war ich schwer enttäuscht, dass Polly nicht einmal mit der Wimper zuckte, als ich mich in die erste Bank setzte, während alle beteten, und ihr ein Küsschen zublies. Und ich dachte, sie würde aufspringen und mir um den Hals fallen. Ich hatte mir vorgenommen, sie zum Altar zu tragen und den Vikar zu bitten, uns an Ort und Stelle zu trauen.«

Pollys Lächeln verriet Genevieve, dass sie nicht protestiert hätte. Sie musste an den Abend denken, als sie alle in Pollys Zimmer gewesen waren und Polly in einem alten Pyjama ihres Vaters am Fenster gestanden hatte. Damals hatte sie ausgesehen wie die sprichwörtliche Prinzessin, die auf ihren Prinzen wartet. War Jonjo ihr Prinz? An Charme fehlte es ihm jedenfalls nicht, aber besaß er auch Durchhaltevermögen? Oder würde er sich, sobald er das bekommen hatte, was er wollte, auf und davon machen und Polly mit gebrochenem Herzen zurücklassen? Das würde die Zeit zeigen.

Nattie, die früher von einer Verabredung zurückgekommen war, verkündete, dass sie und Lily-Rose auch an dem Picknick teilnehmen wollten und dass sie Jonjo und Christian auf den Zahn fühlen würde, was ihre Umbaupläne betraf. Und natürlich wäre es herzlos, Daddy Dean allein zu Hause zu lassen – also musste auch er mitkommen.

Sie fuhren mit zwei Autos zum Tawelfan Beach und holten Gran auf dem Weg ab. Gran hatte das so bestimmt, weil sie sehen wollte, wo Jonjo in Zukunft seine Zelte aufschlagen wollte, obwohl sie Ralphs Scheune kannte. Pollys Feststellung, dass die Großmutter von Jonjo angetan war, war eine schamlose Untertreibung – sie himmelte ihn regelrecht an.

»So ein reizender junger Mann!«, flüsterte sie Genevieve ins Ohr, nachdem sie den holprigen, von der Sonne ausgetrockneten Weg hinter sich gebracht und die Sachen aus Jonjos Discovery geladen hatten. »Und so gutaussehend! Wenn Polly auch nur einen Funken Verstand hat, dann schnappt sie ihn sich. Sie würden wunderschöne Kinder bekommen.«

Bis auf Gran trugen alle etwas – Klappstühle, den Picknickkorb, die Kühltasche mit Getränken, Handtücher, zwei Sonnenschirme, ein Fischernetz, Eimer und Schaufel sowie einen aufblasbaren Delfin, den Lily-Rose wie ein übergroßes Baby im Arm hielt. Als sie durch die Sanddünen zum Strand gingen, musste Genevieve an die Picknicks von früher denken, bei denen ihr Vater der Familie vorausgegangen war. Heute bildete er die Nachhut mit Gran und stützte sie diskret. Mit Christian hatte er noch nicht mehr als zwei mürrische Worte gewechselt.

Wie zu erwarten war, tummelten sich viele Menschen am Strand. Trotzdem fanden sie einen geeigneten Platz und schlugen ihr Lager auf. Schnell wie der Blitz zog sich Lily-Rose bis auf das leuchtend rosa Bikinihöschen aus und erklärte, dass sie ins Wasser wollte.

»Oh, noch nicht«, maulte Nattie. »Kannst du nicht noch zehn Minuten warten?«

»Ist schon gut«, sagte Genevieve, »ich gehe mit ihr. Wo ist die Sonnencreme?«

Ihre Schwester warf ihr die Flasche zu. »Danke, Gen. Du hast was gut bei mir.«

»Hat sonst noch jemand Lust, mit ans Wasser zu kommen?«, fragte Genevieve, während sie Lily-Rose mit Sonnenschutzfaktor 35 einrieb. »Gran?«

»Nein danke, Liebes – ich hab's mir gerade bequem gemacht.« Sie saß bereits in einem Liegestuhl. »Oh!«, rief sie, als wäre ihr gerade etwas Bedeutendes eingefallen.

»Du hast doch die Thermoskanne mit dem Tee eingepackt, oder?«

»Natürlich, Gran.«

»Und mein Lieblingsgebäck mit Mandeln?«

»Gran, das brauchst du doch nicht zu fragen. – Lily-Rose, wir gehen nicht, wenn du nicht aufhörst zu zappeln und nicht wartest, bis ich dich richtig eingecremt habe. So, jetzt bin ich fertig.«

Christian zog die Schuhe und sein T-Shirt aus und sagte: »Was dagegen, wenn ich mitkomme?«

Lily-Rose fasste nach seiner Hand. »Willst du Genvy mit Sonnencreme einreiben?«

Er hatte nicht verstanden, was das kleine Mädchen gesagt hatte, und wandte sich hilfesuchend an Genevieve. Sie spürte, wie ihr bei dem Gedanken, dass er ihre bloße Haut berühren könnte, die Röte ins Gesicht stieg. »Lily wollte wissen, ob du bereit bist.«

»Oooh, du kleine Lügnerin!«, höhnte Nattie hinter Christians Rücken. Genevieve funkelte sie böse an.

Christian übergab Jonjo sein Handy, dann gingen sie zum Wasser. Es herrschte Ebbe. Lily-Rose hüpfte voraus und schwang ihren Eimer wie eine Handtasche vor und zurück. Wieder erinnerte sich Genevieve an früher, daran, wie sie mit Christian Hand in Hand an diesem Strand spazieren gegangen war. Sie fragte sich, ob er dasselbe dachte. Sie holten Lily-Rose ein, und Genevieve zog den Rock über die Knie hoch, als sie ins seichte Wasser watete.

Christian warf einen Blick zurück. »Sie alle verlassen sich felsenfest auf dich, hab ich Recht?«

Genevieve zuckte mit den Schultern. »Tun sie das? Ich habe es nie so gesehen.«

»Es wäre schwer für sie, wenn sie ohne dich zurechtkommen müssten.«

»Sie konnten es, als ich weg war.«

»Aber da war deine Mutter hier.«

»Schaut her. *Schaut!*«

Genevieve und Christian bückten sich, um zu sehen, worauf Lily-Rose deutete: Es war ein Seestern in der Größe von Lilys Hand. »Darf ich den haben? Ich tue ihn in meinen Eimer, dann kann ich ihn nach Hause tragen.«

Der Seestern lebte offensichtlich nicht mehr. »Natürlich, Schätzchen«, sagte Genevieve.

Die Kleine hob den Seestern hoch und legte ihn vorsichtig in den Eimer. »Ich will Mummy meinen Glücksseestern zeigen«, verkündete sie stolz, rannte los und hüpfte geschickt zwischen den Menschen hindurch. Sie sahen ihr nach, bis sie bei der Familie war.

»Gehen wir zu den Felsen?«, fragte Christian.

Sie schlenderten am Strand entlang. Als sie in die Nähe der Felsen kamen, schwammen ein paar halbwüchsige Mädchen, die sich dort gesonnt hatten, davon. Genevieve und Christian setzten sich und ließen die Beine ins Wasser baumeln. Nach einer Weile berührte sie leicht seinen Arm und er sah sie an.

»Hier habe ich dich an dem Tag, an dem wir uns zum ersten Mal begegnet sind, ins Wasser geschubst, oder?«

»Ja, und hier dachte ich, dass du das netteste und hübscheste Mädchen bist, das ich jemals getroffen habe.«

»Bestimmt spielt dir dein Gedächtnis einen Streich. Ich war kein hübsches Kind.«

Er schüttelte den Kopf. »Ich habe keine Lust, mit dir zu streiten, Genevieve, also sei still und akzeptier das Kompliment.«

Seine vehementen Worte belustigten sie. Sie ließ die Füße im Wasser kreisen.

»Genevieve?«

Sie wandte sich ihm wieder zu. »Ja?«

»Beim Frühstück habe ich dir gesagt, dass ich gern offen und ehrlich mit dir sein möchte.«

»Ja, aber wenn das eine Beschwerde über den Standard unseres Hauses werden soll oder du mir sagen willst, dass du nach dem Frühstück Probleme mit deiner Verdauung hattest, vergiss es: Du bekommst keinen Preisnachlass.«

Er lächelte, trotzdem gelang es ihm irgendwie, ernst zu bleiben. »Nein, damit hat es nichts zu tun. Ich möchte dir etwas sagen. Vor ein paar Wochen habe ich törichterweise versucht, dich zu küssen, und du hast mich darauf hingewiesen, dass das nicht gut wäre. Wir beide wissen, dass du Recht damit hattest, und zwar aus zwei Gründen: zum einen wegen unserer komplizierten Vergangenheit, zum anderen, weil ich damals eine Beziehung hatte.« Er schwieg gerade so lange, dass sie erkennen konnte, wie schwer ihm dieses Geständnis fiel, und dass sie ein schlechtes Gewissen bekam, weil sie bereits wusste, was er sagen wollte. »Die Sache ist die«, fuhr er fort, »diese Beziehung gibt es nicht mehr. Caroline und ich ... nun, ich habe mich von ihr getrennt. Ich will, dass du das weißt.«

Genevieve machte sich nicht die Mühe, Überraschung zu heucheln. Stattdessen sagte sie: »Und warum hast du Schluss gemacht?«

»Erübrigt sich diese Frage nicht?«

»Ich glaube nicht.«

Er holte tief Luft. »Es wäre nicht fair gewesen, weiter mit ihr zusammen zu sein, wenn ...« Er brach ab und schluckte schwer. »Genevieve, dir muss doch aufgefallen sein, dass ich, seit sich unsere Wege wieder gekreuzt haben, unaufhörlich an dich denken muss.« Er drehte sich weg. »Ich habe mir geschworen, dir nichts davon zu sagen, aber ich schätze, ich bin zu egoistisch, um so etwas durchzuhalten. Ich möchte, dass du weißt, wie ich fühle. Und ... ich will auch wissen, wie du fühlst.«

Sie tippte mit dem Finger auf sein Bein, damit er sie ansah. »Kann es sein, dass du einfach nur neugierig bist? Oder dass du dich danach sehnst, die Vergangenheit wieder aufleben zu lassen?«

Er blinzelte. »Ich weiß nur, dass ich nicht an dich denken kann, ohne mich zu fragen, was wohl aus uns geworden wäre. Das beschäftigt mich ununterbrochen. Und ich spüre, dass es mehr ist als nur eine unerledigte Angelegenheit. Nein, irgendetwas ist zwischen uns – etwas, was uns immer verbinden wird.«

Seine Eindringlichkeit versetzte sie ebenso sehr in Erstaunen wie ihre eigene Gelassenheit.

»Und was bedeutet das für uns?«, fragte er sichtlich gequält.

»Eine prekäre Situation, würde ich sagen.«

Er runzelte die Stirn und starrte auf ihre Lippen. »Was für eine Situation?«

»Eine prekäre«, wiederholte sie. »Entweder wir lassen alles so, wie es ist, und fragen uns für den Rest unseres Lebens, wie es wohl hätte sein können, oder wir werfen alle Vorsicht über Bord, und du versuchst noch einmal, mich zu küssen.« So viel zu ihrem Verstand, der ihr Herz regierte!

Seine Miene hellte sich augenblicklich auf. »Ich glaube, ich würde die zweite Alternative vorziehen.«

»Ich auch.«

Er legte die Hand an ihren Hals, neigte den Kopf zur Seite, um sich zu ihr zu beugen, doch dann zögerte er, zog sich wieder zurück. Genevieve folgte seinem Blick und sah über die Schulter. Jonjo lief auf sie zu und schwenkte Christians Handy in der Luft. Genevieve fasste unwillkürlich nach Christians Hand.

»Tut mir Leid, Christian«, rief Jonjo, »aber es ist deine Mutter – das Krankenhaus hat eine SMS geschickt. Wir müssen sofort los!«

Teil IV

34

Christians Mutter starb drei Tage später. Die letzten sechsunddreißig Stunden hatte sie im Koma gelegen und Christian war an ihrer Seite geblieben. Genevieve, die mit Christian um seinen Verlust trauerte, war gerührt, als Jonjo sie anrief, um ihr zu sagen, dass Christian sie bei der Beerdigung dabeihaben wollte. Und Polly auch, damit sie nicht allein fahren musste.

Jetzt, da Genevieve von der A 44 auf die B 4361 in Richtung Ludlow abzweigte, wurden Erinnerungen an die Ferientage bei Christian und seinen Eltern wach. Seine Mutter Ella May war eine freundliche, unkomplizierte und humorvolle Frau gewesen, die gerne mit ihrem Mann und ihrem Sohn geflachst hatte. Genevieve war immer erstaunt, wie tatkräftig sie Christian unterstützt hatte, ohne ihn zu sehr zu bemuttern. Viele andere Mütter hätten ihn in Watte gepackt – Ella nicht; sie hatte ihn stets ermutigt, einen Schritt weiter zu gehen, als er es sich selbst zugetraut hätte.

Ella war eine umsichtige Gastgeberin gewesen und hatte Genevieve das Gefühl gegeben, ein Teil der Familie zu sein, sowohl im *Pendine Cottage* als auch hier in Shropshire. Bei einem von Genevieves Besuchen im *Pendine Cottage* hatte Ella ihr in einem unbeschwerten Augenblick, als sie

Karten gespielt hatten, erzählt, dass sie sich mehr Kinder gewünscht und sehr gern eine Tochter gehabt hätte. Bestimmt wäre es für Christian in der gegenwärtigen Situation leichter, wenn er Geschwister hätte und die Last des Verlustes nicht ganz allein tragen müsste. Obwohl Polly unpraktisch und Nattie eine Nervensäge war, konnte sich Genevieve darauf verlassen, dass sie in einer Krise fest zusammenhielten. Jonjo hatte ihr erzählt, dass Christian keine nahen Angehörigen hatte, an die er sich wenden könnte.

»Es gibt jede Menge älterer Verwandte, die er kaum kennt«, hatte Jonjo am Telefon gesagt, »aber niemanden, der ihm wirklich etwas bedeutet.«

Genevieve folgte der Wegbeschreibung, die Christian gemailt hatte, und bog auf eine kurvige Landstraße ab, die mit Weißdornbüschen gesäumt war. Die Gegend war ihr sofort vertraut. Sie erinnerte sich, dass sie sich auf dieser Straße mit Christian ein Wettrennen geliefert hatte. Nach einem heftigen Regenguss war Genevieve mit den zu großen Gummistiefeln gestolpert und kopfüber in einen matschigen Graben gefallen. Christian war so erschrocken und besorgt, dass ihm nicht gleich aufgefallen war, dass sie gelacht und nicht geweint hatte. Seine momentane Verwirrung ausnützend, hatte sie ihn auch in den Graben geschubst. Sie waren vollkommen durchnässt und verdreckt, als sie bei ihm zu Hause angekommen waren, wo sie Ella mit heißem Tee und Hefegebäck am offenen Kamin verwöhnt hatte.

Das Haus war noch genau so, wie es Genevieve in Erinnerung hatte: ein hübsches Fachwerkcottage mit strohgedecktem Dach (ursprünglich waren es zwei Cottages gewesen) und einer von Geißblatt umrankten Veranda. Die Bleiglasfenster blitzten in der Sonne, und Genevieve schöpfte Mut, als sie sah, dass das Haus nicht im Geringsten verwahrlost war. Sie parkte ihr Auto neben Christians Volvo und stieß Polly sanft an.

»Wir sind da, Polly, wach auf!« Da sie seit fünf Uhr morgens auf den Beinen war, hätte Genevieve auch gern Gelegenheit gehabt, ein wenig zu dösen. Sie war fest entschlossen, Christian zu helfen, so gut sie konnte, und hatte ihm angeboten, sich um die Verpflegung der Trauergäste zu kümmern und ein bescheidenes Büfett herzurichten. Die Lebensmittel waren im Kofferraum, und Genevieve hoffte, dass sie die Fahrt überlebt hatten.

Während Polly allmählich wach wurde, stieg Genevieve aus und ging zum Kofferraum, dann hörte sie Schritte. Christian kam auf sie zu – er trug einen schwarzen Anzug und ein weißes Hemd mit offenem Kragen. Sie hatte ihn noch nie in einem Anzug gesehen und musste zugeben, dass er umwerfend gut aussah. Ihr Herz klopfte unwillkürlich schneller und sie spürte die Enge in ihrer Brust. Christians blasses, ernstes Gesicht zeigte ihr, wie unpassend diese Reaktion war. Ohne ein Wort umarmten sie sich, und Genevieve merkte, wie angespannt er war.

Der Trauergottesdienst fand in einer kleinen Kirche statt, die nur etwa zehn Minuten weit weg war. Der Autokonvoi rollte langsam über die schmalen Landstraßen. Genevieve saß auf dem Rücksitz von Jonjos Discovery, Polly auf dem Beifahrersitz. Christian hatte sich gewünscht, dass sie ihn im ersten Wagen begleitete, aber dort war kein Platz mehr gewesen, nachdem überraschend entfernte Verwandte bereits zum Sherry vor der Trauerfeier im Haus aufgetaucht waren. Christian hatte ihr anvertraut, dass ihm diese Leute praktisch unbekannt waren.

Jonjo musste lange nach einem Parkplatz suchen, deshalb kamen sie als Letzte in die mit Freunden und Nachbarn voll besetzte Kirche und nahmen in der hintersten Bank Platz. Aber Christian war sofort bei ihnen und erklärte, dass er neben sich Plätze für sie freigehalten hatte.

»Bitte«, sagte er und nahm Genevieves Hand, »ich möchte nicht allein sein.«

Der Gottesdienst lief so ab wie die anderen Trauerfeiern, die Genevieve miterlebt hatte: Lieder wurden gesungen, Gebete gesprochen, Emotionen geschürt. Doch dann sah der Vikar Christian an und bat ihn, vorzutreten, um ein paar Worte über seine Mutter zu sagen. Er ließ Genevieves Hand los, die er während des ganzen Gottesdienstes gehalten hatte, und ging zu dem Rednerpult mit dem Mikrofon. Als er einen Zettel aus der Tasche holte und auseinander faltete, ertönte ein ohrenbetäubendes Rascheln aus den Lautsprechern. Christian bekam nichts davon mit; er sah die Leute an und wurde sichtlich gefasster.

»Alle Mütter haben die außerordentliche Fähigkeit, zu lieben und die ihren zu unterstützen«, begann er, »und meine war keine Ausnahme. Sie hat mir beigebracht, andere Menschen so zu lieben und zu respektieren, wie ich geliebt und respektiert werden möchte. Das ist manchmal nicht ganz leicht, und ich weiß, dass ich in diesem Punkt öfter versagt habe, als ich zugeben will, aber meine Mutter hat sich immer an diese Prämisse gehalten und sie nie verfehlt. Sie ...« Seine Stimme wurde brüchig und er schloss kurz die Augen. Genevieve hatte einen Kloß in der Kehle und versuchte ihm Kraft zu übermitteln. »Sie war unerschütterlich und verlässlich«, fuhr er fort, »ein Bollwerk aus Liebe und Hoffnung. Wir alle könnten sie uns zum Vorbild nehmen. Sie wird mir mehr fehlen, als ich sagen kann.« Er beugte den Kopf, faltete das Papier zusammen und trat zur Seite.

Genevieve hörte, wie sich die Leute um sie herum, Jonjo

und Polly eingeschlossen, räusperten und die Nase putzten. Tränen sind ansteckend; auch sie blinzelte heftig und richtete den Blick auf das Blumenarrangement seitlich des Sargs. Sie spürte, wie sich Christian wieder neben sie setzte, drehte ihm das Gesicht zu und formte mit den Lippen die Worte: »Gut gemacht. Das war wunderschön.«

Er nickte und drückte ihre Hand. »Danke.«

Er dankte ihr noch einmal, als sie im Haus waren und die letzten Gäste verabschiedet hatten. Jonjo und Polly standen an der Tür und winkten.

»Du warst mir eine so große Hilfe«, sagte Christian, als sie mit einem Tablett durchs Wohnzimmer ging und die Gläser und Teller einsammelte.

»Nicht der Rede wert«, entgegnete sie. »Kanapees sind nicht schwierig zu machen, nur ein bisschen zeitraubend.«

Er nahm ihr das Tablett ab. »Und du musstest sehr früh aufstehen, um all das vorzubereiten.«

»Das stimmt. Ich werde heute Nacht bestimmt gut schlafen.«

»Du bleibst doch hier, oder?«

»Wenn das Angebot noch gilt, gern.«

Jonjo und Polly kamen herein, und Jonjo sagte: »Genevieve, ich muss Sie rügen. Wenn das Essen nicht so gut geschmeckt hätte, wären wir die Meute schon vor Stunden losgeworden.«

Christian lächelte zum ersten Mal an diesem Tag. »Ich weiß nicht, wie es mit euch ist, aber ich habe vorerst genug. Ich schlage vor, wir verschieben das Aufräumen auf später und setzen uns mit einer Flasche Wein in den Garten.«

Es war erst zehn Uhr, als Genevieve anfing zu gähnen. »Es hat keinen Sinn mehr«, entschuldigte sie sich und unterdrückte ein zweites Gähnen, »ich muss ins Bett.«

Alle anderen beteuerten, dass sie nach dem langen Tag auch müde seien. Nachdem sie die Türen und Fenster verschlossen und das Licht gelöscht hatten, gingen sie hinauf. Dort befand sich ein langer, L-förmiger Flur, von dem fünf Schlafzimmer und zwei Bäder abgingen. Christian öffnete die erste Tür zu dem Zimmer, das er für Polly vorgesehen hatte; gleich nebenan sollte Jonjo schlafen. Zu Genevieve sagte er: »Ich dachte, du hättest gern dasselbe Zimmer wie früher. Wenn du noch etwas brauchst, ich bin gleich auf der anderen Seite des Bads.«

Es war wie eine Szene aus einer Komödie, als sie alle im Flur standen und sich eine gute Nacht wünschten. Und Jonjo – typisch für ihn – machte sich darüber lustig: »Hat jemand Lust auf eine Schlafzimmer-Farce?«, fragte er mit einem schelmischen Grinsen. Er küsste Polly auf die Wange, und nachdem die beiden in ihre Zimmer verschwunden waren, sagte Christian: »Also dann, gute Nacht. Denk dran – wenn du etwas brauchst, ich ...«

»Ich weiß, du schläfst im Zimmer neben dem Bad.«

Sie hatte sich gerade erst ins Bett gelegt, als sie ein Tapsen auf dem Flur hörte, dann ging eine Tür auf und wieder zu. Sie lächelte verschlafen. Die Schlafzimer-Farce hatte begonnen.

Sie wusste nicht, wie lange sie geschlafen hatte, als sie aufschreckte. Schritte. Sie hörte Schritte. Jemand war im Haus. Ein Einbrecher! Ihr Mund wurde staubtrocken und die Angst hielt sie gefangen. Sie versuchte, sich zu beruhigen. Logisch zu überlegen. Nicht an die Nacht des Überfalls zu denken. Wahrscheinlich ist es Christian, redete sie sich ein. Oder Jonjo und Polly. Aber wenn nicht?

Ihr Herzschlag beschleunigte sich. Sie stieß die Bettdecke weg. Untätig liegen zu bleiben kam nicht in Frage. Sie musste nachsehen. Schon einmal hatte sie nicht schnell genug gehandelt. Sie schlich auf den Flur, blieb einen Moment stehen, um zu horchen, woher das Geräusch kam.

Langsam ging sie die Treppe hinunter, umklammerte das Geländer und hielt den Atem an. Einen Moment lang fragte sie sich, was, zum Teufel, sie eigentlich machte. Wenn ein Einbrecher im Haus war, was sollte sie dann tun?

Geh wieder hinauf, sagte ihr der Verstand. Klopf an Christians Tür. Hol Hilfe.

Aber er konnte nichts hören.

Dann klopf an Jonjos Tür.

Nein. Polly war bei ihm.

Plötzlich stand sie am Fuß der Treppe, ohne so recht zu wissen, wie sie dort hingekommen war. Wo war die Geräuschquelle? Sie hörte nur noch das Pulsieren in ihrem Kopf. Das ist verrückt, dachte sie, ich tue genau das Verkehrte. Doch sie handelte automatisch und nahm die schwere Vase vom Tisch im Flur, während ihre Füße sie weitertrugen.

Ins Wohnzimmer.

Einbrecher sahen sich immer zuerst im Wohnzimmer um. Nach der Musikanlage. Dem Videogerät. Antikem Schnickschnack. Sachen, die sie problemlos verkaufen konnten, ohne Fragen beantworten zu müssen. Sie stieß die Tür auf und trat ein. Die Terrassentür stand offen, die Vorhänge bauschten sich. Sie hatte Recht! Kühle Luft schlug ihr entgegen, und sie wusste, was sie zu tun hatte. Sie musste Hilfe holen, denn allein konnte sie gar nichts ausrichten.

Sie machte kehrt, doch plötzlich kam eine Gestalt in den Raum und sie blieb wie angewurzelt stehen. Die Vase glitt ihr aus den Händen, und sie riss den Mund auf, um zu schreien.

Aber kein Laut kam über ihre Lippen. *O Gott, das durfte nicht noch einmal geschehen!* Das Blut wich aus ihrem Gesicht, ihre Beine gaben nach und sie fiel zu Boden.

Sie kam mit einem quälenden Angstgefühl zu sich und stieß einen kleinen Schrei aus.

Arme hielten sie fest, und eine Stimme sagte: »Genevieve, es ist alles gut. Ich bin's – Christian.«

Sie war noch ganz benommen, doch dann sah sie Christians Gesicht klar vor sich, und ihr fiel wieder ein, warum sie die Treppe heruntergekommen war. *Der Einbrecher!* Wo war er? Sie sah sich hektisch um, begriff, dass sie auf dem Sofa lag, eine Lampe brannte und Christian vor ihr kniete. Sie setzte sich mit einem Ruck auf.

»Hast du die Polizei alarmiert? Ist er entkommen?«

»Nein, Gen. Dazu bestand kein Grund. Du hast nur mich gesehen. Es tut mir Leid, dass ich dich so erschreckt habe. Ich konnte nicht schlafen und …«

»Nein. Ich hätte dich erkannt. Du warst das nicht. Es war …«

Er nahm ihre Hände und rieb sie sanft. »Es war dunkel, Gen. Ich hatte kein Licht angemacht. Du konntest kaum was sehen.«

Sie zwang sich, ihm zuzuhören, zu glauben, was er sagte. Als sie die Porzellanscherben auf dem Boden entdeckte, dämmerte ihr langsam, dass sie sich diesen Einbrecher nur eingebildet hatte. Sie schlug die Hände vors Gesicht. »O Gott! Es tut mir so Leid. Ich fühle mich so …« Jetzt fing sie an zu zittern, und als er sie in die Arme nahm, flossen auch die Tränen.

»Ist ja gut«, murmelte Christian. »Es ist mein Fehler – ich hätte dich nicht so erschrecken dürfen.« Er hielt sie fest und sie weinte umso mehr.

Sie hatte damals der Polizei alles über diese schreckliche Nacht mit George und Cecily erzählen müssen, sonst aber niemandem anvertraut, was sich genau abgespielt hatte. Gran wusste einiges, doch jedes Mal wenn Genevieve versucht war, sich alles von der Seele zu reden, schreckte sie davor zurück, das Grauen noch einmal durchmachen zu müssen, und ihr wurde fast übel.

Aber jetzt war es an der Zeit, dass sie sich jemandem öffnete. Sie wollte nicht mehr von den Erinnerungen verfolgt werden. In Christians Armen fühlte sie sich sicher genug, um das Trauma noch einmal zu durchleben.

Als die zwei maskierten Männer den Code für den Safe verlangten und George sich weigerte, ihn ihnen zu nennen, wurde aus dem Einbruch ein entsetzlicher Alptraum. Einer der Verbrecher packte Cecily, schlug auf die zarte alte Frau ein, und als sie am Boden lag, trat er gnadenlos und mit unvorstellbarer Gewalt immer wieder zu. Sein Komplize musste ihn zurückzerren, sonst hätte er wohl nie aufgehört. Das Entsetzen und der Schmerz in Cecilys Augen, als sich die beiden Männer anbrüllten, war unerträglich. Genevieve und George versuchten, sich ihr zu nähern, um ihr Trost zu spenden. Doch als die Männer merkten, was sie vorhatten, traten sie dazwischen und der Brutalere der beiden nahm George in die Mangel. Danach knöpfte er sich Genevieve vor und traf sie mit solcher Wucht am Kopf, dass sie gegen die Wand geschleudert wurde. Das sadistische Grinsen hatte ihr mehr als alles andere Angst eingejagt und es verfolgte sie noch heute. Er riss das Klebeband von Georges Mund und zwang ihn, den Code zu verraten. Sie nahmen sich Cecilys Schmuck und alles, was sie sonst noch wollten, und verschwanden.

Sobald Genevieve sicher sein konnte, dass sie allein waren, wand sie sich, bis sie die Hände, die auf ihrem Rücken zusammengebunden waren, unter ihren Körper zwängen konnte, dann entfernte sie das Tape von ihrem Mund und biss mit den Zähnen die Fesseln auf. Anschließend schleppte sie sich zu George und Cecily, um sie zu befreien. Schon allein den Mund zu öffnen und nach Luft zu schnappen, schien für Cecily eine ungeheuerliche Anstrengung zu sein; sie verzog das Gesicht und wimmerte.

Cecily war bereits tot, als der Notarzt mit dem Krankenwagen ankam. Ihr Herz, das schon von einem früheren Infarkt angegriffen gewesen war, hatte die Schrecken nicht verkraftet. Der arme George hatte sich nie von dem Schock erholt. Er starb einen Monat später nach einem Schlaganfall im Krankenhaus. Obwohl Genevieve sich verzweifelt danach sehnte, nach Hause zu ihrer Familie zu fahren, blieb sie noch einige Zeit allein in dem Haus und besuchte George jeden Tag in der Klinik. Sie hielt seine Hand, half ihm beim Essen und las ihm vor, wenn auch sehr holprig. Er und seine Frau hatten keine Kinder. Beide waren fast neunzig Jahre alt gewesen, und die meisten ihrer Freunde lebten nicht mehr, deshalb war Genevieve außer seinem Anwalt und Finanzberater die einzige regelmäßige Besucherin.

Schließlich schwieg Genevieve.

Christian hielt nur ihre Hand und strich ihr übers Haar.

Die Erleichterung, sich endlich die Last von der Seele geredet zu haben, war so groß, dass Genevieve die Tränen über die Wangen liefen.

Christian hielt sie fest. »Ist schon gut, Genevieve, jetzt bist du in Sicherheit.«

Es war hell, als Genevieve aufwachte. Sie drehte sich um und sah, dass Christian Wort gehalten hatte. Er schlief in ihrem Zimmer in einem Sessel. Die Decke war ihm von den Beinen gerutscht. Sie war in der Nacht so durcheinander und verstört gewesen, dass er sie nicht allein lassen wollte. Er hatte sich liebevoll und fürsorglich um sie gekümmert, mehr als eine Stunde mit ihr zusammengesessen, ihr ein Taschentuch nach dem anderen gereicht und sie getröstet und beruhigt, bevor er ihr noch etwas zu trinken geholt und sie hinauf in ihr Bett gebracht hatte. Es war ein Wunder, dass sie Jonjo und Polly nicht gestört hatten.

Genevieve war erschöpft nach den vielen Tränen und musste daran denken, dass die Leute sie für sehr tapfer gehalten hatten, weil sie den Überfall und die Zeit danach so gut überstanden hatte. Aber sie war nie richtig damit fertig geworden. Genau wie damals nach dem Tod ihres Großvaters hatte sie ihre Emotionen fest unter Verschluss gehalten und versucht, die Schrecken dieser Nacht zu unterdrücken. Mit dem Klebeband auf dem Mund konnte sie weder weinen noch schreien, und jetzt begriff sie, warum es ihr am gestrigen Abend nicht möglich gewesen war, laut zu schreien. Ihr Gehirn hatte ihr einen üblen Streich gespielt. Doch als sie den Schrecken erneut durchlebte, hatte sich etwas in ihrem Inneren gelöst. Christian meinte, dass sie jetzt, nachdem sie so viele Tränen vergossen hatte, die Erinnerung vielleicht loslassen könne.

»Du musst imstande sein, an die Geschehnisse zu denken, ohne sie noch einmal im Geiste zu erleben«, hatte er gesagt. »Wenn dir das gelingt, dann weißt du, dass du es überwunden hast.«

Sie hoffte, er hatte Recht. Er schlief noch immer tief und fest. Sie widerstand dem Drang, die Decke aufzuheben und ihn zuzudecken. Stattdessen studierte sie sein Gesicht, das Gesicht, das sich schon vor Jahren in ihr Gedächtnis gebrannt, das sie vergöttert und zu dem sie aufgesehen hatte – das Gesicht, von dem sie gedacht hatte, sie würde es immer lieben. War es möglich, wieder Liebe für ihn zu empfinden? Wollte er das? Und was wollte *sie*?

Sie seufzte. Es war unfair: Wenn sie schlief, sah sie bestimmt grauenvoll aus – mit offenem Mund und wirren Haaren –, aber Christian war im Schlaf sogar noch attraktiver als sonst. Und jünger. Die Versuchung, ihn mit einem Kuss zu wecken, war so stark, dass sie sich ins Gedächtnis rufen musste, warum sie hier war. Sie hatten gestern seine Mutter zu Grabe getragen – dies war nicht der richtige Zeitpunkt.

Seit dem Tag am Strand, als es um ein Haar zu einem Kuss gekommen wäre, hatte sich keine Gelegenheit ergeben, das Gespräch von damals fortzusetzen und darüber zu reden, welche Konsequenzen es haben würde, falls sie ihre Beziehung tatsächlich wieder zum Leben erweckten. Im Augenblick brauchte Christian vor allen Dingen eine gute Freundin, das spürte sie.

35

Genevieve war davon überzeugt, dass die wichtigsten Ereignisse in ihrem Leben stets in den Sommermonaten stattfanden.

Und jetzt, als sie und Polly nach Hause fuhren, musste sie wieder daran denken. Polly hatte zwar nichts gesagt, aber Genevieve brauchte kein Hellseher zu sein, um an ihrem strahlenden Gesicht zu erkennen, dass sie die Nacht mit Jonjo verbracht und jeden Moment davon genossen hatte. Zum Frühstück waren beide nicht erschienen. Genevieve und Christian hatten es schließlich aufgegeben, auf sie zu warten, und Christian schlug vor, den sonnigen Vormittag auszunützen.

»Was hast du mit diesem Haus vor?«, fragte Genevieve, als sie sich in den Garten setzten.

»Am vernünftigsten wäre, es zu verkaufen, aber noch kann ich daran nicht einmal denken.«

»Natürlich. Ich wollte nicht gefühllos sein.«

»Du könntest gar nicht gefühllos sein, selbst wenn du dich anstrengst, Genevieve.«

Sie runzelte die Stirn. »Du darfst nicht den Fehler machen, mich in einem zu guten Licht zu sehen.«

Christian zog eine Augenbraue hoch. »Ich sehe dich so, wie ich es will.«

Eine dicke Wildtaube landete schwer auf dem Kastanienbaum, und sie beobachteten beide, wie der Vogel versuchte, sich auf dem federnden dünnen Zweig zu halten.

Christian sagte: »Wahrscheinlich möchtest du nicht mehr über letzte Nacht sprechen, Genevieve, aber wenn doch ...«

»Ich glaube«, unterbrach sie ihn, »ich habe gestern ausführlich genug über dieses Thema gesprochen.«

Er lächelte traurig. »Bist du sicher? Oder willst du mir damit nur sagen, dass ich nicht wieder davon anfangen soll?«

»Ein bisschen von beidem. Ich brauche wahrscheinlich noch ein wenig Zeit, mich von meinem dummen Verhalten zu erholen.«

»Du hast dich nicht dumm verhalten. Ganz und gar nicht. Du warst unglaublich mutig.«

»Mir kommt es aber nicht so vor.«

»Nur weil du immer viel zu hart mit dir ins Gericht gehst.«

»Siehst du – schon wieder denkst du zu positiv von mir.«

Er schüttelte den Kopf, lächelte jedoch. »Ich geb's auf. Du willst einfach kein Kompliment annehmen, stimmt's?«

»Zumindest nicht kampflos«, gab sie lachend zurück.

Die Wildtaube flatterte mit den Flügeln und flog unbeholfen davon.

Christian erhob sich unvermittelt. »Komm mit«, forderte er Genevieve auf. »Ich möchte dir etwas zeigen.«

Er führte sie durch den Garten zu einem Gartenhäuschen, das fast vollkommen unter märchenhaft anmutenden Kletterrosen verborgen war. Unendlich viele dicke blassrosa Blüten verbreiteten einen wunderbaren Duft, Bienen flogen summend von einer Blüte zur anderen. Als Christian die Tür des Gartenhauses öffnete, empfing sie eine Mischung anderer Gerüche: aus von der Sonne erwärmtem Zedernholz, vermoderten Leinenstühlen und verstaubten alten Gartengeräten. Genevieve entdeckte nichts Spannendes, was Christian ihr vielleicht unbedingt zeigen wollte – Federballschläger, einen Korb und verschiedene Blumentöpfe aus Plastik oder Terrakotta –, aber als er die Tür zumachte und auf sie zukam, wusste sie, warum er sie hergebracht hatte.

Endlich, nach all der langen Zeit, nahm er ihr Gesicht zwischen die Hände und küsste sie. Vor dreizehn Jahren hatte er sie zum letzten Mal geküsst, aber sein Mund fühlte sich so vertraut an, als wäre es erst gestern gewesen. Alles – seine warmen, weichen Lippen, die sanfte Berührung seiner Finger und sein Körper, der sich an ihren schmiegte – fühlte sich an wie früher. Konnte ein Körper solche Erinnerungen speichern? War das möglich? Offenbar. Sie erwiderte seinen Kuss mit einer Leidenschaft, die ihn dazu ermutigte, sie fest an sich zu drücken.

»Du kannst dir nicht vorstellen, wie sehr ich mich danach gesehnt habe«, sagte er, als er sich von ihr löste. »Und wie oft ich kurz davor war, es zu tun, dann aber doch den Mut verloren habe. Oder irgendetwas kam dazwischen.«

»Verstecken wir uns deshalb hier?«

Er lächelte. »Ja. Ich wollte ganz sichergehen, dass wir nicht gestört werden.«

»Ich glaube, Polly und Jonjo haben anderes im Kopf.«

»In diesem Fall schlage ich vor, dass wir das Beste daraus machen, solange sie mit sich beschäftigt sind.«

Sie küssten sich immer, immer wieder und hätten wohl nie aufgehört, wenn die Luft in dem Gartenhäuschen nicht so heiß und stickig gewesen wäre und wenn Genevieve ihrem Vater nicht versprochen hätte, am Nachmittag wieder zu Hause zu sein.

Der erste Mensch, dem Genevieve und Polly begegneten, als sie nach Angel Sands kamen, war Adam. Er fuhr gerade aus dem Dorf. Genevieve gab ihm ein Lichtzeichen, und da sonst kein Verkehr war, blieben sie nebeneinander stehen.

»Hallo, ihr zwei. Wie war die Beerdigung?«

»Woher weißt du, dass wir auf einer Beerdigung waren?«, wollte Genevieve wissen.

Er tippte sich an die Nase. »Durch die üblichen Informationsquellen. Hat jemand Lust auf einen Drink im Arms nachher? Heute ist Quiz-Abend.«

Polly nickte zustimmend, und Genevieve, die mit ihrem Vater vor der Abfahrt telefoniert hatte und wusste, dass niemand für diesen Abend ein Essen bestellt hatte, sagte: »Gute Idee. Um wie viel Uhr?«

»Das Quiz beginnt um acht, also hole ich euch um zwanzig vor ab. Bis später.« Er hupte zweimal kurz und brauste davon.

Im *Paradise House* war es ruhig. Die Gäste vergnügten sich vermutlich am Strand und Lily-Rose war bei Gran.

»Ich hab dir doch gesagt, dass wir bestens zurechtkommen«, meinte ihr Vater, als er seinen Töchtern half, die Taschen und Kühlboxen, in denen Genevieve das Essen transportiert hatte, ins Haus zu bringen.

»Wir hatten keinen einzigen Notfall«, bekräftigte Nattie, als sie in die Küche kamen.

»Ich habe nie behauptet, dass ihr ohne mich nicht klarkommt«, sagte Genevieve.

»Ja, aber so wie du dich aufführst, könnte man meinen, man muss ein Hirnchirurg sein, um dieses Haus zu führen.«

»Kein bisschen. Ich wusste die ganze Zeit, dass du das schaffst, wenn du dich dazu herablässt, einen Finger zu rühren.«

Nattie lachte. »Hey, du bist ja in Topform. Beerdigungen bringen offenbar deine beste Seite ans Licht. Wie war's?«

Polly antwortete für sie. »Du hättest dabei sein sollen, Nattie. Christian hat während der Trauerfeier sehr bewegend über seine Mutter gesprochen. Uns allen sind die Tränen gekommen.«

»Sogar deinem verrückten Typen, Jonjo Fitz?«

Polly wurde rot. »Er ist ziemlich ernst, wenn man mit ihm allein ist.«

Nattie kniff die Augen zusammen. »Du hast mit ihm geschlafen, stimmt's?«

Pollys Gesicht wurde noch um etliche Schattierungen dunkler.

Nattie triumphierte. »*Ja!* Ich sehe das immer. War er gut? Bei dem durchtrainierten Körper muss er umwerfend sein. Wow, Polly, ich bin fast neidisch.«

Das alles war zu viel für Dad. »Um Himmels willen, Mädchen! Ich bin euer Vater und möchte nichts von eurem Sexleben wissen. Genau genommen wäre es mir sogar lieber, ihr hättet *überhaupt kein* Sexleben. Falls mich jemand braucht, ich bin unten bei eurer Großmutter, um Lily abzuholen.« Damit marschierte er hinaus.

Nattie machte die Tür zu und lehnte sich dagegen – es gab also kein Entrinnen. »Jetzt los, Polly, ich möchte jedes Detail über euer kleines Duett erfahren.«

»Nattie! Lass das arme Mädchen in Ruhe.«

»Sei still, Gen, zu dir kommen wir später. Und sieh mich nicht so entsetzt an. Du erwartest doch nicht ernsthaft von mir, dass ich glaube, du hättest eine Nacht mit Christian unter demselben Dach verbracht und nicht seinen gegenwärtigen verletzlichen Gemütszustand ausgenutzt? Okay, Poll, solange Gen etwas sucht, womit sie mich schlagen kann, bringen wir es hinter uns. Schieß los.«

Polly seufzte und setzte sich. Sie wirkte so glücklich wie nie zuvor. »Er hat mich gefragt, ob ich mit ihm nach Hongkong gehe.«

»Nach *Hongkong*? Wozu, um alles in der Welt?«

»Jetzt lasst doch mal die Reisepläne – wie war die Nummer mit ihm?«

»Natalie Baxter, kannst du nur dieses eine Mal in deinem Leben den Mund halten?« Genevieve wandte sich an Polly. »Warum Hongkong?«

»Es ist eine Geschäftsreise. Er will expandieren und seine eigene Freizeit- und Sportkleidung auf den Markt bringen. In Hongkong trifft er die Bosse von potenziellen Lieferfirmen. Und er möchte, dass ich ihn begleite.«

»Wann?«

»Am Freitag. Da fangen die Schulferien an und ich hätte frei. Aber ich habe ihm nicht zugesagt. Noch nicht.«

Diese Neuigkeit hatte Polly während der Heimfahrt von Ludlow für sich behalten. Jetzt beherrschte sie den ganzen Nachmittag die Gespräche im *Paradise House*, und Genevieve und Polly vergaßen ganz, dass Adam sie zu dem Quiz-Abend im Arms eingeladen hatte. Erst als er an der Hintertür auftauchte, fiel es ihnen wieder ein.

Zu ihrem Erstaunen verkündete Nattie: »Ich habe heute Abend nichts vor und könnte auch mitkommen. Dad? Würde es dir etwas ausmachen, auf Lily-Rose aufzupassen?«

Adam geriet in Verlegenheit. »Eigentlich wollte ich deinen Vater fragen, ob er sich uns anschließen möchte.«

Nattie sah aus, als hätte sie eine Ohrfeige bekommen. Sie drehte sich zu ihrem Vater um.

»Ist schon gut, Nattie«, sagte er. »Geh nur und amüsier dich. Ein anderes Mal, Adam. Danke für die Einladung.«

Sie gingen zu Fuß ins Dorf, Nattie und Polly voran, Adam und Genevieve hinter ihnen. Es war ein wunderschöner Sommerabend und die Luft war lau. Am Strand tummelten sich noch viele Leute. Die Angeber hoben ihre Motorboote und Jetskis aus dem Wasser, veranstalteten das übliche Getöse und störten eine Gruppe, die in Ruhe French Cricket spielen wollten.

Genevieve erzählte Adam von Pollys Plänen, mit Jonjo nach Hongkong zu fliegen.

»Mir ist aufgefallen, dass ihre Augen noch mehr funkelten als sonst, als ich euch heute Nachmittag im Auto begegnet bin«, sagte er. »Wenn es Liebe ist, dann bekommt es ihr sehr gut. Und was ist mit dir und deinem Lover-Boy? Wie stehen die Aktien?«

»Oh, so lala.«

»Machst du dir immer noch vor, dass ihr nur gute Freunde seid?«

Da sie keine Antwort gab, stellte er fest: »Also habt ihr Fortschritte gemacht, hab ich Recht?«

Sie bedachte ihn mit einem, wie sie hoffte, rätselhaften Lächeln und wechselte das Thema. »Übrigens, das war vorhin ein gewiefter Schachzug mit Nats. Ihr Gesichtsausdruck war göttlich. Sie sah wirklich aus, als hätte ihr dein Kommentar einen Magenschwinger verpasst.«

Adam verlangsamte seine Schritte. »Willst du mir irgendetwas unterstellen, Gen?«

»Nein, aber du musst zugeben, dass das Resultat sehr befriedigend war. Sie ist nicht daran gewöhnt, dass man ihr etwas abschlägt.«

Das Arms hatte an diesem Abend regen Zulauf. Die Teilnehmer des Quiz wurden in Teams von je fünf Leuten aufgeteilt, die eifrig miteinander im Wettstreit lagen. Alle

Teams bekamen Namen und als Teamkapitän hatte Adam das seine – sehr zu Natties Missfallen – »Adams Angels« getauft. Noch mehr ärgerte sie, dass ihr der Schiedsrichter und der Wirt keine Punkte im Voraus zubilligten, weil sie nur zu viert waren: Adam, Genevieve, Polly und sie selbst. »Ihr habt sowieso einen Vorteil«, meinte der Wirt. »Ihr habt Polly, sie weiß mehr als alle anderen zusammen.«

Polly stellte schon sehr bald ihren Wert unter Beweis und war wahrscheinlich die Einzige im ganzen Pub, die die Antwort auf Frage fünf wusste: Wie heißt der im Johannesevangelium erwähnte Diener, dem Simon Petrus ein Ohr abgeschnitten hat? Die anderen murrten etwas von »unfair« und »holt den verdammten Pfarrer her«. Polly nahm Adam den Stift aus der Hand und schrieb: »Malchus.«

»Bist du dir sicher?«, fragte Nattie nach.

»Sei nicht albern«, versetzte Adam, »Polly irrt sich nie.«

Die nächste Frage bot Genevieve die Gelegenheit zu glänzen.

»Wie ist der zweite Vorname von J.B. Fletcher, der Heldin aus der Krimiserie *Mord ist ihr Hobby*?«

Sie schnappte sich den Stift und kritzelte: »Beetris.«

»Woher, zum Teufel, weißt du das?«, sagte Nattie, während sie »Beetris« durchstrich und »Beatrice« daneben schrieb.

»Ich habe zu viel mit Gran ferngesehen.«

»Schsch, ihr zwei, wir haben gerade eine Glückssträhne.«

»Selbst schsch, Adam Kellar!«

Er sah Nattie streng an, und Genevieve erlebte ein Wunder: Nattie wirkte gekränkt.

Vielleicht waren der viele Wein und die Aufregung – »Adams Angels« hatten das Quiz, fünfundzwanzig Pfund und eine Flasche Cava gewonnen – schuld daran, dass Genevieve nicht in der Stimmung war, sofort nach Hause zu gehen. »Ich hätte Lust, noch ein wenig am Strand zu sitzen«, erklärte sie. »Kommt jemand mit?«

Nattie wies darauf hin, dass es stockfinster war, und Polly meinte, sie wolle früh schlafen gehen.

»Bleiben nur noch du und ich, Adam. Wie wär's?«

Sie verabschiedeten sich von den anderen und gingen zum Strand.

»Was meinst du, sollen wir unseren Preis öffnen?«, schlug Genevieve vor.

Adam verzog das Gesicht. »Du kannst damit machen, was du willst, Kleine. Die Zeiten, in denen ich Cava getrunken habe, sind längst vorbei. Aber wenn du etwas Besonderes feiern willst, bin ich bereit, eine Ausnahme zu machen.«

Sie lachte. »Versuchst du wieder, mich auszufragen?«

»Und, was war?«

»Er hat mich geküsst.«

»Das möchte ich ihm auch geraten haben«, erwiderte Adam prompt. »Ein hübsches Mädchen wie dich! Und hast du den Kuss erwidert? Du hast, oder?« Er schnalzte mit der Zunge. »Aus dir ist ja ein echtes Flittchen geworden. Ich hoffe, du schockierst mich nicht mit weiteren Enthüllungen. Du weißt doch, was für ein sittsamer, unschuldiger Junge ich bin.«

»Nein, ich habe mich sehr artig benommen«, sagte sie geziert. »Es kam nur zu einem Mund-zu-Mund-Kontakt.«

Lachend legte er den Arm um ihre Schultern. »Du hältst ihn hin, damit sein Interesse nicht erlahmt, wie?«

»So war es nicht.«

»Und wie war es dann?«

Sie seufzte, lehnte den Kopf an seine Schulter und schaute in den samtschwarzen Nachthimmel. »Es war wunderschön. Genau so, wie ich es im Gedächtnis hatte.«

Adam sagte leise: »Du bist doch vorsichtig, Gen? Dieser Bursche übt offensichtlich eine ziemliche Wirkung auf dich aus.«

Eine Antwort darauf blieb sie ihm schuldig. Für Vorsicht war es zu spät. Ihr Herz hatte den Kampf gegen den Verstand längst gewonnen.

36

An den folgenden Tagen schmachtete Genevieve vor Sehnsucht nach Christian. Wie früher als Teenager träumte sie stundenlang und dachte oft an die Szene im Gartenhäuschen. Sie hatte sich so gefreut, dass er den Augenblick genutzt hatte! Doch gelegentlich schlichen sich auch Zweifel in ihre Gedanken. Taten sie das Richtige? Würde es sich wieder als verhängnisvoller Fehler erweisen, wenn sie sich noch einmal aufeinander einließen?

Trotz Natties Bemühungen, ihr mehr zu entlocken – war sie nun so dumm gewesen, mit Christian zu schlafen, oder nicht? –, hatte Genevieve mit niemandem außer Adam über ihre Gefühle für Christian gesprochen. Vielleicht traute sie sich nicht, ihre Emotionen in Worte zu fassen. Möglicherweise würde sie damit das Schicksal herausfordern, Schwierigkeiten heraufbeschwören und das zarte Pflänzchen wieder zerstören.

Das alles behielt sie für sich, genau wie die wunderbare Erkenntnis, dass sie seit dem Schrecken in der Nacht nach Ella Mays Begräbnis den Raubüberfall besser verarbeitete. Sie würde die Grausamkeiten, die sie mit angesehen und selbst erfahren hatte, niemals vergessen, schrieb sie in einer E-Mail an Christian, aber die Angst hielte sie nicht mehr so im Griff.

Sie wusste, dass es in absehbarer Zukunft kein Wiedersehen mit Christian geben würde, da er in Arbeit erstickte und zudem den Nachlass seiner Mutter regeln musste.

»Ich wünschte, du wärst hier und könntest mir helfen, ihre persönlichen Dinge zu ordnen«, schrieb er. »Mit der Kleidung komme ich zurecht, aber ich weiß wirklich nicht, was ich mit den Briefen und Andenken machen soll. Sie hat viele Schachteln mit Briefen, die sie und Dad sich geschrieben hatten, bevor sie verheiratet waren. Was, um Himmels willen, soll ich damit anfangen?«

Diese Frage brachte Genevieve dazu, an all die Briefe zu denken, die sie und Christian sich als Teenager geschrieben hatten, insbesondere an die, die sie während ihrer schlimmsten Fressphasen, in denen ihr Zorn und der Selbsthass einen Höhepunkt erreicht hatten, verbrannt hatte.

Christian hatte gefragt, ob für sie die Möglichkeit bestehe, sich für eine Weile freizunehmen, damit sie ein bisschen Zeit für sich hatten, aber leider war gerade Hochsaison und auch Genevieve hatte alle Hände voll zu tun. Zudem tat sich im Moment so vieles im *Paradise House*. Das größte Ereignis war, dass Daddy Dean heute Morgen seine Reise nach Neuseeland antrat. Polly fuhr mit ihm nach Heathrow, da sie Jonjo nach Hongkong begleitete und ihr Flugzeug nur eine Stunde vor dem von Daddy Dean startete.

Nattie, die nicht hintenanstehen wollte, hatte eine Einladung zu einem Klassentreffen angenommen und wollte zwei Tage wegbleiben. Wie üblich baute sie fest darauf, dass Genevieve einspringen und sich um Lily-Rose kümmern würde. Als Genevieve andeutete, dass ihr das zu viel wurde, flötete Nattie einschmeichelnd: »O bitte, Gen, ich kann Lily-Rose doch wohl schlecht mitnehmen, oder? Bitte, bitte sag, dass du auf sie aufpasst! Bitte, bitte, bitte! Und vergiss nicht, dass dich Gran jetzt, da es ihr wieder gut geht, ein wenig entlasten kann.«

Genevieve gab nach unter der Bedingung, dass Nattie nach ihrer Rückkehr die Gäste betreute, damit Genevieve sich einen Tag freinehmen konnte.

Jetzt, da es Zeit wurde, das Frühstück zu machen, trank sie ihren Tee aus, wischte die Toastkrümel für die Vögel von ihrem Teller und sagte sich, dass sie keinen Grund hatte, sich zu sorgen. Sie würde es schon schaffen. Aber als sie zum Haus ging, wurde sie das Gefühl nicht los, dass sie nach Strich und Faden ausgenützt wurde. Sie musste daran denken, was Christian am Strand gesagt hatte – *»Sie alle verlassen sich felsenfest auf dich«* –, und fragte sich, ob es ihrer Mutter auch so ergangen war. Hatte sie deshalb das Weite gesucht?

Bisher hatte Genevieves Sympathie eher ihrem Vater gegolten, da ihm Serena ohne jede Vorwarnung oder Skrupel den Rücken gekehrt hatte, aber jetzt war sie sich nicht mehr so sicher. Vielleicht war es ihre Mutter ein für alle Mal leid gewesen, ständig diejenige zu sein, die alles zusammenhielt und für alle sorgen musste. Mittlerweile hatte Genevieve nämlich begriffen, dass sie alle wie selbstverständlich davon ausgegangen waren, dass Serena die Dinge regelte. Trotz ihrer romantischen Flausen, den Gedächtnislücken und der manchmal eigenartigen Ansichten war Serena immer für sie da gewesen.

Nachdem sie Polly einen Abschiedskuss gegeben und ihren Vater umarmt hatte, sah Genevieve zu, wie er in den Landrover stieg. Er sah aus wie ein Mann, der eine bedeutende Mission zu erfüllen hatte: entschlossenes Gesicht, straffe Schultern. Nach wochenlanger Unsicherheit trat er endlich die wahrscheinlich wichtigste Reise seines Lebens an. Auch wenn Genevieve ihn eine Zeit lang als feige eingestuft hatte, weil er nicht schon viel früher zur

Tat geschritten war, wusste sie im tiefsten Inneren, dass sie ihm damit unrecht getan hatte. Er war auch nur ein Mensch und so schwach und unsicher wie jeder andere. Sie hoffte nur, dass ihn sein Mut nicht verlassen würde, aber zum Glück war Polly auf der Fahrt zum Flughafen bei ihm. Nattie stand neben Genevieve und gab ihm letzte Anweisungen, die, falls er sie befolgte, alles nur noch schlimmer machen würden. »Sag ihr, sie soll aufhören, so selbstsüchtig zu sein« und »Zerr sie an den Haaren hierher zurück, wenn es nötig ist« – das waren nur einige ihrer ausgesprochen wenig dienlichen Ratschläge.

Kurz nachdem Daddy Dean und Polly losgefahren waren, nahm Nattie Lily-Rose mit an den Strand und Tubby kam mit einer Lieferung Obst und Gemüse sowie Neuigkeiten von dem geplanten Talentwettbewerb zum *Paradise House*. Er war überglücklich, weil er schon viele Eintrittskarten verkauft hatte, für Teilnehmer wie für Zuhörer – es versprach also ein denkwürdiger Abend zu werden. Genevieve hätte gern länger mit ihm über den Beitrag gesprochen, den sie leisten wollte, aber sie hatte keine Zeit. Sie hatte nämlich andere Pläne, genauer gesagt: einen ganz bestimmten Plan.

Eine Stunde später war sie in Tenby. Es dauerte eine Weile, bis sie einen Parkplatz gefunden hatte. Nachdem sie den Wagen abgeschlossen hatte, ging sie zu Fuß ins Zentrum der Stadt. Es war nach wie vor heiß und kein Ende der Hitzewelle in Sicht. Genevieve bahnte sich zielstrebig einen Weg durch die sonnengebräunten Touristenhorden und kam an der Kirche von St. Mary's mit dem eleganten Turm vorbei. Sie war versucht, hineinzugehen, auf die Knie zu fallen und einen kleinen Handel mit Gott zu schließen – ihre Sünderseele gegen wohlwollende

Unterstützung bei ihrem Vorhaben –, aber sie ging weiter und machte erst Halt, als sie vor der Bank ankam.

Als sie nach dem Quiz mit Adam am Strand gesessen hatte, hatte er ihr erklärt, dass die Zinsen für einen Kredit heutzutage spottbillig seien. Und jetzt wollte sie sich vergewissern, ob das der Wahrheit entsprach.

Sie stieß die Tür auf und ging hinein. Es war kühl in den klimatisierten Räumen und Genevieve bemerkte erst jetzt, wie heiß ihr war – um einen möglichst professionellen Eindruck zu machen, trug sie ein Jackett. Dennoch war sie sehr nervös. Sie hatte mit Bedacht in dieser Zweigstelle ihrer Bank einen Termin vereinbart und nicht in Pembroke, wo ihre ganze Familie Konten hatte, um die Angelegenheit vertraulich zu halten. Keiner sollte erfahren, was sie vorhatte, bis sie sich ihrer Sache sicher war.

Man führte sie in ein kleines Büro, wo sich Mrs Hughes, die Kreditberaterin, mit ihrem Anliegen befassen würde. Anders als die Schalterhalle war Mrs Hughes Büro nicht klimatisiert und Genevieve schlug schon an der Tür die stickige Luft entgegen. Eine Frau mit sprödem Haar und einem leichten Hosenanzug erhob sich von ihrem Schreibtischstuhl, um sie zu begrüßen.

»Ich muss mich für die Hitze entschuldigen«, sagte sie, »aber dagegen sind wir leider machtlos. Wir warten auf den Mechaniker, der die Klimaanlage reparieren soll, aber offensichtlich ist er schwer beschäftigt. Bitte, nehmen Sie Platz. Was kann ich für Sie tun, Miss Baxter?«

Die Frau schien sehr freundlich zu sein. Genevieve schlug ihren Aktenordner auf und beugte sich vor. Die folgenden zehn Minuten verbrachte sie damit, ihre Pläne so sachlich wie möglich darzulegen und an all das zu denken, was Adam ihr geraten hatte.

Nach der Besprechung blieb sie auf dem Bürgersteig vor der Bank stehen und klopfte sich im Geiste auf die Schulter. Die Angelegenheit war noch nicht ganz in trockenen Tüchern, aber ihre Aussichten waren gut. Sie hatte es nicht weit bis zu ihrer nächsten Verabredung bei Mr Saunders, einem Anwalt. Der Aufenthalt in seinem Büro dauerte nicht lange, und bald stand Genevieve wieder in der prallen Sonne und überlegte, womit sie sich belohnen konnte, als ihr ein vertrautes Gesicht auf der anderen Straßenseite auffiel. Sie wartete auf eine Lücke im Verkehr und überquerte die Straße.

»Adam Kellar, verfolgst du mich?«

»Ich sehe mich eher als deinen Schutzengel an. Na, zukünftige Unternehmerin des Jahres, darf ich dich zu einem Drink einladen, und du erzählst mir, wie es gelaufen ist?«

»Oh, ich denke, da fällt mir was Besseres ein. Lass uns ein Eis am Strand essen.«

Er betrachtete voller Bedenken seinen Anzug. »Keine Chance. Selbst du kannst mich nicht dazu überreden.«

»Okay, dann suchen wir uns eine saubere Bank, damit du dich setzen kannst.«

Genevieve ging voran, als sie sich durch die Menschenmassen drängten und von einer Familie mit Kinderwagen und hechelndem Hund aufgehalten wurden. Als sie den Hafen erreichten, kauften sie sich zwei große Portionen Eis mit allem Drum und Dran. In dem Park mit Blick auf das Prince Albert Memorial und St. Catherine's Island entdeckten sie eine freie Bank. Genevieve hielt Adams Eis, während er sich das Jackett auszog und sorgfältig über die Lehne der Bank hängte. Mit Genugtuung sah sie, dass er eine dezente Krawatte und kein goldenes Armband trug. Er hatte in letzter Zeit wirklich hart an sich gearbeitet.

»Warum, um alles in der Welt, hast du an einem Tag wie diesem einen Anzug an, Adam?«

»Aus demselben Grund, aus dem du dich wie eine Karrierefrau herausgeputzt hast.« Er deutete auf ihren Rock und das Jackett – ein Outfit, das sie nur bei ganz besonderen Anlässen aus dem Schrank holte. »Der einzige Unterschied ist, dass ich meine Geschäfte beim Mittagessen abgeschlossen habe.«

»Was hast du vor? Kaufst du noch einen Campingplatz?«

»Nein«, antwortete er ausweichend.

»Was dann?«

Mit ernster Miene sagte er: »Genevieve, das muss unbedingt unter uns bleiben. Ich möchte noch nicht, dass jemand etwas davon erfährt, aber ich denke daran, alles zu verkaufen.«

Genevieve erschrak. »Du machst Witze! Warum? Und was willst du dann tun? Du bist noch viel zu jung für den Ruhestand.«

Er schleckte an seinem Eis. »Wer sagt, dass ich in den Ruhestand gehen will? Nein, Tatsache ist, dass es mir in den Fingern juckt, und das ist immer ein Zeichen dafür, dass ich eine neue Herausforderung brauche.«

»Und was schwebt dir vor?«

»Hmmm ... es ist noch zu früh, um darüber zu sprechen. Aber jetzt erzähl, was sich bei dir getan hat. Aber vorher möchte ich wissen, ob dein Dad und Polly rechtzeitig weggekommen sind.«

»Das sind sie. Dad hat mir versprochen, mich vom Flughafen aus anzurufen, bevor seine Maschine um sieben Uhr startet.«

»Und um wie viel Uhr geht Pollys Maschine?«

»Um zehn vor sechs. Jonjo wartet um vier am Check-in-Schalter auf sie.«

»Ich halte die Daumen, dass alles nach Plan verläuft. Aber jetzt möchte ich jede Einzelheit über dein Vorhaben wissen.«

Es war gut, dass sie sich Adam anvertrauen konnte, besonders da er seit dem Abend am Strand in alles eingeweiht war und ihr gute Ratschläge gegeben hatte. Sie berichtete von ihrer Unterredung in der Bank und dem kurzen Treffen mit Mr. Saunders. »Noch ist gar nichts entschieden, aber immerhin habe ich die Sache in Gang gebracht. Jetzt kann ich nur noch abwarten.«

»Die Sache ist geritzt, würde ich sagen. Keine Frage. Und wenn du Hilfe brauchst, sag mir Bescheid.«

Als Genevieve nach Hause fuhr und mit Adams Porsche Schritt zu halten versuchte, wurde ihr bewusst, wie traurig sie wäre, wenn Adam seine Zelte in Angel Sands abbrechen würde. Sie würde ihren engsten Freund verlieren, falls er von hier wegzog.

Als Genevieve ins *Paradise House* zurückkam, lief sie in ihr Zimmer, um sich rasch umzuziehen – wenn Nattie sie in diesem Aufzug sah, würde sie unweigerlich Fragen stellen –, und verbannte jeden Gedanken an ihren Besuch in Tenby aus ihrem Bewusstsein. Heute trafen neue Gäste ein und sie musste Abendessen für zwei Paare zubereiten.

Sie putzte gerade Erdbeeren für eine Pavlova-Baisertorte, als das Telefon klingelte. Es war ihr Vater, und sie erkannte sofort an seiner Stimme, dass etwas nicht in Ordnung war.

»Was ist los, Dad?«, fragte sie.

»Nichts, Gen. Gar nichts.«

»O doch, ich höre es dir an.« Sie sah auf die Uhr. »Ist Jonjo wie versprochen am Flughafen aufgetaucht?«

»Ja, er war schon vor uns hier. Ich habe mich gerade von den beiden verabschiedet.«

»Dann ist also alles in Ordnung? Bist du sicher, Dad?«

Sein Schweigen verriet ihr, dass sie Grund hatte, sich Sorgen zu machen. Noch einmal fragte sie: »Was ist, Dad?«

»Gen, ich bekomme kalte Füße. Ich tue doch das Richtige, oder? Was ist, wenn ich ankomme und herausfinde, dass doch mehr zwischen deiner Mutter und diesem Pete läuft, als wir dachten?«

Genevieve beschloss, unnachgiebig zu bleiben. »Wie auch immer, Dad, du musst dir Gewissheit verschaffen. Aber ich glaube nicht, dass Mum etwas mit ihm hat. So etwas würde sie nicht tun.« Und um das Selbstbewusstsein ihres Vaters zu stärken, fügte sie hinzu: »Mum wird außer sich vor Freude sein, wenn du an die Tür klopfst und vor ihr stehst. Sie wird …«

»Ich denke trotzdem, es wäre besser gewesen, wenn ich vorher mit ihr gesprochen hätte«, schnitt er ihr das Wort ab. »Überraschungen sind schön und gut, aber wenn sie irgendwo unterwegs ist, was dann?«

»Darüber machen wir uns Gedanken, wenn es so weit ist. Jetzt steig in deine Maschine und denk positiv.«

»Meinst du nicht, ich sollte sie anrufen und …«

»Untersteh dich! Das haben wir doch alles längst besprochen. Mum wünscht sich romantische Gesten von dir, keine Terminvereinbarungen. Werd jetzt bloß nicht schwach!«

»Genevieve, ich tue mein Bestes …«

»Nein, das tust du nicht!«, fauchte sie. Plötzlich wurde sie wütend. »Wenn du das getan hättest, dann wäre Mum gar nicht erst auf und davon.«

Genevieve hörte, dass er scharf die Luft einsog. Voller Entsetzen über sich selbst, entschuldigte sie sich: »Es tut mir Leid, Dad, das hätte ich nicht sagen dürfen.«

»Nein, Gen, du hast absolut Recht«, entgegnete er fest. »Ich mache mich jetzt besser auf den Weg zum Gate. Ich rufe dich bald wieder an – hoffentlich mit guten Nachrichten.« Damit unterbrach er die Verbindung.

Genevieve legte den Hörer auf die Gabel. Wie konnte sie nur so etwas zu ihrem Vater sagen! Woher kam diese plötzliche Wut?

Im Grunde wusste sie ganz genau, was sie dazu gebracht hatte. Sie sah sich wieder in Mrs Hughes Büro und erkannte die Ursache ihrer Frustration. Falls es ihrem Vater nicht gelingen sollte, Serena zurückzuholen, würde sie sich gezwungen fühlen, bei ihm im *Paradise House* zu bleiben, und ihre eigenen Pläne wären mit einem Schlag zunichte gemacht.

37

Gleich nachdem am folgenden Morgen das letzte Frühstück serviert war, lief Nattie in ihr Zimmer und packte ihre Sachen für das Klassentreffen in Cheshire in eine Reisetasche. Sie wollte Gran noch abholen und herbringen, damit sie ein Auge auf Lily-Rose haben konnte, solange Genevieve anderweitig zu tun hatte, und dann losfahren.

Genevieve kam sich vor wie Aschenbrödel, als sie an der Spüle stand und die Bratpfanne schrubbte. Das Telefon klingelte.

»Geht mal jemand dran?«, rief Genevieve. Dann fiel ihr wieder ein, dass sich Polly und ihr Vater am anderen Ende der Welt herumtrieben. Sie zog die Gummihandschuhe aus und ging murrend zum Telefon.

Es war Donna, die Bescheid sagte, dass sie heute Morgen nicht zur Arbeit kommen konnte. »Ich war die ganze Nacht auf dem Klo«, erklärte sie. »Ich habe bestimmt fünf Kilo abgenommen. Wenn das so weitergeht, schlottern meine Klamotten bald an mir.«

Genevieve brachte in angemessener Weise ihr Mitgefühl zum Ausdruck, dann widmete sie sich wieder der Bratpfanne und schimpfte noch mehr vor sich hin. Jetzt musste sie zusätzlich zu allem anderen auch noch die Zimmer ganz allein sauber machen. Ein flüchtiges Klopfen an der

Hintertür kündigte Grans Erscheinen an. Sie bot an auszuhelfen, solange Daddy Dean, Nattie und Polly weg waren; aber so gut ihr Angebot auch gemeint war, mit an Sicherheit grenzender Wahrscheinlichkeit würde sie Genevieve nur noch mehr Arbeit machen. Du bist unfair, rief sich Genevieve zur Ordnung, als Gran hereinkam und sich sofort über die Hitze beklagte.

»Hör auf meine Worte«, verkündete sie und ließ sich auf den nächsten Stuhl fallen, »wir bekommen ein ganz schlimmes Unwetter. Vielleicht schon heute Abend. Ich spüre das in meinen Knochen.« Sie wedelte sich mit einer Hand Luft zu und wischte sich mit der anderen über die Stirn. »Ich übertreibe nicht, wenn ich sage, da draußen regt sich kein Lüftchen und man kann kaum atmen.«

»Gran, Nattie wollte dich mit dem Auto abholen. Du hättest bei diesem Wetter nicht zu Fuß gehen dürfen – es ist viel zu heiß.«

»Ich bin noch nicht vollkommen verblödet, Genevieve. Ich hatte eine Mitfahrgelegenheit bei ... oh, du weißt schon ... wie war noch sein Name?« Sie hörte auf zu fächeln und starrte ins Leere. »Ach, ist ja auch egal. Er fällt mir schon noch ein. Also, was kann ich tun? Wo ist Lily-Rose?«

»Sie ist oben bei Nattie und hilft beim Packen. Und da wir gerade vom Packen sprechen: Wo sind deine Sachen zum Übernachten? Du bleibst doch über Nacht hier, oder? Wenn dir die Treppen nichts ausmachen, könntest du in Natties Zimmer schlafen.«

Gran bedachte sie mit einem abschätzigen Blick. »Selbstverständlich machen mir die Treppen nichts aus. Wirklich, Genevieve, ich habe es satt, wie eine alte, verschrobene Greisin behandelt zu werden. Seit ich mir den Kopf angeschlagen habe, tust du nichts anderes als ...«

»Wo ist deine Tasche?«, fiel ihr Genevieve ins Wort.

Gran sah sich unsicher um. Plötzlich hellte sich ihre Miene auf. »Adam! Der hat mich im Auto mitgenommen. Meine Tasche muss noch in seinem Dingsbums liegen.«

»Und was meinst du mit Dingsbums?«

Ihre Großmutter funkelte sie wieder bitterböse an. »Das habe ich dir doch gerade gesagt, Gen. Er hat mich in seinem piekfeinen Wagen mitgenommen.«

Genevieve lächelte. »In seinem Porsche.«

Gran schürzte die Lippen. »Wie auch immer – du kannst dir das höhnische Grinsen verkneifen, junge Dame.«

Nattie polterte mit Lily-Rose huckepack und einer Reisetasche in der Hand in die Küche. »Hallo, Gran! Ich dachte, ich soll dich abholen.«

»Mir war das Warten zu langweilig, deshalb bin ich mit Adam gekommen, wie ich gerade versucht habe, deiner törichten Schwester zu erklären.« Sie sah Genevieve tadelnd an.

Nattie ließ ihre Tasche fallen, dann beugte sie sich zur Seite und stellte ihre Tochter auf den Boden. »Du solltest dich vorsehen, Gran. Dieser Mann ist fest entschlossen, sich eines von uns Baxter-Mädchen zu schnappen.«

Gran kicherte. »Hast du das gehört, Lily-Rose? Ich werde Adams neue Freundin. Wäre das nicht lustig?«

Das kleine Mädchen rümpfte die Nase, ging zu seiner Urgroßmutter, stützte die Ellbogen auf ihren Schoß und schaute ihr ins Gesicht. »Mummy sagt, ich muss auf die Esel aufpassen, wenn sie weg ist. Hilfst du mir, wenn ich sie füttere?«

Gran nahm Lilys Gesichtchen zwischen die Hände. »Ganz bestimmt – sobald deine Mummy fort ist. Aber zuerst müssen wir ihr nachwinken, meinst du nicht?«

Nattie fuhr kurz darauf los – ärgerlicherweise mit Genevieves Wagen, da sie in letzter Minute festgestellt hatte, dass die Batterie in ihrem leer war. Nur gut, dass ich nichts vorhabe, dachte Genevieve, als sie Lily-Rose Karotten für die Esel gab.

Dann machte sie sich daran, die Zimmer der Gäste, die das Haus schon verlassen hatten, sauber zu machen. Und als sie geputzt, gesaugt, die Papierkörbe ausgeleert und die Betten gemacht hatte, waren die restlichen Zimmer auch frei. Das letzte, das sie sich vornahm, war die April-Showers-Suite – das Zimmer, in dem Christian und Jonjo geschlafen hatten. Jetzt hatte sie ganze zwei Tage nichts von ihm gehört und war schon fast überzeugt, dass er die Küsse im Gartenhäuschen bereute und zu Caroline zurückgekehrt war, nachdem er seine Neugier befriedigt hatte.

Als sie das Bad putzte, hatte sie sich richtig in ihre Aschenbrödel-Stimmung hineingesteigert und wünschte, sie könnte statt Nattie zu einem Klassentreffen fahren. Ihre Laune war wirklich auf dem Nullpunkt, denn normalerweise bekam sie allein bei dem Gedanken, höfliche Konversation mit ehemaligen Klassenkameradinnen treiben zu müssen, Bauchkrämpfe. Mit ihren dreißig Jahren verfolgte sie immer noch die Erinnerung daran, dass sie wegen ihrer mangelhaften Rechtschreibung gehänselt und als begriffsstutzig und zurückgeblieben verspottet worden war. Sie schrubbte die Badewanne noch vehementer. Vor zwei Jahren hatte sie eine Einladung zu einem Klassentreffen bekommen, und zwar von einem der Mädchen, die besonders gemein gewesen waren und ihr die schlimmsten Spitznamen verpasst hatten. Die Karte landete sofort im Papierkorb. An diese erniedrigende Phase in ihrem Leben wollte Genevieve nicht erinnert werden.

Das Telefon klingelte. Genevieve war gerade mit dem Staubsauger unter dem Arm und einem Eimer mit Putzmitteln und Lappen in der anderen Hand auf der Treppe. Sie ließ alles fallen und rannte in die Küche, weil sie dachte, ihr Vater würde sich melden.

»Hi, Gen. Ich bin's – Polly.«

Genevieve lehnte sich an die Wand. »Oh, hallo, Poll! Ist alles okay? Wie ist Hongkong?«

»Fantastisch. Und wunderschön, obwohl es regnet. So einen Regen hast du noch nie erlebt. Die Stadt ist ungeheuer hektisch. Gen, ich habe noch nie so viele Menschen auf so engem Raum zusammengepfercht gesehen.«

»Dann warst du schon unterwegs und hast dir etwas angeschaut?«

»Noch nicht so richtig. Wir sind erst heute Nachmittag angekommen; bei uns ist jetzt Abend. Jonjo und ich gehen zum Essen aus und dann früh ins Bett. Um zu *schlafen*. Wir sind beide vollkommen erledigt.«

Genevieve merkte, wie schwer es Aschenbrödel fiel, den Neid zu unterdrücken. Warum konnte sie sich nicht in einer exotischen Stadt von einem umwerfenden Mann verwöhnen lassen, der alles andere als Schlafen im Sinn hatte, wenn er ein Bett sah?

»Gen? Bist du noch dran? Hörst du mich?«

»Entschuldige, Poll, ich ... ich wollte nur hören, wo Lily-Rose ist. Nattie ist vor ein paar Stunden weggefahren.«

»Du klingst müde. Kommst du denn ohne uns zurecht?«

»Oh, alles ist bestens. Ich bin nur ein wenig abgehetzt. Donna liegt mit einer Magen-Darm-Grippe im Bett, deshalb musste ich die Zimmer allein sauber machen. Hör mal, dieses Telefonat kostet bestimmt ein Vermögen. Richte Jonjo liebe Grüße von mir aus. Und sag ihm, dass er gut auf dich aufpassen soll.«

»Das tut er, Gen. Ich kann gar nicht glauben, wie lieb er manchmal ist. Was meinst du, von welchem Stern er kommt?«

Genevieve lachte. »Wen interessiert das schon? Genieß einfach die Zeit.«

»Hast du etwas von Christian gehört?« Diese Frage veränderte das Tempo des Gesprächs.

»Äh ... seit zwei Tagen nicht mehr.«

»Wahrscheinlich hat er viel zu tun.«

»Das wird's sein. Jedenfalls wünsche ich dir viel Spaß, Poll, ich denk an dich.«

»Und ich an dich, Gen. Gib Lily einen Kuss von mir. Tschüss.«

Als Genevieve zur Treppe ging, um den Staubsauger und den Eimer zu holen, überkam sie eine grenzenlose Mattigkeit und aus unerfindlichen Gründen wurde ihr das Herz schwer. Sie setzte sich auf die Treppe und seufzte traurig. Das muss am Wetter liegen, dachte sie. Die Hitze weicht mein Gehirn auf.

Wie Gran vorausgesagt hatte, zog in der Nacht ein Unwetter auf. Blitze zuckten über den Himmel und Genevieve wachte davon auf. Für eine Sekunde dachte sie, jemand hätte das Licht in ihrem Zimmer angeknipst. Als ein ohrenbetäubender Donner am Fenster rüttelte, stand sie auf, zog die Vorhänge zurück und machte es zu. Regen trommelte gegen die Scheibe. Genevieve hatte keine Angst vor Gewittern, aber sie machte sich Sorgen um Lily-Rose und ging, um nach ihr zu sehen. Die Kleine schlief ganz fest, ein Füßchen und ein Arm hingen aus dem Bett. Genevieve schaute auch in Natties Zimmer. Gran schlief ebenfalls und versuchte, den Donner mit ihrem Schnarchen zu übertönen. Aus einem der Gästezimmer im unteren Stockwerk drangen gedämpfte Stimmen. Genevieve setzte sich in ihr Bett und beobachtete, wie die zackigen Blitze den dunklen Himmel aufrissen. Als Kind hatte sie das oft gemacht und ihre Eltern in Erstaunen versetzt, weil sie diese Urgewalten nicht erschreckten.

Irgendwann schlief sie wieder ein. Ihr letzter Gedanke war: Warum hat Dad nicht noch einmal angerufen? Er müsste inzwischen schon in Neuseeland angekommen sein.

38

Genevieve stand gähnend an der Hintertür und betrachtete den vom Unwetter verwüsteten Garten. Auf dem Rasen und in den Blumenbeeten lagen Laub und Blütenblätter, die Fuchsien waren niedergedrückt, Äste durch das Gewicht der nassen Blätter abgebrochen, die Blumen und Sträucher sahen triefnass und zerzaust aus. Es war ein harscher Kontrast zu der Pracht, die erst gestern noch in der Spätjulisonne geleuchtet hatte. Anfangs mussten die Regentropfen von dem ausgetrockneten, harten Boden abgeprallt sein, aber der stete Guss hatte schließlich alles aufgeweicht, und es würde Tage dauern, bis der Rasen wieder trocken war. Es regnete noch immer leicht. Wenigstens war die Luft frisch und klar.

Wie Genevieve vorausgeahnt hatte, dehnte sich das Frühstück heute in die Länge. Die Gäste hatten keine Eile, sich in Unternehmungen zu stürzen, und gehörten nicht zu den Hartgesottenen, die bei Wind und Wetter den Küstenpfad entlangwanderten. Nach und nach kamen sie in den Speisesaal, nachdem sie ausgeschlafen und ausgiebig gebadet oder geduscht hatten. Sie saßen Ewigkeiten am Frühstückstisch, und als sie endlich aufstanden, nahmen sie die Informationsbroschüren für Touristen mit, die Genevieve ins Regal gelegt hatte. Sollten sie sich Piston Castle ansehen, nach St. David's fahren oder in der Nähe bleiben und die Bosherton Lily Ponds besichtigen?

Genevieve hätte sich für St. David's entschieden. Sie liebte diesen Ort, seit sie als Teenager mit Christian dort gewesen war. Er hatte sich das Auto seines Vaters ausgeborgt und nach einem Spaziergang durch die Stadt – die kleinste in Großbritannien – waren sie zur Kathedrale und zum Bischofspalast geschlendert. Es war ein warmer, sonniger Tag und sie machten ein Picknick auf einer grasbewachsenen Böschung inmitten von anderen Urlaubern. Trotzdem hatten sie das Gefühl, ganz allein zu sein – wie immer, wenn sie gemeinsam etwas unternahmen. Aber so war eine Jugendliebe – man schloss alles andere aus. Erst nach Jahren wurde Genevieve klar, dass man sich nicht allem anderen verschließen durfte, wenn man in einer Beziehung lebte. Auch ihre Freundschaft zu Rachel hatte sie isoliert. Und heute durchschaute sie, dass Rachels Verhalten von Neid und Eifersucht geprägt war. Wenn sie Genevieve nicht ganz für sich allein haben konnte, dann wollte sie dafür sorgen, dass die Freundin niemanden außer ihr hatte. Damals war Genevieve jedoch so in ihre eigenen Unsicherheiten und ihren Hunger nach Anerkennung verstrickt gewesen, dass sie Rachels destruktiven Einfluss nicht erkannt hatte.

Nach einem Anruf von Donna, der es auch heute noch nicht so gut ging, als dass sie hätte arbeiten können, machte sich Genevieve daran, die Gästezimmer zu putzen. Gran bot ihre Hilfe an, aber Genevieve schlug vor, sie sollte lieber Lily-Rose etwas vorlesen. »Wenn du sie so lange wie möglich irgendwie beschäftigen könntest, wäre ich dir sehr dankbar«, sagte sie.

»Aber was ist mit Henry und Morwenna?«, fragte Lily-Rose. »Ich hab sie noch nicht gefüttert. Mummy hat gesagt, dass ich das tun muss.«

»Sobald der Regen nachlässt, kannst du raus zu ihnen«, erklärte Genevieve entschieden. »Gran, falls du mich brauchst, ich bin oben.«

Sie nahm die morgendliche Arbeit mit Elan in Angriff, obwohl sie ziemlich müde war, und schon bald war sie wieder unten und füllte die Waschmaschine mit Handtüchern und Tischdecken. Die dichte Wolkendecke war mittlerweile ein wenig aufgebrochen und mit etwas Glück konnte sie die Wäsche nachher draußen auf die Leine hängen. Falls nicht, gab es immer noch den Trockner. Weder Gran noch Lily-Rose hielten sich in der Küche auf, also machte Genevieve für sich allein Tee und setzte sich an den Tisch. Nur für fünf Minuten, sagte sie sich, dann nehme ich mir die Bügelwäsche vor. Danach wollte sie sich unter die Dusche stellen, um die Lethargie von sich zu spülen. Sie konnte sich nicht erinnern, sich jemals so schlapp wie heute gefühlt zu haben. Und sie spürte auch eine gewisse Unruhe in sich, weil Daddy Dean sich noch nicht gemeldet hatte. Und dann war da noch Christian. Noch immer hatte sie kein Wort von ihm gehört. Je länger sein Schweigen anhielt, desto mehr Gedanken machte sie sich, ob sie ihm jemals vertrauen würde.

Sie legte die Arme auf den Küchentisch, gähnte und quälte sich noch etwas mehr, indem sie sich wieder in dem Gartenhaus sah – genau in dem Moment, in dem sie wusste, dass er sie küssen wollte. Nach wenigen Sekunden sank ihr Kopf auf die Arme und sie döste ein. Sie träumte, dass sie wirklich wieder mit Christian im Gartenhaus war. Er stand hinter ihr, küsste ihren Nacken, und seine Hände massierten die Anspannung aus ihren Schultern. Das Klingeln des Telefons riss sie aus dem Schlaf. *Warum klingelte das Telefon so lang anhaltend und durchdringend?*

Es war gar nicht das Telefon. Jemand stand vor der Haustür. Sie schüttelte die Enttäuschung, nicht wirklich

Christians warme Küsse auf der Haut gespürt zu haben, ab und stand auf, um die Tür zu öffnen. Sie hoffte nur, dass ihr niemand, den sie kannte, einen Besuch abstatten wollte. In dem verschmutzten T-Shirt, ihren ältesten Jeans mit durchgewetzten Knien und mit dem von einem Gummiband zusammengehaltenen Pferdeschwanz sah sie schlampig aus und fühlte sich auch so.

Sie machte die Tür auf.

Christian!

Eine Ewigkeit, wie es ihr erschien, stand sie einfach nur da und starrte ihn an. Träumte sie noch? Ohne etwas zu sagen, trat er über die Schwelle, küsste sie brüderlich auf die Wange und dann weit weniger brüderlich auf den Mund. Sie sog seinen frischen, sauberen Geruch ein und spürte, wie ihr Körper schwach wurde vor Verlangen. Ohne sich von ihr zu lösen oder den Kuss zu unterbrechen, gelang es Christian irgendwie, die Tür zuzustoßen. Sie wollte fragen, was er hier machte, wagte es aber nicht. Sie fürchtete, sie würde aufwachen und Christian könnte genauso schnell wieder verschwinden, wie er aufgetaucht war. Er schob sie sanft gegen die Wand und legte den Kopf nach hinten. »Bitte sag mir, dass niemand sonst im Haus ist.«

»Ich weiß es nicht. Gäste vielleicht.«

Er küsste sie wieder. Seine Hände liebkosten ihren Hals. Aus Angst, dass ein Gast, Gran oder Lily-Rose in die Halle kommen könnten, entzog sie sich seinen Zärtlichkeiten. »Ich habe schon von solchen Überfällen an der Haustür gehört, aber würdest du nicht ein etwas abgeschiedeneres Plätzchen vorziehen?«

Sie sah ihm an, dass er sie nicht verstanden hatte, also nahm sie ihn an der Hand und führte ihn hinauf. Sobald sie in ihrem Zimmer waren und sich aneinander schmiegten, waren alle Zweifel und die Müdigkeit verflogen. »Warum hast du mir nicht geschrieben, dass du kommst?«

»Ich wollte dich überraschen.«

»Das ist dir auf alle Fälle gelungen. Aber was hat dich darauf gebracht?«

Er hob ihr Kinn an. »Ich habe eine Nachricht von Jonjo und Polly erhalten. Sie meinten, du wärst ein bisschen niedergeschlagen. Ich wäre früher gekommen, aber ich konnte nicht so schnell weg.«

Genevieve war gerührt. Das hatte er für sie getan? Sie wollte ihm sagen, wie sehr sie sich freute, aber er legte behutsam einen Finger auf ihre Lippen. »Meinst du, wir könnten das Reden auf später verschieben?«

Damit war sie mehr als einverstanden. Als seine Hand auf ihrer Taille kreiste, sich unter ihr T-Shirt schob und ihre Brüste streichelte, manövrierte sie ihn zum Bett und knöpfte gleichzeitig sein Hemd auf. Er zog ihr das T-Shirt über den Kopf und malte eine Spur aus Küssen über ihre Schulter und den Arm. Er machte sich gerade daran, auf der anderen Seite ebenso zu verfahren, als sie erstarrte. Sie lauschte. »Was war das?«

Er lächelte kläglich. »Ich hab nichts gehört.«

»Da! Da ist es wieder. O Gott, wahrscheinlich sind das Gran und Lily-Rose!«

Er ächzte und drückte sie an sich. »Vermutlich ist es zwecklos, so zu tun, als wären wir nicht da?«

»Wir könnten es versuchen.«

»Lieber nicht. Dass deine Großmutter ins Zimmer platzt, ist nicht gerade das erotische Szenario, das ich mir auf der Fahrt hierher vorgestellt habe.«

Sie spielte die Empörte. »Du wusstest die ganze Zeit, dass wir im Bett landen würden?«

Er hauchte einen Kuss auf ihren Hals. »Willst du mir weismachen, dass du nicht an so was gedacht hast?«

Er sah so sexy aus mit dem offenen Hemd und der nackten Brust, die nur auf Liebkosungen wartete – am liebsten hätte sie ihn aufs Bett geschubst und ihm gezeigt, woran genau sie dachte. »Ich überlasse es dir, das herauszufinden.«

»Vielleicht solltest du mir einen kleinen Hinweis geben. Du weißt doch, wie schwer von Begriff ich bin.«

Sie küsste ihn leidenschaftlich. »Hilft dir das weiter?«

»O ja. Es weckt den Hunger nach mehr. Schließ die Tür ab, ich verspreche dir, es wird nicht lange dauern.« Er knöpfte ihre Jeans auf.

Auch wenn es ihr unendlich schwer fiel, machte sie sich von ihm los. »So verlockend dein Vorschlag auch ist, wir sollten uns lieber wieder salonfähig machen.«

Sie richtete sich die Haare, während sie zusah, wie Christian sein Hemd zuknöpfte. Sie hörte das Tapsen von Kinderfüßen auf der Treppe. Die Tür flog auf und Lily-Rose stürmte herein. Heulend und schluchzend rannte sie auf Genevieve zu.

»Genvy! Henry und Morwenna sind weg!«

Gran begrüßte Christian, als würde er jeden Tag unangekündigt im *Paradise House* auftauchen. Und sofort überlegten sie sich, wo sie die beiden Esel finden könnten.

»Als Erstes sollten wir die Nachbarn fragen, vielleicht haben die sie ja gesehen«, schlug Christian vor.

Er war vermutlich der Einzige, der einen kühlen Kopf bewahrte. Genevieve versuchte die weinende Lily-Rose zu trösten. Die Kleine hatte sich die Anweisung ihrer Mutter, auf Henry und Morwenna aufzupassen, zu sehr zu Herzen genommen. Gran schlurfte durch die Küche und suchte die Teekanne. Diese Situation erforderte einen starken, süßen Tee.

»Vielleicht hat sie das Gewitter erschreckt«, sagte Genevieve, als sich Lily-Rose ein wenig beruhigt hatte und schniefend auf ihrem Schoß saß.

»Waren sie denn nicht festgebunden?«, fragte Christian.

»Das schien nicht nötig zu sein. Der Obstgarten hat seine natürlichen Grenzen und bis heute sind sie nie weggelaufen.«

»Sie könnten weiß Gott wo sein«, sagte Gran. »Womöglich sind sie bei Dunkelheit auf die Klippen geraten und abgestürzt ...«

»Das ist sehr unwahrscheinlich«, fiel ihr Genevieve ins Wort. Sie wollte Lily-Rose nicht noch mehr aufregen. »Vermutlich sind sie zum Strand spaziert und jetzt lassen sie die Kinder reiten und bekommen von ihnen ein Eis als Belohnung.« Sie machte Hoppe-hoppe-Reiter mit Lily-Rose, um sie von dem abzulenken, was Gran gerade gesagt hatte.

Genevieve und Christian ließen Lily-Rose bei Gran und gingen los, um die Nachbarn nach den Eseln zu fragen. Sie machten die Runde durchs ganze Dorf, aber niemand hatte Henry und Morwenna gesehen oder auch nur ein »Iah« gehört. Grans Vision von dem Sturz in die Tiefe wurde immer wahrscheinlicher.

Sie standen vor dem *Salvation Arms* und überlegten, was sie als Nächstes tun sollten. Die Sonne hatte zwar endlich die Wolkendecke aufgebrochen, aber trotzdem blieb das Wetter unfreundlich, weil ein kalter Wind über das Land fegte. Am Strand spielten ein paar Kinder in den Pfützen zwischen den Felsen, und die Eltern, eingemummelt in dicke Pullover, sahen ihnen wohlwollend zu.

»Sollen wir in der weiteren Umgebung suchen?«, fragte Christian. »Wir könnten an der Küste entlangfahren.«

»Aber Nattie hat mein Auto und ihres springt nicht an.«

»Wir können meines nehmen. Lass uns erst einmal zum Haus zurückgehen.«

Genevieve nickte. »Ich wette, du wünschst dir, du wärst nicht hergekommen. Mit einer Eselsjagd hast du sicher nicht gerechnet.«

Er legte den Arm um ihre Schultern. »Genau das wollte ich auf keinen Fall versäumen. Wenigstens kann ich sagen, dass ich bei diesem Besuch bis in dein Schlafzimmer vorgedrungen bin. Wer weiß? Vielleicht schaffe ich es ja beim nächsten bis in dein Bett.«

Sie schmiegte sich glücklich an ihn.

Das Haus war merkwürdig still, als sie durch die Hintertür kamen.

»Das ist ja eigenartig«, sagte Genevieve, nachdem sie nach Gran und Lily-Rose gerufen und keine Antwort bekommen hatte. »Wo können sie sein?«

»Vielleicht bei deiner Großmutter im Haus?«

»Mmm ... das wäre möglich.« Sie wurde ärgerlich. »Warum tut mir meine Familie so was an? Die ganze Zeit habe ich ein Auge auf sie, und wenn ich mir gerade keine Sorgen um sie machen muss, dann bin ich damit beschäftigt, mich um ihre Angelegenheiten zu kümmern. Es sind Natties Esel – sie sollte hier sein und sie suchen. Manchmal wünschte ich, ich wäre nie wieder nach Hause gekommen.«

Christian sah sie eindringlich an, dann nahm er sie in die Arme. »Ich bin froh, dass du es getan hast, sonst wären wir uns nicht wieder begegnet.«

Sie lehnte den Kopf an seine Brust und spürte seinen Herzschlag. Für eine kleine Weile ließ sie sich davon beruhigen. Aber dann sah sie zu ihm auf und sagte: »Meinst du das wirklich ernst?«

Die Frage schien ihn zu verletzen. »Genevieve, du musst aufhören, an mir zu zweifeln.«

Sie fuhren eine Stunde die Küstenstraße entlang, blieben hin und wieder stehen, um die Leute zu fragen, ob sie zwei streunende Esel gesehen hatten. Als es wieder zu regnen begann, gaben sie auf.

Das *Paradise House* wirkte immer noch verlassen, nur zwei Gäste saßen im Wintergarten und lasen. Genevieve servierte ihnen gerade Tee, als das Telefon klingelte.

»Hallo, Genevieve!«, dröhnte Tubbys fröhliche Stimme durch die Leitung. »Hast du zufällig etwas verloren? Zum Beispiel zwei Esel?«

»Tubby! Weißt du, wo sie sind?«

Er kicherte. »Ja, und ich halte sie als Geiseln, bis du mir fünftausend Pfund in kleinen gebrauchten Scheinen per Post zuschickst. Oh, und einen Ferrari könnte ich auch ganz gut gebrauchen.«

»Pass bloß auf, sonst bekommst du Nattie noch dazu. Wo hast du sie gefunden?«

»Ich war in dieser neuen Töpferei mit Teestube in Stackpole, um Erdbeeren vorbeizubringen, und da standen die beiden auf der Wiese und grasten friedlich. Ich habe sie gleich an den lächerlichen Halstüchern erkannt, die Nattie ihnen umgelegt hat.«

»Aber Stackpole – das ist meilenweit weg von hier.«

»Eigentlich nicht. Ich habe sie jedenfalls angepflockt – sie können nicht mehr weg. Wenn du willst, organisiere ich eine Pferdebox und einen Anhänger.«

»Vielen Dank, Tubby, aber ich denke, wir lassen sie dort, bis Nattie zurückkommt. Soll sie sich um die Viecher kümmern!«

Sie legte auf und gab die gute Nachricht an Christian weiter.

»Also ist die Panik beendet und wir können die Suchtrupps und Rettungsteams zurückrufen?«

Sie lachte. »Vorerst ja. Aber wer weiß, was in dieser Familie noch alles passiert.« Sie schaute auf ihre Uhr. »Da fällt mir ein – du hast überhaupt noch nichts gegessen.

Bestimmt bist du am Verhungern. Was möchtest du haben?«

»Diese Scones wären wunderbar.« Er deutete auf die offene Dose auf dem Tisch, auf das Marmeladeglas und die Schale mit Schlagsahne.

»Bedien ich. Ich rufe nur schnell bei Gran an und frage nach, wie sie mit Lily-Rose zurechtkommt. Ich möchte nicht, dass sie sich überanstrengt.«

Aber bei ihrer Großmutter hob niemand ab.

»Vielleicht ist sie mit Lily-Rose einkaufen gegangen«, mutmaßte Christian.

Sie zuckte mit den Achseln. »Mir ist klar, dass dir das albern vorkommen muss, aber ich habe einfach ein ungutes Gefühl. Warum hat Gran keinen Zettel hinterlassen, um mir mitzuteilen, wohin sie mit Lily-Rose wollte?«

»Sagt sie dir immer, was sie vorhat?«

»Nein. Aber ...«

Er legte das angebissene Gebäck auf den Teller. »Okay, dann lass uns gehen.«

»Wohin?«

»Zu deiner Großmutter natürlich.«

»Aber sie ist nicht zu Hause, sonst wäre sie doch ans Telefon gegangen.« Er steuerte die Hintertür an. »Christian, was hast du vor?«

»Ich kenne dich gut genug, um zu wissen, dass du keine Ruhe hast, bis wir nach dem Rechten sehen. Jetzt komm!«

Es regnete immer noch, deshalb fuhren sie die kurze Strecke im Auto und parkten direkt vor dem *Angel Cottage*. Genevieve klopfte mehrmals an die Tür, dann spähte sie durchs Wohnzimmerfenster. Gran war auf dem Sofa vor dem Fernseher. Aber sie hatte die Augen geschlossen und lag halb auf der Seite. Sie schlief. Genevieve klopfte ans Fenster – keine Reaktion. Sie verfluchte sich selbst, weil sie den Hausschlüssel nicht mitgenommen hatte.

Christian kam zu ihr. »Gibt es eine Hintertür?«, wollte er wissen.

Sie gingen ums Haus herum in den Garten – die Küchentür stand offen. Genevieve lief voraus ins Wohnzimmer.

»Gran!«, rief sie leise, weil sie sie nicht erschrecken wollte. Die Erinnerung an ihre bewusstlose Großmutter auf dem Boden im Badezimmer war noch frisch und ihr Herz klopfte heftig. »Gran, wach auf!«

Ihre Großmutter bewegte sich. Als sie richtig wach war und Genevieve bat, Wasser für einen Tee aufzusetzen, kam Christian ins Zimmer.

Er nahm Genevieve beiseite. »Genevieve, ich habe im ganzen Haus und im Garten nachgesehen, Lily-Rose ist nicht hier.«

Die Bedeutung seiner Worte traf sie wie ein Schlag. Nackte Panik machte sich in ihr breit. Lily! Wo konnte sie sein?

39

»Bist du ganz sicher, dass sie nicht da ist?« Die Frage war überflüssig, aber Genevieve musste sie stellen.

»Ich habe überall zweimal nachgesehen. Wo könnte sie hingegangen sein?«

»Keine Ahnung. Sie ist noch nie weggelaufen. Sie ist doch noch so klein. Vierjährige ziehen nicht einfach so alleine los. O Gott, Christian, meinst du, jemand hat sie entführt?«

»Komm, wir müssen sie suchen.«

Gran erhob sich vom Sofa. »Was tuschelt ihr beide da?«

Genevieve brachte ihrer Großmutter die Neuigkeit so schonend wie möglich bei, um sie nicht zu sehr aufzuregen. Aber Gran war *sehr* aufgeregt. Sie klammerte sich an Genevieve.

»Es ist alles meine Schuld«, heulte sie verzweifelt. »Lily wollte unbedingt Henry und Morwenna suchen, und ich bin mit ihr hergekommen, um sie ein wenig abzulenken. Ich habe ihr versprochen, ihr nachher etwas Süßes zu kaufen, wenn sie brav ist und ruhig spielt, so dass ich ein Nickerchen machen kann.«

»Dann ist sie bestimmt losgegangen, um sich selbst Süßigkeiten zu besorgen«, erklärte Genevieve entschieden, um ihre Großmutter zu beschwichtigen. Die alte Dame ging nervös auf und ab. »Gran, du bleibst hier. Christian und ich klappern die Geschäfte ab.«

Das sah Lily-Rose gar nicht ähnlich. Nattie war vielleicht nicht die beste Mutter der Welt, aber sie hatte ihre Tochter dazu erzogen, niemals ohne einen Erwachsenen irgendwohin zu gehen.

Sie liefen im strömenden Regen von einem Laden zum anderen, aber ihre Suche blieb erfolglos. Niemand hatte das kleine Mädchen gesehen. Alle versprachen, die Augen offen zu halten, und versuchten, Genevieve zu beruhigen. Lily-Rose würde bestimmt bald wieder auftauchen. Stan und Gwen vom Mini-Markt wollten alle Kunden fragen, ob sie ein kleines Mädchen gesehen hatten, und Ruth und William boten ihre Hilfe an. Debs wollte wissen, wie lange Lily-Rose schon vermisst wurde.

Wann genau war Lily-Rose weggelaufen? Genevieve hatte keine Ahnung, wie lange Gran geschlafen hatte.

»Es hat keinen Sinn, dass du überall herumläufst, Genevieve«, sagte Debs. Sie war die Erste, die Lilys Verschwinden nicht herunterspielte. »Ruf die Polizei an. Sofort. Du kannst meinen Apparat benützen.«

»Vielleicht sollte ich doch erst noch mal im *Paradise House* nachsehen. Möglicherweise ist sie inzwischen zurück.«

»Okay, aber ich rufe ein paar Leute zusammen.«

Genevieve rannte allein den Berg hinauf. Christian hatte sich angeboten, zum *Angel Cottage* zu gehen und nach Gran zu sehen. Sie lief durch alle Zimmer im *Paradise House*, aber auch dort war keine Spur von Lily-Rose. Schweißgebadet ging sie in die Küche, um die Polizei zu alarmieren. Sie berichtete dem diensthabenden Beamten alle ihr bekannten Details und versuchte verzweifelt, sich zu erinnern, was Lily-Rose heute anhatte. Danach tätigte sie einen zweiten Anruf – einen, vor dem sie sich schrecklich fürchtete. Sie musste Nattie sagen, dass ihre Tochter vermisst wurde. Aber Nattie war über ihr Handy nicht zu erreichen. Offenbar hatte sie es ausgeschaltet.

Genevieve schnappte sich eine Jacke und lief den Hügel hinunter zu Gran, dabei suchte sie mit Blicken den mittlerweile verlassenen Strand nach einem Kind ab und betete inbrünstig, Christian möge ihr, wenn sie die Tür vom *Angel Cottage* aufmachte, grinsend und lachend erzählen, dass Lily-Rose wieder da war. Als sie am Friseursalon vorbeikam, stürzte Debs aus der Tür. Donna war bei ihr. Beide wirkten sehr besorgt.

»Irgendeine Spur von Lily?«, erkundigte sich Debs.

Genevieve schüttelte den Kopf. »Nein, aber ich habe die Polizei angerufen. Sie sind auf dem Weg.«

Christian öffnete ihr die Tür. Seine ernste Miene sowie Gran, die immer noch auf und ab ging und leise vor sich hin murmelte, verrieten ihr, dass Lily nicht aufgetaucht war. Genevieve zog ihre nasse Jacke aus und erklärte Christian, dass sie die Polizei alarmiert hatte. »Sie wollen so bald wie möglich jemanden herschicken.«

»Gut. Ich hole meine Jacke aus dem Auto.« Er blieb vor ihr stehen und legte die Hände auf ihre Schultern. »Genevieve, wir werden sie finden.«

Solange er draußen war, ging Genevieve mit Gran ins Wohnzimmer. Sie machte sich um ihre Großmutter fast so große Sorgen wie um ihre Nichte: Die alte Dame war kurzatmig und zitterte am ganzen Leib. Sie setzte sich mit ihr aufs Sofa.

»Gran, du darfst dich nicht so aufregen.«

»Wie kannst du das sagen, wenn ich allein schuld daran bin, dass Lily weggelaufen ist? Ich hätte nicht einschlafen dürfen. Ich werde nie wieder auch nur einen Moment Frieden haben, wenn dem armen kleinen Mädchen etwas passiert ist. Oh, und was wird Nattie sagen?« Ihre

Augen schwammen in Tränen. In diesem Moment sah sie sehr alt und gebrechlich aus.

Genevieve gab sich alle Mühe, ihre Angst nicht zu zeigen. »Gran, du musst dich jetzt zusammennehmen – ich brauche dich. Ich konnte Nattie nicht erreichen, aber ich lasse dir ihre Handynummer hier und du versuchst es immer wieder, ja? Du musst ihr sagen, was passiert ist.« Sie zog einen Zettel aus der Hosentasche, auf dem die Nummer stand, und reichte ihn ihrer Großmutter. »Kannst du das für mich tun?«

Mit zittrigen Händen nahm Gran den Zettel an sich.

Damit ging Genevieve hinaus in den Gang, wo Christian in einem kleinen Rucksack kramend auf sie wartete, und zog ihre Jacke an. Sie zuckte erschrocken zusammen, als es an der Tür klopfte.

»Was ist?«, wollte Christian wissen.

»Jemand ist an der Tür. Wahrscheinlich die Polizei.«

Aber es war nicht die Polizei. Draußen stand eine große Gruppe von Leuten: Tubby und Donna, Debs, Stan, Huw und Jane, William und Ruth, die Lloyd-Morris-Brüder, Adam und einige Stammgäste aus dem *Salvation Arms*. Sie alle trugen Stiefel und Regenjacken.

»Wir helfen dir bei der Suche«, erklärte Adam ernst. »Wo sollen wir anfangen?«

Diese Hilfsbereitschaft war überwältigend. Genevieve schluckte schwer und holte tief Luft. Mit so viel Unterstützung, sagte sie sich, müssen wir Lily-Rose finden.

Es wurde entschieden, dass jemand im *Paradise House* die Stellung halten sollte für den Fall, dass Lily dort auftauchte – Donna, die sich noch nicht ganz von ihrer Magen-Darm-Ggrippe erholt hatte, meldete sich freiwillig für diese Aufgabe, der Rest teilte sich in Zweiergruppen mit je einem Handy auf. Christian holte eine Wanderkarte aus seinem Rucksack und jeder Gruppe wurde ein Bezirk zugeteilt. Sie wollten nur im Umkreis von vier Meilen suchen, weil ein so kleines Kind sicher nicht weiter gehen konnte. Niemand sprach laut aus, dass sie auch vierzig Meilen weit weg sein könnte, wenn sie jemand im Auto mitgenommen hatte. Die andere unausgesprochene Angst, die Genevieve zu schaffen machte, war, dass Lily-Rose ins Meer gestürzt sein könnte. Sie erzählte den Helfern, wie durcheinander Lily gewesen war, weil Henry und Morwenna weggelaufen waren, und dass Gran ihr den Floh ins Ohr gesetzt hatte, die Esel könnten in der Dunkelheit auf den Küstenweg gelaufen und von den Klippen gefallen sein.

»Es ist möglich«, sagte sie und zwang sich, das Unvorstellbare auszusprechen, »dass Lily nach ihnen suchen wollte und vielleicht zu nah an den Abgrund gekommen ist.«

Die Helfer redeten leise miteinander, tauschten die Handynummern aus und gingen los. Genevieve sah noch einmal nach ihrer Großmutter und erklärte ihr, dass die Polizei vielleicht ein Foto von Lily benötigen würde, und überließ es ihr, eines aus ihrer Sammlung auszusuchen. Es wäre netter gegenüber Gran gewesen, wenn ihre Enkelin mit ihr zusammen auf die Polizei gewartet hätte, aber Genevieve konnte nicht tatenlos herumsitzen. Sie musste hinaus und sich aktiv an der Suche beteiligen. Nattie hatte Lily-Rose in ihre Obhut gegeben und *sie* musste sie finden. Wie sollte sie ihrer Schwester je wieder in die Augen sehen, wenn ihr das nicht gelang?

Die Anzahl der Helfer war ungerade, deshalb bildeten Genevieve und Christian ein Team mit Adam. Sie gingen erst zum *Paradise House*, umrundeten die Landspitze und folgten dann dem Küstenweg in Richtung Osten. Der Regen war stärker geworden und der heftige Wind zerrte an ihren Kapuzen. Allein der Gedanke, dass Lily-Rose mutterseelenallein bei diesem Wetter, durchnässt und frierend, draußen herumirrte, jagte Genevieve eisige Schauer über den Rücken, und sie beschleunigte ihre Schritte. Als Christian sie am Arm zurückhielt, begriff sie, wie unsinnig es war, so vorzupreschen.

»Geh langsamer, Genevieve, sonst übersehen wir etwas.«

»Er hat Recht«, stimmte Adam ihm zu, »wir müssen es langsam angehen.«

Sie gingen schweigend weiter, blieben gelegentlich stehen und sahen sich in den Klippen um. Der Wind toste in ihren Ohren, und die Wellen, die gegen die Felsen schlugen, übten eine hypnotisierende Wirkung auf Genevieve aus und zogen sie immer näher zum Abgrund. Christian riss sie zurück.

Sie wollte ihm danken, konnte es aber nicht. Allmählich machte sich Verzweiflung breit und sie befürchtete das Schlimmste. Wie konnte ein kleines Kind so spurlos vom Erdboden verschwinden? Bei einem älteren Kind wären alle möglichen Szenarien denkbar – dass es nach Pembroke oder Tenby getrampt war, einen Freund besuchte oder sogar ein Stelldichein mit dem oder der Liebsten hatte. Aber eine Vierjährige?

Sie gingen bis zu *Hell's Gate*. Dort zogen sie Christians Karte zu Rate, die ihnen der Wind fast aus den Händen riss, und schauten auf das schäumende, aufgewühlte Meer. Der Horizont verschwand im Regen – das Wetter wurde immer schlimmer.

»Wir werden sie nie finden«, murmelte Genevieve trostlos. »Und wenn doch, dann ist es bestimmt zu spät.« Nur Adam hörte ihre Worte.

»Wir finden sie, Gen. Keine Frage.«

Christian faltete die Karte zusammen, steckte sie in den Rucksack und entfernte sich ein Stück von ihnen. Genevieve beobachtete ängstlich, wie er bis zum Ende des Weges ging. Über ihm kreisten zwei Dohlen – einmal, zweimal, dann flogen sie davon. *Hell's Gate* war für Genevieve und ihre Schwestern als Kinder immer verbotenes Territorium gewesen; selbst heute noch ging sie selten so weit. Sie wollte Christian rufen und ihm sagen, dass er vorsichtig sein sollte, weil die Felsen trügerisch waren, aber er konnte sie ja nicht hören. Er ging immer weiter und kam dem Abgrund gefährlich nahe. Er bückte sich, legte eine Hand auf einen Felsen, um sich abzustützen, und plötzlich war er weg. Genevieve lief ihm nach, Adam folgte ihr. Sie kamen zu einem steilen Abgrund, und Adam hielt Genevieve fest, damit sie nicht abrutschte. Unten sahen sie Christian, der vorsichtig über die zerklüfteten Felsen zu einem schmalen Vorsprung kletterte, wo die Möwen Schutz vor Wind und Regen suchten.

Er bückte sich, um etwas aufzuheben, dann drehte er sich zu ihnen um und schwenkte einen kleinen gelben Gummistiefel durch die Luft. Genevieve schnappte erschrocken nach Luft und hielt sich an Adam fest.

»Der gehört Lily!«, schrie sie. Sofort machte sie sich mit Adam auf den Weg. Doch der Hoffnungsschimmer wurde sofort von Angst überlagert. Wenn Lily-Rose da unten gewesen war und einen Stiefel verloren hatte, dann musste sie einen Unfall gehabt haben. Wie könnte sie einen Sturz von den Felsen überlebt haben?

Sie standen zu dritt auf dem Vorsprung und sahen hinunter zu der tiefen Höhle, die die Wellen in die Felsen gewaschen hatten. Die Flut kam herein, die Wellen klatschten auf die Steine und der Wind brüllte wie ein bösartiges Tier. Adam bedeutete ihnen zu bleiben, wo sie waren, und arbeitete sich zu der Höhle vor. Er musste durch das wirbelnde Wasser waten. Und wofür? Konnten sie wirklich annehmen, dass Lily-Rose hier war? Es war eine Hoffnung, vielleicht ihre einzige.

Genevieve kaute auf der Unterlippe und ließ Adam nicht aus den Augen. Zu ihrem Entsetzen entdeckte sie, dass sich da, wo das Wasser zum Zugang der Höhle schwappte und nicht mehr ungehindert zurückkonnte, eine gefährliche Unterströmung befand. Im nächsten Moment wurde Adam in die Tiefe gerissen. Genevieve schrie. Christian zog hastig die bauschige Jacke und seine Stiefel aus und sprang ins Wasser. Genevieve starrte qualvolle Sekunden ins Wasser, bis er wieder an die Oberfläche kam. Aber gleich darauf tauchte er noch einmal unter, und als er wieder zu sehen war, hielt er Adam fest. Er zog ihn an die Seite und beide hielten sich an den Felsen fest. Adam hustete und spuckte Wasser. Genevieve sah, dass er sich den Kopf angeschlagen hatte, Blut sickerte über seine Schläfe. Sie rief ihnen zu, dass sie vorsichtig sein sollten. Nachdem die Männer wieder zu Atem gekommen waren, schwammen sie durch die Höhle, die bei Ebbe vollkommen trocken war und für ein neugieriges Kind ein interessanter Platz zum Spielen sein könnte. Aber bei Flut war sie eine tödliche Falle.

Sie hielt den gelben Stiefel, den Christian gefunden hatte, in der Hand und beobachtete, wie sich Adam hinkauerte und in dem dunklen Loch verschwand. Sie betete, dass dies das Ende ihrer Suche sei und Lily-Rose wie durch ein Wunder sicher und gesund in der Höhle sitzen möge. Sie starrte auf die Öffnung und plötzlich kam Adam wieder zum Vorschein und … und er hatte Lily-Rose in den Armen. Vollkommen durchnässt und zitternd vor Kälte, klammerte sich die Kleine an Adam, während er sie in Sicherheit brachte. Doch um zu dem Felsvorsprung zu kommen, auf dem Genevieve stand, mussten Adam und Christian die mit Wasser gefüllte Senke durchqueren. Genevieve wünschte, Christian würde Lily-Rose nehmen, denn er war eindeutig der bessere Schwimmer. Und als könnte er ihre Gedanken lesen, sagte er ein paar Worte zu Adam und nahm ihm das Kind ab.

Ganz langsam ließen sie sich in den gefährlichen Strudel sinken. Als eine große Welle mit Getöse heranrollte und sie beinahe überschwemmte, schrie Lily-Rose und zappelte mit Armen und Beinen. Christian hatte Mühe, den Halt nicht zu verlieren. Angstvolle Minuten verstrichen, bis er und Adam den Vorsprung endlich erreichten. Genevieve nahm das vor Angst erstarrte Kind in Empfang und wickelte es in ihre Jacke. Sie dankte Gott, dass der Tag nicht mit einer Tragödie endete.

40

Als sie den Weg erreichten und den Rückweg antraten, nahm Adam Christians Handy – sein eigenes hatte er in der Jackentasche und es war nach seinem unfreiwilligen Bad nicht mehr zu gebrauchen – und rief Donna im *Paradise House* an, um ihr die gute Nachricht zu übermitteln. Er bat sie auch, den Arzt anzurufen, der Lily-Rose gründlich untersuchen sollte.

»Fragen Sie ihn, ob er ins *Paradise House* kommen kann«, sagte Adam. »Das ist eine Aufregung weniger für Lily, als in die Praxis zu gehen.«

Dr. Shepherd erwartete sie bereits, als sie erschöpft, aber überglücklich in die Küche stolperten.

Donna schenkte für sie alle Brandy ein und drängte sie, die nassen Kleider auszuziehen – Daddy Deans Schrank wurde geplündert, damit Adam und Christian trockene Sachen anziehen konnten. Genevieve atmete erleichtert auf, als Dr. Shepherd erklärte, dass Lily-Rose nichts fehlte.

»Sie hatte großes Glück«, sagte er. »Am besten stecken Sie die Kleine in ein warmes Bad und anschließend ins Bett. Morgen früh ist sie wieder ganz die Alte.« Er sah Adam an und begutachtete die Wunde an seiner Schläfe. »Sieht so aus, als müsste das genäht werden. Setzen Sie sich, ich kümmere mich darum.«

Als Dr. Shepherd mit Adam fertig war und Genevieve ihn zur Tür brachte, bedankte sie sich bei ihm, weil er so schnell gekommen war, und scherzte, dass sie ihn hoffentlich nicht so bald wiedersehen würde.

Später saß Lily-Rose in ihrem Schlafanzug auf Adams Schoß und erzählte ihm und Christian, was geschehen war. Als Gran eingeschlafen war, beschloss sie, genau wie es Genevieve vermutet hatte, loszugehen und nach Henry und Morwenna zu suchen.

»Mummy hat mir gesagt, dass ich auf sie aufpassen soll«, sagte sie, »und ich hab es ihr versprochen.« Sie erzählte, dass sie ganz leise Grans Hintertür aufgemacht hatte, durch das Gartentor hinausgelaufen und auf den Küstenweg gegangen war. »Es war ganz viel Wind. Ich hab die Möwen gesehen und mich zu ihnen gesetzt. Aber sie waren garstig und haben an meinen Stiefeln gepickt. Und dann war da ein Geräusch – so als ob Henry und Morwenna nach mir rufen würden.«

Den Rest konnten sie sich alle vorstellen. Sie hatte das seltsame Rauschen des Windes für Eselschreie gehalten und wollte wissen, woher es kam. Sie kam in die Höhle und spielte eine Weile dort. Aber dann begann die Flut und Lily-Rose war praktisch eingeschlossen. Wären Genevieve, Adam und Christian nur eine halbe Stunde später zu der Stelle gekommen, hätte die Höhle unter Wasser gestanden und Lily-Rose wäre ertrunken.

»Sie ist durch und durch das Kind ihrer Mutter«, brummte Adam. »Tollkühn bis zum Letzten.«

»Wird Mummy böse auf mich sein?«, fragte Lily-Rose ängstlich.

In diesem Moment fiel Genevieve ein, dass Gran Nattie zu erreichen versuchte.

»Donna«, sagte sie, »haben Sie auch meine Großmutter angerufen, als Sie die Suche abgeblasen haben?«

»O Gen, tut mir Leid, das hab ich in der Aufregung ganz vergessen. Soll ich sie jetzt anklingeln?«

»Nein, ist schon gut. Ich gehe runter zu ihr.«

Adam schob Lily-Rose von seinem Schoß und stand auf. »Ich begleite dich. Ich muss nach Hause und mich umziehen. Er warf einen Blick auf Christian, der wie er abgelegte Kleider von Daddy Dean trug. »Ich könnte Ihnen etwas leihen, wenn Sie wollen. Aber richtig passen werden Ihnen meine Sachen nicht.«

»Danke«, sagte Christian.

Lily-Rose war zufrieden, bei Donna bleiben zu können. Sie gingen zu dritt hinunter ins Dorf. Adam schlug Christian vor, mit zu ihm nach Hause zu kommen und dort zu duschen und etwas anderes anzuziehen.

»Soll ich dann zu deiner Großmutter kommen?«, fragte Christian.

»Wenn du möchtest. Vermutlich bleibe ich eine Weile bei ihr. Ich muss außerdem einen Rundruf starten und mich bei allen bedanken, die mitgesucht haben. Ich schließe die Haustür nicht ab, damit du hereinkannst.«

Das wird allmählich zur Gewohnheit, dachte Genevieve, als sie an die Tür klopfte und wieder keine Antwort erhielt. Nach dem zweiten Versuch gab sie auf und öffnete die Tür mit ihrem Schlüssel, den sie diesmal nicht vergessen hatte.

»Gran, ich bin's!«, rief sie, machte die Tür zu und ging ins Wohnzimmer, um die gute Nachricht zu verkünden und ihre Großmutter zu beruhigen. »Setz Wasser auf, Gran. Wir haben Lily-Rose gefunden und sollten das mit einer guten Tasse Tee feiern.«

Genevieve blieb wie angewurzelt stehen. Sie wusste sofort, dass ihre Großmutter sie nicht hören konnte. Ihr Kopf lehnte an dem Sofakissen, ihre trockenen Lippen waren ein wenig geöffnet und sie rührte sich nicht. Nicht einmal ihre Brust hob und senkte sich. Kein leises Grunzen, das Gran oft von sich gab, wenn sie schlief, war zu hören. Ganz langsam, fast ehrfürchtig kniete sich Genevieve neben das Sofa. »O Gran«, raunte sie. »Du hast dich nicht einmal verabschiedet.« Tränen traten ihr in die Augen und sie ließ ihnen freien Lauf, während sie die kalte, reglose Hand ihrer Großmutter hielt. Nie war ihr die knotige, fleckige Hand schöner erschienen als in diesem Augenblick.

Der Tag endete doch mit einer Tragödie. Aber das wirklich Tragische war, dass sich Gran in den letzten Minuten vor ihrem Tod mit der Angst um Lily-Rose herumschlagen musste. Es brach Genevieve das Herz, dass sie mit dem Gedanken gestorben war, ihre Familie im Stich gelassen zu haben.

Genevieve wusste nicht, wie lange sie schluchzend auf dem Boden gekniet hatte, als sie plötzlich spürte, dass Christian bei ihr war. Sie fühlte seine Hand auf ihrer Schulter und wandte ihm ihr tränennasses Gesicht zu. »Wie sollen wir alle ohne sie zurechtkommen? Sie war immer für uns da.«

Er zog sie auf die Füße, führte sie in die Küche, dann nahm er sie in die Arme und strich ihr über den Rücken. Allmählich konnte sie wieder klar denken – so vieles war zu erledigen: Sie musste schon wieder Dr. Shepherd rufen und die anderen Familienmitglieder benachrichtigen, ihre Eltern in Neuseeland und Polly in Hongkong. Und natürlich Nattie. Hatte Gran mit ihr telefoniert? Genevieve wäre fast ins Wohnzimmer gegangen, um Gran zu fragen, aber dann fiel es ihr wieder ein.

Der Schmerz schlug über ihr zusammen. Nie wieder konnte sie mit der geliebten Großmutter sprechen. Sie nahm sich ein frisches Taschentuch und schnäuzte sich.

»In solchen Momenten fühle ich mich so verdammt nutzlos«, sagte Christian.

Sie verstand das nicht. »Was meinst du damit?« Dann merkte sie, dass sie ihren Mund zum Teil mit dem Taschentuch verdeckt hatte, und wiederholte die Frage.

»Ich kann niemanden für dich anrufen. Soll ich Adam holen?«

Im ersten Moment wollte sie ablehnen, aber dann dachte sie an Adam, der immer wusste, was zu tun war, und nickte. »Aber könntest du vorher eine SMS an Jonjo schicken? Ich glaube, es ist besser, wenn Jonjo Polly erklärt, was mit Gran passiert ist. So erfährt sie es von jemandem, der bei ihr ist und sie trösten kann.«

Nachdem alles erledigt und auch der Totenschein ausgestellt war, gingen sie zurück ins *Paradise House*. Dr. Shepherd meinte, die Todesursache war schlicht Herzversagen, und wollte sich nicht darauf festlegen, dass dies eine direkte Folge der Aufregung wegen des Verschwindens von Lily-Rose war. Aber Genevieve quälte sich mit dem Gedanken, dass sich ihre Großmutter kurz vor ihrem Tod schreckliche Vorwürfe gemacht hatte. Und da war noch die Parallele zu Cecily: Sowohl Gran als auch Cecily waren gestorben, weil das Herz dem unerträglichen Druck nicht standgehalten hatte.

Donna hatte für Lily-Rose einen Sessel vom Wohnzimmer in die Küche gebracht und das kleine Mädchen schlief darin. Die rosa Ohren ihres Stoffhasen spitzten unter der Decke hervor. Genevieve bedankte sich mit leiser Stimme bei Donna für ihre Hilfe und erklärte, dass im Augenblick nichts mehr zu tun war. »Gehen Sie nach Hause, Donna«, sagte sie. »Sie waren wunderbar, aber ich denke, Sie würden den Abend lieber mit Tubby verbringen.«

»Das wäre nicht schlecht, aber leider muss ich heute hinter der Bar arbeiten.« Sie umarmte Genevieve. »Das mit Ihrer Großmutter tut mir sehr Leid, Gen. Ich kannte sie zwar nicht lange, aber lange genug, um zu wissen, was für eine großartige Frau sie war. – Ich finde allein hinaus.«

Schuldbewusst dachte Genevieve, dass sie sich jetzt besser fühlte, da eine Person weniger um sie herum war und dass es ihr am liebsten wäre, ganz allein zu sein. Sie sah Christian an und fragte sich, ob er kurz nach dem Tod seiner Mutter genauso empfunden hatte. So gern sie ihn und Adam hatte und so dankbar sie ihnen für alles war, was sie getan hatten, wünschte sie, sie würden gehen. Es war ein egoistischer, unwürdiger Gedanke, weil Lily-Rose ohne die Tatkraft dieser beiden Männer ums Leben gekommen wäre.

Tot.

Ihre Gedanken kehrten unweigerlich zurück zu Gran. Draußen waren eilige Schritte zu hören. Kurz darauf flog die Hintertür auf und Nattie stürmte in die Küche. Sie war kreidebleich. Sie warf einen Blick auf ihre Tochter, die friedlich in dem Sessel schlief, und brach in Tränen aus. Sie schluchzte so heftig, dass Lily-Rose aufwachte und, als sie ihre Mutter sah, auch anfing zu weinen.

Genevieve signalisierte Christian und Adam, dass sie Nattie allein lassen sollten, und führte sie in den Wintergarten.

Adam legte die Hand auf ihren Arm. »Was können wir noch für euch tun?«

Genevieve schüttelte den Kopf. »Adam, du hast schon so viel getan.« Sie drehte sich Christian zu. »Und du auch, Christian. Meint ihr beiden Lebensretter nicht, dass es genug für einen Tag ist?«

Sie wehrten ihr Lob ab. Adam, der vermutlich spürte, dass es Zeit wurde, sich zu verabschieden, sagte: »Du weißt, wo du mich erreichen kannst, Gen. Ruf mich an, wenn du irgendwas brauchst. Versprochen?«

Sie drückte ihm zum Dank einen Kuss auf die Wange.

Als er weg war, sah Christian sie an. »Willst du, dass ich auch gehe?«

»Sei mir nicht böse – ja. Ich glaube, Nattie und ich brauchen ein bisschen Zeit für uns.« Sie sah ihm die Enttäuschung an und leise Zweifel meldeten sich. Es war ein langer Tag für sie gewesen und jetzt hatte er auch noch die weite Fahrt vor sich. Er hätte keinen ungünstigeren Zeitpunkt für seinen Überraschungsbesuch wählen können.

»Bist du sicher, dass du mich nicht mehr brauchst?«, fragte er.

»Ja, wir kommen schon zurecht.«

Aber das stimmte nicht. Nattie war ebenso erschüttert vom Tod der Großmutter wie Genevieve. »Ich weiß, es ist lächerlich«, sagte sie später an diesem Abend, »aber irgendwie bin ich immer davon ausgegangen, dass Gran ewig leben würde.«

Sie saßen in Genevieves Zimmer auf dem Bett, und beide hatten das Bedürfnis, über Gran zu sprechen. Sich an sie zu erinnern.

»Ich möchte genauso sein wie sie, wenn ich alt bin«, erklärte Nattie. »Sie war ein Musterbeispiel. Verrückt und einmalig.«

»Ja, das war sie. Und vieles mehr.«

Nattie schwieg eine Weile, dann fragte sie: »Gen, glaubst du, es gibt so etwas wie ein Leben nach dem Tod?«

Genevieve dachte an den Tod ihres Großvaters. »Ich habe mir immer vorgestellt, dass Grandad im Himmel eine Farm hat. Ich habe ihn vor mir gesehen, wie er auf einem glänzenden roten Traktor sitzt und ein Feld pflügt und den Engeln Kannen mit cremiger Milch bringt. Eine Mischung aus Enid Blyton und der Bibel.«

»Und hat er dort auch Ingwerbier?«

Das war die erste heitere Bemerkung, die eine der beiden gemacht hatte. Als sie klein gewesen waren, hatte ihnen Gran stundenlang die Abenteuergeschichten von Enid Blyton vorgelesen … sie schnieften beide, als sie daran zurückdachten, und griffen nach ihren Taschentüchern. Unmengen benutzter Tücher lagen bereits um den Papierkorb herum.

»Ich wünschte, Mum und Dad wären hier«, sagte Nattie. »Hat Dad gesagt, wann seine Maschine landet?«

»Er hat ziemlich wirres Zeug geredet, als ich ihn das zweite Mal am Telefon hatte, aber ich habe im Internet nachgesehen und demnach dürfte er übermorgen früh in Heathrow ankommen.«

»Und du bist sicher, dass Mum nicht mitkommt? Ich meine, sie würde doch nicht absichtlich der Beerdigung fernbleiben, oder? Wenn es so ist, dann rede ich nie wieder ein Wort mit ihr, das schwöre ich.«

»Er sagte, dass er kein zweites Ticket bekommen konnte. Die Maschine sei voll, und er hatte großes Glück, dass er den letzten Platz noch ergattert hat.«

Nattie starrte vor sich hin. »Er ist nicht der Einzige, der heute großes Glück hatte.« Sie schlang die Arme um sich und richtete den Blick auf Genevieve. »Ich war vorhin so durcheinander, dass ich mich gar nicht bei Adam und Christian für das, was sie getan haben, bedanken konnte. Und dir muss ich auch danken.«

»Ich bin sicher, sie haben Verständnis dafür. Und du kannst ja morgen zu Adam gehen und dich bedanken.« Adam war unglaublich mutig gewesen, und hätte Christian ihn nicht aus dem Wasser gezogen, hätte er ertrinken können. »Nattie, versuch ausnahmsweise mal, nett zu ihm zu sein. Er würde es von sich aus niemals sagen – dazu ist er zu bescheiden –, aber er hat sein Leben riskiert, um Lily zu retten.«

Nattie nahm sich noch ein Taschentuch; ihre Augen wurden wieder nass. »Meinst du, das ist mir nicht bewusst?«, gab sie barsch zurück. »Die Schuldgefühle bringen mich fast um, und du belehrst mich, dass ich nett zu dem Mann sein soll, der Lily das Leben gerettet hat! Was denkst du von mir, Gen?«

41

Alte Gewohnheiten sind hartnäckig und in Krisenzeiten nahm Genevieve immer noch Zuflucht zum Essen. Sie war früher als gewöhnlich aufgestanden, und statt sich Tee und Toast zu machen und in den Garten zu setzen, öffnete sie den Kühlschrank und die Vorratsschränke, um nachzusehen, was sie im Haus hatte. Die Situation erfordert etwas Süßes, entschied sie. Ein Trost spendendes, unwiderstehliches Frühstück: Welshcakes mit Nelkengewürz und *die* Nervennahrung schlechthin – amerikanische Pfannkuchen mit Ahornsirup. Sie wog das Mehl für die Welshcakes ab, gab Butter dazu und knetete alles behutsam mit den Händen. Gran hatte sie in die Geheimnisse des Backens eingeweiht. »Die Arme immer locker lassen und sanft mit den Fingern zufassen«, hatte sie gesagt. »Stell dir vor, du hättest ein neugeborenes Baby vor dir. Wenn du das Essen mit Liebe zubereitest, schmeckt es umso besser.«

Allein der Gedanke an Gran schnürte Genevieve die Kehle zu. Der Kummer, sich nicht von ihr verabschiedet zu haben, war schier unerträglich. Mehr als alles andere wollte sie die Erinnerung an die Großmutter wach und lebendig erhalten. Aber es gelang ihr nicht. Schon jetzt entglitt sie ihr, und für einen erschreckenden Moment wusste sie nicht mehr, wie die alte Dame ausgesehen hatte. Sie kämpfte vehement gegen die Angst an und endlich sah sie das geliebte Gesicht vor sich – ein glückliches, lächelndes Gesicht.

Zwei Stunden später genossen die Gäste und Lily-Rose Genevieves Köstlichkeiten, während Genevieve sich gerade noch eine Waffel reservieren konnte, die sie nach dem offiziellen Frühstück verspeisen wollte. Das Backen hatte ihre Nerven beruhigt und ihr war etwas weniger zum Weinen zumute.

Lily-Rose saß fröhlich wie immer am Tisch, ein Tropfen Ahornsirup lief ihr übers Kinn. Genevieve richtete für einen der Gäste Pfannkuchen mit knusprig gebratenen Speckstreifen auf einem Teller an und hörte zu, wie das kleine Mädchen seine Mutter mit der Frage nervte, wann sie endlich Henry und Morwenna nach Hause holen konnten. Nattie, die noch immer blass und gar nicht bei der Sache war, hatte offensichtlich keinerlei Interesse daran, die Esel so schnell wieder heimzuholen. Es schien, als stünde sie noch unter Schock, nachdem sie ihre Tochter fast verloren hätte. Und zusätzlich musste sie noch mit Grans Tod fertig werden. Lily-Rose wusste noch nichts davon. Gestern hatte sich keine geeignete Gelegenheit ergeben, es ihr zu sagen, und Nattie hatte gesagt, sie würde selbst mit ihr darüber reden.

»Ich möchte nur nicht, dass sie es schon so bald erfährt«, hatte Nattie eingeschränkt, »da die Gefahr besteht, dass sie die beiden Ereignisse in Zusammenhang bringt und denkt, ihr Ausflug hätte Grans Tod verursacht.«

Genevieve erkannte die Logik, fand aber trotzdem, dass es besser wäre, wenn ihre Schwester die Sache hinter sich bringen würde. Lily-Rose hatte schon zweimal gefragt, ob sie Gran besuchen dürfe, wenn sie Henry und Morwenna nach Hause geholt hätten. Sie sah ihre Nichte an, die auf einem Stuhl vor dem Spülbecken stand und sich die Hände wusch. Die Kleine legte den Kopf von einer Seite auf die andere und summte vor sich hin, genau wie Polly es als Kind immer getan hatte.

Genevieve wäre froh, wenn Polly jetzt bei ihnen wäre. Früh am Morgen hatte Polly angerufen, um Bescheid zu sagen, dass Jonjo ihr einen Flug nach Hause gebucht hatte und sie schon am Flughafen sei und darauf warte, an Bord der Maschine gehen zu können.

»Kommt Jonjo mit dir zurück?«, wollte Genevieve wissen.

»Er wollte«, sagte Polly, »aber ich hab es nicht zugelassen. Er ist aus geschäftlichen Gründen hergekommen, und er sollte bleiben, bis er seine Angelegenheiten erledigt hat. Wie werdet ihr mit allem fertig?«

»Ganz gut.«

»Ach, Gen, ich kann einfach nicht glauben, dass Gran tot ist. Ich wünschte, es gäbe keine Beerdigung – Beerdigungen sind immer so morbide und machen alles so endgültig.«

Eine typische Polly-Bemerkung – vollkommen verdreht und doch irgendwie verständlich. Warum hatten die Menschen das Bedürfnis, einen geliebten Menschen in eine Kiste zu legen, um zu begreifen, dass sie ab jetzt das Leben ohne ihn weiterführen müssen? Man könnte argumentieren, dass dies die einzige Möglichkeit sei zu akzeptieren, dass ein Leben zu Ende gegangen war. Aber Genevieve war nicht so sicher, ob sie akzeptieren wollte, dass Gran nicht mehr da war. Wie Gran selbst sagen würde: »Es braucht mehr als den Tod, um mich loszuwerden!«

Zu Mittag saßen sie im Garten und machten ein Picknick, obwohl das Gras noch feucht war. Die Sonne schien wieder, und es tat gut, im Freien zu sein und die Wärme im

Gesicht zu spüren. Lily-Rose hatte sich ein Picknick gewünscht. »Ein richtiges Picknick«, hatte sie gefordert, »mit einer Decke und einem Korb.« Weder Genevieve noch Nattie wollten ihr diesen Wunsch abschlagen. Und Nattie hielt diesen Zeitpunkt für geeignet, ihrer Tochter vom Tod der Urgroßmutter zu erzählen.

Lily-Rose, die gerade versuchte, einen Plastikring an jeden ihrer Finger zu stecken, hielt inne und sah ihre Mutter ernst an, als die ihr erklärte, warum sie Gran nicht besuchen konnten. Die Kleine sagte kein Wort.

»Aber du darfst nicht traurig sein deswegen«, versicherte Nattie hastig. »Gran würde das nicht wollen. Sie hat sich immer gewünscht, dass wir alle glücklich sind. Dass wir hier sitzen, so wie jetzt, ein schönes Picknick in der Sonne machen und an sie denken.«

Lily-Rose ließ ihre Hand sinken und ein Ring rutschte von einem ihrer Fingerchen. Solange sie schwieg, war schwer zu beurteilen, was Genevieve und Nattie noch sagen konnten, um die Kleine zu beruhigen. Aber der ausdruckslose Blick in ihrem Gesicht machte deutlich, dass Lily-Rose nicht wusste, wie sie reagieren sollte. Der Schrei einer Möwe, die auf dem Schornstein saß, unterbrach das Schweigen und bot ihnen die gewünschte Ablenkung.

»Erinnerst du dich, dass Gran immer Brotkrumen für die Vögel ins Freie gelegt, aber die großen Möwen verscheucht hat?«, fragte Genevieve das Mädchen.

Lily-Rose nickte. »Sie hat sie mit dem Besen verscheucht.«

Nattie lächelte. »Als ich noch klein war, hat sie das manchmal auch mit mir gemacht.«

»Weil du unartig warst?«

»O Lily, ich war das unartigste Mädchen von der ganzen Welt.«

Lily-Rose wandte sich an Genevieve. »Stimmt das?«

»Na ja, nicht die ganze Zeit. Manchmal war sie recht artig. Aber nicht sehr oft.«

Lily-Rose nahm alle Ringe von den Fingern und legte sie auf die Decke. Dann stand sie auf, schlang die Arme um den Hals ihrer Mutter und gab ihr einen schmatzenden Kuss. Nattie drückte sie an sich, küsste sie geräuschvoll auf die Wange, bis die Kleine kicherte und sich in ihren Armen wand. Als hätte das Gespräch über Gran nie stattgefunden, fragte Lily-Rose zum hundertsten Mal: »Wann können wir Henry und Morwenna holen?«

Genevieve wollte gerade vorschlagen, dass sie Tubbys Angebot, einen Anhänger und eine Pferdebox zu besorgen, annehmen sollten, als sie Lärm in der Einfahrt hörte. »Schau mal, wer da ist, Lily!«, rief sie.

Lily-Rose strahlte. »Henry! Morwenna!« Bevor sie jemand zur Vorsicht ermahnen konnte, flitzte sie über den Rasen zur Einfahrt, wo Adam und Tubby die Esel aus einer klapprigen Pferdebox führten.

»Die beiden scheinen sich zu freuen, wieder zu Hause zu sein«, stellte Adam fest, nachdem sie die Esel in den Obstgarten gebracht hatten. »Und ehe du uns vorwirfst, dass wir uns in deine Angelegenheiten einmischen, Nattie – wir dachten nur, dass du und Gen schon genug um die Ohren habt, auch ohne dass ihr euch um diese beiden Ausreißer kümmern müsst.« Genevieve ging ins Haus, um zwei kalte Bier für die Männer zu holen. Und als sie zurück in den Garten kam, beobachteten sie, wie Lily-Rose Gras abriss und die Esel damit fütterte.

»Wenn sie die Tiere weiter so verwöhnt«, meinte Tubby, »dann verlernen sie noch, allein zu grasen. Sie werden an euer Küchenfenster klopfen und darauf warten, ins Haus eingeladen zu werden.«

Sie setzten sich an den Tisch auf der Terrasse und plötzlich war die Atmosphäre zwischen ihnen angespannt. Keiner von ihnen sah den anderen direkt an. Diese Verlegenheit bringt ein Todesfall mit sich, dachte Genevieve, niemand verhält sich normal und alle wollen besonders rücksichtsvoll sein. Vor gar nicht allzu langer Zeit hätte Nattie bissige Bemerkungen auf Lager gehabt und versucht, Adam auf die Palme zu bringen oder Tubby irgendeine Gefälligkeit abzuringen.

Tubby verabschiedete sich, als er sein Bier ausgetrunken hatte, aber Adam blieb, da Nattie ihn dazu eingeladen hatte. Genevieve verstand den Wink und ließ die beiden allein. Sie ging zu Lily-Rose in den Obstgarten, um ihr vorzuschlagen, ins Dorf zu gehen. »Was meinst du, wollen wir uns etwas Süßes kaufen? Das muntert uns ein bisschen auf.«

Im Dorf wurde Lily-Rose wie ein Filmstar begrüßt. Lily genoss die Aufmerksamkeit, insbesondere im Mini-Markt, wo Stan ihr eine große Tüte Bonbons schenkte. Sie bot Debs eines an, als sie in den Friseursalon gingen. Genevieve wollte sich noch einmal bei Debs dafür bedanken, dass sie gestern den Suchtrupp zusammengetrommelt hatte.

»Das war doch das Mindeste, was wir tun konnten«, sagte Debs. »Wir alle sind froh, dass die Sache so glimpflich ausgegangen ist.« Sie bemerkte ihren Lapsus und senkte die Stimme, so dass Lily-Rose sie nicht hören konnte. »Das mit deiner Großmutter ist ein Jammer. Sie wird uns allen sehr fehlen. Sie hatte wundervolles Haar. So kräftig und elastisch wie das einer Fünfzigjährigen.«

Genevieve bedauerte, jemals schlecht von Debs gedacht zu haben, als sie sich von ihr verabschiedete. Sie gingen nur ein paar Schritte, als Genevieve Adam entdeckte, der ihnen entgegenkam. Lily-Rose ließ Genevieves Hand los und rannte auf ihn zu.

Er fing sie auf und wirbelte sie durch die Luft. »Was hast du denn da, Rosy-Posy?«

»Bonbons! Willst du eins?«

»Nein, danke. Behalt sie lieber für dich.«

Genevieve konnte ihre Neugier nicht unterdrücken und fragte schamlos: »Hat Nattie etwas Nettes zu dir gesagt?«

Adam stellte Lily-Rose wieder auf den Boden. »Das hat sie tatsächlich. Und weißt du was? Ich glaube, es war für sie das Schwierigste, was sie jemals tun musste.«

»Du hast es ihr doch nicht absichtlich schwer gemacht, oder?«

Er sah sie verletzt an. »Gen! Wofür hältst du mich?«

»Tut mir Leid. Das war nicht fair.«

»Ach, vergiss es. Hör mal, wenn ich irgendwas für euch tun kann, dann sag Bescheid, ja? Eure Großmutter war sehr beliebt, und die Leute wollen helfen, wo sie können. Du brauchst nur ein Wort zu sagen.«

Sie nickte. »Ich weiß, aber bis Dad morgen früh heimkommt, können wir ohnehin nichts tun.«

»Und falls du jemanden zum Reden brauchst, du weißt ... meine Schulter steht dir zur Verfügung.« Lächelnd fügte er hinzu: »Ich hab deine oft genug in Anspruch genommen, und es wäre nur gerecht, wenn du zur Abwechslung mal von meiner Gebrauch machen würdest.«

Seine Worte waren so herzlich und aufrichtig, dass sie ihm nicht hätte danken können, ohne in Tränen auszubrechen. »Komm, Lily«, murmelte sie, »wir müssen nach Hause. Deine Mutter wird sich schon fragen, wo wir abgeblieben sind.«

Nattie saß noch auf der Terrasse. Sie hatte den Kopf auf die Arme gelegt und weinte.

Lily-Rose legte die kleine Hand auf ihren Arm. »Mummy, warum weinst du? Möchtest du ein Bonbon?«

Nattie hob den Kopf und schniefte laut. Sie versuchte,

etwas zu sagen, brachte aber kein Wort heraus. Stattdessen schloss sie ihre Tochter in die Arme und hielt sie so fest, als wollte sie sie nie wieder loslassen.

»Das von vorhin tut mir Leid.« Nattie half Genevieve, das Abendessen zuzubereiten. Bis auf zwei Gäste hatten sich alle entschieden, im *Paradise House* zu essen, und im Grunde genommen war ein hektischer Abend genau das, was sie jetzt brauchten. Kelly war gekommen, um auszuhelfen, und alles ging wie gewohnt seinen Gang, während sich Lily-Rose ein Disney-Video im Fernseher in der Küche ansah.

Genevieve richtete gegrilltes Gemüse und eingelegte Auberginen auf Tellern an. »Sei nicht albern, Nattie, du brauchst dich nicht zu entschuldigen, weil du geweint hast.«

Kelly kam in die Küche. »Das ist die Bestellung von Tisch zwei«, sagte sie und drückte Nattie einen Zettel in die Hand. »Soll ich das hier schon rüberbringen?«, wollte sie von Genevieve wissen.

Als sie wieder allein waren, sagte Nattie: »Daran war nur Adam schuld.«

Genevieve sah nach dem Lammbraten in Madeirasauce, der noch im Ofen schmorte. Jetzt richtete sie sich auf und musterte ihre Schwester mit einem scharfen Blick. »Wie kommst du darauf?«

Nattie spielte nervös mit dem Rest einer Ingwerwurzel. »Wenn du es unbedingt wissen musst, er …« Sie spähte zu Lily-Rose und senkte die Stimme. »… er hat mir gesagt, dass er alles getan hätte, um Lily-Rose zu retten. Dass sie ihm wirklich viel bedeutet.«

»Und damit hast du ein Problem?«

»Es hat mir vor Augen geführt, wie …« Wieder sah sie zu ihrer Tochter. »… wie ekelhaft ich zu ihm war. Er mag sie wirklich, oder? Und ich habe die ganze Zeit gedacht, er würde sie nur benutzen, um mich rumzukriegen.«

Genevieve machte die Ofentür zu. »Du bist ein Dummkopf. Ich habe dir immer wieder gesagt, dass er eine ehrliche Haut ist.«

»Du weißt, dass er alles verkauft, oder?«

»Er hat davon gesprochen.«

»Du hast mir nie etwas gesagt.«

»Weil er mich gebeten hat, mit niemandem darüber zu sprechen. Seit wann interessiert es dich überhaupt, was er vorhat?«

»Es interessiert mich jetzt. Er sagt, er zieht bald von hier weg, weil ihn nichts in dieser Gegend hält.«

Das machte Genevieve traurig, und sie hatte das Gefühl, als hätten sie Adam irgendwie im Stich gelassen.

»Und was soll ich Lily sagen?«, fuhr Nattie fort. »Sie vergöttert Adam. Sie hat ihre Urgroßmutter und höchstwahrscheinlich ihre Großmutter verloren und jetzt verlässt Adam sie auch noch. Am liebsten würde ich ihn dazu zwingen, es Lily selbst zu erklären.«

»Um Gottes willen, Nats, sei nicht so verflucht egoistisch und stell dich nicht immer in den Vordergrund! Frag dich lieber, wie Adam darauf kommt, dass ihn hier nichts mehr hält.«

Nattie hatte keine Gelegenheit, darauf zu antworten, weil Kelly mit einem Stoß schmutziger Teller in die Küche kam. Als sie wieder ungehindert reden konnten, knüpfte Nattie nicht dort an, wo sie das Gespräch unterbrochen hatten, sondern schlug eine andere Richtung ein.

»Ich habe dir noch gar nichts von dem Klassentreffen erzählt.«

Genevieve war versucht zu sagen, dass sie das auch nicht die Bohne interessierte. »War es der Mühe wert hinzufahren?«

»Ja und nein. Das Essen war furchtbar.«

»Fährt man nicht wegen der Leute zu so einem Treffen?«

»Zu denen komme ich jetzt. Erinnerst du dich an Lucinda Atkins aus deiner Klasse?«

»Wie könnte ich die vergessen? Sie war eines der schlimmsten Lästermäuler.«

»Und erinnerst du dich auch an ihre Schwester Vivienne, die in meiner Klasse war? Ist ja egal ... Rate mal, wem sie vor einem halben Jahr in Edinburgh über den Weg gelaufen ist!«

»Jetzt mach schon – ich sehe doch, dass du es kaum erwarten kannst, es mir zu sagen.«

»Rachel Harmony! Jetzt heißt sie Rachel White – sie ist verheiratet, hat drei Kinder und lebt in Schottland. Ihr Mann ist Buchhalter, zwölf Jahre älter als sie, und sie hatten gerade ihren sechsten Hochzeitstag. Wer hätte das gedacht? Ich hätte mein ganzes Geld darauf verwettet, dass sie süchtig nach Designerklamotten ist, in London lebt und ihren dritten Ehemann ausnimmt.«

Zum ersten Mal seit Jahren lächelte Genevieve bei dem Gedanken an ihre alte Freundin. »Schön für Rachel« war alles, was sie dazu sagte.

Es war fast Mitternacht, als Polly nach Hause kam. Sie war erschöpft, weil sie während des langen Fluges kaum geschlafen hatte und mit dem Mietwagen, den Jonjo ihr bestellt hatte, von Heathrow nach Angel Sands gefahren war. Als Genevieve sah, wie müde sie war, schickte sie sie sofort ins Bett und brachte ihr eine Tasse Tee. Sie und Nattie setzten sich eine Weile zu ihr. Nattie flocht Polly Zöpfe, wie sie es früher, als Kind, oft gemacht hatte. Sie wollten wissen, wie es in Hongkong gewesen war, aber unter diesen Umständen erschien es ihnen nicht richtig, danach zu fragen. Nachdem sie Polly eine gute Nacht gewünscht und schon fast die Tür zugemacht hatten, sagte Polly gähnend: »Oh, das hätte ich beinahe vergessen – Jonjo hat mich gefragt, ob ich ihn heiraten möchte.«

Sie eilten zurück zum Bett und rempelten sich vor Eifer gegenseitig an.

»Aber ihr kennt euch doch kaum!«, rief Nattie.

»Was hast du ihm geantwortet?«, wollte Genevieve wissen. Sie musste insgeheim lachen, weil Nattie ausnahmsweise mal vernünftig war und Polly die wichtigen Neuigkeiten so beiläufig ins Gespräch brachte.

»Ich habe ihm gesagt, dass ich darüber nachdenke.«

»Aber du kennst ihn doch noch gar nicht richtig«, wiederholte Nattie – offenbar war sie so erstaunt, dass sie an nichts anderes denken konnte.

»Das ist ja das Aufregende an der Sache. Wer möchte jemanden heiraten, den er durch und durch kennt? Wo bleibt da der Spaß?« Polly gähnte noch einmal ausgiebig, zog die Decke hoch und schloss die Augen. »Gute Nacht.«

Als Genevieve die Tür zumachte, musste sie daran denken, wie wunderbar einfach und geradlinig das Leben für Polly war. Es war gut, sie wieder zu Hause zu haben.

Am nächsten Morgen war der Himmel strahlend blau und das Meer glatt und glänzend wie ein Spiegel. Als Genevieve nach dem Frühstück die Küche aufgeräumt hatte, gönnte sie sich eine kleine Pause, bevor sie Donna – die mittlerweile wieder ganz gesund war – beim Saubermachen half. Zum Glück kamen heute keine neuen Gäste an, deshalb war vergleichsweise wenig zu tun. Sie nahm die Post mit zu ihrer Bank im Garten. In dem Stapel waren die üblichen Reklamezettel, die sie sofort beiseite legte, um sie ungelesen in den Papierkorb zu werfen, und einige Beileidskarten von Nachbarn und Freunden. Gran hätte es geliebt, dass man ihr so viel Beachtung schenkte – bei diesem Gedanken musste sie unwillkürlich lächeln, und das Lächeln wurde noch breiter, als sie das nächste Kuvert öffnete. Es waren ein paar Zeilen von Christian, der ihr schrieb, dass er viel an sie dachte und hoffte, dass sie und ihre Schwestern einigermaßen zurechtkamen. Und im letzten Satz beteuerte er, dass er von Herzen wünschte, bei ihr sein zu können.

»Das wünschte ich auch«, seufzte sie.

Sie öffnete die restliche Post und zuletzt einen weißen Umschlag von der Bank in Tenby. Sie hielt den Atem an, als sie ihn aufriss. Langsam las sie den Brief durch – zwei Mal, um ganz sicherzugehen, dass sie den Inhalt auch wirklich verstand. Dann steckte sie den Brief zurück ins Kuvert und überlegte, ob sie wirklich mutig genug war, die Sache in Angriff zu nehmen.

Wie aus dem Nichts hörte sie so deutlich und klar die Stimme ihrer Großmutter, als würde sie auf der Bank neben ihr sitzen: »Du schaffst das, Gen. Du weißt, dass du es kannst.«

Sie stand auf und ging ins Haus, um Donna zu helfen. Als sie den Rasen überquerte, hörte sie ein Auto ankommen und sah auf ihre Uhr. Konnte das Dad sein? Mit der Post in der Hand ging sie ums Haus herum. Ihr Vater stieg gerade aus seinem Landrover und rieb sich den Rücken. Erleichterung durchflutete sie, und sie lief auf ihn zu, um ihn zu begrüßen.

Sie hatte ihn schon fast erreicht, als sie merkte, dass er nicht allein war. Serena Baxter öffnete die Beifahrertür.

42

Aber wir dachten, in Dads Maschine war kein Platz mehr frei!«

»Das dachten wir auch. Aber sie haben mich auf die Warteliste gesetzt und buchstäblich in letzter Minute hat ein Fluggast abgesagt.«

»Warum hast du uns nicht Bescheid gegeben, dass du auch mitkommst?« Das kam von Nattie mit einem anklagenden Unterton.

»O Liebling, dazu war gar keine Zeit. Es war eine einzige Hetzerei. Wir wollten einfach nur so schnell wie möglich bei euch sein.«

»Heißt das, du kommst für immer nach Hause?«, fragte Nattie wieder in demselben unfreundlichen Ton. Sie war schon immer diejenige gewesen, die am wenigsten verzeihen konnte, und auch jetzt setzte sie eine abweisende Miene auf. Genevieve hoffte, dass ihre Mutter von der Reise so müde war, dass es ihr nicht auffiel.

»Guter Gott«, sagte Serena betont fröhlich, »all diese Fragen, und ich hatte noch nicht einmal Gelegenheit, richtig Luft zu holen. Ich hätte wahnsinnig gern einen Tee. Ihr könnt euch gar nicht vorstellen, wie sehr ich mich nach einer schönen Tasse Typhoo sehne. – Wo ist Polly?«

Sie standen in der Küche – Daddy Dean, Serena, Nattie,

Lily-Rose und Genevieve. »Sie liegt noch im Bett«, sagte Genevieve. Ihr war wie allen anderen nicht entgangen, dass Serena Natties Frage nicht beantwortet hatte.

»Stimmt nicht – ich bin hier. Hallo, Daddy! Hallo, Mum! Was für eine Überraschung! Ich habe mich also nicht getäuscht, als ich dachte, eure Stimmen zu hören.« Polly hatte noch ihr Nachthemd an und rieb sich den Schlaf aus den Augen, als sie in die Küche kam. Ihre Anwesenheit nahm der feindseligen Atmosphäre, die Nattie geschaffen hatte, die Spitze. Sie begrüßte erst ihren Vater, der Lily-Rose und ihr neues Stofftier – einen Kiwi-Vogel – auf dem Arm hatte, mit einem Kuss, dann ihre Mutter. »Du siehst irgendwie anders aus, Mum. Hast du abgenommen?«

Serena lächelte. »Ein bisschen. Ich habe mit Yoga angefangen. Aber davon später mehr. Ich habe euch ja so viel zu erzählen. Also, soll ich uns einen Tee aufbrühen? Die Küche ist viel ordentlicher und sauberer als früher. Das ist bestimmt dein Werk, Genevieve.«

»Schon gut, Mum. Ich setze Wasser auf, dann kannst du dich ein wenig frisch machen. Dad, du möchtest vielleicht auch erst mal ein wenig verschnaufen.«

Als sie mit ihren Schwestern allein war – Lily-Rose war mit ihren Großeltern hinaufgegangen –, füllte Genevieve den Wasserkessel. »Nattie, ich finde, du solltest das Kriegsbeil erst einmal begraben. Es ist weder der richtige Zeitpunkt noch der richtige Ort für Vorwürfe.«

Nattie zupfte an einem Fingernagel und funkelte Genevieve böse an. »Ich finde, es ist genau der richtige Zeitpunkt und der richtige Ort. Sie kann doch nicht einfach hier hereinschneien, als sei es das Normalste der Welt, dass sich eine Ehefrau und Mutter für Monate aus dem Staub macht. Was denkt sie sich dabei, wenn sie so tut, als sei nichts geschehen? Es braucht mehr als einen Stoff-Kiwi, um mich herumzukriegen. Und hast du nicht gemerkt, dass sie auf die Frage, ob sie jetzt für immer hier bleibt, nicht geantwortet hat?«

»Doch, das habe ich gemerkt. Aber lass sie vorerst, auch Dad zuliebe, in Ruhe damit. Vielleicht müssen wir bis nach der Beerdigung warten, bevor sie ganz offen mit uns spricht.«

Aber Genevieve irrte sich. Nach dem Mittagessen, als Dad, der seit seiner Ankunft kaum ein Wort von sich gegeben hatte, am Telefon war und Vorkehrungen für das Begräbnis traf, bat Serena ihre Töchter, einen kleinen Spaziergang mit ihr zu machen. Sie wollte mit ihnen reden, sagte sie, und Genevieve befürchtete, Serena könnte sie jetzt auf das Unvermeidliche vorbereiten: auf die Scheidung. Nattie bewaffnete sich mit Lily-Rose, weil sie fest darauf baute, dass ihre Mutter nichts Unangenehmes in Anwesenheit ihrer Enkelin ansprechen würde.

Sie gingen nicht weit, nur bis zum Strand, wo sie die Sonnenbadenden und die spielenden Kinder umrundeten, bis sie einen Platz gefunden hatten, um sich hinzusetzen. Sobald Lily-Rose ihre Sandalen ausgezogen hatte, nahm sie ihr Fischernetz, um in den Pfützen zwischen den Felsen zu spielen. Die gedrückte Stimmung der Verbleibenden war offensichtlich. Sogar Polly machte einen wortkargen, fast verängstigten Eindruck.

Serena hatte ihre Reisekleidung ausgezogen und trug jetzt etwas, was Genevieve noch nie an ihr gesehen hatte – ein olivefarbenes, ärmelloses Kleid, das sich an ihre mittlerweile schlanke Gestalt schmiegte. Ihr Haar war kurz geschnitten, und statt der grauen Fäden, die es bisher durchzogen hatten, war es jetzt haselnussbraun mit kupferfarbenen Strähnchen. Sie hatte sich die Ohrläppchen durchstechen lassen – früher hatte sie das strikt abgelehnt und als ekelhaft verurteilt – und trug sternförmige Ohrringe mit passender Halskette und Armband. Ihre Füße steckten in schicken Riemchensandalen. Alles in allem sah sie großartig aus und strahlte vor Gesundheit, die nicht nur von der Sonne kommen konnte. Schließlich war jetzt in Neuseeland Winter. Es fiel ihr nicht leicht, aber Genevieve musste zugeben, dass der Tapetenwechsel ihrer Mutter gut getan hatte. Vielleicht steckte ja doch mehr hinter den Veränderungen? Möglicherweise hatte das alles ihr alter Freund Pete bewirkt.

»Das hier habe ich so sehr vermisst«, sagte Serena und deutete mit einer weit ausholenden Geste auf den Strand und das *Paradise House* auf dem Hügel.

Genevieve warf Nattie einen warnenden Blick zu, weil sie ahnte, dass ihr eine spitze Bemerkung auf der Zunge lag wie: »Warum hast du dir dann so lange mit dem Nachhausekommen Zeit gelassen?«

»Mir ging es genauso, als ich zurückkam«, sagte Genevieve und übernahm damit wieder einmal die Rolle der Vermittlerin in der Familie. »Ich dachte immer, ich müsste jeden Moment gründlich auskosten, für den Fall, dass alles plötzlich wieder verschwindet.«

»Oh, bitte«, warf Nattie ein, ohne sich von Genevieves Blicken beirren zu lassen, »lasst uns diesen tiefgründigen Unsinn überspringen und gleich zum Punkt kommen. Mum, bist du jetzt für immer zurückgekommen oder nicht?«

Serena legte die Hand auf Natties Arm. »Immer noch dieselbe Nattie. Du willst klare Antworten auf alle Fragen haben.« In diesem Augenblick klang ihre Mutter so gefasst und gelassen wie Polly.

Aber damit konnte sie Nattie nicht kommen. »Und du«, gab sie verärgert zurück, »weichst mir schon zum zweiten Mal aus. Hast du das in Neuseeland gelernt, während wir hier damit beschäftigt waren, Dad zu trösten? Ich glaube, du hast keine Ahnung, wie sehr du ihn verletzt hast – anscheinend ist dir das vollkommen egal.«

»O Nattie, es ist mir überhaupt nicht egal, im Gegenteil. Nicht nur euer Vater, sondern ihr alle liegt mir am Herzen. Aber hat irgendjemand von euch auch nur ein Mal an mich gedacht? Habt ihr euch überlegt, warum ich weggegangen bin?«

Nattie nahm einen Stein in die Hand und warf ihn mit Wucht auf einen anderen. »So wie ich das sehe, bist du weggegangen, weil du ganz egoistisch deine Midlife-Crisis ausleben wolltest.«

Serena lächelte. »Und ist das so schlimm?«

»Ja, das ist es! Du bist eine Frau mittleren Alters mit ... mit Verantwortung. Du kannst nicht einfach aus einer Laune heraus auf und davon.«

»Vielleicht irre ich mich ja, Nattie«, erwiderte Serena ruhig, »aber ich glaube, du bist so böse auf mich, weil du neidisch bist. Was würdest du im Moment darum geben, wenn du allein einfach davongehen könntest? Wenn du in dieser Minute machen könntest, was du willst, ohne auf deine Verantwortung Rücksicht zu nehmen? Nein, sieh mich nicht so entrüstet an. Ich weiß, dass du Lily-Rose liebst, aber ich wette, ein Teil von dir sehnt sich danach, das zu tun, was ich gemacht habe.«

Nattie blitzte ihre Mutter bitterböse an. »Das stimmt nicht! Wie kannst du so was sagen nach dem, was Lily beinahe zugestoßen wäre? Guter Gott, Mum, wie kannst du nur so verdammt unsensibel sein?« Sie sprang auf und marschierte zu ihrer Tochter.

Serena seufzte. »Ich wusste, dass so etwas passieren würde. Das ist einer der Gründe, warum ich mich gescheut habe, wieder nach Hause zu kommen.« Sie wandte sich an Genevieve und Polly. »Gibt es etwas, was ihr beide mir vorzuwerfen habt? Wenn ja, dann bringen wir es am besten schnell hinter uns. Wer möchte anfangen?«

Polly schüttelte den Kopf, und Genevieve sagte: »Nattie

fängt sich schon wieder, Mum. Keine Sorge. Du weißt doch, wie sie ist. Sie akzeptiert Veränderungen nicht, wenn sie sie nicht selbst herbeiführt.«

Der Hauch eines Lächelns huschte über Serenas Gesicht, dann sah sie plötzlich sehr müde aus. »Ich habe euch alle vermisst und mich so sehr danach gesehnt, euch wiederzusehen, aber als die Wochen und Monate verstrichen, hab ich mich gefragt, ob ihr mich überhaupt wieder zu Hause haben wollt.«

»Aber unsere Briefe! Wir haben dir doch geschrieben, wie sehr wir uns wünschen, dass du wieder heimkommst.«

»Ja, aber warum? Um meinetwillen? Eurem Vater zuliebe? Oder weil ihr selbst es wolltet?«

Genevieve konnte Serena nicht in die Augen sehen. »Wahrscheinlich von allem etwas«, antwortete sie aufrichtig.

»Und was ist mit dir, Polly?«

»Ich wollte nur, dass du glücklich bist, Mum. Und wenn das bedeutet, dass du wegbleiben musst, dann werden wir uns früher oder später damit abfinden. Wirst du dich von Dad scheiden lassen?«

»Diese Frage solltest du vielleicht eher deinem Vater stellen. Immerhin habe ich ihm jeden Grund gegeben, sich von mir scheiden zu lassen.«

»O Mum«, sagte Genevieve, »wie kannst du nur an so was denken? Er ist verrückt nach dir. Was meinst du, warum er nach Neuseeland geflogen ist? Hattet ihr noch keine Gelegenheit, euch richtig auszusprechen?«

»Eigentlich nicht. Grans Tod hat alles andere überschattet. Es ist sehr wichtig, dass wir die richtige Entscheidung treffen, und dazu brauchen wir beide einen klaren Kopf. Euer Vater muss mir triftige Gründe nennen, warum er mich hier behalten will.«

»Was ist mit Pete?«, wollte Genevieve wissen. Die Frage klang schneidender, als sie es beabsichtigt hatte. »Wie passt er ins Ganze?«

»Gar nicht.«

»Jetzt komm schon, Mum! Du hast all die Monate bei ihm gewohnt. Natürlich spielt er eine Rolle.«

»Ich habe *bei* Pete gelebt, nicht *mit ihm*, Genevieve. Das ist ein großer Unterschied. Und außerdem ist da noch eine Kleinigkeit: Er ist schwul.«

»*Schwul*?« Genevieve musste das Wort wiederholen, um sicherzugehen, dass sie sich nicht verhört hatte. »Aber warum hast du uns das verschwiegen? Wieso hast du zugelassen, dass wir das Schlimmste vermuten?«

»Weil ... weil es nötig war. Ich musste euren Vater wachrütteln. Um herauszufinden, wie sehr er mich wirklich will – und zwar nicht nur als Köchin, Putzfrau und Mädchen für alles im *Paradise House*.«

Genau das hatte Genevieve vermutet. Ihre Mutter hatte es satt gehabt, ständig für alle da sein zu müssen. Das konnte sie ihr nicht übel nehmen. Sie hatte am eigenen Leib erfahren, wie niederschmetternd es sein konnte, wenn es die anderen als selbstverständlich ansahen, dass man sich um alles kümmerte.

»Und wisst ihr, was alles noch schlimmer macht?«, fragte Serena. »Das Wissen, dass ich allein daran schuld bin. Ich habe euren Vater dazu ermutigt, die Farm zu verkaufen und meinen Traum zu verwirklichen – den idyllischen Traum von einer Frühstückspension am Meer. Könnt ihr euch vorstellen, wie schuldig ich mich deswegen gefühlt habe?«

»Mum, es ist nicht ungewöhnlich, dass man am Weihnachtsmorgen aufwacht und enttäuscht von dem Geschenk ist, das man sich immer gewünscht hat. Aber hast du Dad gefragt, was *er* will?«

»O Polly, du weißt doch, wie dein Vater ist. Er möchte es immer allen recht machen. Er ist so umsichtig, dass man manchmal regelrecht wütend werden könnte.«

»Aber du liebst ihn noch, oder, Mum?«

Serena sah Genevieve wieder an. »Wenn du älter wirst, Gen, wirst du begreifen, dass eine Ehe nicht nur durch Liebe zusammengehalten wird.«

»Wodurch dann?« Noch ehe ihre Mutter antworten konnte, wusste Genevieve schon, was sie sagen würde.

»Das Unvorhersehbare. Der Kitzel, nicht zu wissen, was als Nächstes passiert. Die meisten Ehen gehen kaputt, weil man im Alltagstrott gefangen ist. Ich glaube, mir ist klar geworden, dass ich mich irgendwie leblos fühle, wenn mein Herz keinen neuen Schwung bekommt.«

»Du musst mit Dad reden«, stellte Genevieve fest.

Serena nickte. »Das werde ich. Nach der Beerdigung eurer Großmutter.«

43

Es war ein wunderschöner Tag.

»Deine Gran hat die Sonne extra bestellt«, sagte Tubby zu Genevieve, als er den Arm um Donna legte und sie aus der Kirche ins Freie führte. »Ich wette, sie schaut auf uns herunter und wünscht sich, bei uns sein zu können.«

Fast alle Dorfbewohner waren zu Grans Trauerfeier gekommen, und Genevieve war sich bewusst, dass jeder Einzelne etwas Nettes über Granny Baxter zu erzählen hatte. Aber das Beste hatte der Vikar während des Gottesdienstes gesagt. Er meinte, dass Gran, die ihn immer wegen seiner zu langen Predigten ausgescholten hatte, jetzt oben im Himmel sei und sich prächtig mit all den anderen Heiligen verstehe.

Auf dem Friedhof standen alle um das Grab mit Grans Sarg herum, und Genevieve dachte an die Anweisungen, die ihre Großmutter ihnen schon vor längerer Zeit für ihre Beerdigung gegeben hatte. Sie hatte sie alle zum Lachen gebracht, als sie sagte: »Verbrennen? Nur über meine Leiche!« Und damit auch wirklich alles in ihrem Sinne geregelt wurde, hatte sie ihnen einen Brief hinterlassen.

Solange ich noch am Leben war, habe ich euch leicht davonkommen lassen, aber ich bin fest entschlossen, euch im Tode zur Last zu werden. Ich möchte, dass ihr mein Grab regelmäßig pflegt und mit frischen Blumen versorgt. Nicht diese billigen Plastikdinger, die man heutzutage auf Friedhöfen sieht. Und ich möchte einen Engel aus Stein haben – etwas mit Klasse. Ich habe extra dafür ein bisschen Geld auf die Seite gelegt, damit ihr euch wegen der Kosten keine Sorgen machen müsst.

Als ob wir auch nur *einen* Gedanken an die Kosten für einen steinernen Engel verschwendet hätten!, dachte Genevieve, während sie beobachtete, wie ihr Vater eine Hand voll Erde auf den Sarg warf. Sein Gesicht war ernst und mit einem dünnen Schweißfilm bedeckt, da sie in der heißen Mittagssonne standen – er trug seinen einzigen Anzug, einen dicken aus Wolle.

Als Nächste trat ihre Mutter vor, dann Nattie mit Lily-Rose, die ihren Schmetterlingsrucksack auf dem Rücken hatte und aussah wie ein kleines Engelchen. Dann war Genevieve dran. Sie warf die staubige Erde auf den Sarg und wünschte sich von Herzen, dass ihre Großmutter, wo immer sie auch sein mochte, wusste, wie sehr sie geliebt und vermisst wurde. Sie schloss die Augen und sagte im Stillen: »Nichts wird ohne dich so sein, wie es einmal war, Gran. Du warst das einzige wirklich Beständige in unserem Leben.«

Nachdem der letzte Segen ausgesprochen war, schlenderten die Trauergäste über den Friedhof, unterhielten sich mit gedämpften Stimmen und bewunderten die vielen Kränze und Gestecke. Manche inspizierten hemmungslos die Karten: Wer hatte was gebracht? Hatte der Blumenhändler ihre Bestellung richtig ausgeführt? Diese unverhohlene Neugier erschien unpassend – so als würde man in privaten Briefen anderer herumschnüffeln. Der Duft von so vielen verschiedenen Blumen erfüllte die Luft, und Genevieve war froh, dass ihre Großmutter nicht verfügt hatte, dass die Trauergäste von Blumenspenden absehen sollten. Wie sie zu sagen pflegte: »Nichts ist schöner als ein bisschen Pomp und Pracht.«

Genevieve hatte einen Kloß im Hals, und sie entfernte sich von der großen Gruppe, als diese sich auf den Schatten einer großen Eibe zubewegte, die von zwei Pfählen aus Eichenholz gestützt wurde. Sie und Christian hatten sich einmal bei einem kräftigen Regenguss hier untergestellt. Sie war enttäuscht, dass er nicht zu der Beerdigung kommen konnte – er hatte gestern eine Mail geschickt und geschrieben, dass er sich vor Arbeit nicht retten konnte –, und dachte daran, wie spärlich der Kontakt zwischen ihnen seit dem Tod ihrer Großmutter gewesen war. Sie spürte, dass sich etwas verändert hatte, konnte aber nicht genau sagen, was. Eine Kluft hatte sich aufgetan.

Sie stand mit ihrer Familie und vielen anderen Trauernden unter dem Baum und hatte sich noch nie so allein gefühlt wie jetzt. Sie hatte nicht nur eine Großmutter, sondern auch eine unersetzliche lebenslange Freundin verloren. Und nach allem, was Nattie gesagt hatte, plante Adam tatsächlich, von hier wegzuziehen.

Als ihr dieser Gedanke durch den Kopf ging, drehte sich Adam, der allein auf der anderen Seite des Friedhofs stand, zu ihr um. Er lächelte und zog eine Augenbraue hoch, als wollte er fragen: »Alles okay?« Sie nickte und trat aus dem Schatten, um sich zu ihm zu gesellen.

Es war genau so, wie Gran es sich gewünscht hätte. Jetzt, da Genevieves Büfett eröffnet war und der Wein in Strömen floss, wurden alle ein wenig lockerer. Nicht alle, die den Gottesdienst besucht hatten, waren eingeladen; aber diejenigen, die gekommen waren, freuten sich, Serena wieder im Kreise der Familie zu sehen, und nahmen an, dass sie für immer bleiben würde. Als sie Daddy Deans Kragen abwischte – er hatte mit seinen schmutzigen Händen daran herumgefingert, nachdem er die Erde ins Grab geworfen hatte –, war der Eindruck entstanden, als wäre alles wie früher. Aber nach allem, was Serena vorgestern am Strand gesagt hatte, wusste in Wahrheit niemand, was die Zukunft bereithielt. Zudem bestand sie darauf, im *Angel Cottage* zu schlafen.

Genevieve hätte wahnsinnig gern mit ihrem Vater geredet und ihm einen Hinweis darauf gegeben, was Serena von ihm erwartete, aber ihre Mutter hatte ihr und Polly das Versprechen abgerungen, nichts über das Gespräch verlauten zu lassen.

»Es muss von ihm selbst kommen«, sagte Serena. »Wenn wir beide noch eine Chance haben zusammenzubleiben, dann muss euer Vater allein dahinterkommen, was zu tun ist.«

Aber war es fair, ihn so auf die Probe zu stellen?

Die meisten Leute nahmen an den Tischen im Schatten Platz, aber Genevieve blieb auf den Stufen zum Wintergarten sitzen und genoss die Sonne. Sie war bei ihrem dritten Glas Wein und hatte vor, noch sehr viel mehr zu trinken, bevor der Tag zu Ende ging. Normalerweise trank sie nicht so viel – es war eine Frage der Kontrolle, wie Ordnung halten –, aber der heutige Tag bildete eine Ausnahme.

»Ist hier noch Platz für einen Freund?« Adam kam mit einer Weinflasche in der Hand auf sie zu.

Sie rutschte ein Stück zur Seite.

»Du siehst ziemlich erledigt aus«, stellte er fest.

»Mir geht's gut.«

»Das sagst du immer.«

»Wirklich?«

»Ja, und eines Tages glaube ich es dir vielleicht sogar. Aber nicht heute.« Er legte den Arm um sie. »Du brauchst Ferien, Gen.«

Sie lehnte den Kopf an seine Schulter. »Vielleicht hast du Recht. Wohin soll ich fahren? Ich hab gehört, Neuseeland ist besonders geeignet, um neue Energie zu tanken.«

»Wohin du willst. Alaska oder ans andere Ende der Welt – du brauchst es nur zu sagen und ich bringe dich hin.«

Sie hob den Kopf. »Adam?«

»Ja?«

»Du passt immer auf mich auf, stimmt's? Warum?«

»Weil ich dich mag. Genau genommen mag ich dich sogar sehr.«

»Wie viel ist sehr?«

Er lächelte. »Ist das ein richtiger Satz?«

»Du ... du bist doch nicht in mich verknallt, oder?«

Er lachte. »Was, um alles in der Welt, bringt dich dazu, eine so blöde Frage zu stellen?«

Sie war noch nüchtern genug, um rot zu werden. Sie versteckte ihr Gesicht an seiner Schulter und murmelte etwas davon, dass sie im Moment emotional instabil sei. Als sie sich wieder erholt hatte, sagte sie: »Ich habe von Nattie gehört, dass du uns für immer verlassen willst, stimmt das?«

»Ah, sie hat dir also davon erzählt.«

»Natürlich.«

»Erzählt ihr Baxter-Mädchen euch alles?«

»Eher zu wenig. Das ist das größte Problem in unserer Familie. Aber beantworte meine Frage. Ich bin es leid, von Menschen umgeben zu sein, die mir immer ausweichen.«

»Oh, wie unheimlich! Genevieve wird streng.«

Sie stieß ihm mit dem Ellbogen in die Rippen und verschüttete etwas von dem Wein auf die Treppe, aber Adam hielt sie fest, zog sie näher an sich und brachte sie damit zum Lachen.

»Sagt mal, ihr zwei: Findet ihr euer Benehmen wirklich passend an einem Tag wie diesem?« Nattie stand vor ihnen, hatte die Hände in die Hüften gestemmt und funkelte sie bitterböse an.

Genevieve musste nur noch mehr lachen. Wie gut es tat, die Anspannung der letzten Tage loszuwerden!

44

Grans Testament war sehr präzise, und in dem beiliegenden Brief bestand sie noch einmal darauf, dass ihr letzter Wille respektiert werden sollte. Sie hatte nie über Geld gesprochen, und alle Familienmitglieder waren erstaunt, dass sie im Laufe der Jahre so viel auf die hohe Kante gelegt hatte. Sie war nie knauserig gewesen, hatte jedoch bescheiden gelebt und, so wie es aussah, das Kapital, das Grandad ihr hinterlassen hatte, kaum angerührt.

Statt ihren gesamten Besitz Daddy Dean zu vererben, wie sie alle vermutet hatten, hatte sie ihre Habe auf Genevieve und ihre Schwestern aufgeteilt. Genevieve und Polly bekamen das Geld zu gleichen Teilen, Nattie *Angel Cottage*. Dazu hatte Gran geschrieben:

Damit will ich meiner Enkelin und Urenkelin ein Heim geben. Und um sicherzustellen, dass es nie einer der wertlosen Männer in die Hände bekommt, mit denen sich Nattie bisweilen einlässt, soll das Haus auf Lily-Rose überschrieben werden, bis sie achtzehn ist. Erst dann wird mein Cottage in Natties Besitz übergehen. Möglicherweise hat sie bis dahin das Undenkbare vollbracht und sich mit einem verlässlichen Mann zusammengetan, dem sie vertrauen kann.

Nattie reagierte nicht mit Unmut darauf, dass Gran ihr die Fähigkeit absprach, sich einen anständigen Freund zu suchen, sondern lachte lauthals. »Sehr gut – eins zu null für dich, schlaue Gran!«

Später am Tag fand Genevieve ihre Schwester in Tränen aufgelöst im Obstgarten bei Henry und Morwenna.

»O Gen«, schluchzte sie, »ich verdiene Grans Häuschen überhaupt nicht. Sie hätte es dir oder Polly überlassen sollen. Ihr beide taugt viel mehr als ich.«

»Unsinn! Du hast Lily-Rose und musst für sie sorgen. *Angel Cottage* gibt euch Stabilität und Sicherheit. Gran hat genau das Richtige getan.«

Nattie rieb sich die Augen, um den Strom der Tränen aufzuhalten. »Ich wünschte, sie wäre hier, dann könnte ich mich richtig bei ihr bedanken. Sie fehlt mir so sehr!«

Das war vor Wochen gewesen und seither hatte Nattie eine dramatische Wandlung durchgemacht – sie sprach sogar davon, sich einen Job zu suchen. Wie es schien, hatte die gerissene Gran erreicht, was sie wollte. Jetzt, da Nattie ein richtiges Zuhause für sich und ihre Tochter hatte, sah sie das Leben in einem anderen Licht.

»Es ist, als ob sie endlich erwachsen würde«, sagte Genevieve zu Adam. Er bezahlte ihre Getränke, und sie brachten sie nach draußen, um im Garten des *Salvation Arms* die Abendsonne zu genießen. Mum und Dad hielten gemeinsam die Stellung im *Paradise House* und Genevieve genoss ihren freien Abend. Den Urlaubstag, den sie mit Nattie ausgehandelt hatte, hatte sie nie bekommen. In der Zwischenzeit war zu viel passiert.

»Du meinst, sie bewegt endlich ihren Hintern und sucht sich eine anständige Arbeit?«

»Sie sagt, sie nimmt den ersten Job an, der ihr angeboten wird, solange sie genügend Geld damit verdient, um einen Babysitter für Lily-Rose bezahlen zu können. Und wenn Lily-Rose in die Schule kommt, nimmt sie vielleicht das Studium wieder auf, das sie abgebrochen hat.«

Adam nickte anerkennend. »Das ist gut. Aber ich glaube, es wird gar nicht so einfach werden, einen zuverlässigen Babysitter für Lily-Rose zu finden, und billig ist das auch nicht.«

»Sicher nicht, aber ich kann ja auch hin und wieder aushelfen.«

Adam drehte sein Bierglas auf dem Holztisch. »Und was ist mit *deinen* Plänen?«

»Du willst wissen, wie weit sie gediehen sind?«

»Ich will wissen, woher du die Zeit nehmen willst, auf Lily-Rose aufzupassen, wenn du deine Pläne in die Tat umsetzt.«

Sie zuckte mit den Schultern. »Ach, solche Sachen regeln sich doch irgendwie von selbst.«

Adam war nicht so überzeugt davon. Als sie ausgetrunken hatten, ging Adam zur Bar, um Nachschub zu holen. Genevieve beobachtete, wie er mit Donna plauderte, und dachte über das nach, was er gesagt hatte. Er hatte natürlich Recht: Es würde schwierig, wenn nicht gar unmöglich werden, sich um Lily-Rose zu kümmern. Aber so, wie die Dinge im Moment standen, war ohnehin offen, was aus ihrem Vorhaben werden würde. Sie hatte nichts mehr von dem Anwalt aus Tenby gehört, der die Verkaufsverhandlungen führen sollte, obwohl sie mehrfach in seinem Büro angerufen hatte, und allmählich machte sie sich Sorgen, dass etwas schief gelaufen war. Aber was hatte sie erwartet? Solche Dinge klappten selten auf Anhieb. Vielleicht ging bei Leuten wie Adam immer alles glatt, aber nicht bei ihr. Sie rief sich zur Ordnung. Adam hatte wahrscheinlich einmal genauso angefangen wie sie. Und sie hatte nicht vor, riesige, heruntergekommene Campingplätze aufzukaufen. Sie wollte lediglich mit dem Geld, das sie von

George geerbt hatte, und einem Kredit ein bescheidenes Haus kaufen und es zu einem Teashop mit Restaurant umbauen.

Tubby hatte sie unwissentlich auf diese Möglichkeit aufmerksam gemacht: Das Haus befand sich hier im Dorf, fast unmittelbar neben dem *Angel Crafts*. Er hatte ihr nur beiläufig erzählt, dass es zum Verkauf stand, wie er jeden Klatsch weitertrug. Und Genevieve war sofort tätig geworden, bevor ihr jemand zuvorkommen konnte. Seit Jahren gehörte das hübsche Eckhaus einer Familie aus Cardiff, die es ganzjährig vermietete, es seit kurzem jedoch auf dem schnellsten und einfachsten Wege verkaufen wollte. Früher war dort die Dorfbäckerei untergebracht gewesen, und in der Küche stand noch einer der Backöfen, in denen das Brot gebacken worden war. Die Beschaffung der Genehmigung, das Haus zu gewerblichen Zwecken nutzen zu dürfen, sei eine reine Formalität, hatte der Anwalt behauptet, aber mittlerweile war Genevieve nicht mehr so sicher. Vielleicht war gerade das ein unüberwindliches Hindernis.

Nur zwei Menschen wussten von ihrem Vorhaben, Adam und Christian, und beide erklärten ihr ständig, dass sie sich unnötig Sorgen machte.

Sie wusste sehr genau, was ihr zu schaffen machte: Irrationalerweise glaubte sie nicht, dass sie auch einmal Glück haben könnte. Genau wie Nattie gesagt hatte, dass sie *Angel Cottage* nicht verdiente, dachte Genevieve, sie hätte kein Anrecht auf ein solches Glück.

»Worüber grübelst du nach?«, wollte Adam wissen, als er mit den Getränken zurückkam. »Was ist los? Ich lasse dich fünf Minuten allein und schon machst du ein Gesicht wie sieben Tage Regenwetter.«

Sie grinste albern. »Ist es so besser?«

»Geringfügig.«

»Gibt es irgendwelche Neuigkeiten von der Bar?«

Er trank einen großen Schluck von seinem Bier. »Laut Donna sind die Karten für den Talentwettbewerb am Samstagabend ausverkauft.«

»Ich weiß, sie hat es mir heute Morgen erzählt. Und sie meinte auch, sie versucht, dich zum Mitmachen zu überreden. Hat sie dich rumgekriegt, Adam?«

»Äh ... kein Kommentar.«

»Sie hat, stimmt's? Du wirst singen! Oh, das muss ich mir ansehen. Was willst du singen? Oder besser: Wen willst du imitieren?«

Er zwinkerte. »Kein Kommentar. Aber was ist mit dir? Schießt du deine Hemmungen in den Wind und singst uns ein Liedchen?«

»Machst du Witze? Polly ist als Einzige musikalisch in unserer Familie.«

»Wer hat behauptet, dass ich musikalisch bin? Ich steige einfach auf die Bühne und mache mich zum Idioten.« Nach einem weiteren Schluck fragte er: »Wie geht's allen im *Paradise House*? Was gibt es Neues bei deinen Eltern?«

»Wie zu erwarten war, ist noch nichts entschieden.«

Er runzelte die Stirn. »Das verstehe ich nicht. Deine Mutter scheint wirklich froh zu sein, dass sie wieder hier ist. Ich kann mir nicht vorstellen, dass sie noch einmal weggeht.«

»So einfach ist das alles nicht.« Sie erzählte ihm, was Serena ihr und Polly am Strand anvertraut hatte. »So etwas kann nur in meiner Familie passieren!«, seufzte sie. »Wir sind offensichtlich nicht imstande, uns normal zu benehmen. Mum ist jetzt schon zwei Wochen zu Hause, und soweit ich weiß, hat sie sich immer noch nicht mit Dad ausgesprochen. Sie reden über alles Mögliche – darüber, was mit Grans Sachen geschehen soll, und dass die

Tapete im Gästesalon erneuert werden muss –, aber um das wirklich wichtige Thema schleichen sie herum wie die Katze um den heißen Brei.«

»Man sollte meinen, beide würden endlich klare Verhältnisse schaffen wollen und herausfinden, wo sie stehen. Insbesondere dein Vater.«

»Ich denke, Grans Tod hatte Vorrang. Und vielleicht nutzen ihn jetzt beide als Vorwand, vor allem Dad. Er scheint es zu vermeiden, mit Mum allein zu sein. Ich glaube, er hat Angst, dass sie die Gelegenheit nützen und all seine Hoffnungen zerstören könnte.«

»Es würde vermutlich nicht schaden, deinem Vater einen Schubs in die richtige Richtung zu geben. Deine Mutter braucht ja davon nichts zu erfahren.«

»Das wäre schon machbar, aber im Grunde bin ich ihrer Meinung. Sie muss wissen, ob Dad sie aus den richtigen Gründen zu Hause haben will – nicht nur weil er ohne sie nicht zurechtkommt. Und sie möchte außerdem sichergehen, dass sich einiges verändert.«

»So wie ich deinen Dad kenne, steckt er den Kopf in den Sand und hofft, dass sich die Dinge von alleine regeln. Möglicherweise glaubt er, dass er mit seinem Flug nach Neuseeland schon den großen Wurf gelandet hat, mit dem er sie zurückgewinnt.«

»Könnte sein. Ich weiß nur, dass er wirklich traurig ist wegen Gran; also sollten wir nicht zu streng urteilen. Das Tragische dabei ist, dass Gran die beiden Streithähne längst zur Vernunft gebracht und ihnen vor Augen geführt hätte, wie sehr sie noch miteinander verbunden sind.«

»Verbunden!«, schnaubte Adam. »Also das ist ein Konzept, mit dem ihr beide, sowohl Nattie als auch du, nicht viel anfangen könnt.«

»Was soll das denn heißen? Nattie und ich haben kein Problem mit Bindungen!«

»Natürlich seid ihr bindungsunfähig. Sieh dir Nattie an. Sie sucht sich absichtlich die windigsten Typen aus, nur um sich ja nicht zu fest binden zu müssen. Entweder hat sie Angst vor einer festen Beziehung, oder sie hat Angst davor, verletzt zu werden.«

Genevieve hatte Nattie nie als verletzlich angesehen, aber vielleicht hatte Adam den Nagel auf den Kopf getroffen. Und hatte Serena nicht mehr oder weniger dieselbe Beobachtung gemacht? »Okay«, sagte sie, »in diesem Punkt gebe ich dir Recht. Aber genauso gut könnte ich sagen, dass du dir Nattie ausgesucht hast, weil sie *dich* vor einer ernsthaften Verpflichtung und einer dauerhaften Beziehung bewahrt.«

»Und wieso sollte ich mir keine richtige Beziehung wünschen?«

»Mm ... ich weiß nicht. Du hast mich darauf gebracht. Hey, vielleicht bist du schwul und willst es nicht zugeben?«

Er verschluckte sich fast an seinem Bier und sah sich um. »Vielleicht geht's noch ein bisschen lauter, Gen. Dann weiß noch heute Abend jeder in Angel Sands, dass ich ein heimlicher Homosexueller bin.«

Sie lachte und beschloss, ihn noch ein wenig mehr zu ärgern. »Mir fällt auf, dass du mir die Antwort schuldig bleibst. Also bist du's?«

»Was?«

»Schwul?«

»*Nein!*«

»Du kannst es mir ruhig sagen. Für mich macht das keinen Unterschied. Genau genommen fände ich es sogar schön, einen schwulen Freund zu haben. Mum scheint von ihrem schwulen Freund profitiert zu haben.«

»Tut mir Leid, dich enttäuschen zu müssen, aber ich bin ein langweiliger Hetero. Jetzt wünschte ich, ich hätte dir das in der Nacht bewiesen, in der ich dich in meinem Bett hatte.«

Jetzt schaute sich Genevieve um, um sich zu vergewissern, dass niemand etwas von ihrer Unterhaltung mitbekommen hatte. »Okay, jetzt sind wir quitt und du kannst wieder leiser sprechen.«

Er grinste. »Du hast damit angefangen. Und so einfach lasse ich dich jetzt nicht davonkommen. Was hat dich veranlasst, mich nach dem Begräbnis deiner Großmutter zu fragen, ob ich in dich verknallt bin?«

Sie hob ihr Weinglas und versuchte vergeblich, sich dahinter zu verstecken. »Musst du mich daran erinnern?«

»Also?«

»Wenn du es unbedingt wissen willst: Ich hatte ein bisschen zu viel getrunken, und in diesem Zustand hatte ich plötzlich Sorge, dass du deine Zuneigung von einer verrückten Baxter auf die andere verlagert hast.«

»Und was hat dich auf diese Idee gebracht?«

Sie rutschte unbehaglich auf ihrem Stuhl hin und her, weil sie wusste, wie dämlich sie ihm vorkommen musste. »Weil du immer so nett zu mir bist«, brummte sie.

Er lachte. »Also schön, wenn du meinst, dann bin ich ab sofort garstig zu dir. Aber jetzt erzähl mir von dir und deinem Lover-Boy. Wie läuft's mit ihm? Ich kann mich gar nicht mehr erinnern, wann du zum letzten Mal von ihm gesprochen hast.«

Sie lehnte sich zurück. »Schwer zu sagen.«

»Inwiefern?«

»Etwas hat sich zwischen uns verändert. Vielleicht weil er so weit weg ist.«

»Willst du damit sagen, die Sache verläuft sich im Sande?«

»Ich weiß es nicht, ehrlich. Möglicherweise würde es helfen, wenn wir richtig miteinander reden könnten.

Schreiben ist nicht gerade meine Stärke, ich kann nie ausdrücken, was ich fühle.« Sie trank ihren Wein aus. »Vielleicht sind Fernbeziehungen einfach nicht das Richtige für mich«, fügte sie trübsinnig hinzu. »Das genügt mir offenbar nicht.« Sie sah Adam an. »Das klingt ziemlich egoistisch, oder?«

»Ganz und gar nicht. Der Wunsch, mit jemandem zusammen zu sein, ist überhaupt nicht egoistisch.« Sie hielt ihr Glas am Stiel fest, drehte es zwischen den Fingern und dachte an Polly und ihre Fernbeziehung. Seit er aus Hongkong zurück war, legte sich Jonjo noch mehr ins Zeug, um Pollys Herz für sich zu gewinnen. Er rief mindestens dreimal am Tag an und sorgte dafür, dass Rhys Williams, der Blumenhändler, mehr denn je zu tun hatte. Polly hatte ihren Eltern noch nichts von Jonjos Heiratsantrag erzählt, und sie hatte Genevieve und Nattie gebeten, nicht mit ihnen darüber zu sprechen, bis sie sich entschieden hatte, ob sie ihn annehmen sollte oder nicht. Genevieve hatte Adam davon erzählt, aber er musste ihr hoch und heilig versprechen, kein Wort darüber verlauten zu lassen.

»Ich wünschte, ich hätte das, was Polly hat«, sagte sie unvermittelt. »Damit meine ich nicht, dass ich Jonjo gern als Freund hätte – wirklich nicht. Aber ich würde mir ein bisschen mehr Romantik wünschen. O Gott! Ich rede schon wie meine Mutter!«

Adam lächelte. »Glaubst du, dass Polly Jonjo heiraten wird?«

»Ich glaube schon. Aber sie nimmt sich die Zeit, die sie braucht. Ich kann mich nicht erinnern, dass Polly jemals eine ihrer Entscheidungen bereut hätte, und ich glaube, das liegt daran, dass sie sich nicht hetzen lässt und nie übereilt handelt.«

»Oder sie gibt sich mit dem Resultat ihrer Entscheidungen zufrieden, statt ihre Zeit und Energie mit Selbstvorwürfen und Zweifeln zu verschwenden. In geschäftlichen Angelegenheiten habe ich das immer beherzigt. Wenn man zu lange über Geschehenes nachdenkt und ständig auf das zurückschaut, was man ohnehin nicht mehr ändern kann, kommt man nicht vorwärts.«

Als der Pub zumachte, brachte Adam sie nach Hause. Genevieve war sich im Klaren, dass sie zu oft zurückblickte. Ihr fiel wieder ein, was Adam über ihre und Natties Angst vor festen Bindungen gesagt hatte. Sie hatte ihn daraufhin gefragt, wovor sie sich fürchten sollte.

»Das ist nicht schwer zu erkennen. Du hast Angst, dich mit dir selbst auseinander zu setzen, und solange du das nicht tust, kann dir niemand wirklich nahe kommen.«

Sie blieb stehen. Adam ging noch ein paar Schritte weiter, dann drehte er sich zu ihr um. »Jetzt sag bloß nicht, ich habe dich mit meiner logischen Argumentation in Erstaunen versetzt!«

»Seit wann bist du so scharfsinnig, Adam Kellar?«

Er hakte sich bei ihr unter und drängte sie weiter. »Ohne etwas Scharfsinn hätte ich nicht mit sechsundzwanzig Jahren meine erste Million verdient. Aber die Leute scheinen das manchmal zu vergessen.«

45

Als die letzten Frühstücksgäste gegangen waren, half Nattie, den Speisesaal zu putzen. Zwei kleine Jungs, richtige Rabauken, hatten von ihren Eltern mit einem Achselzucken – »Jungs sind nun mal so« – die Erlaubnis bekommen, während des Frühstücks nach Lust und Laune herumzutoben. Ihr Tisch war ein wahres Schlachtfeld. Die Kinder hatten an dem Tischtuch gezerrt und Milch- und Orangenflecken hinterlassen, die angebissenen Würstchen mit Ketchup neben ihre Teller geworfen, Eigelb auf einen der Stühle geschmiert, und ein paar aufgeweichte Cornflakes waren in dem Glas mit der Erdbeermarmelade gelandet. Alles, was Genevieve anfasste, klebte, auch der Teppich, der an manchen Stellen gründlich geschrubbt werden musste. Die anderen Gäste taten ihr Leid – zwei von ihnen kamen jedes Jahr her, aber sicher nicht, um so einen Radau zu erleben. Genevieve würde sich später bei ihnen entschuldigen müssen.

Mum hatte sich angeboten mitzuhelfen, statt mit Daddy Dean zum *Angel Cottage* zu gehen und Grans Sachen durchzusehen. Doch Genevieve, die unbedingt wollte, dass ihre Eltern so viel Zeit wie möglich zusammen verbrachten, versicherte ihr, dass Nattie und sie den Speisesaal ganz schnell wieder auf Hochglanz bringen würden.

Unglücklicherweise hatte Dad wie jeden Morgen vorgeschlagen, Lily-Rose mitzunehmen. Das kleine Mädchen nutzte jede Gelegenheit, mit Grans alter Schmuckschatulle mit Spieluhr zu spielen – und so war wieder eine Gelegenheit, die Dinge zu regeln, vertan.

Vielleicht hatte Adam Recht und jemand musste ein ernstes Wörtchen mit Dad reden. Wenn er es weiterhin vermied, mit Mum allein zu sein, würde er sie ganz sicher verlieren. Genevieve hatte gestern Abend vor dem Schlafengehen ihrem Vater gegenüber eine vorsichtige Andeutung gemacht, er erwiderte jedoch nur: »Genevieve, ich weiß, dass du helfen möchtest, aber, bitte, deine Mutter und ich müssen ganz behutsam vorgehen. Wir dürfen nichts überstürzen. Mit Beständigkeit und Ruhe kommt man am schnellsten ans Ziel.« Genevieve gab verärgert auf und überließ ihn seiner Vogel-Strauß-Politik. Doch dann wurde ihr klar, dass sie wieder einmal mit aller Macht zu kontrollieren versuchte, was um sie herum vorging.

Polly und Donna räumten im Gästesalon auf, und Genevieve bekam mit, wie Donna versuchte, ihre Schwester dazu zu bewegen, bei der Talentshow mitzuhelfen – offenbar waren die Dienste eines musikalischen Direktors gefragt.

»Anscheinend nehmen alle diese Talentshow sehr ernst«, sagte Genevieve zu Nattie, als sie ein weißes Tischtuch ausschüttelte und auf den Tisch legte. »Ich hoffe nur, sie ist so erfolgreich, wie es sich Donna und Tubby wünschen. Sie haben sich solche Mühe gegeben.«

»Das ist so typisch für dich«, gab Nattie zurück. »Immer besorgt um das Wohlergehen anderer.«

»Ich habe es eben gern, wenn die Dinge gut laufen. Ist daran irgendwas falsch?«

»Und wenn es eine Katastrophe wird? Was ist dann?«

»Nichts, nehme ich an. Aber ich finde es schade, wenn andere eine Enttäuschung erleben.«

»Gen, es ist *ihre* Enttäuschung, nicht deine. Oh, und da wir gerade von Enttäuschungen sprechen – Adam hat angerufen. Er möchte kurz vorbeischauen, bevor er nach Tenby fährt.«

»Hat er gesagt, was er will?«

»Nein. Und wenn du mich fragst, hat er ziemlich geheimnisvoll getan.«

Genevieve lachte und schüttelte ein anderes Tischtuch aus. »Das ist wahrscheinlich das Netteste, was du jemals über ihn gesagt hast.«

Nattie war beleidigt. »Hey, Adam und ich sind in letzter Zeit dicke Freunde, bessere Kumpel gibt's gar nicht.«

»Und warum bezeichnest du ihn dann als Enttäuschung?«

Nattie lachte. »Weil er mir den ganzen Spaß genommen hat. Was ist mit seinen Klamotten passiert? Sie sind plötzlich so normal. Und ist dir aufgefallen, dass er dieses protzige goldene Armband nicht mehr trägt?«

Genevieve bemühte sich um eine nichtssagende Miene. »Tatsächlich? Das habe ich gar nicht bemerkt. Und ehrlich gesagt, ich bin erstaunt, dass du auf so was achtest. Was ist in dich gefahren?«

Nattie ignorierte die Frage und faltete ungeschickt eine Serviette. »Ich schätze, da ist ein neues Mädchen aufgetaucht, von dem wir noch nichts wissen. Wer immer es sein mag, sie scheint ihn ganz schön unter dem Pantoffel zu haben. Meinst du, wir sollten ein Auge auf ihn haben?«

»Warum?«

»Ach, komm schon, Gen. Adam ist ein guter Fang. Und das viele Geld könnte die falschen Mädchen auf den Plan rufen.«

»Und das würde dir etwas ausmachen?«

»Hör mal, Gen, dein Zynismus geht mir auf die Nerven. Adam hat Lily das Leben gerettet, und so, wie ich es sehe, stehe ich tief in seiner Schuld. Das bedeutet, dass ich ihn zumindest vor einer geldgierigen, verwöhnten Frau bewahren kann, die ihn nur ausnimmt.«

Genevieve warf ein aufgeweichtes Cornflake nach Nattie. »Wow! Ab jetzt wird er ruhig schlafen, weil er weiß, dass du über ihn wachst.«

Nattie war draußen im Garten, um Henrys und Morwennas Haufen einzusammeln, als Adam eintraf. In Anzug und Krawatte.

»Wieder ein Geschäftsessen in Tenby?«, wollte Genevieve wissen.

»Neues Spiel, neues Glück.«

»Komm mit in die Küche, dann kannst du mir verraten, worüber du mit mir sprechen willst. Nattie meinte, du wärst am Telefon sehr geheimnisvoll gewesen. Aber die hört ja des Öfteren die Flöhe husten. Setz dich. Kaffee?«

»Eigentlich wollte ich mit Nattie reden. Ich dachte, das hätte ich ihr am Telefon deutlich zu verstehen gegeben.«

»Oh ... ja, natürlich. Ich hole sie. Sie steckt knietief im Eselspupu – wie Lily es nennt.«

Adam lächelte. »Ich gehe selbst hinaus, du hast bestimmt zu tun.«

In der Nacht hatte es in Strömen geregnet und Genevieve betrachtete zweifelnd seine teuren Schuhe. »In diesem Aufzug? Wohl kaum. Ich setze Wasser auf und rufe sie.«

Nattie warf die Schaufel auf den Boden und murrte missmutig, als Genevieve ihr erklärte, dass Adam mit ihr reden wollte. »Wag es bloß nicht, mich mit ihm allein zu lassen!«, sagte sie, als sie zum Haus stapfte. »Ich möchte nicht, dass er die Situation irgendwie ausnützt.«

Sie streifte die schmutzigen Gummistiefel vor der Hintertür ab und ging in den Wirtschaftsraum, um sich die Hände zu waschen. Kurz darauf ging sie in die Küche, während sie sich noch die Hände abtrocknete. Sie warf sich das Handtuch über die Schulter.

»Also, worum geht's, Adam? Du bist doch nicht gekommen, um mir einen Antrag zu machen, oder? In diesem Fall müsste ich dich an meinen Vater verweisen – es wäre nur höflich und anständig, wenn du zuerst mit ihm sprichst.«

Adam lachte. »Nein, es wird kein Heiratsantrag, aber ich will dir einen Vorschlag machen.«

Genevieve stellte den Kaffee auf den Tisch. »Ich denke, ihr braucht mich nicht – ich gehe nur schnell ...«

»Ist schon gut, Gen, du kannst ruhig bleiben. Es sei denn natürlich, Nattie sieht das anders.« Er sah sie fragend an.

Nattie zuckte mit den Schultern. »Es ist immer gut, einen Zeugen zu haben. Jetzt spuck's schon aus, Adam – was ist los?«

»Gut«, gab er nach. »Mir ist zu Ohren gekommen, dass du einen Job suchst.«

Nattie nickte.

»Einen, bei dem du genug verdienst, um ein verlässliches Kindermädchen bezahlen zu können.«

»Ganz genau.«

»Ausgezeichnet, denn *ich* habe einen Job für dich.«

Nattie nahm das Handtuch von der Schulter und rückte die Träger ihrer Latzhose zurecht. »Was für einen Job?«

»Im Büro eines meiner Campingplätze – Arbeitszeit von neun bis fünf.«

Nattie sah ihn entgeistert an. »Auf einem deiner Campingplätze? Soll das ein Witz sein? Ich schaufle lieber den ganzen Tag Eselscheiße, als auch nur einen Fuß in eine deiner geschmacklosen Freizeitanlagen zu setzen!«

Adam zog die Augenbrauen hoch. »Ich weiß aus zuverlässiger Quelle, dass du jedes Jobangebot annehmen willst, das man dir macht.«

Nattie warf Genevieve einen empörten Blick zu. »Verräterin!«, fauchte sie, dann wandte sie sich wieder Adam zu. »Unter einer Bedingung: Das Gehalt muss so hoch sein, dass ich mir ein zuverlässiges Kindermädchen für Lily-Rose leisten kann.«

Adam fasste nach seiner Kaffeetasse und erwiderte lässig: »Du hast Glück. Auf dem Campingplatz gibt es eine Kinderkrippe – die Feriengäste liefern dort tagsüber ihre Kinder ab. Ich beschäftige nur qualifizierte Kindergärtnerinnen und Lily wäre dort bestens versorgt. Und diese Zusatzleistung kostet dich keinen Penny.«

Genevieve lächelte verhalten. Er hatte von Anfang an diese Trumpfkarte im Ärmel gehabt. Es war schön mitzuerleben, wie Nattie ausnahmsweise einmal ausmanövriert wurde.

Nattie kaute auf ihrer Unterlippe, dann sah sie von Adam zu Genevieve und wieder zurück. »Habt ihr beide das gestern Abend im Pub ausgeheckt?«

»Nein!«, rief Genevieve. »Ich höre jetzt auch zum ersten Mal davon.«

»Das stimmt«, bekräftigte Adam. »Mir ist das erst heute Morgen kurz nach dem Aufwachen eingefallen.«

»Ich glaube dir kein Wort.«

»Schluss mit der Skepsis. Gib mir lieber eine Antwort.«

»Wie denn? Ich weiß ja noch nicht einmal, was für ein Job das ist.«

»Ich brauche jemanden, der Anrufe entgegennimmt und

sich mit den Anfragen und Wünschen der Gäste befasst. Es wäre eine Herausforderung für dich, Nattie, weil du immer freundlich sein müsstest«, fügte er mit einem Grinsen hinzu.

»Pass bloß auf, du forderst dein Schicksal heraus, Adam. Ich dachte, du verkaufst deine Campingplätze?«

»Das tue ich auch, aber es dauert ewig, bis solche Geschäfte abgewickelt sind. Bis dahin brauche ich jemanden, der den Job für den Rest der Saison übernimmt. Die Frau, die in den letzten zwei Jahren dort gearbeitet hat, hat kürzlich ihre Kündigung eingereicht.«

»Warum? Konnte sie den Chef nicht leiden?«

»Es mag dich überraschen, aber normalerweise mögen mich die Leute. Und ich bin ein sehr fairer Arbeitgeber.«

Nattie schnaubte. »Also gut, wann soll ich anfangen? Aber ich warne dich – eine blöde Bemerkung von irgendjemandem, dass ich den Job nur bekommen habe, weil ich mit dem Boss schlafe, und ich zeige dich wegen sexueller Belästigung an.«

Adams Mundwinkel zuckten. »Bilde dir nur nicht zu viel ein, Nattie. Ich vermenge niemals Geschäftliches mit Privatem.«

Genevieve hustete und räusperte sich mehrmals, bevor sie ohne zu lachen sprechen konnte. »Adam, weißt du, was du da tust? Hast du keine Angst, dass sie dein Unternehmen sabotiert?« Sie dachte daran, dass Nattie einmal gedroht hatte, einen seiner Campingplätze in Brand zu setzen.

»Keine Sorge, ich weiß genau, was ich tue.« Er trank seinen Kaffee aus und stand auf. »Ich melde mich und dann besprechen wir die Details, Nattie. Ich nehme an, du hast eine Lohnsteuerkarte, oder?«

»Dieser Mann ist unerträglich«, sagte Nattie, als Adam weg war.

»Wie kannst du so was sagen? Er versucht nur, dir zu helfen.«

Sie grinste spöttisch. »Du lässt mich nicht ausreden – ich wollte sagen: Er ist unerträglich großzügig. Als Nächstes wird er Decken an Obdachlose verteilen.«

Zwei Tage später erhielt Genevieve schlechte Nachrichten. Der Anwalt aus Tenby, der den Verkauf des Hauses in Angel Sands abwickelte, schrieb ihr, dass die derzeitigen Besitzer ein höheres Angebot erhalten und akzeptiert hatten. Und er deutete mit keinem Wort an, dass sie Erfolg haben würde, wenn sie ihrerseits das Angebot erhöhte. Außerdem hatte sie keine Lust, sich an einem solchen Spiel zu beteiligen. Obwohl der Brief ein herber Rückschlag für sie war, behielt sie den Inhalt für sich. Alle waren ohnehin zu sehr mit ihren eigenen Angelegenheiten beschäftigt. Adam war unterwegs und sah auf seinen Campingparks in Cornwall nach dem Rechten, Polly war in Buckingham, wo sie Jonjos Eltern kennen lernte, und Nattie bereitete sich mit Mums und Dads Hilfe auf den Umzug ins *Angel Cottage* vor, ehe sie den Job antrat, den Adam ihr angeboten hatte.

Das *Angel Cottage* war kaum wiederzuerkennen. Die klobigen Möbel, die Gran in das kleine Häuschen gezwängt hatte, waren verkauft oder ins *Paradise House* geschafft worden. Am meisten hatte sich das kleine Schlafzimmer verändert, das Gran immer als Apfellager genutzt hatte. Jedes Jahr hatte sie Äpfel aus dem Obstgarten des *Paradise House* mitgenommen und Stunden damit verbracht, sie einzeln in Seidenpapier zu wickeln und in der riesigen Mahagonikommode zu verstauen, die den Raum dominierte. Die Kommode stand nun in einem der Gästezimmer im *Paradise House*, und das Apfelzimmer, wie

Lily-Rose es nannte, war jetzt ihr Kinderzimmer. Mum und Dad hatten es komplett renoviert und den uralten Teppichboden mit dem unruhigen Muster durch einen einfarbigen ersetzt. »Er hat dieselbe Farbe wie das Meer an einem sonnigen Tag«, erzählte Lily-Rose jedem, der ihr zuhörte, indem sie wiederholte, was sie von Serena gehört hatte. Sie war begeistert von ihrem neuen Zimmer, den blassblauen Leinenvorhängen, die Serena genäht hatte, und den Muscheln, die sie mit Hilfe einer Schablone oberhalb des Fensters an die Wand gemalt hatte. Und die Kleine war ganz aus dem Häuschen, als sie zum ersten Mal den Schreibtisch und die Regale sah, die ihr Großvater in Windeseile getischlert hatte.

Eines Abends, als sie letzte Hand an Lily-Rose' Zimmer legte, entdeckte Serena den wahren Grund für Grans Annahme, Mäuse hätten sich in ihrem Haus eingenistet.

»Mein erster Gedanke war«, berichtete sie am folgenden Morgen, »dass es klingt wie eine quiekende Maus. Ich bin durchs ganze Haus gelaufen, und als ich genauer hinhörte, merkte ich, dass es sich eher anhört wie eine quietschende Klappe, die geölt werden muss.«

Es stellte sich schließlich heraus, dass die Wetterfahne auf dem Dach der Nachbarin Olwen Jenkins geölt werden musste. Sie quietschte nur, wenn der Wind aus einer bestimmten Richtung wehte, deshalb war das Geräusch nicht immer zu hören. Daddy Dean kümmerte sich um das Problem. Arme Gran – die ganze Aufregung, nur weil die Nachbarin nicht mehr gut hörte und deshalb nicht merkte, was auf ihrem Dachgiebel vor sich ging!

Vielleicht sah es so aus, als hätten sie es ungebührlich eilig, das *Angel Cottage* so kurz nach Grans Tod auszuräumen und herzurichten, aber Genevieve war überzeugt, dass ihre Großmutter das gutgeheißen hätte. Es bedeutete nämlich auch, dass Mum und Dad viel Zeit gemeinsam im *Angel Cottage* zusammen verbrachten, und das musste doch ein gutes Zeichen sein, oder? Genevieve sah ihre lebhaften Gesichter bei den Diskussionen über die Verschönerungsmaßnahmen und bekam nach und nach mehr Zutrauen zum Motto ihres Vaters: Mit Beständigkeit und Ruhe kommt man am schnellsten ans Ziel.

Sie erzählte Christian in einer E-Mail davon, und er antwortete, dass ihre Eltern vielleicht nur ein neues Projekt brauchten, an dem sie gemeinsam arbeiten konnten. »Mir scheint, als würde sie das *Paradise House* und nicht ihre Ehe langweilen«, schrieb er.

Dies war das Letzte, was sie von Christian gehört hatte, und in den darauf folgenden Tagen wappnete sich Genevieve innerlich für das, was sie mittlerweile als unausweichlich ansah: Keiner von beiden war für eine Fernbeziehung geschaffen. Sie bereute keinen Augenblick, dass sie versucht hatten, an ihre Gefühle von damals wieder anzuknüpfen, und sie würde die Erinnerungen an diesen Sommer immer wie einen Schatz hüten. Rückblickend erschien es ihr wie ein Omen, dass es ihnen nicht gelungen war, miteinander zu schlafen. Sie dachte an die Szene in ihrem Zimmer und ganz besonders an Christians Gesichtsausdruck, als sie sagte, sie höre jemanden im Haus. Sie musste lächeln. Es wäre schön, wenn sie gute Freunde bleiben könnten.

Sie schrubbte die Kartoffeln, die sie aus Daddy Deans Gemüsebeet gegraben hatte, und dachte darüber nach, dass sie viel besser mit Freundschaften umgehen konnte als mit Liebesbeziehungen. Adam hatte gesagt, sie hätte Angst, sich mit sich selbst auseinander zu setzen. Bis dahin war ihr das gar nicht klar gewesen. Aber es stimmte: Immer wieder hatte sie sich aus einer Beziehung zurückgezogen, nicht nur weil sie dem Partner nicht vertrauen konnte oder weil er ihre Erwartungen nicht erfüllte, sondern auch weil sie sich unbewusst dagegen wehrte, dass jemand ihr wahres Selbst sah – die alte Genevieve, die immer noch vorhanden war. Die fette, hässliche Genevieve, die sich eingeredet hatte, dass sie einen Freund wie Christian gar nicht verdiente.

Machte sie das alles noch einmal durch? Brachte sie sich in einem Akt der Selbstzerstörung um die Chance auf Glück? Sie sah in den Garten – es regnete wieder – und fragte sich, ob sie sich jemals ändern würde. Plötzlich ertönte aus dem Radio ein vertrauter Song. Judy Garland sang »Over the Rainbow«. Genevieve hoffte, dass ihre Eltern, die heute im *Angel Cottage* die Küche strichen, das Radio eingeschaltet hatten. Genevieve stellte sich vor, dass ihre Mutter mit dem Pinsel in der Hand auf der Trittleiter stand und mitsang, vielleicht sogar den Pinsel wie ein Mikrofon hielt, wie früher, wenn sie ein Glas Wein zu viel getrunken hatte. Und ganz langsam setzte sich ein anderes Bild vor Genevieves geistigem Auge zusammen – ein Bild von ihrem Vater. Sie hielt den Atem an, aus Angst, der schwache Hauch der Inspiration könnte sich in Luft auflösen, und klammerte sich an das Bild bis zum letzten Ton des Songs.

War das die Lösung?

Ja – es war die perfekte Lösung.

Aber hatte ihr Vater die Nerven, diese Idee in die Tat umzusetzen? Und wer könnte ihn dazu überreden?

Wieder fiel ihr Adam ein.

46

Es war der Nachmittag vor dem großen Talentwettbewerb. Beinahe alle Dorfbewohner nahmen an dem Ereignis teil oder halfen zumindest bei der Organisation. Auch Genevieve blieb nicht verschont; allerdings hatte sich deren Beteiligung praktisch über Nacht verdreifacht. Zwei Mitarbeiter des Küchenpersonals vom *Salvation Arms* lagen mit einer scheußlichen Halsentzündung im Bett. Jetzt hatte Genevieve nicht nur die Aufgabe, in der Küche auszuhelfen, sondern musste ganz allein für die vielen Gäste Lammbraten und heißen Schinken mit Beilagen sowie Erdbeeren zum Nachtisch zubereiten. Wenn sie das Menü hätte auswählen dürfen, hätte sie sich für etwas weniger Traditionelles entschieden. Aber so beschloss sie, für alle Fälle zusätzlich ein vegetarisches Gericht anzubieten: eine Lasagne mit Auberginen und Pilzen.

Mit Donnas Hilfe rückte sie in der Küche des *Paradise House* einem Berg von Lebensmitteln zu Leibe, die sie zu verarbeiten hatte. Die Lloyd-Morris-Brüder hatten riesige Mengen Fleisch zu einem niedrigen Preis beigesteuert, und Tubby hatte die Erdbeeren und das Gemüse heute Morgen geholt und garantiert, dass alles absolut frisch war. Mum wollte auch mithelfen und hatte versprochen, in einer Stunde mit Nattie und Lily-Rose da zu sein. Um Natties

Zorn zu besänftigen, hatte Mum vorgeschlagen, in Tenby einen Einkaufsbummel mit ihr zu machen und Kleider für ihren neuen Job zu besorgen. Alle wetteten boshafterweise darauf, dass Nattie bis zu ihrem ersten Arbeitstag in der nächsten Woche noch einen Grund finden würde, warum sie die Stelle doch nicht antreten konnte. Kein Mensch glaubte ihr, als sie beteuerte, dass sie auf dem Holzweg waren und sie es ihnen schon noch beweisen würde.

»Ich arbeite für Adam, nur um euch eins auszuwischen«, hatte sie gesagt.

Aber Genevieve würde es erst glauben, wenn sie es mit eigenen Augen sah.

Und dann gab es da noch etwas, woran sie zweifelte: Würde Dad das, was sie geplant hatte, auch wirklich ausführen? Tatsächlich musste sie sich wieder einmal bei Adam bedanken. Zu zweit hatten sie ihren Vater im *Angel Cottage* in die Mangel genommen, als er die Veranda mit einem Hochdruckstrahler säuberte. Gran hatte ihm das nie erlaubt und behauptet, es würde die Patina zerstören – dabei war ihr gleichgültig, dass das Moos den Boden schlüpfrig wie ein Ölfilm machte.

»Was hast du zu verlieren?«, fragte Adam, nachdem Genevieve ihren genialen Einfall erläutert hatte.

»Meine Selbstachtung«, brummte ihr Vater.

»Du wirst dich doch nicht mit solchen Nebensächlichkeiten aufhalten«, erwiderte Adam. »Niemand hat auch nur noch einen Funken Selbstachtung übrig, wenn der Abend vorüber ist.«

»Aber ich habe noch nie vor Publikum gesungen.«

»Ich auch nicht, aber das hält mich nicht davon ab, es trotzdem zu tun.«

Erstaunlicherweise machte Dad nicht viele Ausflüchte und freundete sich nach und nach mit der Idee an. »Seid ihr sicher, dass es funktionieren wird?«

»Ja, Dad. Es ist die perfekte Gelegenheit, ihr zu zeigen, wie sehr du sie liebst. Und da sie dich so gut kennt, weiß sie auch ganz genau, wie viel Überwindung dich das kostet. Glaub mir, du *musst* es einfach machen.«

»Aber was soll ich singen?«

Genevieve erzählte ihm, was sie auf die Idee gebracht hatte. »Du musst eine große Judy-Garland-Nummer bringen«, sagte sie. »Eines von Mums Lieblingsliedern. Sie wird hin und weg sein.«

Adam schüttelte den Kopf. »Darüber habe ich lange nachgedacht, Gen. Diese Songs sollte eher eine Frau singen. Wie wär's mit dem King? Elvis.«

Daddy Dean schien seine Zweifel zu haben. »Und muss ich mich auch anziehen wie Elvis?«

»Entweder ganz oder gar nicht«, sagte Adam.

»Ja«, pflichtete Genevieve ihm bei. »Es muss ein großer Moment werden, der Mum zu Tränen rührt.«

Jetzt hatte Genevieve Tränen in den Augen: Sie schnitt Zwiebeln für ihre Gemüse-Lasagne. Sie gab sie in die große Pfanne auf dem Gasherd, stellte die Flamme kleiner und mischte ein bisschen zerdrückten Knoblauch darunter. Ihr Vater dürfte mittlerweile mit seinem Elvis-Outfit auf dem Heimweg von Swansea sein. In der Gegend war nichts zu finden gewesen, und da die Zeit nicht ausreichte, um selbst etwas zu nähen, hatte sich Adam ans Telefon gehängt und einen Kostümverleih in Swansea ausfindig gemacht.

»Wohin wollte denn dein Vater?«, hatte Serena am Morgen gefragt.

»Er ist mit Adam unterwegs«, lautete Genevieves Antwort.

»Das weiß ich, aber wohin sind sie unterwegs?«

»Ich glaube, sie machen eine Wanderung.«

»Warum stehen dann seine Wanderstiefel noch da?«

»Oh, hat er sie nicht angezogen?«

»Nein, Gen, sie stehen an der Hintertür.«

»Vielleicht gehen sie auch nur ein bisschen spazieren und reden.«

Serena musterte sie argwöhnisch. »Irgendwas geht hier vor, stimmt's? Was führt dein Vater im Schilde? Und warum stecken er und diese Frau andauernd in irgendeiner Ecke die Köpfe zusammen?«

»Welche Frau?« Genevieve wusste natürlich ganz genau, von wem ihre Mutter sprach.

»Ich rede von Donna«, erklärte Serena ungehalten. »Ist irgendwas zwischen den beiden vorgefallen, während ich weg war?«

In diesem Moment kam Nattie herein. »Und wieso interessiert dich, was Dad macht, Mum? Du hast dich in all den Monaten, in denen du nicht hier warst, keinen Deut darum geschert. Weshalb zerbrichst du dir jetzt den Kopf darüber?«

Es sollte keine feindselige Bemerkung sein, lediglich eine sachliche Feststellung, die ihre Mutter davon abbrachte, ihr Verhör fortzusetzen. »Hast du immer noch Lust, nach Tenby zum Shoppen zu fahren?«, wollte Serena wissen.

Jetzt gab Genevieve die gesalzenen Auberginenscheiben zu den Zwiebeln, rührte in der Pfanne und sah zum Küchentisch, wo Donna saß und Kartoffeln schälte. Es sah fast so aus, als hätte Dad seine Frau eifersüchtig gemacht, auch wenn er das gar nicht beabsichtigt hatte. Serenas Bemerkung, dass er und Donna ständig die Köpfe zusammensteckten, war eine Übertreibung, aber ein Körnchen Wahrheit enthielt sie doch. Die einzige halbwegs professionelle Sängerin in Angel Sands war – außer Polly, die heute Nachmittag mit Jonjo zurückkam – nun mal Donna, und sie studierte mit Dad bei Adam zu Hause den

Song ein. Genevieve hätte viel darum gegeben, wenn sie bei einer dieser Stunden hätte Mäuschen sein können.

»Sind das genug Kartoffeln?«, fragte Donna.

Genevieve wusste, dass Donna noch jede Menge mit den Vorbereitungen für den Abend zu tun hatte, also sagte sie: »Ich denke, das reicht. Und vielen Dank für Ihre Hilfe. Wenn Sie möchten, können Sie jetzt gehen. Ich habe hier alles im Griff.«

»Sicher?«

»Absolut. Außerdem wäre es nicht fair, wenn ich den Star der Show in Beschlag nehme.«

Donna lächelte. »Ich glaube, Sie werden Ihre Meinung ändern, wenn Sie Ihren Vater gehört haben.«

Bisher hatte Genevieve die Frage vermieden, aber jetzt war sie doch neugierig. »Er schafft es doch, oder?«

Donnas Lächeln wurde noch breiter. »Er wird seine Sache prima machen, meine Liebe. Hinter seiner Zurückhaltung verbirgt sich ein richtig guter Performer.«

Genevieve war noch nicht überzeugt, schließlich war sie dafür verantwortlich, dass ihr Vater diese Qualen auf sich nahm. »Die Leute werden nicht über ihn lachen, oder?«

»Vertrauen Sie mir. Er hat eine gute Stimme. Eine Schande, dass er das noch nicht gezeigt hat. Er wird alle umhauen, glauben Sie mir. Insbesondere Ihre Mum. Es würde mich nicht wundern, wenn er ein paar Tropfen walisisches Blut in seinen Adern hätte.« Sie wusch sich die Hände. »Also, wenn Sie wirklich sicher sind, dass ich hier nichts mehr tun kann, dann mache ich mich auf die Socken. Wir sehen uns später.«

Donnas Worte hatten Genevieve Mut gemacht, und sie dachte an die anderen, die in die Überraschung eingeweiht waren. Tubby und Adam, ihre Schwestern und Christian hatten alle dasselbe gesagt. »Eine großartige Idee, Genevieve«, hatte Christian geschrieben. »Ich wünschte, ich könnte auch dabei sein und den Moment miterleben.«

Die Enttäuschung, dass Christian wieder keine Zeit hatte, traf Genevieve härter als erwartet. Natürlich war es nicht besonders aufregend für ihn mit anzusehen, wie sich ein ganzes Dorf zum Narren machte. Aber sie hatte ihn eingeladen, weil sie gehofft hatte, mit ihm von Angesicht zu Angesicht über alles sprechen zu können. Sie war selbst erstaunt, wie sehr sie seine Absage verletzte, und setzte sich an ihren Computer, um ihm einen fast geschäftsmäßigen Bericht über die neuesten Ereignisse abzuliefern und von ihrer Pleite mit dem Teashop zu erzählen. »Es hat sich herausgestellt, dass mein Geld nicht gut genug war«, schrieb sie.

»Falls es dir ein Trost ist«, schrieb er zurück. »Es war richtig, dass du dein Angebot nicht erhöht hast. Vielleicht hätten sie dich hingehalten, um den Preis immer höher zu treiben.«

Adam hatte dieselbe Vermutung geäußert, als Genevieve ihm von der Absage erzählte. Er nahm sie fest in die Arme. »Und was machst du, wenn dich der Anwalt anruft und sagt, dass der Kauf doch nicht zustande gekommen ist?«

»Ich schicke ihn zum Teufel, und dann mache ich ein Angebot, das ein wenig niedriger ist als mein erstes.«

»Sehr gut, Gen. Du lernst schnell.«

Sie hatte nicht das Gefühl, dass sie schnell lernte, aber vielleicht hatte Adam Recht. Wie immer.

Polly und Jonjo kamen nach Hause, kurz nachdem Adam Dad vor der Haustür abgesetzt hatte; so blieb Serena keine Zeit, ihren Mann ins Kreuzverhör zu nehmen und ihn zu fragen, wo er gewesen war und was er gemacht hatte.

Außerdem war sie anderweitig beschäftigt – sie sah Jonjo zum ersten Mal und verwendete all ihre Energie darauf, ihn genau unter die Lupe zu nehmen.

Genevieve beobachtete, wie ihre Mutter den Mann taxierte, von dem sie, nach eigenen Worten, schon so viel gehört hatte. Sie saßen im Garten, ein Tablett mit Getränken stand auf dem Tisch und die nicht gerade subtile Vernehmung war in vollem Gange. Serena wollte wissen, ob sie richtig verstanden hatte, dass er ein Franchise-Unternehmen von Fitnesscentern leitete. Jonjo wurde spielend mit dieser und jeder weiteren Frage fertig. Genevieve vermutete, dass er in der Vergangenheit schon von vielen Müttern, die ihre Töchter beschützen wollten, in die Mangel genommen worden war und ganz bestimmt jede Einzelne von ihnen mit seinem Charme um den Finger gewickelt hatte. Aber bislang ahnten weder Serena noch Daddy Dean, dass Jonjo ein ernsthafter Bewerber für die Rolle des Schwiegersohns war. Soweit Genevieve wusste, hatte Polly ihren Eltern immer noch nicht von Jonjos Antrag erzählt und ihm auch noch keine Antwort gegeben.

Plötzlich nahm das Gespräch eine unerwartete Wende.

»Genevieve hat mir erzählt, dass Sie ein guter Freund von Christian May sind«, sagte Serena.

Genevieve war sofort auf der Hut und bereute, ihrer Mutter anvertraut zu haben, dass sie wieder Kontakt zu Christian hatte. Wie Nattie und ihr Vater war Serena nicht gerade begeistert davon.

»Das ist richtig«, bestätigte Jonjo, ohne in Genevieves Richtung zu sehen. »Ich habe Christian vor Jahren kennen gelernt, als er damit prahlte, er hätte einen wesentlich besseren Entwurf für mein erstes Fitnesscenter zustande gebracht.«

»Wirklich? Das klingt gar nicht nach dem Christian, den wir kannten. Ich kann mich nicht erinnern, dass er zum Prahlen neigte. Vielleicht hat er sich verändert. Das wäre bestimmt nicht schlecht«, fügte sie leise hinzu.

Genevieve wand sich innerlich vor Verlegenheit. Doch Jonjo blieb ungerührt. »Ich weiß nicht, wie er als Kind war. Und abgesehen von diesem einen entschuldbaren Verbalangriff auf meinen früheren Architekten, kann ich mit Fug und Recht behaupten, dass er der bescheidenste Bursche ist, den ich kenne. Und absolut zuverlässig – beruflich wie privat.« Er stellte sein Glas ab, dann steuerte er die Unterhaltung geschickt in eine andere Richtung. »Vielleicht haben Sie Lust, meine Scheune zu besichtigen, wenn Sie Zeit haben. Der Umbau hat bereits begonnen, und ich möchte mir unbedingt ansehen, was bis jetzt geschehen ist.«

Genevieve war dankbar für seinen Charme und seinen schnellen Verstand. »Das ist eine großartige Idee, Jonjo.« Sie flehte ihre Schwester mit einem Blick um Unterstützung an. »Polly, Dad und du, ihr könntet doch auch mitgehen – was meinst du?«

Mitten im Durcheinander der Entscheidungsfindung – hatten sie wirklich die Zeit für einen solchen Ausflug? – beugte sich Genevieve zu Jonjo und flüsterte ihm ein »Danke« zu.

»Kein Problem«, sagte er. »Übrigens: Christian lässt dich grüßen.«

Genevieve spürte, wie ihr die Röte ins Gesicht schoss. »Ich hatte gehofft, er würde an diesem Wochenende herkommen«, brachte sie heraus.

Mittlerweile waren alle aufgestanden. Jonjo nahm Genevieve beiseite. »Es ist doch alles okay zwischen Ihnen und Christian?«

»Alles bestens«, erwiderte sie vergnügt. Aber das Echo dieser Lüge, die ihr so leicht über die Lippen gekommen war, dröhnte ihr in den Ohren. Adam hatte ihr erst kürzlich gesagt, dass sie immer behauptete, ihr ginge es gut und alles sei prima. Aber ihr ging es gar nicht gut. Sie war verwirrt. Christian schien sie in ein Wechselbad der Gefühle zu stürzen.

Jonjo sagte leise: »Ich hatte das Gefühl, dass Christian nicht weiß, wie er bei Ihnen dran ist. Er hat angedeutet, dass er einen anderen Mann in Ihrem Leben vermutet.«

»Was? Aber das ist doch absurd! Er weiß ganz genau, dass dem nicht so ist. Nein, das Problem besteht vielmehr darin, dass wir uns so selten sehen …«

Serena gab ihnen keine Gelegenheit, die Unterhaltung fortzusetzen.

Nachdem sie abgefahren waren, eilte Genevieve in die Küche, um das Essen für den Abend vorzubereiten.

Genevieve hatte das *Salvation Arms* schon oft so voll erlebt, dass man sich kaum etwas zu trinken an der Bar besorgen konnte, aber noch nie waren so viele Menschen da gewesen wie heute. Jeder, der einen Drink haben will, muss viel Geduld aufbringen, dachte Genevieve, als sie durch die Küchentür in den Schankraum spähte. Jeder Stuhl, jeder Barhocker (man hatte für dieses Ereignis zusätzliche Sitzgelegenheiten herbeigeschafft) war besetzt und eine lange Schlange stand an der Bar an. Wer schlau war, nahm gleich Bier auf Vorrat mit. Überraschenderweise hatten sich nicht nur Einheimische Eintrittskarten besorgt; auch viele Touristen waren erschienen, von denen einige sogar bei dem Wettbewerb mitmachten.

In einer halben Stunde würde Tubby, der Zeremonienmeister, den Wettbewerb eröffnen. Genevieve machte die Tür zu und sah nach dem Fleisch, das noch im Ofen schmorte. Die Teilzeitbeschäftigten von der Bar und das Küchenpersonal, das sich nicht krankgemeldet hatte, würden in zehn Minuten eintreffen und zusammen mit Nattie und Serena das Essen servieren. Kelly hielt im *Paradise House* die Stellung und passte auf Lily-Rose auf.

Dad sollte seinen Auftritt nach Adam gegen Ende der Veranstaltung haben. Genevieve hatte mit ihm gesprochen, bevor sie das Haus verlassen hatte – er machte einen ruhigen, gefassten Eindruck. »Es kommt, wie es kommt, Gen«, sagte er. Er hatte nicht verraten, welchen Elvis-Song er zum Besten geben würde, und auch Donna und Adam zum Stillschweigen verpflichtet. Mum ahnte nicht, was er vorhatte, obwohl sie Donna die ganze Zeit mit argwöhnischen Blicken verfolgte. Vielleicht war Pollys Idee, eine Freundin für Daddy Dean zu suchen, gar nicht so dumm gewesen. Sie sollten in Zukunft wirklich öfter auf sie hören.

Es gab nur eine Person, die für die Eröffnung des Wettbewerbs in Frage kam, und das war Donna. Sie sah spektakulär aus mit dem schulterlangen, straff zurückgekämmten Haar und den knallengen Jeans. Sie hatte dicke Schichten Augen-Make-up und Lipgloss aufgetragen und stolzierte in fünfzehn Zentimeter hohen, babyrosa Stilettoabsätzen auf der selbst zusammengezimmerten Bühne herum; das allein war schon todesmutig. Sie gab eine großartige Bonnie-Tyler-Imitation ab, sang »Holding Out For a Hero« und erntete tosenden Applaus. Die Leute klatschten, grölten und stampften mit den Füßen. Tubby war stolz wie ein Pfau.

Nattie stand an der Küchentür und beobachtete das Geschehen. »Meine Fresse, das war verdammt gut! Derjenige, der nach ihr drankommt, ist ein armer Teufel. Weiß jemand, wer der Nächste ist?«

Serena schüttelte den Kopf. »Ist sie immer so auffallend wie heute?«, fragte sie spröde.

Genevieve lächelte. »Sie spielt eine Rolle, Mum.«

Serena schnaubte und verschränkte die Arme.

Nach einer Stunde Auftritte war eine Pause vorgesehen, in der das Essen serviert werden sollte, anschließend waren die übrigen »Künstler« an der Reihe.

»Aber«, so hatten Tubby und Donna gewarnt, »es kann auch sein, dass die Dinge ein wenig ausufern und alles länger dauert. Wir tun unser Bestes, um den Zeitplan einzuhalten, aber wenn die Leute Theaterschminke schnuppern, gibt es oft kein Halten mehr und sie stürmen auf die Bühne.«

Genevieve stand mit ihrer Mutter und Schwester beisammen und sah zu dem Tisch mit den Juroren – dem Vikar von St. Non's, Reverend Dacid Trent, Stan vom Mini-Markt und Ruth von *Angel Crafts*. Sie beneidete sie nicht um ihren Job. Es war klar, dass Donna den Wettbewerb haushoch gewinnen würde, aber wer wurde Zweiter und Dritter? Wahrscheinlich nicht der Mann, der gerade auf der Bühne stand und eine fürchterliche Version von Tom Jones' »Sex Bomb« zum Besten gab. Genevieve kannte ihn nicht, also nahm sie an, dass er ein Urlauber war. Doch so schrecklich er auch war – dürr, mittleren Alters und mit bis zur Taille offenem Hemd, das mehr von der braun gebrannten, haarlosen Brut enthüllte, als einem lieb sein konnte –, die Zuschauer schienen ihn zu lieben und feuerten ihn an, die Hüften noch mehr zu schwingen.

Nattie ächzte. »Ich weiß, dass das alles einem guten Zweck dient, aber es gibt auch Grenzen.«

»Gran wäre begeistert«, meinte Genevieve.

Serena lächelte. »Sie würde selbst auf die Bühne springen.«

Als Nächste trat Jane Davies von der Töpferei als Shania Twain in einem herrlich verruchten Leopardentrikot auf und sang »Man! I Feel Like a Woman!«, wobei sie die Töne nicht ganz traf.

Als Tubby die Pause ankündigte und die Gäste darauf hinwies, dass das Essen jetzt serviert wurde, hatten sie eine trällernde Mariah Carey, zwei Frank Sinatras – einen mit »My Way«, den anderen mit einem holprigen »Strangers in the Night« –, einen in Leder gekleideten Ricky Martin und eine dralle Dolly Parton gesehen. Die Leute stellten sich fürs Essen an – alle waren in Hochstimmung, lachten und redeten über die Darbietungen. Nach ihren Kommentaren zu urteilen, war Donna nach wie vor die absolute Nummer eins und Ricky Martin folgte ihr auf dem Fuße. Von Daddy Dean und Adam war nichts zu sehen. Aber keiner der Sänger durfte sich vor seinem Auftritt blicken lassen. Erst danach konnten sie sich zu ihren Freunden und Familien setzen. Diejenigen, die noch nicht dran gewesen waren, warteten ein Stockwerk höher in der »Garderobe« oder im »Grünen Salon«, wie Tubby das Zimmer scherzhaft nannte. Donna lief mit Tabletts hinauf und hinunter, was Serena noch mehr verärgerte. Sie hatte sich bereits ziemlich gewundert, als Dad ihr erzählt hatte, dass er Debs helfen würde, die Mitwirkenden für ihre Auftritte zurechtzumachen und dafür zu sorgen, dass sie beizeiten auf die Bühne kamen. Jetzt war sie nicht mehr nur verwundert, sondern argwöhnisch.

»Kommen Sie, ich nehme Ihnen das ab«, sagte sie zu Donna, als diese wieder in die Küche kam, um das nächste Tablett mit Essen zu holen. »Sie können unmöglich in diesen Schuhen dauernd treppauf, treppab laufen.«

Donna nahm lachend das Tablett. »Ist schon gut, Mrs Baxter, meine Füße sind hart im Nehmen.«

»Hier, Mum«, schaltete sich Genevieve ein – sie durfte auf keinen Fall zulassen, dass Serena auch nur in die Nähe des Grünen Salons kam. »Bring das zu den Juroren. Sie sehen aus, als könnten sie einen Nachschlag gebrauchen.«

Der erste Künstler, der nach der Pause die Bühne betrat, war Huw Davies. Er trug ein weißes Unterhemd und zerrissene Jeans, hatte falsche Tattoos auf den Oberarmen und erntete einen johlenden Auftrittsapplaus, als Tubby ihn als »den Teufelskerl von Stoke: Robbie Williams mit dem Song ›Let Me Entertain You‹« ankündigte.

»Jederzeit!«, kreischte eine Frau in den hinteren Reihen. Doch trotz der lautstarken Forderung: »Zeig uns deinen Hintern!«, behielt Huw die Hosen bis zum Ende seiner Vorstellung an. »Ich denke, er verdrängt Ricky Martin von Platz zwei«, meinte Serena.

»Ich hatte keine Ahnung, dass Huw so gut singen kann«, stimmte Nattie ihr zu. »Irgendwie sieht man all die Leute plötzlich in einem ganz anderen Licht.«

Genevieve wusste, dass Adam der Nächste war, und fragte sich, ob Nattie dasselbe auch von ihm sagen würde. Der Ablauf geriet ein wenig ins Stocken, als Huw die Bühne verließ. Aber dann erschien Adam – sein Haar war aus der Stirn gekämmt, er hatte sich falsche Koteletten angeklebt und trug eine schwarze Lederjacke mit hochgestelltem Kragen. Er betrat die Bühne, wechselte nervös einen Blick mit Polly, die am Klavier saß und ihn begleiten sollte – alle anderen hatten zu Tonbandaufnahmen gesungen. Genevieve beobachtete Nattie ganz genau, aber ihr Gesicht blieb unbewegt und verriet keine Gefühlsregung.

Tubby stellte Adam vor: »Applaus für niemand Geringeren als Joe Cocker!«

Die Leute grölten und klatschten, aber als sich Adam zum Mikrofon beugte und noch einmal einen Blick mit Polly wechselte, wurde es leise. Polly spielte die ersten Töne, dann setzte Adam ein, mit geschlossenen Augen und leiser, heiserer Stimme.

»*You are so beautiful*«, sang er.

Nach all den lauten, schwungvollen Songs war das Publikum plötzlich mucksmäuschenstill.

»Mein Gott«, raunte Nattie, »der Mistkerl kann tatsächlich singen!«

»Und wie!«, flüsterte Genevieve.

»Schsch, ihr zwei.«

»*You're everything I hoped for*«, sang Adam mit brüchiger und herzerweichender Stimme.

Genevieve konnte kaum zuhören. Mit einem Mal fühlte sie sich ganz schwach und ihr wurde klar, dass sie sich genau so etwas von Christian wünschte. Sie wollte, dass er ihr den Atem raubte und ihr das Gefühl gab, dass sie alles war, worauf er jemals gehofft hatte. Aber offenbar waren diese Sehnsüchte weit von der Realität entfernt.

Adams Performance war faszinierend, und als er sang: »*You're my guiding light*«, öffnete er die Augen und schaute zum Durchgang vor der Küchentür, wo Genevieve, Nattie und ihre Mutter standen. Für den Bruchteil einer Sekunde glaubte Genevieve, dass er sie ansah, aber dann wurde ihr klar, dass er Nattie meinte, die direkt hinter ihr stand. Es bestand kein Zweifel, dass er die Augen auf Nattie fixierte und dass er für sie, nur für sie, sang. Genevieve riskierte einen Blick und sah, dass ihre Schwester wie erstarrt war.

Erst als die Zuhörer aufsprangen, johlten und kreischten, riss sich Adam von Natties Anblick los und verbeugte sich.

Bei all dem Lärm hörte Genevieve ihre Schwester deutlich sagen: »Ach, zum Teufel – wer A sagt, muss auch B sagen!«

47

Was als Nächstes geschah, brachte den Pub zum Kochen. Nattie drängte sich durch die Menge, sprang auf die Bühne und umarmte Adam. Sie küsste ihn auf den Mund. Er zeigte keinerlei Anzeichen von Widerstand, ganz im Gegenteil, und gerade als Genevieve überlegte, ob sie eine Brechstange holen sollte, um die beiden auseinander zu bringen, löste sich Nattie aus der Umarmung. Grinsend sagte sie ins Mikrofon: »Ich sag euch was, Leute – er küsst so gut, wie er singt.«

Unter tosendem Applaus traten die beiden ab. Adam wollte die Treppe hinaufgehen, aber wieder nahm Nattie die Dinge in die Hand und manövrierte ihn in die Küche. Bevor die Tür zuschwang, sah Genevieve noch, dass Nattie Adam an die Tür zur Kühlkammer drängte.

»Das wurde aber auch Zeit«, bemerkte Serena. »Der arme Tropf wartet schon so lange darauf, dass sie zur Vernunft kommt. *Grundgütiger Himmel!* Ist das dein Vater? O bitte, sag, dass das nicht wahr ist!«

Trotz des weißen Fransenanzugs, der schwarzen Perücke, der Koteletten und der silbern gerahmten Sonnenbrille war Daddy Dean, der gerade auf die Bühne kam, deutlich zu erkennen. Aber was für eine Verwandlung – er sah phänomenal aus! Er hatte die Lippen gekräuselt und streckte einen Arm aus, um die Fransen am Ärmel zur Schau zu stellen, mit der anderen Hand hielt er das Mikrofon.

»Sag nicht, dass er auch noch singt«, murmelte Serena matt. Sie war aschfahl und umklammerte Genevieves Hand. »Er hat noch nie vor Publikum gesungen. Nie!«

Genevieve verbarg ihre eigene Aufregung und dachte an das, was Donna heute Nachmittag gesagt hatte. »Doch, er singt, Mum.«

Diesmal übernahm Polly nicht die musikalische Begleitung. Die Musik von »Always On My Mind« kam vom Band. Dads Blicke suchten Serenas Gesicht in der Menge. Genevieve spürte, wie Mum ihre Hand noch fester packte.

»*Maybe I didn't treat you quite as good as I should have ... maybe I didn't love you quite as often as I could have.*«

Er sang aus vollem Herzen und Donna hatte keineswegs übertrieben: Er konnte tatsächlich singen. Und die Aufrichtigkeit, mit der er das Lied vortrug, schnürte Genevieve die Kehle zu – das und die Wahl seines Songs.

»*If I made you feel second best, girl, I'm so sorry I was blind ...*«

Noch nie zuvor war Genevieve so stolz auf ihren Vater gewesen. Hatte er die ganze Zeit gewusst, dass Mum sich vernachlässigt fühlte? Als die Musik verstummte und er sich bei ohrenbetäubendem Applaus verbeugte, sah sie ihre Mutter an. Serena weinte ungehemmt – Tränen liefen ihr übers Gesicht. Sie versuchte, etwas zu sagen, brachte aber kein Wort heraus.

Genevieve schlang die Arme um Serena. »Siehst du jetzt, wie sehr er dich liebt, Mum?«

»Aber er hätte es doch nur sagen müssen.«

»Das wäre nicht genug gewesen, oder? Du weißt so gut wie ich, dass du dir eine große Geste gewünscht hast. Etwas richtig Romantisches. Und was wäre romantischer oder dramatischer als so ein Auftritt?«

Sie beide sahen zur Bühne und klatschten Beifall. Dad war bereits weg.

Nachdem Tubby den nächsten Auftritt angekündigt hatte, fragte Genevieve ihn, ob er wüsste, wo ihr Vater abgeblieben war. »Ich glaube, Elvis hat das Gebäude verlassen«, scherzte Tubby. »So wie er aussah, brauchte er ein bisschen frische Luft.«

Genevieve und ihre Mutter drängten sich zur Tür und gingen hinaus. Es war noch hell und sie fanden ihn sofort. Er stand in seinem weißen Elvis-Anzug am Strand – eine einsame Gestalt, die Steine ins Wasser warf. Genevieve gab ihrer Mutter einen Schubs.

»Geh zu ihm, Mum. Erlöse ihn aus seinem Elend.« Sie sah Serena nach und wusste, dass sie alles getan hatte, was sie konnte. Dann drehte sie sich um und ging wieder in den Pub, um mit dem Abwasch anzufangen ... falls die Küche nicht noch von Adam und Nattie besetzt war.

Genevieve hatte keine Ahnung, was aus den beiden werden würde – ein Kuss machte noch keine Beziehung aus –, aber sie freute sich für Adam. Allerdings war sie auch etwas überrascht, dass er noch immer sehr viel für Nattie zu empfinden schien, obwohl er gesagt hatte, er wolle sie sich aus dem Kopf schlagen. Das machte Genevieve ein wenig traurig. Wenn dieser Abend weitere Konsequenzen nach sich ziehen würde, dann würde es keine gemütlichen Abende mit Adam mehr geben. Ihre Freundschaft würde sich unweigerlich verändern und sie hätte das Nachsehen.

Genevieve blieb stehen, um sich den nächsten Künstler anzusehen, eine schockierend schlechte Tina-Turner-Imitation, wahrscheinlich von einem Mann. Vorsichtig stieß sie die Küchentür auf – für den Fall, dass sich die Knutscherei zu etwas entwickelt hatte, was der Gesundheitsinspektor bestimmt nicht gutheißen würde. Aber Adam und ihre Schwester waren nicht mehr da, und auch das Personal, das ihr helfen sollte, war verschwunden. Doch der Anblick von Jonjo, der am Spülbecken stand, mit den Armen bis zum Ellbogen im Wasser, zauberte ein Lächeln auf ihr Gesicht.

»Polly hat beobachtet, dass alle Sie im Stich gelassen haben, und dachte, dass Sie ein bisschen Hilfe gebrauchen könnten«, sagte er. »Da stehen Berge von schmutzigem Geschirr. Mir ist schleierhaft, wieso ein Pub dieser Größe keine Spülmaschine hat.«

Genevieve nahm ein Küchentuch. »Es gibt schon eine, aber die funktioniert nicht.«

»Oh, na ja, dafür haben Sie ja mich. Ich tue das hier, um Polly zu beweisen, dass ich der häusliche, moderne Mann bin, den sie in ihrem Leben braucht.«

Genevieve lachte. »Ich glaube, darauf kommt es Polly nicht an.«

»Sie meinen, sie ist so verliebt in mich, dass sie schmutzige Tassen in der Spüle ertragen würde?«

»Nein, ich meine, dass es sie, genau wie Nattie, nicht im Mindesten kümmert, wie sich derlei Dinge regeln. Ich dachte eigentlich, das hätten Sie inzwischen selbst herausgefunden.«

Er hielt einen Teller unter fließendes Wasser, reichte ihn an Genevieve weiter und schnalzte mit der Zunge. »Diese Mädchen von heute! Was soll nur aus dieser Welt werden?«

Die Musik im Schankraum änderte das Tempo und eine unbekannte Frauenstimme krächzte die Titelmusik von *Titanic* – »My Heart Will Go On«.

»Zum Glück sind wir auf dieser Seite der Tür«, meinte Jonjo. »Die Leute da draußen bekommen noch Ohrenschmerzen, wenn sie nicht aufpassen.«

»Sie sollten sich nicht über etwas lustig machen, was Sie selbst noch nicht ausprobiert haben«, erwiderte Genevieve lachend.

»Es sind eben nicht alle so nachsichtig und duldsam wie Sie, Genevieve. Ich kenne Sie noch nicht lange, aber ich kann mich nicht erinnern, dass Sie jemals ein unfreundliches Wort über irgendjemanden geäußert hätten.«

»Sie haben mich noch nicht wütend erlebt. Ich kann richtig unangenehm werden, wenn ich will.«

Er lachte. »Ja, ungefähr so unangenehm wie Polly. Ihr beide seid aus demselben Holz geschnitzt. Nein, ihr drei – euer Vater ist genauso.«

»Und Nattie lassen Sie im Regen stehen?«

»Ich glaube kaum, dass wir uns im Moment Sorgen um sie machen müssen. Als ich sie mit Adam zum letzten Mal gesehen habe, machte sie zumindest nicht den Eindruck. Aber genug von den beiden – erzählen Sie mir lieber, was mit Christian und Ihnen los ist. Sie beide verbindet eine so unglaubliche Geschichte, dass Sie es sich schuldig sind, klare Verhältnisse zu schaffen.«

Sie nahm sich ein frisches Geschirrtuch. »Wer behauptet, dass wir irgendwas zu regeln hätten?«

Jonjo drehte den Wasserhahn ab und wandte sich ihr zu. »Sie müssen mit ihm reden. Er braucht Ihre Ermutigung.«

»Aber wie sollen wir miteinander reden? Wir verbringen kaum Zeit miteinander. Es ist nicht wie bei Polly und Ihnen.«

Er runzelte die Stirn. »Es ist nie gut, Vergleiche zu ziehen. Christian ist eben in einer weniger glücklichen Lage als ich. Ich kann mir freinehmen, wann immer ich will, um mit Polly zusammen zu sein. Im Gegensatz zu Christian bin ich ein richtig fauler Hund. Sein Problem ist, dass er verdammt gut in seinem Job und entsprechend gefragt ist. Und er kann weder delegieren noch nein sagen. Deshalb hat er so gut wie keine Freizeit.«

Genevieve wandte den Blick ab. »Halten Sie mir keine Vorträge, Jonjo. Oder Sie erleben wirklich noch, wie böse ich werden kann.«

»Ich will damit nur sagen, dass Sie Nachsicht mit ihm haben müssen. Wer weiß – vielleicht überrascht er Sie eines Tages. Er ist jedenfalls kein gefühlloser Klotz – im Laufe der Zeit muss doch schließlich etwas von meiner Vollkommenheit auf ihn abgefärbt haben.«

Sie lächelte. »Wir müssen nur noch das Besteck abspülen. Lassen Sie uns eine Pause machen und nach nebenan gehen, damit wir noch ein paar von den Auftritten mitbekommen.«

Er sah auf die Uhr. »Wir sind fast fertig. Noch zehn Minuten, dann können wir uns ins Getümmel stürzen.«

Seine Bereitschaft, durchzuhalten, versetzte Genevieve in Erstaunen. Sie suchte sich ein trockenes Geschirrtuch und nahm die Messer und Gabeln, die er abgewaschen hatte. Sie war wirklich dankbar, dass Jonjo ihr half, solange Nattie und ihre Mutter anderweitig beschäftigt waren. Es war typisch für die umsichtige Polly, dass sie ihr Jonjo geschickt hatte, und nett von ihm, dass er ihrer Bitte nachgekommen war.

Jonjo hielt Wort – nach exakt zehn Minuten, als sie eine quäkende Britney Spears »Baby One More Time« singen hörten, zog er den Stöpsel aus dem Spülbecken.

»Das war's. Wir sind fertig. Mal sehen, ob wir die Bar stürmen und uns was zu trinken besorgen können. Das haben wir uns definitiv verdient – insbesondere Sie.«

An der Bar war so viel los, dass sie ewig hätten warten müssen, also gaben sie den Plan wieder auf. Aber das machte Genevieve nichts aus – sie war einfach nur froh, nicht mehr in der Küche stehen und sich wie Aschenbrödel vorkommen zu müssen.

Als Britney die Bühne verließ, eilte Tubby zum Mikrofon. »Ladies and Gentlemen!«, schrie er. »Das wäre eigentlich der letzte Auftritt unseres Wettbewerbs gewesen, aber in letzter Minute haben wir noch eine verspätete Anmeldung reinbekommen, die wir einfach nicht ablehnen konnten. Ich darf Sie jetzt um einen herzlichen Applaus für die letzte Aufführung des Abends bitten, die einem ganz besonderen Menschen gewidmet ist. Ladies and Gentlemen, begrüßen Sie mit mir den Angel-Sands-Chor!«

»Den Angel-Sands-Chor?«, wiederholte Genevieve. »Wer soll das sein?«

Jonjo zuckte mit den Achseln. »Was soll's? Machen wir, was der Mann sagt, und klatschen wir einfach.«

Das tat sie und spähte neugierig zum Vorhang. Sie war wirklich gespannt, wer gleich dort auftauchen würde. Doch ehe sich jemand blicken ließ, setzte die Musik ein. Genevieve erkannte die Melodie sofort – es war »The Wonder of You«.

Sie drehte sich zu Jonjo um, um ihm zu sagen, wie sehr sie dieses Lied mochte, aber Jonjo war verschwunden. Sie sah sich verdutzt um, doch er war wie vom Erdboden verschluckt. Komisch.

Der Vorhang hinter der Bühne bewegte sich und die Menschen kamen zum Vorschein. Erst … Polly und dann …. Nattie mit Adam, der die Hand auf ihre Schulter gelegt hatte. Dann erschienen ihre Eltern Hand in Hand, gefolgt von Donna und anderen Sängern des heutigen Abends, und zum Schluss kam Jonjo auf die Bühne. Wie, um alles in der Welt, hatte er es so schnell hinter die Bühne geschafft? Er grinste sie an und winkte. Dann fingen alle an, so schön zu singen, dass Genevieve eine Gänsehaut bekam, während sie den Worten lauschte, die sie in- und auswendig kannte.

»When no one else can understand me.
when everything I do ist wrong,
you give me hope and consolation,
you give me strength to carry on,
and you're always there
to lend a hand in everything I do.
That's the wonder … the wonder of you.«

Sie wusste, wer hinter alldem steckte: Polly. Die liebe, süße Polly. Niemand sonst hätte sich eine solche Überraschung ausdenken können. Und nur sie wusste, dass ihr dieser Song so viel bedeutete. Eine Bewegung hinter dem Vorhang weckte Genevieves Aufmerksamkeit. Als sie die nächste Zeile des Liedes begann – *»And when you smile the world is brighter«* –, kam noch jemand auf die Bühne. Ihr Herz machte einen Sprung.

Christian!

Er musste gewusst haben, wo sie stand, denn ohne das geringste Zögern fiel sein Blick auf sie. Und während sich alle anderen im Rhythmus wiegten und sangen – *»You touch my hand and I'm a king, your kiss to me is worth a fortune«* –, machten sie ihm Platz, damit er nach vorn kommen konnte. Und bei *»your love for me is everything, I guess I'll never know the reason why you love me as you do«* sprang er von der Bühne und kam langsam auf sie zu. Auch die Zuhörer wichen zur Seite, um ihn durchzulassen, und als er vor ihr stand, nahm er die Hand vom Rücken und überreichte ihr eine einzelne rote Rose.

»Ich konnte dir kein Ständchen bringen, wie ich es gern getan hätte«, flüsterte er ihr ins Ohr, »deshalb habe ich ein paar Leute angeheuert, die das für mich übernehmen.«

Sie legte den Kopf zurück. »Du hast das alles ganz allein arrangiert?«

»Mit ein bisschen Hilfe.«

Vom Rest des Songs bekam sie nichts mehr mit. Ohne sich darum zu scheren, dass alle sie beobachteten, schlang sie die Arme um seinen Hals und küsste und küsste ihn. Sollten die anderen doch eine Brechstange holen – sie würde Christian für den Rest des Abends nicht mehr loslassen!

48

Gran pflegte stets zu sagen, dass jeden Tag Wunder geschehen. »Aber wir merken es nicht«, erklärte sie weiter, »weil wir meistens zu beschäftigt sind, um zu sehen, wie die Engel ihr Werk tun.« Nach allem, was sich im *Salvation Arms* ereignet hatte und was jetzt mit ihr geschah, war Genevieve geneigt, Gran zuzustimmen.

Als sie draußen waren, um Luft zu schnappen, eröffnete ihr Christian, dass er sie für den Rest der Nacht entführen würde und dass er eine todsichere Methode gefunden habe, jede Möglichkeit einer Störung auszuräumen. Er führte sie zu seinem Auto, das er vor Grans Cottage abgestellt hatte, und erklärte ihr, dass er keine einzige Frage beantworten würde, bevor der richtige Zeitpunkt gekommen war.

»Verrätst du mir wenigstens, wohin wir fahren?«

»Das wirst du schon noch merken«, antwortete er geheimnisvoll. Sie vermutete, er wollte sie zum Tawelfan Beach bringen, stellte aber bald fest, dass sie sich geirrt hatte: Christian bog auf den Weg zu Ralphs Scheune ein – oder besser: zu Jonjos Scheune. Er parkte den Wagen neben einem großen Lastwagen und einer Betonmischmaschine, schaltete den Motor ab, stieg aus und eilte zu ihrer Tür, noch ehe sie einen Fuß auf den Boden setzen konnte.

»Du musst die Augen zumachen«, forderte er und kam

mit seinem Gesicht dicht an ihres, um zu sehen, ob sie gehorchte.

»Aber es ist stockfinster, ich kann sowieso nichts sehen.«

Er holte eine Taschenlampe vom Rücksitz und bot ihr seinen Arm an.

Nervös kichernd übergab sie sich in seine Führung. Sie hörte das Knarren einer Tür und vermutete, dass sie in die Scheune gingen. Aber warum? Nach ein paar Schritten sagte Christian: »Jetzt dreh dich um, halt dir die Ohren zu und lass die Augen fest geschlossen.«

Es kam ihr vor, als würde sie eine Ewigkeit so dastehen, aber in Wirklichkeit waren es nur wenige Minuten. Am liebsten hätte sie gelinst, tat es aber nicht. Dann spürte sie seine Hände auf ihren, er nahm sie von ihren Ohren und sagte: »Jetzt darfst du die Augen aufmachen und dich wieder umdrehen.«

Sie konnte kaum fassen, was sie sah. Die Scheune sah aus wie ein Zimmer aus Tausendundeiner Nacht – ein Palast mit Baldachin, üppigen Teppichen und vielen Kissen. Und überall funkelten Kerzen wie geschliffene Edelsteine.

Sie wandte sich Christian zu. »Es ist wunderschön.«

»Und es ist alles für dich, Genevieve. Ein Ort, an dem ich dich ganz für mich allein habe und nicht befürchten muss, dass wir gestört werden.« Er nahm ihre Hand. »Komm, setz dich.«

Benommen tat sie, was er sagte. Konnte der Abend noch schöner werden? Würde ihr jemals etwas Wundervolleres widerfahren? Als sie es sich auf einem niedrigen gepolsterten Hocker gemütlich gemacht hatte, nahm Christian die Champagnerflasche aus dem Eiskübel und schenkte ihr ein Glas ein.

»Dafür hat Jonjo gesorgt«, sagte Christian. »Er meinte, er würde mir nie verzeihen, wenn ich bei den Getränken knauserig wäre.«

Sie nahm ihm das Glas ab. »Jonjo weiß von dieser Überraschung?«

Er setzte sich neben sie. »Ich hielt es für klüger, seine Erlaubnis einzuholen. Immerhin ist das ja sein Haus.«

»Er hat nie etwas davon gesagt. Kein Wort.«

Er stieß mit ihr an. »Das war der eigentliche Plan. Die Überraschung sollte dir den Atem rauben.«

»Noch mehr solche Überraschungen und ich sterbe einen Erstickungstod. Erst bringst du alle dazu, für mich zu singen, und jetzt das. Wann bist du hergekommen und hast das alles arrangiert?«

»Gegen Mittag, zusammen mit Polly und Jonjo. Ich bin hinter ihnen hergefahren, und sie haben mir geholfen, alles herzurichten.«

»Das glaube ich einfach nicht – meine Schwester war auch eingeweiht?«

»Und deine Eltern ebenfalls. Jonjo hat sie am Nachmittag hergebracht, damit sie es sich ansehen. Es war eine ideale Gelegenheit, deine Mutter nach all den Jahren ordentlich zu begrüßen – und sie vielleicht davon zu überzeugen, dass ich nicht der treulose Halunke bin, den sie in Erinnerung hat.«

Genevieve begriff, dass sie gründlich ausgetrickst worden war. Jonjo hatte Serena nicht angeboten, ihr die Scheune zu zeigen, um ihren bohrenden Fragen ein Ende zu setzen, sondern es war Teil des Plans. Was für ein hinterlistiger Haufen ihre Familie doch war!

»Gibt es sonst noch etwas, was ich wissen sollte? Hast du noch andere Überraschungen im Ärmel?«

Plötzlich wurde er ernst. »Vielleicht. Aber zuerst muss ich dich etwas fragen. Ich möchte wissen, was genau du für Adam empfindest.«

»Für Adam? Was für eine komische Frage! Was hat er mit alldem zu tun?«

»Er hat sehr viel damit zu tun. Merkst du das nicht?«

Verwirrt entgegnete sie: »Nein. Er ist ein Freund. Ein wirklich guter Freund.«

»Aber du stehst ihm so nahe. Und du wendest dich mit allem an ihn, stimmt's?«

Sie zögerte. »Nur weil er immer für mich da ist.«

»Wie an dem Tag, an dem deine Großmutter starb.«

»An dem Tag warst du auch da.«

»Ja, aber als wir im Wintergarten im *Paradise House* standen und er sich von dir verabschiedet hat, habe ich erkannt, wie stark das Band zwischen euch ist. Und glaub mir, ich habe gespürt, dass du mich nicht in deiner Nähe haben wolltest und dass du mich nicht gebraucht hast.«

Genevieve dachte an jenen Tag zurück und bahnte sich in Gedanken einen Weg durch das Durcheinander von Ereignissen und Emotionen – die Erleichterung, dass Lily-Rose nichts passiert war, und die Trauer über Grans Tod. Plötzlich sah sie vor sich, wie Adam ihren Arm berührte und wie sie ihn zum Abschied auf die Wange geküsst hatte, und kurz danach hatte sie Christian gesagt, dass sie jetzt gern mit Nattie allein sein wollte. Kein Wunder, dass er falsche Schlüsse aus alldem gezogen hatte!

»Hast du dich deshalb mit deinen E-Mails so zurückgehalten?«

»Ja. Mir war einfach nicht klar, welche Art von Gefühlen du mir entgegenbringst. Du warst in deinen Briefen so distanziert, so geschäftsmäßig. Mir kam es vor, als würdest du zweifeln, ob wir das Richtige tun. Deshalb habe ich beschlossen, mich zurückzuziehen und dir Zeit zu geben.«

»Aber warum hast du nichts gesagt? Wieso hast du mich nicht einfach gefragt, was ich fühle?« Noch während sie das aussprach, wurde ihr bewusst, wie heuchlerisch es war. Seit wann war *sie* imstande zu sagen, was sie empfand?

Er stellte sein Glas ab. »Ihr Baxters seid nicht die Einzigen, die Hemmungen haben, sich zu öffnen, weißt du. Ich hatte Angst, eine Antwort zu bekommen, die ich nicht hören wollte – ich hatte Angst, dich zu verlieren, wenn ich dich damit überfahre.« Er machte eine Pause, dann fügte er hinzu: »Aber ich frage dich jetzt. Ich muss es wissen, Genevieve! Ich weiß, dass Adam verrückt nach deiner Schwester ist, aber bist du insgeheim in ihn verliebt?«

Sie stellte ihr Glas neben seines. Es war an der Zeit, absolut ehrlich zu ihm und zu sich selbst zu sein. Sie neigte sich vor zu Christian, damit er genau sehen konnte, was sie sagte: »Christian, ich liebe Adam, das muss ich zugeben. Aber ich liebe ihn wie einen Bruder. Der einzige Mann, den ich jemals aufrichtig geliebt und begehrt habe, bist du. Es hat nie jemanden gegeben, der solche Gefühle in mir geweckt hat. Ich habe dich als Teenager geliebt und habe mich vermutlich an dem Tag wieder in dich verliebt, an dem du ins *Paradise House* gekommen bist und nach einer Unterkunft gesucht hast. So – war das klar genug für dich?«

Ein Lächeln hellte seine Züge auf. »Sonnenklar«, sagte er. Dann küsste er sie mit unendlicher Zärtlichkeit, und sie wusste, dass all seine Zweifel verflogen waren. Er zog sie auf den Teppich und legte ein Kissen unter ihren Kopf.

»Glaubst du, mein Wunsch erfüllt sich endlich?«

»Was für ein Wunsch soll das sein?«

Er gab ihr keine Antwort.

Sie liebten sich bedächtig und behutsam – keiner von ihnen wollte überstürzen, worauf sie so lange gewartet hatten. Und die ganze Zeit hatte Genevieve das Gefühl, ein Déjà-vu zu erleben. Es war, als würden sich ihre Körper durch und durch kennen, als wüssten sie genau, welche Berührung den anderen am meisten erregte.

Danach lagen sie sich im goldenen Schein der Kerzen in den Armen, und Christian sagte ihr, wie schön sie war. Und sie fühlte sich tatsächlich schön.

Und geliebt.

49

In der darauf folgenden Woche waren die Baxters das Hauptthema im Dorf. Und schuld daran waren nur sie selbst, wie Tubby als Erster deutlich machte.

»Warum müsst ihr auch in aller Öffentlichkeit Farbe bekennen«, neckte er Genevieve. »Was habt ihr erwartet? Selbstverständlich klatscht jetzt jeder über euch.«

Ausnahmsweise störte sich Genevieve nicht daran, dass so offen über ihr Privatleben diskutiert wurde. Adam hatte gerade diesen Punkt angesprochen. Sie waren auf dem Friedhof von St. Non's – Genevieve brachte frische Blumen für Grans Grab, und Adam half Lily-Rose beim Pflücken von Gänseblümchen, weil sie für Nattie eine Kette daraus machen wollte.

»Es ist noch gar nicht lange her«, sagte er, dass ein gewisses Mädchen mit den Füßen aufgestampft und einen Wutanfall bekommen hat, als ich ihr erzählte, dass die Leute über sie reden.«

Genevieve verscheuchte eine Fliege, die auf dem steinernen Engel gesessen hatte. »Das hängt ganz davon ab, was geredet wird. Aber zum Glück bin ich nicht die Einzige, über die sie sich die Mäuler zerreißen. Ich schätze, du stehst noch mehr im Mittelpunkt des Interesses.«

Adam ging zu Lily-Rose, die im Schatten der Eibenhecke saß, und gab ihr die Gänseblümchen. Das Kind war in seine eigene Welt versunken und summte vor sich hin, während es sich die Gänseblümchen einzeln auf den Schoß legte. Adam gesellte sich wieder zu Genevieve. »Gibt es einen speziellen Grund für diese Aufmerksamkeit?«

»Na ja, nicht jeder Mann ist mutig genug, es mit Nattie Baxter aufzunehmen, meinst du nicht auch?«

»Wenigstens halten sie mich für mutig und nicht für dumm.«

Genevieve lächelte. »Und, wie läuft's? Du bereust doch hoffentlich nichts.«

»Auf keinen Fall.« Er zögerte. »Aber was ist mit Nattie? Hat sie irgendwas zu dir gesagt?«

»Ach Adam, als ob ich weitertratschen würde, was mir Nattie erzählt hat!«

»Dann hat sie also etwas gesagt?«

Genevieve wäre es lieber, die Menschen würden sich nicht immer *ihr* anvertrauen. Sie war hoffnungslos verloren, wenn es jemand darauf anlegte, sie auszufragen. »Hör mal«, sagte sie, »es ist keine große Sache, und du musst mir versprechen, ihr nicht zu verraten, dass ich etwas gesagt habe, aber ...«, sie sah zu Lily-Rose, die immer noch mit sich selbst beschäftigt war, »... sie denkt, du hältst sie hin.«

Er runzelte die Stirn. »Inwiefern?«

»Ach, du weißt schon.« Wieder spähte sie zu Lily-Rose, um sich zu vergewissern, dass sie nicht zuhörte. »Was das Sexuelle betrifft. Der Talentwettbewerb war vor drei Wochen, und sie ... na ja, sie fragt sich, wann es endlich passiert.«

Ein Grinsen breitete sich auf Adams Gesicht aus, aber er sagte nichts.

»Also, was ist da los?«, wollte Genevieve wissen.

»Erstens geht das nur mich etwas an, zweitens ist es unklug von ihr, mit dem Boss ins Bett gehen zu wollen, und drittens ...«, das Grinsen wurde noch breiter, »und drittens lasse ich sie warten, genauso wie sie es mit mir gemacht hat.«

Jetzt musste auch Genevieve lächeln. »Du bist noch mutiger, als wir alle gedacht haben.«

»Und dafür verdammt gefrustet, kann ich dir sagen.«

»Was meinst du, wie lange du das noch durchhältst?«

»Ich glaube, nicht mehr sehr lange – so wie ich für sie empfinde ...« Plötzlich wurde er ernst. »Ich möchte nichts überstürzen. Ich habe kein Interesse an einem kurzen Techtelmechtel – ich möchte ... Liebe.«

»Dann machst du es genau richtig. Ich frage mich, ob sich jemals ein Mann ihretwegen so viele Umstände gemacht hat. Dass sie sich Gedanken darüber macht, warum du sie noch nicht ins Bett gezerrt hast, bedeutet doch, dass ihr viel an dir liegt. Ich glaube kaum, dass sie diese Erfahrung in der Vergangenheit oft gemacht hat.«

Als Christian zwei Tage nach dem Talentwettbewerb im *Salvation Arms* weggefahren war, hatte Adam Genevieve angerufen und sie um ein Gespräch unter vier Augen gebeten.

»Was ich getan habe, muss dir seltsam vorkommen«, hatte er gesagt. »Dass ich nach allem, was ich dir gesagt habe, ein Lied für Nattie singe.«

»Ein klein bisschen. Aber nur, weil es so ausgesehen hat, als hättest du sie dir wirklich aus dem Kopf geschlagen.«

»Ich hab mich nach Kräften bemüht, aber letzten Endes ist es mir nicht gelungen.«

»Und was ist mit deinen Plänen, alles zu verkaufen und von hier wegzuziehen? Ist das noch aktuell?«

Beschämt gestand er, in diesem Punkt gelogen zu haben. »Tut mir Leid, Gen, aber ich habe das gesagt, weil ich darauf gebaut habe, dass du es Nattie früher oder später erzählen wirst. Ich hatte gehofft, dass sie darüber nachdenkt, wie es wohl wäre, wenn ich nicht mehr da sein würde. Und dann, nach der Aufregung um Lily-Rose, eskalierte das Ganze auf eine Weise, die ich nicht voraussehen konnte. Verzeihst du mir?«

Zwei Sekunden lang spielte sie die Beleidigte. »Ich verzeihe dir, wenn du mir ein Versprechen gibst – eines, an dem wir beide Interesse haben.«

»Schieß los.«

»Du darfst nie, niemals einer Menschenseele erzählen, was um ein Haar an dem Abend in deinem Haus passiert wäre.«

»Du meinst, als wir beinahe …«

»Streich das aus deinem Gedächtnis«, unterbrach sie ihn. »Nattie und Christian zuliebe dürfen wie nie wieder davon reden. Wenn Christian jemals davon erfährt, dann wird das ewig an ihm nagen. Und das hat er nicht verdient.«

Sie arrangierte nachdenklich die Gartenwicken, die Lily-Rose für Grans Grab gepflückt hatte, als Adam sie aus ihren Gedanken riss. »Nattie denkt, dass du mir aus dem Weg gehst, Gen. Stimmt das?«

»Ja«, erwiderte sie – sie wollte Adam nicht belügen.

»Warum?«

»Weil du bestimmt keinen alten Kumpel brauchen kannst, der dauernd in deiner Nähe herumhängt und eigentlich nur im Weg ist.«

Er sah sie streng an. »Du könntest niemals im Weg sein, Gen. Ich möchte nicht, dass sich zwischen uns etwas ändert. Und ich denke, Nattie würde das auch nicht wollen.«

Egal was er sagte, Genevieve merkte, dass ihre Freundschaft sich bereits veränderte. Seit Adams Geständnis, dass er sie angeflunkert hatte, waren sie heute zum ersten Mal allein. Na ja, fast allein – Genevieve hatte es für klüger erachtet, Lily-Rose als Anstandswauwau mitzunehmen. Sie hatte keine Ahnung gehabt, dass sich Christian wegen Adam solche Gedanken gemacht hatte, und sie würde alles tun, um ihn nicht zu verletzen.

Adam hob Lily-Rose, die stolz ihren Gänseblümchenkranz auf dem Kopf und eine passende Kette für ihre Mutter in der Hand trug, auf seine Schultern, und gemeinsam machten sie sich auf den Weg ins Dorf. Nach mehreren trüben Tagen mit viel Regen war es heute wieder strahlend schön. Die heiße Mittagssonne stand hoch an einem makellos blauen Himmel und das Meer schimmerte ruhig. Auf den schmalen Straßen wimmelte es vor fröhlichen Touristen: Kleine Kinder mit roten Gesichtern spähten unter Sonnenhüten hervor und fuchtelten mit ihren Fischernetzen durch die Luft, Paare mittleren Alters promenierten Arm in Arm und Gruppen von Teenagern stöberten in den Läden nach angesagten Klamotten und Surfzubehör.

Die drei kamen am *Angel Cottage* vorbei, machten aber nicht Halt. Nattie und die anderen warteten im *Paradise House* auf sie. Serena hatte darauf bestanden, dass sich Genevieve einen freien Tag nahm, und wollte ein besonderes Mittagessen kochen.

»Was meinst du, was es mit diesem speziellen Mittagessen auf sich hat?«, fragte Adam, als sie Debs durch die offene Tür des gut besuchten Salons zuwinkten.

Genevieve wunderte sich, dass Frauen eines gewissen Alters offenbar bereit waren, bei jedem Wetter unter der heißen Haube zu sitzen. »Ich habe das Gefühl, dass Mum und Dad etwas zu verkünden haben.«

»Hast du eine Ahnung, was das sein könnte?«

»Wenn du mich das vor einem Monat gefragt hättest, hätte ich gesagt, sie wollen sich scheiden lassen, aber seit du und Donna diesen großartigen Elvis aus Dad gemacht habt, kleben sie förmlich aneinander. An dem Abend im *Salvation Arms* hat Mum das von Dad bekommen, was sie sich immer gewünscht hat – die große Geste, den ultimativen Liebesbeweis. Und Dad hat die überraschende Erfahrung gemacht, dass es hin und wieder gar nicht so schlecht ist, sich ins Rampenlicht zu stellen.«

Sie blieben stehen, um einer jungen Mutter zu helfen, einen Kinderwagen mit lauter Strandspielzeug über den Bordstein zu heben, dann gingen sie weiter.

»Was dein Vater an diesem Abend erreicht hat, ist ganz allein sein Werk«, meinte Adam. »Donna und ich hatten mit seinem Auftritt so gut wie nichts zu tun. Wenn so etwas von Herzen kommt, braucht man keine zusätzlichen Ermutigungen.«

»Wenn das so ist, dann gilt wohl dasselbe für deinen Auftritt. Wie ich schon sagte, du warst umwerfend gut. Ein Jammer, dass du dir den ersten Preis nicht mit Donna teilen konntest und nur den zweiten bekommen hast.« Zu ihrer Belustigung stieg Adam eine leichte Röte ins Gesicht. »Ich wusste gar nicht, dass du eine so fantastische Stimme hast«, sagte sie, um ihn noch mehr in Verlegenheit zu bringen. »Warum hast du sie uns bisher vorenthalten?«

»Weil ich genau wie in geschäftlichen Angelegenheiten auch privat gern ein paar Asse im Ärmel behalte. Meine Taktik ist, diese Trümpfe auszuspielen, wenn niemand damit rechnet. Damit habe ich immer Erfolg.«

»Vielleicht hättest du das bei Nattie schon früher machen sollen.«

Adam hielt Lily-Rose an den Füßen fest, als sie auf seinen Schultern zu hopsen begann, und lächelte. »Aber das lange Warten hat sich gelohnt. Ich bereue nichts.«

Genevieve hoffte nur, dass ihre Schwester Adam nicht enttäuschen würde. Nattie war ganz die Alte und steckte die Hänseleien ein, die Tubby und Dad austeilten.

»Na und? Vielleicht hab ich ja meine Ansichten über Adam geändert«, erklärte sie ihnen. »Ich habe eben den richtigen Moment abgewartet – ich war *wählerisch.*« Zu Genevieve und Polly sagte sie, dass sie nicht die Absicht hatte, sich zu ändern. »Nur weil ich mit Adam ausgehe, heißt das noch lange nicht, dass ich mich in etwas verwandle, was ich nicht bin.«

»Ich glaube, ihm wäre es auch nicht recht, wenn du das tun würdest, Nats«, sagte Polly.

»Ja«, stimmte ihr Genevieve zu. »Weiß der Himmel, warum er ausgerechnet dich dickköpfiges, schwieriges, streitlustiges Mädchen vergöttern muss und nicht ein einfaches, fügsames Liebchen, das zu allem ja und amen sagt.«

Am erstaunlichsten war, dass Nattie Wort hielt und tatsächlich für Adam arbeitete – das hätte ihr wirklich niemand zugetraut.

»Ich bin eine Frau mit Prinzipien«, sagte sie, als sie nach ihrem ersten Arbeitstag zurückkam, an dem sie freundlich zu Leuten sein musste, die sie vermutlich verabscheute. »Ich habe ein Versprechen gegeben und halte es. Auch wenn der Job todlangweilig ist.«

Für Lily-Rose war dagegen ein Tag in der Kinderkrippe schöner als der andere: Sie spielte mit den anderen Kindern auf den Klettergerüsten, gewann das Wettschwimmen im Pool und durfte sich das Gesicht anmalen. Lily kam jeden Nachmittag mit einem anders bemalten Gesicht nach Hause – einmal als Affe, ein anderes Mal als Tigerkätzchen –, und es war nicht zu übersehen, dass sie großen Spaß hatte.

Genau wie Polly. Zu Jonjos großer Freude und Erleichterung hatte Polly am Tag nach dem Talentwettbewerb seinen Heiratsantrag angenommen. Am nächsten Morgen, als Jonjo unter der Dusche stand, erzählte Polly in einer Ausführlichkeit, die ihre Zuhörer zur Weißglut brachte, wie er mit ihr im Mondschein an den Strand gegangen war und ihr einen Ring, den er in Hongkong gekauft hatte, an den Finger steckte. Sie drängten sich alle um sie, um sich den Ring mit den vielen Diamanten aus der Nähe anzusehen, und pfiffen anerkennend durch die Zähne.

»Es wäre nett gewesen, wenn mich der junge Mann zuerst um Erlaubnis gefragt hätte«, sagte Daddy Dean, als ihnen keine weiteren Komplimente mehr einfielen und Nattie und Mum ihre Versuche aufgegeben hatten, den kostbaren Ring auf ihre eigenen, viel kräftigeren Finger zu stecken.

»O Daddy!«, rief Polly bestürzt. »Ich bin sicher, er hätte es getan, wenn sich die richtige Gelegenheit ergeben hätte, aber …«

»Ist schon gut, Polly, das war nur ein Scherz.« Er schloss sie in die Arme. »Ich nehme an, das bedeutet, dass du bald nach Buckingham ziehst?« Genevieve sah ihm an, dass er sich bemühte, tapfer zu sein, und wie sehr er die Vorstellung hasste, sie nicht mehr bei sich zu haben.

»Vorerst nicht«, antwortete Polly. »Und außerdem werden Jonjo und ich so viel Zeit wie möglich hier in seinem neuen Haus verbringen.«

Genevieve konnte sich *Paradise House* ohne die Anwesenheit ihrer jüngsten Schwester kaum vorstellen.

Das Mittagessen wurde draußen serviert. Dad hatte im Obstgarten zwei Tische zusammengestellt, Mum hatte weiße Tischtücher darauf ausgebreitet und kunstvoll Rosenblütenblätter zwischen den Tellern und Gläsern verstreut. Das sah alles nach einer großen Baxter-Feier aus. Aber was genau wurde gefeiert?

Zum Glück waren alle Gäste ausgeflogen, und der Anrufbeantworter war eingeschaltet, so dass sie während des Essens nicht dauernd aufspringen und zum Telefon rennen mussten. »Adam und Nattie, ihr nehmt Lily-Rose zwischen euch. Jonjo, du sitzt gegenüber von Polly neben Nattie, und Genevieve, dein Platz ist dort drüben neben deinem Vater. Ja, und Christian, es versteht sich von selbst, wo du sitzt – neben Genevieve. So, hat jetzt jeder seinen Platz? Daddy Dean, worauf wartest du? Wir wollen endlich anstoßen.«

Ihr Vater wirkte glücklicher denn je, als er langsam den Tisch umrundete und Wein einschenkte. Genevieve sah in die Runde – all ihre Lieben hatten ihr Glück gefunden – und dachte wieder an die Theorie ihrer Großmutter. Wenn man ihre Familie so ansah, dann konnte man schon glauben, dass – solange niemand hinsah – Engel ihre Geschicke zum Besten lenkten. Hätten wir Baxters die Dinge allein regeln müssen, dachte sie, dann hätte wohl alles in einer Tragödie geendet.

Sie wechselte einen Blick mit Nattie, während Adam der kleinen Lily-Rose zeigte, wie man die Serviette zu einem Schwan faltete – ein weiteres Beispiel für seine verborgenen Talente. Nattie lächelte und verdrehte die Augen in Adams Richtung, aber ganz ohne Spott oder Boshaftigkeit – es war einfach nur eine Geste der Nachsicht. War das Unvorstellbare eingetreten? War Nattie endlich gezähmt? War ihr klar geworden, dass Adam ein wundervoller Vater für Lily-Rose wäre? Und zudem ein hingebungsvoller Ehemann? Selbst Nattie musste das inzwischen erkannt haben. Aber Genevieve war auch nicht besser: Sie selbst hatte Christians Gefühle für sie vollkommen falsch gedeutet.

Noch immer konnte sie die wundervollen Überraschungen, die er am Abend des Talentwettbewerbs für sie arrangiert hatte, kaum fassen. Als Polly bei Jonjo zu Besuch gewesen war, hatten sie zusammen mit Christian zu Abend gegessen und offenbar erkannt, wie unglücklich er war. Deshalb hatten sie ihm gut zugeredet, mit nach Angel Sands zu kommen, damit er sich mit Genevieve aussprechen konnte.

»Meinst du wirklich, das wird etwas nützen?«, hatte er gefragt.

»Du wirst es nie erfahren, wenn du es nicht versuchst«, hatte Polly ihm klar gemacht.

Genevieve spürte eine leichte Berührung an ihrem Bein und wandte sich zu Christian. »Alles in Ordnung?«, flüsterte er.

Sie fasste nach seiner Hand und formte die Worte: »Mir geht's prima.« Und diesmal stimmte es wirklich.

»Hey, ihr zwei!«, sagte Nattie. »Keine heimlichen Gespräche! Davon hatten wir schon genug, als wir noch Kinder waren. Ihr beide habt alle anderen immer ausgeschlossen.«

Christian bekam nicht mit, was sie sagte, deshalb wiederholte es Genevieve noch einmal für ihn.

»Vielleicht solltest du lernen, Lippen zu lesen, Nattie«, sagte er.

Adam brach in Gelächter aus. »Mach mal langsam, Christian, sie muss schon lernen, nett zu mir zu sein – damit hat sie genug zu tun.«

Wieder verpasste Christian, was gesagt wurde, und nachdem Genevieve es ihm erzählt hatte, erhob Serena ihr Glas. Sie wartete, bis alle ihrem Beispiel folgten, dann sah sie ihren Mann an, der am anderen Ende des Tisches saß.

»Auf uns alle und auf das, was vor uns liegt.«

Alle erwiderten den Toast und Lily-Rose, die ihren Apfelsaft zu hastig austrank, musste laut rülpsen, was alle zum Lachen brachte.

»Meinst du, wir sollten ihnen verraten, was vor uns liegt?«, fragte Daddy Dean.

»Ich glaube, das sollten wir«, sagte Serena, »schließlich betrifft es sie alle.«

»Nun macht schon!«, beschwerte sich Nattie. »Wir haben lange genug mitgespielt. Es wird Zeit, die Bombe platzen zu lassen! Sagt uns endlich, warum wir dieses Festmahl veranstalten.«

Serena sah wieder Daddy Dean an. »Also dann: Das ist deine Aufgabe.«

Die Blicke aller richteten sich auf Daddy Dean. »Eure Mutter und ich haben entschieden, für einige Zeit von hier wegzugehen und ... und, wenn ihr alle einverstanden seid, eine ausgedehnte zweite Hochzeitsreise zu machen.«

»Was für eine wunderbare Idee!«, rief Polly. »Und für wie lange?«

»Hm ... Das wissen wir noch nicht genau. Aber sie wird auf alle Fälle länger sein als unsere erste.«

»Vielleicht einen oder zwei Monate«, warf Serena beschwichtigend ein.

Nattie pfiff durch die Zähne. »Das nenne ich ordentliche Flitterwochen.«

»Und wohin wollt ihr fahren?«, wollte Genevieve wissen.

»Nach Neuseeland. Eure Mutter möchte mir zuerst zeigen, wo sie war, und anschließend fahren wir weiter. Australien wäre schön. Ich wollte immer schon mal nach Alice Springs.«

»Dann solltet ihr euch lieber drei Monate Zeit nehmen«, schlug Jonjo vor.

»Aber was ist mit uns? Und mit *Paradise House*?«, quengelte Nattie wie ein kleines Kind, das nicht allein zu Hause bleiben wollte.

Serena sagte: »Ihr kommt sehr gut ohne uns zurecht, Nattie. Du hast ein hübsches Haus, einen Job, eine entzückende Tochter und –«, sie warf einen Blick in Adams Richtung, »einen Mann, der dich auf Händen trägt. Ich würde sagen, du hast alles, was sich ein Mädchen nur wünschen kann. Und was das *Paradise House* betrifft … nun, das ist ein bisschen komplizierter.«

Sie wandte sich an Genevieve, und Genevieve bereitete sich innerlich auf die Worte vor, die sie nicht hören wollte. Denn eines war ganz sicher: Sie wollte *Paradise House* so, wie es war, nicht führen. Es war zu anstrengend. Zu chaotisch. Bei fünf Gästesuiten brauchte sie feste Angestellte, auf die sie sich verlassen konnte.

»Genevieve«, sagte ihr Vater, »deine Mutter und ich stehen tief in deiner Schuld, weil du so schwer gearbeitet hast, seit du wieder zu Hause bist, und wir möchten uns von Herzen bei dir bedanken. Ich weiß wirklich nicht, was ich ohne dich getan hätte.« Er räusperte sich und fuhr fort: »Die Entscheidung liegt natürlich ganz bei dir, aber wir haben überlegt, ob du die volle Verantwortung für die Leitung von *Paradise House* übernehmen möchtest. Aber wir übergeben es dir nicht so, wie es ist. Wir hatten eine Idee und bitten dich, darüber nachzudenken. Uns schwebt eine Totalrenovierung vor. Dazu brauchen wir natürlich jemanden, der die Arbeiten beaufsichtigt, und, was noch wichtiger ist, jemanden, der etwas ganz Besonderes daraus macht. Und dabei haben wir an dich gedacht.«

Genevieve hielt noch immer Christians Hand unter dem Tisch, trank einen Schluck Wein und hörte sich die Pläne ihrer Eltern an.

Für den Rest des Tages war es Genevieve verboten, die Küche zu betreten. Sie durfte nicht einmal beim Abwasch helfen.

»Christian, ich beauftrage dich, einen langen Spaziergang mit ihr zu machen«, sagte Serena. »So weit weg von hier wie möglich.«

»Du musst nicht alles machen, was meine Familie sagt«, beschwerte sich Genevieve, als sie vor dem *Salvation Arms* standen und zum Strand hinunterschauten. Es war noch früh am Abend, die Sonne neigte sich langsam am Horizont und die meisten Leute hatten den Strand schon verlassen. Nur eine Hand voll Motorboot-Leute machte wie üblich viel Lärm, während mit ziemlichem Geschrei die Boote auf Trailer gezogen und Autotüren geknallt wurden.

»Du solltest *unsere* Familie sagen. Laut deiner Mutter bin ich jetzt ein Ehrenmitglied.«

Sie drehte ihm das Gesicht zu. »Machst du Witze?«

»Nein. Deine Mutter sagte, dass ich jetzt, da ich selbst keine Familie mehr habe, deine als meine betrachten soll.«

Genevieve stöhnte. »O Gott, sag bitte, dass sie nicht so taktlos war!«

»Das waren genau ihre Worte. Und wie fühlt es sich an, dass ich Teil der Familie bin?«

»Ich bin empört. Als Nächstes schenkt sie dir noch das kostbare Familiensilber.«

»Mir wäre eine andere Kostbarkeit lieber. Du. Schon gut, ich weiß, das war das Kitschigste, was jemals über meine Lippen gekommen ist, aber hab Nachsicht – ich lerne vom großen Meister Jonjo.«

»Hör auf damit. Hör sofort auf! *Ein* Charmeur in der Familie ist wirklich genug. Hast du Lust auf einen Drink im Pub oder auf einen Spaziergang?«

»Lass uns zum Tawelfan Beach gehen.«

Sie wanderten Hand in Hand den Küstenweg entlang und schwiegen einvernehmlich. Genevieve wusste, wie anstrengend es für Christian gewesen war, der hektischen Unterhaltung bei Tisch zu folgen.

Als sie den steilen Pfad zum Tawelfan Beach hinuntergingen, entdeckten sie, dass sie den Strand und die Dünen nun ganz für sich hatten. Sie setzten sich in den warmen, trockenen Sand und schauten in die Ferne. Die leichte Brise, die tagsüber vom Meer her geweht hatte, war abgeebbt. Wolkenschleier zogen über die untergehende Sonne und ein Möwenschwarm flog die Küste entlang. Sie bewegten kaum die Flügel, während sie elegant vorüberglitten. In dieser wunderbaren Stille dachte Genevieve an das, was am Nachmittag besprochen wurde. Ihre Eltern hatten vor, eine zweite Hochzeitsreise zu machen; Jonjo erklärte, dass er keine lange Verlobungszeit haben wollte – »Wenn ich Polly zu lange Zeit gebe, dann überlegt sie es sich doch noch anders«, meinte er; und Polly gestand, dass sie sich schon für etliche Stellen als Lehrerin in und um Buckingham beworben hatte. Dann war da noch die Idee ihrer Eltern, *Paradise House* zu einem schicken, luxuriösen Landhotel mit einem Restaurant für Gourmets umzubauen. »Heutzutage machen viele Frühstückspensionen eine solche Wandlung durch«, behaupteten sie.

Offensichtlich hatten sie alles schon gründlich durchdacht – sie waren sogar schon auf der Bank gewesen, um einen Kreditantrag zu stellen – und wollten, dass sich Genevieve die Sache gründlich durch den Kopf gehen ließ. »Wir möchten uns weitgehend aus dem Berufsleben zurückziehen«, sagte ihr Vater. »Natürlich helfen wir dir, wenn du uns brauchst, aber wir wollen *Paradise House* auf euch drei Mädchen überschreiben.«

Sie hatten vor, Genevieve einen geringfügig größeren Teil zu übertragen, da sie dann die Verantwortung für das Haus und den Betrieb haben würde. Anfangs hatte Genevieve geschwankt. War das ihr Traum? Oder würde es immer der ihrer Eltern bleiben? Sie entschied, dass sie sich nur dann für die Übernahme bereit erklären würde, wenn sie ganz allein bestimmen konnte, wie alles ablaufen sollte. Und sie brauchte Voll- oder Teilzeitangestellte, die ihr unter die Arme griffen, sowie Donna, die sich als unersetzlich erwiesen hatte. Donna wohnte mittlerweile bei Tubby und war die ideale Kandidatin für den Posten der Hauswirtschafterin. Und mit einer weiteren Arbeitskraft könnte Genevieve genau das tun, was sie so sehr liebte: kochen. Sie würde vielleicht sogar noch ein paar Kochkurse besuchen und ein paar Auszeichnungen einheimsen, um das Restaurant für die Gäste noch attraktiver zu machen.

Je länger sie darüber nachdachte, umso besser gefiel ihr die Idee. Sie stellte sich den renovierten Speisesaal bildlich vor; sie würde Candlelight-Dinner veranstalten, vorher Cocktails auf der Terrasse servieren, wenn das Wetter schön war, und im Winter ein gemütlich knisterndes Kaminfeuer anzünden.

Aber bevor sie all das in die Tat umsetzen konnte, würde erst einmal Chaos herrschen. Wie ihr Vater beim Essen sagte: »Das Schlimmste wird sein, hier zu wohnen, während die Bauarbeiten durchgeführt werden. Wände müssen eingerissen und andere aufgezogen werden. Und vor allem anderen brauchst du eine viel größere Küche. Ein Anbau wäre die beste Lösung. Und wenn du auf das private Wohnzimmer verzichtest, könntest du dort ein Zimmer einrichten, in dem die Gäste Karten oder Schach oder was auch immer spielen können.«

»Aber wo haben wir dann unsere Privatsphäre? Darauf können wir unmöglich verzichten«, gab Genevieve zu bedenken.

»Du vergisst den Anbau.«

»Das klingt, als könntet ihr einen guten Architekten brauchen«, stellte Jonjo fest. »Einen Architekten mit besten Referenzen. Ich frage mich, ob jemand einen empfehlen kann.«

Genevieve wandte Christian das Gesicht zu und sagte: »Du kennst so einen Architekten, wie ich ihn dringend brauche?«

»Ja.«

»Meinst du, er ist mit seinen anderen Aufträgen zu beschäftigt, um sich um *Paradise House* zu kümmern?«

»Möglicherweise. Aber vielleicht auch nicht.« Er ergriff ihre Hände. »Ich bin zu einem wichtigen Entschluss gekommen, aber ich brauche deine Zustimmung, bevor ich ihn in die Tat umsetze. Was würdest du dazu sagen, wenn ich mich hier in der Nähe niederließe?«

»Wie nah?«

»Hier in Angel Sands.«

»Du müsstest sehr früh aufstehen und weit fahren, wenn du um neun Uhr in deinem Büro sein willst.«

»Das stimmt. Allerdings hängt das davon ab, wo sich dieses Büro befindet. Nehmen wir an, ich würde mich selbstständig machen, dann könnte ich arbeiten, wo ich will.«

»Sagst du damit etwa das, was ich glaube, dass du sagen willst?«

Er strich ihr über die Wange und fuhr mit der Fingerspitze ihre Lippen nach. »Ich liebe dich, Genevieve, und mehr als alles andere auf der Welt möchte ich *uns* eine echte Chance geben. Die haben wir nicht, wenn wir so weit voneinander weg wohnen.«

»Das würdest du wirklich tun?«

»Ohne auch nur eine Sekunde zu zögern. Ich muss nur wissen, ob du dasselbe fühlst; ob es sich lohnt, einen solchen Schritt zu tun. Aber ich warne dich, ich habe schon alles geplant. Vorerst vermiete ich das Haus meiner Eltern in Shropshire, verkaufe meine Wohnung und miete ein kleines Cottage in deiner Nähe. Auf diese Weise überstürzen wir nichts. Ach, und was meine Arbeit betrifft: Ich denke, ich kann mir meinen Lebensunterhalt hier ganz gut verdienen – es gibt jede Menge Scheunen, die reif für einen Umbau sind. Tubby hat mich bereits bei einigen Leuten an der Küste ins Gespräch gebracht. Und es gibt immer Ferienhäuser, die erst entworfen oder umgebaut werden müssen. Also, was hältst du davon? Meinst du, das könnte funktionieren?«

Ein unendliches Glücksgefühl durchströmte sie. »Ich denke, es wird *bestens* funktionieren, Christian. Aber ich will ganz sichergehen – das ist doch kein Bluff, oder? Du drohst mir nicht mit einer festen Bindung in der Hoffnung, dass ich kalte Füße kriege und davonlaufe?«

Er lachte laut. »Du läufst nirgendwohin. Du bleibst genau hier.« Er drückte sie in den warmen Sand und küsste sie.

Bevor Genevieve die Augen schloss, sah sie eine Schleierwolke direkt über ihren Köpfen. Vielleicht bildete sie es sich nur ein, aber die Wolke sah aus wie einer von Grans Engeln, der auf sie niederblickte.

ENDE

Danksagung

Ich stehe in der Schuld vieler Menschen, die mir geholfen haben, dieses Buch zu schreiben, aber für alle eventuellen Fehler bin ich allein verantwortlich!

Mein Dank gilt allen im Dyslexia Institute in Wilmslow und Caroline Aspin, die so freundlich war, mich an ihren Erfahrungen teilhaben zu lassen.

Ich danke auch allen im Deaf Centre in Northwich, insbesondere Linda Gill, die mir ihre Zeit so großzügig zur Verfügung gestellt hat.

Dank all jenen in Pembrokeshire, die mir unwissentlich geholfen haben, indem sie mir erlaubten, Gespräche mit ihnen zu führen. Und ich entschuldige mich dafür, dass ich an der Geografie ihrer Region herumgebastelt und Platz für Angel Sands geschaffen habe.

Mein Dank gilt John und Celia Lea für ihre Führung bei unserer Tour – es tut mir Leid, dass ich die Blüte der Glockenblumen versäumt habe.

Dank auch Val und Barry von der Congleton Farm für ihre hilfreichen Erklärungen.

Ferner danke ich Paul und Amanda, weil sie mir gestattet haben, *Paradise House* »zu klauen«.

Dank meinem alten Kumpel Welsh John für sein Insiderwissen.

Dank dem echten Christian May, der natürlich nichts mit dem fiktiven Charakter zu tun hat – nur für den Fall, dass er sich überlegt, ob er mich verklagen soll!

Dank meinen Cranage-Freundinnen – Sheila und Kath – für ihre Wärme und Freundlichkeit, und weil sie nicht (zu sehr) über meine unechte Bräune gelacht haben!

Und zu guter Letzt danke ich von Herzen Jonathan Lloyd und allen von Orion.

»Kristin Hannah berührt die tiefsten, zärtlichsten Seiten unseres Herzens.«
Tami Hoag

Die Shores stehen vor den Trümmern ihrer zwanzigjährigen Ehe: Jack möchte wegen eines Traumjobs nach New York ziehen, aber Elizabeth sieht keinen Grund, deswegen ihr geliebtes Zuhause in Echo Beach an der Westküste aufzugeben. Als Elizabeths Vater stirbt, werden alle ihre Entscheidungen in Frage gestellt. Gibt es nicht doch einen Weg zurück zu Jack?

An fernen Küsten
Roman
ISBN-13: 978-3-548-26236-9
ISBN-10: 3-548-26236-8

ULLSTEIN